GUY DE MAUPASSANT
Mont-Oriol/Unser Herz

GUY DE MAUPASSANT

Gesamtausgabe der Novellen und Romane
in zehn Taschenbüchern

Herausgegeben von Ernst Sander

Guy de MAUPASSANT

GESAMTAUSGABE DER
NOVELLEN UND ROMANE

Mont-Oriol
Unser Herz

Romane

Goldmann Verlag

Nachdruck der Ausgabe München 1964

Aus dem Französischen von Ernst Sander (»Mont-Oriol«)
und Walter Wilhelm (»Unser Herz« [Bearbeitung: Erst Sander])

Umwelthinweis:
Alle bedruckten Materialien dieses Taschenbuches
sind chlorfrei und umweltschonend.

Umschlaggestaltung: Design Team München
Satz: IBV Satz- und Datentechnik GmbH Berlin
Digitaldruck: MOHN Media
Verlagsnummer: 83981
ISBN 1-400-03936-3
BVG 01

INHALT

MONT-ORIOL

Roman

Französischer Titel: Mont-Oriol
Erstdruck: Le Gil-Blas, 23. Dezember 1886 – 6. Februar 1887
Erste Buchausgabe: Verlag Victor Havard, Paris 1887

ERSTER TEIL

I

Die ersten Badegäste, die Frühaufsteher, die schon im Wasser gewesen waren, ergingen sich langsamen Schrittes, zu zweit oder einzeln, unter den großen Bäumen längs des aus den Schluchten von Enval niederrauschenden Baches. Andere kamen aus dem Dorf und betraten, als hätten sie es eilig, das Kurhaus. Das war ein großes Gebäude, dessen Erdgeschoß der Behandlung mit Thermalwasser vorbehalten war, wogegen der erste Stock als Kasino, Café und Billardsaal diente. Seit Doktor Bonnefille im Talgrund von Enval die große Quelle entdeckt hatte, die von ihm selber »Bonnefille-Quelle« getauft worden war, hatten sich ein paar schüchtern spekulierende Grundbesitzer aus dem Dorf und der Umgegend dazu entschlossen, in dem herrlichen, wilden und dabei heiteren Auvergneser Tal mit seinen riesigen Nuß- und Kastanienbäumen ein geräumiges Haus mit mannigfachen Ausnutzungsmöglichkeiten zu errichten, das in gleicher Weise der Kur und dem Vergnügen diente, in dem unten Mineralwasser verkauft und Duschen und Bäder verabfolgt wurden, während es oben Bier, Liköre und Musik gab.

Ein Teil der Talschlucht, längs des Baches, war eingezäunt

worden; dadurch war der für jeden Kurort unentbehrliche Park entstanden; es waren drei Spazierwege gebaut worden, einer fast geradlinig und zwei bogenförmig; am Ende des ersten ließ man eine künstliche, von der Hauptquelle abgezweigte Quelle entspringen; sie sprudelte in ein großes Zementbecken, über das sich schützend ein Strohdach bauschte, und es stand unter der Obhut einer gleichmütig-unzugänglichen Frau, die jedermann ungezwungen »Marie« nannte.

Diese schweigsame Auvergnatin, die ein stets untadeliges Häubchen trug und fast gänzlich von einer breiten, stets makellos sauberen, die Dienstgewandung verhüllenden Schürze bedeckt war, stand in aller Gemütsruhe auf, wenn sie auf dem Weg einen Badegast auf sich zukommen sah. Kannte sie ihn, so suchte sie in einem an der Wand hängenden, verglasten Schränkchen sein Glas heraus, und dann füllte sie es behutsam mittels eines Zinknapfs, der vorn an einem Stock befestigt war.

Der bekümmert dreinschauende Badegast lächelte, trank, reichte das Glas zurück und sagte dabei:»Danke, Marie«; darauf wandte er sich um und schritt von dannen. Und Marie setzte sich wieder auf ihren Strohstuhl und wartete auf den nächsten.

Sie waren übrigens gering an Zahl. Der Kurort Enval stand erst seit sechs Jahren den Kranken offen, und es hatten sich nach jenen sechs Jahren des Kurbetriebs kaum mehr Gäste eingefunden als zu Beginn des ersten. An die fünfzig pflegten zu kommen; vor allem die Schönheit der Landschaft zog sie her, der Reiz des Dörfchens; es lag versunken unter riesigen Bäumen, deren verrenkte Stämme genauso umfangreich wirkten wie die Häuser; sie kamen auch der berühmten Schluchten in diesem Winkel des absonderlichen Tals wegen, das sich nach der ausgedehnten Ebene der Auvergne hin öffnet und jäh am Fuß der hohen Berge endet, des mit alten Kratern durchsetzten Gebirges; das Tal endet in einer wilden, herrlichen Schrunde voll herabgestürzter oder mit dem Sturz drohender Felsen; hindurch fließt ein Bach, rauscht in Wasserfällen über gigantische Blöcke und bildet vor jedem einen kleinen Teich.

Der Thermalbadeort hatte angefangen, wie sie alle anfangen, nämlich mit einer Broschüre des Doktors Bonnefille über seine

Quelle. In der Einleitung wurden in majestätischem und sentimentalem Stil die alpinen Reize der Landschaft gerühmt. Der Verfasser hatte sich dabei nur erlesener, prunkhafter Adjektive bedient, solcher, die Eindruck machen, ohne etwas auszusagen. Die ganze Umgegend sei pittoresk, überreich an Punkten mit grandioser Fernsicht oder Landschaftsbildern von anmutiger Intimität. Alle Spazierwege, auch und zumal die nächsten, besäßen ein bemerkenswert einmaliges Gepräge, geeignet, auf Künstler und Wanderbegierige starken Eindruck zu machen. Dann war er unvermittelt und ohne Übergang auf die therapeutischen Eigenschaften der Bonnefille-Quelle zu sprechen gekommen; sie enthalte doppeltkohlensaures Natron, Soda, mancherlei andere Stoffe, schwefligsaure, alkalische, eisenhaltige usw., und sei somit für die Heilung sämtlicher Krankheiten geeignet. Diese hatte er übrigens unter dem Titel:»Chronische oder akute Leiden, für die Enval besonders empfehlenswert ist«, zusammengefaßt; und die Liste der Gebresten, für die Enval besonders empfohlen wurde, war lang, mannigfach und tröstlich für alle Kategorien von Kranken. Die Broschüre hatte mit nützlichen Hinweisen für den Aufenthalt geschlossen, den Preisen der Unterkünfte, der Mahlzeiten, der Hotels. Denn gleichzeitig mit dem Zwitterbauwerk von Kuranstalt und Kasino waren drei Hotels aus dem Boden gewachsen. Es waren das funkelnagelneue Hotel Splendid, am Talhang erbaut und die Badeanlagen beherrschend, das Thermen-Hotel, ein altes, frischbeworfenes Gasthaus, und das Hotel Vidaillet, das ganz einfach durch den Ankauf dreier benachbarter Häuser geschaffen worden war, deren Wände durchbrochen wurden, so daß daraus ein einziges entstand.

Alsdann hatten sich eines Morgens mit einem Schlag zwei neue Ärzte im Dorf niedergelassen, ohne daß man recht wußte, wie sie hergekommen seien; denn in Badeorten scheinen die Ärzte den Quellen zu entsteigen wie die Gasbläschen. Es waren der Doktor Honorat, ein Auvergnate, und der Doktor Latonne, ein Pariser. Sogleich war ein wüster Haß zwischen Doktor Latonne und Doktor Bonnefille ausgebrochen, während Doktor Honorat, ein dicker, rundlicher, gut rasierter, immer lächelnder und geschmeidiger Mann, seine rechte Hand dem ersteren, seine linke Hand dem zweiten hingestreckt hatte und auf gutem Fuß mit beiden verblieben war. Allein Doktor Bonnefille blieb Herr der Lage durch seinen Titel als Leitender Badearzt des Thermalkurorts Enval-les-Bains. Dieser Titel war seine Stärke und die Kuranstalt sein Betätigungsfeld. Dort verbrachte er seine Tage, und es hieß sogar: auch seine Nächte. Am Vormittag ging er an die hundertmal von seinem in nächster Nähe im Dorf gelegenen Haus nach seinem Ordinationszimmer hinüber; es war rechts am Eingang zur Halle untergebracht. Dort lag er auf der Lauer wie die Spinne im Netz und beobachtete das Kommen und Gehen der Kranken; die seinigen überwachte er mit strengen, die der andern Ärzte mit wütenden Blicken. An jedermann stellte er Fragen wie ein Kapitän auf See und jagte den Neuankömmlingen einen Schreck ein, sofern er sie nicht zum Lächeln reizte.

Als er am heutigen Tage raschen Schrittes, wobei die beiden weiten Schöße seines alten Gehrocks wie zwei Flügel flatterten, einherkam, stockte er jäh, als eine Stimme ihn anrief:»Herr Doktor!«

Er fuhr herum. Sein mageres, von großen, bösartigen Falten mit schwarz anmutendem Grund durchfurchtes Gesicht, das von einem ergrauenden, nur selten gestutzten Bart nicht eben verschönt wurde, bemühte sich um ein Lächeln; und er lüftete den abgetragenen, fleckigen, fettigen Seidenzylinder, den er über sein langes, pfeffer- und salzfarbenes Haar zu stülpen pflegte;»Pfeffer und Schmalz«, sagte sein Rivale, der Doktor Latonne, immer. Dann tat er einen Schritt, verbeugte sich und brummelte:»Tag, Herr Marquis, wie geht's Ihnen heute morgen?«

Ein kleiner, sehr gepflegter Herr, der Marquis de Ravenel, reichte dem Arzt die Hand und antwortete:»Recht gut, Herr Doktor, recht gut, oder doch wenigstens nicht schlecht. Immer noch Kreuzschmerzen; aber endlich geht es mir besser, viel besser; und dabei bin ich erst beim zehnten Bad. Letztes Jahr ist die Wirkung erst nach dem sechzehnten eingetreten; wissen Sie noch?«

»Ja, vollauf.«

»Aber nicht davon will ich mit Ihnen reden. Meine Tochter ist heute morgen angekommen, und ich möchte zunächst mit Ihnen über sie sprechen, weil mein Schwiegersohn Andermatt, William Andermatt, der Bankier...«

»Ja, ich weiß.«

»Mein Schwiegersohn hat ein Empfehlungsschreiben an Doktor Latonne. Ich aber habe nur zu Ihnen Vertrauen, und ich bitte Sie, doch liebenswürdigerweise hinauf ins Hotel zu kommen, bevor... Sie verstehen schon... Ich habe Ihnen lieber in aller Offenheit sagen wollen, wie die Dinge liegen... Sind Sie jetzt frei?«

Doktor Bonnefille hatte sehr erregt und sehr beunruhigt seinen Zylinder wieder aufgesetzt. Er antwortete sofort:»Ja, ich bin frei, ich stehe zur Verfügung. Soll ich Sie begleiten?«

»Aber gewiß doch.«

Und sie kehrten dem Kurhaus den Rücken und stiegen eiligen Schrittes einen geschwungenen Parkweg hinauf, der zur Pforte des Hotels Splendid führte; es war am Berghang erbaut worden, damit sich den Gästen die Aussicht bot.

Im ersten Stock traten sie in den Salon ein, der an die Schlafzimmer der Familien Ravenel und Andermatt stieß, und der Marquis ließ den Arzt allein, um seine Tochter zu holen.

Fast auf der Stelle kam er mit ihr wieder. Sie war eine junge, blonde, kleine, blasse, sehr hübsche Frau mit den Zügen eines Kindes, während die blauen, keck dreinschauenden Augen den Leuten einen entschlossenen Blick zuwarfen, der dem reizenden, zarten Persönchen einen bezaubernden Zug von Festigkeit und etwas eigenartig Individuelles lieh. Es fehlte ihr nicht viel, nur ein nicht zu definierendes Unbehagen, Depressionen, ursachlose Weinkrämpfe, grundlose Wutausbrüche; kurzum, sie litt an Blutarmut. Vor allem hätte sie gern ein Kind gehabt; in den zwei Jahren, die sie verheiratet war, hatte sie vergeblich darauf gewartet.

Doktor Bonnefille versicherte, das Thermalwasser von Enval sei unübertrefflich, und schrieb sogleich seine Rezepte.

Sie hatten stets das furchteinflößende Aussehen einer Anklageschrift.

Ein großes, weißes Blatt Schulheftpapier wurde mit zahlrei-

11

chen, in Paragraphen von zwei oder drei Zeilen aufgeteilten Verordnungen bedeckt, und zwar in einer wütigen Handschrift; die widerborstigen Buchstaben sahen aus wie Stacheln.

Und die Tränklein, die Pillen, die Pulver, die es auf nüchternen Magen morgens, mittags oder abends einzunehmen galt, folgten einander grimmig.

Man vermeinte zu lesen:»In Anbetracht des Umstandes, daß Monsieur X. von einer chronischen, unheilbaren, tödlichen Krankheit befallen ist, hat er zu nehmen:

1. Chininsulfat, das ihn taub machen und das Gedächtnis verlieren lassen wird;

2. Kaliumbromid, das ihm den Magen ruiniert, seine sämtlichen Fähigkeiten schwächt, ihn mit Ausschlag bedeckt und seinen Atem übelriechend macht;

3. auch Jodkalium, das alle seine Sekretdrüsen austrocknet, die des Hirns wie die andern, und ihn binnen kurzem impotent und schwachsinnig macht;

4. salizylsaures Natron, dessen Heilwirkung noch nicht bewiesen ist, das aber dem damit behandelten Patienten zu einem schlagartigen, prompten Tod zu verhelfen scheint;

Und damit wetteifernd:

Chloral, das irrsinnig macht, Belladonna, das die Augen schädigt, sämtliche vegetabilischen Extrakte, sämtliche mineralischen Kombinationen, die das Blut verderben, die Organe anfressen, Knochenschwund erzeugen und alle durch Medikamente umkommen lassen, die die Krankheit verschont.«

Geraume Zeit bekritzelte er die Vorderseite und die Rückseite; dann unterzeichnete er, wie ein Richter ein Todesurteil unterzeichnet hätte.

Die ihm gegenübersitzende junge Frau schaute ihn an; der Drang zu lachen hob ihr die Mundwinkel.

Als er nach einer tiefen Verbeugung gegangen war, nahm sie das tintenbesudelte Papier, knüllte es zu einer Kugel zusammen, warf es in den Kamin und lachte endlich von ganzem Herzen:»O Vater! Wo hast du dieses Fossil ausfindig gemacht? Aber der wirkt ja ganz und gar, als verhökere er alte Kleider... Ach! Das sieht dir mal wieder ähnlich, daß du einen Arzt aus der Zeit vor

12

der Revolution ausbuddelst! Nein, wie ist der komisch... und dreckig...ja, ja... dreckig... Wirklich, ich glaube, er hat meinen Federhalter schmutzig gemacht...«

Die Tür ging auf, Andermatts Stimme wurde vernehmlich; er sagte:»Bitte näher zu treten, Herr Doktor.«

Und Doktor Latonne erschien. Er hielt sich gerade, war schmal, wirkte korrekt, alterslos, trug ein elegantes, kurzes Jakkett und hielt in der Hand den Seidenzylinder, das Kennzeichen des Arztes in den meisten Badeorten der Auvergne; auf diese Weise sah der bartlose Pariser Arzt aus wie ein Schauspieler in der Sommerfrische.

Dem Marquis verschlug es die Sprache; er wußte weder, was er sagen noch was er tun sollte; seine Tochter dagegen tat, als huste sie in ihr Taschentuch, damit sie dem Ankömmling nicht schallend mitten ins Gesicht zu lachen brauchte. Er verneigte sich selbstsicher und nahm auf einen Wink der jungen Frau hin Platz. Andermatt, der hinter ihm eingetreten war, schilderte peinlich genau den Zustand seiner Frau, ihr Mißbefinden mit sämtlichen Symptomen, die Auffassung der in Paris zu Rate gezogenen Ärzte; er hielt mit seiner eigenen Meinung nicht zurück, die er auf besondere, in wissenschaftlichen Formulierungen vorgetragene Gründe stützte.

Er war ein noch ziemlich junger Mensch, Jude, Geschäftsmann. Er trieb alle möglichen Geschäfte und verstand sich auf alles und jedes mit einer geistigen Geschmeidigkeit, einer Raschheit der Auffassungsgabe und einer Sicherheit des Urteils, die ans Wunderbare grenzten. Für seine durchaus nicht hochgewachsene Gestalt war er bereits ein wenig zu dick, dabei pausbäckig und kahlköpfig; er hatte ein Säuglingsgesicht, dickliche Hände und kurze Schenkel; er wirkte gar zu lebhaft und ungesund, und er redete mit Schwindel erregender Leichtigkeit.

Die Tochter des Marquis de Ravenel hatte er aus gewandter Berechnung geheiratet, nämlich um seine Spekulationen auf eine Gesellschaftsschicht auszudehnen, die durchaus nicht die seine war. Übrigens besaß der Marquis dreißigtausend Francs Zinsen und nur zwei Kinder; aber als Andermatt mit knapp dreißig Jahren heiratete, hatte er schon über fünf oder sechs Millionen verfügt; und er hatte sie so ausgesät, daß er davon zehn oder elf ernten konnte. Monsieur de Ravenel, ein unsicherer, unentschlossener, schwankender und schwacher Mensch, hatte zunächst die ihm gemachten Vorschläge für diese Eheschließung zornig zurückgewiesen und sich über die Vorstellung entrüstet, seine Tochter einem Israeliten angetraut zu sehen; doch dann hatte er nach einem halben Jahr des Widerstrebens unter dem Druck des angehäuften Goldes nachgegeben und lediglich die Bedingung gestellt, die Kinder müßten im katholischen Glauben erzogen werden. Doch es wurde nach wie vor gewartet, und noch immer kündete sich kein Kind an. Da fiel dem Marquis, der sich seit zwei Jahren für das Thermalwasser von Enval begeisterte, Doktor Bonnefilles Broschüre ein, und daß sie auch Heilung von Unfruchtbarkeit verheißen hatte.

So ließ er denn also seine Tochter kommen; sein Schwiegersohn begleitete sie, damit sie sich einleben konnte, und vertraute sie, auf den Rat seines Pariser Arztes hin, der Obhut Doktor Latonnes an. Gleich nach seiner Ankunft hatte Andermatt ihn aufgesucht; und jetzt zählte er wiederum die an seiner Frau festgestellten Symptome auf. Er schloß, indem er sagte, wie sehr er darunter leide, daß seine Hoffnungen auf Vaterschaft bislang enttäuscht worden seien.

Doktor Latonne ließ ihn ausreden; dann fragte er die junge Frau:»Haben Sie dem etwas hinzuzufügen, Madame?«

Sie antwortete ernst:»Nein, nicht das mindeste.«

Er fuhr fort:»Dann möchte ich Sie bitten, daß Sie Ihr Reisekleid und Ihr Korsett ablegen und einen einfachen weißen, ganz weißen Morgenrock anziehen.«

Sie staunte, und er erklärte lebhaft seine Methode:

»Mein Gott, die Sache ist ganz einfach. Früher war man überzeugt, alle Krankheiten rührten von einer Verderbnis im Blut oder einer Fehlstelle im Organismus her; heute nehmen wir lediglich an, daß in vielen Fällen, vor allem in Ihrem Spezialfall, den unbestimmten Unpäßlichkeiten, an denen Sie leiden, und selbst bei ernsten, sehr ernsten, tödlichen Störungen, die Ursache einzig und allein darauf beruhen könnte, daß irgendein Organ unter leicht festzustellenden Einflüssen eine anomale Entwicklung zum Schaden seiner Nachbarorgane genommen und jedwede Harmonie, jedwedes Gleichgewicht im menschlichen Körper gestört, seine Funktionen verändert oder eingestellt und das Spiel sämtlicher anderer Organe beeinträchtigt hat. Ein Anschwellen des Magens genügt, und schon wird eine Herzkrankheit vermutet; denn das in seiner Bewegung gehinderte Herz klopft heftig und unregelmäßig und setzt sogar manchmal aus. Erweiterungen der Leber oder gewisser Drüsen können Verheerungen hervorrufen, die ungeschulte Ärzte beim Beobachten tausend seltsamen Ursachen zuschreiben. Daher ist das erste, was wir unternehmen müssen, die Feststellung, ob sämtliche Organe des Kranken ihr richtiges Volumen haben und an der normalen Stelle liegen; denn es bedarf nur einer Kleinigkeit, und die Gesundheit des Menschen ist erschüttert. Darum werde ich Sie, wenn Sie gestatten, sorgfältig untersuchen und auf Ihrem Morgenrock die Grenzen, die Dimensionen und die Lage Ihrer Organe abzeichnen.«

Er hatte den Hut auf einen Stuhl gelegt und behend und flüssig gesprochen. Wenn sein breiter Mund sich öffnete und schloß, höhlten sich in seine glattrasierten Backen zwei tiefe Falten, die ihm irgendwie das Aussehen eines Geistlichen liehen.

Der entzückte Andermatt rief:»Ja, aber das ist wirklich ganz groß, sehr begabt ausgedacht, sehr modern.« Wenn er»sehr modern« sagte, so bedeutete es den Gipfel der Bewunderung.

Die höchlichst amüsierte junge Dame stand auf und ging in ihr Schlafzimmer hinüber; nach ein paar Minuten kam sie in einem weißen Morgenrock wieder.

Der Arzt hieß sie sich auf ein Ruhebett legen, zog einen Stift mit drei Farbspitzen aus der Tasche, einer schwarzen, einer roten und einer blauen, und begann seine neue Patientin zu auskultieren und zu perkutieren; dabei bekritzelte er ihren Morgenrock mit kleinen Farbstrichen und notierte sich jede Beobachtung.

Nachdem diese Betätigung eine Viertelstunde angedauert hatte, glich Madame Andermatt einer Landkarte mit Kontinenten, Meeren, Kaps, Flüssen, Reichen und Städten mitsamt den Namen aller dieser irdischen Bereiche; denn auf jede Trennlinie hatte der Doktor einige lateinische, nur ihm verständliche Wörter geschrieben.

Nachdem er alle inneren Geräusche Madame Andermatts abgehorcht und alle stumpf oder hohl klingenden Teile abgeklopft hatte, zog er ein in rotes Leder gebundenes Notizbuch mit Goldschnitt hervor, das alphabetisch eingeteilt war, orientierte sich am Register, schlug es auf und schrieb hinein:»Untersuchung 6347.– Madame Andermatt, einundzwanzig Jahre.«

Dann wandte er sich wieder vom Kopf bis zu den Füßen den farbigen Notizen auf dem Morgenrock zu, las sie ab, wie ein Ägyptologe Hieroglyphen entziffert, und trug sie in sein Notizbuch ein.

Als er damit fertig war, erklärte er:»Nichts Beunruhigendes, nichts Anomales, bis auf eine leichte, sehr leichte Abweichung, die sich mit zirka dreißig Kohlensäurebädern beheben läßt. Überdies trinken Sie jeden Morgen vor zwölf Uhr drei halbe Gläser Thermalwasser. In vier oder fünf Tagen spreche ich nochmals bei Ihnen vor.«

Dann stand er auf, verbeugte sich und verschwand so plötzlich, daß alle sich darob verwunderten. Das war seine Art, sein Schick, sein ganz persönliches Gehaben, dieser jähe Abschied. Er hielt ihn für äußerst elegant und eindrucksvoll für den Patienten.

Madame Andermatt lief zum Spiegel, schaute sich an, und das schallende Lachen eines fröhlichen Kindes durchrüttelte sie:»Nein, sind die aber mal amüsant, sind die komisch! Sagt mal, gibt es noch einen von der Sorte? Dann möchte ich ihn auf der Stelle sehen! Will, hol ihn mir her! Es muß noch einen dritten geben, ich will ihn sehen.«

Ihr Mann fragte verdutzt:»Wieso? Einen dritten? Was für einen dritten denn?«

Der Marquis mußte mit der Sprache herausrücken und sich entschuldigen; er hatte ein bißchen Angst vor seinem Schwiegersohn. So erzählte er denn, der Doktor Bonnefille habe gerade ihn selber aufgesucht, und da habe er ihn zu Christiane geführt, um zu erfahren, wie er über ihren Fall denke; er habe großes Vertrauen zu der Erfahrung des alten Arztes; er sei ein Hiesiger und habe die Heilquelle entdeckt.

16

Andermatt zuckte die Achseln und erklärte, einzig Doktor Latonne werde seine Frau behandeln, so daß der sehr beunruhigte
Marquis zu überlegen begann, auf welche Weise er sich verhalten
müsse, um die Dinge ins rechte Gleis zu bringen, ohne den reiz-
baren Arzt vor den Kopf zu stoßen.

Christiane fragte:»Ist Gontran schon hier?«

Das war ihr Bruder.

Ihr Vater antwortete:»Ja, seit vier Tagen, mit einem seiner
Freunde, Monsieur Paul Brétigny; er hat uns häufig von ihm erzählt. Sie machen zusammen eine kleine Rundreise durch die Auvergne. Vom Mont-Dore und La Bourboule kommen sie, und
Ende nächster Woche wollen sie weiter nach Le Cantal.«

Dann fragte er die junge Frau, ob sie sich nach der Nacht in der
Eisenbahn nicht lieber bis zum Mittagessen ausruhen wolle; aber
sie hatte im Sleeping-Car vortrefflich geschlafen und erbat sich
lediglich eine Stunde für ihre Toilette; danach wolle sie sich das
Dorf und die Kuranlagen ansehen.

Ihr Vater und ihr Mann gingen in ihre Zimmer und warteten,
bis sie fertig war.

Bald ließ sie sie rufen, und sie gingen gemeinsam hinab.

Als erstes begeisterte Christiane sich über den Anblick, den
das Dorf bot; es war im Wald, in dem tiefen Tal erbaut worden
und schien auf allen Seiten von berghohen Kastanienbäumen
umschlossen zu sein. Überall waren sie zu sehen, wo der Zufall
sie im Lauf von vier Jahrhunderten hatte emporwachsen lassen,
vor Toreingängen, in Höfen, in den Straßen, und überall fanden
sich auch Brunnen; sie bestanden aus einem großen, schwarzen,
aufrecht stehenden Stein, in den ein kleines Loch gebohrt worden
war; daraus sprudelte ein Strahl klaren Wassers hervor, rundete
sich zu einem Bogen und fiel in ein Abflußbecken. Ein frischer
Geruch nach Grün und Stall wogte unter den großen Laubgewöl-
ben, und es waren Auvergnatinnen zu sehen, die gravitätischen
Schrittes über die Straßen gingen oder vor Behausungen standen, wobei sie mit behenden Fingern schwarze Wolle spannen;
die Kunkel hatten sie sich in den Gürtel gesteckt. Ihre kurzen
Röcke ließen magere, mit blauen Strümpfen bekleidete Fußgelenke sehen, und ihre auf den Schultern durch eine Art Hosenträ-

17

ger festgehaltenen Mieder ließen die Leinenärmel der Hemden unbedeckt, aus denen ihre harten, dürren Arme und knochigen Hände herauskamen.

Plötzlich jedoch sprang vor den Spaziergängern eine hüpfende, spaßige Musik auf. Man hätte meinen können, sie entstamme einer schwächlich klingenden Drehorgel, einem ausgedienten, engbrüstigen, kränklichen Leierkasten.

Christiane rief:»Was ist denn das?«

Ihr Vater mußte lachen:»Das Kurorchester. Zu viert vollführen sie diesen Lärm.«

Und er geleitete sie zu einem roten, an die Ecke eines Bauernhauses geklebten Plakat mit schwarzen Buchstaben:

KASINO ENVAL

Leitung: Petrus Martel vom »Odéon«

Samstag, den 6. Juli

Großes Konzert

veranstaltet von Maestro Saint-Landri, Zweitem Träger des Großen Konservatoriumspreises. – Am Klavier: Javel, Erster Preisträger des Konservatoriums. – Flöte: Noirot, Preisträger des Konservatoriums. – Kontrabaß: Nicordi, Preisträger der Königlichen Akademie zu Brüssel. Nach dem Konzert große Theater-Aufführung.

Im Walde verirrt

Komödie in einem Akt von Pointillet

Personen

PIERRE DE LAPOINTE	Petrus Martel vom »Odéon«
OSCAR LÉVEILLÉ	Petitnivelle vom »Vaudeville«
JEAN	Lapalme vom »Großen Theater« zu Bordeaux
PHILIPPINE	Mlle. Odelin vom »Odéon«

Während der Aufführung wird das Orchester gleichfalls von Maestro Saint-Landri geleitet.

18

Christiane las laut vor, lachte, wunderte sich.

Ihr Vater fuhr fort:»Oh, du wirst deinen Spaß an ihnen haben. Kommt, wir wollen sie uns anschauen.«

Sie wandten sich nach rechts und gingen in den Park. Die Kurgäste spazierten langsam und mit ernsten Mienen auf den drei Hauptwegen, tranken ihr Glas Thermalwasser und wandten sich wieder zum Gehen. Einige saßen auf den Bänken und ritzten mit den Spitzen ihrer Spazierstöcke oder Sonnenschirme Linien in den Sand. Sie redeten nicht, schienen völlig gedankenleer und kaum am Leben; sie waren verstumpft und wie gelähmt von der in Kurorten herrschenden Langeweile. Einzig der absonderliche Lärm, den das Orchester vollführte, durchhüpfte die milde, stille Luft; er kam von irgendwoher, wurde auf irgendeine Weise erzeugt, glitt unter dem Laubwerk einher und schien all die trübseligen Spaziergänger in Bewegung zu setzen.

Eine Stimme rief:»Christiane!« Sie drehte sich um; es war ihr Bruder. Er eilte zu ihr hin, küßte sie auf beide Wangen, drückte Andermatt die Hand, nahm dann den Arm der Schwester und zog sie fort; Vater und Schwager blieben zurück.

Und sie plauderten. Er war groß, elegant, lachlustig wie sie, beweglich wie der Marquis, gleichgültig gegenüber allem, was geschah, aber stets auf der Suche nach tausend Francs.

»Ich glaubte, du schliefest noch«, sagte er,»sonst wäre ich gekommen und hätte dir guten Tag gesagt. Und außerdem hat Paul mich heute morgen mit nach Schloß Tournoel genommen.«

»Paul? Wer ist denn das? Ach ja, richtig, dein Freund!«

»Paul Brétigny. Freilich, das konntest du nicht wissen. Augenblicklich nimmt er ein Thermalbad.«

»Ist er denn krank?«

»Nein. Aber dennoch macht er eine Kur. Er hat sich unlängst verliebt.«

»Und da nimmt er Kohlensäurebäder – nicht wahr, so heißt es doch? –, um wieder einen klaren Kopf zu bekommen?«

»Ja. Er tut alles, was ich ihm anrate. Oh, es hat ihn gehörig gepackt. Er ist ein heftiger, schrecklicher Mensch. Beinah wäre er daran gestorben. Und sie hat er ebenfalls umbringen wollen. Es handelte sich um eine Schauspielerin, eine bekannte. Er hat sie

19

geliebt wie ein Irrer. Und selbstverständlich ist sie ihm dann nicht treu geblieben. Es ergab sich eine entsetzliche Tragödie. Da habe ich ihn mit nach hier genommen. Jetzt geht es ihm besser, aber er denkt nach wie vor an sie.«

Noch eben hatte sie gelächelt; jetzt aber war sie ernst geworden; sie antwortete:»Es würde mir Spaß machen, ihn kennenzulernen.«

Dabei bedeutete ihr »die Liebe« nicht allzu viel. Manchmal kam sie ihr in den Sinn, wie man, wenn man arm ist, an eine Perlenkette denkt, ein Brillantendiadem – mit jäh erwachtem Verlangen nach etwas, das im Bereich des Möglichen und dennoch in weiter Ferne liegt. Sie malte sich die Liebe nach den paar Romanen aus, die sie gelesen, weil sie nichts anderes zu tun gehabt hatte, ohne ihr übrigens große Wichtigkeit beizumessen. Kaum je hatte sie Träumen nachgehangen, da sie mit einer glücklichen, ruhigen und zufriedenen Seele geboren war; und obwohl seit zweieinhalb Jahren verheiratet, war sie noch nicht aus dem Schlummer erwacht, in dem naive junge Mädchen dahinleben, dem Schlummer des Herzens, des Bewußtseins und der Sinne, der bei gewissen Frauen bis zum Tod währt. Das Leben dünkte sie einfach und gut, frei von allen Schwierigkeiten und Verstrikkungen; nie hatte sie nach seinem Sinn oder seinem Warum gefragt. Sie lebte, schlief, zog sich geschmackvoll an, lachte und war zufrieden und ausgeglichen! Was hätte sie überdies noch verlangen können?

Als ihr Andermatt als künftiger Verlobter vorgestellt worden war, hatte sie anfänglich mit kindischer Empörung abgelehnt, die Frau eines Juden zu werden. Vater und Bruder teilten ihre Abneigung und hatten mit ihr und wie sie mit einer formellen Absage geantwortet. Andermatt verschwand und stellte sich tot; nach drei Monaten jedoch hatte er Gontran mehr denn zwanzigtausend Francs geliehen, und der Marquis, der zudem noch weitere Gründe hatte, begann, anderer Meinung zu werden. Zunächst war es sein Grundsatz, immer nachzugeben, und zwar aus egoistischem Verlangen nach Ruhe und Frieden, wenn er hartnäckig bedrängt wurde. Seine Tochter pflegte von ihm zu sagen: »Ach, in Papas Kopf geht alles durcheinander.« Und das stimmte ja auch. Er hatte keine festen Meinungen, keinen Glauben, sondern nur Anfälle von Begeisterung, die alle paar Augenblicke wechselten. Bald schloß er sich in flüchtiger, romantischer Überbewertung den alten Traditionen seines Geschlechts an und verlangte nach einem König, aber einem intelligenten, liberalen, aufgeklärten König, der mit seinem Jahrhundert mitging; bald, etwa nach der Lektüre eines Buches von Michelet oder irgendeinem demokratischen Denker, ereiferte er sich für die Gleichheit der Menschen, für die modernen Ideen, für die Forderungen der Armen, der Erniedrigten und Leidenden. Je nach Stunde und Stimmung glaubte er an alles, und als seine alte Freundin Madame Icardon, die mit vielen Israeliten liiert war und die Heirat Christianes und Andermatts wünschte, ihm damit in den Ohren zu liegen begann, wußte sie nur zu gut, mit welchen Argumenten sie ihm zu Leibe rücken müsse.

Sie stellte ihm dar, daß für die jüdische Rasse die Stunde der Vergeltung gekommen sei; sie sei eine unterdrückte Rasse wie das französische Volk vor der Revolution, und jetzt werde sie durch die Macht des Goldes die andern unterdrücken. Der Marquis war im Religiösen glaubenslos, aber überzeugt davon, daß die Gottesidee lediglich eine gesetzgeberische Idee sei und weit besser geeignet, die Dummen, die Ungebildeten und Ängstlichen im Zaum zu halten als die bloße Idee der Gerechtigkeit, der Justiz; er betrachtete die Dogmen mit respektvoller Gleichgültigkeit und brachte mit der gleichen ehrlichen Hochachtung Konfuzius, Mohammed und Jesus Christus durcheinander. Somit hielt er die Tatsache, daß der letztere gekreuzigt worden war, durchaus nicht etwa für etwas Urschändliches, sondern für eine plumpe politische Ungeschicklichkeit. Folglich reichten ein paar Wochen hin, um aus ihm einen Bewunderer des verborgenen, unablässigen, allmächtigen Wirkens und Tuns der überall verfolgten Juden zu machen. Plötzlich sah er ihren glänzenden Triumph mit andern Augen an; er erachtete ihn als einen gerechten Ausgleich für ihre lange Demütigung. Er sah in ihnen die Herrn und Meister der Könige, die ihrerseits wieder Herrn und Meister der Völker sind; er sah, wie sie Throne stützten oder sie zusammenbrechen ließen; sie vermochten eine Nation zum Bankrott zu

21

bringen wie einen Weinhändler; sie waren stolz vor demütig gewordenen Fürsten und warfen ihr unreines Gold in die spaltbreit geöffneten Kassetten der allerkatholischsten Souveräne, die ihnen dann mit Adelstiteln und Konzessionen für Eisenbahnlinien dankten.

Und so willigte er denn in die Eheschließung zwischen William Andermatt und Christiane de Ravenel ein.

Was nun Christiane betraf, die unter dem unspürbaren Druck von Madame Icardon stand, der ehemaligen Gefährtin ihrer Mutter und seit dem Tod der Marquise ihrer intimen Beraterin, zu welchem Druck der durch den Vater hinzutrat und zudem die von Eigensucht nicht freie Gleichgültigkeit ihres Bruders, so willigte sie ein, den beleibten, schwerreichen jungen Menschen zu heiraten, der zwar nicht häßlich war, aber ihr durchaus nicht gefiel, wie sie auch eingewilligt hätte, einen Sommer in einer wenig angenehmen Gegend zu verbringen.

Jetzt hielt sie ihn für gutartig, gefällig, nicht dumm, nett und rücksichtsvoll im intimen Verkehr; aber zusammen mit Gontran, der von einer perfiden Dankbarkeit war, machte sie sich häufig über ihn lustig.

Er sagte:»Dein Mann ist rosiger und kahler denn je. Er sieht aus wie eine kränkliche Blume oder ein rasiertes Milchschweinchen. Wie kommt er nur zu solch einem Kolorit?«

Sie antwortete:»Sei überzeugt, daß ich nichts dafür kann. An manchen Tagen möchte ich ihn am liebsten auf eine Bonbonschachtel kleben.«

Sie waren am Kurbad angelangt.

Zu beiden Seiten der Tür saßen mit dem Rücken zur Mauer auf Strohstühlen zwei Männer und rauchten ihre Pfeifen.

Gontran sagte:»Sieh mal die beiden da, das sind zwei Originale. Schau dir den rechts an, den Buckligen mit der phrygischen Mütze! Das ist der alte Printemps, ehemaliger Gefängniswärter in Riom; jetzt ist er Hausmeister und beinahe Kurdirektor von Enval. Für ihn hat sich nichts geändert; er herrscht über die Heilungsuchenden wie früher über seine Häftlinge. Badegäste sind für ihn Gefangene, die Kabinen Zellen, der Duschraum ein Arrestlokal, und der Raum, in dem Doktor Bonnefille Magenspülungen mit der Baraduc-Sonde durchführt, eine mysteriöse Folterkammer. Er grüßt keinen Menschen, weil er dem Grundsatz huldigt, daß alle Verurteilten verächtliche Wesen sind. Die Frauen behandelt er sehr viel achtungsvoller, das kann man schon sagen, mit einem rücksichtsvollen Respekt, in den sich Verwunderung mischt; denn Frauen haben in Riom nicht seiner Obhut unterstanden. Jenes Gefängnis nahm nur Männer auf, und so hat er sich noch nicht daran gewöhnt, mit den Angehörigen des zarten Geschlechts zu sprechen. – Der andere ist der Kassierer. Ich rate dir: Laß deinen Namen von ihm eintragen; du wirst schon sehen.«

Damit wandte Gontran sich an den links sitzenden Mann und sagte langsam und überdeutlich:»Monsieur Séminois, hier kommt meine Schwester, Madame Andermatt; sie möchte ein Abonnement auf zwölf Bäder haben.«

Der Kassierer war sehr groß, sehr hager und wirkte sehr ärmlich; er stand auf, ging in sein dem Ordinationszimmer des Chefarztes gegenüberliegendes Büro, klappte sein Buch auf und fragte:»Wie heißen Sie?«

»Andermatt.«

»Wie bitte?«

»Andermatt.«

»Wie schreibt sich das?«

»A-n-d-e-r-m-a-t-t.«

»Danke.« Und langsam schrieb er.

Als er fertig war, bat Gontran:»Würden Sie mir wohl den Namen meiner Schwester noch mal vorlesen?«

»Gern. Madame Anterpat.«

Christiane lachte Tränen, bezahlte ihre Eintrittskarten und fragte dann:»Was ist eigentlich von da oben her zu hören?«

Gontran nahm sie beim Arm:»Wollen wir es uns mal ansehen?«

Von der Treppe her erklangen wütende Stimmen. Die beiden gingen hinauf, öffneten eine Tür und erblickten einen großen Caféraum, in dessen Mitte ein Billard stand.

Zu beiden Seiten jenes Billards standen zwei Männer in Hemdsärmeln, die hölzernen Queues in der Hand, und schimpften wüst aufeinander ein. »Achtzehn.« – »Siebzehn.« – »Ich sage Ihnen: Achtzehn habe ich.« – »Stimmt nicht, Sie haben bloß siebzehn.«

Es war der Kasinodirektor Monsieur Petrus Martel vom »Odéon«, der seine gewohnte Partie mit dem Komiker seiner Truppe spielte, Monsieur Lapalme vom »Großen Theater« zu Bordeaux.

Petrus Martel, dessen mächtiger, schlaffer Bauch unter dem Hemd über der auf irgendeine Weise befestigten Hose wabbelte, war an verschiedenen Orten ein recht mäßiger Schauspieler gewesen, ehe er die Leitung des Kasinos von Enval übernommen hatte; er brachte seine Tage hin, indem er die für die Kurgäste bestimmten Getränke vertilgte. Er trug einen gewaltigen Offiziersschnurrbart, der vom Morgen bis zum Abend mit Bierschaum und dem klebrigen Zuckersaft der Liköre durchtränkt wurde; und er hatte in dem alten, von ihm engagierten Komiker eine maßlose Leidenschaft für das Billardspiel erweckt.

Kaum waren sie aufgestanden, da begannen sie auch schon ihre Partie, schimpften aufeinander ein, bedrohten sich, löschten die Points aus, fingen wieder von vorn an, gönnten sich kaum die Zeit zum Mittagessen und duldeten es nicht, daß zwei Gäste sie von ihrem grünen Tisch vertrieben.

Somit hatten sie alle Welt in die Flucht gejagt und fanden das Leben durchaus nicht unangenehm, obwohl Petrus Martel sich für das Ende der Saison auf eine Pleite gefaßt machen mußte.

Die staunende Büfettdame schaute von morgens früh bis abends spät dieser endlosen Partie zu, lauschte von morgens früh bis abends spät diesem Streitgespräch, das kein Ende nahm, und trug von morgens früh bis abends spät Bierschoppen oder Likörgläschen zu den beiden unermüdlichen Spielern hinüber.

Doch Gontran zog die Schwester weiter: »Komm mit in den Park. Da ist es kühler.«

Am Ende des Kurhauses gewahrten sie plötzlich in einem chinesischen Pavillon das Orchester.

Ein junger blonder Mensch strich wie ein Wahnwitziger die Geige, dirigierte mit dem Kopf, mit taktmäßigem Schütteln seines Haarschwalls, mit dem ganzen Oberkörper, den er vorbeugte, aufreckte und nach links und rechts schwang wie einen Taktstock, drei kuriose, ihm gegenübersitzende Musiker. Das war Maestro Saint-Landri.

Er und seine drei Mitwirkenden, ein Klavierspieler, dessen mit Rollen versehenes Instrument jeden Morgen von der Vorhalle des Kurhauses zum Pavillon gekarrt wurde, ein kolossaler Flötist, der aussah, als lecke er an einem Streichholz herum und kitzele es dabei mit seinen plumpen, aufgeschwollenen Fingern, und ein dem Anschein nach schwindsüchtiger Kontrabassist, vollführten unter großer Anstrengung jene vollkommene Nachahmung eines schlechten Leierkastens, die Christiane in den Dorfstraßen so verblüfft hatte.

Als sie stehen blieb, um sich die vier anzuschauen, grüßte ein Herr ihren Bruder:»Guten Tag, lieber Graf.«

»Guten Tag, Herr Doktor.«

Und Gontran stellte vor:»Herr Doktor Honorat – meine Schwester.«

Sie vermochte kaum ihre Erheiterung beim Anblick dieses dritten Arztes zu beherrschen.

Er zog den Hut und verneigte sich.»Hoffentlich ist Madame nicht leidend?«

»Doch. Ein bißchen.«

Er drang nicht weiter in sie und kam auf etwas anderes zu sprechen.»Wissen Sie, lieber Graf, daß am Dorfeingang ein sehr interessantes Schauspiel bevorsteht?«

»Was denn, Herr Doktor?«

»Der alte Oriol will seinen Felsbrocken sprengen. Na, Ihnen sagt das nichts, aber für uns ist es ein großes Ereignis.« Und er drückte sich deutlicher aus.

Der alte Oriol, der reichste Bauer der ganzen Gegend – er war bekannt dafür, daß er ein Einkommen von fünfzigtausend Francs hatte –, war der Besitzer sämtlicher Weinberge, die dort lagen, wo Enval in die Ebene einmündet. Nun aber erhob sich dicht beim Dorfausgang, an der Stelle, wo das Tal breiter wurde, ein kleiner Berg, vielmehr eine große Hügelkuppe, und auf dieser Kuppe waren die besten Rebpflanzungen des alten Oriol gelegen. Mitten in einer von ihnen, nach der Landstraße hin, zwei

Schritt vom Bach entfernt, ragte ein gigantischer Fels auf, ein Block, der den Weinbau behinderte und einen Teil des von ihm beherrschten Rebberges beschattete.

Seit zehn Jahren hatte der alte Oriol allwöchentlich verkündet, er werde seinen Felsbrocken sprengen; aber nie hatte er sich dazu entschlossen.

Jedesmal, wenn ein Bursche aus dem Dorf zum Militärdienst einrückte, sagte der Alte zu ihm:»Wenn du auf Urlaub kommst, dann bring mir eine Ladung Pulver für meinen Brocken mit.«

Und all die Rekruten brachten in ihrem Tornister gestohlenes Schießpulver für den»Brocken« des alten Oriol mit heim. Er hatte eine ganze Truhe voll Pulver; aber der Felsblock wurde und wurde nicht gesprengt.

Endlich aber, seit einer Woche, wurde beobachtet, wie er mit seinem Sohn, dem langen Jacques mit dem Spitznamen»Koloß«, was im auvergnatischen Dialekt wie»Kolosch« ausgesprochen wurde, den Block anbohrte. Gerade an diesem Morgen hatten sie den ausgehöhlten Bauch des riesigen Felsens mit Pulver angefüllt; dann war die Öffnung verstopft worden, und nur die Lunte schaute heraus, ein Zunderstreifen, wie ihn Raucher zum Anzünden der Pfeife benutzen; er war beim Tabakhändler gekauft worden. Um zwei sollte die Lunte angesteckt werden. Um zwei Uhr fünf, spätestens um zwei Uhr zehn, denn die Zündschnur war sehr lang, würde die Sprengung erfolgen.

Christiane interessierte sich für die Angelegenheit; der Gedanke an die Explosion machte ihr schon im voraus Spaß; sie erblickte darin ein Kinderspiel, an dem ihr schlichtes Gemüt seine Freude hatte.

Sie gelangten ans Ende des Parks.

»Wohin geht es von hier aus?« fragte sie.

Doktor Honorat antwortete:»Zum ›Ende der Welt‹, Madame; das heißt: zu einer Schlucht ohne Ausgang; sie ist in der ganzen Auvergne berühmt. Eine der schönsten von der Natur geschaffenen Sehenswürdigkeiten der Gegend.«

Doch hinter ihnen erklang eine Glocke.

Gontran rief:»Nanu? Schon Zeit zum Mittagessen?«

Sie machten kehrt.

Ein hochgewachsener junger Herr kam ihnen entgegen. Gontran sagte:»Christianchen, hier stelle ich dir Monsieur Paul Brétigny vor.« Und zu seinem Freund:»Meine Schwester, mein Lieber.« Sie fand ihn häßlich. Er hatte schwarzes, kurzgeschorenes, zurückgebürstetes Haar, zu runde Augen, einen fast harten Gesichtsausdruck, einen ebenfalls runden, sehr dicken Kopf, einen der Köpfe, die an Kanonenkugeln denken lassen, und Herkulesschultern; er wirkte etwas ungesellig, schwerfällig und brutal. Aber aus seinem Jackett, seiner Wäsche und vielleicht aus seiner Haut strömte ein sehr erlesenes, sehr zartes, der jungen Frau unbekanntes Parfüm; sie überlegte: Was mag das nur für ein Duftstoff sein?

Er fragte sie:»Sind Sie heute morgen erst angekommen?« Seine Stimme klang ein wenig dumpf.

Sie antwortete:»Ja.«

Aber Gontran erblickte den Marquis und Andermatt, die den jungen Leuten winkten, sie möchten schleunigst zum Mittagessen kommen.

Und Doktor Honorat verabschiedete sich von ihnen und fragte sie dabei, ob sie wirklich die Absicht hätten, sich die Sprengung des Felsbrockens anzusehen.

Christiane versicherte, sie werde kommen; sie hakte den Bruder unter, zog ihn zum Hotel und flüsterte ihm zu:»Ich habe einen Wolfshunger. Ich glaube, ich muß mich sehr schämen, wenn ich im Dabeisein deines Freundes so viel esse.«

II

Das Mittagessen dauerte lange, wie es bei der Table d'hôte für gewöhnlich der Fall ist. Christiane, die von lauter ihr unbekannten Gesichtern umgeben war, plauderte mit Vater und Bruder. Dann ging sie nach oben; sie wollte ruhen bis zu dem Augenblick, da der Felsbrocken gesprengt werden sollte.

Lange vor dem festgesetzten Zeitpunkt war sie bereit und drängte die andern zum Aufbruch, damit die Explosion keinesfalls verpaßt werde.

Am Dorfausgang, dort, wo das Tal ausmündete, erhob sich tatsächlich eine hohe, fast als ein Berg zu bezeichnende Hügelkuppe, die sie bei glühender Sonne erklommen; sie folgten dabei einem kleinen Fußpfad zwischen den Reben. Als sie auf dem Gipfel angelangt waren, stieß die junge Frau angesichts der ungeheuren Weite, die sich unvermutet vor ihren Augen entfaltete, einen Ruf des Erstaunens aus. Vor ihr erstreckte sich eine unendliche Ebene, die dem Innern sogleich die Empfindung vermittelte, es handle sich um einen Ozean. Sie enteilte, jene Ebene – ein leichter Dunst verschleierte sie, ein blauer, weicher Dunst –, bis zu sehr fernen, kaum wahrnehmbaren Bergen hin, vielleicht fünfzig oder sechzig Kilometer weit. Und unter dem durchsichtigen, zarten Nebeldunst, der über dieser ausgedehnten Landfläche wogte, waren Städte, Dörfer, Wälder zu erkennen, die großen, gelben Vierecke reifer Getreidefelder, die großen, grünen Vierecke der Weidewiesen, Fabriken mit langen roten Schornsteinen und schwarze, spitzige Glockentürme, die aus der Lava ehemaliger Vulkane erbaut worden waren.

»Dreh dich mal um«, sagte der Bruder.

Sie tat es. Und da erblickte sie hinter sich das Gebirge, das riesige, von Kratern zerbeulte Gebirge. Zuerst kam der Hintergrund von Enval, eine breite Woge von Grün, in der die verborgenen Einschnitte der Schluchten kaum wahrzunehmen waren. Baumflut stieg den Steilhang bis zum ersten Grat hinauf, der die Sicht auf die dahinter liegenden verwehrte. Aber da die Schauenden sich genau auf der Trennungslinie zwischen dem Flachland und dem Gebirge befanden, erstreckte sich dieses in Richtung auf Clermont-Ferrand und entfaltete im Sichtentfernen vor dem blauen Himmel seltsame, abgestumpfte Gipfel; wie ungeheuerliche Eiterpusteln wirkten sie; das waren die erloschenen Vulkane, die erstorbenen Vulkane. Und weiter hinten, ganz hinten, zwischen zwei Gipfeln, war ein anderer zu erblicken, ein höherer, ein noch fernerer, rund und majestätisch, und dieser trug auf seinem First etwas Absonderliches, das einer Ruine glich.

Es war der Puy de Dôme, der König der Berge der Auvergne, mächtig und schwer; auf dem Haupt trug er, wie eine ihm vom größten aller Völker aufgesetzte Krone, die Überreste eines römischen Tempels.

Christiane rief:»Ach, wie glücklich werde ich hier sein!«

Und sie fühlte sich bereits glücklich, sie war von dem Wohlbehagen durchdrungen, das sich des Leibes und der Seele bemächtigt, das einen ungehinderter atmen läßt, einen behend und leicht macht, wenn man plötzlich eine Stätte betritt, die unsern Augen schmeichelt, die uns bezaubert und aufheitert, die uns zu erwarten schien und für die wir uns geboren fühlen.

Sie wurde gerufen:»Madame! Madame!«

Und sie gewahrte in einiger Entfernung den Doktor Honorat; er war an seinem großen Hut zu erkennen. Er eilte herbei und führte die Familie nach dem anderen Abhang des Hügels, auf ein abfallendes Rasenstück neben einer Gruppe kleiner Bäume, wo bereits an die dreißig Leute warteten, Fremde und Bauern in buntem Durcheinander.

Zu ihren Füßen senkte der Steilhang sich bis zur Landstraße nach Riom hinab; sie lag im Schatten der den Bach überdeckenden Weidenbäume; und inmitten eines Weinbergs am Ufer jenes Wasserlaufs erhob sich ein spitziger Fels, den zwei an seinem Fuß kniende Männer anzubeten schienen. Das war der»Brocken«.

Vater und Sohn Oriol machten sich an der Zündschnur zu schaffen. Auf der Landstraße schaute eine neugierige Menschenmenge zu, und vor ihr tummelte sich eine niedrigere Reihe von Jungen.

Doktor Honorat hatte für Christiane einen bequemen Platz ausgesucht; sie setzte sich und hatte Herzklopfen, gleich als müsse sie zuschauen, wie der Felsbrocken mitsamt der Volksmenge in die Luft fliege. Der Marquis, Andermatt und Paul Brétigny legten sich neben der jungen Frau ins Gras; Gontran dagegen blieb stehen. Scherzhaften Tons sagte er:»Lieber Herr Doktor, haben Sie tatsächlich so viel weniger zu tun als Ihre Kollegen? Die dürfen sicherlich keine Stunde opfern, um zu diesem kleinen Fest zu kommen!«

Honorat antwortete gutmütig und wohlgelaunt:»Ich habe nicht weniger zu tun; die Sache ist nur die, daß meine Patienten mir weniger Arbeit machen... Außerdem verschaffe ich ihnen lieber Ablenkungen, als sie mit Medikamenten vollzustopfen.« Er hatte eine durchtriebene Miene, die Gontran sehr gefiel.

29

Andere Leute kamen herbei, Tischgäste von der Table d'hôte, die Damen Paille, zwei Witwen, Mutter und Tochter, die Monécus, Vater und Tochter, und ein dicker, ganz kleiner Mann, der wie ein geplatzter Kochkessel schnaufte, Monsieur Aubry-Pasteur, ein ehemaliger Bergwerksingenieur, der es in Rußland zu Vermögen gebracht hatte. Der Marquis und er hatten sich angefreundet. Mühsam, unter umsichtigen, klug berechneten Vorsichtsmaßnahmen, an denen Christiane ihren Spaß hatte, setzte er sich. Gontran war beiseite getreten, um die Gesichter der übrigen Neugierigen anzuschauen, die wie die Familie auf den Hügel gekommen waren. Paul Brétigny nannte Christiane Andermatt die Namen der in der Ferne sichtbaren Ortschaften. Da war zunächst Riom; es bildete einen roten Fleck in der Ebene, einen Fleck von Ziegeldächern; dann kamen Ennezat, Maringues, Lezoux, eine Fülle kaum erkennbarer Dörfer; sie bildeten lediglich kleine dunkle Löcher in der glatten, von Grün unterbrochenen Fläche, und hinten, ganz hinten, am Fuß der Berge von Le Forez, behauptete er, ihr Thiers zeigen zu können. Er wurde lebhafter und sagte: »Da, da, wo ich hinzeige, genau vor meinem Finger. Ich selber sehe es tadellos.«

Sie jedoch sah nichts, aber es wunderte sie durchaus nicht, daß er es sah; denn er schaute drein wie ein Raubvogel; man hatte das Gefühl, seine runden, starren Augen müßten stark wie ein Marinefernglas sein.

Er fuhr fort: »Vor uns, mitten durch die Ebene, fließt der Allier; aber wir können ihn unmöglich sehen. Es ist zu weit, an die dreißig Kilometer von hier.«

Sie war kaum darauf bedacht wahrzunehmen, was er ihr zeigte; sie richtete nämlich ihre Blicke und ihre Gedanken gänzlich auf den Felsbrocken. Sie stellte sich vor, daß der dicke Block gleich nicht mehr da sein, daß er in Staub zerfallen und emporwirbeln würde, und sie spürte, wie sie ein unbestimmtes Mitleid mit dem Stein überkam, das Mitleid eines kleinen Mädchens mit einem zerbrochenen Spielzeug. Er stand nun schon so lange da, der Fels; und überdies war er hübsch, er machte sich gut. Die beiden Männer waren jetzt aufgestanden; sie häuften an seinem Fuß

Steine auf; sie handhabten die Schaufeln mit den schnellen Bewegungen von Bauern, die es eilig haben. Die ständig angewachsene Menge auf der Landstraße war näher herangetreten, um besser sehen zu können. Die Kinder standen unmittelbar neben den Arbeitenden; sie liefen und tobten um die beiden herum wie junge, übermütige Tiere; und von der erhöhten Stelle aus, auf der Christiane saß, wirkten all die Leute ganz klein, wie ein Insektenschwarm, ein in voller Tätigkeit begriffener Ameisenhaufen. Stimmengemurmel stieg herauf, bald leise, kaum vernehmlich, bald lebhafter, ein verworrener Lärm von Rufen und sich bewegenden Menschen; aber er zerteilte sich in der Luft, er war schon zerstoben, eine Art Geräuschstaub. Auch auf dem Hügel schwoll die Menge immer mehr an; sie strömte in einem fort aus dem Dorf herbei und bedeckte den Hang oberhalb des zum Tod verurteilten Felsens.

Zurufe wurden ausgetauscht; man fand sich nach Hotels, nach Klassen, nach Kasten zusammen. Den meisten Lärm unter denen, die sich zueinander gesellt hatten, vollführten die Schauspieler und Musiker unter dem Präsidium und der Leitung ihres Direktors Petrus Martel vom »Odéon«, der um dieser Gelegenheit willen seine tollwütige Billardpartie im Stich gelassen hatte.

Er trug auf der Stirn einen Panamahut; seine Schultern bedeckte eine schwarze Alpakajacke; sie ließ einen breiten weißen Bauch vorspringen wie einen Buckel, da er eine Weste auf freiem Feld für überflüssig hielt; und der schnurrbärtige Schauspieler tat, als habe er den Oberbefehl; er deutete auf die beiden Oriols und erklärte und kommentierte alles, was sie taten. Die ihm Unterstellten, der Komiker Lapalme, der jugendliche Liebhaber Petitnivelle und die Musiker, Maestro Saint-Landri, der Klavierspieler Javel, der übergewaltige Flötist Noirot und der Kontrabassist Nicordi, standen um ihn herum und hörten ihm zu. Vor ihnen saßen drei Frauen im Schatten dreier Sonnenschirme, eines weißen, eines roten und eines blauen; sie bildeten in der Zweiuhrsonne eine seltsame, leuchtende französische Nationalflagge. Es waren Mademoiselle Odelin, die junge Schauspielerin, ihre Mutter, eine »Mietmutter«, wie Gontran sagte, und die Büfettdame des Cafés, die ständige Begleiterin der Damen. Die Anordnung der Sonnenschirme in den Nationalfarben war eine Erfindung Petrus Martels; zu Beginn der Saison hatte er in den Händen der Damen Odelin den blauen und den weißen gesehen, und da hatte er der Büfettdame den roten geschenkt.

Dicht bei ihnen lenkte eine andere Gruppe Auge und Ohr auf sich; es war die der Köche und Küchenjungen der Hotels, acht an der Zahl; denn zwischen den Hotelbesitzern hatte sich ein Wettbewerb angesponnen, und sie hatten sie samt und sonders in Leinenanzüge gesteckt, sogar die Geschirrwäscher, um Eindruck auf die Badegäste zu machen. Sie standen ausnahmslos, ließen das grelle Tageslicht auf ihre flachen Mützen prallen und boten gleichzeitig den Anblick eines bizarren Generalstabs und einer Delegation von Küchenbediensteten.

Der Marquis fragte den Doktor Honorat:»Woher kommen nur alle diese Menschen? Nie hätte ich geglaubt, daß Enval so viele Einwohner hätte!«

»Ach, die sind von überall hergekommen, aus Châtel-Guyon, aus Tournoel, aus La Roche-Pradière, aus Saint-Hippolyte. Es ist schon lange hier in der Gegend die Rede davon; und außerdem ist der alte Oriol eine Berühmtheit, eine um ihres Einflusses und ihres Vermögens willen angesehene Persönlichkeit; übrigens ist er ein echter Auvergnate, er ist Bauer geblieben, ackert selber, spart, häuft Gold auf Gold, ist intelligent und steckt voller Ideen und Pläne für seine Kinder.«

Gontran kam aufgeregt, mit blitzenden Augen, zurück. Halblaut sagte er:»Paul, Paul, komm doch mit mir, ich will dir zwei hübsche Mädchen zeigen; wirklich ganz reizend, paß nur auf!«

Der andere hob den Kopf und entgegnete:»Mein Lieber, ich bin hier sehr gut aufgehoben; ich weiche nicht vom Fleck.«

»Da tust du unrecht. Schlechthin zauberhaft sind sie.« Dann sagte er lauter:»Aber der Doktor wird mir schon sagen, wer sie sind. Zwei Mädchen von achtzehn oder neunzehn, gewissermaßen Damen vom Dorf, ganz komisch angezogen, schwarze Seidenkleider mit enganliegenden Ärmeln, wie Nonnengewänder; zwei Braunhaarige...«

Doktor Honorat unterbrach ihn:»Jetzt weiß ich Bescheid. Es sind die Töchter des alten Oriol, tatsächlich zwei schöne Mädchen, bei den Schwarzen Schwestern in Clermont erzogen und gute Partien... Zwei Prachtexemplare, und zwar Prachtexemplare unserer Rasse, guter auvergnatischer Rasse, ich bin nämlich Auvergnate, Herr Marquis; ich will Ihnen die beiden Mädchen mal zeigen...«

Gontran schnitt ihm das Wort ab und fragte hinterhältig: »Sind Sie der Hausarzt der Familie Oriol, Herr Doktor?«

Der andere durchschaute die Bosheit und erwiderte mit einem schlichten, fröhlichen: »Donnerwetter, ja!«

Der junge Herr fuhr fort: »Wie haben Sie es fertiggebracht, das Vertrauen dieses reichen Mannes zu gewinnen?«

»Indem ich ihm verschrieb, er solle viel guten Wein trinken.«

Und er wartete mit Einzelheiten über die Oriols auf. Er sei übrigens um die Ecke mit ihnen verwandt und kenne sie seit langer Zeit. Der Alte, der Vater, ein Original, sei sehr stolz auf seinen Wein; vor allem besitze er einen Rebberg, dessen Erzeugnis nur von der Familie und deren Gästen getrunken werden dürfe. In manchen Jahren werde es fertiggebracht, die Fässer zu leeren, die dieser Eliterebberg ergebe; aber in manchen anderen gelinge es kaum.

Wenn so gegen Mai oder Juni der Vater merke, daß er außerstande sei, alles noch Übriggebliebene zu trinken, dann ermuntere er seinen großen Sohn »Koloß« dazu und sage in einem fort zu ihm: »Los, Junge, halt dich 'ran.« Dann fingen sie an, sich von morgens bis abends Liter auf Liter des Roten in die Kehle zu gießen. Zwanzigmal bei jeder Mahlzeit sage der wackere Mann mit ernster Stimme, wenn er den Weinkrug über das Glas des Sohns neige: »Halt dich 'ran.« Und da all die alkoholhaltige Flüssigkeit ihm das Blut erhitze und ihn am Schlafen hindere, stehe er mitten in der Nacht auf, ziehe sich eine Hose über, zünde eine Laterne an, wecke »Kolosch«, und dann gingen sie in den Keller hinab, nachdem sie aus dem Küchenschrank ein Stück Brot zu sich gesteckt hätten, das sie in ihre Zug um Zug unmittelbar am Faß gefüllten Gläser tauchten. Hätten sie dann so viel getrunken, daß der Wein ihnen in den Bäuchen plätschere, klopfe der Vater an das dröhnende Holz des Fasses und horche, ob der Spiegel der Flüssigkeit sich gesenkt habe.

33

Der Marquis fragte:»Sind das die beiden, die sich da am Felsbrocken zu schaffen machen?«

»Ja, ja, stimmt vollkommen.«

Gerade in diesem Augenblick machten die beiden, daß sie mit langen Schritten von dem pulvergeladenen Felsblock wegkamen, und die ganze Menschenmenge unten, die sie umstanden hatte, fing an zu laufen wie eine in wildem Rückzug begriffene Armee. Sie flüchtete auf Riom und auf Enval zu, und der dicke Felsklotz blieb einsam auf einem kleinen, mit kurzem Gras bewachsenen, steinigen Hügel zurück; er teilte den Rebberg in zwei Teile; das Land um ihn herum war unbebaut geblieben.

Die Menge hoch droben, die jetzt ebenso zahlreich war wie die andere, zitterte vor Behagen und Ungeduld; und Petrus Martels kräftige Stimme verkündete:»Obacht! Die Zündschnur ist angesteckt!«

Christiane durchrann ein Schauer der Spannung. Aber hinter ihrem Rücken sagte der Doktor leise:»Ach, wenn sie die Zündschnur unzerteilt angebracht haben, die ich sie habe kaufen sehen, dann haben wir noch zehn Minuten.«

Alle Augen schauten zu dem Felsklotz hin; und plötzlich lief ein Hund, ein kleiner schwarzer Hund, eine Art Mopsbastard, darauf zu. Er umkreiste ihn, schnupperte und witterte sicherlich einen verdächtigen Geruch; denn er begann aus Leibeskräften zu kläffen, mit eingestemmten Pfoten, gesträubtem Rückenhaar, den Schwanz ausgestreckt, die Ohren aufgestellt.

Ein Lachen durchlief die Zuschauerschaft, ein grausames Lachen; alle hofften, er werde nicht rechtzeitig genug weglaufen. Dann riefen ihn Stimmen; sie wollten ihn weglocken; Männer pfiffen; es wurde versucht, mit Steinen nach ihm zu werfen, aber sie durchflogen nur die halbe Strecke. Und der Köter stand einfach da und bellte den Felsen an.

Christiane fing an zu zittern. Eine wilde Angst hatte sie überkommen, mitansehen zu müssen, wie das Tier zerfetzt wurde; all ihre Freude war dahin; sie wollte weggehen; nervös, vor Angst zitternd, stammelte sie immerfort:»O mein Gott! O mein Gott! Er geht drauf! Ich will es nicht sehen! Ich will es nicht! Ich will es nicht! Laßt uns doch gehen...«

Der neben ihr liegende Paul Brétigny war aufgestanden, und ohne ein Wort zu sagen, machte er sich daran, so schnell seine langen Beine ihn trugen, hinab zu dem Felsblock zu eilen.

Schreckensschreie gellten auf; eine Entsetzenswoge durchschwoll die Menge; und als der Köter den großen Mann auf sich zukommen sah, machte er, daß er hinter den Felsklotz kam. Paul lief ihm nach; der Hund kam wieder auf die andere Seite, und eine oder zwei Minuten lang hetzten sie um den Stein herum, bald rechts, bald links, als wollten sie Haschen spielen.

Schließlich sah der junge Herr ein, daß er des Tieres nicht habhaft werden könne; er begann, den Abhang wieder hinaufzusteigen, und der Hund fing in einem abermaligen Wutanfall wieder zu kläffen an.

Zornesflüche begrüßten die Rückkunft des atemlosen Wagehalses; denn die Menschen verzeihen denen, die sie zum Erbeben gebracht haben, nie. Christiane bekam keine Luft, so erschüttert war sie; sie preßte beide Hände auf ihr sprunghaft klopfendes Herz. Sie hatte so völlig den Kopf verloren, daß sie fragte:»Sind Sie wenigstens unverletzt geblieben?«

Der wütende Gontran dagegen rief:»Vollkommen verrückt, der dumme Kerl! Immer macht er solche Dummheiten; der größte Idiot, den ich kenne...«

Aber da schwankte der Boden und hob sich. Eine furchtbare Detonation erschütterte die ganze Umgegend und dröhnte eine lange Minute hindurch im Gebirge nach, und sämtliche Echos hallten sie wider wie Kanonenschüsse.

Christiane sah lediglich einen niederprasselnden Steinregen und eine Säule aus zerstäubter Erde, die in sich zusammensank.

Und sogleich hastete die Menge wie eine Woge unter schrillem Geschrei nach unten. Das Bataillon der Küchenjungen raste sich überpurzelnd den Hügelhang hinab und ließ das Regiment der Komödianten hinter sich zurück, das mit Petrus Martel an der Spitze hinunterzog.

Fast wäre die Trikolore der drei Sonnenschirme bei dem wilden Hinabeilen mitgerissen worden.

Sie liefen alle, Männer, Frauen, Bauern und Stadtleute. Man sah, wie sie hinfielen, wieder aufstanden, weiterliefen, während auf der Landstraße die beiden Zuschauerströme, die eben noch in ihrer Angst zurückgeflutet waren, sich jetzt aufeinander zuwälzten, zusammenprallten und auf der Stätte der Explosion ineinanderrannen.

»Wir wollen noch ein bißchen warten«, sagte der Marquis, »bis die allgemeine Neugier sich beschwichtigt hat, und dann erst hingehen.«

Der Ingenieur Aubry-Pasteur, der unter unsäglicher Mühe gerade aufgestanden war, antwortete: »Ich gehe jetzt auf den Fußpfaden zurück ins Dorf. Ich habe hier nichts mehr zu suchen.« Er drückte allen die Hände, grüßte und trollte sich.

Doktor Honorat war verschwunden. Es wurde über ihn gesprochen.

Der Marquis sagte zu seinem Sohn: »Seit drei Tagen kennst du ihn, und die ganze Zeit machst du dich über ihn lustig; am Ende wird er sich noch gekränkt fühlen.«

Aber Gontran zuckte die Achseln: »Ach, der ist ein vernünftiger Mensch, ein Skeptiker durch und durch! Ich verbürge mich dafür: Der schnappt nicht ein. Wenn er und ich allein beisammen sind, macht er sich über alle und alles lustig, angefangen bei seinen Patienten und den hiesigen Thermalquellen. Ich schenke dir eine Ehrenbadewanne, wenn du es je erlebst, daß er über meine Scherze böse wird.«

Unten jedoch, an der Stätte des verschwundenen Felsbrokkens, herrschte außerordentliche Unruhe. Die riesige, brandende Menge schubste sich, wogte, schrie und johlte, wohl im Bann einer unerwarteten, staunenden Aufregung.

Der stets an allem Anteil nehmende, neugierige Andermatt sagte ein paarmal: »Was haben sie bloß? Was ist bloß in sie gefahren?«

Gontran verkündete, er wolle mal nachsehen, und zog los, während die jetzt gleichgültig gewordene Christiane daran denken mußte, daß eine etwas kürzere Zündschnur hingereicht haben würde, ihren tollköpfigen Nachbarn ums Leben zu bringen, vom Steinhagel zerfetzt zu werden, und zwar einzig, weil sie um das Leben eines Hundes gebangt hatte. Sie meinte, er müsse tatsächlich sehr heftig und leidenschaftlich sein, dieser Mann, um sich ohne jeden zulänglichen Grund in Gefahr zu begeben, sobald eine ihm unbekannte Dame einen Wunsch äußerte. Auf der Landstraße waren dem Dorf zueilende Menschen zu sehen. Da fragte auch der Marquis:»Was mögen sie bloß haben?« Und Andermatt, der es nicht mehr aushielt, machte sich daran, den Hang hinabzusteigen.

Von unten her winkte Gontran, sie möchten kommen.

Paul Brétigny fragte:»Wünschen Sie meinen Arm, Madame?« Sie nahm jenen Arm und spürte, daß er hart wie Eisen war; und als ihr Fuß im warmen Gras ausglitt, stützte sie sich darauf wie auf eine Brüstung, mit absolutem Vertrauen.

Der ihnen entgegenkommende Gontran rief:»Eine Quelle! Die Explosion hat eine Quelle hervorsprudeln lassen!«

Und sie schoben sich in die Menge. Jetzt gingen die beiden jungen Herrn, Paul und Gontran, voran, drängten die Schaulustigen mit Ellbogenstößen beiseite, und ohne sich um deren Knurren und Murren zu kümmern, machten sie freie Bahn für Christiane und ihren Vater.

Sie durchschritten ein Chaos scharfkantiger, zerbrochener, pulvergeschwärzter Steine und gelangten an ein Loch mit schlammigem Wasser; es brodelte und floß dem Bach zu, zwischen den Füßen der Neugierigen hindurch. Andermatt war bereits da; er hatte sich durch die Zuschauer hindurchgeschlängelt, welche Technik für ihn bezeichnend sei, wie Gontran immer sagte, und schaute mit tiefer Aufmerksamkeit zu, wie das Wasser aus dem Boden quoll und davonrann.

An der andern Seite des Lochs stand Doktor Honorat und schaute mit gelangweilter Verwunderung ebenfalls hinein.

Andermatt sagte zu ihm:»Man müßte es mal kosten; vielleicht ist es mineralisch.«

Der Arzt antwortete:»Ganz bestimmt ist es mineralisch. Alle Quellen hier herum sind mineralisch. Bald haben wir mehr davon als Kurgäste.«

Der andere fuhr fort:»Trotzdem müßte man es unbedingt mal kosten.«

Der Arzt blieb teilnahmslos:»Dazu müßte man zumindest warten, bis es sich geklärt hat.«

37

Und alle wollten es sehen. Die in der zweiten Reihe drängten die der ersten bis an den Schlammrand. Ein kleiner Junge fiel hinein, was Anlaß zu Gelächter bot.

Vater und Sohn Oriol waren ebenfalls da und betrachteten mit ernsten Mienen dieses wider Erwarten Eingetretene; sie wußten noch nicht, was sie davon halten sollten. Der Vater war ausgedörrt; er hatte einen großen, mageren Körper mit knochigem Kopf, einem bedächtigen, bartlosen Bauernkopf; und der noch größere Sohn, ein Gigant, ebenfalls mager, trug einen Schnurrbart; er ähnelte zugleich einem aktiven Soldaten und einem Winzer.

Das Wirbeln und Brodeln des Wassers schien stärker zu werden, seine Menge schien anzuschwellen, und es begann sich zu klären.

In der Zuschauerschaft entstand eine Bewegung, und Doktor Latonne erschien, ein Glas in der Hand. Er schwitzte, er schnaufte und blieb, als er seinen Kollegen Doktor Honorat gewahrte, wie angewurzelt stehen, einen Fuß auf dem Rand der neuen Quelle, wie ein General, der als erster in eine Festung eingedrungen ist. Keuchend fragte er:»Haben Sie es schon gekostet?«

»Nein. Damit warte ich, bis es sauber ist.«

Da tauchte Doktor Latonne sein Glas hinein und trank mit der tiefsinnigen Miene, die die Sachverständigen bei der Weinprobe aufsetzen. Darauf erklärte er:»Vortrefflich!«, was ihn zu nichts verpflichtete, und hielt das Glas seinem Rivalen hin:»Wollen Sie auch mal?«

Aber Doktor Honorat schien ganz entschieden wenig für Mineralwässer übrig zu haben; er entgegnete lächelnd:»Danke! Es genügt, daß Sie ihm Billigung gezollt haben. Ich weiß, wie so was schmeckt.« Er wußte, wie sie alle schmecken, diese Mineralwässer, und er billigte sie auch, freilich auf andre Weise. Dann wandte er sich dem alten Oriol zu:»Ihr Hochgewächs ist mehr wert als das Zeug!«

Der Alte war geschmeichelt.

Christiane hatte genug gesehen und wollte aufbrechen. Ihr Bruder und Paul bahnten ihr abermals einen Weg durch die

Volksmenge. Sie folgte ihnen und stützte sich dabei auf den Arm des Vaters. Plötzlich rutschte sie aus und wäre beinah gefallen, und als sie zu Boden schaute, merkte sie, daß sie auf ein blutiges, mit schwarzem Fell bedecktes und schlammglitschiges Stück Fleisch getreten hatte; es war ein Überbleibsel des von der Explosion zerfetzten und von der Menge zerstampften Köters. Es verschlug ihr den Atem; sie war so erschüttert, daß sie ihren Tränen nicht zu wehren vermochte. Und sie flüsterte und trocknete sich dabei mit dem Taschentuch die Augen:»Armes Tierchen, armes Tierchen!«Sie wollte nichts mehr hören; sie wollte heim und sich einschließen. Dieser Tag, der so schön begonnen hatte, nahm für sie ein schlimmes Ende. War das ein Vorzeichen? Ihr verkrampftes Herz pochte mit starken Schlägen.

Sie waren jetzt allein auf der Landstraße und erblickten vor sich einen Zylinder und zwei Gehrockschöße, die wie schwarze Flügel flatterten.

Es war der als letzter benachrichtigte Doktor Bonnefille; jetzt hastete er herbei und hielt ein Glas in der Hand, wie Doktor Latonne. Er erkannte den Marquis und blieb stehen.»Was ist denn passiert, Herr Marquis? Mir ist gesagt worden... Eine Quelle? Eine Mineralquelle?«

»Freilich, lieber Herr Doktor.«

»Eine starke?«

»Allerdings.«

»Sind... sind... sie schon da?«

Gontran antwortete feierlich:»Gewiß, selbstverständlich, Doktor Latonne hat sogar schon die Analyse gemacht.«

Da rannte Doktor Bonnefille schleunigst weiter; Christiane jedoch, die durch seine Erscheinung ein wenig abgelenkt und aufgeheitert worden war, sagte:»Nein, ich mag nicht schon wieder ins Hotel, wir wollen uns lieber in den Park setzen.«

Andermatt war da geblieben; er schaute zu, wie das Wasser herausströmte.

III

An diesem Abend ging es bei der Table d'hôte im Hotel Splendid
recht geräuschvoll zu. Die Sache mit dem Felsbrocken und der
Quelle brachte Leben in die Unterhaltung. Dabei war die Zahl
der Tafelnden durchaus nicht groß, alles in allem waren es an die
zwanzig, und zwar für gewöhnlich schweigsame, stille Leute,
Leidende, die nach vergeblichen Erprobungen sämtlicher be-
kannter Badeorte es jetzt mit dem neu entstandenen versuchten.
An der Tischecke, die die Ravenels und die Andermatts innehat-
ten, folgten zunächst die Monécus, ein kleiner, ganz weißhaari-
ger Herr mit seiner Tochter, einem lang aufgeschossenen, sehr
blassen Mädchen, das bisweilen während einer Mahlzeit aufstand, hinausging und den halbgeleerten Teller stehen ließ; der
dicke Aubry-Pasteur, der ehemalige Ingenieur; dann die Chau-
fours, ein schwarzgekleidetes Ehepaar, das den ganzen Tag über
auf den Parkwegen anzutreffen war, hinter einem Wägelchen, in
dem sie ihr verkrüppeltes Kind spazierenfuhren; und die Damen
Paille, Mutter und Tochter, zwei Witwen, groß und dick, überall
dick, vorn und hinten.»Ihr könnt sehen«, sagte Gontran immer,
»daß sie ihre Männer aufgefressen haben; das drückt ihnen auf
den Magen.« Tatsächlich waren sie hergekommen, um ein Magenleiden behandeln zu lassen.

Etwas weiter entfernt saß ein Mann mit sehr rotem, ziegelfar-
benem Gesicht, Monsieur Riquier, der gleichfalls an Verdau-
ungsbeschwerden litt, und dann kamen weitere, farblose Leute;
sie gehörten zu jenen stummen Reisenden, die leisen Schrittes,
erst die Frau, dann der Mann, in die Speisesäle der Hotels hereinkommen, an der Tür grüßen und sich mit schüchternen, bescheidenen Mienen an ihre Plätze begeben.

Die ganze andere Tischseite war leer, obwohl Teller und Be-
stecke für zukünftige Gäste hingelegt worden waren.

Andermatt redete lebhaft. Den ganzen Nachmittag über hatte
er sich mit Doktor Latonne unterhalten und in seinen Wort-
schwall große Pläne für Enval einfließen lassen.

Der Doktor hatte, vor Begeisterung glühend, die verblüffenden
Vorzüge des hiesigen Wassers aufgezählt, das dem von Châtel-

Guyon weit überlegen sei; dabei war das letzere seit zwei Jahren unwiderruflich in Mode gekommen.

Es gebe also rechts die Quelle von Royat, die sich prächtig entwickele, förmlich triumphiere, und links die Quelle von Châtel-Guyon, die seit kurzem in Schwung komme! Was könne sich aus Enval machen lassen, wenn man die Sache richtig anpacke! Andermatt wandte sich dem Ingenieur zu und sagte:»Ja, da liegt der Hase im Pfeffer; man muß wissen, wie es richtig anzupacken ist. Die ganze Sache ist eine Frage der Geschicklichkeit, des Takts, des Opportunismus und des Wagemuts. Will man einen Kurort schaffen, so muß man sich darauf verstehen, ihn zu lancieren, man muß die große Pariser Ärzteschaft an dem Unternehmen interessieren. Mir, Monsieur, glückt alles, was ich unternehme, weil ich stets auf praktische Mittel und Wege aus bin, die einzigen, die in jedem Spezialfall, mit dem ich mich gerade befasse, den Erfolg bestimmen; und solange ich eben diese Mittel und Wege nicht gefunden habe, unternehme ich nichts, sondern warte. Es genügt nicht, daß einem Wasser zur Verfügung steht, man muß die Leute dahin bringen, daß sie es trinken; und damit sie es trinken, genügt es nicht, daß man selber in den Zeitungen und anderswo großes Geschrei anstimmt, es sei ohnegleichen! Man muß sich darauf verstehen, dergleichen diskret durch die einzigen Menschen sagen zu lassen, die Einfluß auf das trinkende Publikum haben, auf das kranke Publikum, dessen wir bedürfen, auf das in besonderem Maße gläubige Publikum, das die Heilmittel bezahlt – nämlich durch die Ärzte. Nur durch Anwälte darf man zum Gerichtshof sprechen; er hört nur auf sie, er versteht nur sie; nur durch die Ärzte darf man zum Kranken sprechen, denn nur für sie hat er offene Ohren.«

Der Marquis, der den praktischen, unbeirrbaren Sinn seines Schwiegersohns höchlichst bewunderte, rief:»Ja, das stimmt! Übrigens, mein Lieber, du triffst immer ins Schwarze; darin tut es dir keiner gleich.«

Der aufgeregte Andermatt fuhr fort:»Hier wäre ein Vermögen zu gewinnen. Die Landschaft ist wundervoll, das Klima vortrefflich; nur eins macht mir Sorge: Würde das Wasser für ein großes Kurunternehmen reichen? Denn halb getane Dinge mißlingen stets! Wir brauchen ein ganz großes Kurunternehmen und folglich viel Wasser, Wasser genug, um gleichzeitig zweihundert Badewannen in schnellem, ununterbrochenem Einströmen vollaufen zu lassen; und wenn die neue Quelle mit der alten verbunden würde, so würde sie nicht mal fünfzig speisen, was auch Doktor Latonne darüber sagen möge...«

Aubry-Pasteur unterbrach ihn: »Ach, Wasser! Davon verschaffe ich Ihnen, so viel Sie wollen.«

Andermatt war verblüfft: »Sie?«

»Ja, ich. Wundert Sie das? Dann will ich mich deutlicher ausdrücken. Letztes Jahr war ich um die gleiche Zeit wie dieses Jahr hier; ich fühle mich nämlich in Enval sehr wohl. Na, und eines Morgens, als ich mich in meinem Hotelzimmer ausruhte, da hat mich ein dicker Herr aufgesucht. Es war der Präsident des Aufsichtsrates des Kurunternehmens. Er war ganz verstört, und zwar aus folgendem Grund. Die Bonnefille-Quelle ließ so sehr nach, daß ihr gänzliches Versiegen zu befürchten stand. Da er wußte, daß ich Bergwerksingenieur bin, war er zu mir gekommen, um mich zu fragen, ob ich nicht ein Mittel zur Rettung seines Ladens ausfindig machen könne.

Ich machte mich also an das Studium der geologischen Struktur der Gegend. Sie wissen, daß die urzeitlichen Umwälzungen überall unterschiedliche Erschütterungen und Bodenbeschaffenheiten bewirkt haben.

Es handelte sich also darum herauszufinden, wo das Mineralwasser herkam, durch welche Risse und Spalten, in welcher Richtung diese verliefen, woher sie rührten und wie sie beschaffen waren.

Zunächst sah ich mir sehr sorgfältig die Badeanlagen an; dabei entdeckte ich in einem Winkel einen alten, nicht mehr benutzten Zulaufhahn einer Badewanne, und es fiel mir auf, daß er durch Kalkablagerungen fast verstopft war. Also schlug das Wasser die Salze, die es enthielt, an den Wänden der Zuleitungsröhren ab und verstopfte sie innerhalb kurzer Zeit. Das mußte unfehlbar auch bei den natürlichen Zuleitungen im Boden der Fall sein, zumal da jener Boden aus Granit bestand. Die Bonnefille-Quelle war also verstopft. Und weiter gar nichts.

Sie mußte in einiger Entfernung wieder angebohrt werden. Natürlich hätte jeder oberhalb der Stelle nachgesucht, wo sie entsprang. Ich aber habe nach einmonatigen Untersuchungen, Beobachtungen und Überlegungen nach ihr gesucht und sie fünfzig Meter unterhalb ihrer Austrittsstelle wiedergefunden. Und zwar aus folgendem Grund.

Ich hatte Ihnen vorhin gesagt, man müsse sich zunächst über Ursprung, Beschaffenheit und Verlauf der Spalten im Granit klar werden, die das Wasser herleiten. Die Feststellung fiel mir nicht schwer, daß jene Spalten von der Ebene zum Gebirge hinauf und nicht vom Gebirge zur Ebene hin verliefen, schräg wie ein Dach, sicherlich infolge einer Senkung der Ebene, die bei ihrem Einsinken die ersten Ausläufer des Gebirges mit sich hinabgerissen hatte. Anstatt niederzufließen, stieg also das Wasser in jedem Zwischenraum zwischen den Granitschichten hinauf. Und ich entdeckte auch den Grund für dieses unvermutete Phänomen.

Ehemals hat die Limagne, das weite Gebiet von Sand und Tonschiefer, dessen Grenzen kaum zu gewahren sind, sich auf gleicher Höhe mit dem ersten Plateau der Berge befunden; aber infolge der geologischen Struktur des Untergrunds hat sie sich gesenkt und den Rand des Gebirges mit sich gezogen, wie ich es vorhin erklärt habe. Nun aber hat dieser gigantische Einsturz genau auf der Trennungslinie zwischen den erdigen Massen und dem Granit eine riesige Tonschieferbarre von außerordentlicher Tiefe erzeugt, die undurchlässig für alles Flüssige ist.

Und jetzt geschieht folgendes:

Das Mineralwasser entstammt den Herden ehemaliger Vulkane. Das von weither kommende kühlt sich unterwegs ab und entspringt eiskalt, wie die gewöhnlichen Quellen; das aus näher gelegenen Herden kommende entspringt noch warm, bei unterschiedlichen Temperaturen, je nach der Entfernung der Wärmequelle. Und es schlägt folgenden Weg ein. Es steigt in unbekannte Tiefen hinab, bis zu dem Augenblick, da es auf die Tonschieferbarre der Limagne stößt. Da es sie nicht durchdringen kann und unter hohem Druck steht, sucht es nach einem Ausweg. Da findet es die schrägen Spalten im Granit, strömt hinein und steigt in ihnen aufwärts, bis sie an die Erdoberfläche kommen. Dann schlägt es wieder seine ursprüngliche Richtung ein und beginnt im üblichen Bett aller Bäche der Ebene zuzufließen. Ich möchte noch sagen, daß wir nicht den hundertsten Teil der Mineralwässer der Täler hier sehen. Wir gewahren nur die, deren Ausfluß offen zutage liegt. Die andern, die unter dicken, bebauten Humusschichten ans Ende der Granitspalten gelangen, versickern in jenen Schichten und werden von ihnen aufgesogen. Woraus ich folgere:

1. daß es, um Wasser zu bekommen, genügt danach zu suchen, indem man Neigung und Richtung der überlagerten Granitmassen verfolgt;

2. daß es, um das Wasser am Fließen zu erhalten, genügt zu verhindern, daß die Spalten durch Kalkablagerungen verstopft werden, mit andern Worten: daß die zu bohrenden kleinen Brunnen sorgfältig instand gehalten werden müssen;

3. daß man, um die Quelle des Nachbarn zu stehlen, sie nur mittels einer im gleichen Granitspalt durchgeführten Bohrung anzuzapfen braucht, und zwar unterhalb, nicht oberhalb der Austrittsstelle, selbstverständlich unter der Bedingung, daß man gebirgsseits der Tonschieferbarre zu Werke geht, die das Wasser zum Steigen zwingt.

Unter diesem Gesichtspunkt betrachtet, liegt die heute entdeckte Quelle auf wunderbare Weise nur ein paar Meter von jener Barre entfernt. Wenn man ein neues Kurunternehmen gründen wollte, müßte es dort zu stehen kommen.«

Als er zu sprechen aufhörte, entstand ein Schweigen.

Der entzückte Andermatt sagte lediglich:»Da haben wir's wieder mal! Wenn man hinter die Kulissen gehen darf, ist es um das Geheimnis geschehen. Sie sind ein kostbarer Mensch, Monsieur Aubry-Pasteur.«

Außer ihm hatten das Ganze nur der Marquis und Paul Brétigny begriffen. Und nur Gontran hatte überhaupt nicht zugehört. Die andern hatten mit aufgesperrten Ohren und Augen am Mund des Ingenieurs gehangen und saßen jetzt mit vor Erstaunen dummen Gesichtern da. Zumal die sehr frommen Damen Paille überlegten, ob dieser Erklärung eines von Gott befohlenen

und vermöge seiner unerforschlichen Mittel zustande gekommenen Phänomens nicht etwas Irreligiöses innewohne. Die Mutter
glaubte bemerken zu müssen: »Die Wege der Vorsehung sind
recht verblüffend.«

Die an der Tischmitte sitzenden Damen nickten billigend;
auch sie waren beunruhigt, jene ihnen unverständlichen Ausfüh-
rungen vernommen zu haben.

Monsieur Riquier, der Herr mit dem ziegelroten Gesicht, erklärte: »Meinetwegen mag es aus Vulkanen oder vom Mond
stammen, das Enval-Wasser; ich trinke es jetzt seit zehn Tagen
und verspüre noch immer keine Wirkung.«

Monsieur und Madame Chaufour protestierten im Namen ihres Kindes; es fange an, das rechte Bein zu bewegen, und das sei
in den sechs Jahren, die es schon behandelt werde, noch nie geschehen.

Riquier entgegnete: »Das beweist bloß, zum Donnerwetter,
daß wir nicht dieselbe Krankheit haben; aber es beweist nicht,
daß das Enval-Wasser gut gegen Magenleiden ist.« Er schien wütend, aufgebracht über diesen abermaligen, vergeblichen Versuch.

Nun aber ergriff auch Monsieur Monécu das Wort im Namen
seiner Tochter und versicherte, seit acht Tagen beginne sie die
Speisen zu vertragen, ohne bei jeder Mahlzeit hinausgehen zu
müssen.

Und seine langaufgeschossene Tochter wurde rot und steckte
die Nase in den Teller.

Die Damen Paille fühlten sich gleichfalls besser.

Da wurde Riquier böse und fuhr die beiden Damen an: »Haben Sie tatsächlich Magenbeschwerden?«

Beide antworteten aus einem Mund: »Freilich! Wir verdauen
nichts.«

Fast wäre er vom Stuhl aufgesprungen; er blubberte: »Sie...
Sie... Sie braucht man doch bloß anzusehen. Sie haben Magenbeschwerden? Das kommt, weil Sie zu viel essen.«

Madame Paille, die Mutter, wurde wütend und entgegnete:
»Bei Ihnen scheidet jeder Zweifel aus, Sie bezeigen nur zu gut
den Charakter von Leuten mit völlig ruiniertem Magen. Es heißt

nicht umsonst, daß gute Mägen die Menschen liebenswürdig machen.«

Eine alte, sehr magere Dame, deren Namen niemand kannte, sagte nachdrücklich:»Ich glaube, alle in Enval würden sich besser fühlen, wenn der Hotelkoch sich gelegentlich erinnerte, daß er für kranke Menschen kocht. Wirklich, er wartet uns mit Sachen auf, die man unmöglich verdauen kann.«

Und nun war die ganze Tafelrunde sich mit einem Schlag einig. Es erhob sich Unwille gegen den Hotelbesitzer, der Langusten, kalte Platten, Aal in kalter Senfsauce, Kohl servierte, jawohl, Kohl und Würste, die unverdaulichsten Nahrungsmittel der Welt, und ausgerechnet für Leute, denen die drei Ärzte Bonnefille, Latonne und Honorat einzig und allein weißes, mageres, zartes Fleisch verordnet hatten, frisches Gemüse und Milchspeisen.

Riquier zitterte vor Zorn:»Müßten nicht die Ärzte die Speisefolgen in Kurorten kontrollieren, anstatt die so wichtige Auswahl der Nahrungsmittel dem Urteil eines Halbidioten zu überlassen? Auf diese Weise werden uns tagtäglich hartgekochte Eier, Sardinen und Schinken als Vorspeisen aufgetischt...«

Monécu unterbrach ihn:»O pardon, meine Tochter kann nur Schinken richtig verdauen; außerdem ist er ihr von Mas-Roussel und Rémusot verschrieben worden.«

Riquier rief:»Schinken! Schinken! Aber das ist doch das reinste Gift!«

Und da zerfiel die Tafelrunde jäh in zwei Parteien; die eine duldete den Schinken, die andere nicht.

Und es setzte eine endlose Diskussion, wie sie sich jeden Tag erhob, über die Bewertung der Speisen ein.

Sogar über die Milch wurde hitzig hin und her geredet; Riquier konnte kein Bordeauxglas voll trinken, ohne auf der Stelle Magendrücken zu bekommen.

Aubry-Pasteur, der sich jetzt ebenfalls ärgerte, daß die Vorzüge von Dingen angefochten wurden, für die er schwärmte, antwortete ihm:»Aber, zum Teufel, bester Herr, wenn Sie an Dyspepsie leiden und ich an Gastritis, dann brauchen wir genauso verschiedene Nahrung, wie Kurzsichtige und Weitsichtige verschiedene Brillengläser brauchen, und dennoch haben beide kranke Augen.« Er fügte hinzu:»Mir bleibt die Luft weg, wenn ich ein Glas Rotwein getrunken habe, und meiner Meinung nach gibt es für den Menschen nichts Schädlicheres als Wein. Alle Wassertrinker werden hundert Jahre alt; wir dagegen...« Gontran fiel lachend ein:»Mein Gott, ohne Wein und ohne... Ehe käme mir das Leben ziemlich eintönig vor.« Die Damen Paille schlugen die Augen nieder. Sie sprachen übermäßig dem Bordeaux supérieur zu, und zwar unverdünnt; und ihre zweifache Witwenschaft schien darauf hinzuweisen, daß sie die gleiche Gepflogenheit ihren Männern auferlegt hatten; denn die Tochter war zweiundzwanzig und die Mutter kaum vierzig.

Der für gewöhnlich so gesprächige Andermatt hingegen saß schweigend und versonnen da. Unvermittelt fragte er Gontran:»Weißt du, wo die Oriols wohnen?«

»Ja, ihr Haus ist mir vorhin gezeigt worden.«

»Könntest du mich nach dem Abendessen hinführen?«

»Gewiß. Es wird mich sogar freuen, dich zu begleiten. Es wäre mir nicht unlieb, die beiden Mädchen wiederzusehen.«

Und sobald das Essen vorbei war, gingen sie weg, während die ermüdete Christiane, der Marquis und Paul Brétigny hinauf in das Gesellschaftszimmer gingen, wo sie für den Rest des Abends zu bleiben gedachten.

Es war noch heller Tag; in Kurorten wird immer frühzeitig zu Abend gegessen.

Andermatt hakte den Schwager unter.»Lieber Gontran, wenn jener Alte wirklich was weiß und wenn die Analyse ergibt, was Doktor Latonne sich davon erhofft, werde ich hier wahrscheinlich ein großes Geschäft starten: einen groß aufgezogenen Kurort. Ich will einen richtigen, großen Kurort lancieren!« Er blieb mitten auf der Straße stehen und faßte seinen Begleiter an den Rockaufschlägen:»Ach, ihr andern, ihr habt alle keine Ahnung, wie amüsant Geschäfte sein können, natürlich nicht die Geschäfte der Kaufleute und Ladenbesitzer, sondern die großen Geschäfte, Geschäfte, wie *wir* sie betreiben! Ja, mein Lieber, wenn man die richtig auffaßt, dann ist in ihnen alles enthalten, was die

Menschen von je geliebt haben; sie sind zu gleicher Zeit Politik, Krieg, Diplomatie, alles, alles! Immer muß man suchen, finden, erfinden, alles durchschauen, alles voraussehen, alles kombinieren, alles wagen. Heute wird der Großkampf mit dem Geld ausgefochten. Ich betrachte die Hundertsousstücke als kleine Soldaten in roten Hosen, die Zwanzigfrancsstücke als schmucke Leutnants, die Hundertfrancsscheine als Hauptleute und die zu tausend als Generale. Und ich kämpfe, verdammt noch mal! Ich kämpfe von morgens früh bis abends spät gegen alle Welt, mit aller Welt. Und das heißt leben, leben im großen Stil, wie die Mächtigen vergangener Zeiten gelebt haben. Wir sind die Mächtigen von heutzutage, so ist es, die wahren, die einzigen Mächtigen! Da, sieh dir das Dorf hier an, dies armselige Dorf! Daraus will ich eine Stadt machen, eine weiße Stadt voller Grand-Hotels, und die sind dann voller Gäste, haben Lifts, Dienerschaft, Wagen, eine Menge reicher Leute wird von einer Menge armer Leute bedient; und all das geschieht, weil es mir Spaß gemacht hat, mit Royat zu kämpfen, das zur Rechten, mit Châtel-Guyon, das zur Linken liegt, mit Mont-Dore, La Bourboule, Châteauneuf und Saint-Nectaire, die hinter uns liegen, und mit Vichy – das liegt uns gegenüber! Und ich werde Erfolg haben, weil ich das Mittel besitze, das einzige Mittel. Ich habe es ganz plötzlich erkannt, genauso klar, wie ein großer Heerführer die schwache Stelle des Gegners wahrnimmt. Auch in unserm Beruf muß man sich auf Menschenführung verstehen, darauf, sie mitzureißen wie sie zu bändigen. Mein Gott, wie amüsant ist das Leben, wenn man dergleichen Dinge zu tun vermag! Jetzt habe ich mit meiner Stadt drei lustvolle Jahre vor mir. Und dann, stell dir vor, dieser Glückszufall, auf den Ingenieur zu stoßen, der uns beim Abendessen wunderbare Dinge gesagt hat, wunderbare Dinge, mein Lieber. Sein System ist klar wie der Tag. Dank ihm ruiniere ich die alte Kurfirma und habe dabei nicht mal nötig, sie aufzukaufen.«

Sie waren weitergegangen und stiegen jetzt langsam die Landstraße links in Richtung auf Châtel-Guyon hinauf.

Gontran hatte gelegentlich behauptet:»Wenn ich neben meinem Schwager hergehe, höre ich in seinem Kopf ganz deutlich dasselbe Geräusch wie in den Spielsälen von Monte-Carlo, das Geräusch des hin und her geschobenen, durcheinandergerührten, eingestrichenen, zusammengeharkten, verlorenen, gewonnenen Geldes.«

Tatsächlich erweckte Andermatt die Vorstellung einer seltsamen menschlichen Maschine, die einzig und allein dazu konstruiert worden war, rein gedanklich mit Geld zu kalkulieren, umzugehen, zu manipulieren. Er bezeigte übrigens große Gefallsucht über seine Spezialfähigkeit und rühmte sich, er könne auf den ersten Blick den genauen Wert jedes erdenklichen Gegenstands abschätzen. Daher konnte beobachtet werden, daß er, wo er sich auch befinden mochte, irgend etwas in die Hand nahm, es prüfend anschaute, es hin und her drehte und dann erklärte: »Das ist so und so viel wert.« Seine Frau und seinen Schwager belustigte diese Manie; es machte ihnen Spaß, ihn hinters Licht zu führen, ihm groteske Möbelstücke zu zeigen und ihn zu bitten, er möge ihren Wert schätzen; und wenn er dann ratlos vor ihren unwahrscheinlichen Fundstücken stand, lachten sie beide wie nicht klug. Manchmal hieß ihn Gontran auch in Paris auf der Straße vor einem Laden stehen bleiben und zwang ihn, den Wert des gesamten Schaufensterinhalts zu schätzen oder auch den eines hinkenden Droschkengauls oder gar den eines ganzen Möbelwagens mit den darin befindlichen Möbeln.

Eines Abends bei Tisch, gelegentlich eines großen Essens bei seiner Schwester, forderte er William auf, ihm doch ungefähr zu sagen, was der Obelisk auf der Place de la Concorde wert sei; und als Andermatt dann irgendeine Ziffer genannt hatte, stellte er die gleiche Frage in bezug auf den Pont Solférino und den Triumphbogen. Und er folgerte todernst: »Du könntest eine höchst interessante Arbeit über den Geldwert der wichtigsten Baudenkmäler der Erde schreiben.«

Andermatt schnappte niemals ein und gab sich zu all diesen Spöttereien her, als ein überlegener, selbstsicherer Mann. Als Gontran ihn eines Tages gefragt hatte: »Und was bin ich selber wert?«, lehnte er die Antwort ab; und als der Schwager nicht lokker ließ und sagte: »Paß mal auf: Wenn ich nun in die Gefangenschaft von Räubern geriete, wieviel würdest du dann als Lösegeld

49

zahlen?«, antwortete er endlich:»Na ja! Na ja! Ich würde einen Wechsel ausstellen.« Und sein Lächeln war so vielsagend, daß der leicht verärgerte Schwager die Sache aufgab.

Übrigens besaß Andermatt eine Schwäche für Kleinkunstwerke; er besaß nämlich einen sehr feinen Geschmack, kannte sich bewundernswert aus und sammelte geschickt, mit dem Witterungsvermögen eines Spürhunds, wie er es bei allen seinen geschäftlichen Transaktionen zeigte.

Sie waren bis zu einem schlichten Haus gelangt; Gontran hielt ihn zurück und sagte:»Hier wohnen sie.«

Ein eiserner Klopfer hing an einer schweren Eichentür; sie betätigten ihn, und eine magere Magd machte ihnen auf.

Der Bankier fragte:»Ist Monsieur Oriol zu sprechen?«

Die Frau sagte:»Kommen Sie nur herein.«

Sie traten in eine Küche ein, eine geräumige Bauernküche, in der unter einem Kochtopf noch ein kleines Feuer brannte; dann wurden sie in einen andern Raum gewiesen, wo die Familie Oriol beisammen saß. Der Alte schlief, gegen einen Stuhl gelehnt, die Füße auf einem andern. Der Sohn stützte beide Ellbogen auf den Tisch und las das»Petit Journal« mit der verbissenen Anspannung eines schwachen, immer wieder abgleitenden Verstandes, und die beiden Töchter saßen in ein und derselben Fensternische und arbeiteten an ein und derselben Stickerei; sie war an beiden Enden angefangen worden.

Sie standen als die ersten auf, beide zugleich, verblüfft über diesen unvermuteten Besuch; dann hob der große Jacques den Kopf, einen Kopf, in dem die geistige Anstrengung einen Blutandrang verursacht hatte; und schließlich wachte der alte Oriol auf und zog, eins nach dem andern, seine langen Beine von dem zweiten Stuhl an sich heran.

Das Zimmer war kahl, gekalkt, mit Fliesen belegt, mit Strohstühlen ausgestattet, einer Mahagonikommode, vier Epinaler Bilderbogen unter Glas und Rahmen und langen weißen Gardinen.

Alle schauten einander an, und die Magd wartete mit bis zu den Knien hochgeschürztem Rock an der Tür; die Neugierde hatte sie festgenagelt.

Andermatt trat vor, nannte seinen Namen, nannte den des Schwagers, den er als Grafen de Ravenel bezeichnete, und verbeugte sich tief vor den jungen Mädchen, es war eine Verneigung von äußerster Eleganz; dann setzte er sich in aller Ruhe und sagte:»Monsieur Oriol, ich komme, um etwas Geschäftliches mit Ihnen zu bereden. Übrigens möchte ich direkt aufs Ziel losgehen. Also hören Sie. Sie haben unter Ihrem Weinberg eine Quelle entdeckt. Die Analyse des Wassers dürfte in einigen Tagen fertig sein. Kommt nichts dabei heraus, so ziehe ich mich selbstverständlich zurück; wenn sie dagegen das ergibt, was ich hoffe, erbiete ich mich, das Landstück und sämtliche angrenzenden käuflich zu erwerben... Bedenken Sie folgendes. Niemand außer mir kann Ihnen bieten, was ich biete, niemand! Das alte Kurkonsortium steht vor dem Bankrott; also kommt es schwerlich auf den Gedanken, ein neues Kurhaus zu bauen, und der Mißerfolg jenes Unternehmens dürfte nicht eben zu neuen Versuchen ermutigen... Antworten Sie mir heute nicht, beraten Sie sich mit Ihrer Familie. Wenn das Ergebnis der Analyse bekannt ist, setzen Sie mir Ihren Preis fest. Ist er mir genehm, sage ich: ›Ja‹; ist er mir nicht genehm, sage ich: ›Nein.‹ Ich feilsche nämlich nie.«

Der Bauer, der auf seine Art ein Geschäftsmann und gerieben wie nur einer war, antwortete höflich, er wolle sehen, es sei eine Ehre für ihn, er werde sich die Sache überlegen, und lud zu einem Glas Wein ein.

Andermatt nahm dankend an, und da der Tag sich neigte, sagte Oriol zu seinen Töchtern, die sich wieder an die Arbeit gemacht hatten und die Augen nicht von ihrem Tun ließen:»Bringt Licht, Kinderchen.«

Sie standen beide gleichzeitig auf, gingen in ein Nachbarzimmer und kamen dann wieder; die eine trug zwei angesteckte Kerzenleuchter, die andere vier fußlose Gläser, Armeleutegläser. Die Kerzen waren neu und hatten rosa Papiermanschetten; sicherlich hatten sie als Zierstücke auf dem Kamin der Mädchen gestanden.

Da erhob sich»Koloß«; denn nur männliche Wesen pflegten in den Keller zu gehen.

Andermatt fiel etwas ein:»Nur zu gern würde ich mal Ihren

Keller besichtigen. Sie sind der erste Winzer der Gegend; er muß sehr schön sein!«

Oriol war an seiner schwachen Stelle getroffen und zeigte sich eifrig zur Führung bereit; er nahm einen der Leuchter und ging voraus. Abermals wurde die Küche durchschritten, dann stieg man in einen Hof hinab, wo ein Rest von Tageshelle undeutlich leere, aufrecht stehende Fässer erkennen ließ, riesige granitene Mühlsteine mit einem Loch in der Mitte, die in eine Ecke gerollt worden waren und wie die Räder eines gewaltigen Wagens der Vorzeit aussahen, eine abmontierte Weinpresse mit Holzschraube und braunen, vom Gebrauch lackglatt gewordenen Teilen, die plötzlich aus dem Dunkel im Schein des Lichts aufglänzten, ferner Arbeitsgerätschaften, deren von der Erde polierter Stahl blitzte wie Kriegswaffen. Alle diese Dinge wurden nach und nach beleuchtet, im gleichen Maß, wie der Alte an ihnen vorbeiging; in der einen Hand trug er seine Kerze, mit der andern schützte er sie.

Es roch bereits nach Wein, nach zerstampften, getrockneten Trauben. Sie kamen an eine mit zwei Schlössern versperrte Tür. Oriol schloß sie auf, hob unvermittelt den Leuchter über seinen Kopf und deutete von ungefähr auf eine lange Reihe von Fässern, die nebeneinander standen und auf ihren bauchigen Flanken eine zweite Reihe weniger großer trugen. Er wies zunächst darauf hin, daß dieser ebenerdige Keller in den Berg hineingehöhlt worden sei; dann verbreitete er sich über den Inhalt der Fässer, das Alter, die Lagen, die Qualitäten, und als sie vor das Eigengewächs der Familie gelangt waren, streichelte er das Faß, wie man es mit der Kruppe eines Lieblingspferdes tut, und sagte voller Stolz:»Den hier sollen Sie probieren. Dem kommt kein Flaschenwein gleich, kein einziger, weder in Bordeaux noch sonstwo.« Denn er hegte die ungestüme Vorliebe der Bauern für im Faß verbliebene Weine.

»Koloß«, der mit einem Krug hinter ihm hergegangen war, bückte sich und drehte den Hahn am Spund auf; dabei leuchtete ihm der Vater sorglich, als sei der Sohn bei der Durchführung einer schwierigen, peinlichste Genauigkeit erfordernden Arbeit. Der Kerzenschein fiel voll auf die beiden Gesichter, den Kopf des Stammvaters, der wie der eines alten Staatsanwalts, und den Kopf des Sohns, der wie der eines Frontsoldaten wirkte. Andermatt flüsterte Gontran zu:»Sieh bloß mal, was für ein schöner Teniers!«

Der junge Herr entgegnete ganz leise:»Mir sind die Töchter lieber.«

Dann wurde der Rückweg angetreten. Nun mußte von dem Wein getrunken, viel getrunken werden, den beiden Oriols zu Gefallen.

Die Mädchen waren näher an den Tisch herangerückt und fuhren mit ihrer Handarbeit fort, als sei niemand sonst im Zimmer. Gontran sah unablässig zu ihnen hin und überlegte, ob sie Zwillinge seien, so ähnlich waren sie einander. Die eine war jedoch etwas dicklicher und kleiner, die andere vornehmer. Ihr kastanienbraunes, nicht schwarzes Haar schmiegte sich flach den Schläfen an und schimmerte bei den leichten Bewegungen ihrer Köpfe auf. Sie hatten die ein wenig zu stark ausgeprägten Kinnladen und Stirnen der auvergnatischen Rasse, mit leicht hervortretenden Backenknochen, aber reizende Münder, entzückende Augen, Brauen von makelloser Zeichnung und eine köstliche frische Gesichtsfarbe. Bei ihrem Anblick war zu spüren, daß sie nicht in diesem Haus aufgewachsen waren, sondern in einem eleganten Internat, dem Kloster, in das die reichen, adligen Fräulein der Auvergne geschickt werden, und daß sie dort die diskreten Umgangsformen von Töchtern der großen Welt angenommen hatten.

Gontran, den Widerwille vor dem ihm hingestellten Glas Rotwein überkommen hatte, stieß Andermatt mit dem Fuß an, um ihn zum Weggehen zu bewegen. Schließlich stand er auf, und beide drückten den beiden Bauern energisch die Hände, dann verbeugten sie sich wiederum förmlich vor den jungen Mädchen, die, ohne diesmal aufzustehen, mit einer leichten Kopfbewegung dankten.

Sobald sie auf der Straße waren, fing Andermatt von neuem zu reden an.»Tja, mein Lieber, was für eine merkwürdige Familie! Wie handgreiflich ist hier der Übergang vom Volk zur guten Gesellschaft! Der Sohn wurde für die Rebkulturen gebraucht, damit

der Lohn für einen Knecht gespart werde – eine blöde Knause-
rei –, na, gleichgültig, er ist im Haus behalten worden und ist
›Volk‹. Die Mädchen jedoch gehören beinahe schon gänzlich zur
großen Welt. Wenn sie die geeigneten Ehen schließen, sind sie genauso gut wie eine unserer Damen, und sogar sehr viel besser als
die meisten. Diese Leute zu sehen war für mich ein Erlebnis, das
mich genauso freut wie einen Geologen, wenn er ein Tier aus der
Tertiärzeit findet.«
Gontran fragte:»Welches gefällt dir besser?«
»Welches? Wieso welches? Was meinst du?«
»Welches der Mädchen?«
»Ach, das ist denn doch! Keine Ahnung! So genau, daß ich sie
vergleichen könnte, habe ich sie mir nicht angesehen. Aber was
kann dir das ausmachen, da du doch schwerlich die Absicht hast,
eine der beiden zu entführen?«
Gontran mußte lachen:»Ach was! Aber ich bin hingerissen,
einmal frischen, wirklich frischen und gesunden Frauen begegnet
zu sein, so frischen und gesunden, wie man sie in unsern Kreisen
nie antrifft. Ich schaue sie ebenso gern an wie du einen Teniers.
Ich sehe nun mal nichts lieber als ein hübsches Mädchen, ganz
gleich, wo, ganz gleich, aus welcher Gesellschaftsklasse. Die sind
eben meine Kleinkunstwerke. Ich sammle sie nicht, aber ich bewundere sie, leidenschaftlich, als Künstler, mein Lieber, als
überzeugter und selbstloser Künstler! Hilft nichts, das ist nun
mal meine Passion. Nebenbei gesagt, kannst du mir fünftausend
Francs leihen?«
Der andere blieb stehen und brummte ein energisches»Schon
wieder mal!« vor sich hin.
Gontran antwortete lediglich:»Immer wieder!«
Dann gingen sie weiter.
Andermatt fuhr fort:»Was, zum Teufel, fängst du eigentlich
mit dem Geld an?«
»Ausgeben tu' ich es.«
»Ja, aber du gibst es übertrieben aus.«
»Lieber Freund, ich habe eine Schwäche fürs Geldausgeben
wie du fürs Verdienen. Verstehst du?«
»Vollauf; aber du verdienst keins.«

»Stimmt. Darauf verstehe ich mich nicht. Man kann nicht alles haben. Du verstehst dich aufs Verdienen, beispielsweise, aber du verstehst nicht das mindeste vom Ausgeben, vom Verschwenden. Für dich scheint Geld nur dazu da zu sein, Zinsen zu tragen. Ich verstehe nichts vom Verdienen, aber ich verstehe mich großartig aufs Ausgeben. Das verschafft mir tausend Dinge, die du nur dem Namen nach kennst. Wir waren dazu geschaffen, Schwäger zu werden. Wir ergänzen einander prachtvoll.«

Andermatt brummelte:»Verrückter Kerl! Nein, fünftausend Francs bekommst du nicht, aber ich will dir fünfzehnhundert leihen... weil... weil ich dich in ein paar Tagen vielleicht brauchen könnte.«

Ganz gleichmütig entgegnete Gontran:»Gut, dann nehme ich sie als Anzahlung.«

Statt einer Antwort klapste der andere ihm auf die Schulter.

Sie kamen zum Park, der von Lampions erleuchtet war, die in den Zweigen der Bäume hingen. Das Kurorchester spielte eine langsame, klassische Weise; sie schien zu hinken und hatte viele leere Stellen und Pausen; die gleichen vier Musiker spielten sie; sie waren erschöpft davon, daß sie in einem fort, morgens und abends, in dieser Einsamkeit für das Blattwerk und den Bach spielen und dabei den Effekt von zwanzig Instrumenten vollführen mußten, und sie waren es auch satt, am Monatsende nicht voll bezahlt zu werden, da Petrus Martel ihre Gage stets durch Körbe Wein oder Literflaschen mit Likören ergänzte, die die Kurgäste nie trinken würden.

Durch die Geräusche des Konzerts hindurch waren auch die des Billardspiels zu vernehmen, das Gegeneinanderstoßen der Bälle und die meldenden Stimmen:»Zwanzig, einundzwanzig, zweiundzwanzig.«

Andermatt und Gontran gingen hinauf. Nur Aubry-Pasteur und Doktor Honorat saßen neben dem Musikpodium und tranken ihren Kaffee. Petrus Martel und Lapalme spielten erbittert ihre Partie, und die Büfettdame wachte auf und fragte:»Was wünschen die Herren?«

IV

Nachdem die beiden Mädchen zu Bett gegangen waren, hatten die beiden Oriols noch lange beratschlagt. Andermatts Vorschlag hatte sie betroffen gemacht und aufgeregt; sie suchten nach Mitteln und Wegen, sein Verlangen anzustacheln, ohne ihren eigenen Interessen zu schaden. Als genau rechnende, praktische Bauern wogen sie klüglich alle Möglichkeiten ab; sie erkannten nur zu gut, daß in einer Gegend, wo die Mineralquellen neben sämtlichen Bächen nur so hervorsprudeln, man den unerwartet aufgetretenen, schwerlich zum zweitenmal sich darbietenden Liebhaber nicht durch eine übertriebene Forderung vor den Kopf stoßen dürfe. Und dabei durfte ihm andererseits nicht ganz und gar die Quelle überlassen werden, die eines Tages einen Strom flüssigen Geldes spenden konnte, wie das Beispiel Royat und Châtel-Guyon sie gelehrt hatte.

Also zerbrachen sie sich die Köpfe darüber, wie sie den Eifer des Bankiers bis zur Besessenheit entflammen könnten; sie erdachten sich fiktive Konsortien, die seine Angebote übertrumpfen könnten, eine Reihe plumper Schliche und Listen, deren Fehlerhaftigkeit sie durchschauten, ohne daß es ihnen gelungen wäre, sich geschicktere auszudenken. Sie schliefen schlecht; als dann der Vater am Morgen als erster aufgewacht war, fragte er sich, ob nicht etwa die Quelle während der Nacht versiegt sei. Dergleichen kam schließlich vor; sie konnte verschwunden sein, wie sie gekommen war, in die Erde zurückgekehrt, unmöglich wiederum zu ergattern. Voller Unruhe stand er auf, von der Angst eines Geizhalses gepackt, rüttelte den Sohn wach und sagte ihm, was er befürchtete; und der große »Koloß« schob die Beine aus den grauen Bettlaken und zog sich an, um zusammen mit dem Vater nachzuschauen.

Auf alle Fälle konnten sie das Feld und die Quelle selber in Ordnung bringen, die Steine wegräumen, sie schön saubermachen wie ein Tier, das verkauft werden soll.

So nahmen sie denn ihre Hacken und Schaufeln und machten sich auf den Weg; mit langen, wiegenden Schritten gingen sie nebeneinander her.

Unterwegs hatten sie auf nichts acht; sie waren vollauf mit ihrem Handel beschäftigt; sie antworteten nur einsilbig auf die Grüße der ihnen begegnenden Nachbarn und Freunde. Als sie auf der Landstraße nach Riom waren, wurden sie unruhig und hielten Ausschau, ob sie das sprudelnde, in der Morgensonne blinkende Wasser sähen. Die Landstraße lag leer, weiß und staubig da; neben ihr rann der Bach, den die Weidenbäume überdachten.

Unter einem von ihnen gewahrte Oriol unvermuteterweise zwei Füße, und nach weiteren drei Schritten erkannte er den alten Clovis; er saß am Straßenrand und hatte seine Krücken neben sich ins Gras gelegt.

Er war ein alter Rheumatiker, berühmt in der ganzen Gegend, die er seit zehn Jahren auf seinen Eichenholzbeinen, wie er sie nannte, mühselig und langsam durchstreifte; wie ein Armer auf Callots Radierungen sah er aus. Ehedem war er ein Wilderer und Fischdieb gewesen, oftmals ertappt und verurteilt; durch das lange Liegen auf Anstand im feuchten Gras und das nächtliche Fischen in den Bächen, die er, das Wasser bis zum Bauch, durchwatete, hatte er Gliederschmerzen bekommen. Jetzt hinkte er ächzend wie ein Taschenkrebs, der seine Beine verloren hat. Beim Gehen schleppte er das rechte Bein nach wie einen Lappen; das eingeknickte linke hing in der Luft. Die jungen Burschen aus dem Dorf, die bei anbrechender Nacht hinter den Mädchen oder den Hasen her waren, behaupteten, man könne dem alten Clovis, der dann schnell wie ein Hirsch und geschmeidig wie eine Ringelnatter sei, im Gebüsch und auf den Lichtungen begegnen, und sein Rheuma diene alles in allem nur dazu,»die Gendarmen hinters Licht zu führen«. Zumal»Koloß« behauptete hartnäckig, er habe ihn nicht nur einmal, sondern fünfzigmal beim Schlingenlegen beobachtet, die Krücken unterm Arm.

Der alte Oriol blieb vor dem greisen Vagabunden stehen; es war ihm ein vorerst noch verworrener Einfall gekommen; denn in seinem Quadratschädel vollzog das Denken sich nur langsam. Er sagte zu ihm guten Tag; der andere sagte ebenfalls guten Tag. Dann sprachen sie vom Wetter, von der Rebblüte und noch ein paar weiteren Dingen; aber da»Koloß« schon ein Stück voraus war, ging der Vater ihm mit langen Schritten nach.

57

Ihre Quelle sprudelte nach wie vor; sie war jetzt klar, und der ganze Grund des Lochs war rot, von einem schönen Dunkelrot; das rührte von einem überreichen Eisengehalt her.

Die beiden Männer schauten einander grinsend an; dann machten sie sich ans Säubern der Umgebung; sie räumten die Steine weg und häuften sie auf. Und als sie die letzten Überbleibsel des zu Tode gekommenen Hundes fanden, buddelten sie sie unter Witzen ein.

Aber plötzlich ließ der alte Oriol seine Schippe fallen. Eine hinterhältige Falte der Freude und des Triumphs kerbte die Winkel seiner flachen Lippen und seiner verschmitzten Augen; und er sagte zu dem Sohn:»Komm mit und paß auf.«

Der andere gehorchte; sie gingen wieder auf die Landstraße und schritten den gleichen Weg zurück. Der alte Clovis wärmte noch immer seine Glieder und seine Krücken in der Sonne. Oriol blieb vor ihm stehen und fragte:»Willst du dir so an die hundert Francs verdienen?«

Der andere war auf der Hut und gab keine Antwort.

Nochmals fragte der Bauer:»Na? Hundert Francs?«

Da entschloß sich der Vagabund und brummelte:»Teufel auch, ist doch selbstverständlich!«

»Dann hör zu, Alter, folgendes mußt du tun.« Und er setzte ihm des langen und breiten auseinander, mit Listen und Tücken, Hintergründigkeiten und zahllosen Wiederholungen, wenn er bereit sei, jeden Tag zwischen zehn und elf ein einstündiges Bad in einem Loch zu nehmen, das sie neben der Quelle graben wollten, und wenn er nach einem Monat geheilt sei, dann würden sie ihm hundert Francs in blanken Silberstücken geben.

Der Gelähmte hörte mit blödem Gesicht zu; dann sagte er:»Alle Medizinen haben mir nicht geholfen, also tut euer Wasser es auch nicht.«

Aber da wurde»Koloß« wütend.»Du alter Schwindler, weißt du, deine Krankheit, die kenne ich ganz genau, mir kannst du nichts vormachen. Was hast du letzten Montag im Wald von Comberombe getrieben, so gegen nachts um elf?«

Der Alte antwortete heftig:»Ist ja nicht wahr.«

Aber»Koloß« geriet in Fahrt:»Was? Ist nicht wahr? Du

Schuft, bist du etwa nicht über Jean Mannezats Graben gesprungen und durch Poulins Hohlweg verduftet?«

Energisch wiederholte der andere:»Ist ja nicht wahr!«

»So? Ist nicht wahr, daß ich dir nachgerufen habe: ›Clovis, die Gendarmen‹, und da bist du nach Le Moulinet zu abgehauen?«

»Ist ja nicht wahr!«

In seiner Wut schrie der große Jacques fast drohend:»Ach so, ist nicht wahr! Na, du altes Dreibein, dann hör mal zu: Wenn ich dich wieder nachts ertappe, im Wald oder auch am Wasser, dann packe ich dich beim Kragen, hast du verstanden, ich habe nämlich längere Beine, und dann binde ich dich an einen Baum, bis zum Morgen, und dann holen wir dich, das ganze Dorf...«

Der alte Oriol bedeutete dem Sohn, den Mund zu halten; dann sagte er ganz freundlich:»Hör zu, Clovis, du kannst es doch mal versuchen! Wir machen dir eine Badewanne, Kolosch und ich; da steigst du hinein, einen Monat lang. Und dafür schenke ich dir nicht hundert, sondern zweihundert Francs. Und dann, hör zu, wenn du dann nach einem Monat geheilt bist, dann kriegst du außerdem noch fünfhundert. Hast du verstanden? Fünfhundert, in blanken Silberstücken, dazu zweihundert, das macht siebenhundert. Also zweihundert für das Baden einen Monat lang, dazu fünfhundert für die Heilung. Und hör weiter: Schmerzen, die kommen wieder. Wenn es dich im Herbst wieder packt, dann können wir nichts dafür; das Wasser hat trotzdem gewirkt.«

Bedachtsam entgegnete der Alte:»In diesem Fall bin ich einverstanden. Wenn es nichts nützt, dann können wir immer noch sehen, was wird.«

Und die drei Männer drückten einander die Hand, um den geschlossenen Pakt zu besiegeln. Dann gingen die beiden Oriols wieder zu ihrer Quelle und hoben die Badegrube für den alten Clovis aus.

Eine Viertelstunde hatten sie daran gearbeitet, da hörten sie auf der Landstraße Stimmen.

Es waren Andermatt und Doktor Latonne. Die beiden Bauern zwinkerten einander zu und hörten mit ihrer Buddelei auf.

Der Bankier trat zu ihnen und gab ihnen die Hand; dann schauten sie alle vier wortlos ins Wasser.

Es brodelte wie Wasser, das über einem tüchtigen Feuer wallt und siedet, es sprudelte auf und warf Bläschen, dann floß es durch eine schmale Rinne, die es sich bereits gehöhlt hatte, zum Bach hin.

Mit einem stolzen Lächeln sagte Oriol plötzlich:»Na, ist da etwa kein Eisen drin?«

Tatsächlich war der ganze Grund schon rot, und sogar die kleinen Steine, die das Wasser im Abfließen überspülte, schienen mit einer Art purpurnem Schimmel überzogen zu sein.

Doktor Latonne antwortete:»Ja, aber das besagt nichts; man müßte seine andern Eigenschaften kennen.«

Der Bauer entgegnete:»Erst mal haben Kolosch und ich gestern abend jeder ein Glas voll getrunken, und das hat uns am ganzen Leib frisch gemacht. Nicht wahr, Junge?«

Der lange Lümmel antwortete aus tiefster Überzeugung:»Natürlich hat es uns am ganzen Leib frisch gemacht.«

Reglos, die Füße am Rand des Lochs, stand Andermatt da. Er wandte sich nach dem Arzt um.»Für das, was ich durchführen möchte, brauchen wir die sechsfache Wassermenge, nicht wahr?«

»Ja, so etwa.«

»Glauben Sie, daß die sich finden ließe?«

»Ach, davon ahne ich nichts.«

»Also! Der Kauf der Grundstücke könnte erst endgültig durchgeführt werden, wenn die Bohrungen erfolgt sind. Zunächst müßte, wenn die Analyse vorliegt, ein notarieller Vorvertrag geschlossen werden, der aber erst in Kraft tritt, wenn die danach vorgenommenen Bohrungen die erhofften Ergebnisse gezeitigt haben.«

Der alte Oriol wurde unruhig. In diesen Dingen kannte er sich nicht aus.

Also setzte Andermatt ihm auseinander, daß eine einzige Quelle nicht ausreichend sei, und legte ihm dar, er könne nur kaufen, wenn sich noch andere fänden. Aber danach suchen könne er erst, wenn der Vorvertrag unterzeichnet worden sei.

Die beiden Bauern taten sofort, als seien sie überzeugt, ihr Grund und Boden enthalte so viele Quellen wie Rebstöcke. Man brauche bloß zu graben, dann werde man sehen, dann werde man sehen.

Andermatt sagte lediglich:»Ja, wir werden sehen.«

Aber der alte Oriol tauchte die Hand ins Wasser und erklärte:»Donnerwetter, das ist so heiß, daß man ein Ei drin kochen könnte; viel heißer als die Bonnefille-Quelle ist es.« Da feuchtete auch Latonne seinen Finger an und gab zu, daß das möglich sei.

Der Bauer fuhr fort:»Und außerdem hat es einen stärkeren Geschmack und einen besseren Geschmack; es stinkt nicht so wie das andere. Oh, für dies hier, da stehe ich ein, daß es gut ist! Ich kenne mich in den Quellen hier in der Gegend aus, seit fünfzig Jahren sehe ich sie sprudeln. Nie habe ich eine schönere gesehen, nie im Leben.« Ein paar Sekunden schwieg er, dann redete er weiter:»Ich sage das nicht, um meine Ware anzupreisen, ganz sicher nicht! Ich möchte vor Ihnen die Probe machen, die richtige Probe, nicht Ihre Apothekerprobe, sondern die Probe mit einem Kranken. Ich wette, sie heilt einen Gelähmten, die Quelle hier, wo sie doch so heiß ist und so gut schmeckt, das wette ich!« Er schien in seinem Kopf zu kramen, dann blickte er zu den nahen Berggipfeln hin, ob er nicht vielleicht dort den gewünschten Gelähmten ausfindig machen könne. Da er keinen wahrnahm, senkte er den Blick auf die Landstraße hinab.

In einer Entfernung von zweihundert Metern waren am Wegrand die beiden steifen Beine des Vagabunden zu erkennen; sein Körper wurde durch den Weidenstamm verdeckt.

Oriol legte die Hand als Schutzschirm an die Stirn und fragte den Sohn:»Hockt da nicht immer noch der alte Clovis?«

Lachend antwortete»Koloß«:»Ja, ja, das ist er, der läuft nicht so schnell weg wie ein Hase.«

Da tat Oriol einen Schritt auf Andermatt zu und sagte voll ernster, tiefer Überzeugung:»Passen Sie auf, Monsieur, hören Sie mal zu. Da hinten sitzt ein Gelähmter, der Herr Doktor kennt ihn ganz genau, ein richtiger; seit zehn Jahren hat er keinen Schritt gehen können. Nicht wahr, Herr Doktor?«

Latonne versicherte:»Wenn Sie den gesund machen, dann bezahle ich Ihnen Ihr Wasser mit einem Franc pro Glas.« Zu Andermatt sagte er: »Es handelt sich um einen alten, gichtigen Rheumatiker mit einer Art spasmodischer Kontraktion im linken Bein und mit gänzlicher Lähmung des rechten; kurz und gut, ich halte ihn für unheilbar.«

Oriol hatte ihn ausreden lassen; langsam fuhr er fort: »Na ja, Herr Doktor, machen Sie bitte mit ihm die Probe, einen Monat lang. Ich sage nicht, daß sie unbedingt Erfolg hat, ich sage überhaupt nichts; ich bitte bloß, machen Sie die Probe. Sehen Sie, Kolosch und ich, wir waren gerade dabei, ein Loch für die Steine zu graben, na ja, dann graben wir eben ein Loch für Clovis; darin soll er jeden Morgen eine Stunde lang liegen, und dann werden wir schon sehen, jawohl, dann werden wir schon sehen...«

Der Arzt brummte: »Sie können es ja mal versuchen. Ich bin überzeugt, es kommt nichts dabei heraus.«

Aber Andermatt verlockte die Hoffnung auf eine an ein Wunder grenzende Heilung; er griff erfreut den Einfall des Bauern auf; und alle vier gingen zu dem Vagabunden hin, der nach wie vor, ohne sich vom Fleck zu rühren, in der Sonne lag.

Der alte Wilddieb durchschaute die List, tat, als lehne er ab, sträubte sich lange, ließ sich dann aber überzeugen, unter der Bedingung, daß Andermatt ihm täglich für die Stunde, die er im Wasser liegen müsse, zwei Francs zahle.

Und so kam denn der Handel zustande. Es wurde sogar vereinbart, daß das Loch sogleich gegraben und daß der alte Clovis noch am selben Tag sein Bad nehmen sollte. Andermatt wollte ihm Kleidung verschaffen, damit er sich hinterher umziehen, und die Oriols wollten einen alten, auf ihrem Hof abgestellten Schäferkarren herbeischaffen, in dem der Invalide seine Lumpen wechseln konnte.

Dann machten der Bankier und der Arzt sich auf den Rückweg zum Dorf. Bei den ersten Häusern verabschiedeten sie sich; der eine ging heim, um seine Sprechstunde abzuhalten, der andere wollte auf seine Frau warten, die gegen halb zehn zum Kurhaus kommen sollte.

Sie erschien fast zugleich mit ihm. Sie war vom Kopf bis zu den Füßen in eine rosa Toilette gehüllt, trug einen rosa Hut und einen rosa Sonnenschirm; mit ihrem rosigen Gesicht wirkte sie wie die

Morgenröte; sie war den steilen Pfad vom Hotel herabgestiegen, um sich die große Biegung des Fahrwegs zu ersparen; sie war gegangen wie ein Vogel, der, ohne die Flügel zu öffnen, von Stein zu Stein hüpft. Als sie ihren Mann erblickte, rief sie: »Ach, wie hübsch ist es hier, ich bin vollkommen froh und glücklich!«

Die wenigen Kurgäste, die bekümmert in dem kleinen, stillen Park umherirrten, drehten sich nach ihr um, als sie vorüberging, und Petrus Martel, der in Hemdsärmeln am Fenster des Billardzimmers seine Pfeife rauchte, rief seinen in einer Ecke vor einem Glas Weißwein sitzenden Partner Lapalme herbei und sagte zungenschnalzend: »Verflucht und zugenäht, das ist aber mal was Feines!«

Christiane betrat das Kurhaus, begrüßte mit einem Lächeln den links vom Eingang sitzenden Kassierer, sagte dem ehemaligen Gefängniswärter, der rechts saß, guten Tag, hielt einer Badefrau, die genauso gekleidet war wie die im Trinkbrunnen, eine Eintrittskarte hin und folgte ihr in den Flur, auf den die Türen der Badezimmer mündeten.

Sie wurde in ein ziemlich geräumiges geführt; die Wände waren kahl; es war mit einem Stuhl, einem Spiegel und einem Stiefelknecht ausgestattet; ein großes, ovales, in der gleichen gelben Farbe wie der Fußboden auszementiertes Loch diente als Badewanne.

Die Badefrau drehte einen Schlüssel gleich denen, womit in den Straßen die Hydranten in Betrieb gesetzt werden, und das Wasser schoß durch eine kleine, runde, vergitterte Öffnung am Boden der Wanne herein; bald war sie randvoll; das Zuviel an Wasser floß durch einen Spalt in der Wand ab.

Christiane hatte ihre Zofe im Hotel gelassen; sie wies die Hilfe der Auvergnatin beim Auskleiden zurück, blieb allein und sagte, sie werde klingeln, wenn sie die Badetücher oder etwas anderes brauche.

Und langsam zog sie sich aus und schaute dabei auf die fast unsichtbare Bewegung der klaren Flut in dem Becken. Als sie nackt war, steckte sie den Fuß hinein, und es stieg ihr ein wohliges Wärmegefühl bis zur Brust; dann tauchte sie erst das eine, dann das andere Bein in das laue Wasser und setzte sich darauf in das

63

warme, wohltuende, durchsichtige Bad, in die sie überwallende, umfließende Quelle, die ihren Körper mit Bläschen bedeckte, auf den Beinen, den Armen und auch auf den Brüsten. Überrascht betrachtete sie die zahllosen, feinen Lufttropfen, die sie von oben bis unten mit einem Panzer winziger Perlen bedeckten. Und diese ganz kleinen Perlen lösten sich ohne Unterlaß von ihrer weißen Haut und zerplatzten an der Wasseroberfläche; sie wurden von andern gehetzt, die sich auf ihr bildeten. Sie entstanden auf ihrer Haut wie leichte, unberührbare, reizende Früchte, Früchte dieses lieblichen, rosigen, jungen Körpers, der im Wasser Perlen ersprießen ließ.

Und Christiane empfand ein Wohlsein, ein sanftes, weiches, köstliches Gestreicheltwerden, eine Umschlingung durch die bewegte Flut, die lebendige Flut, die belebte Flut der vom Grund des Beckens unter ihren Beinen aufsprudelnden Quelle, die durch den kleinen Spalt am Rand der Badewanne abfloß; am liebsten wäre sie immer darin geblieben, ohne sich zu regen, fast ohne sich Gedanken zu machen. Die Empfindung stillen Glücks, das aus Ruhe und Wohlsein bestand, aus beschwichtigtem Denken, Gesundheit, zarter Freude und stummer Heiterkeit, teilte sich ihr mit der köstlichen Wärme dieses Bades mit. Und sie versank in träumerisches Sinnen, von ungefähr eingewiegt durch das Gluckern des abfließenden Wassers; sie überlegte, was sie hernach, was sie morgen tun und treiben würde; sie dachte an Spaziergänge, an ihren Vater, ihren Mann, ihren Bruder und an den großen jungen Herrn, der ihr nach dem Abenteuer mit dem Hund eine gewisse Beklommenheit einflößte. Für ungestüme Menschen hatte sie nichts übrig.

Kein Verlangen regte sich in ihrer Seele, die in diesem lauen Wasser ruhig war wie ihr Herz, kein Verlangen außer der wirren Hoffnung auf ein Kind, kein Verlangen nach einem andern Leben, nach Aufgewühltsein oder Leidenschaft. Sie fühlte sich wohl, glücklich und zufrieden.

Sie fuhr zusammen; ihre Tür wurde aufgemacht; es war die Auvergnatin mit der Badewäsche. Die zwanzig Minuten waren um; nun mußte sie sich schon wieder anziehen. Dieses Erwachen war fast ein Kummer, fast ein Unglück; am liebsten hätte sie die

Frau gebeten, ihr noch ein paar Minuten zu gönnen; aber es fiel ihr ein, daß ihr diese Freude ja jeden Tag aufs neue zuteil werde, und so stieg sie denn bedauernd aus dem Wasser und wickelte sich in einen angewärmten Bademantel; er brannte ihr ein wenig auf der Haut.

Als sie gerade hinausgehen wollte, öffnete Doktor Bonnefille die Tür seines Sprechzimmers, verneigte sich zeremoniell und bat sie, doch hereinzukommen. Er erkundigte sich nach ihrem Befinden, fühlte ihr den Puls, ließ sich ihre Zunge zeigen, fragte nach ihrem Appetit und ihrer Verdauung, wie sie schlafe, und geleitete sie dann bis zur Tür, wobei er mehrfach sagte:»Nur Mut, nur Mut, es wird schon alles gut gehen, es wird schon alles gut gehen. Bitte empfehlen Sie mich Ihrem Herrn Vater; er ist einer der vornehmsten Menschen, denen ich je im Leben begegnet bin.«

Endlich, bereits verstimmt über seine Zudringlichkeit, gelangte sie ins Freie, und vor der Tür erblickte sie den Marquis, der mit Andermatt, Gontran und Paul Brétigny plaudernd dastand.

Ihr Mann, in dessen Kopf jede neue Idee zu summen und brummen pflegte wie eine Fliege in einer Flasche, erzählte die Geschichte von dem Gelähmten und wollte nochmals hingehen, um sich zu überzeugen, ob der Vagabund tatsächlich sein Bad nehme. Um ihm einen Gefallen zu tun, wurde hingegangen.

Christiane jedoch hielt den Bruder unauffällig zurück, und als sie sich in einiger Entfernung von den andern befanden, fragte sie:»Sag mal, ich habe mit dir über deinen Freund sprechen wollen; mir gefällt er nicht sonderlich. Klär mich bitte ganz genau auf, was eigentlich mit ihm los ist.«

Und Gontran, der Paul seit einigen Jahren kannte, berichtete über dessen in unvermittelten Umschwüngen leidenschaftliches, brutales, aufrichtiges und gütiges Naturell.

Er sei, sagte er, ein intelligenter Mensch, dessen jähes Temperament sich ungestüm auf jeden Einfall stürze. Er gebe allen seinen Impulsen nach, bringe es nicht fertig, sich zu beherrschen und zu lenken oder gegen eine Empfindung mit Vernunftgründen anzukämpfen noch sein Leben methodisch nach überlegten Anschauungen zu leiten; er gehorche stets seinen je nachdem vortrefflichen oder abscheulichen Eingebungen, sobald ein Verlangen, sobald ein Gedanke, sobald irgendein Aufwallen seines Innern seine exaltierte Natur verwirre.

Schon siebenmal sei er in Ehrenhändel verwickelt gewesen, ebenso rasch bei der Hand, die Leute zu beleidigen wie hernach ihr Freund zu werden; er habe für Frauen aller Gesellschaftsschichten wütende Anfälle von Liebe empfunden und sie alle mit gleicher Hingerissenheit angebetet, von der Verkäuferin, die er vor der Tür ihres Ladens aufgegabelt, bis zur Schauspielerin, die er an einem Premierenabend entführt, buchstäblich entführt habe, als sie gerade zur Heimfahrt ihren Wagen besteigen wollte; inmitten der verblüfften Passanten habe er sie auf seinen Armen davongetragen und in einen Wagen geworfen, der im Galopp verschwunden sei, ohne daß man ihm habe folgen oder ihn gar einholen können.

Und Gontran schloß:»So ist er nun mal. Er ist ein guter Kerl, aber verrückt, übrigens sehr reich und zu allem fähig, schlechthin zu allem, wenn er den Kopf verliert.«

Christiane sagte:»Was für ein merkwürdiges Parfüm er hat; es duftet sehr gut. Was ist es wohl?«

Gontran entgegnete:»Keine Ahnung, er will nicht damit herausrücken; ich glaube, es kommt aus Rußland. Die Schauspielerin, seine Schauspielerin, die, von der ich ihn gegenwärtig zu heilen versuche, hat es ihm geschenkt. Ja, es duftet sehr gut.«

Auf der Landstraße zeigte sich eine Schar von Kurgästen und Bauern; es war nämlich gang und gäbe, jeden Vormittag vor dem Mittagessen einen Spaziergang auf jenem Weg zu machen.

Christiane und Gontran gesellten sich wieder zu dem Marquis, Andermatt und Paul, und bald erblickten sie an der Stelle, wo sich gestern noch der Felsbrocken erhoben hatte, einen kuriosen Männerkopf mit aufgestülptem grauen Filzhut und langem weißen Bart; er kam aus dem Boden heraus und sah aus wie der Kopf eines Enthaupteten, von dem man hätte meinen können, er sei dort gewachsen wie eine Pflanze. Um ihn herum standen verblüffte Winzer und starrten ihn gleichgültig an, da die Auvergnaten alles andere als Spötter sind, während drei dicke Herren, Gäste des Hotels zweiten Ranges, lachten und Witze machten.

Oriol und sein Sohn standen da und schauten sich den Vagabunden an, der in seinem Erdloch auf einem Stein saß, bis zum Kinn im Wasser. Man hätte ihn für einen wegen irgendeines Verbrechens der Zauberei zur Folter Verurteilten alter Zeiten halten können; seine Krücken hatte er bei sich behalten; sie lehnten neben ihm im Wasser.

Der entzückte Andermatt sagte mehrmals: »Bravo, bravo! Diesem Beispiel sollten alle Dorfbewohner folgen, die an Schmerzen leiden.« Und er beugte sich zu dem Biederen nieder und schrie ihm zu, als sei jener taub: »Bekommt es Ihnen?«

Der andere, der durch das heiße Wasser völlig verstumpft zu sein schien, antwortete: »Ich glaube, ich zerschmelze. Zum Henker, ist das heiß!«

Aber der alte Oriol erklärte: »Je heißer es ist, desto mehr nützt es dir.«

Hinter dem Marquis sagte eine Stimme: »Was soll das eigentlich bedeuten?«

Und Monsieur Aubry-Pasteur, schnaufend wie stets, hielt auf dem Rückweg von seinem täglichen Spaziergang inne.

Da setzte ihm Andermatt seinen Heilungsplan auseinander.

Aber der alte Vagabund sagte nochmals: »Zum Henker, ist das heiß!« Und er wollte hinaus und bat, herausgezogen zu werden.

Schließlich gelang es dem Bankier, ihn dadurch zu beruhigen, daß er ihm weitere zwanzig Sous je Bad versprach.

Es hatte sich ein Kreis um das Loch gebildet, in dem die grauen, den alten Körper bedeckenden Lumpen herumschwammen.

Jemand sagte: »Was für ein Pot-au-feu! Ich möchte keine Suppe daraus schöpfen!«

Ein anderer meinte: »Mir würde auch das Fleisch widerstehen.«

Dem Marquis indessen fiel auf, daß die Kohlensäurebläschen in dieser neuen Quelle zahlreicher, dicker und eilfertiger aufstiegen als in der Bäderquelle.

Die Lumpen des Vagabunden waren davon bedeckt, und die Blasen stiegen so überreichlich an die Oberfläche, daß das Wasser aussah, als sei es von unzähligen dünnen Kettchen durchzogen, endlosen Schnüren von ganz kleinen, runden Diamanten, die in der am klaren Himmel strahlenden Sonne auffunkelten wie Brillanten.

Da fing Aubry-Pasteur zu lachen an. »Verdammt noch mal«, sagte er, »hören Sie nur, was im Kurhaus getrieben wird. Sie wissen doch, daß man eine Quelle fangen muß wie einen Vogel, sozusagen in einer Falle, oder vielmehr in einer Glocke. Man nennt das sie fassen. Nun aber ist letztes Jahr mit der Quelle, die die Bäder speist, folgendes geschehen. Die Kohlensäure, die leichter als Wasser ist, hatte sich eben in der Glocke angesammelt, und dann, als die angesammelte Menge zu groß wurde, wurde sie in die Leitungsrohre gedrängt, stieg im Übermaß in die Badewannen, erfüllte die Kabinen und führte bei den Patienten Erstickungsanfälle herbei. Innerhalb zweier Monate kam es zu drei Unfällen. Da wurde ich denn wiederum um Rat gefragt, und da habe ich eine ganz einfache Apparatur erfunden; sie bestand aus zwei Röhren, die das Flüssige und das Gas getrennt aus der Glocke führen, dann beides unmittelbar unter der Bäderanlage wieder mischen und auf diese Weise den Normalzustand des Quellwassers wiederherstellen konnten, wodurch das gefährliche Zuviel an Kohlensäure vermieden worden wäre. Aber meine Apparatur hätte an die tausend Francs gekostet! Wissen Sie, was da der Gefängniswärter getan hat? Tausend gegen eins – Sie raten es nicht. Er hat einfach ein Loch in die Glocke gebohrt, um das Gas loszuwerden, das selbstverständlich ausströmte. Auf diese Weise werden Ihnen Kohlensäurebäder ohne Kohlensäure verkauft, oder doch zumindest mit so wenig Kohlensäure, daß die ganze Sache nicht viel taugt. Während hier – sehen Sie nur!«

Alle waren entrüstet! Es wurde nicht mehr gelacht; voller Neid wurde der Lahme angestarrt. Jeder Kurgast hätte sich nur zu gern einen Spaten gelangt, um sich ein Loch neben dem des Vagabunden zu graben.

Andermatt jedoch nahm den Arm des Ingenieurs, und sie gingen, eifrig miteinander redend, davon. Dann und wann blieb Aubry-Pasteur stehen und schien mit seinem Spazierstock Striche zu ziehen, auf gewisse Punkte hinzuweisen, und der Bankier schrieb Anordnungen in sein Notizbuch.

Zwischen Christiane und Paul Brétigny hatte sich eine Unterhaltung angesponnen. Er erzählte ihr von seiner Reise durch die Auvergne, von allem, was er gesehen und empfunden hatte. Aus seinen glühenden Instinkten heraus, in denen stets etwas Tierisches zum Durchbruch kam, liebte er das freie, offene Land. Er liebte es aus seiner Sinnlichkeit heraus, die es anfachte, so daß Nerven und Organe ins Schwingen gerieten.

»Mir ist«, sagte er, »als sei ich geöffnet; und dann strömt alles in mich ein, alles durchdringt mich und läßt mich schluchzen oder mit den Zähnen knirschen. Sehen Sie, wenn ich den Abhang uns gegenüber anschaue, diese große grüne Geländefalte, das Volk der Bäume, das den Berg emporklimmt, dann habe ich den Wald an sich, den Wald schlechthin vor Augen; er dringt in mich ein, er überwältigt mich, er fließt in meinem Blut; und mir ist auch, als äße ich ihn, als fülle er mir den Leib; ich selber werde zum Wald!«

Er lachte, als er das vorbrachte, und er richtete seine großen, runden Augen bald auf den Wald, bald auf Christiane; und sie, die leicht zu beeindrucken war, fühlte sich überrascht und erstaunt ebenfalls von diesem begierigen, umfassenden Blick verschlungen wie der Wald.

Paul fuhr fort: »Und wenn Sie wüßten, welche Genüsse ich meiner Nase verdanke! Ich trinke die Luft hier, ich berausche mich daran, ich lebe darin, ich spüre alles, was sie enthält, absolut alles. Passen Sie auf, ich will es Ihnen sagen. Zunächst: Ist Ihnen, seit Sie hier sind, ein köstlicher Duft aufgefallen, einer, dem kein anderer Duft sich vergleichen läßt? So fein, so leicht ist er, daß er beinahe – wie soll ich mich ausdrücken? – ein unstofflicher Duft zu sein scheint. Überall findet er sich, nirgendwo ist er faßbar; man bekommt nicht heraus, woher er stammt! Nie, niemals hat ... hat etwas Göttlicheres mir das Herz verstört ... Ja, das ist der Duft der blühenden Reben! Oh, es hat vier Tage gedauert, bis ich das entdeckt hatte. Und ist es nicht zauberhaft zu bedenken, daß die Rebe, die uns den Wein spendet, den Wein, den nur überlegene Geister verstehen und wahrhaft genießen können – daß die Rebe uns zugleich mit den zartesten und betörendsten aller Düfte beschenkt, den nur die Raffiniertesten unter allen Sinnenmenschen wahrnehmen können? Und dann: Erkennen Sie auch den mächtigen Duft der Kastanienbäume, den süßlichen Hauch der Akazien, die Arome des Gebirges und das Gras, das Gras, das so gut duftet, so gut, so gut, und kein Mensch ahnt es?«

Sie war betroffen, dergleichen Dinge zu vernehmen; nicht, daß sie erstaunlich gewesen wären, aber sie kamen ihr so gänzlich andersgeartet vor als das, was sie tagtäglich von denen vernahm, die um sie waren, daß ihr Inneres davon gepackt, ergriffen und verwirrt wurde.

Seine etwas dumpfe, aber warme Stimme sprach immer weiter.»Und dann, sagen Sie, nehmen Sie auch in der Luft, auf den Landstraßen, wenn es warm ist, einen ganz leichten Vanillegeschmack wahr? – Ja, etwa nicht? – Nun, das kommt… das kommt von… Aber ich wage nicht, es Ihnen zu sagen.« Jetzt lachte er frei heraus; und plötzlich deutete er mit der ausgestreckten Hand vor sich hin:»Sehen Sie nur!«

Ein Zug mit Heu beladener Wagen kam heran, gezogen von Gespannen aus je zwei Kühen. Die langsamen Tiere schritten mit gesenkter Stirn, den Kopf unter dem Joch geneigt, die Hörner an dem Holzbalken festgebunden, mühsam einher; man konnte sehen, wie sich unter der angehobenen Haut die Knochen ihrer Beine bewegten. Vor jedem Gespann ging ein Mann in Hemdsärmeln, Weste und schwarzem Hut, einen Stock in der Hand, und regelte das Ausschreiten der Tiere. Dann und wann drehte er sich um, und ohne je zuzuschlagen berührte er die Schulter oder die Stirn einer Kuh, die dann mit den großen, leer dreinschauenden Augen zwinkerte und seiner Geste gehorchte.

Christiane und Paul traten beiseite, um sie durchzulassen.

Er fragte:»Riechen Sie es?«

Sie wunderte sich:»Was denn? Es riecht nach Stall.«

»Ja, es riecht nach Stall; und alle diese Kühe, die auf den Wegen einhertrotten, weil es nämlich in dieser Gegend keine Pferde gibt, hinterlassen auf den Landstraßen diesen Stallgeruch, der, wenn er sich mit dem feinen Staub vermengt, dem Wind einen Vanillehauch zuteil werden läßt.«

Leicht angeekelt flüsterte Christiane:»Oh!«

Er fuhr fort:»Bitte haben Sie Nachsicht; in diesem Augenblick analysiere ich wie ein Apotheker. Auf alle Fälle verweilen wir in der verführerischsten, mildesten, erholsamsten Gegend, die ich je erlebt habe. Einer Gegend aus dem Goldenen Zeitalter. Und die Limagne, ach, die Limagne! Aber davon möchte ich nicht reden – die möchte ich Ihnen zeigen. Sie werden schon sehen!« Der Marquis und Gontran hatten sich ihnen angeschlossen.

Der Marquis schob den Arm unter den der Tochter und ließ sie kehrtmachen und zum Mittagessen heimgehen, wobei er sagte: »Hört mal zu, Kinder, dies geht euch alle drei an. William, der ja immer närrisch wird, wenn ihm etwas im Kopf herumgeht, träumt nur noch von seiner Stadt, die er bauen will, und er möchte die Familie Oriol für sich einnehmen. Er wünscht also, daß Christiane Bekanntschaft mit den Töchtern schließt und sich überzeugt, ob sie vorzeigbar sind oder nicht. Aber der Vater darf von unserm hinterhältigen Vorhaben nichts merken. Da ist mir nun also etwas eingefallen, nämlich ein Wohltätigkeitsfest zu organisieren. Du, Christiane, machst einen Besuch beim Pfarrer, und ihr wählt zwei seiner Pfarrkinder aus, die dann mit dir gemeinsam sammeln gehen. Es ist dir doch klar, wen die Wahl treffen muß; und er muß sie dann auf eigene Faust dazu auffordern. Ihr Männer bereitet eine Tombola im Kasino vor, unter Mitwirkung von Petrus Martel, seiner Schauspielertruppe und seinem Orchester. Und wenn die Oriol-Töchter nett sind – es heißt ja, sie hätten im Kloster eine tadellose Erziehung genossen –, dann muß Christiane ihr Herz zu gewinnen suchen.«

V

Acht Tage lang befaßte Christiane sich ausschließlich mit den Vorbereitungen für jenes Fest. Der Pfarrer hatte unter seinen Pfarrkindern nur die Oriol-Mädchen als würdig erachten können, gemeinsam mit der Tochter des Marquis de Ravenel sammeln zu gehen; er war froh, sich hervortun zu können, und hatte alle Schritte unternommen, alles organisiert, alles in die Wege geleitet und persönlich die jungen Mädchen aufgefordert, als stamme der Gedanke dazu von ihm selbst.

71

Die Gemeinde geriet in Aufregung; und die trübseligen Kurgäste, die nun einen neuen Gesprächsstoff hatten, ergingen sich bei der Table d'hôte in mannigfachen Mutmaßungen über die möglichen Einnahmen aus den beiden Veranstaltungen, der religiösen und der weltlichen.

Der Tag begann gut. Es herrschte wundervolles, warmes, klares Sommerwetter, glühend heiß im freien Land und köstlich unter den Dorfbäumen.

Die Messe fand um neun statt, eine kurze Messe mit Musik.

Christiane, die vor Beginn des Gottesdienstes gekommen war, um einen raschen Blick auf die Ausschmückung der Kirche zu werfen – sie bestand aus in Royat und Clermont-Ferrand beschafften Blumengewinden –, hörte hinter sich Schritte; der Pfarrer, Abbé Litre, war ihr zusammen mit den Oriol-Mädchen nachgegangen und stellte sie vor. Sogleich lud Christiane die beiden zum Mittagessen ein. Sie nahmen an, wurden dabei rot und knicksten tief und wohlerzogen.

Die Gläubigen begannen hereinzuströmen.

Alle drei setzten sich auf Ehrenstühle, die für sie am Chor bereitgestellt worden waren; ihnen gegenüber standen drei weitere, auf denen junge Burschen im Sonntagsstaat saßen, die Söhne des Bürgermeisters, des Ratsschreibers und eines Gemeinderats, die dazu ausersehen waren, die Sammlerinnen zu begleiten, damit den Ortsbehörden geschmeichelt wurde.

Übrigens ging alles tadellos glatt vonstatten.

Der Gottesdienst war kurz. Die Kollekte ergab hundertzehn Francs; hinzu kamen Andermatts fünfhundert Francs, fünfzig Francs des Marquis und hundert Francs Paul Brétignys; alles in allem also siebenhundertsechzig Francs, eine Summe, die in der Gemeinde Enval bislang noch nie zusammengekommen war.

Nach der Messe wurden die Oriol-Mädchen mit ins Hotel genommen. Sie wirkten ein bißchen eingeschüchtert, aber keineswegs linkisch, und sie sprachen kaum, mehr aus Bescheidenheit denn aus Stolz. Sie nahmen an der Table d'hôte teil, und sie gefielen den Herren, sämtlichen Herren.

Die ältere war ernster, die jüngere lebhafter, die ältere mehr gesittet im üblichen Sinne, die jüngere anmutiger – dennoch glichen sie einander so vollkommen, wie zwei Schwestern sich ähneln können.

Nach dem Essen ging es ins Kasino zur Ziehung der Tombola; sie fand um zwei statt.

Der Park wimmelte bereits von Kurgästen und Bauern; er bot den Anblick eines Jahrmarkts.

In ihrem chinesischen Pavillon spielten die Musiker eine ländliche Symphonie, ein Werk Saint-Landris.

Paul, der Christiane begleitete, blieb stehen. »Sieh da«, sagte er, »das ist aber mal hübsch. Der hat Talent, der Bursche. Mit großem Orchester würde das vortrefflich wirken.« Dann fragte er: »Haben Sie was für Musik übrig, Madame?«

»Sehr viel sogar.«

»Ich gerate dabei außer Rand und Band. Wenn ich ein Werk höre, das ich liebe, so ist mir anfangs, als rissen die ersten Töne mir die Haut vom Fleisch, schmölzen sie, lösten sie auf, brächten sie zum Verschwinden und ließen mich unter dem Ansturm der Instrumente als einen bei lebendigem Leib Geschundenen zurück. Das Orchester spielt im Grund auf meinen Nerven, meinen bloßgelegten Nerven, die bei jedem Ton zittern und beben. Ich höre sie, die Musik, nicht nur mit den Ohren, sondern mit allen Sinnen meines Körpers; er schwingt von Kopf bis Fuß mit. Nichts sonst verschafft mir eine solche Lust, oder vielmehr ein solches Glück.«

Sie lächelte und sagte: »Sie haben ein lebhaftes Empfindungsvermögen.«

»Ja, zum Donnerwetter! Wozu wäre denn das Leben nütze, wenn man nicht lebhaft empfände? Ich beneide die nicht, die über dem Herzen einen Schildkrötenpanzer oder eine Nilpferdhaut haben. Nur die sind glücklich, die unter dem, was sie fühlen, leiden, die es hinnehmen wie Hiebe und es genießen wie Leckerbissen. Denn man muß alle seine glücklichen oder traurigen Gefühle gedanklich auskosten, sich daran sättigen, sich daran berauschen bis zum schrillsten Entzücken oder bis zur schmerzlichsten Trauer.«

Sie hob die Augen zu ihm auf, ein wenig überrascht, wie sie es seit einer Woche von allem war, was er sagte.

73

Tatsächlich erschütterte dieser neue Freund – denn obwohl sie sich in den ersten Stunden von ihm abgestoßen gefühlt hatte, war er alsbald ihr Freund geworden – in jedem Augenblick die Ruhe ihrer Seele und störte sie auf, wie ein Wasserbecken aufgestört wird, wenn man Steine hineinwirft. Und er hatte Steine, dicke Steine in ihr noch schlafbefangenes Bewußtsein geworfen.

Wie alle Väter hatte Christianes Vater sie als ein kleines Mädchen behandelt, dem man nicht allzu viel sagen darf; ihr Bruder hatte sie immer nur zum Lachen, nicht aber zum Nachdenken gebracht; ihr Mann konnte sich nicht vorstellen, daß man mit seiner Frau auch etwas bereden müsse, das jenseits dessen lag, was das gemeinsame Leben betraf; und so hatte sie bislang in einer selbstzufriedenen, wohligen geistigen Stumpfheit dahingelebt. Dieser neue Ankömmling hatte ihr Verständnis schlagartig mit Ideen aufgebrochen, die wie Axthiebe waren. Überdies war er einer der Männer, die den Frauen, allen Frauen allein schon durch ihr Naturell gefallen, durch die vibrierende Heftigkeit ihrer Empfindungen. Er verstand sich darauf, mit ihnen zu sprechen, ihnen alles zu sagen, und er machte ihnen alles verständlich. Zu einer fortgesetzten Anstrengung war er außerstande, aber bis zum Übermaß intelligent; stets liebte oder verabscheute er leidenschaftlich; er sprach über alles mit dem naiven Schwung eines frenetisch Überzeugten; er war genauso unbeständig wie begeistert, und somit besaß er recht eigentlich in einem sehr hohen Grad das Temperament der Frauen, ihre Leichtgläubigkeit, ihren Zauber, ihre Beweglichkeit, ihre Nervosität, und das alles vereint mit der überlegenen, aktiven, aufgeschlossenen und durchdringenden Intelligenz des Mannes.

Unvermittelt trat Gontran zu ihnen. »Dreht euch mal um«, sagte er, »und seht euch das Ehepaar Honorat an.«

Sie drehten sich um und erblickten den Doktor Honorat an der Seite einer dicken, alten Dame in blauem Kleid, deren Kopf einer Gärtnerei glich; denn auf ihrem Hut fanden sich alle möglichen Arten von Gewächsen und Blumen vereinigt.

Die verblüffte Christiane fragte: »Ist das etwa seine Frau? Aber die ist ja fünfzehn Jahre älter als er!«

»Ja, fünfundsechzig ist sie, eine ehemalige Hebamme; er hat

sie zwischen zwei Entbindungen geliebt. Übrigens sind die beiden, wie es scheint, eins der Ehepaare, die sich von morgens früh bis abends spät kabbeln.«

Das Geschrei des Publikums lockte sie zurück zum Kasino. Auf einem großen Tisch vor dem Gebäude waren die Tombolagewinne zur Schau gestellt; unter dem Beistand Mademoiselle Odelins vom »Odéon«, einer ganz kleinen Brünetten, zog Petrus Martel die Nummern und rief sie aus, mit den Anpreisungen eines Schaubudenbesitzers, die die Menge sehr amüsierten.

Der von den Oriol-Mädchen und Andermatt begleitete Marquis tauchte wieder auf und fragte:»Wollen wir hier bleiben? Es ist recht geräuschvoll.«

Also wurde der Entschluß zu einem Spaziergang auf der Landstraße gefaßt, die in halber Höhe von Enval nach La Roche-Pradière führt.

Um zu ihr zu gelangen, stiegen sie zunächst einer hinter dem andern einen schmalen Fußpfad zwischen den Reben hinan. Mit geschmeidigen, raschen Schritten ging Christiane an der Spitze. Seit ihrer Ankunft in dieser Gegend war ein völlig neues Daseinsgefühl über sie gekommen und zugleich ein ihr bislang unbekanntes Verlangen nach Freude und Leben. Vielleicht waren die Bäder die Ursache, daß sie sich besser befand, indem sie sie von den leichten organischen Störungen befreiten, die lästig sind und grundlos trübe stimmen; vielleicht befähigten die Bäder sie, alle Dinge besser wahrzunehmen und zu genießen. Vielleicht fühlte sie sich auch nur angeregt und aufgepeitscht durch die Nähe und den Geistesschwung des jungen Unbekannten, der ihr Verständnis für alles rings um sie her beigebracht hatte.

Sie atmete in langen, tiefen Zügen und gedachte alles dessen, was er ihr über die im Wind wehenden Düfte gesagt hatte. Wirklich, dachte sie, er hat mich gelehrt, die Luft zu riechen. Und sie verspürte von neuem sämtliche Düfte, zumal den leichten, feinen, flüchtigen der blühenden Reben.

Sie kamen auf die Landstraße, und es bildeten sich Gruppen. Andermatt und Louise Oriol, die ältere, gingen voraus und sprachen über die Bodenerträge in der Auvergne. Diese Auvergnatin, wahre Tochter ihres Vaters und mit ererbtem Instinkt begabt,

kannte sich in landwirtschaftlichen Einzelheiten und Praktiken
trefflich aus und berichtete darüber mit ihrer ruhigen, angenehm
klingenden Stimme, deren diskreter Akzent ihr im Kloster ange-
wöhnt worden war.

Im Zuhören sah er sie von der Seite an und fand das ernste,
schon über so viel praktisches Wissen verfügende Mädchen ganz
reizend. Dann und wann fragte er etwa, leicht überrascht: »Wie?
In der Limagne ist der Hektar Boden dreißigtausend Francs
wert?«

»Ja, wenn er mit schönen Apfelbäumen bepflanzt ist, die Des-
sertäpfel liefern. Aus unserer Gegend kommt nämlich fast alles
Obst, das in Paris gegessen wird.«

Da wandte er sich um und bedachte die Limagne mit einem respektvollen Blick; denn von der Landstraße aus, die sie entlang-
gingen, war, soweit das Auge reichte, die weite, stets mit einem
leichten bläulichen Dunst bedeckte Ebene zu sehen.

Auch Christiane und Paul waren stehen geblieben und schauten sich die unermeßliche, verschleierte Landschaft an; sie tat
dem Auge so wohl, daß die beiden am liebsten ewig dort geblieben wären und sie betrachtet hätten.

Die Straße wurde jetzt von riesigen Nußbäumen beschirmt,
deren dichter Schatten Kühle über die Haut gleiten ließ. Sie stieg
nicht mehr an, sondern schlängelte sich in halber Höhe des Berg-
hangs hin, der anfangs mit Reben bestanden war, dann bis zu
dem an jener Stelle nicht allzu hohen Grat mit kurzem grünen
Gras.

Leise fragte Paul: »Ist das nicht schön? Sagen Sie, ist das nicht
schön? Und warum stimmt diese Landschaft mich weich? Ja,
warum? Es geht von ihr ein so tiefer, ein so starker, ja, vor allem
starker Zauber aus, daß er mir bis ins Herz dringt. Beim Be-
schauen dieser Ebene ist einem, als breiteten die Gedanken Flügel aus, nicht wahr? Und sie fliegen davon, sie schweben, sie gleiten, und sie enteilen in die Ferne, immer weiter, all den erträum-
ten Ländern zu, die wir niemals sehen werden. Ja, das müssen Sie
zugeben: Dies ist wunderbar, weil es weit mehr etwas Erträum-
tem als etwas wirklich Wahrgenommenem gleicht.«

Stumm lauschte sie ihm; sie wartete, hoffte auf jedes seiner

Worte und nahm es in sich auf; und sie verspürte ein Angerührt-
sein, ohne recht zu wissen, warum. Sie erschaute flüchtig, das
konnte sie nicht leugnen, andere Länder, blaue Länder, rosenfar-
bene Länder, unwahrscheinliche und herrliche, unauffindbare
und stets gesuchte, denen gegenüber uns alle andern minderwer-
tig vorkommen.

Er fuhr fort:»Ja, es ist schön, weil es schön ist. Andere Fern-
sichten sind überraschender und weniger harmonisch. Ach, die
Schönheit, die harmonische Schönheit! Nur sie hat auf Erden
Bedeutung. Nichts als die Schönheit hat Daseinsberechtigung!
Aber wie wenige haben dafür Verständnis! Der Linienzug eines
Körpers, einer Plastik oder eines Gebirges, das Kolorit eines Ge-
mäldes oder jener Ebene dort, das Unsägliche der ›Mona Lisa‹,
ein Satz, der einem in die Seele dringt wie ein Biß, das Unwäg-
bare, das den Künstler zu einem Schöpfer macht, wie Gott es ist –
wer unter den Menschen nimmt das denn wahr? Hören Sie, ich
will Ihnen zwei Strophen von Baudelaire aufsagen.« Und er de-
klamierte:

»Stammst aus der Hölle du, kommst du vom Himmel droben,
O Schönheit ohne End, so schrecklich, so vertraut!
Es hat dein Lächeln mich, dein Blick emporgehoben
Ins grenzenlose All, geliebt und nie erschaut!

Von Satan oder Gott! Ob Engel, ob Sirene,
Was gilt es, macht dein Aug – sein zauberischer Strahl,
Musik und Duft und Licht, o Frau, die ich ersehne! –
Die Welt mir minder wüst, die Zeit mir minder schal?«*

Jetzt sah Christiane ihn an, betroffen von seinem Lyrismus,
fragenden Blickes; sie sah nicht recht ein, was dieses Gedicht an
Außerordentlichem enthalten könne.

Er erriet ihren Gedanken und war verstimmt, daß er seine Begeisterung nicht auf sie übertragen hatte; er hatte die Verse nämlich sehr gut gesprochen; mit einem Anhauch von Verachtung
fuhr er fort:»Es ist albern von mir, daß ich Sie zwingen wollte,

---

* Übertragen von Carl Fischer.

Geschmack an einem Dichter von so subtiler Inspiration zu finden. Eines Tages, das hoffe ich, werden Sie dergleichen Dinge nachempfinden wie ich. Die Frauen sind stärker mit Intuition als mit Fassungskraft begabt; sie erfassen die heimlichen, verhüllten Absichten der Kunst nur, wenn man sich zuvor mit einem geheimkräftigen Anruf an ihr Denken wendet.« Und damit verneigte er sich und fügte hinzu:»Ich werde mich hinfort um diesen geheimkräftigen Anruf bemühen.«

Er kam ihr nicht dreist, sondern bloß absonderlich vor; und überdies war sie gar nicht mehr darauf aus, ihn zu verstehen, weil sie plötzlich eine Wahrnehmung betroffen machte, die ihr bislang entgangen war: Er war sehr elegant, aber zu hoch und zu kräftig von Gestalt, von allzu männlicher Haltung, als daß man sogleich der erlesenen Raffinesse seiner Kleidung hätte gewahr werden können.

Und ferner besaß sein Kopf etwas, das an Rohzustand denken, etwas Unvollendetes, das seine ganze Erscheinung auf den ersten Blick ein wenig schwerfällig erscheinen ließ. Hatte man sich hingegen an seine Züge gewöhnt, so fand man darin etwas Reizvolles, einen mächtigen, rauhen Zauber, der gelegentlich sehr weich und sanft wurde, je nach dem zärtlichen Tonfall seiner stets verschleierten Stimme.

Nun ihr zum erstenmal auffiel, wie gepflegt er vom Kopf bis zu den Füßen war, sagte sich Christiane:»Entschieden ist er ein Mann, dessen Qualitäten man eine nach der andern entdecken muß.«

Aber da lief Gontran zu ihnen hin. Er rief:»Schwester, heda, Christiane, warte doch!« Und als er die beiden eingeholt hatte, sagte er lachend:»Ach, kommt doch und hört der kleinen Oriol zu, zu drollig ist sie, und dabei erstaunlich intelligent. Papa hat es fertiggebracht, sie aufzutauen, und nun erzählt sie uns die komischsten Dinge der Welt. Wartet, bis sie heran sind.«

Und sie warteten auf den Marquis, der mit Charlotte Oriol, dem jüngeren der Mädchen, herankam.

Sie erzählte mit kindlichem, durchtriebenem Schwung Geschichten aus dem Dorf, von der Naivität und den Gaunerstreichen der Bauern. Die ahmte sie in ihren Gesten, ihrem langsamen Gang, ihrer ernsten Redeweise, ihren Dialektausdrücken, der kuriosen Aussprache ihrer Flüche nach; sie mimte alle Bewegungen der bäuerlichen Physiognomien auf eine Weise, daß ihr aufgewecktes Gesichtchen ganz reizend wirkte. Ihre lebhaften Augen strahlten; ihr ziemlich großer Mund zeigte, wenn er sich öffnete, schöne weiße Zähne; ihre kleine Stupsnase lieh ihr etwas Geistvolles, und sie wirkte so frisch, frisch wie eine Blume, daß einem vor Verlangen die Lippen zitterten.

Der Marquis hatte nahezu sein ganzes Leben auf seinen Ländereien verbracht; Christiane und Gontran waren in dem der Familie gehörenden Schloß aufgewachsen, im Kreis stolzer, wohlhabender normannischer Pächter, die dann und wann, wie der Brauch es gebot, zu Tisch geladen wurden und deren Kinder, Gefährten bei der Erstkommunion, beinahe wie gleichgestellt behandelt worden waren; auf diese Weise konnten die Geschwister mit diesem schon zu drei Vierteln der guten Gesellschaft angehörenden Mädchen vom Land offen und freundschaftlich reden, mit einem herzlichen, sicheren Takt, der in ihr sogleich eine frohe, vertrauensvolle Selbstsicherheit erweckte.

Andermatt und Louise waren bis zum Dorf geschlendert, hatten indessen nicht hineingehen wollen und kamen zurück.

Und alle setzten sich am Fuß eines Baums ins Gras der Straßengrabenböschung.

Geraume Zeit blieben sie dort sitzen und plauderten behaglich über alles und nichts, in der gefühlvollen Benommenheit des Wohlbefindens. Dann und wann fuhr ein Karren vorbei; stets zogen ihn zwei Kühe, denen das Joch die Köpfe niederbog und verrenkte, und stets führte sie ein Bauer mit eingezogenem Bauch und großem schwarzen Hut; er lenkte die Tiere mit seinem dünnen Stöckchen und vollführte dabei Bewegungen wie ein Dirigent.

Der Mann nahm den Hut ab, wenn er die Oriol-Töchter begrüßte, und die Mädchen antworteten mit ihren jungen Stimmen kameradschaftlich: »Guten Tag.«

Da die Zeit voranschritt, wurde der Heimweg angetreten.

Als sie sich dem Park näherten, rief Charlotte Oriol: »Oh! Die Bourrée! Die Bourrée!«

Tatsächlich wurde nach einer alten auvergnatischen Weise die Bourrée getanzt. Bauern und Bäuerinnen schritten und hüpften, wobei sie sich anlächelten, drehten sich und verneigten sich voreinander; die Frauen faßten mit zwei Fingern jeder Hand ihre Röcke und hoben sie leicht an; die Männer ließen die Arme baumeln oder hielten sie gekrümmt wie Topfhenkel.

Die monotone, ansprechende Melodie tanzte ebenfalls im kühleren Abendwind; die Geige spielte in höchster Lage immer das gleiche Thema, und die andern Instrumente skandierten dessen Rhythmus, so daß das Tempo immer hüpfender wurde. Und gerade die schlichte, bäuerliche, behende und kunstlose Musik paßte vortrefflich zu diesem rustikalen, schwerfälligen Menuett.

Auch die Kurgäste versuchten zu tanzen. Petrus Martel hüpfte vor der kleinen Odelin herum, die sich geziert wie eine Balletteuse gehabt; der Komiker Lapalme mimte extravagante Tanzschritte um die Büfettdame vom Kasino, die in Erinnerungen zu schwelgen schien.

Plötzlich jedoch gewahrte Gontran den Doktor Honorat, der mit Leib und Seele bei der Sache war und als echter, reinblütiger Auvergnate die Bourrée im klassischen Stil tanzte.

Das Orchester verstummte. Alle hielten inne.

Der Doktor kam heran und begrüßte den Marquis. Er wischte sich die Stirn und schnaufte. »Gelegentlich ist es gut, wenn man jung ist«, sagte er.

Gontran legte ihm die Hand auf die Schulter und lächelte hinterhältig: »Sie haben mir gar nicht gesagt, daß Sie verheiratet seien.«

Der Arzt hörte auf, sich die Stirn abzuwischen, und antwortete ernst: »Ja, ich bin es, und zwar schlecht.«

»Wie bitte?«

»Ich sage: schlecht verheiratet. Begehen Sie niemals diese Torheit, junger Mann.«

»Warum denn nicht?«

»Darum nicht. Sehen Sie, ich bin jetzt seit zwanzig Jahren verheiratet, na ja, und ich kann und kann mich nicht daran gewöhnen. Jeden Abend beim Heimkommen sage ich mir: ›Sieh da, die alte Dame ist noch immer bei mir. Geht sie denn niemals weg?‹«

80

Alle mußten lachen, ein so ernstes und überzeugtes Gesicht machte er.

Aber da läuteten die Hotelglocken zum Abendessen. Das Fest war vorbei. Louise und Charlotte Oriol wurden heimgeleitet, und nachdem man sich von ihnen verabschiedet hatte, wurde von ihnen gesprochen. Alle fanden sie ganz reizend. Andermatt jedoch zog die ältere vor.

Der Marquis sagte:»Wie anpassungsfähig ist doch die weibliche Natur! Die bloße Nähe des väterlichen Geldes, von dem sie nicht mal wissen, was sich damit anfangen läßt, hat diese Bauernmädchen zu Damen gemacht.«

Christiane fragte Paul Brétigny:»Und welche mögen Sie lieber?«

Er murmelte:»Ach, ich habe mir die beiden nicht mal richtig angesehen. Nicht die mag ich lieber.«

Er hatte sehr leise gesprochen; und sie antwortete nichts darauf.

VI

Die nun folgenden Tage waren für Christiane Andermatt zauberhaft. Sie lebte leichten Herzens und mit freudiger Seele. Das morgendliche Bad war ihre erste Lust, eine köstliche, über die Haut rinnende Lust, eine erlesene halbe Stunde im warmen, fließenden Wasser, die dazu angetan war, sie bis zum Abend glücklich zu stimmen. Sie war nämlich wirklich glücklich in allem, was sie dachte und sich wünschte. Die Zuneigung, von der sie sich umgeben und durchdrungen fühlte, der Rausch des Jungseins, der in ihren Adern pulste, und dann auch der neue Schauplatz, die herrliche Gegend, die wie geschaffen zum Träumen und Ausruhen war, weiträumig und durchduftet, hüllte sie ein wie eine große Liebesbezeigung der Natur und erweckte in ihr neue Empfindungen. Alles, was ihr nahte, alles, was sie berührte, verlängerte das morgendliche Gefühl, das Gefühl des lauen Bades, eines Bades im Glück, darein sie mit Leib und Seele tauchte. Ander-

81

matt, der alle vierzehn Tage nach Enval kommen sollte, war zurück nach Paris gefahren und hatte seiner Frau nahegelegt, gut achtzugeben, daß der Gelähmte seine Kur nicht unterbreche.

So zogen denn also Christiane, ihr Vater, ihr Bruder und Paul tagtäglich vor dem Mittagessen los und schauten sich an, was Gontran »die Armensuppe« zu nennen beliebte. Auch andere Kurgäste kamen, und alle standen um die Badegrube herum und unterhielten sich mit dem Vagabunden.

Besser gehen könne er nicht, behauptete er, aber er habe das Gefühl, als wimmelten in seinen Beinen Ameisen; und er erzählte, wie jene Ameisen hin und her liefen, bis in die Schenkel hinaufkletterten und dann wieder bis in die Zehenspitzen hinabstiegen. Sogar nachts spüre er sie, diese kitzelnden Tiere, und sie bissen ihn und raubten ihm den Schlaf.

Sämtliche Fremden und die Bauern interessierten sich für die Kur; sie hatten sich in zwei Lager geteilt, das der Zuversichtlichen und das der Ungläubigen.

Nach dem Mittagessen holte Christiane häufig die Oriol-Mädchen zu einem gemeinsamen Spaziergang ab. Sie waren die einzigen weiblichen Wesen des Kurorts, mit denen Christiane plaudern, zu denen sie angenehme Beziehungen unterhalten, denen sie ein wenig freundschaftliches Vertrauen bezeigen und von denen sie ein wenig frauenhafte Zuneigung erbitten konnte. Sie hatte auf der Stelle Gefallen an der ernsten und zugleich lächelnden Vernünftigkeit der älteren und mehr noch an der drolligen Durchtriebenheit der jüngeren gefunden, und weniger ihrem Mann zu Gefallen als um ihrer eigenen Annehmlichkeit willen war sie jetzt auf die Freundschaft der beiden jungen Mädchen erpicht.

Es wurden Ausflüge unternommen, bald im Landauer, einem alten Landauer zu sechs Plätzen, der bei einem Vermieter in Riom aufgetrieben worden war, und bald zu Fuß.

Besonders gern hatten sie ein kleines, wildes Tal in der Nähe von Châtel-Guyon, das zur Einsiedelei Sans-Souci hinführte.

Paarweise schritten sie langsam auf dem schmalen Fußsteig unter Fichten am Rand eines kleinen Baches einher und unterhielten sich. Bei allen Übergängen über den Bach, den der Pfad unaufhörlich kreuzte, traten Paul und Gontran auf Steine in der Strömung, umfaßten die Damen mit einem Arm, hoben sie mit einem Ruck hoch und setzten sie am andern Ufer nieder. Und nach jeder dieser Furten wechselte die Ordnung der Wandernden.

Christiane ging bald mit diesem, bald mit jenem, fand aber jedesmal eine Möglichkeit, einige Zeit mit Paul Brétigny allein zu bleiben, sei es vor, sei es hinter den anderen. Er verhielt sich ihr gegenüber nicht mehr wie während der ersten Tage. Er war nicht mehr so lachlustig, weniger jäh, weniger kameradschaftlich, sondern respektvoller und zuvorkommender.

Dabei wurden ihre Gespräche immer vertrauter, und Herzensangelegenheiten spielten darin eine große Rolle. Er sprach vom Gefühl und von der Liebe als ein Mann, der sich in so etwas auskennt, der die Zärtlichkeit der Frauen ausgelotet und ihnen ebenso viel Glück wie Leiden zu verdanken hat.

Sie war hingerissen und ein wenig gerührt; sie trieb ihn voll glühender, abgefeimter Neugier zu Geständnissen. Alles, was sie über ihn erfuhr, erweckte in ihr ein brennendes Verlangen, noch mehr zu vernehmen, sich in ein Mannesleben hineinzudenken, wie sie es andeutungsweise aus Büchern kannte, ein Leben voller Stürme und Liebesgeheimnisse.

Durch sie dazu angereizt, erzählte er ihr jeden Tag ein bißchen mehr aus seinem Leben, von seinen Abenteuern und seinen Kümmernissen, und zwar mit einer Wärme des Ausdrucks, der die Brandwunden in seiner Erinnerung bisweilen einen leidenschaftlichen Ton liehen und die das Verlangen zu gefallen arglistig machte.

Er tat vor ihren Augen eine ihr unbekannte Welt auf und fand beredte Worte, um die Subtilitäten des Begehrens und der Erwartung auszudrücken, das Verheerende stetig wachsender Hoffnungen, den Aberglauben an Blumen und Bänder, an alle aufbewahrten Kleinigkeiten, die Niedergeschlagenheit bei plötzlich aufgetauchten Zweifeln, die Angst bei alarmierenden Vermutungen, die Qualen der Eifersucht und die unsagbare Geistestrübung beim ersten Kuß.

Und er verstand sich darauf, das alles auf eine sehr taktvolle, verhüllte, poetische und mitreißende Weise darzulegen. Wie alle stets vom Verlangen nach der Frau, dem Denken an die Frau heimgesuchten Männer sprach er voller Zurückhaltung von denen, die er mit einem noch nachzitternden Fieber geliebt hatte. Es fielen ihm tausend niedliche Einzelheiten ein, die geschaffen waren, das Herz zu rühren, tausend delikate Begleitumstände, geeignet, die Augenwinkel feucht werden zu lassen, und all die reizenden Nichtigkeiten, die die Liebesbeziehungen zwischen Menschen mit verfeinerter Seele und kultiviertem Geist zum Nobelsten und Schönsten auf dieser Erde gedeihen lassen.

Alle diese verwirrenden, intimen Unterhaltungen, die sich jeden Tag aufs neue anspannen und mit jedem Tag länger dauerten, fielen auf Christianes Herz nieder wie auf den Erdboden gestreute Samenkörner. Und der Zauber der großen Landschaft, die würzige Luft, die blaue, weite Limagne, die das Menscheninnere zu erweitern schien, die erloschenen Krater im Gebirge, alte Kamine des Erdballs, die jetzt nur noch dazu dienten, Quellwasser für Kranke anzuwärmen, die Kühle des Laubschattens, das leise Plätschern der Bäche zwischen dem Gestein – auch all dieses durchdrang Leib und Seele der jungen Frau, durchdrang sie und lockerte sie auf, wie ein weicher, warmer Regen noch jungfräulichen Boden auflockert, ein Regen, der Blumen aufsprießen lassen wird, deren Samen seiner wartet.

Sie fühlte nur zu gut, daß der junge Herr ihr ein wenig den Hof machte, daß er sie hübsch fand, sogar mehr als hübsch; und das Verlangen, ihm zu gefallen, gab ihr tausend gleichzeitig durchtriebene und einfache Listen ein, um ihn zu verführen und zu erobern.

Wenn er aussah, als sei er innerlich bewegt, ließ sie ihn jäh stehen; wenn sie spürte, daß sein Mund eine zärtliche Anspielung äußern wolle, warf sie ihm, noch ehe er seinen Satz zu Ende gesprochen hatte, einen der kurzen, tiefen Blicke zu, die das Herz der Männer in Flammen setzen.

Sie sagte zarte Worte, vollführte liebliche Kopfbewegungen, tat mit der Hand Gesten von ungefähr, machte ein melancholisches Gesicht, das nur zu bald wieder lächelte, um ihm zu zeigen, ohne es ihm indessen zu sagen, daß er sich nicht vergebens bemühe.

Was wollte sie? Nichts. Was erwartete sie von alledem? Nichts. Sie hatte an diesem Spiel einzig und allein Freude, weil sie eine Frau war, weil sie die Gefahr, die es barg, nicht im mindesten spürte, weil sie, ohne bange Vorgefühle, sehen wollte, was er tun würde.

Zudem hatte sich in ihr plötzlich die angeborene Koketterie entwickelt, die in den Adern aller weiblichen Wesen lauert. Das naive, schlummernde, kindhafte Mädchen von gestern war angesichts dieses Mannes, der zu ihr ohne Unterlaß von der Liebe sprach, jäh zu etwas Geschmeidigem und Klarsichtigem erwacht. Sie ahnte seine wachsende Verwirrung in ihrer Nähe, sie sah die sich offenbarende Ergriffenheit seines Blicks, sie nahm die mannigfachen Klangfärbungen seiner Stimme wahr, und all das mit dem besonderen Einfühlungsvermögen derer, die da spüren, daß sie zur Liebe aufgerufen werden.

Schon andere Männer hatten ihr in den Salons den Hof gemacht, ohne von ihr anderes zu erlangen als die Spötteleien eines belustigten jungen Mädchens. Die Banalität ihrer Komplimente hatte sie amüsiert; ihre bekümmert schmachtenden Mienen hatten sie gefreut; und auf alle ihre Bekundungen inneren Aufruhrs hatte sie mit Possen geantwortet.

Bei Paul jedoch war ihr plötzlich gewesen, als stehe sie einem verführerischen, gefährlichen Gegner gegenüber; und sie war zu dem gewandten, aus Instinkt hellsichtigen, mit Kühnheit und Kaltblütigkeit bewaffneten Frauenwesen geworden, das, solange sein Herz unbeteiligt bleibt, die Männer belauert, überrascht und in das unsichtbare Netzwerk des Gefühls zieht.

Ihn hatte sie in der ersten Zeit nichtig gedünkt. Er war abenteuernde Frauen gewohnt gewesen, solche, die in der Liebe geübt waren wie alte Krieger in Kampfhandlungen, solche, die in allen Listen der Galanterie und der Zärtlichkeit Erfahrungen besaßen; daher hatte er Christianes schlichtes Herz für banal gehalten und es mit leichter Verachtung behandelt.

Nach und nach jedoch hatte ihn gerade ihre Harmlosigkeit zunächst erheitert und dann verlockt; er hatte seiner leicht entflammbaren Natur nachgegeben und begonnen, die junge Frau mit zärtlicher Fürsorge zu umhegen.

Er wußte genau, daß das beste Mittel zur Betörung einer reinen Seele darin bestand, ihr unablässig etwas von der Liebe vorzureden und dabei zu tun, als denke man an andere Frauen; alsdann machte er sich abgefeimt die lüsterne Neugier zunutze, die er in ihr erweckt hatte, und begann, unter dem Vorwand von Bekenntnissen, ihr im Waldesschatten regelrechten Unterricht in der Leidenschaft zu erteilen.

Er hatte, gleich ihr, seinen Spaß an diesem Spiel; er zeigte ihr durch alle die kleinen Aufmerksamkeiten, auf deren Erfindung die Männer sich verstehen, wie seine Neigung für sie im Wachsen sei; er spielte den Verliebten, ohne vorerst noch zu ahnen, daß er es tatsächlich werden würde.

Sie trieben beide dieses Spiel während der langsamen Spaziergänge mit der gleichen Selbstverständlichkeit, wie es selbstverständlich ist, daß man badet, wenn man an einem heißen Tag an das Ufer eines Baches kommt.

Aber von dem Augenblick an, da sich in Christiane die unverstellte Koketterie bekundete, von der Stunde an, da sie all die angeborenen Kunstgriffe der Frau zur Beherrschung der Männer entdeckte, da sie es sich in den Kopf setzte, diesen von Leidenschaft Erfüllten in die Knie zu zwingen, als handele es sich für sie darum, eine Partie Krocket zu gewinnen, ließ der aufrichtige Roué sich von dem Getue dieses Unschuldslammes fangen und fing an, sie zu lieben.

Fortan war er linkisch, voller Unruhe, nervös; und sie sprang mit ihm um wie die Katze mit der Maus.

Einer andern gegenüber hätte er keinerlei Hemmungen verspürt, er hätte frei heraus geredet, er hätte sie durch sein einnehmendes Ungestüm erobert; bei ihr indessen verließ ihn sein Wagemut, so gänzlich andersgeartet als alle, die er gekannt hatte, kam sie ihm vor.

Letztlich waren die andern samt und sonders schon vom Leben angesengte Frauen gewesen, denen man alles hatte sagen, bei denen man die kühnsten Anträge hatte wagen können, indem man ihnen unmittelbar vor ihren Lippen die bebenden Worte zuflüsterte, die das Blut entflammen. Er wußte und fühlte, daß er unwiderstehlich sei, wenn er ungehemmt das ungestüme Begehren, das ihn verheerte, in Seele, Herz und Sinne derjenigen zu übertragen vermochte, die er liebte.

Bei Christiane glaubte er es mit einem jungen Mädchen zu tun zu haben, so sehr ahnte er ihr Neulingstum; und alle seine Kniffe und Pfiffe versagten. Zudem war er ihr auf eine neue Weise zugetan, wie einem Mädchenkind und wie einer Braut. Er begehrte sie, und dabei scheute er sich, sie anzurühren, sie zu beschmutzen, sie zum Welken zu bringen. Er verspürte kein Verlangen, sie mit den Armen zu umschließen und sie zu zermalmen wie die andern, sondern den Wunsch, vor ihr niederzuknien, ihr Kleid zu küssen und behutsam, unendlich keusch, zärtlich und langsam, mit den Lippen die Härchen an ihren Schläfen zu streifen, ihre Mundwinkel und ihre Augen, ihre geschlossenen Augen, deren blauen Blick er spüren würde, den zauberhaft hinter den gesenkten Lidern erwachten Blick. Am liebsten hätte er sie vor allen und allem geschützt, gewöhnliche Leute nicht an sie herangelassen, sie nicht häßliche Leute sehen lassen, unsaubere Leute ihr ferngehalten. Am liebsten hätte er den Schmutz von den Straßen weggekehrt, die sie überschritt, die Steine auf den Wegen beseitigt, die Dornranken und Zweige im Wald, hätte er für sie alles ringsum leicht und köstlich gemacht und sie immer auf Händen getragen, damit sie niemals hätte zu gehen brauchen. Und es ärgerte ihn, daß sie im Hotel mit den neben ihr Sitzenden reden, die minderwertigen Gerichte der Table d'hôte essen, all die kleinen, unvermeidlichen Verdrießlichkeiten des Daseins auf sich nehmen mußte.

Er wußte nicht, was er mit ihr reden sollte, so sehr waren seine Gedanken von ihr eingenommen; und seine Unfähigkeit, seinem Seelenzustand Ausdruck zu geben, nichts von dem durchführen zu können, was er nur zu gern vollbracht hätte, ihr das gebieterische Verlangen, sich für sie aufzuopfern, das ihm in den Adern brannte, kundzutun, lieh ihm den Anschein eines in Ketten geschlagenen reißenden Tiers, und zugleich sah er aus, als verspüre er einen befremdlichen Drang zu schluchzen.

Sie merkte das alles, ohne es im vollen Umfang zu begreifen, und hatte mit der boshaften Freude der Gefallsüchtigen ihren Spaß daran.

87

Waren sie hinter den andern zurückgeblieben und spürte sie an seinem Gehaben, daß er endlich etwas Beunruhigendes sagen wolle, so setzte sie sich unvermittelt in Trab, um zu ihrem Vater zu gelangen, und wenn sie diesen eingeholt hatte, rief sie:»Wenn wir nun mal ›Bäumchen verwechseln‹ spielten?« Dieses Spiel bildete gewöhnlich den Abschluß ihrer kleinen Wanderungen. Es wurde eine Lichtung ausfindig gemacht, ein etwas breiteres Stück der Landstraße, und dann spielten sie wie Kinder bei einem Spaziergang.

Die Oriol-Mädchen und sogar Gontran hatten ihre Freude an dieser Belustigung; sie stillte den beständigen Drang zum Laufen, den alle jungen Wesen in sich tragen. Nur Paul Brétigny grollte; er war von andern Gedanken besessen; dann jedoch wurde er nach und nach lebendiger, er beteiligte sich wilder an dem Spiel als die andern, damit er Christiane haschen, sie berühren, ihr unvermutet die Hand auf die Schulter oder auf die Bluse legen konnte.

Der Marquis war von Natur gleichgültig und ließ den Dingen ihren Lauf; er gab sich zu allem her, vorausgesetzt, daß seine Ruhe dadurch nicht gestört wurde; er nahm unter einem Baum Platz und schaute zu, wie sein Pensionat, so nannte er sie, sich tummelte. Er fand dies geruhsame Leben vortrefflich und hielt die ganze Welt für vollkommen.

Allein Pauls Verhalten erschreckte Christiane bald. Einmal bekam sie sogar Angst vor ihm.

Eines Morgens waren sie mit Gontran bis ans Ende der bizarren Schlucht gegangen, die der Enval-Bach durchfließt und die »das Ende der Welt« genannt wird.

Die Schlucht bohrt sich immer enger und gewundener in den Berg ein. Man steigt über riesige Felsbrocken hinweg, man überschreitet auf dicken Steinen den kleinen Bach, und wenn man dann um einen mehr denn fünfzig Meter hohen Felsen herumgegangen ist, der den ganzen Einschnitt der Kluft verbaut, sieht man sich in einer Art schmalen Graben eingeschlossen, zwischen zwei gigantischen Mauern, die bis zu dem mit Bäumen und Grün bestandenen Gipfel kahl sind.

Der Bach bildet einen büttengroßen Teich, und das Ganze ist

tatsächlich ein wildes, absonderliches, verblüffendes Loch, wie es häufiger in Schilderungen als in der Natur vorkommt.

An jenem Tag nun stellte Paul fest, als er die hohe Felsstufe anschaute, die ihnen den Weg versperrte und vor der alle Wanderer innehalten, daß sie Kletterspuren trug. Er sagte:»Aber man kann doch noch weiter gehen!« Nachdem er nicht ohne Mühe die senkrechte Mauer erklommen hatte, rief er:»Oh, dies ist ganz wundervoll! Ein kleines Boskett im Wasser, kommen Sie doch!«

Er legte sich hin, nahm Christiane bei beiden Händen und zog sie hoch, während Gontran ihre Füße zu den schwachen Ausbauchungen des Felsens hinlenkte und sie daraufstellte.

Die vom Gipfel herabgefallene Erde hatte auf der Felskuppe ein wildes, buschiges Gärtchen gebildet, durch dessen Wurzeln hindurch der Bach floß.

Etwas weiter entfernt versperrte eine andere Stufe abermals den Granitkorridor; auch sie wurde von ihnen erklettert, alsdann eine dritte, und so gelangten sie an den Fuß einer unersteigbaren Mauer, von der senkrecht und klar ein zwanzig Meter hoher Wasserfall in ein tiefes Becken fiel, das er sich gehöhlt hatte; es lag unter Schlinggewächsen und Gezweig.

Der Bergeinschnitt war so eng geworden, daß die beiden Männer, wenn sie einander an der Hand hielten, die beiden Seiten berühren konnten. Vom Himmel war nur noch ein Strich zu sehen; zu hören war nur noch das Rauschen des Wassers; man hätte meinen können, man sei in einen der unauffindbaren Schlupfwinkel gelangt, in denen die lateinischen Dichter die Nymphen der Antike zu verstecken pflegten. Christiane war zumute, als habe sie das Gemach einer Fee entweiht.

Paul Brétigny stand stumm da.

Gontran rief:»Oh, wie hübsch wäre es, wenn jetzt eine blonde, rosige Frau hier im Wasser badete!«

Sie kehrten um. Die beiden ersten Stufen ließen sich ziemlich leicht hinabsteigen; aber die dritte erschreckte Christiane, so hoch und steil war sie, und ohne daß Stufen zu sehen gewesen wären.

Brétigny ließ sich den Felsen hinabgleiten; dann breitete er ihr die Arme entgegen.»Springen Sie!« sagte er.

Sie wagte es nicht. Nicht, daß sie Angst gehabt hätte zu fallen –
vor *ihm* hatte sie Angst, Angst zumal vor seinen Augen.

Er blickte sie mit der Gier eines ausgehungerten Tiers an, mit
einer Leidenschaft, die Raserei geworden war; und seine beiden
ihr entgegengestreckten Hände zogen sie so gebieterisch an, daß
sie von einem jähen Entsetzen gepackt wurde und von einem tol-
len Drang, zu heulen, davonzulaufen, den steilen Berghang zu erklimmen, um diesem unwiderstehlichen Ruf zu entrinnen. Ihr
hinter ihr stehender Bruder rief: »Los doch!« und gab ihr einen
Schubs. Sie fühlte sich fallen, sie schloß die Augen, wurde von einer behutsamen, kräftigen Umarmung aufgefangen, rutschte,
ohne ihn zu sehen, an dem ganzen, großen Körper des jungen
Herrn hinab, dessen keuchender, heißer Atem ihr übers Gesicht
strich.

Dann stand sie wieder auf den Füßen und lächelte, nun der
Schrecken hinter ihr lag, während Gontran seinerseits hinabklet-
terte.

Dieser aufregende Zwischenfall hatte sie vorsichtig gemacht;
ein paar Tage lang war sie darauf bedacht, nicht mit Brétigny allein zu sein; er schien sie jetzt zu umkreisen wie der Wolf der Fabel ein Lamm.

Es war indessen ein großer Ausflug verabredet worden. In dem
sechssitzigen Landauer sollte Mundvorrat mitgenommen werden, und sie wollten zusammen mit den Schwestern Oriol am
Ufer des kleinen Sees bei Tazenat, der in der dortigen Gegend
»das Tazenat-Naß« genannt wird, zu Abend essen und dann
nachts bei Mondschein heimfahren.

So wurde denn also eines Nachmittags aufgebrochen, bei glühender Hitze, bei so verzehrender Sonne, daß sie den Granit des
Gebirges wie Backofenfliesen erhitzte.

Der Wagen erklomm die Steigung im Schritt; die drei schweiß-
bedeckten Pferde keuchten; der Kutscher auf dem Bock döste
schläfrig mit gesenktem Kopf; und über das Gestein am Saum
der Landstraße huschten Legionen grüner Eidechsen. Die brennend heiße Luft mutete an, als sei sie von einem unsichtbaren,
schwarzen Glutstaub erfüllt. Bisweilen hätte man sagen können,
sie sei geronnen, sie leiste Widerstand, sie sei zum Zerschneiden

dick; bisweilen bewegte sie sich ein wenig und ließ über die Gesichter den Gluthauch einer Feuersbrunst streichen, darin inmitten der langen Tannenstämme der Geruch erwärmten Harzes wogte.

Im Wagen sprach niemand. Die drei Damen auf den Rücksitzen schlossen die geblendeten Augen im rosigen Schatten der Sonnenschirme; der Marquis und Gontran hatten sich Taschentücher über die Stirnen gebreitet und schliefen; Paul sah Christiane an, die ebenfalls unter gesenkten Lidern zu ihm hinlugte. Und der Landauer, hinter dem eine rauchhaft weiße Staubsäule aufstob, folgte ohne Unterlaß der endlos langen Steigung.

Als das Gefährt auf der Hochfläche angelangt war, richtete der Kutscher sich auf, die Pferde fingen an zu traben, und es wurde eine weite, wellig bewaldete, bebaute Gegend mit zahlreichen Dörfern und einzeln stehenden Bauernhöfen durchfahren. Zur Linken waren in der Ferne die großen, abgestumpften Kegel der Vulkane zu gewahren. Der Tazenat-See, das Ziel des Ausflugs, war vom letzten Krater der Gebirgskette gebildet worden.

Nach dreistündiger Fahrt sagte Paul plötzlich: »Sehen Sie: Lava.« Braune, bizarr verkrümmte Felsen spalteten den Boden am Rand der Landstraße. Zur Rechten war ein Bergstumpf zu sehen, dessen breiter Gipfel aussah, als sei er ausgehöhlt und platt; es wurde in einen Weg eingebogen, der durch einen dreieckigen Einschnitt in jenen Bergstumpf einzudringen schien, und Christiane, die aufgestanden war, gewahrte unvermittelt in einem weiten, tiefen Krater einen schönen, kühlen See; kreisrund wie eine Münze war er. Die Steilhänge des Berges, rechts bewaldet und links kahl, fielen zum Wasser hin ab; sie umrundeten es wie ein hoher, regelmäßiger Festungswall. Und diese stille, glatte, metallisch leuchtende Wasserfläche spiegelte auf der einen Seite die Bäume und auf der andern den schroffen Absturz, und zwar mit so vollkommener Klarheit, daß die Grenzen nicht zu erkennen waren und daß man in dem riesigen Trichter, in dessen Mitte sich der blaue Himmel spiegelte, nur ein helles, bodenloses Loch gewahrte, das die Erde von einer Seite zur andern bis zum jenseitigen Firmament zu durchdringen schien.

Der Wagen konnte nicht weiterfahren. Sie stiegen aus und

schlugen an der bewaldeten Seite einen um den See herumführenden Weg ein; er verlief auf halber Hanghöhe unter Bäumen. Jener nur von Holzhauern benutzte Weg war grün wie eine Wiese; zwischen dem Gezweig hindurch waren das gegenüberliegende Ufer und das leuchtende Wasser in der Tiefe dieser Gebirgsbütte zu sehen.

Dann gelangten sie über eine Lichtung an das eigentliche Ufer und lagerten sich auf einer von Eichen beschatteten Rasenböschung. Und alle streckten sich in einem köstlichen, animalischen Wohlbehagen im Gras aus.

Die Herren wälzten sich darin und gruben die Hände hinein; und die Damen, die sich behutsam auf die Seite gelegt hatten, drückten die Wangen darauf, als seien sie auf eine kühlende Liebkosung erpicht. Nach der auf der Landstraße herrschenden Hitze war das eine der sanften, tiefen, wohltuenden Empfindungen, die beinahe einem Glück ähneln.

Dann schlief der Marquis abermals ein; Gontran tat es ihm alsbald nach; Paul begann, mit Christiane und den jungen Mädchen zu plaudern. Worüber? Über Bedeutungsloses! Dann und wann äußerte einer von ihnen einen Satz; ein anderer antwortete nach einer Minute des Schweigens; und die langsam hingesprochenen Worte schienen in ihren Mündern eingeschlafen zu sein wie die Gedanken in ihren Köpfen.

Doch als der Kutscher den Korb mit dem Mundvorrat gebracht hatte, machten die Oriol-Mädchen, die daheim den Haushalt führten und es gewohnt waren, sich häuslichen Pflichten zu unterziehen, sich sogleich ans Auspacken und an die Vorbereitung des Abendessens; das taten sie ein wenig abseits, auf dem Rasen.

Paul war neben der in Träumereien versunkenen Christiane liegen geblieben. Und er flüsterte so leise, daß sie ihn kaum zu vernehmen vermochte, so leise, daß die Worte ihr Ohr streiften wie verworrene Laute, die im Wind heranwehen: »Dies ist der schönste Augenblick meines Lebens.«

Warum verstörten diese unklar vernommenen Worte sie bis in den tiefsten Herzensgrund hinein? Warum verspürte sie mit einnemmal eine Rührung wie nie zuvor? Sie schaute zwischen den

Bäumen zu einem in einiger Entfernung liegenden ganz kleinen Haus hinüber, einer Jagd- oder Fischerhütte; es war so eng, daß es nur einen einzigen Raum enthalten konnte.

Paul folgte ihrem Blick und sagte:»Haben Sie mal darüber nachgedacht, was für zwei Menschen, die einander grenzenlos lieben, Tage bedeuten könnten, die sie in einer Hütte wie der dort drüben verbringen dürften? Sie wären allein auf der weiten Welt, wirklich allein, von Angesicht zu Angesicht! Und wenn dergleichen im Bereich des Möglichen stände, müßte man dann nicht alles aufgeben, um es Wirklichkeit werden zu lassen, da doch das Glück so selten, so unfaßbar und kurz ist? Lebt man denn wahrhaftig an den alltäglichen Lebenstagen? Gibt es Traurigeres, als aufzustehen ohne glühende Hoffnung, seelenruhig immer dieselben Pflichten zu erfüllen, mäßig zu trinken, zurückhaltend zu essen und ungestört wie ein Stumpfbold zu schlafen?«

Sie schaute noch immer zu dem Häuschen hinüber, und ihr schwoll das Herz, als sei sie dem Weinen nahe, denn plötzlich ahnte sie Trunkenheiten, die sie nie vermutet hatte.

Ganz sicher, so dachte sie, müsse es schön sein, wenn man zu zweit in dieser unter den Bäumen verborgenen Behausung wäre, angesichts des spielzeughaften Sees, eines echten Liebesspiegels! Man hätte es gut, man hätte niemanden um sich, keinen Nachbarn, kein Geschrei von Menschen, keine Geräusche des Lebens; man wäre allein mit einem geliebten Mann, der stundenlang vor der Angebeteten auf den Knien liegen und sie anschauen würde, während sie zu der blauen Flut hinblickte, und der ihr zärtliche Worte sagen und ihr dabei die Fingerspitzen küssen würde.

Sie könnten dort in der Stille leben, unter den Bäumen, in der Tiefe des Kraters, der alle ihre Leidenschaft bergen würde wie das durchsichtige, tiefe Wasser, bergen in seinem geschlossenen, regelmäßigen Festungswall, und den Augen böte sich kein anderer Ausblick als der runde Linienzug des Ufers, kein anderer Ausweg böte sich ihren Gedanken als das Glück, einander zu lieben, kein anderer Ausweg ihrem Verlangen als langsame, endlose Küsse.

Ob es tatsächlich Menschen auf Erden gab, die solcherlei Tage auskosten konnten? Ja, sicherlich! Und warum auch nicht?

Warum war sie sich nicht früher darüber klar geworden, daß solcherlei Freuden existierten?

Die Mädchen riefen, das Abendessen sei fertig. Der Marquis und Gontran wurden geweckt; sie hockten sich wie Türken ein wenig abseits neben den Tellern hin, die im Gras hin und her rutschten. Die beiden Schwestern bedienten, und die Herren in ihrer Lässigkeit hinderten sie nicht daran. Sie aßen langsam und warfen die Abfälle und die Hähnchenknochen ins Wasser. Es war Champagner mitgenommen worden; der Knall des ersten Pfropfens, der heraussprang, ließ sie alle zusammenfahren, so absonderlich nahm er sich an dieser Stätte aus.

Der Tag ging zur Neige; die Luft wurde von Kühle durchtränkt; mit dem Abend breitete sich seltsame Schwermut über das im Kratergrund schlummernde Wasser.

Als die Sonne dem Verschwinden nahe war und der Himmel sich zu entflammen begonnen hatte, nahm der See plötzlich das Aussehen eines Feuerbeckens an; als dann die Sonne untergegangen und der Horizont rot geworden war wie ein erlöschender Scheiterhaufen, glich der See einer Schüssel voll Blut. Und plötzlich ging über dem Bergkamm der fast volle Mond auf, ganz blaß im noch hellen Firmament. In dem Maße, wie sich alsdann Dunkelheit über die Erde breitete, stieg er leuchtend und rund höher, über den Krater hinaus, der rund war wie er. Es sah aus, als wolle er hineinfallen. Und als er hoch am Himmel stand, wirkte der See wie eine Silberschale. Da sah man über die Wasserfläche, die den ganzen Tag über reglos dagelegen hatte, Schauer hinwegrieseln, bald langsam, bald schnell. Man hätte sie für dicht über dem Wasser schwebende Geister halten können, die unsichtbare Schleier darüber hinwegzogen.

Es waren die großen Fische der Tiefe, die jahrhundertealten Karpfen und die gefräßigen Hechte, die sich im Mondschein tummelten.

Die Oriol-Mädchen hatten sämtliches Geschirr und die Flaschen wieder in den Korb gepackt, den der Kutscher abholte. Es wurde aufgebrochen.

Bei dem Gang durch den Wald, unter den Bäumen, durch deren Laub die Helligkeit ins Gras hinabfiel wie Regen, hörte Christiane, die, von Paul gefolgt, als vorletzte ging, plötzlich eine keuchende Stimme, die ihr beinahe ins Ohr sagte: »Ich liebe Sie! – Ich liebe Sie! – Ich liebe Sie!«

Ihr Herz fing so unsinnig zu schlagen an, daß sie fast hingefallen wäre; sie konnte die Beine nicht mehr rühren! Und dabei ging sie dennoch weiter! Sie ging weiter, außer sich, bereit, sich umzuwenden, mit ausgebreiteten Armen und dargebotenen Lippen. Er hatte jetzt den Rand des kleinen Schals ergriffen, mit dem sie sich die Schultern bedeckt hatte, und küßte ihn wie von Sinnen. Sie ging immer weiter, so sehr dem Umsinken nahe, daß sie nicht einmal mehr den Boden unter ihren Füßen spürte.

Jäh trat sie aus dem Baumgewölbe heraus, und nun sie im vollen Licht stand, beherrschte sie mit einem Ruck ihre Verwirrung; aber ehe sie in den Landauer stieg und den See aus den Augen verlor, wandte sie sich halb um und warf dem Wasser Kußhände zu, die der ihr folgende Mann nur zu gut verstand.

Während der Rückfahrt saß sie in seelischer und körperlicher Stumpfheit da, betäubt und zerschlagen wie nach einem Sturz; und kaum war sie im Hotel angelangt, als sie auch schon rasch nach oben ging und sich in ihrem Zimmer einschloß. Sie schob den Riegel vor und drehte auch noch den Schlüssel um, so sehr fühlte sie sich nach wie vor verfolgt und begehrt. Dann blieb sie bebend in dem fast dunklen, leeren Raum stehen. Die auf den Tisch gestellte Kerze warf die zitternden Schatten der Möbel und der Gardinen an die Wände. Christiane ließ sich in einen Sessel sinken. All ihre Gedanken liefen davon, sprunghaft; sie entflohen ihr, ohne daß sie sie hätte festhalten und zur Kette knüpfen können. Sie fühlte sich jetzt dem Weinen nahe, ohne zu wissen, warum; sie fühlte sich zerrissen, elend, gänzlich verlassen in diesem leeren Zimmer, im Dasein verirrt wie in einem Wald.

Wohin trieb sie, was sollte, was würde sie tun?

Da ihr das Atmen schwer fiel, stand sie auf, öffnete das Fenster und den Laden und stützte sich auf die Fensterbank. Die Luft war frisch und kühl. In der Tiefe des unermeßlichen und ebenfalls leeren Himmels ergoß der ferne, einsame, traurige Mond, der jetzt in die bläulichen Höhen der Nacht emporgestiegen war, ein hartes, kaltes Licht auf Blattwerk und Gebirge.

Die ganze Landschaft schlief. Nur der leichte Singsang der Geige des jeden Abend noch ganz spät übenden Saint-Landri durchzog dann und wann schluchzend die tiefe Stille des Tals. Christiane vernahm ihn kaum. Er hörte auf und begann von neuem, der dünne, schmerzliche Schrei der nervösen Saiten. Und der im öden Himmel verlorene Mond und der schwache, in der stummen Nacht verlorene Klang überschütteten ihr Herz mit einem solchen Gefühl der Verlassenheit, daß sie zu schluchzen begann. Sie zitterte und bebte bis ins Mark, gerüttelt und geschüttelt von Ängsten und dem Erschauern von Menschen, die eine furchtbare Krankheit gepackt hat; und plötzlich wurde sie sich bewußt, daß ja auch sie ganz allein im Dasein stand.

Das war ihr bis zu diesem Tag nicht klar gewesen; und jetzt erkannte sie es an der Trostlosigkeit ihrer Seele so überdeutlich, daß sie glaubte, sie sei irrsinnig geworden.

Sie hatte doch einen Vater, einen Bruder, einen Mann! Und sie liebte sie, und sie liebten sie! Und nun war sie ihnen plötzlich fern gerückt, sie war ihnen fremd geworden, als sei sie kaum mit ihnen bekannt! Die ruhige Zuneigung ihres Vaters, die herzliche Kameradschaft ihres Bruders, die kalte Zärtlichkeit ihres Mannes galten ihr nichts mehr! Ihr Mann! Das also war ihr Mann, dieser rosige, schwatzhafte Mensch, der gleichgültig zu ihr sagte: »Fühlst du dich heute morgen wohl, Liebes?« Und diesem Mann gehörte sie mit Leib und Seele durch die Macht einer Urkunde! War das möglich? – Ach, wie allein und verloren kam sie sich vor! Sie hatte die Augen geschlossen, um in ihr Inneres zu schauen, tief hinein in ihr Denken und Fühlen.

Und sie sah sie vor sich, je nachdem sie sie erstehen ließ, die Gesichter aller, die um sie waren: das des sorglosen, geruhsamen Vaters, der glücklich war, sofern seine Ruhe nicht gestört wurde; das des spottsüchtigen, skeptischen Bruders; das des betriebsamen Mannes, der nichts als Zahlen im Kopf hatte und ihr verkündete: »Eben habe ich einen hübschen Coup gemacht«, wenn er ihr hätte sagen können: »Ich liebe dich!«

Ein anderer hatte sie ihr vorhin zugeflüstert, diese Worte, und sie schwangen ihr noch im Ohr und im Herzen nach. Auch ihn sah sie vor sich, wie er sie mit seinen starren Blicken verschlang;

und wäre er in diesem Augenblick bei ihr gewesen – sie hätte sich ihm in die Arme geworfen!

VII

Christiane, die sich spät schlafen gelegt hatte, erwachte, als die Sonne durch das weit offen gebliebene Fenster einen Schwall roter Helle warf.

'Sie sah nach der Uhr – es war fünf – und blieb in dem warmen Bett köstlich entspannt auf dem Rücken liegen. Sie fühlte sich so beschwingt und froh gestimmt, daß ihr war, als sei ihr während der Nacht ein Glück, ein großes Glück, ein unermeßliches Glück zuteil geworden. Welches? Sie suchte es, sie forschte danach, welch glückliche Neuigkeit sie so mit Fröhlichkeit durchdrungen habe. Alle Kümmernis des Abends war hingeschwunden, hatte sich während des Schlafs aufgelöst.

So liebte Paul Brétigny sie also! Wie gänzlich anders erschien er ihr jetzt als am ersten Tag! Trotz aller ihrer Bemühungen gelang es ihr nicht, sich zu erinnern, wie er gewesen war, als sie ihn ganz zu Anfang gesehen und beurteilt hatte; sie konnte sich nicht einmal mehr vorstellen, wie der Mann ausgesehen, den ihr Bruder ihr vorgestellt hatte. Der von heute hatte nichts von jenem andern zurückbehalten, nichts, weder das Gesicht noch das Gehaben, nichts, denn sein ursprüngliches Bild war nach und nach, Tag für Tag, durch alle die langsamen Wandlungen hindurchgeglitten, die im menschlichen Bewußtsein jemand erleidet, den man anfangs lediglich wahrgenommen hat und der allmählich zu einem Bekannten, einem Vertrauten, einem geliebten Menschen wird. Stunde für Stunde ergreift man mehr von ihm Besitz, ohne es zu merken; man nimmt Besitz von seinen Zügen, seinen Bewegungen, seiner Art zu gehen, von seiner Körperlichkeit und von seinem Innern. Er tritt in uns ein, ins Auge und ins Herz, durch seine Stimme, durch alle seine Gesten, durch das, was er sagt, und durch das, was er denkt. Man nimmt ihn in sich auf, man versteht ihn, man errät alle seine Absichten aus seinem Lächeln und seinen Worten; endlich scheint er einem ganz und gar zu gehören, so unbewußt noch liebt man alles, was sein ist, und alles, was von ihm kommt.

Und dann ist es unmöglich, sich zu erinnern, was jener Mensch beim erstenmal, da er uns erschien, vor unsern gleichgültigen Augen dargestellt hat.

Paul Brétigny liebte sie also! Christiane verspürte deswegen weder Furcht noch Angst, sondern eine tiefe Rührung, eine unermeßliche, neue, erlesene Freude darüber, geliebt zu werden und es zu wissen.

Indessen schuf ihr die Haltung, die er ihr und die sie ihm gegenüber einnehmen würde, leise Beunruhigung. Aber da schon der bloße Gedanke daran etwas Heikles war, gab sie es auf, darüber nachzusinnen, und vertraute auf ihre Findigkeit und ihre Geschicklichkeit im Lenken dessen, was geschehen würde. Zur gewohnten Stunde ging sie nach unten und traf Paul beim Rauchen einer Zigarette vor dem Hoteleingang.

Er begrüßte sie zurückhaltend: »Guten Tag, Madame. Wie ist heute morgen das werte Befinden?«

Lächelnd antwortete sie: »Tadellos. Ich habe wundervoll geschlafen.«

Und sie reichte ihm die Hand und befürchtete dabei, er möge sie zu lange festhalten. Doch er drückte sie kaum, und sie begannen in aller Ruhe zu plaudern, als hätten sie einander vergessen.

Und der Tag ging hin, ohne daß er etwas unternahm, das an sein glühendes Geständnis vom gestrigen Abend hätte erinnern können. Während der folgenden Tage verhielt er sich genauso diskret und ruhig; und sie faßte Vertrauen zu ihm. Er habe erraten, so glaubte sie, daß er sie kränken werde, wenn er kühner würde; und sie hoffte, sie glaubte fest, sie würden auf der reizenden Stufe der Zärtlichkeit innehalten, auf der man einander lieben kann, indem man sich tief in die Augen schaut, ohne Gewissensbisse, da man makellos ist!

Freilich war sie darauf bedacht, sich nie mit ihm von den andern abzusondern.

Als sie aber eines Abends, am Sonntag der Woche, da sie am »Tazenat-Naß« gewesen waren, gegen zehn zum Hotel hinaufgingen, nämlich der Marquis, Christiane und Paul, da sie Gontran zusammen mit den Herren Aubry-Pasteur, Riquier und Doktor Honorat im großen Saal des Kasinos beim Ecarté-Spiel hatten sitzen lassen, rief Brétigny, als er den zwischen den Zweigen erscheinenden Mond erblickte:»Wie hübsch müßte es sein, wenn man in einer Nacht wie dieser sich die Ruinen von Tournoel ansähe!«

Allein schon dieser Gedanke erregte Christiane; Mondschein und Ruinen wirkten auf sie wie auf nahezu alle Frauenseelen. Sie drückte dem Marquis die Hand:»Ach, Väterchen, hättest du nicht Lust dazu?«

Er zögerte; er hatte die größte Lust, zu Bett zu gehen.

Sie ließ nicht locker:»Bedenk doch, wie schön Tournoel allein schon bei Tag ist! Du selber hast gesagt, du hättest nie eine so malerische Ruine gesehen, mit dem großen Turm, der die Burg überragt! Wie schön muß das erst bei Nacht sein!«

Schließlich stimmte er zu:»Na, dann los; aber wir sehen es uns bloß fünf Minuten lang an, und dann wird sofort nach Hause gegangen. Ich will um elf zu Bett liegen.«

»Ja, wir gehen sofort wieder heim. Der Hinweg dauert ja höchstens zwanzig Minuten.«

Sie machten sich alle drei auf den Weg, Christiane hatte den Vater untergehakt, und Paul ging neben ihr.

Er erzählte von seinen Reisen, von der Schweiz, von Italien, von Sizilien. Er berichtete von den Eindrücken, die ihm dieses und jenes gemacht hatte, von seiner Begeisterung auf dem Gipfel des Monte Rosa, beim Aufgang der Sonne hinter dieser Heerschar von Eisgipfeln, dieser in ewigem Schnee erstarrten Welt, als alle die gigantischen Berge von blendend weißer Helle übergossen worden waren, die sie leuchten machte wie blasse Leuchttürme, solche, die die Reiche der Toten erhellen könnten. Dann erzählte er von seiner Erschütterung am Rand des ungeheuerlichen Ätna-Kraters, als er sich wie ein winziges Tierwesen vorgekommen war, dreitausend Meter hoch in den Wolken, um sich nichts als Meer und Himmel, unter sich das blaue Meer, den blauen Himmel über sich; so hatte er sich über den Grauen erregenden Erdschlund gebeugt, dessen Aushauchungen ihm den Atem benahmen.

Er malte die Bilder breit aus, um das Herz der jungen Frau zu rühren; und sie fieberte im Zuhören, ihre Vorstellungskraft schwang sich auf, sie glaubte all das Großartige, das er gesehen hatte, mit eigenen Augen wahrzunehmen.

Unvermutet erblickten sie bei einer Biegung der Landstraße Tournoel. Die alte, auf ihrer Bergspitze liegende Burg wurde von ihrem hohen, schlanken Turm überragt; die Zeit und Kriege vergangener Zeiten hatten ihn durchlöchert und beschädigt; die Ruine zeichnete ihre große Silhouette, die eines phantastischen Herrensitzes, vor einem gespenstischen Himmel ab.

Überrascht blieben alle drei stehen.

Schließlich sagte der Marquis:»Tatsächlich, sehr hübsch ist das; man könnte sagen, es sei ein Wirklichkeit gewordener Traum Gustave Dorés. Wir wollen uns für fünf Minuten hinsetzen.« Und er setzte sich in das Gras der Straßengrabenböschung.

Christiane jedoch rief, außer sich vor Begeisterung:»O Vater, laß uns weitergehen! Es ist so schön, so schön! Bitte, bitte, laß uns ganz dicht herangehen!«

Diesmal gab der Marquis nicht nach:»Nein, mein Kind, ich bin jetzt genug gelaufen; ich kann nicht mehr. Wenn du es dir aus der Nähe ansehen willst, dann geh mit Monsieur Brétigny hin. Ich warte hier auf euch.«

Paul fragte:»Ist es Ihnen recht?«

Sie zögerte, von zwiefacher Angst gepackt: derjenigen, mit ihm allein zu sein, und derjenigen, einen anständigen Menschen dadurch zu kränken, daß sie den Anschein erweckte, sie fürchte sich.

Der Marquis sprach weiter:»Geht doch, geht doch! Ich warte auf euch.«

Da fiel ihr ein, ihr Vater werde ja in Rufweite bleiben, und so sagte sie denn entschlossen:»Kommen Sie.«

Seite an Seite gingen sie davon.

Aber kaum war sie ein paar Minuten gegangen, als sie spürte, daß ein durchbohrendes Gefühl sie überkam, eine unbestimmte, geheimnisvolle Angst, Angst vor der Ruine, Angst vor dem Dunkel, Angst vor diesem Mann. Die Knie wurden ihr plötzlich weich, wie neulich abends am Tazenat-See; sie weigerten sich, sie

100

noch länger zu tragen, sie gaben unter ihr nach; ihr war, als sinke sie in den Weg ein, als halte der Boden ihre Füße fest, wenn sie sie anheben wollte. Ein großer Baum, ein Kastanienbaum, der am Weg stand, überdachte den Saum einer Wiese. Christiane war außer Atem, als sei sie gelaufen; sie lehnte sich gegen den Stamm. Und sie sagte mit versagender Stimme:»Ich bleibe hier... Man kann es von hier aus ganz gut sehen.«

Paul setzte sich neben sie. Sie hörte, wie ihr Herz in heftigen, hastigen Schlägen pochte. Nach kurzem Schweigen sagte er:»Glauben Sie, daß wir schon einmal gelebt haben?«

Ohne seine Frage recht verstanden zu haben, so bewegt war sie, sagte sie leise:»Ich weiß es nicht. Ich habe nie darüber nachgedacht!«

Er fuhr fort:»Ich glaube es... bisweilen... Oder vielmehr: Ich fühle es... Der Mensch besteht aus Geist und Körper; beide sind anscheinend etwas verschieden Geartetes, sind jedoch zweifellos gleicher Art; und so muß der Mensch wiedererscheinen, wenn die Elemente, die ihn zum erstenmal geformt haben, sich zum zweitenmal zusammenfinden. Natürlich ist es dann schwerlich dasselbe Individuum, aber doch wohl derselbe Mensch, der wiedersteht, wenn ein einer früheren Erscheinungsform gleichgestalteter Körper zufällig von einer Seele bewohnt wird, die derjenigen ähnlich ist, die ihn ehedem belebt hatte. Ja, Madame, ich bin heute abend überzeugt, daß ich in jener Burg gewohnt, daß ich sie besessen, daß ich darin gekämpft und sie verteidigt habe. Ich erkenne sie wieder, sie hat mir gehört, ich bin mir dessen völlig sicher! Und ich bin mir auch sicher, daß ich darin eine Frau geliebt habe, die Ihnen ähnlich sah und die ebenfalls Christiane hieß! Ich bin dessen dermaßen sicher, daß ich Sie noch immer vor mir zu sehen glaube, wie Sie von der Höhe jenes Turms aus nach mir riefen. Suchen Sie in sich, drinnen in sich! Hinter der Burg liegt ein Wald; er senkt sich in ein tiefes Tal hinab. Dort sind wir oft spazieren gegangen. An Sommerabenden trugen Sie leichte Kleider; und ich trug schwere Waffen, die unter dem Laubgezweig klirrten. Wissen Sie es nicht mehr? Suchen Sie doch danach,

101

Christiane! Ihr Name ist mir vertraut wie die, die man von Kindheit an gehört hat! Würde man sorgsam alle Steine der Burg dort
betrachten, würde man ihn darauf finden, ehedem von meiner
Hand eingemeißelt! Seien Sie sicher: Ich erkenne meine Wohn-
statt, meine Heimat wieder, wie ich Sie wiedererkannt habe, als
ich Sie zum erstenmal erblickte!«

Er sprach mit überschwenglicher Überzeugung, romantisch
berauscht von der Nähe dieser Frau, von der Nacht, vom Mondschein und von der Ruine.

Jäh kniete er vor Christiane nieder und sagte mit bebender
Stimme: »Lassen Sie mich Sie abermals anbeten, nun ich Sie wiedergefunden habe. So lange Zeit hindurch habe ich Sie gesucht!«

Sie wollte aufstehen, weggehen, zurück zu ihrem Vater; aber es
fehlte ihr an Kraft, es fehlte ihr an Mut dazu; ein glühendes Verlangen, ihm noch weiter zu lauschen, hielt sie fest und lähmte sie,
ein Verlangen, die sie entzückenden Worte in ihr Herz eingehen
zu hören. Sie fühlte sich von einem Traum von dannen getragen,
einem von je erhofften Traum, der süß, der poetisch war, erfüllt
von Mondesstrahlen und alten Liedern.

Er hatte ihre Hände ergriffen, küßte ihre Fingernägel und
stammelte: »Christiane... Christiane... Nehmen Sie mich...
Töten Sie mich... Ich liebe Sie... Christiane...«

Sie spürte, wie er bebte, wie er zu ihren Füßen zitterte. Jetzt
küßte er ihre Knie und seufzte dabei aus tiefster Brust. Sie befürchtete, er werde den Verstand verlieren, und stand auf, um davonzulaufen. Aber er war schneller auf den Füßen als sie; er hatte
die Arme um sie geschlungen und sich stürmisch ihrer Lippen bemächtigt.

Da ließ sie sich ohne einen Schrei, ohne Gegenwehr ins Gras
fallen, als habe jene Liebesumschlingung ihr, indem er ihren Willen brach, das Rückgrat gebrochen. Und er nahm sie so leicht, als
habe er eine reife Frucht gepflückt.

Doch kaum hatte er seine Umarmung gelöst, als sie aufsprang
und weglief, kopflos, erschauernd und jäh eiskalt wie jemand, der
ins Wasser gefallen ist.

Mit ein paar Sätzen holte er sie ein, packte sie am Arm und flüsterte: »Christiane, Christiane! Bedenk doch, dein Vater!«

Da hörte sie auf zu laufen, sie ging wieder; sie gab keine Antwort, sie wandte sich nicht um; sie ging weiter, mit steifen, hart taktmäßigen Schritten. Er ging jetzt hinter ihr her, wagte aber nicht, sie anzureden. Als der Marquis die beiden gewahrte, stand er auf. »Nun aber rasch«, sagte er, »mir war schon ganz kalt geworden. Dergleichen ist recht schön, aber es schadet der Kur.« Christiane drängte sich an den Vater, als wolle sie ihn um Schutz bitten und sich in seine Zärtlichkeit flüchten.

Als sie in ihrem Zimmer war, zog sie sich innerhalb weniger Sekunden aus, schlüpfte ins Bett und verbarg den Kopf unter der Decke; dann weinte sie. Sie weinte, das Gesicht ins Kopfkissen gedrückt, lange, lange, ohne sich zu regen, ausgelöscht, vernichtet. Sie konnte nichts mehr denken, sie litt nicht länger, sie bereute nichts. Sie weinte gedankenlos, ohne zu überlegen, ohne zu wissen, warum. Sie weinte instinktiv, wie man singt, wenn man frohgestimmt ist. Als dann ihre Tränen versiegt waren, als sie übermannt und gliederlahm von all dem Schluchzen da lag, schlief sie vor Erschöpfung und Überdruß ein.

Sie wurde durch ein leises Klopfen an die zum Wohnraum führende Tür ihres Schlafzimmers geweckt. Es war heller Tag, es war neun Uhr morgens.

Sie rief: »Herein!«, und ihr Mann erschien, fröhlich, angeregt, auf dem Kopf eine Reisemütze und an der Hüfte seine kleine Geldtasche, die er unterwegs nie ablegte. Er rief: »Was? Du hast noch geschlafen? Und ich wecke dich! Ja, freilich, ich komme unangemeldet. Hoffentlich geht es dir gut. In Paris ist herrliches Wetter.«

Er hatte die Mütze abgenommen; er trat auf sie zu und wollte sie küssen.

Sie wich an die Wand zurück, von toller Angst gepackt, einer nervösen Angst vor diesem kleinen, rosigen, selbstzufriedenen Mann, der ihr die Lippen hinstreckte. Dann bot sie ihm in jähem Entschluß die Stirn und schloß die Augen.

Er drückte einen milden Kuß darauf und fragte: »Erlaubst du, daß ich mich in deinem Badezimmer ein bißchen wasche? Da ich heute nicht erwartet wurde, ist mein Zimmer nicht fertiggemacht worden.«

Sie stotterte: »Aber gewiß doch.«

Und er verschwand durch eine Tür am Fußende des Bettes. Sie hörte ihn hin und her gehen, plätschern, vor sich hin pfeifen; dann rief er: »Was gibt es hier Neues? Ich bringe vortreffliche Nachrichten mit. Die Analyse des Quellwassers hat unverhoffte Resultate ergeben. Wir können mindestens drei Krankheiten mehr als Royat heilen. Großartige Sache!«

Sie hatte sich im Bett aufgesetzt; der Atem versagte ihr, in ihrem Kopf ging alles durcheinander durch diese unvorhergesehene Rückkehr, die sie überfallen hatte wie ein Schmerz und die sie würgte wie Gewissensbisse.

Er kam wieder, vollauf mit sich zufrieden, und verbreitete einen starken Geruch nach Verbenenwasser. Dann setzte er sich ohne weiteres auf das Fußende des Bettes und fragte: »Was macht denn der Gelähmte? Geht's ihm gut? Kann er schon wieder gehen? Nach dem, was wir in dem Quellwasser gefunden haben, muß er unbedingt wieder gesund werden!«

Sie hatte ihn seit mehreren Tagen völlig vergessen und sagte zögernd: »Ach... ja... Ich glaube, es geht ihm nach und nach besser... Außerdem bin ich diese Woche nicht zu ihm gegangen... Ich... ich fühle mich nicht ganz wohl...«

Er sah sie interessiert an und sprach weiter: »Richtig, du bist ein bißchen blaß... Steht dir übrigens tadellos... Reizend siehst du so aus... schlechthin reizend...« Er rückte näher an sie heran, beugte sich zu ihr hin und wollte ihr unter der Bettdecke einen Arm um die Taille schieben.

Sie jedoch fuhr mit einer so entsetzten Bewegung zurück, daß er verdutzt innehielt, mit ausgestreckten Händen und gespitzten Lippen. Dann fragte er: »Was hast du denn? Darf man dich nicht mal mehr anrühren? Du kannst sicher sein, daß ich dir nicht weh tun will...« Und abermals näherte er sich ihr drängend, die Augen entflammt von unvermitteltem Begehren.

Da stammelte sie: »Nein... Laß mich... Nämlich... nämlich... ich glaube, ich bin in andern Umständen...«

Das hatte sie in kopfloser Angst hingesagt, völlig unüberlegt, nur um die Verschmelzung mit ihm zu vermeiden, wie wenn sie gesagt hätte: »Ich habe die Lepra oder die Pest.«

Nun erblaßte er seinerseits, überwältigt von tiefer Freude; er flüsterte lediglich: »Jetzt schon!« Jetzt hätte er sie am liebsten lange, behutsam und zärtlich als glücklicher, dankbarer Vater geküßt. Dann überkam ihn Unruhe: »Ist das denn möglich? Wieso denn? Glaubst du wirklich? So schnell?«

Sie antwortete: »Ja... Es könnte sein...«

Da sprang er im Zimmer umher, rieb sich die Hände und rief: »Herrgott noch mal, welch ein Freudentag!«

Abermals wurde an die Tür geklopft. Andermatt öffnete, und ein Zimmermädchen sagte zu ihm: »Herr Doktor Latonne möchte Monsieur sofort sprechen.«

»Gut. Führen Sie ihn in unser Wohnzimmer; ich komme gleich.« Er ging wieder in den anstoßenden Raum.

Der Doktor erschien sofort. Er hatte eine feierliche Miene aufgesetzt und war von gemessener, steifer Haltung. Er verbeugte sich, berührte flüchtig die Hand, die der leidlich überraschte Bankier ihm hinhielt, setzte sich und brachte im Tonfall eines Zeugen bei einem Ehrenhandel vor, was er zu sagen hatte. »Werter Herr, mir ist ein höchst unangenehmes Abenteuer zugestoßen; ich schulde Ihnen dafür Rechenschaft, damit Ihnen meine Handlungsweise erklärlich wird. Als Sie mir die Ehre erwiesen hatten, mich zu Ihrer Frau Gemahlin zu rufen, bin ich sogleich herbeigeeilt; nun aber scheint es, daß ein paar Minuten vor mir mein Kollege, der Leitende Badearzt, zu dem Madame Andermatt sicherlich mehr Vertrauen hat, durch den Herrn Marquis de Ravenel herbeordert worden ist. Daraus ergab sich, daß ich, der als zweiter Gekommene, den Anschein erweckt habe, ich hätte durch List dem Herrn Doktor Bonnefille eine Patientin weggeschnappt, die schon ihm gehörte; ich hatte den Anschein erweckt, etwas Taktloses, Ungehöriges, zwischen Kollegen Unqualifizierbares begangen zu haben. Nun aber müssen wir Ärzte bei der Ausübung unserer Kunst eine außerordentliche Rücksichtnahme und einen außerordentlichen Takt bezeigen, um allen Reibereien aus dem Weg zu gehen, die ernstliche Folgen haben könnten. Der Herr Doktor Bonnefille hat von meinem Besuch hier erfahren und hält mich eines unfairen Verhaltens für fähig, und der Augenschein spricht ja auch tatsächlich gegen mich;

105

Doktor Bonnefille hat von mir in Ausdrücken gesprochen, um derentwillen ich mich, wäre nicht sein Alter, gezwungen gesehen haben würde, Rechenschaft von ihm zu fordern. Um mich in seinen Augen und in denen der gesamten Ärzteschaft der Gegend als makellos zu erweisen, kann ich nur eins tun: Ich muß zu meinem großen Bedauern die Behandlung Ihrer Frau Gemahlin aufgeben und bekanntmachen, wie der Fall sich in Wahrheit verhalten hat, mit der Bitte an Sie, mich zu entschuldigen.«

Betreten erwiderte Andermatt:»Herr Doktor, ich begreife nur zu gut, in welch schwieriger Lage Sie sich befinden. Der Fall liegt weder bei mir noch bei meiner Frau, sondern bei meinem Schwiegervater; er hat den Doktor Bonnefille hergerufen, ohne uns ins Bild zu setzen. Könnte ich nicht zu Ihrem Kollegen gehen und ihm sagen...«

Doktor Latonne unterbrach ihn:»Dabei käme nichts heraus, verehrter Herr; es handelt sich hier um eine Frage der beruflichen Würde und Ehrenhaftigkeit, die ich vor allem respektieren muß, und ungeachtet meines lebhaften Bedauerns...«

Nun jedoch fiel Andermatt ihm ins Wort. Der reiche Mann, der Zahlende, der für fünf, zehn, zwanzig oder vierzig Francs einen ärztlichen Ratschlag kaufte wie eine Schachtel Streichhölzer zu drei Sous, dem durch die Macht seines Geldbeutels alles gehörte und der Menschen und Dinge nur durch Angleichung ihres Wertes an den des Geldes einschätzte, durch eine rasche, unmittelbar hergestellte Beziehung zwischen geprägtem Metall und allem, was es sonst noch auf Erden gibt, ärgerte sich über die Anmaßung des Händlers mit auf Zettel geschriebenen Medikamenten. Schroff erklärte er:»Gut, Herr Doktor. Lassen wir es dabei. Aber ich wünsche Ihnen, daß dieser Schritt nicht von schädlichem Einfluß auf Ihre Karriere sein möge. Wir werden nämlich sehen, wem von uns beiden der größere Schaden aus Ihrem Entschluß erwächst.«

Gekränkt stand der Arzt auf und verneigte sich mit größter Höflichkeit:»Mir natürlich; daran hege ich keinerlei Zweifel. Schon heute ist mir, was ich soeben getan habe, in jeder Beziehung überaus peinlich. Aber für mich gibt es nun mal kein Schwanken zwischen dem mir Förderlichen und meinem Gewissen.« Damit ging er.

Als er die Schwelle überschreiten wollte, stieß er mit dem eintretenden Marquis zusammen, der einen Brief in der Hand hielt. Und sobald er mit seinem Schwiegersohn allein war, rief Monsieur de Ravenel: »Tja, mein Lieber, da ist mir etwas Ärgerliches passiert, und zwar durch deine Schuld. Doktor Bonnefille fühlt sich gekränkt, weil du seinen Kollegen zu Christiane hast kommen lassen; und jetzt schickt er mir seine Rechnung und teilt mir ziemlich kurz angebunden mit, in Zukunft brauchte ich nicht mehr mit seiner Erfahrung zu rechnen.«

Da geriet Andermatt vollends in Zorn. Er lief auf und ab, steigerte sich beim Reden in immer stärkere Erregung hinein, fuchtelte mit den Händen und geriet in einen harmlosen, erkünstelten Wutanfall, einen derjenigen, die kein Mensch ernst nimmt. Er brüllte seine Argumente heraus. Wer sei denn letztlich schuld? Einzig und allein der Marquis; denn er habe diesen Esel, diesen Bonnefille, gerufen, ohne ihn, Andermatt, auch nur zu verständigen, der durch seinen Pariser Arzt über den bedingten Wert der drei Scharlatane in Enval unterrichtet gewesen sei!

Und wieso habe der Marquis sich überhaupt eingemischt, indem er hinter dem Rücken des Ehemanns, des einzigen, der hier zum Urteil befugt, des einzigen, der für die Gesundheit seiner Frau verantwortlich sei, sich an einen Arzt gewandt habe? Kurzum, so gehe es tagtäglich mit allem und jedem! Rings um ihn herum würden nichts als Dummheiten gemacht, nichts als Dummheiten! Er sage das in einem fort; aber er sei ein Rufer in der Wüste, niemand verstehe ihn, alle schenkten sie seiner Erfahrung erst Glauben, wenn es zu spät sei.

Und er redete von »seinem Arzt«, von »seiner Erfahrung« mit der Autorität eines Menschen, der über einzigartige Mittel und Wege verfügt. Die besitzanzeigenden Fürwörter nahmen in seinem Mund einen metallischen Klang an. Und wenn er äußerte: »Meine Frau«, so spürte man, daß der Marquis keinerlei Anrecht auf seine Tochter mehr besaß, da Andermatt sie geheiratet hatte; denn heiraten und kaufen war für ihn ein und dasselbe.

Als das Hinundhergerede auf dem Höhepunkt war, kam Gontran herein, nahm auf einem Sessel Platz und lächelte belustigt. Er sagte nichts, er hörte zu und amüsierte sich köstlich.

Dem Bankier ging der Atem aus, er verstummte; da hob sein Schwager die Hand und rief: »Ich bitte ums Wort. Ihr seid jetzt also beide ohne Ärzte, nicht wahr? Gut, dann schlage ich *meinen* Kandidaten vor, nämlich den Doktor Honorat; der ist der einzige, der eine festumrissene, unerschütterliche Meinung über das hiesige Thermalwasser hat. Er läßt es trinken; aber er selber würde es um keinen Preis der Welt trinken. Soll ich ihn herholen? Die Unterhandlungen will ich gern auf mich nehmen.«

Das war das einzige, was zu tun übrig blieb, und so wurde Gontran beauftragt, ihn unverzüglich kommen zu lassen. Der Marquis, dem der Gedanke eines Wechsels von Diät und Behandlung Unruhe schuf, wollte sofort die Meinung dieses neuen Arztes darüber einholen, und Andermatt verlangte es nicht minder heftig danach, ihn Christianes wegen zu konsultieren.

Sie lauschte ihnen durch die Tür, ohne sie richtig zu vernehmen und zu verstehen, worüber sie sprachen. Als ihr Mann sie allein gelassen, war sie aus dem Bett geflüchtet, als sei es eine Stätte, die sie zu fürchten habe, und hatte sich in aller Hast, ohne den Beistand der Zofe, angekleidet, wirren Kopfes ob all dieser Geschehnisse. Die Umwelt kam ihr wie verwandelt vor, das Leben anders als am Vortag, sogar die Menschen völlig verschieden.

Abermals erhob sich Andermatts Stimme: »Sieh da, lieber Brétigny, wie geht's?«

Er redete ihn schon nicht mehr mit »Monsieur« an.

Eine andere Stimme antwortete: »Tadellos, lieber Andermatt; Sie sind also heute morgen wieder angelangt?«

Christiane, die sich gerade über den Schläfen das Haar aufsteckte, hielt damit inne, die Arme in der Luft; der Atem versagte ihr. Durch die trennende Wand hindurch glaubte sie zu sehen, wie sie einander die Hände schüttelten. Sie setzte sich, sie konnte sich nicht mehr auf den Beinen halten; und ihr loses Haar fiel ihr wieder auf die Schultern nieder!

Jetzt sprach Paul, und bei jedem Wort, das er sagte, durchschauerte es sie vom Kopf bis zu den Füßen. Jedes Wort, obwohl sie dessen Sinn nicht erfaßte, dröhnte auf ihr Herz und hallte darin nach, wie wenn ein Hammer auf eine Glocke schlägt.

Plötzlich sagte sie beinahe ganz laut vor sich hin: »Aber ich liebe ihn ja ... Ich liebe ihn!«, als habe sie etwas Neues und Überraschendes festgestellt, das sie rettete, das sie tröstete, das sie vor ihrem Gewissen freisprach. Jähe Energie ließ sie aufspringen; innerhalb einer Sekunde war ihr Entschluß gefaßt. Sie begann wieder, sich zu frisieren, und dabei flüsterte sie: »Ich habe einen Geliebten, das ist es. Ich habe einen Geliebten.« Um noch mehr Kraft zu gewinnen, um von aller Angst frei zu werden, nahm sie sich mit glühender Überzeugung vor, ihn bis zum Wahnsinn zu lieben, ihm ihr Leben zu weihen, ihr Glück, ihm alles zu opfern, wie es die übersteigerte Moral zwar besiegter, aber gewissenhafter Herzen gebot, Herzen, die sich durch Hingabe und Aufrichtigkeit gereinigt glauben.

Und hinter der sie beide trennenden Wand warf sie ihm Kußhände zu. Es war beschlossene Sache, sie gab sich ihm preis, rückhaltlos, wie man sich einem Gott darbringt. Das schon kokette und durchtriebene, aber noch scheue, noch zitternde Kind war plötzlich in ihr gestorben, und die Frau war geboren worden, die zur Leidenschaft bereite, entschlossene Frau, die sich bislang nur in der verhaltenen Kraft ihrer blauen Augen bekundet, in ihrem Blick, der ihrem lieblichen blonden Gesicht einen Ausdruck von Mut und nahezu Verwegenheit geliehen hatte.

Sie hörte, daß die Tür geöffnet wurde, und drehte sich nicht um, da sie ihren Mann witterte, ohne ihn zu sehen, wie wenn sich zugleich ein neuer Sinn, fast ein Instinkt, in ihr erschlossen habe.

Andermatt fragte: »Bist du wohl bald fertig? Wir wollen gleich zu der Badegrube des Gelähmten gehen und sehen, ob es ihm tatsächlich besser geht.«

Sie antwortete ganz ruhig: »Ja, Will, in fünf Minuten.«

Doch da trat der zurückkommende Gontran ins Wohnzimmer und rief Andermatt. »Stellt euch vor«, sagte er, »ich bin im Park diesem Rindvieh von Honorat begegnet, und auch er will euch nicht behandeln, er hat Angst vor den beiden andern. Er redet von anständigem Benehmen, von Rücksichtnahme, von Gepflogenheiten... Man könnte meinen, daß... er tut, als... Kurz und gut, er ist genauso ein Idiot wie seine beiden Kollegen. Tatsächlich, ich hätte ihn für weniger albern gehalten.«

Der Marquis war und blieb niedergeschmettert. Der Gedanke, sich der Kur ohne Arzt zu bedienen, fünf Minuten zu lange zu baden, ein Glas weniger zu trinken, als es angebracht gewesen wäre, flößte ihm Angstqualen ein; er glaubte nämlich, alle Dosierungen, Stunden und Phasen der Behandlung seien durch ein Naturgesetz genau geregelt; die Natur habe der Kranken gedacht, indem sie Mineralquellen hervorsprudeln ließ, und die Ärzte wüßten um die mystischen Geheimnisse der Natur wie inspirierte, kundige Priester. Er rief:»Dann kann man hier also elend zugrunde gehen... Man kann hier krepieren wie ein Köter, ohne daß einer dieser Herren sich dadurch stören läßt!« Und es überkam ihn Zorn, der selbstsüchtige, tobende Zorn eines Menschen mit bedrohter Gesundheit.»Sind sie denn berechtigt, so zu handeln, diese Lumpen, die doch Gewerbesteuern zahlen wie die Krämer? Man muß sie doch zwingen können, die Leute zu behandeln, wie man die Eisenbahnzüge zwingt, alle Reisenden mitzunehmen. Ich schreibe an die Zeitungen, damit sie den Fall bekanntmachen.« Aufgeregt lief er im Zimmer herum; an den Sohn gewendet, fuhr er fort:»Hör zu, wir müssen wohl oder übel einen aus Royat oder aus Clermont kommen lassen! Wir können es nicht dabei belassen!«

Lachend antwortete Gontran:»Aber die aus Clermont und Royat kennen sich mit dem hiesigen Thermalwasser nicht aus; es hat nicht die gleiche spezielle Wirkung auf die Verdauungswege und den Kreislauf wie ihr Wasser. Und überdies kannst du sicher sein, daß auch sie nicht herkommen werden, damit es nicht den Anschein hat, als nähmen sie ihren Kollegen das Brot vorm Mund weg.«

Der verstörte Marquis stammelte:»Aber was soll dann aus uns werden?«

Andermatt langte nach seinem Hut:»Laßt mich nur machen, und ich verbürge mich dafür, daß wir sie heute abend alle drei vor uns auf den Knien sehen. Jetzt kommt bitte mit zu dem Lahmen.« Er rief:»Bist du fertig, Christiane?«

Sie erschien in der Tür, sehr blaß, mit entschlossener Miene. Zunächst küßte sie Vater und Bruder auf die Wangen, dann wandte sie sich Paul zu und bot ihm die Hand.

Er nahm sie gesenkten Blickes, vor Angst zitternd.

Da der Marquis, Andermatt und Gontran weggingen, ohne sich um die beiden zu kümmern, sagte sie mit fester Stimme und schaute dabei den jungen Herrn mit einem zärtlichen und bestimmten Blick an: »Ich gehöre Ihnen mit Leib und Seele. Machen Sie fortan mit mir, was Sie wollen.« Dann ging sie hinaus, ohne ihm die Möglichkeit zu einer Antwort zu lassen.

Im Näherkommen sahen sie bei der Quelle der Oriols wie einen riesigen Pilz den Hut des alten Clovis; der Vagabund lag in seinem Loch im warmen Wasser, ließ sich von der Sonne bescheinen und döste. Er lag jetzt den ganzen Vormittag über darin; er hatte sich an das heiße Bad gewöhnt; es mache ihn unternehmungslustiger als einen jungen Ehemann, sagte er.

Andermatt rüttelte ihn wach: »Na, alter Knabe, geht's Ihnen besser?«

Als er seinen Brotgeber erkannt hatte, schnitt der Alte eine Grimasse tiefster Befriedigung: »Ja, ja, es geht, es geht ganz nach Wunsch.«

»Haben Sie schon angefangen umherzulaufen?«

»Wie ein Karnickel, wie ein Karnickel. Am nächsten Sonntag tanze ich mit meiner Freundin eine Bourrée.«

Andermatt fühlte sein Herz pochen; er fragte: »Tatsächlich? Können Sie gehen?«

Da wurde der alte Clovis ernst: »Ach! Nur so 'n bißchen, nur so 'n bißchen. Macht nichts, es geht schon.«

Nun wollte der Bankier auf der Stelle sehen, wie der Vagabund wandelte. Er schritt aufgeregt um das Loch herum und gab Befehle, als wolle er ein aufgelaufenes Schiff wieder flottmachen. »Los, Gontran, nimm du den rechten Arm. Sie, Brétigny, nehmen den linken. Ich selber stütze ihm das Kreuz. Jetzt alle gleichzeitig – eins – zwei – drei. – Lieber Schwiegervater, zieh sein Bein an dich heran – nein, das andere, das noch im Wasser steckt. – Bitte rasch, ich kann nicht mehr! – Jetzt haben wir's geschafft – eins – zwei – da – uff!«

Sie hatten den Biederen auf den Boden gesetzt; er schaute sie spöttisch an, ohne Miene zu machen, ihnen bei ihren Bemühungen behilflich zu sein.

111

Dann wurde er nochmals hochgehoben und auf die Beine gestellt; es wurden ihm seine Krücken gereicht, deren er sich bediente, als seien es Spazierstöcke; und er fing an zu gehen, in sich zusammengekrümmt, die Füße schleppend, schmerzlich ächzend. Wie eine Schnecke bewegte er sich vorwärts und ließ im weißen Landstraßenstaub eine lange Wasserspur hinter sich.

Der begeisterte Andermatt klatschte in die Hände und rief, wie man es im Theater tut, um den Schauspielern Beifall zu spenden: »Bravo, bravo, wunderbar, bravo!!!«

Als dann der Alte völlig erschöpft schien, sprang der Bankier hinzu, um ihn zu stützen, fing ihn mit den Armen auf, trotz der triefend nassen Lumpen, und sagte:»Genug. Sie dürfen sich nicht überanstrengen. Jetzt wollen wir Sie wieder ins Bad setzen.«

Und der alte Clovis wurde von den vier Herren, die ihn an seinen vier Gliedmaßen ergriffen und ihn behutsam trugen, als sei er etwas Zerbrechliches und Kostbares, wieder in das Loch zurückbefördert.

Danach erklärte der Gelähmte mit überzeugter Stimme: »Nichts zu machen, ist gutes Wasser, gutes Wasser, das nicht seinesgleichen hat. So 'n Wasser, das ist ein Vermögen wert!«

Andermatt sagte unvermittelt zu seinem Schwiegervater:»Ihr braucht mit dem Mittagessen nicht auf mich zu warten. Ich gehe zu den Oriols und weiß nicht, wie lange das dauert. Dergleichen Dinge darf man sich nicht hinschleppen lassen!« Und er ging hastig, fast laufend, davon und ließ sein Stöckchen kreisen wie jemand, der in heller Begeisterung ist.

Die andern setzten sich am Straßenrand unter die Weidenbäume, der Badegrube des alten Clovis gegenüber.

Die neben Paul sitzende Christiane schaute nach dem hohen Hügel hinüber, von dem aus sie der Sprengung des »Brockens« zugesehen hatte. Dort oben hatte sie vor knapp einem Monat gestanden! Dort hatte sie im rostroten Gras gesessen! Einen Monat war das her! Bloß einen Monat! Sie erinnerte sich der winzigsten Einzelheiten, der Sonnenschirm-Trikolore, der Küchenjungen, der bedeutungslosesten Worte, die jeder gesprochen hatte! Und des Hundes, des armen Hundes, den die Explosion zerfetzt hatte! Und des großen, ihr noch unbekannten Mannes, der auf ein Wort von ihr hinweggestürzt war, um das Tier zu retten! Und heute war er ihr Liebhaber! Ihr Liebhaber! Sie hatte also einen Liebhaber! Sie war seine Geliebte! Seine Geliebte! Insgeheim sagte sie sich das Wort immer wieder vor – seine Geliebte! Welch absonderliches Wort! Dieser Mann, der da neben ihr saß, dessen Hand sie sah, wie sie nahe ihrem Rock einen Grashalm nach dem anderen abriß und dabei ihr Kleid zu berühren trachtete – dieser Mann war jetzt durch die geheimnisvolle, nicht einzugestehende, schmähliche Kette, die die Natur zwischen Frau und Mann gespannt hat, an ihren Körper und ihr Herz gefesselt.

Mit der Stimme des Gedankens, der stummen Stimme, die im Schweigen der verwirrten Seelen so laut zu sprechen scheint, wiederholte sie sich unaufhörlich: »Ich bin seine Geliebte! Seine Geliebte! Seine Geliebte!« Wie sonderbar war das, wie unvorhergesehen!

»Liebe ich ihn wirklich?« Sie warf ihm einen raschen Blick zu. Ihrer beider Augen begegneten sich, und sie fühlte sich so sehr geliebkost durch den leidenschaftlichen Blick, mit dem er sie umhüllt hatte, daß sie vom Kopf bis zu den Füßen erschauerte. Jetzt verspürte sie Lust, eine tolle, unwiderstehliche Lust, die im Gras spielende Hand zu ergreifen und sie ganz fest zu drücken, um ihm alles anzudeuten, was man in der Umarmung sagen kann. Sie ließ die ihre am Kleid entlangleiten, bis zum Rasen; dann ließ sie sie dort reglos, mit geöffneten Fingern, liegen. Da sah sie die andere ganz behutsam herankommen, wie ein verliebtes Tier, das seine Genossin sucht. Sie kam heran, ganz nahe, ganz nahe, und ihrer beider kleine Finger berührten einander! Sie streiften einander mit der Kuppe, leise, kaum; sie verloren sich und fanden sich wieder wie küssende Lippen. Aber diese unmerkliche Liebesbezeigung, dies leichte Streifen ging so heftig in sie ein, daß sie fühlte, wie ihr die Sinne schwanden, wie wenn er sie abermals in seinen Armen zermalmt hätte.

Und sie begriff mit einemmal, wie man jemandem angehört, wie man unter der Liebe, von der man besessen ist, zu einem Nichts hinschwindet, wie ein Menschenwesen einen nimmt mit Leib und Seele, mit Fleisch, Denken, Willen, Blut, Nerven, mit allem, allem, allem, was in einem ist, so wie es ein großer Raubvogel mit breiten Schwingen tut, wenn er auf einen Zaunkönig herabstößt.

Der Marquis und Gontran sprachen von dem künftigen Badeort; Williams Enthusiasmus hatte sie angesteckt. Und sie rühmten die guten Eigenschaften des Bankiers, die Klarheit seines Geistes, die Sicherheit seines Urteils, die Unbeirrbarkeit, mit der er spekulierte, die Kühnheit seines Vorgehens und die Verläßlichkeit seines Charakters. Schwiegervater und Schwager waren angesichts des möglichen Erfolgs, dessen sie gewiß zu sein glaubten, einig und beglückwünschten sich zu dieser Verwandtschaft.

Christiane und Paul schienen nicht hinzuhören, so sehr waren sie miteinander beschäftigt.

Der Marquis sagte zu seiner Tochter:»Heda, Kleines, du könntest sehr wohl eines Tages eine der reichsten Frauen Frankreichs werden, und man könnte von dir sprechen, wie man von den Rothschilds spricht. Will ist tatsächlich ein bemerkenswerter, ein sehr bemerkenswerter Mensch, eine große Intelligenz.«

Da drang in Pauls Herz eine jähe, bizarre Eifersucht ein.»Hören Sie damit auf«, sagte er,»ich kenne mich aus in der Intelligenz aller dieser Geschäftemacher. Die haben nur eins im Kopf, nämlich Geld! Alle Gedanken, die wir schönen Dingen zuwenden, alles Tun, das wir an unsere Liebhabereien verschwenden, alle Stunden, die wir unsern Zerstreuungen hinwerfen, alle Kraft, die wir in unsern Freuden vergeuden, alle Glut und alle Energie, die uns die Liebe kostet, die göttliche Liebe – das alles setzen sie ein, um Geld zu suchen, an Geld zu denken, Geld zusammenzuraffen! Der Mensch, der Mensch, der Intelligenz besitzt, lebt für alle großen, nutzlosen zärtlichen Neigungen, für die Künste, die Liebe, die Wissenschaft, für Reisen, für Bücher; und wenn er auf Geld erpicht ist, so nur, weil Geld die wahren Freuden des Geistes und sogar das Glück des Herzens erleichtert! Sie jedoch haben nichts im Kopf und im Herzen als den unedlen Hang zum Handel! Den wahrhaft wertvollen Menschen ähneln diese Schmarotzer des Lebens, wie der Bilderhändler dem Maler, wie der Verleger dem Schriftsteller, wie der Theaterdirektor dem Dichter ähnelt.« Er verstummte unvermittelt, da er merkte, daß

114

er sich habe hinreißen lassen, und fuhr dann mit ruhigerer Stimme fort: »Ich sage das nicht in bezug auf Andermatt; den halte ich für einen reizenden Menschen. Ich habe ihn sehr gern, weil er allen andern hundertfach überlegen ist...«

Christiane hatte ihre Hand weggezogen. Abermals hörte Paul zu sprechen auf.

Gontran fing an zu lachen, und seine boshafte Stimme, mit der er in Stunden ehrlicher Spottsucht schlechthin alles zu sagen wagte, äußerte: »Jedenfalls aber, mein Bester, haben alle diese Leute eine seltene gute Eigenschaft, die nämlich, unsere Schwestern zu heiraten und reiche Töchter zu haben, die dann unsere Frauen werden.«

Der Marquis war verletzt und stand auf: »Aber Gontran! Manchmal bist du geradezu empörend!«

Da wandte Paul sich zu Christiane hin und sagte leise: »Ob jene Menschen wohl imstande wären, für eine Frau zu sterben, oder wenigstens, ihr ihr gesamtes Vermögen zu schenken, das ganze – ohne etwas zu behalten?« Das sollte unmißverständlich besagen: »Alles, was ich habe, gehört dir, mein Leben eingeschlossen.«

Es ging ihr nahe, und es fiel ihr eine List ein, nur um seine Hände fassen zu können: »Stehen Sie auf und helfen Sie mir beim Aufstehen; mir sind die Beine eingeschlafen, ich kann mich kaum noch rühren.«

Er sprang auf, ergriff sie bei den Handgelenken und zog sie hoch, auf den Straßenrand, an seine Brust.

Sie sah seinen Mund stammeln: »Ich liebe dich«, und sie wandte sich rasch ab, um ihm nicht ebenfalls mit diesen drei Worten zu antworten, die ihr in einem Drang, der sie ihm entgegenwarf, unwillkürlich auf die Lippen gestiegen waren.

Sie gingen zurück zum Hotel.

Die Stunde des Badens war vorüber. Es wurde auf die Essensstunde gewartet. Sie schlug, aber Andermatt war nicht wiedergekommen. Nach einem abermaligen Gang durch den Park wurde somit beschlossen, zu Tisch zu gehen. Die Mahlzeit, obwohl sie lange dauerte, ging zu Ende, ohne daß der Bankier erschienen wäre. Sie gingen nach unten und setzten sich unter die Bäume.

115

Und die Stunden verflossen, eine nach der andern, die Sonne glitt durchs Laubwerk, neigte sich den Bergen zu, der Tag verrann, und William erschien nicht. Plötzlich erblickten sie ihn. Er ging schnell, den Hut in der Hand; er wischte sich die Stirn, sein Schlips war verrutscht, seine Weste stand halb offen, wie nach einer Reise, nach einer Prügelei, nach einer schrecklichen, langen Anstrengung.

Kaum hatte er seinen Schwiegervater gesehen, als er auch schon rief:»Viktoria! Es ist geschafft! Aber was für ein Tag, ihr Freunde! Ach, der alte Fuchs! Was hat er mir zu schaffen gemacht!« Und sogleich schilderte er, was er unternommen und welche Mühe es ihn gekostet hatte.

Der alte Oriol hatte sich zunächst dermaßen unvernünftig bezeigt, daß Andermatt die Verhandlungen abgebrochen hatte und weggegangen war. Dann war er zurückgerufen worden. Der Bauer hatte darauf bestanden, seine Ländereien nicht zu verkaufen, sondern sie in die zu gründende Gesellschaft einzubringen, mit dem Vorbehalt, daß sie im Fall eines Mißerfolgs an ihn zurückfielen. Für den Fall des Erfolgs hatte er die Hälfte des Gewinns beansprucht.

Der Bankier hatte ihm mittels schriftlich festgelegter Zahlen und Geländeskizzen beweisen müssen, daß das Gesamt der Felder gegenwärtig nicht mehr als achtzigtausend Francs wert sei, während die Aufwendungen der Gesellschaft mit einem Schlag sich auf eine Million belaufen würden.

Aber der Auvergnate hatte entgegnet, er wolle von dem riesigen Mehrwert profitieren, den sein Grundbesitz durch die Gründung des neuen Kurhauses und der Hotels erlangen werde, und daß er die Zinsen nach Maßgabe des erworbenen Wertes und nicht des ehemaligen einzustreichen gedenke.

Da hatte Andermatt ihm zu bedenken gegeben, daß das Risiko im gleichen Verhältnis zu dem möglichen Gewinn zu stehen habe, und ihn mit der Angst vor einem Verlust unter Druck gesetzt.

Schließlich hatten sie sich auf folgendes geeinigt: Der alte Oriol brachte in die Gesellschaft alle Ländereien am Ufer des Bachs ein, also alle, auf denen die Erschließung von Mineralquellen möglich schien, ferner den Gipfel des Hügels, wo ein Kasino und ein Hotel entstehen, und ein paar Weinberge am Hang, die in Parzellen aufgeteilt und den wichtigsten Pariser Ärzten angeboten werden sollten.

Für diesen Einsatz, der mit zweihundertfünfzigtausend Francs bewertet würde, also etwa mit dem Vierfachen seines wahren Werts, sollte der Bauer zu einem Viertel am Gewinn der Gesellschaft beteiligt werden. Da er zehnmal mehr Land, das er nicht abtrat, in der Umgebung des künftigen Kurhauses behielt, konnte er sicher sein, für den Fall des Erfolges ein Vermögen zu gewinnen, wenn er jene Ländereien klug verkaufte; sie stellten, wie er sagte, die Mitgift seiner Töchter dar.

Sobald diese Bedingungen festgesetzt worden waren, hatte William den Vater und den Sohn zum Notar schleppen müssen, damit ein Vorvertrag abgefaßt wurde, der nichtig sein sollte, wenn das notwendige Quellwasser sich nicht fände.

Und die Abfassung der einzelnen Paragraphen, das Hinundhergerede über jeden Punkt, die endlose Wiederholung immer derselben Argumente, das ewige Zurückgreifen auf dieselben Erwägungen hatten den ganzen Nachmittag beansprucht.

Nun war endlich alles geregelt. Der Bankier hatte seinen Badeort fest in der Hand. Doch es quälte ihn ein Bedauern, und er sagte: »Ich muß mich auf das Thermalwasser beschränken und darf nicht an Grundstücksgeschäfte denken. Er hat sich als gerieben bezeigt, der alte Kerl.« Dann sagte er noch: »Pah! Ich kaufe einfach das alte Konsortium auf, und auf dieser Basis kann ich dann spekulieren! Hilft nichts, ich muß heute abend unbedingt zurück nach Paris.«

Der verblüffte Marquis rief: »Wie? Schon heute abend?«

»Freilich, lieber Schwiegervater, nämlich um den endgültigen Vertrag vorzubereiten; unterdessen nimmt Aubry-Pasteur die Bohrungen vor. Ich muß mich auch darauf einrichten, daß in vierzehn Tagen mit den Arbeiten angefangen wird. Keine Stunde habe ich zu verlieren. In diesem Zusammenhang kann ich dir gleich sagen, daß du in meinen Aufsichtsrat kommst; da brauche ich nämlich eine starke Mehrheit. Ich gebe dir zehn Aktien. Dir auch, Gontran; dir gebe ich auch zehn Aktien.«

Gontran mußte lachen: »Schönen Dank! Ich verkaufe sie an dich zurück. Das macht dann fünftausend Francs, und die schuldest du mir.«

Aber wenn es um dergleichen ernste Angelegenheiten ging, verstand Andermatt keinen Spaß. Trocken bemerkte er: »Wenn du nicht ernst sein kannst, wende ich mich an jemand anders.«

Gontran verging das Lachen: »Nein, nein, du weißt doch, daß ich dir in allem folge.«

Der Bankier wandte sich an Paul: »Wollen Sie mir einen Freundschaftsdienst erweisen und ebenfalls zehn Aktien zusammen mit einem Sitz im Aufsichtsrat annehmen?«

Paul verbeugte sich und erwiderte: »Sie müssen schon gestatten, daß ich Ihr liebenswürdiges Anerbieten ausschlage und statt dessen hunderttausend Francs in das Geschäft stecke; ich halte es nämlich für großartig. Es ist also an mir, Sie um eine Gefälligkeit zu bitten.«

Der entzückte William ergriff Pauls Hände; dieser Vertrauensbeweis hatte ihn gewonnen. Übrigens verspürte er stets den unwiderstehlichen Drang, Leute, die ihm Geld für seine Unternehmungen brachten, in die Arme zu schließen.

Christiane jedoch errötete bis zu den Schläfen; sie war erschüttert und verletzt. Ihr war, als sei sie soeben verkauft und gekauft worden. Hätte er sie nicht geliebt, würde Paul dann ihrem Mann jene hunderttausend Francs angeboten haben? Nein, schwerlich! Zumindest hätte er die Angelegenheit nicht in ihrem Dabeisein behandeln dürfen.

Es wurde zum Abendessen geläutet. Sie gingen wieder zum Hotel hinauf. Kaum hatten sie an der Tafel Platz genommen, als die ältere Madame Paille auch schon Andermatt fragte: »Sie wollen also ein zweites Kurhaus gründen?«

Die Neuigkeit hatte sich bereits im ganzen Ort herumgesprochen, war jedermann bekannt und regte alle Kurgäste auf.

William antwortete: »Mein Gott, ja; das jetzige ist allzu unzulänglich.« Und zu Aubry-Pasteur gewandt, sagte er: »Bitte entschuldigen Sie, daß ich beim Essen auf einen Vorschlag zu sprechen komme, den ich Ihnen machen möchte; aber ich fahre heute abend zurück nach Paris, und meine Zeit ist außerordentlich knapp bemessen. Wären Sie bereit, die Leitung der Erdarbeiten für die Auffindung einer größeren Thermalwassermenge zu übernehmen?«

Der Ingenieur fühlte sich geschmeichelt und stimmte zu; und unter allgemeinem Schweigen regelten sie alle wesentlichen Punkte der Nachforschungen, mit denen sogleich angefangen werden sollte. Innerhalb weniger Minuten wurde alles besprochen und festgesetzt, mit der Klarheit und Genauigkeit, die Andermatt stets bei geschäftlichen Angelegenheiten bekundete. Danach wurde von dem Gelähmten gesprochen. Er war im Lauf des Nachmittags gesehen worden, wie er mit nur einem Stock durch den Park ging, wogegen er am selben Morgen noch zwei gebraucht hatte. Immer wieder sagte der Bankier: »Es ist ein Wunder, ein wahres Wunder ist es! Seine Heilung schreitet mit Riesenschritten fort.«

Um dem Ehemann beizuspringen, warf Paul ein: »Der alte Clovis selber schreitet mit Riesenschritten.«

Beifälliges Lachen durchlief die Tafelrunde. Alle Augen schauten auf William, alle Lippen beglückwünschten ihn. Die Kellner ließen es sich angetan sein, ihn als ersten zu bedienen, und zwar mit respektvollem Eifer, der indessen aus ihren Gesichtern und ihren Gesten verschwand, sobald sie die Schüsseln dem Nächstsitzenden reichten.

Einer brachte ihm auf einem Teller eine Visitenkarte.

Er nahm sie und las halblaut: »Doktor Latonne aus Paris würde sich glücklich schätzen, wenn Monsieur Andermatt ihm vor der Abreise ein paar Sekunden für ein Gespräch gewähren würde. – Antworten Sie, ich hätte keine Zeit, würde jedoch in acht oder zehn Tagen wiederkommen.«

Im gleichen Augenblick wurde Christiane ein Blumenstrauß überbracht, den Doktor Honorat schicken ließ.

Gontran lachte. »Papa Bonnefille liegt mit Abstand als Dritter im Rennen«, sagte er.

Das Abendessen ging seinem Ende zu. Andermatt wurde gemeldet, daß sein Landauer warte. Er ging nach oben, um seine kleine Reisetasche zu holen; und als er wieder herunterkam, sah er, daß das halbe Dorf sich vor der Hoteltür versammelt hatte.

119

Petrus Martel drückte ihm mit komödiantenhafter Vertraulichkeit die Hand und flüsterte ihm zu: »Ich hätte Ihnen einen Vorschlag zu machen, etwas Großartiges für Ihr Unternehmen.« Plötzlich erschien Doktor Bonnefille, in großer Eile, wie stets. Er ging dicht an William vorbei, grüßte ihn sehr tief, wie er sonst immer nur den Marquis gegrüßt hatte, und sagte: »Glückliche Reise, Herr Baron.«

»Sitzt!« sagte Gontran leise.

Triumphierend, geschwellt von Freude und Stolz, drückte Andermatt allen die Hände, dankte, sagte mehrmals: »Auf Wiedersehen!« Aber er hätte fast vergessen, seine Frau zu küssen, so sehr waren seine Gedanken mit anderem beschäftigt. Diese Gleichgültigkeit bedeutete für sie eine Erleichterung, und als sie den Landauer im scharfen Trab der beiden Pferde auf der dunklen Landstraße davonfahren sah, schien ihr, als habe sie für den Rest ihres Lebens von niemandem mehr etwas zu befürchten.

Den ganzen Abend saß sie zwischen ihrem Vater und Paul Brétigny vor dem Hotel; Gontran war ins Kasino gegangen, wie er es täglich tat.

Sie wollte weder spazieren gehen noch sprechen; sie saß ganz still da, die Hände über dem Knie verschränkt, den Blick unbestimmt ins Dunkel gerichtet, erschlafft und schwach, ein wenig besorgt und dennoch glücklich, nahezu gedankenlos, nicht einmal Träumen nachhängend, dann und wann gegen unklare Gewissensbisse ankämpfend, die sie zurückwies, indem sie immerfort lautlos vor sich hinsprach: »Ich liebe ihn, ich liebe ihn, ich liebe ihn!«

Sie ging beizeiten hinauf in ihr Zimmer, um allein zu sein und nachzudenken. Sie hüllte sich in einen wallenden Morgenrock, nahm in einem Sessel Platz und schaute durch ihr offengebliebenes Fenster zu den Sternen hin; und im Rahmen jenes Fensters ließ sie alle paar Augenblicke das Bild dessen erstehen, der sie erobert hatte. Sie sah ihn vor sich: gutherzig, sanft und ungestüm, kraftvoll und ihr gegenüber so unterwürfig. Dieser Mann hatte sie genommen, sie spürte es, für immer genommen. Sie war nicht mehr allein, sie waren jetzt zwei, deren zwei Herzen fortan nur noch ein Herz, deren zwei Seelen fortan nur noch eine einzige

Seele bilden würden. Wo mochte er sein? Sie wußte es nicht; aber sie wußte nur zu gut, daß er von ihr träume, wie sie seiner gedachte. Bei jedem Schlag ihres Herzens glaubte sie ein anderes zu hören, das von irgendwoher antwortete. Sie fühlte, wie es durch das offene Fenster hereinwehte, dieses von ihm ausgehende Verlangen, dieses glühende, nach ihr suchende Begehren, das sie im Schweigen der Nacht anflehte. Wie gut, beglückend und neuartig war es, geliebt zu werden! Wie erfreulich, an jemanden zu denken, in den Augen einen Drang zum Weinen, vor zärtlicher Rührung zu weinen, und auch vom Verlangen erfüllt, die Arme auszubreiten, ohne ihn zu sehen, um ihn zu rufen, die Arme seinem erschauten Traumbild entgegenzubreiten, dem Kuß entgegen, den er ihr ohne Unterlaß zuwarf, aus der Ferne oder aus der Nähe, im Fieber seiner Erwartung.

Und sie streckte ihre weißen Arme in den Ärmeln des Morgenrocks den Sternen entgegen. Plötzlich stieß sie einen Schrei aus. Eine große, dunkle Gestalt war über ihren Balkon gestiegen und in ihrem Fenster aufgetaucht.

Kopflos sprang sie auf. Er war es, er! Und ohne zu bedenken, daß sie gesehen werden könnten, warf sie sich ihm an die Brust.

VIII

Andermatts Abwesenheit zog sich in die Länge. Aubry-Pasteur ließ Bohrungen machen. Er fand vier weitere Quellen, die der neuen Gesellschaft das Doppelte des erforderlichen Thermalwassers lieferten. Das ganze Dorf geriet durch diese Nachforschungen, diese Entdeckungen, die umlaufenden großen Neuigkeiten, die Aussicht auf eine glänzende Zukunft aus dem Häuschen, regte sich auf und geriet in Begeisterung, sprach von nichts anderem, dachte an nichts anderes mehr. Sogar der Marquis und Gontran standen den ganzen Tag lang bei den die Granitadern durchbohrenden Arbeitern und lauschten mit stetig wachsender Anteilnahme den Erklärungen und Belehrungen des Ingenieurs über die geologische Struktur der Auvergne. Und Paul und Christiane liebten einander in aller Freiheit, ungestört, in absoluter

121

Sicherheit, ohne daß jemand sich um sie kümmerte, ohne daß jemand auch nur das mindeste ahnte, ohne daß jemand auch nur auf den Gedanken gekommen wäre, sie zu bespitzeln; denn alle Aufmerksamkeit, alle Neugier, alle Leidenschaft der andern wurden durch den künftigen Badeort beansprucht.

Christiane war es ergangen wie einem Halbwüchsigen, der sich zum erstenmal einen Rausch antrinkt. Das erste Glas, der erste Kuß hatte sie verbrannt und betäubt. Rasch hatte sie das zweite getrunken und es noch besser gefunden, und jetzt berauschte sie sich in vollen Zügen.

Seit dem Abend, da Paul zu ihr ins Zimmer gedrungen war, wußte sie nichts mehr von allem, was in der Welt vor sich ging. Zeit, Dinge und Menschen existierten für sie nicht länger; nichts existierte, außer einem Mann. Auf Erden oder im Himmel gab es nur noch einen Mann, einen einzigen Mann, den, den sie liebte. Nur noch ihn sahen ihre Augen, nur noch ihm galt ihr Denken, ihr Hoffen klammerte sich einzig und allein an ihn. Sie lebte, ging hierhin und dorthin, aß, kleidete sich an, schien zuzuhören und antwortete, ohne zu verstehen und ohne zu wissen, was sie tat. Keinerlei Unruhe durchspukte sie; denn kein Unglück hätte sie zu schlagen vermocht! Sie war allem gegenüber gefühllos geworden. Kein physischer Schmerz hätte ihrem Körper etwas anhaben können; nur die Liebe konnte ihn zum Erbeben bringen. Kein seelischer Schmerz hätte ihrem vom Glück gelähmten Innern etwas anhaben können.

Er übrigens liebte sie mit der Hingerissenheit, die er in allen seinen Leidenschaften bekundete; er übersteigerte seine zärtlichen Gefühle für die junge Frau bis zum Wahnwitz. Oft, wenn es gegen Abend ging und er den Marquis und Gontran bei den Quellen wußte, sagte er: »Jetzt wollen wir unsern Himmel aufsuchen.« So nannte er eine Fichtengruppe am Berghang, unmittelbar über den Schluchten.

Sie stiegen durch ein Wäldchen hinauf, auf einem steilen Fußpfad; Christiane atmete hastiger. Da sie nur wenig Zeit hatten, gingen sie schnell; und damit sie weniger leicht ermüde, stützte er sie, indem er sie um die Taille faßte. Sie legte ihm eine Hand auf die Schulter und ließ sich emportragen, und dann und wann hüpfte sie ihm an den Hals und drückte den Mund auf seine Lippen. Je höher sie stiegen, desto erquickender wurde die Luft; und wenn sie bei der Fichtengruppe anlangten, erfrischte der Harzduft sie wie eine Seebrise.

Sie setzten sich unter die dunklen Bäume, sie auf einen kleinen Rasenhügel, er etwas tiefer, zu ihren Füßen. Der Wind in den Zweigen sang das süße Lied der Tannen, das ein wenig einer Klage ähnelt; und die unermeßliche, in der Ferne unsichtbare, in Nebel versunkene Limagne wirkte auf sie vollauf wie ein Ozean. Ja, das Meer war da, dort unten lag es vor ihnen! Sie konnten nicht daran zweifeln, da doch sein Atem ihnen ins Gesicht wehte!

Er trieb mit ihr kindisch-schmeichlerische Spiele: »Gib mir deine Finger, ich will sie essen, sie sind meine Bonbons.« Er nahm sie, einen nach dem andern, in den Mund und schien sie mit feinschmeckerischen Wonneschauern aufzulutschen: »Oh, wie gut sie schmecken! Vor allem der kleine. Nie habe ich etwas Köstlicheres als den kleinen gegessen.«

Dann kniete er nieder, stützte die Ellbogen auf Christianes Knie und flüsterte: »Liane, schau mich an!« Er nannte sie Liane, weil sie ihn, wenn sie ihn küssen wollte, umstrickte wie eine Schlingpflanze einen Baum. »Schau mich an. Ich will in deine Seele eingehen.«

Und sie schauten einander mit dem unbewegten, ausdauernden Blick an, der tatsächlich zwei Wesen miteinander zu verschmelzen scheint!

»Nur, wenn man einander auf diese Weise besitzt, liebt man sich richtig«, sagte er. »Alles andere, was mit der Liebe zu tun hat, ist nur unanständige Schäkerei.«

Und sie verharrten einer vor dem andern, ihr Atem vermischte sich; sie suchten einander hingerissen in der Durchsichtigkeit der Augen.

Leise sagte er: »Ich sehe dich, Liane. Ich sehe dein vergöttertes Herz!«

Sie antwortete: »Auch ich sehe dein Herz, Paul!«

Und wirklich sahen sie einer dem andern bis auf den Grund von Herz und Seele; denn sie hatten in Herz und Seele nur noch ein wütendes Liebesverlangen, das sie zueinander trieb.

Er sagte:»Liane, dein Auge ist wie der Himmel! Es ist blau, und es hat so viele Spiegelungen, es hat so viel Helle! Mir ist, als sehe ich Schwalben hindurchfliegen! Das müssen deine Gedanken sein!«

Und wenn sie einander dann lange, lange so angeschaut hatten, rückten sie noch enger zusammen und küßten sich behutsam, in kleinen Stößen, und nach jedem Kuß schauten sie einander abermals an. Bisweilen nahm er sie auf die Arme, trug sie und lief mit ihr an dem Bach entlang, der den Enval-Schlünden entgegenrann und sich dann in sie hinabstürzte. Es war ein enges Tal, in dem Wiesen und Wälder abwechselten. Paul lief über das Gras, und dann und wann hob er die junge Frau mit seinen kräftigen Händen hoch und rief:»Liane, wir wollen davonfliegen.«

Und die Liebe, ihrer beider übersteigerte Liebe, gab ihnen peinigend, unablässig und schmerzlich das Verlangen zum Davonfliegen ein. Und alles rings um sie her steigerte jenes Verlangen ihrer Seelen, die leichte Luft, eine Luft wie für Vögel, sagte er, und der weite, verblauende Horizont, in den sie sich am liebsten, einander bei der Hand haltend, aufgeschwungen hätten und über der unendlichen Ebene verschwunden wären, wenn die Nacht sich darüber breitete. So wären sie durch den umdunsteten Abendhimmel geschwebt, um niemals wiederzukehren. Wohin wären sie entführt worden? Sie wußten es nicht; aber welch ein Traum war das!

Wenn er vom Laufen und Tragen außer Atem geraten war, setzte er sie auf einen Felsblock und kniete vor ihr nieder! Und er küßte ihre Fesseln, betete an und flüsterte kindische, zärtliche Worte.

Hätten sie sich in einer Stadt geliebt, so wäre ihre Leidenschaft sicherlich anderer Art gewesen, vorsichtiger, sinnlicher, weniger ätherisch und weniger romantisch. Aber hier, in dieser grünen Landschaft, deren Weite die Aufschwünge der Seelen steigerte, ganz für sich allein, ohne die Möglichkeit, ihren erwachten Liebesdrang abzulenken und zu mildern, waren sie urplötzlich einer hemmungslos poetischen Zärtlichkeit verfallen, die aus Ekstase und Wahnwitz bestand. Die Landschaft rings um sie her, der laue Wind, die Wälder, der würzige Landgeruch spielten ihnen durch Tage und Nächte die Musik ihrer Liebe vor, und jene Musik hatte sie bis zur Tollheit erregt, wie der Klang von Tamburinen und schrillen Flöten den seine fixe Idee umtanzenden Derwisch zu Handlungen wilder Unvernunft treibt.

Als sie eines Abends zum Essen heimkamen, sagte der Marquis aus heiterem Himmel zu ihnen: »In vier Tagen kommt Andermatt wieder; alles Geschäftliche ist geregelt. Am Tag nach seiner Rückkehr reisen wir ab. Wir sind schon recht lange hier; Thermalwasserkuren dürfen nicht allzu lange ausgedehnt werden.«

Sie waren wie vor den Kopf geschlagen, als sei ihnen der Weltuntergang angekündigt worden; während des Essens sprach keiner von ihnen auch nur ein Wort, so sehr mußten sie voller Erstaunen an das denken, was ihnen bevorstand. In einigen Tagen würden sie also getrennt sein und sich nicht mehr ungehindert sehen können. Das dünkte sie so unmöglich und so grotesk, daß sie sich nicht hineindenken konnten.

Tatsächlich kam Andermatt am Ende der Woche wieder. Er hatte telegrafiert, es möchten ihm zum ersten Zug zwei Landauer geschickt werden. Christiane, die kein Auge zugetan, da eine seltsame, neue innere Regung ihr zu schaffen gemacht hatte, etwas wie Furcht vor ihrem Mann, eine mit Zorn, unerklärlicher Verachtung und dem Verlangen, ihm zu trotzen, gemischte Furcht, war bei Tagesanbruch aufgestanden und erwartete ihn. Er erschien im ersten Wagen, begleitet von drei gutgekleideten, aber sich bescheiden gebärdenden Herren. Der zweite Landauer brachte vier weitere, die aussahen, als seien sie den ersteren an Rang und Stand ein wenig unterlegen. Der Marquis und Gontran machten große Augen.

Gontran fragte: »Was sind das für Leute?«

Andermatt antwortete: »Meine Aktionäre. Wir wollen die Gesellschaft noch heute gründen und unmittelbar danach den Aufsichtsrat ernennen.« Er küßte seine Frau wortlos und fast ohne einen Blick für sie übrig zu haben, so sehr war er innerlich beschäftigt; dann sagte er zu den sieben Herren, die respektvoll und stumm hinter ihm standen: »Lassen Sie sich das Frühstück bringen und gehen Sie spazieren. Um zwölf finden wir uns hier wieder zusammen.«

125

Schweigend trollten sie sich, wie einem Befehl gehorchende Soldaten, gingen je zu zweit die Stufen der Freitreppe hinauf und verschwanden im Hotel.

Gontran schaute ihnen nach und fragte dem Anschein nach ganz ernst: »Wo hast du diese deine Statisten eigentlich aufgetrieben?«

Der Bankier lächelte: »Es sind tadellose Leute, Börsenmenschen, Kapitalisten.« Und nach einem Schweigen fügte er mit einem ausgeprägteren Lächeln hinzu: »Solche, die sich mit meinen Geschäften befassen.« Dann begab er sich zum Notar, um nochmals die Dokumente durchzulesen, die er fix und fertig vor ein paar Tagen übersandt hatte.

Dort traf er Doktor Latonne, mit dem er übrigens mehrere Briefe gewechselt hatte, und die beiden plauderten leise und lange in einer Büroecke miteinander, während die Federn der Schreiber mit einem leisen, insektenhaften Geräusch über das Papier schabten.

Es war vereinbart worden, daß die Gründung der Gesellschaft um zwei Uhr stattfinden solle.

Das Arbeitszimmer des Notars war hergerichtet worden wie für ein Konzert. Gegenüber dem Tisch, an dem Notar Alain mit seinem Bürovorsteher Platz nehmen sollte, warteten zwei Reihen von Stühlen auf die Aktionäre. In Anbetracht der Bedeutsamkeit der Angelegenheit hatte Notar Alain den Gehrock angezogen. Er war ein winzig kleiner Mann, ein Kloß aus weißem Fleisch, und er verschluckte beim Sprechen die Wörter.

Mit dem Glockenschlag zwei trat Andermatt ein, begleitet vom Marquis, seinem Schwager und Brétigny und gefolgt von den sieben Herren, die Gontran als »die Statisten« bezeichnet hatte. Er trat auf wie ein General. Gleich danach erschien der alte Oriol mit »Koloß«. Sie wirkten unruhig und mißtrauisch wie alle Bauern, die etwas unterschreiben müssen. Doktor Latonne kam als letzter. Er hatte durch völlige Unterwerfung, der geschickt gedrehte und gewundene Entschuldigungen vorausgegangen und der Angebote von rückhaltlosen und uneingeschränkten Dienstleistungen gefolgt waren, mit Andermatt Frieden geschlossen.

Daraufhin hatte der Bankier, im Gefühl, ihn fest in der Hand zu haben, ihm die begehrte Stellung eines Leitenden Badearztes zugesagt.

Als sie alle beisammen waren, setzte tiefes Schweigen ein.

Der Notar nahm das Wort: »Meine Herren, bitte setzen Sie sich.« Er brachte noch ein paar Worte hervor, die beim Schurren der Stühle niemand zu verstehen vermochte.

Andermatt hatte einen Stuhl hochgehoben und ihn seiner Heerschar gegenüber aufgestellt, um die Seinen im Auge zu haben; als dann alle saßen, sagte er:

»Meine Herren, ich brauche Ihnen keine Erläuterungen über den Grund unseres Beisammenseins zu geben. Wir werden zunächst die neue Gesellschaft begründen, der Sie liebenswürdigerweise als Aktionäre angehören wollen. Indessen muß ich Ihnen einige Einzelheiten mitteilen, die uns einige Verlegenheiten verursacht haben. Bevor ich irgend etwas unternahm, habe ich mich vergewissern müssen, ob wir die nötigen Bewilligungen zur Erstellung eines neuen Kurunternehmens zum Wohl und Nutzen der Öffentlichkeit erhalten würden. Diese Gewißheit habe ich erhalten. Was in diesem Zusammenhang noch zu tun übrig bleibt, werde ich erledigen. Ich habe das Wort des Ministers. Aber ein anderer Punkt hat mich gehemmt. Wir müssen, meine Herren, es auf einen Kampf mit der alten Gesellschaft, der bisherigen Inhaberin der Thermalquellen von Enval, ankommen lassen. Aus diesem Kampf werden wir als Sieger hervorgehen, als Sieger und als reiche Leute, davon seien Sie bitte überzeugt; aber wie die Kämpfer alter Zeiten eines Schlachtrufs bedurften, brauchen wir, die Streiter im modernen Kampf, einen Namen für unsern Badeort, einen klingenden, verlockenden, für die Reklame geeigneten Namen, der ins Ohr dringt wie Trompetengeschmetter und ins Auge sticht wie ein Blitzstrahl. Nun befinden wir uns in Enval und können das Dorf nicht gut umtaufen. Nur ein einziger Ausweg ist uns geblieben. Wir können unsere Kuranlage, und zwar lediglich unsere Kuranlage, mit einem neuen Namen bezeichnen.

Folgendes schlage ich Ihnen vor:

Wenn unsere Bäderanlage sich am Fuß des Hügels befindet, dessen Eigentümer der hier anwesende Monsieur Oriol ist, so kommt unser künftiges Kasino auf den Gipfel eben jenes Hügels zu stehen. Also kann man sagen, daß diese Hügelkuppe, dieser Berg, denn es ist ein Berg, ein kleiner Berg, unser Kurunternehmen darstellt, da wir seinen Fuß und seinen Gipfel haben. Ist es dann also nicht ganz natürlich, daß wir unsern Badeort ›Mont-Oriol‹ nennen, daß wir dem Thermalbad, das eins der wichtigsten der ganzen Welt werden wird, den Namen des ersten Besitzers beilegen? Geben wir doch dem Kaiser, was des Kaisers ist. Und bedenken Sie, meine Herren, daß die Wortverbindung vortrefflich ist. Man wird künftig ›Mont-Oriol‹ sagen, wie man heute ›Mont-Dore‹ sagt. Sie bleibt im Auge und im Ohr haften, sie sieht gut aus, sie hört sich gut an, sie prägt sich uns ein: Mont-Oriol! – Mont-Oriol! – Das Thermalbad Mont-Oriol...«

Und Andermatt ließ sie ertönen, diese Wortverbindung, er feuerte sie ab wie ein Geschoß und lauschte auf ihren Widerhall. Er fuhr fort, indem er Gespräche vorspielte:

»›Sie wollen nach Mont-Oriol?‹

›Ja, Madame. Es heißt, die Thermalquellen von Mont-Oriol sollen schlechthin vollkommen sein.‹

›Tatsächlich, ganz ausgezeichnet. Außerdem ist Mont-Oriol ein ganz reizender Ort.‹«

Und er lächelte, er tat, als plaudere er, er schlug einen andern Tonfall an, um deutlich zu machen, jetzt spreche eine Dame; er grüßte mit der Hand, wenn er einen Herrn darstellte.

Dann sprach er mit seiner natürlichen Stimme weiter: »Hat jemand einen Einwand?«

Im Chor antworteten die Aktionäre: »Nein, keinen.«

Drei der Statisten klatschten Beifall.

Der alte Oriol war gerührt, geschmeichelt, gewonnen, bei seiner heimlichen Überheblichkeit als emporgekommener Bauer gepackt; er lächelte, drehte den Hut in der Hand und nickte unwillkürlich ein »Ja«, das seine Freude offenbar machte und das Andermatt bemerkte, obwohl er nicht zu ihm hinzuschauen schien.

»Koloß« ließ sich nichts anmerken, freute sich aber ebenso wie sein Vater.

Darauf sagte Andermatt zum Notar: »Würden Sie jetzt bitte

die Gründungsurkunde der Gesellschaft verlesen?« Und er setzte
sich.

Der Notar sagte zu seinem Bürovorsteher: »Los, Marinet.«

Marinet, ein armer, schwindsüchtiger Mensch, hüstelte und
begann im Ton eines Predigers und auf deklamatorische Wirkun-
gen erpicht, die einzelnen Paragraphen über die Gründung einer
Aktiengesellschaft herzuleiern, genannt »Gesellschaft der Ther-
malanlagen Mont-Oriol zu Enval«, Kapital zwei Millionen...

»Augenblick mal, Augenblick mal«, sagte der alte Oriol. Und
er zog ein fettiges Heft aus der Tasche, das er die letzten acht
Tage lang von einem Notar und einem Geschäftsmann des Dé-
partements zum andern geschleppt hatte. Es war eine Abschrift
der Paragraphen, die übrigens sein Sohn und er allmählich auswendig kannten. Dann setzte er sich langsam die Brille auf die
Nase, legte den Kopf zurück, suchte den Abstand, in dem er am
besten die Buchstaben erkennen konnte, und befahl: »Jetzt weiter, Marinet.«

»Koloß« hatte seinen Stuhl näher herangerückt und las in des
Vaters Heft mit.

Und Marinet fing von vorn an. Dann ließ der Alte, der durch
die Doppelmühe gleichzeitigen Zuhörens und Lesens aus dem
Gleis geriet, der von der Angst gemartert wurde, es könne ein
Wort geändert worden sein, der zudem besessen von dem Verlangen war zu sehen, ob nicht etwa Andermatt dem Notar irgendein Zeichen mache, keine Zeile vorübergehen, ohne den Bürovorsteher zehnmal zum Innehalten zu bringen, wodurch er ihn
um alle Effekte brachte. Immerfort sagte er: »Was sagst du? Was
hast du da eben gesagt? Ich habe nichts verstanden! Nicht so
schnell!« Er drehte sich ein wenig zu seinem Sohn hin: »Was ist
los, Kolosch?«

»Koloß«, der mehr Herr seiner selbst war, antwortete: »Alles
klar, Pairé, laß nur, laß nur, alles klar!«

Der Bauer traute dem Frieden nicht. Mit der Spitze seines ver-
krümmten Fingers folgte er auf seinem Papierblatt und murmelte
dabei den Wortlaut zwischen den Lippen nach; doch da seine
Aufmerksamkeit sich nicht gleichzeitig auf zweierlei konzentrie-
ren konnte, las er nicht mehr, wenn er zuhörte, und hörte nicht

zu, wenn er las. Und er schnaufte, als müsse er einen Berg erklimmen; er schwitzte, als hacke er in der prallen Sonne seinen Rebberg, und von Zeit zu Zeit bat er um ein paar Minuten Pause, damit er sich die Stirn abwischen und wieder zu Atem kommen könne, wie einer, der einen Zweikampf ausficht.

Andermatt wurde ungeduldig und klopfte mit der Schuhsohle auf den Boden. Gontran hatte auf einem Tisch eine Nummer des »Moniteur du Puy-de-Dôme« liegen sehen, sie sich gelangt und sie durchflogen; und Paul, der mit gesenkter Stirn rittlings auf einem Stuhl saß, mußte beklommenen Herzens daran denken, daß der kleine, rosige, bauchige Mann, der da vor ihm saß, am andern Tag die Frau mit sich nehmen werde, die er, Paul, aus ganzer Seele liebte, Christiane, seine Christiane, seine blonde Christiane, sie, die ihm gehörte, ganz und gar ihm, nur ihm. Und er überlegte, ob er sie nicht am selben Abend noch entführen solle.

Die sieben Herren saßen ernst und still da.

Nach einer Stunde war es vollbracht. Es ging ans Unterzeichnen.

Der Notar nahm die Einzahlungen zu den Akten. Als sein Name aufgerufen wurde, erklärte der Kassierer, Monsieur Abraham Lévy, er habe das Stammkapital erhalten. Darauf wurde verkündet, die jetzt rechtmäßig begründete Gesellschaft sei in Anwesenheit sämtlicher Aktionäre zur Generalversammlung vereinigt, zwecks Ernennung des Aufsichtsrats und Wahl des Präsidenten.

Alle Stimmen bis auf zwei einigten sich auf Andermatt als Präsidenten. Die beiden Stimmen der Andersdenkenden, des Bauern und seines Sohnes, hatten Oriol gegolten. Brétigny erhielt Vollmacht zur Kontrolle.

Danach bat der Aufsichtsrat, der aus Andermatt, dem Marquis und dem Grafen de Ravenel, Brétigny, Oriol Vater und Sohn, Doktor Latonne, Abraham Lévy und Simon Zidler bestand, die übrigen Aktionäre, sich zurückzuziehen, und ebenso den Notar und dessen Bürovorsteher, damit er über seine ersten Beschlüsse beraten und die wichtigsten Punkte fixieren könne.

Abermals erhob sich Andermatt:

»Meine Herren, wir kommen jetzt zu einer lebenswichtigen

Frage, nämlich der des Erfolgs; denn den müssen wir um jeden Preis erzielen.

Mit dem Thermalwasser ist es wie mit allem übrigen auch. Es muß davon gesprochen werden, viel, immer, damit die Kranken es trinken.

Die große moderne Frage ist die Reklame; sie ist die Göttin des Handels und der Industrie unserer Zeit. Ohne Reklame kein Heil. Übrigens ist die Kunst der Reklame etwas Schwieriges und Verwickeltes, und sie verlangt sehr viel Takt. Die ersten, die sich des neuen Verfahrens bedienten, sind dabei brutal zu Werke gegangen; sie haben die Aufmerksamkeit durch Lärm erregt, durch Paukenschläge und Kanonenschüsse. Mangin war lediglich ein Vorläufer. Heutzutage ist Lärmschlagen verdächtig, schreiende Plakate reizen zum Lächeln, auf der Straße ausgerufene Namen erwecken mehr Mißtrauen als Neugier. Und dabei muß die Öffentlichkeit interessiert werden, und nachdem ihr Interesse geweckt worden ist, gilt es, sie zu überzeugen. Die Kunst besteht also darin, Mittel und Wege zu entdecken, das einzige Mittel, das in bezug auf das, was man verkaufen will, zum Erfolg zu führen vermag. Wir nun, meine Herren, wollen Thermalwasser verkaufen. Wir müssen die Kranken gewinnen, und zwar durch die Ärzte.

Auch die berühmtesten Ärzte sind Menschen wie wir, Menschen, die Schwächen haben wie wir. Ich will nicht sagen, sie ließen sich bestechen. Der Rang und Ruf der erlauchten Meister, deren wir bedürfen, schützt sie vor jedem Verdacht der Käuflichkeit! Aber welcher Mensch ließe sich nicht gewinnen, wenn man es richtig anfängt? Es gibt ja auch Frauen, die man nicht kaufen kann! Die muß man dann eben verführen.

Hier also der Vorschlag, den ich Ihnen machen möchte, nachdem ich mich darüber mit Doktor Latonne lange beraten habe:

Zunächst haben wir die Krankheiten, die für unsere Thermalkur in Frage kommen, in drei Gruppen eingeteilt. Es sind:

1. alle Formen von Rheuma, Flechte, Arthritis, Gicht usw.;
2. die Magen-, Darm- und Leberleiden;
3. sämtliche Kreislaufstörungen, denn es steht fest, daß unsere Kohlensäurebäder eine wunderbare Wirkung auf den Blutkreislauf haben.

Im übrigen, meine Herren, verspricht uns die phantastische Heilung des alten Clovis wahre Wunder.

Da es nun also Krankheiten gibt, gegen die unser Thermalwasser ganz das Gegebene ist, werden wir den bedeutendsten Ärzten, die eben jene Krankheiten behandeln, folgenden Vorschlag machen. ›Liebe Herren‹, wollen wir zu ihnen sagen, ›kommen Sie und sehen Sie, kommen Sie und sehen Sie mit eigenen Augen, folgen Sie Ihren Patienten, wir bieten Ihnen Gastfreundschaft. Die Gegend ist herrlich, Sie bedürfen nach der anstrengenden Arbeit während des Winters der Ruhe, also kommen Sie. Und kommen Sie nicht zu uns, meine Herren Professoren, sondern ins eigene Heim, denn wir bieten Ihnen ein Chalet, das, wenn es Ihnen zusagt, zu Ausnahmebedingungen Ihr Eigentum werden kann.‹«

Andermatt legte eine Pause ein und begann dann mit ruhigerer Stimme von neuem: »Folgendermaßen habe ich diese Idee verwirklichen können. Wir haben sechs Parzellen zu je tausend Quadratmeter ausgewählt. Auf jeder dieser sechs Parzellen stellt die ›Berner Gesellschaft für Fertighäuser‹ eins ihrer Häuser als Muster auf; sie hat sich dazu verpflichtet. Diese ebenso eleganten wie komfortablen kleinen Behausungen stellen wir unsern Ärzten kostenlos zur Verfügung. Fühlen sie sich darin behaglich, so brauchen sie bloß das Haus von der Berner Firma zu kaufen; das Grundstück, das geben wir ihnen, und bezahlen tun sie es uns... mit Kurgästen. Auf diese Weise erzielen wir unterschiedliche Vorteile, indem wir nämlich unsern Grund und Boden mit reizenden Villen besetzen, die uns nichts kosten, indem wir die ersten Ärzte der Welt und die Legion ihrer Patienten herbeiziehen und indem wir die prominenten Mediziner, die alsbald Grundbesitzer im Dorf werden, von der Wirksamkeit unseres Thermalwassers überzeugen. Was nun alle Unterhandlungen betrifft, die solcherlei Resultate herbeiführen sollen, so bin ich erbötig, sie zu führen, und das erledige ich nicht als Spekulant, sondern als Mann von Welt.«

Der alte Oriol unterbrach ihn. Sein auvergnatischer Knausergeist entrüstete sich über das Verschenken von Grundstücken.

Andermatt erging sich in schwungvoller Beredsamkeit; er stellte den großen Landwirt, der Händevoll Saat auf fruchtbaren

Boden streut, dem habgierigen Bauern gegenüber, der die Körner zählt und niemals mehr als halbe Ernten herauswirtschaftet.

Als dann aber der verärgerte Oriol sich versteifte, ließ der Bankier über seinen Vorschlag abstimmen und schloß dem Alten mit sechs Stimmen gegen zwei den Mund.

Dann öffnete er eine große Maroquin-Aktenmappe und entnahm ihr die Pläne des neuen Kurunternehmens, des Hotels und des Kasinos sowie die Kostenanschläge und Preisberechnungen; er hatte sie samt und sonders mit den Bauunternehmern vorbereitet, damit sie gutgeheißen und auf der Stelle unterzeichnet werden konnten. Zu Beginn der nächsten Woche sollte mit den Arbeiten begonnen werden.

Nur die beiden Oriols wollten sich alles genau ansehen und darüber diskutieren.

Aber der gereizte Andermatt sagte zu ihnen: »Verlange ich etwa Geld von Ihnen? Nein! Also lassen Sie mich in Frieden! Und wenn es Ihnen nicht recht ist, dann stimmen wir eben noch einmal ab.«

Also unterzeichneten sie zusammen mit den übrigen Mitgliedern des Aufsichtsrats, und die Sitzung wurde aufgehoben.

Das ganze Dorf stand wartend da, um sie herauskommen zu sehen, so groß war die allgemeine Aufregung. Respektvoll wurden sie gegrüßt. Die beiden Bauern wollten heimgehen; Andermatt sagte zu ihnen: »Vergessen Sie nicht, daß wir alle zusammen im Hotel zu Abend essen. Und Ihre Töchter sollen ebenfalls kommen; ich habe ihnen aus Paris ein paar kleine Geschenke mitgebracht.«

Um sieben Uhr sollten sich alle im Gesellschaftszimmer des Hotels Splendid einfinden.

Es wurde ein festliches Mahl; der Bankier hatte dazu die angesehensten Kurgäste und die Amtspersonen des Dorfs eingeladen. Christiane hatte den Vorsitz inne, zur Rechten den Pfarrer, zur Linken den Bürgermeister.

Es wurde von nichts als dem künftigen Kurunternehmen und der Zukunft des Dorfs gesprochen. Die beiden Oriol-Mädchen hatten unter ihren Servietten zwei Etuis vorgefunden; in jedem hatte ein Armband mit Perlen und Smaragden gelegen, und au-

133

ßer sich vor Freude plauderten sie mit dem zwischen ihnen sitzenden Gontran, wie sie es nie zuvor getan hatten. Sogar die ältere lachte herzhaft über die Späße des jungen Herrn, der immer lebhafter wurde, als er mit ihnen sprach, und insgeheim über sie Männerurteile fällte, jene gewagten, verborgenen Urteile, die dem Körper und dem Geist angesichts jeder begehrenswerten Frau entspringen.

Paul aß kaum etwas und sagte nichts... Ihm war, als müsse sein Leben mit diesem Tag enden. Plötzlich fiel ihm ein, daß seit ihrem Abendessen am Tazenat-See auf den Tag ein Monat hingegangen sei. In seiner Seele bohrte das unbestimmte Leiden, das mehr aus trüben Ahnungen als aus wirklichem Kummer besteht; nur einsame Liebende wissen um jenes Leiden, das einem das Herz schwer macht und die Nerven vibrieren läßt, so daß das geringste Geräusch einem den Atem stocken läßt, das einem das Innere auf so elende Weise peinigt, daß alles, was man vernimmt, einen schmerzlichen Sinn gewinnt, um sich auf die fixe Idee zu beziehen.

Als vom Tisch aufgestanden worden war, trat er im Gesellschaftszimmer zu Christiane. »Ich muß heute abend unbedingt mit dir zusammen sein«, sagte er, »sofort, sofort, da ich nicht weiß, wann wir je wieder allein sind. Weißt du eigentlich, daß es gerade heute einen Monat her ist...«

Sie antwortete: »Ich weiß.«

Er fuhr fort: »Hör, ich will auf der Landstraße nach La Roche-Pradière auf dich warten, vor dem Dorf, bei den Kastanienbäumen. Jetzt fällt es niemandem auf, daß du nicht da bist. Komm rasch und sag mir Lebewohl, weil wir uns ja doch morgen trennen müssen.«

Sie sagte leise: »In einer Viertelstunde bin ich dort.«

Und er ging hinaus, um nicht länger inmitten all dieser Menschen bleiben zu müssen, die ihn zur Verzweiflung brachten. Er schlug den Fußpfad durch die Rebberge ein, dem er eines Tages gefolgt war, an jenem Tag, da sie zum erstenmal gemeinsam auf die Limagne hinausgeschaut hatten. Und bald befand er sich auf der Landstraße. Er war allein, er fühlte sich allein, allein auf Erden. Die ungeheure, unsichtbare Ebene steigerte noch das Gefühl der Einsamkeit. Er blieb an der Stelle stehen, wo sie gerastet, wo er ihr Baudelaires Verse an die Schönheit aufgesagt hatte. Wie weit lag das jetzt schon zurück! Und Stunde für Stunde fand er in seiner Erinnerung alles wieder, was seither geschehen war. Nie zuvor war er so glücklich gewesen, nie zuvor! Nie zuvor hatte er hingerissen und gleichzeitig so keusch, so hingebungsvoll geliebt. Und er gedachte des Abends am »Naß von Tazenat«, der heute genau einen Monat zurücklag, des kühlen, von bleichem Licht durchfeuchteten Waldes, des kleinen Silbersees und der großen Fische, die dessen Oberfläche gestreift hatten, und des Rückwegs, als er sie vor sich hatte wandeln sehen, in Dunkel und Helle, im Getropf des Mondlichts, das ihr durch das Laubwerk der Bäume hindurch aufs Haar, auf Schultern und Arme gefallen war. Das waren die holdesten Stunden gewesen, die er in seinem Leben genossen hatte.

Er wandte sich um; er wollte sehen, ob sie noch immer nicht komme. Er erblickte sie nicht; aber er gewahrte den am Horizont erschienenen Mond. Der gleiche Mond, der bei seinem ersten Liebesgeständnis aufgegangen war, erhob sich jetzt zu seinem ersten Lebewohl. Ein Schauer überrieselte seine Haut, ein eisiger Schauer. Der Herbst kam, der Herbst, der dem Winter vorangeht. Bislang hatte er nie den ersten Anhauch der Kälte verspürt, die ihn jetzt plötzlich durchdrang wie eine Unheilsdrohung.

Die weiße, staubige Landstraße erstreckte sich vor ihm wie ein Fluß zwischen seinen Ufern. An der Biegung tauchte eine Gestalt auf. Er erkannte sie sogleich; und er wartete ihrer unbeweglich; er erbebte in dem geheimnisvollen Glück zu spüren, wie sie sich näherte, wie sie auf ihn zukam, für ihn.

Sie ging mit kleinen Schritten, sie wagte nicht, nach ihm zu rufen, beunruhigt, daß sie ihn noch nicht zu entdecken vermochte, denn er stand noch immer unter einem Baum im Schatten, verstört ob der großen Stille, ob der hellen Einsamkeit von Erde und Himmel. Und vor ihr schob sich ihr dunkler, langgestreckter Schatten her, weit voraus, und schien ihm etwas von ihr entgegenzutragen, noch ehe sie selber bei ihm war.

Christiane blieb stehen, und auch ihr Schatten hielt inne, lag da, auf der Landstraße niedergefallen.

Paul tat ein paar rasche Schritte, bis zu der Stelle hin, wo die Form ihres Kopfes sich auf dem Weg rund abzeichnete. Dann wollte er nichts von ihr verlieren, kniete hin, beugte sich zur Erde nieder und drückte den Mund an den Rand des dunklen Schattenrisses. Wie ein durstgepeinigter Hund trinkt, indem er auf dem Bauch zu einer Quelle hinkriecht, begann er begierig den Staub zu küssen und dabei den Konturen der geliebten Gestalt zu folgen. So kroch er ihr auf Händen und Knien entgegen und zog mit Liebesbezeigungen ihren sich abzeichnenden Körper nach, als wolle er mit den Lippen das dunkle, geliebte, über den Boden hingebreitete Bild auflesen.

Überrascht und sogar ein wenig erschrocken wartete sie, bis er bei ihren Füßen angelangt war, ehe sie sich erkühnte, ihn anzureden; als er dann, immer noch auf den Knien, den Kopf gehoben hatte, sie jedoch jetzt mit beiden Armen umschlang, fragte sie: »Was hast du nur heute abend?«

Er antwortete: »Liane, ich soll dich verlieren!«

Sie grub alle ihre Finger in das dichte Haar des Freundes, beugte sich nieder, zog ihm die Stirn zurück und küßte ihn auf die Augen. »Warum denn mich verlieren?« fragte sie lächelnd und vertrauensvoll.

»Weil wir uns morgen trennen müssen.«

»Uns trennen? Für so kurze Zeit, Liebster!«

»Kann man das je wissen? Nie wieder durchleben wir Tage wie die hier.«

»Es kommen andere, ebenso schöne.« Sie half ihm aufstehen, zog ihn unter den Baum, wo er auf sie gewartet hatte, ließ ihn sich neben sie setzen, etwas tiefer, damit sie nach wie vor die Hand in seinem Haar lassen konnte, und sprach ernsthaft auf ihn ein, als bedachtsame, eifervolle und klarsichtige Frau, die liebt, die schon alles im voraus durchschaut hat, die instinktiv weiß, was getan werden muß, die zu allem entschlossen ist. »Hör zu, Liebster, ich habe in Paris alle Freiheit. William kümmert sich nie um mich. Er geht ganz in seinen Geschäften auf. Du bist unverheiratet, also komme ich zu dir. Jeden Tag komme ich zu dir, bald am Morgen vor dem Mittagessen, bald am Abend, der Dienerschaft wegen; sie könnte schwatzen, wenn ich immer zur gleichen

Stunde fortginge. Wir können genauso oft zusammen sein wie hier; denn wir brauchen keine Neugierigen zu fürchten.«

Doch er sagte in einem fort, und dabei hielt er den Kopf auf ihren Knien und ihre Taille eng umschlungen:»Liane, Liane, ich verliere dich! Ich fühle, daß ich dich verlieren werde!«

Sie wurde ungeduldig dieses unvernünftigen Kummers wegen, dieses knabenhaften Kummers in diesem kraftvollen Körper, sie, die neben ihm so zerbrechlich wirkte und dabei ihrer selbst so sicher war, daß nichts sie beide je würde trennen können.

Er flüsterte:»Wenn du wolltest, Liane, könnten wir beide auf und davon gehen, ganz weit weg, in ein schönes Land voller Blumen, und uns lieben. Sag, willst du, daß wir wegreisen, heute abend noch, willst du es?«

Aber sie zuckte ein wenig nervös die Achseln, auch ein wenig unzufrieden, daß er ihr überhaupt nicht zuhörte; denn die jetzige Stunde war nicht mehr geschaffen zu Träumen und zärtlichen Kindereien. Jetzt mußte man sich energisch und klug bezeigen und auf Mittel und Wege bedacht sein, sich immer lieben zu können, ohne irgendwelchen Argwohn zu erwecken. Sie fuhr fort: »Hör, Liebster, es kommt jetzt darauf an, daß wir uns richtig verstehen und keine Unklugheiten oder Fehler begehen. Vor allem: Kannst du dich auf deine Dienerschaft verlassen? Am meisten ist eine Denunziation zu fürchten, ein anonymer Brief an meinen Mann. Von sich aus schöpft er nie Verdacht. Ich kenne mich in William gut aus...«

Dieser zweimal ausgesprochene Name machte Paul gereizt. Nervös sagte er:»Oh, laß ihn heute abend aus dem Spiel!«

Erstaunt fragte sie:»Warum denn? Ich muß ihn doch erwähnen... Du kannst ganz sicher sein, daß er kaum noch Wert auf mich legt.« Sie hatte erraten, woran er dachte.

Eine dunkle, noch unbewußte Eifersucht war in ihm erwacht. Jäh kniete er vor ihr nieder und ergriff ihre Hände:»Hör, Liane...« Er verstummte. Er wagte nicht, die Besorgnis, den schmählichen Argwohn auszusprechen, die ihn überkommen hatten; und er wußte nicht, wie er ihnen Ausdruck geben solle. »Hör... Liane... Wie ist es mit dir und ihm?«

Sie wußte nicht, worauf er hinauswollte.»Nun... nun... ganz gut...«

137

»Ja... ich weiß... Aber... hör... versteh mich recht... Er ist... er ist dein Mann... kurzum... und... und... du weißt nicht, wie sehr ich jetzt immer daran denken muß... Wie es mich quält... wie es mich martert... Verstehst du? Sag...«

Sie zögerte ein paar Sekunden, dann wurde ihr plötzlich ganz klar, was er meinte, und in einer Aufwallung unwilligen Freimuts sagte sie: »O Liebster... kannst du... kannst du das glauben? Oh, ich gehöre doch ganz und gar dir... hörst du? Einzig dir... denn ich liebe dich doch... Ach, Paul...«

Er ließ den Kopf wieder auf die Knie der jungen Frau fallen und fragte mit sehr weicher Stimme: »Aber... schließlich... Kleine Liane... er ist doch dein Mann... Wie willst du es anstellen? Hast du dir das überlegt? Sag... Wie willst du es heute abend anstellen... oder morgen... Denn du kannst ihm doch nicht... immer und ewig ›Nein!‹ sagen...«

Sie sagte, auch sie ganz leise: »Ich habe ihm eingeredet, ich sei in andern Umständen, und... und das genügt ihm! Ach, er legt keinen Wert darauf, laß es gut sein... Wir wollen nicht mehr davon reden, du weißt ja gar nicht, wie mich das kränkt, wie es mich verletzt. Verlaß dich auf mich, ich liebe dich doch...«

Er rührte sich nicht mehr, er atmete auf und küßte ihr Kleid, und sie streichelte ihm mit liebenden, leichten Fingern das Gesicht.

Doch dann sagte sie unvermittelt: »Wir müssen heimgehen, sonst fällt es auf, daß wir beide nicht da sind.«

Sie küßten einander lange und umarmten sich, daß ihnen fast die Knochen zerbrochen wären; dann ging sie als erste davon, sie lief, um desto schneller zurück zu sein, während er sie sich entfernen und verschwinden sah, traurig, als seien zugleich mit ihr all sein Glück und all seine Hoffnung entflohen.

ZWEITER TEIL

I

Am 1. Juli des folgenden Jahres war der Badeort Enval kaum wiederzuerkennen.

Auf der Hügelkuppe zwischen den beiden Ausmündungen des Tals erhob sich ein Bauwerk im maurischen Stil, das an der Vorderseite in Goldbuchstaben das Wort »Kasino« trug.

Ein kleines Gehölz war zur Gestaltung eines Parks am Hang nach der Limagne zu ausgenutzt worden. Eine Terrasse mit einer Stützmauer, die von einem Ende zum andern mit großen Vasen aus imitiertem Marmor geschmückt war, erstreckte sich vor dem Bauwerk und beherrschte die weite Ebene der Auvergne.

Weiter unten, in den Rebbergen, zeigten hier und dort sechs Chalets ihre lackierten Holzfassaden.

Auf dem Südhang rief ein imposantes, ganz weißes Gebäude schon aus der Ferne die Reisenden herbei; sie gewahrten es, wenn sie Riom hinter sich ließen. Es war das Grand-Hotel Mont-Oriol. Und unmittelbar darunter, am Fuß des Hügels, bot ein kubisches, schlichteres, aber geräumiges, von einem Garten, den das Bächlein aus den Schluchten durchrann, umgebenes Haus den Leidenden die Wunderheilung dar, die eine Broschüre des Doktors Latonne verhieß. An seiner Fassade stand zu lesen: »Thermalbad Mont-Oriol.« Auf dem rechten Flügel stand in kleineren Buchstaben: »Hydrotherapie. – Magenspülungen. – Badebecken mit fließendem Wasser.« Und auf dem linken Flügel: »Medizinisches Institut für automotorische Gymnastik.«

Das alles war weiß, von einem neuen, leuchtenden, grellen Weiß. Noch waren Arbeiter daran tätig, Maler, Blechner, Plattenleger, obwohl die Anstalt bereits vor einem Monat eröffnet worden war.

Übrigens hatte der Erfolg von den ersten Tagen an die Hoffnungen der Gründer übertroffen. Drei große Ärzte, drei Berühmtheiten, die Professoren Mas-Roussel, Cloche und Rémusot, hatten dem neuen Badeort ihre Protektion zuteil werden lassen und eingewilligt, einige Zeit in den Villen der »Berner Gesellschaft für Fertighäuser« zu verweilen, die ihnen die Kurverwaltung zur Verfügung stellte.

Unter ihrem Einfluß strömte eine Schar von Kranken herbei. Das Grand-Hotel Mont-Oriol war voll.

Obgleich die Badeanlagen schon von den ersten Junitagen an zu funktionieren begonnen hatten, war die offizielle Eröffnung des Badeorts auf den 1. Juli verlegt worden, um möglichst viele Leute anzulocken. Um drei Uhr sollte das Fest mit der Einsegnung der Thermalquelle anfangen. Und am Abend sollte eine Galavorstellung mit nachfolgendem Feuerwerk und einem Ball alle Kurgäste des Ortes, die der umliegenden Bäder und die wichtigsten Einwohner von Clermont-Ferrand und Riom vereinen.

Das Kasino oben auf dem Berg verschwand hinter Fahnen. Es waren nur noch Blau, Rot, Weiß und Gelb zu sehen, eine Art dichter, flatternder Wolke; auf Riesenmasten, die längs der Parkwege eingerammt worden waren, entfalteten sich übergroße Nationalflaggen vor dem blauen Himmel und wogten schlangenhaft.

Petrus Martel, dem die Direktion des neuen Kasinos übertragen worden war, glaubte sich unter den wallenden Fahnen zum allmächtigen Kapitän eines phantastischen Schiffs geworden; und er gab den weißbeschürzten Kellnern Befehle mit der dröhnenden, furchteinflößenden Stimme, wie sie Admirale haben müssen, wenn sie im Geschützdonner Befehle erteilen. Seine hallenden Worte, die der Wind von dannen trug, waren bis unten im Dorf zu hören.

Andermatt erschien auf der Terrasse, bereits außer Atem.

Petrus Martel eilte ihm entgegen und begrüßte ihn mit einer ausladenden, noblen Geste.

»Klappt alles?« fragte der Bankier.

»Alles klappt tadellos, Herr Präsident.«

»Wenn ich gebraucht werde: Ich bin im Sprechzimmer des Leitenden Badearztes. Wir haben heute morgen Sitzung.« Und damit stieg er den Hügel wieder hinab.

Vor der Tür des Thermalbadehauses sprangen der Wärter

140

und der Kassierer, die ebenfalls der anderen, jetzt zur Rivalin gewordenen, aber ohne die Möglichkeit eines Wettbewerbs zum Untergang verurteilten Gesellschaft weggenommen worden waren, zum Empfang ihres Herrn und Meisters herbei. Der ehemalige Gefängnisaufseher grüßte militärisch. Der andere verneigte sich wie ein Armer, der ein Almosen empfängt.

Andermatt fragte: »Ist der Herr Leitende Badearzt da?«

Der Wärter antwortete: »Jawohl, Herr Präsident, sämtliche Herren sind eingetroffen.«

Der Bankier betrat das Vestibül, ging zwischen den respektvollen Badefrauen und Badewärtern hindurch, wandte sich nach rechts, öffnete eine Tür und fand in einem weitläufigen, seriös wirkenden Raum voller Bücher und Gelehrtenbüsten sämtliche Mitglieder des Aufsichtsrats vor, die nach Enval gekommen waren: seinen Schwiegervater, den Marquis, und seinen Schwager Gontran, Oriol Vater und Sohn, die fast zu Herren geworden waren und bei ihrer Größe so lange Gehröcke trugen, daß sie wie Reklamen einer Firma für Trauerkleidung wirkten, Paul Brétigny und Doktor Latonne.

Nach hastigem Händeschütteln wurde Platz genommen, und Andermatt begann: »Es bleibt uns noch eine wichtige Frage zu regeln, die nämlich der Benennung der Quellen. Ich bin, was das betrifft, anderer Meinung als der Herr Leitende Badearzt. Der Doktor schlägt vor, wir sollten unsern drei Hauptquellen die Namen der drei medizinischen Kapazitäten geben, die hier sind. Ganz sicher ist das etwas Schmeichelhaftes, das ihnen nahegehen und das sie noch mehr für uns gewinnen würde. Aber seien Sie überzeugt, meine Herren, daß wir uns dadurch für alle Zeit diejenigen ihrer prominenten Kollegen zu Feinden machen würden, die auf unsere Einladung noch nicht geantwortet haben und die wir, und zwar unter dem Einsatz aller unserer Kräfte und um jeden Preis, von der überlegenen Wirksamkeit unseres Thermalwassers überzeugen müssen. Ja, meine Herren, die menschliche Natur ist unwandelbar, man muß sie kennen und sich ihrer bedienen. Niemals würden die Professoren Plantureau, de Larenard und Pascalis, um nur diese drei Spezialisten für Magen- und Darmleiden zu nennen, uns ihre Kranken schicken, ihre Patien-

141

ten, ihre besten Patienten, die erlauchtesten, die Fürsten und Großfürsten, alle Berühmtheiten der großen Welt, denen sie gleichzeitig ihr Vermögen und ihren Ruf danken; niemals würden sie sie herschicken, damit sie Heilung durch die Quelle Mas-Roussel, die Quelle Cloche oder die Quelle Rémusot finden. Denn jene Patienten und die gesamte Öffentlichkeit würden mit einigem Grund zu dem Glauben neigen, die Professoren Rémusot, Cloche und Mas-Roussel hätten unsere Thermalquellen und deren sämtliche therapeutischen Eigenschaften entdeckt. Es läßt sich nicht bezweifeln, daß der Name Gubler, mit dem die erste Quelle von Châtel-Guyon getauft worden ist, zumindest einen Teil der großen Ärzte, die sie von Anfang an hätten fördern können, gegen den heute sich so günstig entwickelnden Badeort für geraume Zeit eingenommen hat. Ich schlage Ihnen also vor, ganz einfach der zuerst entdeckten Quelle den Namen meiner Frau und den beiden andern die Namen der Töchter Monsieur Oriols zu geben. Auf diese Weise hätten wir die Quellen Christiane, Louise und Charlotte. Das geht tadellos; das klingt sehr nett. Was sagen Sie dazu?«

Sogar Doktor Latonne war seiner Meinung; er fügte hinzu: »Dann könnte man die Herren Mas-Roussel, Cloche und Rémusot bitten, Pate zu stehen und den Patinnen den Arm zu bieten.«

»Vortrefflich, vortrefflich«, sagte Andermatt. »Ich will schleunigst zu ihnen gehen. Und sie werden schon einverstanden sein. Also Treffpunkt um drei an der Kirche; da wird der Festzug zusammengestellt.« Und er verschwand eilends.

Der Marquis und Gontran gingen fast unmittelbar nach ihm. Auch die beiden Oriols, die Zylinderhüte trugen, machten sich auf den Weg, nebeneinander, ernst und ganz schwarz auf der weißen Landstraße; und Doktor Latonne sagte zu Paul, der erst am Vorabend angelangt war, um an dem Fest teilzunehmen: »Ich habe Sie zurückgehalten, weil ich Ihnen etwas zeigen möchte, von dem ich mir Wunder verspreche. Es handelt sich um mein medizinisches Institut für automotorische Gymnastik.« Er nahm ihn am Arm und zog ihn mit sich.

Aber kaum waren sie im Vestibül, als ein Badewärter den Arzt anhielt: »Monsieur Riquier wartet auf seine Spülung.«

Im Jahr zuvor hatte Doktor Latonne über die Magenspülungen gespottet, die Doktor Bonnefille in der Anstalt, deren Leiter er war, anpries und durchführte. Aber im Lauf der Zeit war er anderer Meinung geworden, und die Baraduc-Sonde war zum Hauptmarterinstrument des neuen Leitenden Badearztes geworden; er tauchte sie mit kindlicher Freude in sämtliche Speiseröhren. Er fragte Paul Brétigny: »Haben Sie jemals bei dieser kleinen Operation zugesehen?«

Der andere antwortete: »Nein, nie.«

»Dann kommen Sie doch mit; es ist recht kurios.«

Sie gingen in den Duschraum, wo Monsieur Riquier, der Mann mit der ziegelsteinroten Gesichtsfarbe, der es dieses Jahr mit den neuentdeckten Quellen versuchte, wie er es jeden Sommer mit allen im Entstehen begriffenen Thermalbädern versucht hatte, wartend auf einem Holzstuhl saß.

Wie ein Delinquent alter Zeiten war er eng in eine Art Zwangsjacke aus Wachstuch eingezwängt, die seine Kleidung vor Beschmutzung und Spritzern bewahren sollte; er schaute erbärmlich besorgt und verquält drein wie alle Patienten, die ein Chirurg operieren will.

Als der Doktor erschien, nahm der Badewärter einen langen Schlauch, der sich etwa auf halber Länge dreifach teilte und wie eine dünne Schlange mit gedoppeltem Schwanz aussah. Dann befestigte der Mann eins der Enden an einem kleinen Hahn, der mit der Quelle in Verbindung stand. Das zweite Ende wurde in einen Glasbehälter gesteckt, in den sich später der flüssige Mageninhalt des Patienten ergießen sollte; und den dritten Arm dieses Leitungssystems nahm mit ruhiger Hand der Herr Leitende Badearzt, näherte ihn mit liebenswürdiger Miene Monsieur Riquiers Kinnbacken, schob ihn ihm in den Mund, lenkte ihn geschickt, ließ ihn in den Schlund gleiten und zwang ihn auf anmutige und wohlwollende Weise zwischen Daumen und Zeigefinger immer tiefer, wobei er mehrmals sagte: »Gut so, gut so, gut so! Es geht, es geht, es geht, es geht tadellos.«

Mit verstörten Augen, violetten Backen, Schaum auf den Lippen, keuchte Monsieur Riquier, rang nach Atem und rülpste ein paarmal vor Angst; er klammerte sich in die Armlehnen des

Stuhls und unternahm entsetzliche Anstrengungen, das Gummitier, das ihm in den Körper drang, auszuwerfen.

Als er etwa ein halbes Meter davon verschluckt hatte, sagte der Doktor: »Jetzt sind wir am Boden. Aufdrehen.«

Da drehte der Badewärter den Hahn auf; und bald schwoll der Bauch des Patienten sichtlich an; er füllte sich nach und nach mit dem lauen Quellwasser.

»Husten Sie«, sagte der Arzt, »husten Sie, damit der Ablauf ansaugt.«

Anstatt zu husten, röchelte der Ärmste; Zuckungen schüttelten ihn; er schien drauf und dran, seine Augen zu verlieren, so quollen sie ihm aus dem Kopf. Dann wurde plötzlich am Boden neben seinem Stuhl ein leichtes Gluckern vernehmlich. Das Mundstück der doppelten Schlauchleitung hatte endlich angesogen, und nun entleerte sich der Magen in das Glasgefäß und der Arzt suchte darin voller Interesse nach den Anzeichen eines Katarrhs und den erkennbaren Spuren unvollkommener Verdauung. »Sie dürfen keine Erbsen mehr essen«, sagte er, »und auch keinen Salat! Vor allem keinen Salat! Der ist für Sie unverdaulich. Auch keine Erdbeeren! Das habe ich Ihnen schon zehnmal gesagt: Keine Erdbeeren!«

Monsieur Riquier schien wütend zu werden. Er fuchtelte jetzt herum; denn mit dem Schlauch, der ihm die Kehle verstopfte, konnte er nicht reden. Als aber der Doktor nach beendeter Spülung ihm zartfühlend jene Sonde aus dem Leibesinnern gezogen hatte, schimpfte er los: »Ist es etwa meine Schuld, wenn ich Tag für Tag das Dreckzeug esse, das mir die Gesundheit verdirbt? Müßten nicht Sie die Speisenfolgen Ihres Hotelwirts überwachen? Ich bin in Ihre neue Spelunke gekommen, weil ich in der alten mit schauderhaftem Fraß vergiftet worden bin, und nun bin ich in Ihrer großen Gasthofbaracke Mont-Oriol noch übler dran, darauf können Sie sich verlassen!«

Der Arzt mußte ihn beruhigen, und er versprach, sogar mehrmals hintereinander, die Verpflegung der Patienten seiner Oberaufsicht zu unterstellen. Dann nahm er Paul Brétigny abermals beim Arm und zog ihn mit sich:

»Nach folgenden außerordentlich vernunftgemäßen Prinzipien habe ich meine Spezialbehandlung durch automotorische Gymnastik, die wir uns jetzt ansehen wollen, aufgebaut. Sie kennen mein System der organometrischen Medizin, nicht wahr? Ich behaupte, daß ein großer Teil unserer Krankheiten einzig und allein von der Überentwicklung eines Organs herrührt, das dann auf das benachbarte drückt, seine Funktion behindert und innerhalb kurzer Zeit die allgemeine Harmonie des Körpers zerstört, woraus dann die ernstesten Störungen entstehen.

Nun sind Leibesübungen neben Duschen und Thermalkuren eins der wirksamsten Mittel zur Wiederherstellung des Gleichgewichts und für die Rückbildung der wuchernden Teile auf ihre normalen Proportionen.

Aber wie soll man die Menschen dahin bringen, Leibesübungen zu machen? Beim Wandern, Reiten, Schwimmen oder Rudern findet nicht nur eine beträchtliche physische Anstrengung statt, sondern es bedarf dazu auch und vor allem einer moralischen Anstrengung, einer Willensanspannung. Der Geist bestimmt den Körper, reißt ihn mit sich und stützt ihn. Energische Menschen sind Bewegungsmenschen. Die Energie aber sitzt im Geist und nicht in den Muskeln. Der Körper gehorcht dem kraftvollen Willen.

Man darf es sich nicht einfallen lassen, Feiglingen Mut und Schwachen Entschlußkraft einflößen zu wollen. Aber wir können etwas anderes, wir können mehr tun, wir können den Mut unterdrücken, die geistige Energie unterdrücken, die Willensanspannung unterdrücken und nichts bestehen lassen als die körperliche Bewegung, die Leibesübung. Ich ersetze die Willensanspannung, und dabei kommt etwas heraus, durch eine von außen her wirkende, rein mechanische Kraft! Verstehen Sie? Nein, nicht ganz. Kommen Sie, wir wollen hineingehen.«

Er machte eine Tür auf, die in einen geräumigen Saal führte; darin standen absonderliche Geräte aufgereiht, große Sessel mit Holzbeinen, plumpe Pferde aus Tannenholz, federnde Bretter, bewegliche Stangen, die vor am Boden befestigten Stühlen hingen. Und alle diese Dinge waren mit komplizierten Triebwerken versehen, die sich durch Kurbeln in Gang setzen ließen.

Der Doktor fuhr fort: »Passen Sie auf. Wir haben vier Hauptleibesübungen; ich möchte sie die natürlichen nennen; nämlich: Wandern, Reiten, Schwimmen und Rudern. Jede dieser Übungen ist für unterschiedliche Gliedmaßen nützlich und wirkt sich auf besondere Weise aus. Nun aber verfügen wir hier über alle vier, und sie werden künstlich hervorgebracht. Man braucht sie nur über sich ergehen zu lassen und dabei an nichts zu denken; dann kann man eine Stunde lang laufen, reiten, schwimmen oder rudern, ohne daß der Geist auch nur im mindesten an dieser gänzlich muskulären Arbeit beteiligt wäre.«

In diesem Augenblick kam Monsieur Aubry-Pasteur herein; ihm folgte ein Mann, dessen aufgekrempelte Ärmel kräftige Bizepse sehen ließen. Der Ingenieur war noch dicker geworden. Er ging mit gespreizten Schenkeln und vom Körper abstehenden Armen und schnaufte.

Der Doktor sagte: »Jetzt können Sie sich de visu unterrichten.« Und zu seinem Patienten sagte er: »Nun, was wollen wir heute treiben? Fußmarsch oder Reiten?«

Aubry-Pasteur schüttelte Paul die Hand und antwortete: »Ich hätte gern ein bißchen Sitzmarsch; das strengt mich weniger an.«

Latonne sprach weiter: »Wir haben hier tatsächlich den Sitzmarsch und den Stehmarsch. Der Stehmarsch ist wirksamer und ziemlich mühselig. Ich führe ihn mittels Pedalen durch; man steigt darauf, und sie setzen die Beine in Bewegung, wobei man sich im Gleichgewicht hält, indem man sich an in die Wand eingelassenen Ringen festhält. Jetzt aber handelt es sich um den Sitzmarsch.«

Der Ingenieur hatte sich in einen Schaukelstuhl fallen lassen und die Beine in Holzbeine mit beweglichen Gelenken geschoben, die an der Sitzgelegenheit befestigt waren. Schenkel, Waden und Fußgelenke wurden ihm festgebunden, so daß er von sich aus keine Bewegung vollführen konnte; dann packte der Mann mit den aufgekrempelten Ärmeln die Kurbel und drehte sie mit aller Kraft. Der Schaukelstuhl schwang anfangs wie eine Hängematte, dann plötzlich gerieten die Beine in Bewegung, streckten sich aus und knickten wieder ein, vorwärts und rückwärts, in gehöriger Geschwindigkeit.

»Jetzt läuft er«, sagte der Doktor und befahl: »Langsam, im Schritt.«

Der Mann verlangsamte sein Tempo und erlegte dem Ingenieur einen gemäßigteren Sitzmarsch auf, der auf erheiternde Weise alle Bewegungen seines Körpers verunstaltete.

Dann erschienen zwei weitere Patienten, beide über die Maßen dick, und auch ihnen folgten zwei nacktarmige Hilfskräfte.

Sie wurden auf die Holzpferde gehievt; diese wurden in Bewegung gesetzt und fingen sogleich an, am Ort zu hüpfen und ihre Reiter auf eine jämmerliche Weise durchzurütteln.

»Galopp!« rief der Doktor.

Und die künstlichen Rosse bäumten sich auf wie Meereswogen, schlingerten wie Schiffe und strengten die beiden Patienten so sehr an, daß sie wie aus einem Mund mit atemlosen, kläglichen Stimmen schrien: »Aufhören! Aufhören! Ich kann nicht mehr! Aufhören!«

Der Arzt kommandierte: »Stop!« Dann fügte er hinzu: »Verschnaufen Sie sich ein bißchen. In fünf Minuten wird weitergemacht.«

Paul Brétigny, dem die Luft wegblieb, so drängte es ihn zu lachen, gab zu bedenken, daß den Reitern nicht heiß sei, wogegen die Kurbeldreher schwitzten. »Wäre es nicht besser«, sagte er, »wenn Sie sie die Rollen tauschen ließen?«

Todernst erwiderte der Doktor: »Oh, ganz und gar nicht! Leibesübungen und körperliche Ermattung dürfen nicht verwechselt werden. Die Bewegung des Mannes, der das Rad dreht, ist vom Übel, während die Bewegung des Marschierenden oder des Reiters etwas Vortreffliches ist.«

Aber Paul gewahrte einen Damensattel.

»Ja«, sagte der Arzt, »der Abend gehört den Damen. Am Nachmittag dürfen die Herren nicht mehr herein. Jetzt kommen Sie bitte und sehen sich das Trockenschwimmen an.«

Ein System beweglicher, an den Enden und in der Mitte durch Schrauben aneinander befestigter Planken, die sich zu Rauten verlängerten oder zu Quadraten schlossen, wie bei dem Kinderspielzeug, auf dessen Plättchen Soldaten befestigt sind, ermöglichte es, gleichzeitig drei Schwimmer zu knebeln und zu vierteilen.

Der Doktor sagte: »Ich brauche Ihnen die Vorteile des Trokkenschwimmens nicht zu rühmen; der Körper unseres imaginär Badenden wird nur durch die Transpiration naß und setzt sich infolgedessen keinen Rheumaanfällen aus.«

Da jedoch trat ein Badewärter mit einer Visitenkarte in der Hand auf ihn zu.

»Der Herzog de Ramas; ich muß mich verabschieden. Bitte entschuldigen Sie.«

Der stehengelassene Paul wandte sich um. Die beiden Reiter trabten wieder; und die drei Auvergnaten keuchten und hatten lahme Arme und Kreuzschmerzen vom Durchrütteln ihrer Kurgäste. Es sah aus, als drehten sie Kaffeemühlen.

Als er im Freien war, erblickte Brétigny den Doktor Honorat, der sich mit seiner Frau die Festvorbereitungen anschaute. Sie fingen an, miteinander zu plaudern, und schauten zu den Fahnen auf, die den Hügel wie eine Aureole umkränzten.

»Tritt der Festzug vor der Kirche an?« fragte die Frau des Arztes.

»Ja, vor der Kirche.«

»Um drei?«

»Ja, um drei.«

»Machen die Herren Professoren auch mit?«

»Ja. Sie geleiten die Patinnen.«

Danach hielten die Damen Paille ihn auf. Dann Vater und Tochter Monécu. Doch da er mit seinem Freund Gontran im Kasino-Café zu zweit zu Mittag essen wollte, stieg er langsam hinauf. Paul war am Abend zuvor eingetroffen; seit einem Monat war er mit seinem Kameraden nicht unter vier Augen zusammen gewesen, und er wollte ihm mancherlei Boulevard-Klatsch erzählen, Geschichten von Nutten und Freudenhäusern.

Bis halb drei blieben sie sitzen und schwatzten; dann meldete Petrus Martel, daß die Leute bereits zur Kirche strömten.

»Wir wollen Christiane abholen«, sagte Gontran.

»Machen wir«, ergänzte Paul.

Sie trafen sie auf der Freitreppe des neuen Hotels. Sie hatte eingefallene Wangen und die gelbbraune Gesichtsfarbe der Schwangeren, und die stark hervortretende Buckelung ihres Leibes deutete an, daß sie mindestens im sechsten Monat war.

»Ich habe auf euch gewartet«, sagte sie. »William ist schon vorausgegangen. Er hat heute so viel zu erledigen.« Sie blickte zärtlich zu Paul Brétigny auf und nahm seinen Arm.

Behutsam machten sie sich auf den Weg und wichen dabei den Steinen aus. Sie sagte mehrmals: »Wie schwerfällig ich doch bin! Wie schwerfällig ich doch bin! Ich kann nicht mehr gehen. Ich habe solche Angst hinzufallen!«

Er antwortete nicht und stützte sie sorgsam, ohne darauf bedacht zu sein, ihren Blick zu suchen, den sie ohne Unterlaß auf ihn richtete.

Vor der Kirche erwartete sie eine dichtgedrängte Menge. Andermatt rief: »Endlich, endlich! Beeilt euch doch! Paßt auf, folgendermaßen gliedert sich der Zug: zwei Chorknaben, zwei Kirchensänger im Chorhemd, das Kreuz, das Weihwasser, der Priester, dann Christiane mit Professor Cloche, Mademoiselle Louise mit Professor Rémusot und Mademoiselle Charlotte mit Professor Mas-Roussel. Alsdann der Aufsichtsrat, die Ärzteschaft, danach das Publikum. Alles klar? Dann los!«

Die Vertreter der Kirche kamen aus dem Gotteshaus und traten an die Spitze der Prozession. Darauf näherte sich ein hochgewachsener Herr mit weißem, hinter die Ohren zurückgestrichenem Haar, der typische Gelehrte akademischen Gepräges, Madame Andermatt mit einer tiefen Verbeugung. Als er sich wieder aufgerichtet hatte, schritt er neben ihr einher, barhäuptig, um seine schöne Gelehrtenmähne zu zeigen, den Hut am Schenkel, imposant, als habe er bei der Comédie-Française laufen gelernt; er trug für das Volk seine Rosette als Offizier der Ehrenlegion zur Schau; für einen bescheidenen Menschen war sie viel zu groß. Er sagte zu ihr: »Ihr Herr Gemahl hat eben mit mir über Sie und Ihren Zustand gesprochen, der ihm einige zärtliche Besorgnis einflößt. Er hat mir von Ihren Zweifeln und Ihrer Unsicherheit über den möglichen Zeitpunkt Ihrer Niederkunft erzählt.«

Sie war bis an die Schläfen rot geworden und flüsterte: »Ja, ich habe mich ziemlich lange, bevor ich es wurde, Mutter geglaubt. Jetzt weiß ich nicht mehr... weiß ich nicht mehr...« Sie stammelte, so sehr war sie durcheinander geraten.

Hinter den beiden sagte eine Stimme: »Dies Thermalbad hat eine große Zukunft. Ich erziele bereits erstaunliche Erfolge.« Das war Professor Rémusot, der mit seiner Begleiterin Louise Oriol sprach. Er war klein, hatte gelbes, schlecht gekämmtes Haar, trug einen Gehrock von schlechtem Schnitt und wirkte unsauber, wie ein Gelehrter, der keinen Wert auf Reinlichkeit legt.

Professor Mas-Roussel, der Charlotte Oriol führte, war ein gutaussehender Arzt, bartlos, lächelnd, gepflegt, leicht ergraut, ein bißchen fett; sein weiches, glattrasiertes Gesicht ähnelte nicht wie das Doktor Latonnes dem eines Priesters oder eines Schauspielers.

Dann kam unter Andermatts Führung der Aufsichtsrat; er wurde von den gigantischen Kopfbedeckungen der beiden Oriols überragt.

Hinter ihnen marschierte noch eine Schar von Zylinderträgern, die Ärzteschaft von Enval, aber ohne Doktor Bonnefille; er war, nebenbei gesagt, durch zwei neue Ärzte ersetzt worden, Doktor Black, einen sehr kurz geratenen, fast zwergenhaften alten Herrn, dessen ausschweifende Frömmigkeit schon vom Tag seines Eintreffens an das ganze Dorf in Erstaunen versetzt hatte, und einen sehr hübschen, sehr koketten jungen Herrn mit Chapeauclaque, Doktor Mazelli, einen Italiener im persönlichen Dienst des Herzogs de Ramas; andere sagten: im persönlichen Dienst der Herzogin.

Und hinter ihnen das Publikum, eine Flut von Publikum, Kurgäste, Bauern und Bewohner der Nachbarstädte.

Die Einsegnung der Quellen ging rasch vonstatten. Abbé Litre besprengte sie eine nach der andern mit Weihwasser, was Doktor Honorat äußern ließ, nun habe er ihnen mittels Kochsalz neue Eigenschaften verliehen. Dann begaben sich alle Ehrengäste in den großen Lesesaal, wo ein kaltes Büfett aufgestellt worden war.

Paul sagte zu Gontran: »Wie hübsch die Oriol-Mädchen geworden sind!«

»Reizend sind sie.«

»Haben Sie den Herrn Präsidenten nicht gesehen?« fragte plötzlich der ehemalige Gefängniswärter die beiden jungen Herren.

»Ja, da hinten in der Ecke steht er.«

»Weil nämlich der alte Clovis vor der Tür einen Auflauf zustande gebracht hat.«

Schon auf dem Weg zur Einsegnung der Quelle war die ganze Prozession an dem alten Invaliden vorbeigezogen, der im vorigen Jahr geheilt worden und jetzt lahmer denn je war. Er hielt die Fremden auf den Straßen an, und besonders gern die Neuangekommenen, und erzählte ihnen seine Geschichte: »Das Quellwasser da, müssen Sie wissen, das taugt nichts, es heilt zwar, das stimmt, und dann bekommt man einen Rückfall, und zwar so, daß man beinah stirbt. Bei mir, da haben die Beine nicht mehr gewollt, und heute, da geht's durch die Kur mit den Armen nicht mehr. Und meine Beine, die sind von Eisen, aber Eisen, das sich eher schneiden ließe als biegen.«

Der außer sich geratene Andermatt hatte versucht, ihn ins Gefängnis zu bringen und ihn wegen den Thermalquellen von Mont-Oriol angetaner übler Nachrede und versuchter Erpressung gerichtlich verfolgen zu lassen. Aber er hatte weder eine Verurteilung durchsetzen noch ihm den Mund stopfen können. Als er hörte, der Alte halte vor der Tür der Kuranstalt gehässige Reden, stürzte er hinaus, um ihn zum Schweigen zu bringen.

Am Rand der Landstraße hörte er in einer Menschenansammlung wütende Stimmen. Alle drängten nach vorn; sie wollten hören und sehen. Damen fragten: »Was ist denn los?« Männer antworteten: »Da ist ein Kranker, dem das hiesige Thermalwasser den Rest gegeben hat.« Andere glaubten, es sei ein Kind überfahren worden. Es wurde auch von einem epileptischen Anfall gesprochen, den eine arme Frau erlitten habe.

Andermatt schob sich durch die Menge, worauf er sich verstand, indem er gewaltsam sein rundes Bäuchlein zwischen den andern Bäuchen hindurchzwängte. Gontran pflegte zu sagen: »Er beweist, daß die Billardkugel der Queuespitze überlegen ist.«

Der alte Clovis saß an der Grabenböschung, ächzte über seine Qualen und zählte greinend alle seine Leiden auf, während die beiden aufgebrachten Oriols vor ihm, zwischen ihm und den Zuschauern, standen und ihn lauthals beschimpften und bedrohten.

151

»Ist ja gar nicht wahr«, schrie »Koloß«, »ein Lügenbold ist er, ein Faulpelz, ein Wilddieb; die ganze Nacht läuft er im Wald 'rum.«

Aber der Alte ließ sich nicht irremachen und wiederholte in einem fort mit seiner dünnen, durchdringenden Stimme, die trotz der Brüllerei der beiden Männer zu hören war: »Totgemacht haben sie mich, ihr lieben Leute, totgemacht haben sie mich mit ihrem Quellwasser. Mit Gewalt gebadet haben sie mich letztes Jahr. Und jetzt steht es *so* mit mir, steht es *so* mit mir!«

Andermatt gebot allen Schweigen, beugte sich zu dem Lahmen nieder, sah ihm fest in die Augen und sagte: »Wenn Sie jetzt kränker sind, dann haben Sie selber die Schuld, verstanden? Aber wenn Sie auf mich hören, dann verbürge ich mich für Ihre Heilung, und zwar durch höchstens fünfzehn oder zwanzig Bäder. Kommen Sie in einer Stunde, wenn alle weg sind, zu mir ins Thermalbad, dann werden wir uns schon einigen. Bis dahin halten Sie die Klappe.«

Der Alte hatte verstanden. Er war still, und nach einer kurzen Pause antwortete er: »Ich kann's ja mal versuchen. Werde schon sehen.«

Andermatt nahm die beiden Oriols an den Armen und zog sie eilends weg; der alte Clovis blieb am Straßenrand zwischen seinen Krücken im Gras liegen und kniff vor der Sonne die Augen ein.

Die verdutzte Menge umdrängte ihn. Ein paar Herren stellten ihm Fragen; aber er antwortete nicht mehr, als hätte er sie nicht gehört oder nicht verstanden. Die jetzt überflüssig gewordene Neugier wurde ihm lästig; so fing er denn aus Leibeskräften mit falscher, schriller Stimme ein endloses Lied in einem unverständlichen Dialekt zu singen an.

Und da verlief die Menge sich nach und nach. Nur ein paar Kinder blieben noch eine Weile vor ihm stehen und schauten ihn an, den Finger in der Nase.

Die arg erschöpfte Christiane war heimgegangen und ruhte sich aus; Paul und Gontran schlenderten inmitten der Festgäste in dem neuen Park umher. Da erblickten sie unversehens die Schauspielertruppe, die ebenfalls dem alten Kasino den Rücken gekehrt und sich dem aufgehenden Glück des neuen angegliedert hatte.

Mademoiselle Odelin war sehr elegant geworden und lustwandelte am Arm der Mutter, die an Würde gewonnen hatte. Monsieur Petitnivelle vom »Vaudeville« schien sich sehr um die beiden Damen zu bemühen; hinter ihnen ging Monsieur Lapalme vom »Grand Théâtre« zu Bordeaux und diskutierte mit den Musikern, nach wie vor denselben: Maestro Saint-Landri, Pianist Javel, Flötist Noirot und Kontrabassist Nicordi.

Als er Paul und Gontran gewahrte, eilte Saint-Landri auf sie zu. Während des Winters war ein ganz kleiner Operneinakter von ihm in einem ganz kleinen, exzentrischen Theater gespielt worden; aber die Zeitungen hatten ihn halbwegs lobend erwähnt, und so sprach er jetzt von oben herab über Massenet, Reyer und Gounod. Wohlwollend und schwungvoll streckte er ihnen die Hände entgegen und berichtete ihnen auf der Stelle von der Diskussion, die er mit den Herren des von ihm geleiteten Orchesters geführt habe.

»Ja, es ist aus, aus und vorbei mit dem abgedroschenen Zeug der alten Schule. Die Zeit der Melodiker ist vorüber. Aber kein Mensch will das einsehen.

Die Musik ist eine junge Kunst. Die Melodie ist ihr Lallen. Das ungeschulte Ohr hat mal für Ritornelle geschwärmt. Es hat daran ein kindliches, ein barbarisches Vergnügen gefunden. Ich will nicht verhehlen, daß die Ohren des Volkes oder der naiven Hörer, die schlichten, einfältigen Ohren, nach wie vor die Liederchen, kurzum: die Arien, mögen. Das ist ein Amüsement ähnlich dem, das für die Stammgäste des Konzertcafés das gemäße ist.

Ich möchte mich eines Vergleichs bedienen, um mich verständlich zu machen. Das Auge eines unerzogenen Lümmels liebt schreiende Farben und knallige Bilder, das Auge des gebildeten, aber amusischen Bürgers liebt gefällige und anspruchsvolle Nuancen und rührende Themen; aber das Auge des Künstlers, das verfeinerte Auge, versteht und unterscheidet die kaum wahrnehmbaren Abschattungen einunddesselben Farbtons, die geheimnisvollen Akkorde der Nuancen, die für Allerweltsmenschen unsichtbar bleiben.

Ebenso ist es in der Literatur: Die Conciergen haben eine Schwäche für Abenteuerromane, die Bourgeois mögen Romane, die ihnen zu Herzen gehen, und die wahren Gebildeten lieben nur hochkünstlerische, für die andern unbegreifliche Bücher. Wenn ein Bourgeois zu mir über Musik spricht, möchte ich ihn am liebsten umbringen. Und geschieht das in der Oper, so frage ich ihn stets: ›Sind Sie imstande, mir zu sagen, ob der Geiger am dritten Pult beim Vorspiel zum dritten Akt danebengegriffen hat?‹

›Nein.‹

›Dann seien Sie still. Sie haben kein Gehör. Ein Mensch, der in einem Orchester nicht gleichzeitig das Gesamt und jedes einzelne Instrument für sich hört, hat kein Gehör und ist nicht musikalisch. Also! Guten Abend!‹«

Er schwang sich auf dem Hacken herum und fuhr fort: »Für einen Künstler liegt die ganze Musik in einem einzigen Akkord. Ach, mich machen gewisse Akkorde toll; sie lassen in meinen Körper eine Flut unsäglichen Glücks einströmen. Ich habe heute ein so geübtes, so beschaffenes, so gereiftes Gehör, daß ich dahingelangt bin, sogar gewisse falsche Akkorde zu lieben, wie ein Liebhaber von geschmacklicher Reife zur Verderbtheit gelangt. Ich fange an, ein Dekadenter zu werden, der nach den letzten Gehörssensationen trachtet. Ja, ihr Freunde, gewisse falsche Klänge! Welch ein Entzücken! Welch ein perverses, tiefes Entzücken! Wie das einem nahegeht, wie es an den Nerven zerrt, wie das im Ohr kratzt... wie es kratzt... wie es kratzt!« Er rieb sich hingerissen die Hände und sagte im Sprechgesang: »Sie werden meine Oper hören – meine Oper, meine Oper – Sie werden sie hören, meine Oper.«

Gontran fragte: »Schreiben Sie denn eine Oper?«

»Ja, sie steht kurz vor der Vollendung.«

Aber Petrus Martels Kommandostimme erdröhnte: »Hören Sie gut zu! Wie ich gesagt habe: eine gelbe Rakete, und dann fangen Sie an!« Er gab Anweisungen für das Feuerwerk. Die beiden traten zu ihm hin, und er setzte seine Verfügungen auseinander, indem er mit ausgestrecktem Arm, als bedrohe er eine feindliche Flotte, nach weißen Holzpfählen auf dem Berg oberhalb der

Schluchten, an der andern Talseite, hindeutete. »Da drüben wird es abgebrannt. Ich habe meinem Feuerwerker gesagt, ab halb neun müsse er auf seinem Posten sein. Sobald die Schauspielaufführung aus ist, gebe ich von hier aus das Zeichen mit einer gelben Rakete, und dann steckt er die Eröffnungsnummer an.«

Der Marquis erschien. »Ich möchte ein Glas Thermalwasser trinken«, sagte er.

Paul und Gontran schlossen sich ihm an und stiegen den Hügel hinab. Als sie beim Thermalbad anlangten, sahen sie, wie der alte Clovis, von den beiden Oriols gestützt, gerade hineinging; Andermatt und der Doktor folgten ihm, und bei jedem Schleppen seiner Beine auf dem Boden vollführte der Alte vor Schmerzen krampfhafte Verrenkungen.

»Wir wollen gleichfalls hineingehen«, sagte Gontran, »das wird komisch.«

Der Lahme wurde in einen Sessel gesetzt; dann sagte Andermatt zu ihm: »Folgendes schlage ich Ihnen vor, Sie alter Spitzbube. Sie kurieren sich schleunigst, indem Sie täglich zwei Bäder nehmen. Und sobald Sie gehen können, bekommen Sie zweihundert Francs...«

Der Gelähmte fing an zu jammern: »Meine Beine, die sind aus Eisen, lieber Herr.«

Andermatt gebot ihm Schweigen und fuhr fort: »Hören Sie zu... Und Sie bekommen alljährlich weitere zweihundert Francs, bis zu Ihrem Tod... Haben Sie verstanden? Bis zu Ihrem Tod, wenn Sie auch weiterhin die Heilwirkung unseres Thermalwassers unter Beweis stellen.«

Der Alte war unschlüssig. Heilung auf die Dauer widersprach allen seinen Daseinsgewohnheiten. Zögernd fragte er: »Aber wenn... wenn sie geschlossen ist, Ihre Budike... wenn es mich dann wieder packt... dann kann ich nichts dafür... weil es doch geschlossen ist... Ihr Wasser...«

Doktor Latonne unterbrach ihn, indem er zu Andermatt sagte: »Tadellos! Tadellos! Dann heilen wir ihn jedes Jahr aufs neue... Das ist weit besser und beweist die Notwendigkeit einer alljährlichen Kur, die Unerläßlichkeit wiederzukommen. Tadellos, alles in bester Ordnung!«

155

Aber der Alte fing wieder an: »Diesmal geht es nicht so glatt, liebe Herren. Meine Beine sind wie aus Eisen...«

Im Hirn des Doktors keimte ein neuer Einfall auf. »Wenn ich ein paar Sitzmarschübungen machen ließe«, sagte er, »so könnte ich die Wirkung des Thermalwassers bedeutend beschleunigen. Es käme auf einen Versuch an.«

»Ausgezeichneter Gedanke«, antwortete Andermatt; er sagte noch: »Jetzt können Sie gehen, Papa Clovis; aber vergessen Sie unsere Abmachungen nicht.«

Nach wie vor stöhnend und jammernd verschwand der Alte, und da es Abend geworden war, gingen alle Aufsichtsräte von Mont-Oriol zum Abendessen hinein; denn die Theateraufführung war auf halb acht angesetzt worden.

Sie fand im großen Saal des neuen Kasinos statt; er konnte tausend Personen fassen. Von sieben Uhr an fanden sich die Zuschauer ein, die keine numerierten Plätze hatten.

Um halb acht war der Saal voll, und der Vorhang hob sich. Es wurde ein zweiaktiges Vaudeville gespielt, das Saint-Landris Operette vorausging; es wurde von Kräften aus Vichy gesungen, die für diese Gelegenheit als Gäste engagiert worden waren.

Christiane saß im ersten Rang zwischen ihrem Vater und ihrem Mann und litt sehr unter der Hitze. Alle paar Augenblicke sagte sie: »Ich kann nicht mehr! Ich kann nicht mehr!« Als nach dem Vaudeville die Operette begann, wurde ihr beinahe übel, und sie sagte zu ihrem Mann: »Lieber Will, ich muß ins Freie. Ich ersticke!«

Der Bankier war untröstlich. Er legte den allergrößten Wert darauf, daß das Fest reibungslos von Anfang bis zum Ende gelang. Er antwortete: »Nimm dich zusammen und halte durch. Ich flehe dich an. Wenn du gingest, würde alles durcheinandergeraten. Du müßtest durch den ganzen Saal hindurch.«

Aber Gontran, der mit Paul hinter ihr saß, hatte zugehört. Er beugte sich zu der Schwester hin. »Ist dir zu warm?« fragte er.

»Ja, ich ersticke.«

»Gut. Warte. Du wirst schön lachen.«

Es war ein Fenster in der Nähe. Er schob sich hin, stieg auf einen Stuhl und sprang hinaus; kaum jemand merkte es.

Dann ging er in das völlig leere Café, langte mit der Hand unter die Theke, wo, wie er gesehen, Petrus Martel die Signalrakete versteckt hatte, nahm sie an sich, lief weg und verbarg sich in einem Gebüsch; dann steckte er sie an.

Der gelbe Strahl schnellte zu den Wolken auf, beschrieb eine Kurve und überschüttete den Himmel mit einem langen Regen von Feuertropfen. Fast im gleichen Augenblick krachte auf dem Berg gegenüber eine furchtbare Detonation, und ein Sternenbündel zerstob im Dunkel.

In dem von Landris Akkorden durchzitterten Theatersaal rief jemand: »Das Feuerwerk fängt an!«

Die nächst den Türen sitzenden Zuschauer standen rasch auf, um sich davon zu überzeugen, und gingen auf den Zehenspitzen hinaus. Alle übrigen schauten zu den Fenstern hin; da diese nach der Limagne zu gelegen waren, sahen sie jedoch nichts.

Es wurde gefragt: »Tatsächlich? Tatsächlich?«

Eine Bewegung durchschwoll die ungeduldige Menge, die auf schlichtere Vergnügungen erpicht war.

Von draußen her verkündete eine Stimme: »Tatsächlich, es wird abgebrannt.«

Da stand innerhalb einer Sekunde der ganze Saal auf den Füßen. Alles stürzte den Türen zu, man schubste einander; denen, die den Ausgang versperrten, wurde zugebrüllt: »Beeilen Sie sich doch, los, ein bißchen schneller!«

Bald befand sich alles im Park. Nur Saint-Landri schlug noch immer vor seinem Orchester, das nicht bei der Sache war, den Takt. Und draußen folgten Feuerräder auf weitere Raketen, und es knallte in einem fort.

Plötzlich stieß eine furchtbare Stimme dreimal hintereinander den Wutschrei aus: »Aufhören, um des Himmels willen! Aufhören, um des Himmels willen! Aufhören, um des Himmels willen!«

Und als ein riesiges bengalisches Feuer auf dem Berg aufflammte, das die gewaltigen Felsen und die Bäume zur Rechten rot und zur Linken blau anstrahlte, war zu sehen, daß Petrus Martel völlig aufgelöst, barhäuptig, die Arme in die Luft gereckt, in einer der Vasen aus imitiertem Marmor, dem Schmuck der Terrasse, stand und fuchtelte und brüllte.

157

Dann erlosch die große Helligkeit; nur noch die richtigen Sterne waren zu sehen. Aber gleich darauf wurde ein neuer Feuerwerkskörper abgebrannt, und Petrus Martel sprang zu Boden und schrie: »Diese Katastrophe! Diese Katastrophe! Mein Gott, diese Katastrophe!« Und mit tragischen Gesten, mit Fausthieben ins Leere, mit zornigem Aufstampfen durchschritt er die Menge und rief noch immer: »Diese Katastrophe! Mein Gott, diese Katastrophe!«

Christiane hatte Pauls Arm genommen und sich an der frischen Luft hingesetzt; entzückt schaute sie den zum Himmel aufsteigenden Raketen zu.

Ihr Bruder trat unversehens zu ihr und fragte: »Hat fein geklappt, was? Findest du es etwa nicht komisch?«

Sie fragte leise: »Hast *du* das angestellt?«

»Selbstverständlich! Feine Sache, wie?«

Sie fing an zu lachen; sie fand es tatsächlich komisch.

Dann aber kam Andermatt mit schmerzzerrissener Miene. Er begreife nicht, wer ihm einen solchen Streich habe spielen können. Die Rakete, mit der das verabredete Signal habe gegeben werden sollen, sei unter der Theke weggestohlen worden. Eine solche Infamie könne nur von einem Dunkelmann der alten Gesellschaft begangen worden sein, einem Agenten des Doktors Bonnefille! Und mehrmals sagte er: »Es ist zum Verzweifeln, absolut zum Verzweifeln ist es! Ein Feuerwerk für zweitausenddreihundert Francs umsonst in die Luft geknallt, völlig umsonst!«

Gontran entgegnete: »Nein, mein Lieber, wenn du es richtig berechnest, beläuft dein Verlust sich nur auf ein Viertel oder, wenn du willst, auf ein Drittel, also auf siebenhundertsechsundsechzig Francs. Deine Gäste haben also ihre Freude an für fünfzehnhundertzweiunddreißig Francs Raketen gehabt. Das ist im Grunde gar nicht übel.«

Die Wut des Bankiers wandte sich gegen den Schwager. Barsch packte er ihn am Arm: »Mit dir habe ich ein ernstes Wort zu reden. Da ich dich gerade zu fassen bekommen habe, wollen wir einen kleinen Gang durch den Park machen. Es soll übrigens nur fünf Minuten dauern.« Zu Christiane sagte er: »Dich, meine Liebe, vertraue ich unserm Freund Brétigny an; aber bleib nicht zu lange draußen, gib auf dich Obacht. Du weißt, du könntest dich erkälten. Paß auf dich auf, paß auf dich auf!«

Sie sagte leise: »Du brauchst keine Angst zu haben.«

Und Andermatt zog Gontran mit sich fort.

Sobald sie allein, ein wenig von der Menge entfernt waren, blieb der Bankier stehen. »Mein Lieber, ich möchte mit dir über deine finanzielle Lage sprechen.«

»Meine finanzielle Lage?«

»Ja! Bist du dir eigentlich über deine finanzielle Lage klar?«

»Nein. Aber statt dessen müßtest *du* dir darüber klar sein, da du mir ja fortwährend Geld leihst.«

»Freilich, ja, ich bin mir darüber klar! Und eben deswegen spreche ich mit dir darüber.«

»Mir scheint, als sei zumindest der Augenblick dazu schlecht gewählt, mitten in einem Feuerwerk!«

»Im Gegenteil, der Augenblick ist vortrefflich gewählt. Ich spreche mit dir nicht mitten in einem Feuerwerk, sondern vor einem Ball...«

»Vor einem Ball? Ich verstehe dich nicht.«

»Nun, du wirst schon noch verstehen. Deine Lage sieht folgendermaßen aus: Du hast nichts als Schulden, und du wirst nie etwas anderes haben als Schulden...«

Gontran entgegnete ernst: »Du sagst mir das ein bißchen unumwunden.«

»Ja, weil es sein muß. Hör mal zu: Den Vermögensanteil, der dir von deiner Mutter zugefallen ist, hast du vernascht. Schwamm drüber.«

»Schwamm drüber.«

»Was nun deinen Vater betrifft, so verfügt er über dreißigtausend Francs Zinsen, also etwa über ein Kapital von achthunderttausend Francs. Dein Anteil daran beträgt also später vierhunderttausend Francs. Nun aber schuldest du mir hundertneunzigtausend Francs. Außerdem schuldest du Wucherern...«

Hochmütig brummte Gontran: »Sag lieber: Juden.«

»Gut, also Juden, obwohl ein Kirchenvorsteher von Saint-Sulpice darunter ist, der sich eines Priesters als Vermittlers zwischen dir und ihm bediente... Aber ich will mich einer solchen Kleinigkeit wegen nicht auf Spitzfindigkeiten einlassen... Du schuldest also unterschiedlichen Wucherern, Israeliten oder Katholiken, etwa genauso viel. Wir wollen bescheiden sein und hundertfünfzigtausend einsetzen. Das ergibt eine Summe von dreihundertvierzigtausend Francs, deren Zinsen du bestreitest, indem du immer weiter pumpst; meine Zinsen ausgenommen, denn die bezahlst du nicht.«

»Stimmt«, sagte Gontran.

»Also bleibt dir nichts.«

»Nichts, tatsächlich... als mein Schwager.«

»Als dein Schwager, der es satt hat, dir weiterhin Geld zu leihen.«

»Also?«

»Also ist der kleinste Bauer in einer der Hütten da unten reicher als du.«

»Richtig... Und was nun?«

»Was nun... was nun... Wenn dein Vater morgen stürbe, bliebe dir, damit du was zu essen hast, nichts übrig, als eine Anstellung in meiner Firma anzunehmen. Und selbst das wäre nur eine Tarnung des Gnadengehalts, das ich dir aussetzen würde.«

Gereizt sagte Gontran: »Mein lieber William, diese Dinge öden mich an. Ich bin übrigens genauso gut im Bild wie du, und ich sage dir noch einmal, der Augenblick ist schlecht gewählt, um mich so... so... undiplomatisch daran zu erinnern.«

»Pardon – laß mich bitte ausreden. Nur durch eine Heirat könntest du dich aus der Affäre ziehen. Nun bist du eine klägliche Partie, trotz deines Namens: Er klingt gut, ist aber keiner der ersten. Anders ausgedrückt: Er ist keiner von denen, die eine reiche Erbin, und nicht mal eine israelitische, mit einem Vermögen bezahlt. Es muß also für dich eine zugleich annehmbare und reiche Frau gefunden werden, was nicht eben leicht ist...«

Gontran fiel ihm ins Wort: »Rück doch gleich mit ihrem Namen heraus, das wäre besser.«

»Gut, also eine der Töchter des alten Oriol; die Wahl sei dir überlassen. Eben deswegen habe ich vor dem Ball die Rede darauf gebracht.«

»Und jetzt verbreite dich bitte über Einzelheiten«, erwiderte Gontran kalt.

»Die sind ganz einfach. Du siehst, welchen Erfolg ich auf An-
hieb mit diesem Thermalbad gehabt habe. Wenn ich nun aber
oder vielmehr: wenn wir nun aber sämtliche Grundstücke in der
Hand hätten, die dieser Schlaumeier von Bauer für sich behalten
hat, dann würde ich daraus eine Goldquelle machen. Allein
schon für die Rebberge, die zwischen dem Kurhaus und dem Hotel und zwischen dem Hotel und dem Kasino liegen, würde ich,
ich, Andermatt, morgen eine Million zahlen. Nun stellen jene
Rebberge und die andern rings um den Hügel die Mitgift der
Töchter dar. Erst vor kurzem hat der Vater es mir gesagt, vielleicht nicht ohne Absicht. Also... Wenn du nur wolltest, könnten
wir beide da ein glänzendes Geschäft machen.«

Gontran brummte vor sich hin, dem Anschein nach nachdenk-
lich: »Kann sein. Ich will es mir mal überlegen.«

»Tu das, mein Lieber, und vergiß dabei nicht, daß ich immer
nur von todsicheren Angelegenheiten rede, nachdem ich eingehend darüber nachgedacht habe, und immer erst, wenn ich mir
über alle Konsequenzen und alle feststehenden Vorteile klar
bin.«

Aber Gontran hob einen Arm und rief, als habe er mit eins alles
vergessen, was der Schwager zu ihm gesagt hatte: »Sieh nur! Wie
schön!«

Die Schlußapotheose leuchtete auf, sie stellte einen Palast aus
lauter Glut dar, auf dem eine lodernde Fahne in ganz roten Feu-
erbuchstaben den Namen »Mont-Oriol« trug, und gegenüber,
oberhalb der Ebene, schien der ebenfalls rote Mond nur erschienen zu sein, um dieses Schauspiel zu betrachten. Nachdem der
Palast ein paar Minuten lang gebrannt hatte, explodierte er wie
ein in die Luft fliegendes Schiff und übersprühte den ganzen
Himmel mit phantastischen Sternen, die ebenfalls platzten; und
dann stand still und rund der Mond ganz allein am Horizont.

Das Publikum klatschte hingerissen Beifall und schrie:
»Hurra! Bravo! Bravo!«

Andermatt sagte unvermittelt: »Jetzt wollen wir den Ball eröff-
nen. Willst du mir gegenüber die erste Quadrille mittanzen?«

»Gern, gewiß, lieber Schwager.«

»Wen gedenkst du aufzufordern? Ich führe die Herzogin de
Ramas.«

Gleichgültig antwortete Gontran: »Ich nehme Charlotte Oriol.«

Sie gingen wieder hinauf. Als sie an der Stelle vorüberkamen, wo Christiane und Paul Brétigny sitzen geblieben waren, erblickten sie sie nicht mehr.

William brummte vor sich hin: »Sie ist meinem Rat gefolgt und zu Bett gegangen. Sie war heute sehr erschöpft.« Und er ging weiter, auf den Ballsaal zu, den das Personal während des Feuerwerks hergerichtet hatte.

Christiane war jedoch keineswegs auf ihr Zimmer gegangen, wie ihr Mann meinte. Sobald sie sich mit Paul allein gefühlt, hatte sie ihm die Hand gedrückt und ganz leise zu ihm gesagt: »Nun bist du also gekommen; ich warte seit einem Monat auf dich. Alle Morgen habe ich mich gefragt: Ob ich ihn wohl heute sehe? Und alle Abende habe ich mir gesagt: Dann also morgen? Warum hast du so lange gezögert, mein Liebster?«

Verlegen antwortete er: »Ich habe so viel zu tun gehabt, Geschäftliches.«

Sie beugte sich über ihn und flüsterte: »Es war ungut, mich hier mit den andern allein zu lassen, noch dazu in meinem Zustand.«

Er rückte seinen Stuhl ein wenig beiseite: »Sei vorsichtig. Wir könnten gesehen werden. Die Raketen beleuchten die ganze Gegend.«

Das hatte sie nicht bedacht; sie sagte: »Ich hab' dich so lieb!« Dann, mit einem freudigen Erschauern: »Ach, wie glücklich bin ich, wie glücklich, daß wir hier wieder zusammen sind! Kannst du es dir vorstellen? Paul, wie schön das ist! Wie wir uns jetzt wieder liebhaben können!« Sie seufzte so leise, daß es wie ein Hauch wirkte. »Mich verlangt toll danach, dich zu küssen, ganz toll... ja... toll. Ich habe dich so lange nicht gesehen!« Dann sagte sie plötzlich mit der Energie einer leidenschaftlichen Frau, für die es keine Hindernisse gibt: »Hör, ich möchte... Verstehst du... Ich möchte mit dir jetzt sofort zu der Stelle gehen, wo wir letztes Jahr voneinander Abschied genommen haben! Du weißt doch noch, auf der Landstraße nach La Roche-Pradière?«

Verblüfft antwortete er: »Aber das ist doch unsinnig, keinen

Schritt kannst du mehr gehen. Den ganzen Tag über bist du auf den Beinen gewesen! Unsinnig ist es, ich dulde es nicht.«

Sie war aufgestanden, und sie beharrte: »Ich will es aber. Wenn du nicht mitkommst, gehe ich allein.« Und sie wies ihn auf den höher steigenden Mond hin: »Sieh, es war genauso ein Abend wie dieser! Weißt du noch, wie du meinen Schatten geküßt hast?«

Er hielt sie zurück: »Christiane... Hör doch... Es ist lächerlich... Christiane.«

Sie gab keine Antwort und ging auf den Abhang zu, der nach den Rebbergen führte.

Er wußte um ihren ruhigen Willen, den nichts abzulenken vermochte, um die anmutige Hartnäckigkeit ihrer blauen Augen, ihrer kleinen Blondinenstirn, der kein Hindernis etwas ausmachte; und er nahm ihren Arm, um sie unterwegs zu stützen. »Wenn man uns nun sähe, Christiane?«

»Letztes Jahr hast du das *nicht* gesagt. Und außerdem ist alles beim Fest. Wir sind zurück, ohne daß jemand gemerkt hätte, daß wir fort waren.«

Bald mußten sie den steinigen Pfad hinaufsteigen.

Sie keuchte und stützte sich mit aller Kraft auf ihn; und bei jedem Schritt sagte sie: »Es ist gut, es ist gut, es ist gut, so zu leiden!«

Er blieb stehen, er wollte sie zurückgeleiten.

Aber sie hörte nicht auf ihn: »Nein, nein. Ich bin glücklich. Du verstehst das nicht. Hör... Ich fühle, wie es sich bewegt... unser Kind... dein Kind... Ach, dieses Glück! Gib mir deine Hand... Da... Fühlst du es?«

Sie begriff nicht, daß dieser Mann der Rasse der Liebhaber angehörte, nicht aber der Rasse der Väter, der Männer mit Vatergefühlen. Seit er wußte, daß sie in andern Umständen war, hatte er sich ihr ferngehalten und sich unwillkürlich vor ihr geekelt. Früher hatte er sich oftmals gesagt, eine Frau, die die Funktion der Fortpflanzung erfülle, sei nicht mehr der Liebe würdig. Ihn berauschte in der Liebe das Sichaufschwingen zweier Herzen zu einem unerreichbaren Idealzustand, die Verstrickung zweier Seelen, die etwas Immaterielles sind, das Kunsthafte und nicht

163

zu Verwirklichende, das die Dichter in die Leidenschaft legen. In der Körperlichkeit der Frau betete er Venus an, deren heiliger Schoß für alle Zeiten die reine Form der Unfruchtbarkeit hatte bewahren müssen. Der Gedanke an die Geburt eines von ihm erzeugten Kindes, einer Menschenlarve, die sich in diesem durch sie befleckten und schon häßlich gemachten Körper regte, flößte ihm ein nahezu unbesiegbares Widerstreben ein. Die Mutterschaft hatte aus dieser Frau ein Tierwesen gemacht. Sie war nicht länger das angebetete, erträumte Ausnahmegeschöpf, sondern ein Stück Vieh, das seine Rasse fortsetzte. Und in seine gefühlsmäßige Abneigung mischte sich ein körperlicher Ekel.

Wie hätte sie das erspüren und erraten können, sie, die jedes Sichregen des ersehnten Kindes fester an ihren Liebhaber band? Dieser Mann, den sie vergötterte, den sie Tag für Tag ein wenig mehr geliebt, von ihrer beider erstem Kuß an, hatte sie nicht nur bis zum Herzensgrund durchdrungen, sondern war bis in die Tiefen ihres Körpers in sie eingegangen; er hatte sein eigenes Leben hineingesät, er würde, wieder ganz klein geworden, aufs neue aus ihr hervorgehen. Ja, hier, unter ihren gefalteten Händen, trug sie ihn, ihn selber, ihren gütigen, ihren lieben, ihren zärtlichen, ihren einzigen Freund; durch das geheime Walten der Natur erstand er in ihrem Körperinnern zum zweitenmal. Und sie liebte ihn doppelt, nun sie ihn zweifach besaß, den Großen und den Kleinen, noch Unbekannten, den, den sie sah, den sie anrührte, den sie küßte, den sie sprechen hörte, und den andern, den sie vorerst nur unter ihrer Haut sich regen fühlen konnte.

Sie waren auf der Landstraße angelangt.

»Da hinten hast du an jenem Abend auf mich gewartet«, sagte sie. Und sie bot ihm die Lippen.

Er küßte sie stumm; es war ein kalter Kuß.

Wiederum flüsterte sie: »Weißt du noch, wie du mich am Boden geküßt hast? So war es, sieh.« Und in der Hoffnung, er werde es nochmals tun, lief sie ein Stückchen weg, damit Abstand zwischen ihnen sei. Dann blieb sie keuchend mitten auf der Landstraße stehen.

Aber der Mond, der ihren Schatten auf dem Erdboden ausreckte, zeichnete auch den Höcker ihres entstellten Leibes ab.

Und Paul starrte auf das Schattenbild ihrer Schwangerschaft zu seinen Füßen und blieb starr vor ihr stehen, in seinem romantischen Schamgefühl verletzt, außer sich, daß sie das nicht spürte, daß sie nicht erriet, was er denken mußte, daß sie nicht genug Koketterie, Takt und weibliche Raffinesse besaß, um all die Nuancen zu begreifen, die den Umständen ein so anders geartetes Aussehen leihen; und er sagte, wobei in seiner Stimme Ungeduld mitschwang: »Hör mal, Christiane, dergleichen Kindereien sind lächerlich.«

Sie trat wieder zu ihm hin, erschüttert, betrübt, mit ausgebreiteten Armen, und warf sich ihm an die Brust: »Oh, du hast mich weniger lieb. Ich fühle es! Ich bin davon überzeugt!«

Mitleid überkam ihn, er nahm ihren Kopf und drückte auf ihre Augen zwei lange Küsse.

Dann traten sie schweigend den Rückweg an. Ihm fiel nichts ein, was er ihr hätte sagen können; und da sie sich müde und erschöpft auf ihn stützte, beschleunigte er den Schritt, um so wenig lange wie möglich die Reibung ihres unförmig gewordenen Körpers an seiner Hüfte zu spüren.

In der Nähe des Hotels nahmen sie Abschied, und sie ging hinauf in ihr Zimmer.

Das Kasino-Orchester spielte Tanzweisen, und Paul ging hinein und schaute sich den Ball an. Es war ein Walzer; alle tanzten ihn: Doktor Latonne mit der jüngeren Madame Paille, Andermatt mit Louise Oriol, der hübsche Doktor Mazelli mit der Herzogin de Ramas und Gontran mit Charlotte Oriol. Er flüsterte ihr mit der zärtlichen Miene etwas zu, die auf eine beginnende Werbung schließen läßt; und sie lächelte hinter ihrem Fächer, wurde rot und schien entzückt.

Hinter sich hörte Paul sagen: »Schau, schau, Monsieur de Ravenel raspelt mit meiner Patientin Süßholz.«

Es war Doktor Honorat, er stand an der Tür und hatte seinen Spaß am Zuschauen. Er fuhr fort: »Ja, ja, so geht es schon seit einer halben Stunde. Allen ist es bereits aufgefallen. Der Kleinen scheint es übrigens nicht zu mißfallen.« Nach einer Pause fügte er hinzu: »Eine Perle ist dies Kind, gutartig, heiter, schlicht, zuverlässig und rechtlich, wissen Sie, ein braves Wesen. Sie ist zehn-

165

mal so viel wert wie die ältere. Ich kenne die beiden von klein
auf... Und dabei ist dem Vater die ältere lieber, weil sie mehr...
mehr... wie er selber ist... bäurischer... verschlagener... spar-
samer... durchtriebener... und... und mißgünstiger... Oh,
trotz alledem ist sie ein gutes Mädchen... Ich habe sie nicht
schlecht machen wollen... Aber man stellt unwillkürlich Ver-
gleiche an, wissen Sie... und hat man verglichen... so urteilt
man... So ist es nun mal.«

Der Walzer ging zu Ende; Gontran kam auf seinen Freund zu,
und als er den Doktor erblickte, sagte er:»Ach, sagen Sie mal, es
kommt mir so vor, als habe die Ärzteschaft von Enval sich merkwürdig vergrößert. Wir haben Zuwachs durch einen Monsieur
Mazelli erhalten, der vollendet Walzer tanzt, und einen alten,
kleinen Monsieur Black, der in gutem Einvernehmen mit dem
Himmel zu stehen scheint.«

Aber Doktor Honorat bewies Takt. Er fällte kein Urteil über
seine Kollegen.

II

Die Ärzte in Enval – das war jetzt zu einer brennenden Frage geworden. Jäh hatten sie sich des Ortes, der gesamten Aufmerksamkeit, aller Leidenschaft der Einwohner bemächtigt. Ehedem
waren die Quellen lediglich unter der Autorität des Doktors
Bonnefille geflossen, und daneben hatte es die harmlosen Animo-
sitäten des geschäftigen Doktor Latonne und des entgegenkom-
menden Doktor Honorat gegeben.

Gegenwärtig lagen die Dinge ganz anders.

Sobald der während des Winters von Andermatt in die Wege
geleitete Erfolg sich deutlich abgezeichnet hatte, dank der mächtigen Mitarbeit der Professoren Cloche, Mas-Roussel und Rémusot, die jeder mindestens ein Kontingent von zwei- oder dreihun-
dert Patienten beigesteuert hatten, war Doktor Latonne, der Leitende Badearzt des neuen Unternehmens, zu einer gewichtigen
Persönlichkeit geworden; er wurde in besonderem Maße von
Professor Mas-Roussel begönnert, dessen Schüler er gewesen
war und dessen Haltung und Gesten er nachahmte.

Von Doktor Bonnefille war kaum noch die Rede. Der alte Arzt tobte, war verzweifelt, schimpfte auf Mont-Oriol und blieb den ganzen Tag lang mit den paar alten, treugebliebenen Patienten in dem alten Kurhaus.

Einige Patienten huldigten nämlich der Auffassung, nur er kenne die wahren Eigenschaften der Thermalquellen; er besitze sozusagen deren Geheimnis, da er sie von den Ursprüngen des Badeorts an amtlich betreut habe.

Doktor Honorat behielt mit Mühe und Not die auvergnatische Patientenschaft. Er begnügte sich mit diesem bescheidenen Anteil, verblieb nach wie vor auf gutem Fuß mit allen und jedem und tröstete sich, indem er den Karten und dem Weißwein bei weitem den Vorzug vor der Medizin einräumte.

So weit, daß er für seine Kollegen Sympathie aufgebracht hätte, ging er indessen nicht.

Also wäre Doktor Latonne der Großaugur von Mont-Oriol geblieben, wenn nicht eines Tages ein winziges Männlein auf den Plan getreten wäre, fast ein Zwerg, dessen dicker, zwischen den Schultern eingesunkener Kopf mit den großen, runden Augen und dessen klobige Hände ihn als ein recht absonderliches Wesen erscheinen ließen. Dieser neue Arzt, Monsieur Black, war durch Professor Rémusot in den Ort gezogen worden; sogleich war er wegen seiner übertriebenen Frömmigkeit aufgefallen.

Fast jeden Morgen ging er zwischen zwei Visiten für ein paar Minuten in die Kirche, und fast jeden Sonntag empfing er die Kommunion. Nur zu bald schob der Pfarrer ihm einige Patienten zu, alte Jungfern, arme Leute, die er kostenlos behandelte, fromme Damen, die ihren Beichtvater um Rat gefragt hatten, ehe sie einen Mann der Wissenschaft zu sich riefen, denn zuvor und vor allem wollten sie über dessen Gefühle, Zurückhaltung und beruflichen Takt im Bild sein.

Dann wurde eines Tages das Kommen der Prinzessin von Maldeburg angekündigt, einer bejahrten deutschen Hoheit und glühenden Katholikin, die gleich am Abend ihrer Ankunft, auf die Empfehlung eines römischen Kardinals hin, Doktor Black zu sich kommen ließ.

Von diesem Augenblick an kam er in Mode. Es zeugte von gutem Geschmack, von gutem Ton, von äußerster Eleganz, sich von ihm behandeln zu lassen. Er sei der einzige korrekte Arzt, hieß es von ihm, der einzige, dem eine Frau volles Vertrauen schenken könne.

Und von morgens früh bis abends spät war zu beobachten, wie das Männlein mit dem Bulldoggenkopf von einem Hotel zum andern lief; dabei sprach Black stets mit gesenkter Stimme, an allen Straßenecken, mit jedermann. Unablässig schien er wichtige Geheimnisse anzuvertrauen oder mitgeteilt zu erhalten; denn man traf ihn dabei an, wie er in den Fluren rätselhafte Konferenzen mit den Hoteldirektoren abhielt, mit den Zofen seiner Patientinnen, mit allen, die mit seinen Kranken zu tun hatten.

Sobald er auf der Straße eine ihm bekannte Dame erblickte, ging er stracks auf sie zu und begann sogleich, ihr neue, peinlich genaue Verhaltensmaßregeln zuzuraunen, wie ein Priester bei der Beichte.

Zumal die alten Frauen vergötterten ihn. Ohne sie zu unterbrechen, hörte er sich bis zum Schluß an, was sie auf dem Herzen hatten, und nahm alle ihre Bemerkungen, alle ihre Fragen, alle ihre Wünsche zur Kenntnis.

Jeden Tag erhöhte oder verminderte er die Dosierung des von seinen Patienten getrunkenen Thermalwassers, und eben das flößte ihnen volles Vertrauen in die Sorge ein, die er ihnen angedeihen ließ.

»Gestern sind wir bei zweidreiviertel Gläsern verblieben«, sagte er etwa. »Gut, dann nehmen wir heute nur zweieinhalb Gläser, und morgen drei... Vergessen Sie es nicht... morgen drei Gläser... Ich lege darauf großen, großen Wert!«

Und alle seine Patienten waren überzeugt, daß er tatsächlich großen Wert darauf lege.

Um diese Zahlen und Bruchzahlen nicht zu vergessen, schrieb er sie sich in ein Notizbuch, damit er sich nicht irrte. Denn einen Irrtum um ein halbes Glas verzeiht ein Patient nie und nimmer.

Mit derselben peinlichen Genauigkeit regelte und modifizierte er die Dauer der täglichen Bäder, und zwar nach Grundsätzen, die einzig ihm selbst bekannt waren.

Der neidische, aufgebrachte Doktor Latonne zuckte veräcHtlich die Achseln und erklärte: »Der Kerl ist ein Scharlatan.« Sein Haß gegen Doktor Black brachte ihn sogar dahin, daß er gelegentlich geringschätzig über die Thermalquellen urteilte. »Da wir kaum wissen, wie sie wirken, ist es vollauf unmöglich, tägliche Vorschriften über Modifikationen der Dosierung zu machen; kein therapeutisches Gesetz kann sie regeln. Dergleichen Methoden gereichen der Medizin sehr zum Schaden.«

Doktor Honorat begnügte sich damit zu lächeln. Er war von je darauf bedacht gewesen, fünf Minuten nach einer Konsultation die Zahl der von ihm verschriebenen Gläser zu vergessen. »Zwei mehr oder weniger«, pflegte er in Stunden der Wohlgelauntheit zu Gontran zu sagen, »davon merkt bloß die Quelle etwas, und außerdem stört sie das nicht weiter.«

Der einzige boshafte Scherz, den er sich seinem frommen Kollegen gegenüber erlaubte, bestand darin, daß er ihn »den Arzt vom heiligen Badestuhl« nannte. Sein Neid war vorsichtig, hinterhältig und geruhsam. Manchmal fügte er hinzu: »Ach der! Der kennt den Patienten durch und durch... und das ist für uns noch wichtiger, als die Krankheit zu kennen.«

Aber siehe da: Eines Morgens langte im Hotel Mont-Oriol eine spanische Adelsfamilie an, der Herzog und die Herzogin de Ramas-Aldavarra; sie hatten ihren eigenen Arzt mitgebracht, einen aus Mailand stammenden Italiener, den Doktor Mazelli.

Das war ein Mann von dreißig Jahren, hochgewachsen, schlank, ein hübscher Kerl; er trug lediglich einen Schnurrbart.

Schon am ersten Abend eroberte er die Tafelrunde; denn den von einer ungeheuerlichen Fettleibigkeit befallenen Herzog graute es vor der Einsamkeit, und er wollte im allgemeinen Speisesaal essen. Doktor Mazelli kannte sich alsbald in den Namen fast aller Stammgäste aus; er hatte ein liebenswürdiges Wort für jeden Herrn, ein Kompliment für jede Dame und sogar ein Lächeln für jeden der Aufwartenden.

Er saß zur Rechten der Herzogin, einer Schönheit zwischen fünfunddreißig und vierzig, mit blasser Gesichtsfarbe, schwarzen Augen, bläulichem Haar, und sagte ihr bei jedem Gang: »Sehr wenig«, oder auch: »Nein, davon nicht«, oder: »Ja, essen Sie davon.« Und er schenkte ihr selber überaus sorgfältig zu trinken ein; er maß dabei genau das Mischungsverhältnis zwischen Wasser und Wein ab.

Auch die Nahrungsaufnahme des Herzogs leitete er, aber mit offenbarer Nachlässigkeit. Im übrigen beachtete der Patient seine Ratschläge durchaus nicht; mit tierischer Gefräßigkeit schlang er alles hinunter, trank zu jeder Mahlzeit zwei Karaffen unvermischten Wein, ließ sich im Freien, vor dem Hoteleingang, in einen Stuhl fallen und begann vor Schmerzen zu stöhnen und über seine Verdauung zu jammern.

Nach dem ersten Abendessen, bei dem Doktor Mazelli mit einem Blick die Umsitzenden abgeschätzt und gewogen hatte, gesellte er sich auf der Kasinoterrasse zu Gontran, der dort eine Zigarre rauchte, stellte sich vor und knüpfte ein Gespräch an.

Nach Ablauf einer Stunde standen sie auf vertrautem Fuß. Am folgenden Tag ließ er sich am Ausgang des Kurbades Christiane vorstellen und gewann innerhalb von zehn Minuten des Geplauders deren Sympathie; und noch am gleichen Tag machte er sie mit der Herzogin bekannt, die ebenfalls nicht gern allein war.

Er überwachte im Haushalt der Spanier schlechthin alles, gab dem Koch vortreffliche Ratschläge für die Küche, der Zofe wertvolle Hinweise über Kopfhygiene zwecks Erhaltung des Glanzes, der prächtigen Nuancen und der Üppigkeit des Haars ihrer Herrin, dem Kutscher höchst nützliche Belehrungen auf dem Gebiet der Tierarzneikunde und verstand sich darauf, die Stunden kurz und leicht zu gestalten, sich Zerstreuungen auszudenken und in den Hotels Reisebekanntschaften ausfindig zu machen, die er stets mit sicherem Unterscheidungsvermögen auswählte.

Die Herzogin sagte zu Christiane, als auf ihn die Rede kam: »Er ist ein wunderbarer Mensch; er weiß alles und tut alles. Ihm verdanke ich meine Taille.«

»Wieso Ihre Taille?«

»Ja, ich fing an, dick zu werden, und davor hat er mich durch seine Diät und seine Liköre bewahrt.«

Übrigens verstand er sich darauf, die Medizin an sich interessant zu machen, so behend, so heiter und mit leichter Skepsis wußte er davon zu sprechen; das diente ihm dazu, seine Zuhörer von seiner Überlegenheit zu überzeugen.

»Die Sache ist ganz einfach«, sagte er etwa; »ich glaube nicht an Medikamente. Oder besser, ich glaube kaum daran. Die alte Medizin ging von dem Grundsatz aus, daß es für alles Heilmittel gebe. Gott in seiner himmlischen Sanftmut, so wurde geglaubt, habe Drogen für alle Leiden geschaffen, es aber, vielleicht aus Schalkhaftigkeit, dem Menschen überlassen, eben jene Drogen ausfindig zu machen. Nun haben die Menschen ihrer eine unberechenbare Anzahl entdeckt, ohne sich je richtig darüber klar zu werden, welche davon für welche Krankheit die richtige ist. Im Grunde gibt es überhaupt keine Heilmittel; es gibt nur Krankheiten. Wenn eine Krankheit ausbricht, muß man deren Verlauf nach Ansicht der einen unterbrechen, nach Ansicht der andern ihn beschleunigen, und zwar durch irgendein Mittel. Jede medizinische Richtung preist ihr Vorgehen an. Man erlebt es, daß bei ein und demselben Krankheitsfall die entgegengesetztesten Methoden und die einander widersprechendsten Medikamente angewendet werden: Eis von dem einen, größtmögliche Hitze von dem andern, Diät von diesem, Überernährung von jenem. Von den unzähligen giftigen Produkten, die aus mineralischen oder pflanzlichen Stoffen gewonnen werden und die die chemische Industrie uns beschert, will ich lieber gar nicht reden. Alles das wirkt, das stimmt schon, aber wie es wirkt, das weiß niemand. Manchmal hat es Erfolg, und manchmal führt es zum Tod.«

Und überaus schwungvoll zeigte er das Unmögliche einer Gewißheit auf, das Fehlen jeder wissenschaftlichen Basis; denn sonst wäre die organische Chemie, die Biochemie nicht zum Ausgangspunkt einer neuen Medizin geworden. Er erzählte Anekdoten von monströsen Irrtümern der größten Ärzte und bewies den Irrsinn und die Falschheit ihrer vorgeblichen Wissenschaft. »Sorgt dafür, daß der Körper richtig funktioniert«, sagte er, »daß die Haut funktioniert, die Muskeln, sämtliche Organe und vor allem der Magen, denn der ist der Nährvater der ganzen Maschinerie, ihr Regulator und ihr Lebensmagazin.«

Er behauptete, er könne nach Belieben, einzig durch Diät, die Leute fröhlich oder traurig, fähig zu körperlicher oder geistiger Arbeit machen, je nach der Art der Nahrungszufuhr, die er ihnen auferlege. Er könne sogar auf die Gehirnfunktionen einwirken, auf das Gedächtnis, auf die Vorstellungskraft, auf alle Bekundungen der Intelligenz. Und scherzhaft schloß er mit den Worten: »Ich behandle durch Massage und Curaçao.«

Von der Massage erzählte er Erstaunliches, und von dem Holländer Hamstrang, der Wunder vollbringe, redete er wie von einem Gott. Dann wies er seine schmalen weißen Hände vor: »Damit könnte man Tote erwecken.«

Und die Herzogin fügte hinzu: »Er massiert nämlich in der Tat vollendet.«

Er pries auch Schnäpse und Liköre, wenn sie in kleinen Mengen genossen würden, als gelegentliche Anregungsmittel für den Magen; und er stellte klüglich kombinierte Mischungen zusammen, die die Herzogin zu bestimmten Stunden trinken mußte, entweder vor oder nach ihren Mahlzeiten.

Jeden Tag war zu beobachten, wie er gegen halb zehn im Kasino-Café erschien und seine Flaschen verlangte. Sie wurden ihm gebracht, und sie waren durch kleine, silberne Vorlegeschlösser gesichert, deren Schlüssel er aufbewahrte. Langsam goß er ein wenig aus der einen, ein wenig aus der andern in ein sehr hübsches blaues Glas, das ein überaus korrekter Diener ihm respektvoll hinhielt.

Dann befahl der Doktor: »So! Bringen Sie das der Frau Herzogin ins Bad; sie soll es vor dem Anziehen trinken, sowie sie aus dem Wasser kommt.« Und wenn er voller Neugier gefragt wurde: »Was haben Sie denn da drin?«, antwortete er: »Nichts als Anisette fine, ganz reinen Curaçao und den besten Bitter.«

Innerhalb weniger Tage wurde dieser schöne Arzt zum Anziehungspunkt für sämtliche Patienten. Und es wurde jede erdenkliche List angewandt, um ihm ein paar Ratschläge zu entreißen.

Wenn er sich zur Stunde der Promenade auf den Parkwegen erging, hörte man kaum etwas anderes als den Ruf: »Herr Doktor!« von sämtlichen Stühlen her, auf denen die schönen Damen, die jungen Damen sich zwischen zwei Gläsern aus der Christiane-Quelle ein wenig ausruhten. Blieb er dann stehen, ein Lächeln auf den Lippen, so wurde er für ein paar Augenblicke auf den kleinen, am Bach entlanglaufenden Weg gezogen.

Erst wurde mit ihm über dieses und jenes gesprochen; dann

172

wurde unauffällig, geschickt und kokett auf die Gesundheit über-
gelenkt, aber ganz nebenbei, als sei eine Zeitungsnotiz erwähnt
worden.

Denn er stand ja nicht dem Publikum zur Verfügung. Er
wurde nicht bezahlt, man konnte ihn nicht zu sich rufen, er war
Eigentum der Herzogin, ausschließlich der Herzogin. Dieser
Umstand steigerte sogar noch die Bemühungen um ihn und
reizte das Verlangen an. Und da man einander ganz leise zuraunte, die Herzogin sei sehr, sehr eifersüchtig, erhob sich zwischen all diesen Damen ein erbitterter Kampf um das Erlangen
von Ratschlägen des hübschen italienischen Doktors.

Er gab sie, ohne sich allzu sehr bitten zu lassen.

Danach ergab sich unter den durch seine Hinweise begünstig-
ten Damen das Spiel der intimen Geständnisse als Beweis seiner
Fürsorglichkeit.

»Ach, meine Liebe, Fragen hat er mir gestellt, nein, Fragen…«

»Sehr indiskrete?«

»Ach, indiskrete! Sagen Sie lieber: schreckliche. Ich habe absolut nicht gewußt, was ich antworten sollte. Dinge hat er wissen
wollen… Dinge…«

»Bei mir ist es genauso gewesen. Über meinen Mann hat er
mich ausgefragt!«

»Mich auch… über Einzelheiten… ganz… ganz persönliche!
Dergleichen Fragen sind doch sehr peinlich. Dabei ist es nur zu
begreiflich, wie nötig sie sind.«

»Ja, vollauf. Gerade von solcherlei winzigen Einzelheiten
hängt die Gesundheit ab. Mir hat er versprochen, er wolle mich
diesen Winter in Paris massieren. Das brauche ich in hohem
Maße zur Ergänzung der hiesigen Kur.«

»Sagen Sie, wie gedenken Sie es zu halten? Man kann ihn doch
nicht bezahlen?«

»Mein Gott! Ich hatte vor, ihm eine Schlipsnadel zu schenken.
Die muß er gern haben; er hat schon zwei oder drei sehr hübsche…«

»Sie bringen mich in Verlegenheit. Ich hatte nämlich den gleichen Gedanken. Dann schenke ich ihm eben einen Ring.«

Und so wurden die Köpfe zusammengesteckt und Überraschungen für ihn ersonnen, raffinierte Geschenke, um ihn zu rühren, Artigkeiten, um ihn zu verlocken.

Er war zu einer Sensation geworden, zum Hauptthema der Gespräche, zum einzigen Gegenstand der allgemeinen Aufmerksamkeit; doch da verbreitete sich die Neuigkeit, daß Graf Gontran de Ravenel Charlotte Oriol den Hof mache und sie heiraten wolle. Und es erhob sich alsbald in ganz Enval darüber eine Aufregung, daß einem die Ohren gellten.

Seit dem Abend, da er mit ihr bei der Einweihung des Kasinos den Ball eröffnet, hatte Gontran sich dem jungen Mädchen an den Rock gehängt. Er bezeigte ihr in aller Öffentlichkeit die kleinen Aufmerksamkeiten von Männern, die unverhohlen gefallen wollen; und zugleich nahmen ihre alltäglichen Beziehungen den Charakter einer munteren, ungezwungenen Galanterie an, und diese mußte zu einer wechselseitigen Neigung führen.

Fast jeden Tag sahen sie einander; denn die Mädchen hatten zu Christiane überschwengliche Freundschaft gefaßt, in die sich zweifellos viel geschmeichelte Eitelkeit mischte. Plötzlich wich Gontran seiner Schwester nicht mehr von der Seite, und er ließ es sich angelegen sein, Ausflüge für den Vormittag und Spiele für den Abend zu arrangieren, worüber Christiane und Paul sich höchlichst wunderten. Dann fiel auf, daß sein Interesse Charlotte galt; er neckte sie fröhlich, machte ihr Komplimente, ohne daß es den Anschein hatte, erwies ihr die tausenderlei ungezwungenen Aufmerksamkeiten, die zwischen zwei Menschen die Bande der Zärtlichkeit zu knüpfen pflegen. Das Mädchen, das bereits an die freien, familiären Umgangsformen dieses jungen Herrn aus der großen Pariser Welt gewöhnt war, merkte zunächst nichts und überließ sich ihrer arglosen, geraden Natur; sie fuhr fort, mit ihm zu lachen und zu spielen, wie sie es mit einem Bruder getan hätte.

Als sie aber nach einer Abendgesellschaft im Hotel, bei der Gontran sie als Gewinner bei einem Pfänderspiel mehrmals zu küssen versucht hatte, mit der älteren Schwester auf dem Heimweg war, sagte ihr die seit einiger Zeit bekümmert und nervös wirkende Louise in schroffem Ton: »Du tätest gut, ein bißchen auf Schicklichkeit bedacht zu sein. Monsieur Gontran benimmt sich dir gegenüber ungehörig.«

»Ungehörig? Was hat er denn gesagt?«

»Das weißt du ganz genau, stell dich nicht dumm. Du würdest auf diese Weise binnen kurzem kompromittiert sein! Und wenn du dich nicht darauf verstehst, auf dein Verhalten achtzugeben, dann liegt es bei mir, ein Auge offenzuhalten.«

Die betroffene und beschämte Charlotte stammelte: »Aber ich weiß ja gar nicht... Sei sicher... Mir ist nichts aufgefallen...«

Die Schwester entgegnete streng: »Hör mal zu, so darf es nicht weitergehen! Will er dich heiraten, dann ist es an Papa, zu überlegen und zu antworten; aber wenn er bloß Scherz treiben will, dann muß er sofort damit aufhören.«

Da packte Charlotte unvermittelt der Zorn, ohne daß sie gewußt hätte, warum und weswegen. Jetzt war sie empört, daß die Schwester sich einmischte und sie gängelte und ihr Verweise erteilte; und sie erklärte ihr mit bebender Stimme und Tränen in den Augen, die ältere habe sich keinesfalls mit etwas zu befassen, das sie nichts angehe. Sie stotterte, so aufgebracht war sie, und ein unbestimmter, aber untrüglicher Instinkt kündigte ihr an, daß in Louises verbittertem Herzen die Eifersucht erwacht sei.

Sie trennten sich, ohne einander zu küssen, und Charlotte weinte im Bett, weil sie an Dinge denken mußte, die sie keinesfalls vorausgesehen oder geahnt hatte.

Nach und nach hielten ihre Tränen inne, und sie überlegte.

Freilich, Gontrans Gehaben war anderer Art geworden. Das hatte sie bislang zwar gespürt, aber nicht durchschaut. Jetzt begriff sie es. Bei jeder Gelegenheit hatte er ihr nette, zartsinnige Dinge gesagt. Einmal hatte er ihr die Hand geküßt. Was wollte er? Sie gefiel ihm, aber bis zu welchem Grad? Sollte er sie etwa heiraten wollen? Und sogleich vermeinte sie, in der Luft, irgendwo, im leeren Dunkel, in das ihre Träume zu entgaukeln begannen, eine Stimme rufen zu hören: »Gräfin de Ravenel.«

Ihre innere Bewegung war so stark, daß sie sich im Bett aufsetzte; dann suchte sie mit ihren nackten Füßen nach ihren Pantoffeln unter dem Stuhl, auf den sie ihre Kleider geworfen hatte, stand auf und öffnete das Fenster, ohne zu wissen, was sie tat, um ihren Hoffnungen weiteren Raum zu geben.

Sie hörte, daß unten im Zimmer gesprochen wurde und wie

175

»Koloß« die Stimme erhob: »Laß nur, laß nur. Kommt Zeit, kommt Rat. Das wird der Pairé schon in Ordnung bringen. Bis jetzt ist die Sache halb so schlimm. Der Pairé wird es schon ins reine bringen.«

Am Haus gegenüber sah sie den weißen Widerschein des erleuchteten Fensters unter ihr. Sie fragte sich: »Wer ist denn da? Worüber reden sie?« Ein Schatten glitt über die beleuchtete Hausmauer. Es war ihre Schwester! Also war sie nicht zu Bett gegangen. Warum wohl nicht? Aber das Licht erlosch, und Charlotte begann wieder über all das Neue nachzusinnen, das sich in ihrem Herzen regte.

Jetzt konnte sie nicht einschlafen. Liebte er sie? O nein! Noch nicht! Aber er konnte sie lieben, da sie ihm gefiel! Und wenn es so weit kam, daß er sie sehr liebte, hingerissen, wie man in der großen Welt liebte, dann würde er sie sicherlich heiraten.

Sie war in einem Winzerhaus geboren worden, und obwohl sie im Kloster der frommen Schwestern zu Clermont erzogen worden war, hatte sie sich die Bescheidenheit und Demut einer Bäuerin bewahrt. Sie hatte gemeint, sie werde vielleicht einen Notar oder einen Anwalt oder einen Arzt zum Mann bekommen; das Verlangen jedoch, eine richtige Dame der großen Welt mit einem Adelsprädikat vor dem Namen zu werden, hatte sie nie durchdrungen. Kaum, daß sie, wenn sie einen Liebesroman zu Ende gelesen, ein paar Minuten lang unter dem Anhauch dieses reizenden Wunsches vor sich hingeträumt hatte; er war sogleich wieder aus ihrem Innern davongeflattert, wie Trugbilder sich verflüchtigen. Nun aber war ihr, als nähere dieses Unvorhergesehene, dieses Unmögliche, das jäh durch ein paar Worte der Schwester erweckt worden war, sich ihr wie ein Schiffssegel, das der Wind vorwärts treibt.

Bei jedem Atemzug flüsterten ihre Lippen: »Gräfin de Ravenel.« Und die Schwärze hinter ihren im Nachtdunkel geschlossenen Augen strahlte auf von Visionen. Sie erblickte schöne, erleuchtete Salons, schöne Damen, die ihr zulächelten, schöne Wagen, die an der Freitreppe eines Schlosses ihrer warteten, und hochgewachsene, livrierte Diener, die sich verneigten, wenn sie vorüberschritt.

Es wurde ihr heiß im Bett; ihr Herz pochte! Zum zweitenmal stand sie auf, trank ein Glas Wasser und blieb eine Weile barfuß auf den kalten Fliesen ihres Zimmers stehen.

Als sie dann ein wenig ruhiger geworden war, schlief sie schließlich ein. Doch schon ums Frührot wachte sie auf, so sehr war ihre seelische Erregung ihr in die Adern gedrungen.

Sie schämte sich ihrer kleinen Kammer, deren Wände der Glaser des Dorfs mit Wasserfarbe getüncht hatte, der armseligen Kattungardinen und der beiden Strohstühle, die nie von ihrem Platz zu beiden Seiten der Kommode weggerückt wurden.

Inmitten dieser ländlichen Möbel, die an ihre Herkunft gemahnten, kam sie sich bäurisch vor, kläglich, unwürdig dieses schönen, jugendlichen Spötters, dessen blondes, lachlustiges Gesicht ihr vor den Augen schwankte, auslöschte und dann wiedererschien, sich ihrer nach und nach bemächtigte, sich bereits in ihrem Herzen einnistete.

Da sprang sie aus dem Bett und holte eilends ihren Spiegel hervor, ihren kleinen Toilettenspiegel, der nicht größer als ein Tellerboden war; dann legte sie sich wieder hin, den Spiegel in den Händen, und beschaute ihr vom unfrisierten Haar umrahmtes Gesicht auf dem weißen Hintergrund des Kopfkissens.

Bisweilen legte sie die leichte Glasscheibe, die ihr ihr Abbild gezeigt hatte, auf die Bettdecke und sann darüber nach, mit wieviel Schwierigkeiten jene Eheschließung in Anbetracht des zwischen ihnen waltenden großen Abstands verbunden sei. Da zog ihr eine schwere Kümmernis die Kehle zusammen. Doch dann beschaute sie sich von neuem und lächelte sich an, und da sie sich liebreizend vorkam, schwanden die Schwierigkeiten hin.

Als sie zum Mittagessen hinunterkam, fragte die Schwester, die eine gereizte Miene zur Schau trug: »Was gedenkst du heute zu unternehmen?«

Ohne Zögern antwortete Charlotte: »Wollten wir denn nicht mit Madame Andermatt eine Wagenfahrt nach Royat machen?«

Louise entgegnete: »Dann fahr allein mit, aber nach dem, was ich dir gestern abend gesagt habe, tätest du besser...«

Die Kleine fiel ihr ins Wort: »Ich habe dich nicht um deinen Rat gebeten... Kümmere dich um das, was dich angeht.«

Und weiter fiel kein Wort zwischen ihnen.

Der alte Oriol und Jacques kamen herein und setzten sich zu Tisch.

Fast auf der Stelle fragte der Alte: »Was tut und treibt ihr heute, ihr Mädchen?«

Charlotte wartete nicht erst ab, daß ihre Schwester antwortete: »*Ich* fahre mit Madame Andermatt nach Royat.«

Die beiden Männer schauten einander mit zufriedenen Mienen an, und der Vater brummelte mit dem einnehmenden Lächeln, das er stets aufsetzte, wenn er vorteilhafte Geschäfte durchführte: »Na schön, na schön.«

Sie war weit mehr von dieser geheimen Zustimmung überrascht, die sich aus dem Verhalten der beiden erraten ließ, als von Louises sichtlicher Wut; und ein wenig betroffen fragte sie sich: »Sollten sich die beiden deswegen miteinander beredet haben?«

Nach Beendigung der Mahlzeit ging sie in ihr Zimmer hinauf, setzte sich den Hut auf, nahm ihren Sonnenschirm, warf sich einen leichten Mantel über den Arm und ging zum Hotel; um halb zwei sollte nämlich losgefahren werden.

Christiane wunderte sich, daß Louise nicht mitkam.

Charlotte fühlte, daß sie rot wurde, als sie antwortete: »Sie fühlt sich ein bißchen angegriffen; ich glaube, sie hat Kopfschmerzen.«

Und so stiegen sie denn in den großen, sechssitzigen Landauer, dessen sie sich nach wie vor bedienten. Der Marquis und seine Tochter saßen hinten, und so kam die kleine Oriol zwischen die beiden jungen Herren zu sitzen und fuhr rückwärts.

Sie fuhren an Tournoel vorbei und folgten dann am Fuß des Gebirges einer schönen Landstraße, die sich unter Walnuß- und Kastanienbäumen hinschlängelte. Charlotte spürte mehrmals, daß Gontran sich an sie drängte, aber so vorsichtig, daß sie es nicht übelnehmen konnte. Da er zu ihrer Rechten saß, sprach er ganz dicht an ihrer Wange, und sie wagte nicht, sich beim Antworten zu ihm hinzudrehen, aus Angst vor dem Atem seines Mundes, den sie schon auf ihren Lippen spürte, und auch aus Angst vor seinen Augen, deren Blick sie verlegen gemacht hätte.

Er sagte ihr galante Schelmereien, drollige Albernheiten, gefällige, nette Komplimente.

Christiane sprach kaum; sie fühlte sich in ihrem Zustand schwerfällig und krank. Und Paul wirkte beklommen und gedankenverloren. Einzig der Marquis plauderte ungehemmt und sorglos mit der gutmütigen, heiteren Herablassung eines egoistischen Edelmanns.

Am Park von Royat wurde ausgestiegen; sie wollten sich das Kurkonzert anhören; Gontran nahm Charlottes Arm und ging mit ihr voraus. Die Heerschar der Kurgäste auf den Stühlen rings um den Musikpavillon, in dem der Kapellmeister für die Blechbläser und Streicher den Takt schlug, musterte die Spaziergänger. Die Frauen zeigten ihre Kleider – und streckten dabei die Füße bis zur Querstange des nächsten Stuhls aus –, ihre neuen Sommerfrisuren, die ihnen ein noch reizenderes Aussehen liehen.

Charlotte und Gontran schlenderten zwischen den Reihen der Sitzenden einher und hielten Ausschau nach komischen Gesichtern, um ihre Lachlust anzuregen.

Alle paar Augenblicke hörte er, wie hinter ihnen geäußert wurde: »Sieh mal! Was für eine hübsche junge Dame!« Er war geschmeichelt und fragte sich, ob sie für seine Schwester, seine Frau oder seine Geliebte gehalten werde.

Christiane, die zwischen ihrem Vater und Paul saß, sah die beiden mehrmals vorübergehen und fand, daß sie sich »ein bißchen allzu jugendlich« benahmen; sie rief sie an, weil sie sie zur Zurückhaltung ermahnen wollte. Aber sie hörten nicht auf sie, durchschlenderten auch weiterhin die Menge und amüsierten sich dabei von ganzem Herzen.

Ganz leise sagte Christiane zu Paul Brétigny: »Schließlich kompromittiert er sie noch. Wenn wir heute abend zurück sind, müssen wir mit ihm sprechen.«

Paul antwortete: »Daran habe ich auch schon gedacht. Sie haben völlig recht.«

In einem der Restaurants von Clermont-Ferrand wurde zu Abend gegessen, da der Marquis, ein Feinschmecker, erklärt hatte, mit denen in Royat sei nicht viel los, und als es dunkelte, wurde die Heimfahrt angetreten.

Charlotte war ernst geworden, denn Gontran hatte ihr fest die Hand gedrückt, als er ihr beim Aufstehen vom Tisch ihre Handschuhe gereicht hatte. Ihr Jungmädchengewissen hatte plötzlich Unruhe verspürt. Das war ein Geständnis gewesen! Eine Entgleisung! Eine Ungehörigkeit! Was hätte sie tun sollen? Ihm etwas sagen? Aber was? Aufzufahren wäre lächerlich gewesen! Bei dergleichen Gelegenheiten mußte sehr viel Takt bezeigt werden! Aber indem sie nichts gesagt, nichts getan hatte, hatte sie den Anschein erweckt, sie gehe auf seinen Annäherungsversuch ein, sie sei heimlich mit ihm im Bund, sie antworte auf diesen Händedruck mit »Ja«.

Sie überprüfte die Lage; sie warf sich vor, in Royat zu ausgelassen und vertraulich gewesen zu sein; sie fand mit einemmal, ihre Schwester habe recht gehabt, jetzt habe sie sich kompromittiert und es sei um sie geschehen! Der Wagen rollte die Landstraße entlang, Paul und Gontran rauchten schweigend, der Marquis schlief, Christiane schaute zu den Sternen auf, und Charlotte vermochte nur mühsam den Tränen zu wehren; sie hatte nämlich drei Glas Champagner getrunken.

Bei der Heimkehr sagte Christiane zu ihrem Vater: »Da es schon ganz dunkel ist, mußt du das junge Mädchen nach Hause begleiten.«

Der Marquis bot Charlotte den Arm und ging sogleich mit ihr davon.

Paul nahm Gontran bei den Schultern und flüsterte ihm zu: »Komm und unterhalte dich noch fünf Minuten mit deiner Schwester und mir.«

Und sie gingen in den kleinen Salon hinauf, der die Verbindung zwischen den Schlafzimmern Andermatts und seiner Frau herstellte.

Sobald sie saßen, sagte Christiane: »Jetzt hör zu; Monsieur Paul und ich wollen dir eine Moralpredigt halten.«

»Eine Moralpredigt? Aber weswegen denn? Ich bin doch brav wie ein Heiligenbild, mangels Gelegenheit!«

»Mach keine Witze. Du tust etwas sehr Unvorsichtiges und sehr Gefährliches, ohne dir dessen bewußt zu sein. Du kompromittierst die Kleine.«

Er schien höchst erstaunt. »Wen denn? Etwa Charlotte?«

»Ja, Charlotte!«

»Ich kompromittiere Charlotte? Ich?«

»Ja, du kompromittierst sie. Alle Welt redet hier davon, und heute nachmittag im Kurpark von Royat seid ihr recht... recht ungezwungen gewesen. Nicht wahr, Brétigny?«

Paul antwortete: »Freilich, Madame, ich bin vollauf Ihrer Meinung.«

Gontran drehte seinen Stuhl herum, setzte sich rittlings darauf, nahm eine neue Zigarre, steckte sie an und fing an zu lachen: »Haha! Ich kompromittiere also Charlotte Oriol?« Er wartete ein paar Sekunden, um sich von der Wirkung seiner Antwort zu überzeugen; danach erklärte er: »Na, und wer sagt euch, daß ich sie nicht heiraten will?«

Christiane zuckte bestürzt zusammen: »Sie heiraten? Du? Aber du bist ja verrückt!«

»Warum denn?«

»Dies... dies kleine... Bauernmädchen?«

»Tralala... Du mit deinen Vorurteilen... Lehrt die dich etwa dein Mann?« Da sie auf dieses unverhüllte Argument nichts erwiderte, redete er weiter und stellte Fragen und beantwortete sie selber: »Ist sie hübsch? – Ja! – Ist sie wohlerzogen? – Ja! Und dabei naiver, netter, schlichter, offener als die Mädchen der guten Gesellschaft. Sie ist genauso gebildet wie jede beliebige andere, weil sie Englisch und Auvergnatisch spricht, also zwei Fremdsprachen. Sie wird einmal genauso reich wie eine Erbin des einstigen Faubourg Saint-Germain, den man in Faubourg Sankt-Leerbeutel umtaufen sollte, und schließlich und endlich: Wenn sie eine Bauerntochter ist, dann ist sie eben deswegen um so gesünder und kann mir schöne Kinder schenken. Also...«

Da es noch immer den Anschein hatte, als lache und scherze er, fragte Christiane zögernd: »Hör mal, ist das dein Ernst?«

»Zum Donnerwetter, ja! Sie ist doch reizend, die Kleine. Sie hat ein gutes Herz und eine schöne Figur, ist fröhlichen Gemüts und stets wohlgelaunt, hat rosige Wangen, klare Augen, weiße Zähne, rote Lippen, langes, schimmerndes, volles, glattes Haar;

und ihr Vater, der Winzer, wird, dank deinem Mann, reich wie ein Krösus, liebe Schwester. Was willst du noch mehr? Bauerntochter! Na, wiegt nicht etwa eine Bauerntochter alle Töchter der wurmstichigen Finanzwelt auf, die so teuer zweifelhafte Herzöge bezahlen, und alle Töchter der geadelten Halbwelt, die uns das Kaiserreich beschert hat, und alle Töchter mit zwei Vätern, denen man in der Gesellschaft begegnet? Wenn ich dieses Mädchen heiratete, so vollbrächte ich damit die erste kluge und vernünftige Handlung meines Lebens...«

Christiane versank in Nachdenken; dann plötzlich war sie überzeugt, gewonnen, entzückt, und sie rief: »Aber alles, was er gesagt hat, stimmt ja! Es ist vollkommen wahr und vollkommen richtig! Dann willst du sie also heiraten, Brüderchen?«

Nun war es an ihm, sie zu beschwichtigen. »Nicht so rasch... Nicht so rasch... Laß mich die Sache erst mal überlegen. Ich stelle lediglich fest: Wenn ich sie heiratete, so vollbrächte ich damit die erste kluge und vernünftige Handlung meines Lebens. Das soll noch nicht heißen, daß ich sie tatsächlich heiraten werde; aber ich trage mich mit diesem Gedanken, ich beobachte sie, ich mache ihr ein bißchen den Hof, um zu sehen, ob sie mir ganz und gar gefällt. Kurzum, ich antworte weder mit Ja noch mit Nein, aber das Ja liegt mir näher als das Nein.«

Christiane wandte sich an Paul: »Wie denken Sie darüber, Monsieur Brétigny?« Sie nannte ihn bald »Monsieur Brétigny«, bald kurz und bündig »Brétigny«.

Er, den stets alles hinriß, was seiner Meinung nach nach Großherzigkeit aussah, Mesalliancen, die ihn edelmütig dünkten, das ganze Getriebe der Gefühle, darin sich das menschliche Herz verbirgt, antwortete: »Ich finde jetzt, er hat recht. Wenn sie ihm gefällt, mag er sie heiraten; etwas Besseres könnte er schwerlich finden...«

Da aber kamen der Marquis und Andermatt heim, und das Gesprächsthema mußte gewechselt werden; die beiden jungen Herren gingen zum Kasino hinüber, um zu sehen, ob der Spielsaal noch offen sei.

Von diesem Tag an schienen Christiane und Paul die offensichtlichen Bemühungen Gontrans um Charlotte zu begünstigen.

Das junge Mädchen wurde häufiger eingeladen, sie wurde zum Abendessen dabehalten, mit einem Wort: Sie wurde behandelt, als gehöre sie bereits zur Familie.

Sie merkte das alles nur zu gut, sie begriff es, es machte sie völlig närrisch! Ihr Köpfchen ging mit ihr durch; sie baute phantastische Luftschlösser. Dabei hatte Gontran ihr nicht das mindeste gesagt; aber sein Verhalten, alle seine Worte, der Ton, den er ihr gegenüber anschlug, sein jetzt ernster gewordenes galantes Wesen, das Streicheln seiner Blicke schienen ihr tagtäglich immer wieder zu sagen: »Ich habe dich auserkoren; du wirst meine Frau.«

Und der Ton zarter Freundschaft, heimlicher Hingegebenheit, keuscher Zurückhaltung, den sie jetzt ihm gegenüber anschlug, schien zu antworten: »Ich weiß es, und ich werde ja sagen, wenn du um meine Hand anhältst.«

In der Familie des jungen Mädchens wurde getuschelt. Louise richtete nur noch das Wort an sie, um sie durch verletzende Anspielungen zu reizen, durch bittere, bissige Ausdrücke. Der alte Oriol und Jacques schienen zufrieden.

Dabei hatte sie sich noch gar nicht gefragt, ob sie diesen hübschen Bewerber, dessen Frau sie sicherlich werden würde, tatsächlich liebe. Er gefiel ihr, sie dachte unablässig an ihn, sie fand ihn schön, geistvoll, elegant, und sie überlegte vor allem, was sie tun und treiben werde, wenn er sie geheiratet habe.

In Enval waren die gehässigen Rivalitäten der Ärzte und der Quelleneigentümer, die Vermutungen über die zärtliche Neigung der Herzogin de Ramas zu ihrem Doktor und alles Geschwätz, das zugleich mit dem Thermalwasser einherplätschert, in Vergessenheit geraten; alle beschäftigten sich nur noch mit dem unerhörten Ereignis: Graf Gontran de Ravenel wollte die kleine Oriol heiraten.

Da hielt Gontran den Augenblick für gekommen; eines Morgens beim Aufstehen vom Tisch nahm er Andermatt beim Arm und sagte zu ihm: »Mein Lieber, das Eisen ist heiß, schmiede es! Die Situation ist unumstößlich. Die Kleine erwartet meinen Antrag, ohne daß ich mich irgendwie vorgewagt hätte; aber zurückweisen wird sie ihn nicht, da kannst du sicher sein. An den Vater müssen wir uns herantasten, und zwar so, daß wir gleichzeitig dein Geschäft und das meine im Auge behalten.« Andermatt antwortete:»Sei unbesorgt! Ich übernehme die Sache. Noch am heutigen Tag gehe ich hin und sondiere, ohne dich zu kompromittieren und ohne dich vorzuschieben; und wenn dann die Situation geklärt ist, spreche ich.«»Tadellos.« Nach ein paar Augenblicken des Schweigens sagte Gontran:»Hör mal, heute ist vielleicht mein letzter Junggesellentag. Ich will nach Royat; da habe ich neulich ein paar Bekannte gesehen. In der Nacht komme ich zurück und klopfe an deine Tür, um zu erfahren, wie die Sache ausgelaufen ist.« Er ließ sein Pferd satteln und ritt durchs Gebirge davon; er sog den reinen, leichten Wind in sich und galoppierte dann und wann, um zu spüren, wie die rasche Liebkosung der Luft die junge Haut seiner Wangen streifte und ihm den Schnurrbart kitzelte.

In Royat kam es zu einem ausgelassenen Abend. Er traf dort Freunde, die Mädchen bei sich hatten. Sie saßen lange beim Nachtessen; er kam sehr spät heim. Im Hotel Mont-Oriol schlief schon alles, als Gontran an Andermatts Zimmertür pochte.

Zunächst kam keine Antwort; als dann das Klopfen heftiger wurde, fragte im Innern eine eingerostete Stimme, die eines aus dem Schlaf Gestörten, brummig:»Wer ist da?«

»Ich, Gontran.«

»Warte, ich mache auf.« Andermatt erschien im Nachthemd, mit gedunsenem Gesicht, Stoppeln am Kinn, um den Kopf einen Schal gewickelt. Dann stieg er wieder ins Bett, setzte sich aufrecht, legte die Hände flach auf die Bettdecke und sagte:»Ja, mein Lieber, es klappt nicht. Folgendermaßen ist die Lage. Ich habe bei dem alten Fuchs, dem Oriol, auf den Busch geklopft, ohne dich zu erwähnen; ich habe nämlich gesagt, einer meiner Freunde – vielleicht habe ich sogar durchblicken lassen, es handle sich um Paul Brétigny – sei möglicherweise einer seiner Töchter nicht unangenehm, und ich habe ihn gefragt, welche Mitgift er ihnen geben wolle. Er hat mir mit einer Gegenfrage geantwortet, nämlich der nach dem Vermögen des jungen Herrn; ich habe dreihunderttausend Francs angegeben, dazu Hoffnungen auf Vermögenszuwachs.«

184

»Aber ich habe doch nichts«, murmelte Gontran.

»Ich leihe sie dir, Bester. Wenn wir dies Geschäft gemeinsam durchführen, werfen mir deine Ländereien genug ab, und ich bin gedeckt.«

Gontran grinste: »Großartig. Dann bekomme ich also die Frau und du das Geld.«

Aber Andermatt schnappte ein: »Wenn dabei, daß ich mich für dich einsetze, herauskommt, daß du mich beleidigst, dann Schluß damit, wir können an dieser Stelle abbrechen...«

Gontran entschuldigte sich: »Bitte reg dich nicht auf und verzeih mir. Ich weiß, daß du ein durch und durch anständiger Mensch bist und in Geschäftsdingen von unanfechtbarer Lauterkeit. Wäre ich dein Kutscher, so würde ich dich nicht um ein Trinkgeld bitten; aber wenn ich Millionär wäre, würde ich dir mein Vermögen anvertrauen...«

William war besänftigt und sprach weiter: »Wir kommen gleich darauf zurück. Jetzt wollen wir erst mal die Hauptfrage erledigen. Der Alte ist mir nicht auf den Leim gegangen und hat mir geantwortet: ›Kommt drauf an, um welche es sich handelt. Wenn es Louise ist, die ältere, dann bekommt sie als Mitgift das Folgende.‹ Und dann hat er mir alle Landstücke aufgezählt, die um die Kuranlagen herum liegen, alle, die das Thermalbad mit dem Hotel und das Hotel mit dem Kasino verbinden, mit einem Wort: alle, die uns unentbehrlich sind, alle, die für mich unschätzbaren Wert besitzen. Der jüngeren dagegen gibt er die andere Seite des Hügels, die später natürlich ebenfalls einen hohen Geldwert haben wird, die aber für mich wertlos ist. Ich habe auf jede erdenkliche Weise versucht, ihn dahin zu bringen, daß er die Verteilung abändert und umkehrt. Aber ich bin auf die Störrigkeit eines Maulesels gestoßen. Er ändert nichts ab, darauf kannst du dich verlassen. Jetzt überleg! Was hältst du davon?«

Der sehr betroffene, ja bestürzte Gontran erwiderte: »Ja, was hältst du selber davon? Glaubst du, er habe *mich* im Sinn gehabt, als er die Verteilung auf diese Weise vornahm?«

»Da scheidet jeder Zweifel aus. Der Bursche hat sich gesagt: ›Wenn die Kleine ihm gefällt, dann wollen wir den Geldbeutel schonen.‹ Er hat gehofft, er könne dir seine Tochter geben und seine besten Ländereien behalten... Und vielleicht hat er auch der älteren einen Vorteil einräumen wollen... Die ist ihm nämlich lieber... Wer weiß... Sie ist ihm ähnlicher... Sie ist durchtriebener... geschickter... praktischer... Ich glaube, sie ist nicht auf den Kopf gefallen, dies Mädchen... Ich an deiner Stelle würde mein Gewehr auf die andere Schulter legen...«

Aber der niedergeschmetterte Gontran murmelte: »Teufel... Teufel... Teufel! Und Charlottes Landstücke, die willst du nicht?«

Andermatt rief: »Ich? Nein, tausendmal nein! Ich brauche die Grundstücke, die mein Kurhaus, mein Hotel und mein Kasino miteinander verbinden. Das ist doch ganz einfach. Auf die andern gebe ich nichts; die können später in kleinen Parzellen an Privatleute verkauft werden...«

Nochmals sagte Gontran: »Teufel, Teufel, das ist eine ärgerliche Angelegenheit... Was rätst du mir also?«

»Gar nichts rate ich dir. Meiner Meinung nach tätest du gut daran, dir die Sache genau zu überlegen, ehe du dich für eine der beiden Schwestern entscheidest.«

»Ja... ja... Das stimmt... Ich will es mir überlegen... Zunächst will ich es mal beschlafen... Das schafft Rat...«

Er stand auf; Andermatt hielt ihn zurück:

»Bitte entschuldige, noch zwei Worte über etwas anderes. Ich tue verständnislos, aber in Wahrheit verstehe ich die Anspielungen, mit denen du mich fortwährend stichelst, nur allzu gut, und ich dulde sie nicht länger.

Du machst es mir zum Vorwurf, daß ich Jude bin, das heißt also: daß ich Geld verdiene, daß ich geizig sei, ein Spekulant hart an der Grenze der Gaunerei. Dabei verbringe ich mein Leben damit, dir das Geld, das ich durchaus nicht mühelos verdiene, zu leihen, das heißt: es dir zu schenken. Doch lassen wir das! Aber es gibt da etwas, das ich nicht dulde! Nein, ich bin absolut kein Geizhals; der Beweis dafür ist, daß ich deiner Schwester Geschenke im Wert von zwanzigtausend Francs mache, daß ich deinem Vater einen Théodore Rousseau im Wert von zehntausend Francs geschenkt habe, auf den er scharf war, daß ich dir, als wir hierher kamen, das Pferd übereignete, auf dem du vorhin nach Royat geritten bist.

Inwiefern bin ich also geizig? Insofern, als ich mich nicht be-
stehlen lasse. Und so sind alle, die meiner Rasse angehören, und
wir haben recht, Monsieur. Das möchte ich dir ein für allemal gesagt haben. Wir werden als geizig bezeichnet, weil wir den genauen Wert der Dinge kennen. Für dich ist ein Klavier ein Klavier, ein Stuhl ist ein Stuhl, eine Hose eine Hose. Für uns ebenfalls, aber das alles stellt zu gleicher Zeit einen Wert dar, einen
genau feststellbaren Handelswert, und den muß ein praktischer
Mensch auf den ersten Blick abschätzen können, nicht aus Gründen der Sparsamkeit, sondern um sich nicht übers Ohr hauen zu
lassen.

Was würdest du sagen, wenn die Inhaberin eines Tabaktrafiks
dir für eine Briefmarke oder eine Schachtel Wachsstreichhölzer
vier Sous abverlangte? Du würdest schleunigst einen Polizisten
holen, Monsieur, um eines Sou willen, ja, um eines einzigen Sou
willen! So empört wärst du! Und zwar, weil du zufällig den Wert
dieser beiden Dinge kennst. Nun, *ich* weiß um den Wert sämtlicher im Handel befindlichen Gegenstände; und dieselbe Empörung, die dich packen würde, wenn man von dir vier Sous für eine
Briefmarke forderte, die empfinde ich, wenn man von mir zwanzig Francs für einen Regenschirm verlangt, der nur fünfzehn wert
ist. Ist dir das klar? Ich protestiere gegen die gang und gäbe gewordene, unaufhörliche, erbärmliche Dieberei der Krämer, der
Dienstboten, der Kutscher. Ich protestiere gegen die kaufmänni-
sche Unredlichkeit eurer gesamten, uns verachtenden Rasse. Ich
gebe Trinkgelder, die ich im rechten Verhältnis zu der erwiese-
nen Dienstleistung geben muß, und nicht die phantastischen
Trinkgelder, die du hinwirfst, ohne zu wissen, warum, von fünf
Sous bis zu hundert Sous, je nach Lust und Laune. Ist dir das
klar?«

Gontran war aufgestanden; er lächelte mit der feinen Ironie,
die ihm so gut zu Gesicht stand, und sagte: »Ja, mein Lieber, es
ist mir klar, und du hast vollauf recht, und zwar um so mehr
recht, als mein Großvater, der alte Marquis de Ravenel, meinem
armen Vater beinahe nichts hinterlassen hat, weil er die
schlechte Gewohnheit besaß, nie das von den Händlern zurück-
gezahlte Geld einzustreichen, wenn er irgend etwas bezahlt

hatte. Das hielt er für eines Edelmanns unwürdig; er gab stets
eine runde Summe und ein ganzes Geldstück.« Und mit höchst
zufriedener Miene verließ er das Zimmer.

III

Am folgenden Abend sollte gerade in dem besonderen Eßzimmer, das den Familien Andermatt und de Ravenel eingeräumt
worden war, zu Tisch gegangen werden, als Gontran die Tür öffnete und meldete: »Die Fräulein Oriol.«

Sie kamen etwas verlegen herein, von ihm vorwärts geschoben;
er lachte und erklärte: »Da habt ihr sie; ich habe sie alle beide von
der Straße entführt. Es hat übrigens Aufsehen erregt. Ich bringe
sie sozusagen mit Gewalt her, weil ich mich nämlich mit Mademoiselle Louise auseinandersetzen muß, und das konnte ich mitten im Dorf schlechterdings nicht tun.«

Er nahm ihnen Hüte und Sonnenschirme ab – beides trugen sie
noch, da sie von einem Spaziergang kamen –, ließ sie sich setzen,
küßte die Schwester auf die Wange, drückte seinem Vater, seinem Schwager und Paul die Hand und wandte sich dann Louise
Oriol zu: »Tja, Mademoiselle, wollen Sie mir jetzt bitte sagen,
was Sie seit einiger Zeit gegen uns haben?«

Sie schien bestürzt wie ein ins Garn gegangener Vogel, den der
Jäger wegträgt. »Wieso? Nichts, nicht das mindeste! Wie kommen Sie nur auf so etwas?«

»Alles haben Sie gegen uns, alles und jedes! Sie kommen nicht
mehr hierher, Sie steigen nicht mehr in die Arche Noah.« So hatte
er den großen Landauer getauft. »Sie bezeigen ein abweisendes
Gehaben, wenn ich Ihnen begegne und wenn ich etwas zu Ihnen
sage.«

»Bestimmt nicht, versichere ich Ihnen.«

»Doch, doch, seien Sie überzeugt davon. Aber ich will auf keinen Fall, daß das so weitergeht, und ich möchte noch am heutigen Tag einen Friedensvertrag mit Ihnen unterzeichnen. Sie
müssen nämlich wissen, daß ich sehr dickköpfig bin. Kehren Sie
mir getrost ein mißmutiges Gesicht zu; mit dergleichem Getue

werde ich schon fertig; ich zwinge Sie einfach, genauso nett zu uns zu sein wie Ihre Schwester, dieser Engel an Liebenswürdigkeit.«

Es wurde gemeldet, das Abendessen sei bereit, und sie gingen in das Speisezimmer hinüber.

Gontran nahm Louises Arm. Er bezeigte sich ihr und ihrer Schwester gegenüber äußerst aufmerksam und verteilte seine Komplimente mit bewundernswertem Takt auf beide; zu der jüngeren sagte er:»Sie sind unsere Kameradin; ich werde Sie ein paar Tage lang ein bißchen links liegen lassen. Mit Freunden macht man weniger Umstände als mit andern Leuten, müssen Sie wissen.« Und zu der älteren sagte er:»Sie dagegen will ich gewinnen, und als loyaler Feind sage ich Ihnen das von vornherein. Ah, Sie werden rot? Das ist ein gutes Zeichen. Sie werden schon sehen, daß ich nett bin, wenn ich mich darum bemühe. Nicht wahr, Mademoiselle Charlotte?«

Sie waren tatsächlich alle beide rot geworden, und Louise stotterte, ohne ihre ernste Miene abzulegen:»Oh, wie närrisch Sie sind!«

Er antwortete:»Pah! Später, in der großen Welt, bekommen Sie noch ganz andere Dinge zu hören, wenn Sie erst verheiratet sind, was nicht mehr lange auf sich warten lassen wird. Passen Sie nur auf, mit was für Komplimenten Sie dann überschüttet werden!«

Christiane und Paul Brétigny waren nur zu einverstanden damit, daß er Louise Oriol mitgebracht hatte; der Marquis lächelte, ihn amüsierte diese jungenhafte Süßholzraspelei; Andermatt dachte: Gar nicht so dumm, der Bursche. Und Gontran, innerlich wütend über die Rolle, die er spielen mußte, da seine Sinnlichkeit ihn zu Charlotte zog, seine Eigensucht dagegen zu Louise, murmelte mit zusammengebissenen Zähnen in sich hinein, während er Louise zulächelte:»Ha, dein Gauner von Vater hat gemeint, er könne mich 'reinlegen; aber ich werde schon gehörig mit dir umspringen, mein Kleines, und du wirst sehen, wie ich mich dabei anstelle.«

Und er verglich sie miteinander, indem er bald die eine, bald die andere anschaute. Freilich, die jüngere gefiel ihm besser; sie war mit ihrer kleinen Stupsnase, ihren lebhaften Augen, ihrer niedrigen Stirn und den schönen, ein wenig zu großen Zähnen in dem ein wenig zu breiten Mund munterer und lebendiger.

Indessen war auch die andere hübsch, wenngleich kühler und nicht so frohgelaunt. Sie würde im ehelichen Miteinander nie einfallsreich oder allzu reizvoll sein; aber wenn zu Beginn eines Balls gemeldet werden würde: »Die Frau Gräfin de Ravenel«, dann konnte sie getrost seinen Namen tragen, vielleicht sogar besser als die jüngere, wenn sie es erst ein wenig gewohnt war und nahen Umgang mit wohlgeborenen Leuten gehabt hatte. Aber gleichgültig, er kochte innerlich, er grollte ihnen beiden, und auch ihrem Vater und ihrem Bruder, und er gelobte sich, ihnen später sein Pech heimzuzahlen, wenn er erst der Herr und Gebieter sei.

Nach der Rückkehr ins Wohnzimmer ließ er sich von Louise aus den Karten wahrsagen; sie verstand sich vortrefflich auf die Verkündung der Zukunft. Der Marquis, Andermatt und Charlotte lauschten aufmerksam; das Geheimnisvolle des Unbekannten hatte sie unwillkürlich angelockt, die Möglichkeit des Unwahrscheinlichen, der unbesiegliche Glaube an das Wunderbare, der den Menschen durchspukt und häufig die Klügsten durch die albernsten Erfindungen der Scharlatane verwirrt.

Paul und Christiane plauderten in der Nische eines offenen Fensters miteinander.

Sie fühlte sich seit einiger Zeit zum Erbarmen; sie spürte, daß sie nicht mehr wie ehedem geliebt werde; und ihrer beider Mißverstehen in der Liebe verschärfte sich mit jedem Tag durch ihrer beider Schuld. Zum erstenmal war ihr die Ahnung eines Unheils an jenem Festabend aufgestiegen, als sie Paul veranlaßt hatte, mit ihr auf die Landstraße zu gehen. Aber wenn sie auch merkte, daß er für sie nicht mehr dieselbe Zärtlichkeit in den Blicken, das Liebkosende der Stimme, die leidenschaftliche Fürsorglichkeit wie ehemals hatte, so vermochte sie den Grund dieser Wandlung nicht zu erraten.

Dabei bestand diese Veränderung schon seit langem, schon seit dem Tag, da sie, als sie zum täglichen Stelldichein gekommen war, voller Glück gerufen hatte: »Weißt du, jetzt glaube ich wirklich, daß ich in andern Umständen bin.«

Da hatte er gespürt, wie ihm ein leises, unangenehmes Erschauern über die Haut gerieselt war.

Danach war sie bei jeder ihrer Begegnungen auf diese Mutterschaft zu sprechen gekommen, die ihr das Herz freudig höher schlagen ließ; aber jenes unablässige Denken an etwas, das er für ärgerlich, häßlich und unsauber hielt, minderte seine hingebenden Überschwänge für das Idol, das er angebetet hatte.

Als er sie dann später verändert sah, abgemagert, mit hohlen Wangen und gelber Gesichtsfarbe, meinte er, sie hätte ihm diesen Anblick ersparen und für ein paar Monate verschwinden müssen, um dann jugendlicher und hübscher denn je wiederzukehren; dadurch hätte sie ihn diesen Zwischenfall vergessen lassen, oder sie hätte es vielleicht fertiggebracht, ihrem koketten Zauber als Geliebte einen weiteren Zauber hinzuzugesellen, nämlich den wissenden, diskreten der jungen Mutter, die ihr in rosa Bänder gehülltes Kind nur von weitem sehen läßt.

Übrigens hätte sie eine einzigartige Gelegenheit zum Beweisen des Taktes gehabt, den er von ihr erwartete, indem sie für den Sommer nach Mont-Oriol gegangen wäre und ihn in Paris gelassen hätte, damit er sie nicht welk und verunstaltet hätte zu sehen brauchen. Er hatte nur zu sehr gehofft, sie werde das einsehen.

Aber kaum war sie in der Auvergne angelangt, da hatte sie ihn mit einander ablösenden, verzweifelten Briefen zu sich gerufen, so zahlreichen und so dringlichen, daß er aus Schwäche, aus Mitleid hergekommen war. Und jetzt überschüttete sie ihn mit ihrer mißfälligen, schmachtenden Zärtlichkeit, und er verspürte ein maßloses Verlangen, von ihr wegzugehen, sie nicht länger zu sehen, sie nicht mehr ihr verliebtes Liebeslied singen zu hören, das aufreizend und fehl am Platz war. Am liebsten hätte er ihr alles entgegengeschrien, was er auf dem Herzen hatte, ihr klargemacht, wie ungeschickt und dumm sie sich verhielt; doch das brachte er nicht über sich, und er wagte es nicht, ihr den Rücken zu kehren, und ebenso wenig konnte er sich enthalten, ihr seine Ungeduld durch bittere, verletzende Worte zu bezeigen.

Sie litt um so mehr darunter, als es sie, die sich krank fühlte, mit jedem Tag schwerfälliger wurde und mit allen Nöten einer schwangeren Frau behaftet war, mehr denn je danach verlangte, getröstet, verwöhnt und mit herzlicher Zuneigung umhüllt zu werden. Sie liebte ihn mit der völligen Preisgabe des Leibes, der Seele, ihres ganzen Wesens, die aus der Liebe bisweilen ein rückhaltloses, uneingeschränktes Sichopfern macht. Sie glaubte nicht mehr, daß sie seine Geliebte sei, sondern seine Frau, seine Gefährtin, seine ergebene, getreue, vor ihm kniende Sklavin, sein willenloses Etwas. Für sie ging es zwischen ihnen beiden nicht mehr um Galanterie, um Koketterie, um das Verlangen, stets zu gefallen, um noch zu erweisende Gunstbezeigungen; denn sie gehörte ihm ja bereits ganz und gar, denn sie waren ja bereits durch eine sanfte, eine mächtige Kette miteinander verbunden: durch das Kind, das bald geboren werden würde.

Nun sie beide allein in der Fensternische standen, begann sie abermals mit ihren zärtlichen Klagereden: »Paul, lieber Paul, sag doch, liebst du mich immer noch so sehr?«

»Selbstverständlich! Hör mal, damit liegst du mir Tag für Tag in den Ohren; auf die Dauer wird das ein bißchen eintönig.«

»Verzeih mir! Ich kann es nämlich nicht mehr glauben, und also verlangt mich danach, daß du mich beruhigst; mich verlangt danach zu hören, daß du es mir immerzu sagst, das wohltuende Liebeswort; und da du es mir nicht so häufig sagst wie früher, muß ich dich darum bitten, dich darum anflehen, es von dir erbetteln.«

»Also ja, ich liebe dich! Aber laß uns doch bitte von was anderm reden!«

»Oh, wie hart du bist!«

»Unsinn, ich bin nicht hart. Die Sache ist nur die, daß du so verständnislos bist... Du verstehst einfach nicht, daß...«

»O doch! Ich verstehe nur zu gut, daß du mich nicht mehr liebst. Wenn du wüßtest, wie mir das weh tut!«

»Hör mal zu, Christiane, ich beschwöre dich: Mach mich nicht nervös. Wenn du wüßtest, wie ungeschickt das ist, was du da tust.«

»Wenn du mich wirklich lieb hättest, würdest du anders reden.«

»Ja, zum Donnerwetter, wenn ich dich nicht mehr lieb hätte, dann wäre ich doch überhaupt nicht hergekommen.«

»Hör zu. Jetzt gehörst du mir, du bist mein, und ich bin dein. Zwischen uns besteht die Bindung durch ein keimendes Leben, und die kann durch nichts zunichte gemacht werden; aber eins mußt du mir versprechen: Wenn du mich eines Tages, später, mal nicht mehr lieben solltest – dann sagst du es mir, nicht wahr?«

»Ja, ich verspreche es dir.«

»Schwörst du es mir?«

»Ich schwöre es dir.«

»Aber wir bleiben dann dennoch gute Freunde, nicht wahr?«

»Gewiß, wir bleiben Freunde.«

»An dem Tag, da du mich nicht mehr von ganzem Herzen und von ganzer Seele liebst, kommst du zu mir und sagst: ›Meine kleine Christiane, ich habe dich sehr gern, aber es ist nicht mehr wie früher. Fortan wollen wir Freunde sein, lediglich Freunde.‹«

»In Ordnung, ich verspreche es dir.«

»Schwörst du es mir?«

»Ich schwöre es dir.«

»Aber dennoch wird es mir sehr zu Herzen gehen! Wie hast du mich letztes Jahr vergöttert!«

Hinter ihnen rief eine Stimme: »Die Frau Herzogin de Ramas-Aldavarra!«

Sie kam als Hotelgenossin, denn Christiane empfing allabendlich die angesehensten Kurgäste, wie gekrönte Häupter in ihren Reichen zu empfangen pflegen.

Doktor Mazelli folgte mit lächelnder, unterwürfiger Miene der schönen Spanierin. Die beiden Damen reichten einander die Hand, setzten sich und begannen zu plaudern.

Andermatt rief Paul zu: »Lieber Freund, kommen Sie doch mal her, Mademoiselle Oriol versteht sich wunderbar aufs Kartenlegen; sie hat mir erstaunliche Dinge gesagt.« Er nahm ihn beim Arm und fügte hinzu: »Was für ein komischer Mensch Sie doch sind! In Paris sehen wir einander kaum je, kaum ein einziges Mal alle Monate, trotz allen inständigen Bittens meiner Frau. Damit Sie hierher kamen, sind fünfzehn Briefe nötig gewesen. Und seit Ihrer Ankunft hat es den Anschein, als verlören Sie tagtäglich eine Million, mit einer so verzweifelten Miene laufen Sie umher. Halten Sie mit etwas hinterm Berg, das Ihnen zu schaffen macht? Könnte Ihnen vielleicht geholfen werden? Sie brauchen es uns bloß zu sagen.«

»Nicht im mindesten, mein Lieber. Wenn ich in Paris nicht häufiger zu Ihnen komme... In Paris hat man eben... Sie verstehen schon!«

»Vollauf... Ich hab's kapiert. Aber wenigstens hier muß man mitmachen und guter Laune sein. Ich will ein paar Feste veranstalten, und ich glaube, die können sich sehen lassen.«

Es wurde gemeldet: »Madame Barre und Herr Professor Cloche.«

Er kam mit seiner Tochter herein, einer rothaarigen, kecken jungen Witwe.

Fast unmittelbar danach rief derselbe Diener: »Herr Professor Mas-Roussel.«

Er kam in Begleitung seiner Frau; sie war blaß, reifen Alters, das Haar lag ihr glatt und flach an den Schläfen an.

Professor Rémusot war tags zuvor abgereist, nachdem er, so hieß es, sein Chalet zu ungemein günstigen Bedingungen gekauft hatte.

Nur zu gern hätten die beiden anderen Ärzte jene Bedingungen erfahren; aber Andermatt hatte ihnen lediglich geantwortet: »Oh, wir haben kleine Arrangements getroffen, die von Vorteil für alle Beteiligten sind. Wenn Sie zu tun wünschen wie er, werden wir schon sehen, daß wir uns verständigen, ja, wir werden schon sehen... Wenn Sie sich entschlossen haben, lassen Sie es mich bitte wissen, und dann reden wir miteinander.«

Auch Doktor Latonne erschien, dann Doktor Honorat, aber ohne seine Frau; die führte er nicht aus.

Jetzt erfüllte den Salon Stimmengewirr, ein gedämpftes Durcheinander von Unterhaltungen.

Gontran wich nicht mehr von Louise Oriols Seite, und von Zeit zu Zeit sagte er lachend zu jedem, der an ihm vorüberging: »Ich bin dabei, eine Gegnerin für mich zu gewinnen.«

Mazelli hatte sich zu der Tochter Professor Cloches gesetzt. Seit ein paar Tagen war er beständig hinter ihr her, und sie nahm seine Annäherungsversuche mit herausfordernder Keckheit entgegen.

194

Die Herzogin ließ ihn nicht aus den Augen; sie wirkte verstimmt und schien zu zittern. Plötzlich stand sie auf, durchschritt den Salon und unterbrach das Tête-à-tête ihres Arztes mit der hübschen Rothaarigen: »Kommen Sie, Mazelli, wir müssen heimgehen. Mir ist nicht ganz wohl.«

Sobald die beiden gegangen waren, sagte Christiane, die zu Paul getreten war: »Die arme Frau! Wie muß sie leiden!«

Er fragte obenhin: »Wer denn?«

»Die Herzogin! Haben Sie nicht gemerkt, wie eifersüchtig sie ist?«

Er antwortete brüsk: »Wenn Sie jetzt anfangen wollen, über sämtliche langweiligen Leute zu jammern, dürfte es lange dauern, bis Sie sich ausgeweint haben.«

Sie wandte sich ab; sie war tatsächlich den Tränen nahe, so hartherzig fand sie ihn; als sie sich dann zu der allein gebliebenen Charlotte Oriol gesetzt hatte, die ganz verstört war und nicht begriff, was Gontran tat, sagte sie zu ihr, ohne daß das Mädchen den Sinn ihrer Worte erfaßt hätte: »An manchen Tagen wäre man am liebsten tot.«

Andermatt saß mit den Ärzten beisammen und erzählte von dem erstaunlichen Fall des alten Clovis, in dessen Beine allmählich wieder Leben kam. Er wirkte so überzeugt, daß niemand an seiner Gutgläubigkeit hätte zweifeln können.

Seit er das durchtriebene Spiel der Bauern und des Gelähmten durchschaut und erkannt hatte, er habe sich letztes Jahr hinters Licht führen und überzeugen lassen, einzig aus dem ihn zwakkenden Verlangen heraus, an die Wirksamkeit der Thermalquelle zu glauben, und vor allem, seit er sich des Alten und dessen gefährlichen Gejammers nicht hätte entledigen können, ohne mit Geld herauszurücken, hatte er aus ihm ein eindrucksvolles Reklameinstrument gemacht, das er bewundernswert meisterte.

Mazelli war gerade wiedergekommen, nachdem er seine Patientin in deren Zimmer geleitet hatte; jetzt war er frei.

Gontran faßte ihn am Arm: »Doktor, ich brauche einen Rat. Welches der beiden Oriol-Mädchen würden Sie vorziehen?«

Der hübsche Arzt flüsterte ihm ins Ohr: »Zum Schlafen die jüngere, zum Heiraten die ältere.«

195

Gontran lachte: »Sieh da, wir sind genau der gleichen Ansicht! Das freut mich!« Dann ging er zu seiner Schwester hinüber, die noch immer mit Charlotte plauderte: »Ich will dir mal was sagen! Gerade habe ich verabredet, daß wir am Donnerstag zum Puy de la Nugère fahren. Das ist der schönste Krater der Bergkette. Alle sind einverstanden. Die Sache ist abgemacht.«

Christiane sagte leise und gleichgültig: »Mir ist alles recht, was du willst.«

Doch da verabschiedeten sich Professor Cloche und seine Tochter; Mazelli erbot sich, sie heimzubegleiten, und ging hinter der jungen Witwe hinaus.

Nach ein paar Minuten zogen sich auch die andern zurück, denn Christiane pflegte um elf zu Bett zu gehen.

Der Marquis, Paul und Gontran geleiteten die Oriol-Mädchen heim. Gontran und Louise waren voraus, und Brétigny, der ihnen in einem Abstand von ein paar Schritten folgte, spürte, wie Charlottes Arm auf dem seinen leise zitterte.

Beim Abschied hieß es: »Bis Donnerstag um elf; wir essen im Hotel zu Mittag.«

Auf dem Heimweg gingen sie an Andermatt vorüber, der an der Parkecke von Professor Mas-Roussel zurückgehalten worden war; der Professor sagte gerade: »Also, wenn es Ihnen recht ist, komme ich morgen vormittag zu Ihnen, dann können wir über den kleinen Handel mit dem Chalet sprechen.«

William schloß sich den beiden jungen Herren an; er reckte sich zum Ohr seines Schwagers empor und sagte leise: »Glückwunsch, mein Lieber, du warst großartig.«

Seit zwei Jahren wurde Gontran von Geldsorgen geplagt; sie vergällten ihm das Dasein. Solange er von seinem mütterlichen Erbteil hatte zehren können, hatte er sich mit der von seinem Vater ererbten Lässigkeit und Gleichgültigkeit treiben lassen und sich in den Kreisen junger, reicher, blasierter und verderbter junger Herren bewegt, von denen jeden Morgen in den Zeitungen die Rede ist, die der guten Gesellschaft angehören, aber nicht in ihr verkehren und die im Umgang mit galanten Frauen die Umgangsformen und die Herzensbildung von Huren annehmen.

Es war eine Gruppe von etwa zwölf; sie war allnächtlich zwischen Mitternacht und drei Uhr morgens im selben Boulevard-Café anzutreffen. Alle waren sehr elegant, erschienen stets in Frack und weißer Weste, trugen Hemdenknöpfe zu zwanzig Louis, die jeden Monat gewechselt wurden und bei den ersten Juwelieren gekauft worden waren, und führten ein Leben, bei dem sie einzig besorgt waren, sich zu amüsieren, Frauen zu erobern, von sich reden zu machen und auf jede nur mögliche Weise Geld aufzutreiben.

Da sie nichts im Kopf hatten als die Skandale des Vortages, Alkovengeschwätz und Liegestuhlklatsch, Duelle und Spielergeschichten, bildete das alles Mauern, die den Horizont ihrer Gedankenwelt abschlossen.

Sie hatten sämtliche Frauen besessen, die auf der Liebesbörse Kurswert hatten, sie hatten sie einander weitergereicht, sie einander abgetreten, sie sich geliehen, und sie pflegten untereinander von den Leistungen jener Damen beim Liebesakt zu plaudern wie von den guten Eigenschaften eines Rennpferds. Sie verkehrten auch in der geräuschvollen, mit Adelstiteln prunkenden Welt, von der man spricht und in der nahezu alle Frauen stadtbekannte Liebschaften unterhielten, und zwar unter den gleichgültigen oder abgewandten oder geschlossenen oder nicht eben mit Hellsicht begabten Augen der Ehemänner; und sie beurteilten diese Frauen, wie sie die andern Frauen ihres Umgangs beurteilten; sie brachten beide Kategorien in ihrer Einschätzung durcheinander, wobei sie dennoch einen leichten Unterschied, wie ihn Geburt und gesellschaftlicher Rang mit sich brachten, gelten ließen.

Da sie mancherlei Schliche anwenden mußten, um das für ihren Lebenswandel notwendige Geld aufzutreiben, den Wucherern falsche Angaben machen, überall borgen, die Lieferanten vertrösten, den Schneidern ins Gesicht lachen, die alle Halbjahr eine um dreitausend Francs angewachsene Rechnung präsentierten, da sie in einem fort mitanhören mußten, wie habgierige Nutten von ihren Gaunereien erzählten, mitansehen, wie in den Spielklubs gemogelt wurde, wissen und spüren, daß sie selber von jedermann bestohlen wurden, von der Dienerschaft, den Kaufleuten, den großen Gaststättenbesitzern und andern, da sie sich um des Gewinns von ein paar Louis willen an gewissen Börsenmanövern und dunklen Geschäften beteiligten, waren ihre Moralbegriffe stumpf geworden, hatten sich abgenützt, und ihr einziger Ehrenpunkt bestand darin, daß sie sich duellierten, sobald sie spürten, sie würden aller der Dinge verdächtigt, zu denen sie fähig oder deren sie schuldig waren.

Bei allen, oder fast allen, mußte es nach Ablauf einiger Jahre dieses Daseins mit einer reichen Heirat enden oder mit einem Skandal oder mit Selbstmord oder mit einem rätselhaften Verschwinden, das genauso absolut war wie der Tod.

Allein sie rechneten auf die reiche Heirat. Die einen hofften, ihre Familie werde sie ihnen anbahnen, die andern suchten unauffällig auf eigene Faust danach und besaßen Listen von Erbinnen, wie man Listen zum Verkauf stehender Häuser hat. Vor allem auf Exotinnen hatten sie es abgesehen, auf Nord- oder Südamerikanerinnen, die sie durch ihren Schick, durch ihren Ruf als Lebemänner, durch den Widerhall ihrer Erfolge und die Eleganz ihres Auftretens zu blenden suchten. Und ihre Lieferanten rechneten ebenfalls mit der reichen Heirat.

Aber diese Jagd nach Mädchen mit ansehnlicher Mitgift konnte lange währen. Jedenfalls erforderte sie Nachforschungen, die Mühe der Verführung, Anstrengungen, Besuche, einen Aufwand an Energie, wozu der von Natur sorglose Gontran völlig außerstande war und blieb.

Bereits seit langem hatte er sich in dem Gefühl, daß die mit Geldmangel verbundenen Leiden mit jedem Tag größer wurden, gesagt: »Ich muß es dennoch ins Auge fassen.« Aber er faßte es nicht ins Auge und fand nichts.

Er war auf die erfinderische Suche nach kleinen Summen angewiesen gewesen, auf sämtliche zweifelhaften Verfahren von Leuten, die am Ende ihrer Mittel sind, und schließlich auf langes Verweilen im Kreis der Familie, bis ihm Andermatt plötzlich den Gedanken eingegeben hatte, eins der Oriol-Mädchen zu heiraten.

Zunächst hatte er geschwiegen, und zwar aus vorsichtiger Klugheit, obwohl das junge Mädchen ihm beim ersten Hinsehen als zu tief unter ihm stehend erschienen war, so daß er schwerlich in solch eine Mésalliance hätte einwilligen können. Allein ein paar Minuten des Nachdenkens hatten ihn rasch anderer Meinung werden lassen, und da hatte er sich auf der Stelle entschlossen, ihr auf scherzhafte Weise den Hof zu machen, ein Kurortsgetändel anzuspinnen, das ihn nicht kompromittierte und es ihm erlaubte, sich zurückzuziehen.

Da er sich bewundernswert in seinem Schwager auskannte, wußte er, daß dessen Vorschlag reiflichem Nachdenken entsprossen, daß er erwogen und vorbereitet worden war und daß er, wenn Andermatt ihn schon aussprach, einen sehr hohen Preis bedeutete, wie er anderswo schwerlich zu finden gewesen wäre.

Außerdem kostete es keine Mühe, sich zu bücken und ein hübsches Mädchen aufzulesen; die jüngere gefiel ihm nämlich sehr, und er hatte sich oft gesagt, es könne etwas recht Annehmliches sein, ihr später wiederzubegegnen.

So hatte er sich denn Charlotte Oriol auserkoren, und binnen kurzem hatte er sie so weit gebracht, daß ein förmlicher Antrag gemacht werden konnte.

Da aber der Vater die von Andermatt begehrte Mitgift seiner andern Tochter zukommen lassen wollte, hatte Gontran entweder auf diese Heirat überhaupt verzichten oder sich der älteren zuwenden müssen.

Seine Verstimmung deswegen war sehr heftig gewesen, und im ersten Augenblick hatte er erwogen, den Schwager zum Teufel zu schicken und, bis zur nächsten sich bietenden Gelegenheit, Junggeselle zu bleiben.

Aber gerade zu jener Zeit hatte er völlig auf dem trockenen gesessen, so sehr, daß er für seine Spielpartie im Kasino Paul um fünfundzwanzig Louis hatte bitten müssen, die, nach zahlreichen anderen Darlehen, nie zurückgegeben worden waren. Und überdies hätte er auf die Suche nach jener andern Frau gehen, sie finden, sie umgarnen müssen. Vielleicht hätte es einen Kampf gegen eine feindlich gesonnene Familie gegolten, während er hier ohne Ortswechsel innerhalb einiger Tage der Aufmerksamkeiten und des Schöntuns die ältere Oriol für sich einnehmen konnte, wie er es fertiggebracht hatte, die jüngere zu erobern. Auf diese Weise sicherte er sich in seinem Schwager einen Bankier, dem er stets die Verantwortung würde zuschieben, dem er ständig Vorwürfe würde machen können und dessen Kasse ihm offenstehen würde.

Was nun seine Frau betraf, so würde er sie mit nach Paris nehmen und sie als die Tochter von Andermatts Geschäftsteilhaber vorstellen. Überdies trug sie ja den Namen des Kurorts, in den er sie nie und nimmer zurückführen würde, des Naturgesetzes wegen, daß Flüsse nie wieder zu ihren Quellen hinauffließen. Sie hatte eine gute Figur und eine gute Haltung, sie wirkte schon jetzt vornehm genug, um es ganz und gar zu werden; sie besaß genügend Intelligenz, um die große Welt zu durchschauen, sich darin zu behaupten, darin günstig zu wirken und ihm sogar Ehre zu machen. Es würde von ihm heißen: »Dieser spaßige Vogel hat ein schönes Mädchen geheiratet und tut, als mache er sich weidlich über sie lustig«, und das tat er ja im Grunde auch, denn er rechnete damit, an ihrer Seite, mit ihrem Geld in der Tasche, sein Junggesellenleben wieder aufzunehmen.

So hatte er sich denn Louise Oriol zugewandt, und indem er ohne sein Wissen Nutzen aus der Eifersucht zog, die im argwöhnischen Herzen des jungen Mädchens erwacht war, hatte er die in ihr noch schlummernde Koketterie und den unbestimmten Wunsch erweckt, der Schwester diesen gutaussehenden Liebhaber wegzuschnappen, der zudem mit »Herr Graf« angeredet wurde.

Freilich hatte sie sich das nicht ausdrücklich gesagt, sie hatte weder nachgedacht noch Kombinationen angestellt; die Begegnung mit ihm und die Entführung mitsamt der Schwester hatten sie überrumpelt. Aber nun sie ihn so beflissen und galant sah, hatte sie an seinem Gehaben, seinen Blicken, seiner ganzen Haltung gemerkt, daß er keineswegs in Charlotte verliebt sei, und ohne den Versuch, weiter zu sehen, hatte sie sich beim Zubettgehen glücklich, frohgemut und beinahe als Siegerin gefühlt.

Einen kurzen Augenblick lang wurde vor dem Aufbruch zum Puy de la Nugère gezögert. Der düstere Himmel und die drückende Atmosphäre ließen Regen befürchten. Aber Gontran beharrte so nachdrücklich auf dem Ausflug, daß er die Unentschlossenen mit sich fortriß.

Das Mittagessen war in gedrückter Stimmung verlaufen. Christiane und Paul hatten sich tags zuvor ohne ersichtliche Ursache verzankt. Andermatt erging sich in Ängsten, Gontrans Heirat könne nicht zustande kommen, denn der alte Oriol hatte sich ihm gegenüber an eben diesem Morgen zweideutig ausgedrückt. Der darüber ins Bild gesetzte Gontran war wütend und fest entschlossen, das Gelingen durchzusetzen. Charlotte, die den Triumph der Schwester ahnte, obwohl der Umschwung ihr unbegreiflich war, bestand darauf, sie wolle im Dorf bleiben. Es kostete Mühe, sie zum Mitkommen zu überreden.

So trug denn also die »Arche Noah« ihre üblichen Fahrgäste vollzählig der Hochebene oberhalb von Volvic entgegen.

Die plötzlich sehr redselig gewordene Louise Oriol führte während der Fahrt das Wort. Sie setzte auseinander, wie der Volvic-Stein, der nichts anderes sei als die Lava der Puys der Gegend, zum Bau der Kirchen und aller Häuser des Landstrichs gedient habe; darauf beruhe das düstere, an Steinkohle gemahnende Aussehen der Städte der Auvergne. Sie wies auf die Werkstätten hin, in denen jener Stein behauen wird, deutete auf einen erstarrten Lavalauf, der sich wie ein Steinbruch ausbeuten ließ, indem die rohe Lava herausgehauen wurde, und ließ die riesige schwarze Madonna bewundern, die wie schwebend auf einem Gipfel oberhalb von Volvic steht und die Stadt beschützt.

Dann wurde zu der höchsten, von den Höckern ehemaliger Vulkane durchsetzten Fläche hinaufgefahren. Die Pferde gingen auf der langen, mühseligen Landstraße im Schritt. Schöne grüne Wälder säumten den Weg. Und es redete niemand mehr.

Christiane dachte an Tazenat zurück. Es war der gleiche Wagen! Es waren auch die gleichen Menschen, aber nicht mehr die gleichen Herzen! Alles wirkte, als sei es dasselbe, und dennoch... dennoch... Was war denn geschehen? So gut wie nichts! Ein bißchen mehr Liebe bei ihr! Ein bißchen weniger Liebe bei ihm! Eine Winzigkeit! Der Unterschied zwischen einem keimenden und einem ersterbenden Verlangen! So gut wie nichts! Der unsichtbare Riß, den Überdruß der Liebe zufügt! Oh, so gut wie nichts, so gut wie nichts! Und der Blick der Augen ist anders geworden, weil eben jene Augen das gleiche Gesicht nicht mehr auf die gleiche Weise sehen! Was ist denn ein Blick? So gut wie nichts!

Der Kutscher hielt an und sagte: »Hier rechts müssen Sie gehen, auf dem Fußweg, durch den Wald. Den brauchen Sie bloß entlangzugehen, dann kommen Sie hin.«

Alle stiegen aus, bis auf den Marquis; dem war es zu heiß. Louise und Gontran gingen voraus, und Charlotte blieb mit Paul und Christiane, die kaum zu gehen vermochte, zurück. Der Weg durch den Wald dünkte sie lang; dann gelangten sie zu einem mit hohem Gras bewachsenen Kamm, der sie unter steter Steigung an den Rand des ehemaligen Kraters führte.

Louise und Gontran, die auf dem First innegehalten hatten, wirkten in ihrer hochgewachsenen Schlankheit, als ständen sie in den Wolken.

Als die andern sie eingeholt hatten, geriet Paul Brétignys exaltierte Seele in lyrischen Überschwang.

Rings um sie, hinter ihnen, zur Rechten, zur Linken, waren sie von absonderlichen, abgestumpften Kegeln umgeben, die einen reckten sich auf, die andern waren in sich zusammengestürzt; aber alle hatten das bizarre Aussehen erloschener Vulkane bewahrt. Die schwer gelagerten Bergstümpfe mit den abgeflachten Gipfeln erhoben sich von Süden bis Westen auf einer unermeßlichen, trostlos wirkenden Hochebene, die, da sie um tausend Meter höher als die Limagne gelegen war, diese nach Osten und Norden hin beherrschte, so weit man sehen konnte – bis zum unsichtbaren, wie stets verhüllten, wie stets verblauenden Horizont.

Der Puy de Dôme zur Rechten überragte alle seine Brüder, siebzig bis achtzig jetzt erloschene Krater. In größerer Ferne die Puys de Gravenoire, de Crouel, de la Pedge, de Sault, de Noschamps, de la Vache. Mehr in der Nähe der Puy du Pariou, der Puy de Côme, der Puy de Jumes, de Tressoux, de Louchadière: ein ungeheurer Vulkan-Friedhof.

Die jungen Leute schauten sich das alles verblüfft an. Zu ihren Füßen höhlte sich der erste Krater von La Nugère, ein tiefes Rasenbecken, auf dessen Grund noch drei mächtige Blöcke aus brauner Lava zu sehen waren; der letzte Atemzug des Ungeheuers hatte sie emporgeschleudert, dann waren sie in seinen verröchelnden Schlund zurückgefallen und lagen nun dort seit Jahrhunderten und Aberjahrhunderten, für immer und ewig.

Gontran rief: »Ich steige hinunter. Ich will mir mal ansehen, wie solch ein Biest den Geist aufgibt. Los, ihr Mädchen, wir wollen einen kleinen Wettlauf den Hang hinab machen.« Er faßte Louise am Arm und zog sie mit sich.

Charlotte folgte ihnen, sie lief ihnen nach; dann plötzlich hielt sie inne, sah sie eingehakt hüpfend enteilen, wandte sich mit einem Ruck um und stieg wieder zu Christiane und Paul hinauf, die oben am Hang im Gras saßen. Als sie bei ihnen war, fiel sie auf die Knie, verbarg das Gesicht im Kleid der jungen Frau und fing zu schluchzen an.

Christiane, die alles durchschaut hatte und die seit einiger Zeit die Kümmernisse anderer durchdrangen wie ihr selbst zugefügte Wunden, warf ihr die Arme um den Hals; auch ihr kamen die Tränen, und sie flüsterte: »Armes Kleines, armes Kleines!«

Noch immer weinte das Mädchen im Knien, mit verhülltem Kopf, und mit den auf dem Erdboden liegenden Händen riß sie, ohne es zu wissen, Gras aus.

Brétigny war aufgestanden, um nicht den Anschein zu erwekken, als habe er etwas gesehen; aber die innere Not eines jungen Geschöpfes, die Verzweiflung einer Schuldlosen erfüllten ihn jäh mit Unwillen gegen Gontran. Er, den Christianes tiefe Angst außer sich brachte, wurde bis zum Herzensgrund erschüttert von dieser ersten Enttäuschung einer kaum Gereiften. Er kam zurück, kniete ebenfalls nieder und sagte zu ihr: »Aber, aber, bitte beruhigen Sie sich doch. Die beiden kommen gleich wieder, beruhigen Sie sich. Es darf niemand sehen, daß Sie weinen.«

Bestürzt bei dem Gedanken, ihre Schwester könne sie mit Tränen in den Augen antreffen, richtete sie sich auf. Noch immer war ihre Brust erfüllt von Schluchzern, die sie zurückdämmte, die sie verschluckte, die zurück in ihr Herz glitten und es vor Schmerz noch mehr anschwellen ließen. Sie stammelte: »Ja... ja... Es ist schon vorbei... Es ist nichts... Es ist schon vorbei... So... nicht wahr?... Es ist nichts mehr zu sehen... nichts mehr zu sehen.«

Christiane wischte ihr die Wangen mit ihrem Taschentuch ab und fuhr dann damit über ihre eigenen. Sie sagte zu Paul: »Gehen Sie doch und schauen Sie nach, was die beiden treiben. Ich kann sie nicht mehr sehen. Sie sind hinter den Lavablöcken verschwunden. Ich nehme mich der Kleinen hier an und tröste sie.«

Brétigny war aufgestanden und sagte mit bebender Stimme: »Ich gehe hin... und ich bringe sie wieder her, aber er, er bekommt es mit mir zu tun... Ihr Bruder... und zwar heute noch... Nach allem, was er uns neulich gesagt hat, muß er mir sein unqualifizierbares Benehmen erklären.« Er fing an, zur Mitte des Kraters hinabzulaufen.

Gontran hatte Louise mit aller Kraft den steilen Hang des großen Loches hinabgezogen, damit er sie festhalten, sie stützen, sie außer Atem bringen, sie schwindlig machen, sie erschrecken könne.

Sein Schwung hatte sie mitgerissen; sie hatte versucht, ihn zu stoppen; sie hatte gestammelt: »Oh! Nicht so schnell... Ich falle ja hin... Sie sind ja verrückt... Ich falle gleich hin!«

Sie prallten an die Lavablöcke und blieben beide atemlos stehen. Dann gingen sie um die Blöcke herum und gewahrten breite Spalten, die unten eine Art Höhle mit doppeltem Ausgang bildeten.

Als der Vulkan im Verenden diesen letzten Schaum ausgeworfen hatte, den er nicht, wie früher, gen Himmel schleudern konnte, da hatte er ihn von sich gespien, verdickt und halb erkaltet, und die Masse war auf seinen sterbenden Lippen erstarrt.

»Wir müssen unbedingt da unten hinein«, sagte Gontran. Und er schob das junge Mädchen vor sich her. Und als sie dann in der Grotte waren, sagte er: »Ja, und jetzt ist der Augenblick gekommen, da ich Ihnen eine Erklärung machen muß.«

Sie war verblüfft: »Eine Erklärung? Mir?«

»Freilich, in vier Worten: Ich finde Sie wonnig.«

»Zu meiner Schwester müssen Sie das sagen.«

»Ach, Sie wissen doch ganz genau, daß ich Ihrer Schwester keine Liebeserklärung mache.«

»Na aber!«

»Hören Sie mal zu: Sie wären keine Frau, wenn Sie nicht durchschaut hätten, daß ich mich ihr gegenüber nur galant bezeigt habe, um herauszubekommen, was Sie davon halten! Und was für ein Gesicht Sie dazu machten! Ein wütendes Gesicht haben Sie mir zugekehrt. Ach, wie habe ich mich da gefreut! Dann habe ich unter Anwendung jeder erdenklichen Rücksichtnahme versucht, Ihnen zu zeigen, was ich von Ihnen dachte...«

So hatte noch niemand zu ihr gesprochen. Sie fühlte sich verwirrt und entzückt, ihr Herz war geschwellt von Freude und Stolz.

Er fuhr fort: »Ich weiß nur zu gut, daß ich mich Ihrer kleinen Schwester gegenüber gemein benommen habe. Hilft nichts. Sie können mir glauben, sie hat sich nicht hinters Licht führen lassen. Sie sehen ja, sie ist oben geblieben, sie hat uns nicht nachlaufen wollen... Sie hat alles durchschaut, alles durchschaut hat sie...« Er hatte Louise Oriols eine Hand ergriffen und küßte ihr behutsam und galant die Fingerspitzen, wobei er flüsterte: »Wie reizend Sie sind, wie reizend Sie sind!«

Sie lehnte an der Lavawand, hörte ihr Herz vor Aufregung klopfen und sagte nichts. Der einzige Gedanke, der ihren verwirrten Kopf durchzog, war ein Triumphgedanke: Sie hatte über die Schwester gesiegt.

Doch da erschien eine Gestalt am Höhleneingang. Paul Brétigny schaute die beiden an.

Gontran ließ die kleine Hand, die er an den Lippen hielt, ungezwungen sinken und sagte: »Schau, da bist du also... Bist du allein?«

»Ja. Wir waren erstaunt, als ihr beide hier unten hinein verschwandet.«

»Na, wir kommen schon wieder hinauf, mein Lieber. Wir haben uns dies bloß mal angeschaut. Ziemlich merkwürdig, nicht wahr?«

Louise, die bis an die Schläfen rot geworden war, trat als erste wieder ins Freie und machte sich an das Ersteigen des Hanges; die beiden jungen Herren folgten ihr und redeten hinter ihr halblaut miteinander.

Christiane und Charlotte sahen die drei kommen und warteten Hand in Hand auf sie.

Es wurde zurück zum Wagen gegangen, in dem der Marquis sitzen geblieben war, und die »Arche Noah« fuhr heim nach Enval.

205

Plötzlich, mitten in einem Kiefernwäldchen, hielt der Landauer an, und der Kutscher schimpfte und fluchte; ein alter, toter Esel versperrte den Weg. Alle wollten ihn sich ansehen und stiegen aus. Er lag im schwärzlichen Staub und war selber ganz dunkel und so mager, daß seine an den Stellen, wo die Knochen hervortraten, abgeschabte Haut von ihnen zum Platzen gebracht worden wäre, wenn das Tier nicht seinen letzten Seufzer ausgestoßen hätte. Das ganze Gerippe zeichnete sich unter dem zerschundenen Fell der Flanken ab, und der Kopf wirkte riesig, ein armer Kopf mit geschlossenen Augen, der ruhig auf seinem Bett aus zerschrotteten Steinen lag, so still und so tot, daß er aussah, als sei er glücklich und erstaunt über diese ihm unvertraute Rast. Seine großen, jetzt schlaffen Ohren lagen da wie Lumpen. Zwei offene Wunden an den Knien zeugten davon, daß er oft gestürzt war, noch an eben diesem Tag, ehe er zum letztenmal zusammenbrach; und eine weitere Wunde an der Flanke bezeichnete die Stelle, wo sein Herr ihn jahrelang, jahrelang mit der Eisenspitze am Ende eines Stockes gestochen hatte, um seinen schwerfälligen Trott zu beschleunigen.

Der Kutscher packte ihn an den Hinterbeinen und schleppte ihn nach einem Graben hin, und der Hals zog sich in die Länge, als wolle das Tier noch einmal schreien, einen letzten Klageruf ausstoßen. Als der Esel im Gras lag, brummte der wütende Mann vor sich hin: »Diese Rohlinge, so was mitten auf der Straße liegen zu lassen!«

Keiner sonst hatte etwas gesagt; sie stiegen wieder in den Wagen.

Erschüttert und bestürzt stellte Christiane sich das ganze elende Tierleben vor, das am Wegsaum geendet hatte: das fröhliche Eselsfüllen mit dem dicken Kopf, in dem große Augen leuchteten, drollig und auf kindliche Weise gutartig, mit rauhem Fell und langen Ohren, wie es, noch frei und ungehindert, zwischen den Beinen des Muttertiers umhergehüpft war; dann den ersten Karren, die erste Steigung, die ersten Hiebe! Und dann und dann die unaufhörlichen, schrecklichen Märsche über endlose Straßen! Die Hiebe! Die Hiebe! Die zu schweren Lasten, die zermürbende Sonne und als einzige Nahrung ein bißchen Stroh, ein bißchen Heu, ein paar Zweige und die Verlockung der grünen Weidewiesen längs der harten Wege!

Und als dann das Alter kam, die eiserne Stachelspitze anstelle der geschmeidigen Gerte und das schreckliche Martyrium des überforderten, keuchenden, gepeinigten Tiers, das nach wie vor allzu schwere Lasten schleppte und dem sämtliche Glieder im ganzen alten Körper weh taten, der verschlissen war wie ein Bettlerkittel. Und dann der Tod, der wohltätige Tod drei Schritt vom Grabengras entfernt, in das ein zufällig Vorüberkommender ihn fluchend zerrte, um die Straße freizumachen.

Zum erstenmal machte sich Christiane das Elend versklavter Geschöpfe klar; und auch der Tod dünkte sie etwas, das bisweilen gut, das gütig sein konnte.

Unvermittelt überholten sie einen kleinen Karren, den ein fast nackter Mann, eine Frau in Lumpen und ein abgemagerter Hund zogen; alle drei waren am Ende ihrer Kräfte.

Die im Landauer sahen sie schwitzen und keuchen. Der magere, räudige Hund ließ die Zunge lang heraushängen; er war zwischen den Rädern angeschirrt. In dem Karren schienen überall zusammengeraffftes, sicherlich gestohlenes Holz, Wurzeln, Baumstubben, abgebrochene Äste und Zweige andere Dinge zu verbergen; auf den Zweigen lagen Lumpen und auf den Lumpen ein Kind, nichts als ein aus grauen Lappen hervorschauender Kopf, eine runde Kugel mit zwei Augen, einer Nase, einem Mund!

Das also war eine Familie, eine Menschenfamilie! Der Esel war der Mühsal erlegen, und ohne Mitleid mit dem toten Diener, ohne ihn auch nur aus der Fahrbahn zu ziehen, hatte man ihn mitten auf der Straße liegen lassen, vor allen Wagen, die kommen würden. Dann hatte der Mann sich mit seiner Frau in die leeren Deichseln geschirrt, und sie hatten gezogen, wie eben noch das Tier gezogen hatte. Sie gingen weiter! Wohin? Wozu? Besaßen sie auch nur ein paar Sous? Diesen Wagen, würden sie ihn immer und ewig ziehen müssen, da sie sich keinen andern Esel kaufen konnten? Wovon mochten sie leben? Wo würden sie Rast machen? Möglicherweise würden sie sterben, wie ihr Eselchen gestorben war.

Waren sie verheiratet, diese Bettler, oder hatten sie sich bloß zusammengetan? Und ihr Kind würde genauso tun wie sie, dieses noch unausgebildete kleine Wesen unter dreckstarrenden Lappen.

All das überdachte Christiane, und aus der Tiefe ihrer bestürzten Seele erstanden Dinge, die für sie etwas Neues waren. Sie tat einen Blick in das Elend der Armen.

Plötzlich sagte Gontran: »Ich weiß nicht, warum, aber ich fände es herrlich, wenn wir heute alle im Café Anglais zu Abend äßen. Ich sähe nur zu gern mal wieder den Boulevard an.«

Und der Marquis sagte brummig: »Unsinn! Wir sind hier gut aufgehoben. Das neue Hotel ist weit besser als das alte.«

Sie fuhren an Tournoel vorbei. Eine Erinnerung ließ Christianes Herz heftiger pochen, als sie einen gewissen Kastanienbaum wiedererkannte. Sie sah zu Paul hin; er hielt die Augen geschlossen und nahm nicht das mindeste von ihrem demütigen Anruf wahr.

Nach kurzer Zeit erblickten sie zwei vor dem Wagen hergehende Männer, zwei vom Tagwerk heimkehrende Winzer; sie trugen ihre Rebhauen auf der Schulter und gingen mit den langen, müden Schritten von Arbeitern.

Die beiden Oriol-Mädchen wurden über und über rot. Es waren ihr Vater und ihr Bruder; sie kehrten aus den Rebbergen heim wie von je; sie hatten den ganzen Tag über ihren Schweiß auf den Boden verströmt, durch den sie reich geworden waren; gebückt, das Hinterteil in der Sonne, hatten sie ihn von morgens früh bis abends spät umgegraben, und derweilen hatten ihre schönen, sorgsam zusammengefalteten Gehröcke sich in der Kommode ausgeruht und ihre großen Hüte im Schrank.

Die beiden Bauern grüßten mit einem freundschaftlichen Lächeln, und alle Hände im Landauer erwiderten ihren Gruß.

Bei der Ankunft kletterte Gontran aus der »Arche«, weil er ins Kasino hinauf wollte; Brétigny schloß sich ihm an, hielt ihn jedoch nach den ersten Schritten zurück und sagte: »Hör mal zu, mein Lieber, was du da treibst, ist nicht wohlgetan, und ich habe deiner Schwester versprochen, mit dir darüber zu reden.«

»Mit mir reden? Worüber denn?«

»Über die Art, wie du dich seit ein paar Tagen benimmst.«
Gontran hatte seine impertinente Miene aufgesetzt: »Ich?
Mich benehmen? Wem gegenüber?«
»Gegenüber der kleinen Oriol. Du läßt sie auf eine gemeine
Weise sitzen.«
»Findest du?«
»Ja, das finde ich... Und ich bin berechtigt, es so zu finden.«
»Pah! Du bist mit einemmal in Sachen Sitzenlassen recht emp-
findlich geworden.«
»Hier handelt es sich nicht um eine Nutte, sondern um ein jun-
ges Mädchen.«
»Das weiß ich; deshalb habe ich nicht mit ihr geschlafen. Der
Unterschied springt einem in die Augen.«
Sie waren Seite an Seite weitergegangen.
Gontrans Art und Weise brachte Paul auf; er fuhr fort: »Wenn
du nicht mein Freund wärst, würdest du massive Dinge zu hören
bekommen.«
»Und ich würde sie dich nicht aussprechen lassen.«
»Hör mal zu. Die Kleine tut mir leid. Vorhin hat sie geweint.«
»Tatsächlich? Geweint? Wie schmeichelhaft für mich!«
»Laß deine Witze. Was gedenkst du zu tun?«
»Ich? Nichts.«
»Sieh mal, du bist mit ihr so weit gegangen, daß du sie kompromittiert hast. Noch neulich hast du deiner Schwester und mir gesagt, du gedächtest sie zu heiraten...«
Gontran blieb stehen; in spöttischem Ton, in dem eine Dro-
hung mitschwang, sagte er: »Meine Schwester und du täten besser daran, sich nicht mit den Liebeleien anderer Leute zu befassen. Ich habe euch gesagt, das Mädchen gefalle mir recht gut,
und wenn es mir etwa einfiele, sie zu heiraten, so täte ich damit etwas Kluges und Vernünftiges. Weiter nichts. Nun aber gefällt
mir heute zufällig die ältere besser! Ich bin anderer Meinung geworden. Das passiert jedem mal.« Dann sah er ihm mitten ins
Gesicht: »Was tust du denn, wenn eine Frau dir nicht mehr gefällt? Faßt du sie mit Glacéhandschuhen an?«
Betroffen versuchte Paul Brétigny, bis zu dem tieferen, dem
verborgenen Sinn dieser Worte vorzudringen. Auch ihm stieg,

wie ein leichter Fieberanfall, der Ärger zu Kopf; heftig sagte er: »Ich wiederhole: Es handelt sich weder um eine Kokotte noch um eine verheiratete Frau, sondern um ein junges Mädchen, und dieses junge Mädchen hast du getäuscht, wenn nicht durch Versprechungen, so doch zumindest durch dein Verhalten. So etwas, hörst du, tut weder ein Gentleman noch überhaupt ein anständiger Mensch!«

Gontran wurde blaß und fiel ihm mit schneidender Stimme ins Wort: »Halt den Mund! Du hast schon zu viel gesagt, und ich habe mir viel zu viel angehört... Wäre ich nicht dein Freund, so... so würde ich dir zeigen, daß ich alles andere als langmütig bin. Noch ein Wort, und es ist aus zwischen uns, und zwar für immer.« Dann warf er ihm langsam, seine Worte erwägend, ins Gesicht: »Ich bin dir keine Erklärungen schuldig... Eher könnte ich von dir welche verlangen... Was sich für keinen Gentleman noch überhaupt für einen anständigen Menschen ziemt, das ist etwas wie eine Taktlosigkeit, die mancherlei Formen annehmen kann und vor der die Freundschaft gewisse Leute bewahren sollte und für die die Liebe keine Entschuldigung bildet...« Abermals schlug er einen andern Ton an und sagte beinahe scherzend: »Was nun die kleine Charlotte betrifft: Wenn du etwas für sie übrig hast und sie dir gefällt, so nimm sie doch und heirate sie. Die Heirat ist in schwierigen Fällen oft eine Lösung. Sie ist eine Lösung und eine Festung, in der man sich gegen hartnäckige Verzweiflungsanfälle verbarrikadiert... Charlotte ist hübsch und reich... Es wäre amüsant, wenn wir beide, du und ich, hier am selben Tag heirateten, denn ich werde die ältere heiraten. Ich sage dir das ganz unter uns, erzähle es vorerst noch nicht weiter... Und jetzt vergiß bitte nicht, daß du weniger als irgend jemand sonst berechtigt bist, von ehrlichen Gefühlen und Liebesskrupeln zu sprechen. Und nun mach dich wieder an deine Angelegenheiten. Ich verfolge die meinigen. Guten Abend.« Und unvermittelt bog er ab und ging den Weg zum Dorf hinab.

Paul Brétigny kehrte zögernd und verwirrt langsamen Schrittes zum Hotel Mont-Oriol zurück. Er versuchte, alles richtig zu verstehen, sich jedes Wortes zu erinnern, um dessen Sinn zu ermessen, und er wunderte sich über die heimlichen, uneingestehbaren, schmählichen Winkelzüge, durch die gewisse Menschen sich zu tarnen vermögen. Als Christiane ihn fragte: »Was hat Ihnen Gontran geantwortet?«, stammelte er: »Mein Gott... Er... Jetzt ist die ältere ihm lieber... Ich glaube sogar, er will sie heiraten... Und als ich ihm mit etwas heftigen Vorwürfen kam, da hat er mir den Mund durch Anspielungen geschlossen... die beunruhigend sind... für uns beide.«

Christiane ließ sich auf einen Stuhl sinken und flüsterte: »O mein Gott! Mein Gott!«

Aber in diesem Augenblick kam Gontran herein, weil es gerade zum Abendessen geläutet hatte; er küßte sie fröhlich auf die Stirn und fragte: »Na, Schwesterchen, wie geht's dir? Bist du auch nicht zu angegriffen?« Dann drückte er Paul die Hand und drehte sich zu Andermatt um, der hinter ihm eingetreten war: »Sag mal, du Perle aller Schwäger, Ehemänner und Freunde, kannst du mir ganz genau sagen, wieviel ein auf einer Landstraße liegender toter Esel wert ist?«

IV

Andermatt und Doktor Latonne lustwandelten vor dem Kasino auf der Terrasse mit den Vasen aus imitiertem Marmor.

»Nicht mal grüßen tut er mich mehr«, sagte der Arzt; er sprach von seinem Kollegen Bonnefille. »Er hockt da unten in seinem Loch wie ein Keiler. Ich glaube, er würde unsere Quellen vergiften, wenn er könnte.«

Andermatt hielt die Hände hinterm Rücken verschränkt; eine kleine, graue Filzmelone saß ihm im Nacken und ließ erraten, daß seine Stirn erkahlt sei; er dachte tief nach. Schließlich sagte er: »Oh, in drei Monaten lenkt das Konsortium ein. Wir differieren noch um etwa zehntausend Francs. Dieser elende Bonnefille hetzt die Leute gegen mich auf und versucht, ihnen einzureden, ich würde nachgeben. Aber er irrt sich.«

Der neue Leitende Badearzt fuhr fort: »Sie wissen, daß das alte Konsortium gestern sein Kasino geschlossen hat. Kein Mensch ging mehr hin.«

»Ja, ich weiß, aber auch zu uns kommen nicht genügend Kurgäste. Sie halten sich zu viel in den Hotels auf; und in den Hotels ist es langweilig, mein Lieber. Kurgäste müssen amüsiert, müssen abgelenkt und unterhalten, sie müssen dahin gebracht werden, daß ihnen die Saison zu kurz vorkommt. Die aus unserm Hotel Mont-Oriol kommen jeden Abend ins Kasino, weil sie keinen weiten Weg haben; die andern jedoch zögern und bleiben in ihren Zimmern. Es liegt am Weg, und an nichts anderm. Der Erfolg hängt stets von kaum wahrnehmbaren Ursachen ab, und die muß man herauszufinden wissen. Die zu einer Vergnügungsstätte führenden Wege müssen an sich schon ein Vergnügen sein, der Beginn der Annehmlichkeiten, die einem danach zuteil werden.

Die hierher, zum Kasino führenden Wege sind schlecht, steinig, hart; sie machen müde. Wenn eine nach irgendeiner Stätte, die aufzusuchen man von ungefähr wünscht, führende Straße sanft und breit ist, am Tag im Schatten liegt, am Abend leicht und bei geringer Steigung sich bewältigen läßt, so zieht man sie, das kann nicht anders sein, allen andern vor. Wenn Sie wüßten, wie der Körper die Erinnerung an tausenderlei bewahrt, das der Geist sich nicht festzuhalten bemüht! Ich glaube, so ist das Gedächtnis der Tiere beschaffen! Ist einem auf dem Weg nach einer beliebigen Stätte zu heiß gewesen, hat man auf ungenügend zerkleinerten Schottersteinen müde Füße bekommen, ist einem ein Anstieg als zu steil erschienen, dann empfindet man, auch wenn man an ganz anderes gedacht hat, einen unbesieglichen physischen Widerwillen gegen ein abermaliges Aufsuchen jener Örtlichkeit. Man hat mit einem Freund geplaudert, es ist einem nichts von den geringen Unannehmlichkeiten der Gehstrecke aufgefallen, man hat nichts wahrgenommen und sich nichts gemerkt; aber unsere Beine, unsere Muskeln, unsere Lungen, unser ganzer Körper haben sie nicht vergessen, und sie sagen dem Bewußtsein, wenn das Bewußtsein uns jenen Weg nochmals einschlagen lassen will: ›Nein, da gehe ich nicht, es war zu beschwerlich.‹ Und das Bewußtsein gehorcht widerspruchslos dieser Weigerung; es unterwirft sich der stummen Redeweise der es tragenden Gefährten.

Wir brauchen also schöne Wege, und das bedeutet abermals, daß ich die Grundstücke des alten Oriol, dieses störrischen Esels, haben muß. Aber nur Geduld... Ah, im Zusammenhang damit fällt mir ein: Mas-Roussel ist zu denselben Bedingungen wie Rémusot in den Besitz seines Chalets gelangt. Das ist ein kleines Opfer, für das er uns überreichlich entschädigen wird. Versuchen Sie also herauszubekommen, welche Absichten Cloche hegt.«

»Er wird tun wie die andern«, sagte der Arzt. »Aber da ist noch etwas, das mir seit ein paar Tagen im Kopf herumgeht; wir hatten es völlig vergessen; nämlich der Wetterbericht.«

»Wieso der Wetterbericht?«

»Der in den großen Pariser Zeitungen! Der ist nämlich unerläßlich! In einem Thermalbadeort muß besseres, weniger veränderliches, ausgeglicheneres Wetter herrschen als in den nächstgelegenen, konkurrierenden Badeorten. Sie abonnieren bei den wichtigsten Organen, die die öffentliche Meinung beeinflussen, auf den Wetterbericht, und ich schicke allabendlich telegrafische Berichte über die atmosphärische Lage. Die richte ich dann so ein, daß das Jahresmittel über dem besten Durchschnitt der ganzen Gegend liegt. Das erste, was uns beim Aufschlagen der großen Zeitungen in die Augen springt, ist das Wetter, sind die Wärmegrade in Vichy, Royat, Le Mont-Dore, Châtel-Guyon usw., wenigstens während der Sommersaison, und während der Wintersaison die Temperaturen in Cannes, Menton, Nice und Saint-Raphael. Es muß an jenen Orten stets warm und stets schönes Wetter sein, mein lieber Herr Präsident, damit die Pariser sich sagen: ›Mein Gott, die da unten sind, die haben Glück!‹«

Andermatt rief: »Verdammt noch mal! Sie haben recht. Wie habe ich das außer acht lassen können? Noch heute nehme ich die Sache in die Hand. Und da wir gerade bei dem sind, was uns nützt: Haben Sie an die Professoren de Larenard und Pascalis geschrieben? Die beiden hätte ich nämlich gern hier.«

»Die sind unzugänglich, verehrter Herr Präsident, sofern sie sich nicht persönlich, auf Grund zahlreicher Versuche, davon überzeugen, daß unser Thermalwasser vortrefflich ist... Bei denen ist durch vorweggenommene Überredungsversuche nichts zu erreichen.«

Sie gingen an Paul und Gontran vorüber, die nach dem Mittagessen zum Kaffee ins Kasino gekommen waren. Andere Kurgäste langten an, vor allem Herren, denn wenn die Damen vom Tisch aufstanden, gingen sie stets für eine oder zwei Stunden hinauf in ihre Zimmer. Petrus Martel beaufsichtigte die Kellner und rief: »Ein Kümmel, ein Cognac, ein Anisette«, und zwar mit der gleichen rollenden, tiefen Stimme, mit der er eine Stunde später eine Probe leiten und der jugendlichen Liebhaberin die richtige Betonung beibringen würde.

Andermatt blieb ein paar Augenblicke stehen und plauderte mit den beiden jungen Leuten; dann nahm er seinen Spaziergang an der Seite des Leitenden Badearztes wieder auf.

Gontran saß mit übergeschlagenen Beinen und gekreuzten Armen zurückgelehnt auf seinem Stuhl, den Nacken auf die Lehne gestützt, Augen und Zigarre dem Himmel zugekehrt, und rauchte, versunken in eitel Glück. Plötzlich fragte er: »Hast du Lust, jetzt gleich eine kleine Wanderung ins Sans-Souci-Tal mitzumachen? Die Mädchen sind auch dabei.«

Paul zögerte; nach einigem Überlegen sagte er: »Ja, gern.« Dann sagte er noch: »Kommst du in deiner Angelegenheit weiter?«

»Das kann man schon sagen! Die habe ich fest in der Hand, jetzt entwischt sie mir nicht mehr.« Gontran hatte inzwischen seinen Freund ins Vertrauen gezogen und ihm Tag für Tag über seine Fortschritte und das Erreichte berichtet. Er hatte ihn sogar als Mitverschworenen an seinen Zusammenkünften mit Louise Oriol teilnehmen lassen; er hatte es nämlich auf durchtriebene Weise fertiggebracht, sich dann und wann mit dem Mädchen zu treffen.

Nach der Fahrt zum Puy de la Nugère hatte Christiane auf alle Ausflüge verzichtet; sie ging kaum noch aus, wodurch Begegnungen schwierig wurden.

Der zunächst durch das Verhalten der Schwester in Schwierigkeiten geratene Bruder hatte nach Mitteln und Wegen gesucht, sich aus der Verlegenheit zu ziehen.

Da er an die Gepflogenheiten in Paris gewöhnt war, wo die Frauen von Männern seines Schlages als ein Wild angesehen werden, das zu erjagen oftmals schwierig ist, hatte er ehedem vielerlei Listen angewandt, wenn er sich an die von ihm begehrten heranmachte. Besser als jeder andere hatte er sich darauf verstanden, sich unterschiedlicher Mittelsleute zu bedienen, gefällige und nicht unempfängliche Leute ausfindig zu machen und auf den ersten Blick den oder die zu erkennen, die seine Absichten begünstigen würden.

Als Christianes unwissentliche Hilfe plötzlich ausgeblieben war, hatte er in seiner Umgebung nach dem nötigen Bindeglied gesucht, nach dem »gefügigen Charakter«, wie er zu sagen pflegte, der an die Stelle der Schwester zu treten vermochte, und nur zu schnell war seine Wahl auf die Frau des Doktors Honorat gefallen. Es sprachen für sie mancherlei Gründe. Erstens stand ihr Mann in engen Beziehungen zu den Oriols; er war seit zwanzig Jahren ihr Hausarzt. Er hatte die Kinder geboren werden sehen, hatte alle Sonntage bei der Familie zu Abend gegessen und sie alle Dienstage zu Tisch in sein Haus geladen. Die Frau, eine dicke, alte Beinah-Dame, war geltungssüchtig und durch ihre Eitelkeit leicht zu gewinnen; sie mußte also jedem Wunsch des Grafen de Ravenel, dessen Schwager das Kurunternehmen Mont-Oriol gehörte, mit beiden Händen Hilfe leisten.

Im übrigen hatte Gontran, der sich in Kupplerseelen auskannte, diese Frau als von Natur aus dafür sehr begabt gehalten, als er sie bloß auf der Straße erblickt hatte. »Sie hat dazu die richtige körperliche Beschaffenheit«, hatte er gemeint, »und wenn der Körper für eine Betätigung geeignet ist, dann ist es auch die Seele.«

So hatte er denn eines Tages, als er ihren Mann bis an seine Tür begleitet hatte, ihr Haus betreten. Er hatte Platz genommen, hatte geplaudert, die Dame mit Komplimenten bedacht, und als die Stunde des Abendessens schlug, hatte er beim Aufstehen gesagt: »Es duftet bei Ihnen so gut. Sicher ist bei Ihnen die Küche besser als im Hotel.«

Stolzgeschwellt hatte Madame Honorat gestottert: »Mein Gott... Wenn ich mir erlauben dürfte... wenn ich mir erlauben dürfte, Herr Graf...«

»Was denn, Madame?«

»Sie zu bitten, an unserer bescheidenen Mahlzeit teilzunehmen.«

»Na... wirklich... ich würde ja sagen.«

Der beunruhigte Doktor hatte gemurmelt: »Aber wir haben nichts Besonderes: nur Pot-au-feu, Rindfleisch, Huhn, weiter nichts.«

Gontran hatte gelacht: »Das genügt mir, ich bin einverstanden.« Und er hatte bei dem Ehepaar Honorat zu Abend gegessen.

Die dicke Frau war aufgestanden, hatte dem Dienstmädchen die Schüsseln abgenommen, damit keine Brühe auf das Tischtuch planschte, und trotz der ungeduldigen Einwände des Mannes höchstpersönlich das Zureichen übernommen.

Der Graf hatte sie zu ihrer Kochkunst beglückwünscht, zu ihrem Haus, ihrer Liebenswürdigkeit, und als er ging, hatte sie vor Begeisterung gelodert. Er war wiedergekommen und hatte seinen Dankesbesuch gemacht, hatte sich abermals einladen lassen und ging jetzt in einem fort zu Madame Honorat, zu der die Oriol-Mädchen ebenfalls alle Augenblicke kamen, und zwar seit vielen Jahren schon, als Nachbarinnen und gute Freundinnen.

So verbrachte er denn ganze Stunden in der Gesellschaft der drei Frauen und war zu beiden Schwestern liebenswürdig, betonte indessen von Tag zu Tag deutlicher, daß Louise ihm die liebere sei.

Die Eifersucht, die sich zwischen den beiden angesponnen hatte, seit er sich Charlotte gegenüber galant bezeigte, nahm bei der älteren die Formen eines gehässigen Kriegs, bei der jüngeren diejenigen der Verachtung an. Louise mit ihrem reservierten Gehaben legte in ihre Wortkargheit und ihre Zurückhaltung gegenüber Gontran mehr Koketterie und Entgegenkommen, als die Schwester es bislang auf ihre zwanglose, fröhliche Art getan hatte. Die bis ins tiefste Herz getroffene Charlotte verbarg ihre Pein hinter ihrem Stolz, schien nichts zu sehen, nichts zu verstehen und kam nach wie vor mit vorgespiegelter Gleichgültigkeit zu all diesen Zusammenkünften bei Madame Honorat. Sie wollte nicht daheimbleiben, aus Furcht, es könne angenommen werden, sie leide, sie räume der Schwester das Feld.

Gontran war zu stolz auf seinen Streich, als daß er ihn hätte geheimhalten können; er hatte unbedingt Paul davon erzählen müssen. Und Paul, der dies alles hochkomisch fand, hatte gelacht. Im übrigen hatte er sich seit den zweideutigen Äußerungen des Freundes vorgenommen, sich nicht mehr in dessen Angelegenheiten einzumischen, und häufig hatte er sich besorgt gefragt: »Ob er wohl etwas von Christiane und mir weiß?«

Er kannte Gontran zu gut, als daß er ihn nicht für fähig gehalten hätte, gegenüber einer Liaison seiner Schwester die Augen zu schließen. Aber wieso hatte er dann nicht schon früher zu verstehen gegeben, er ahne es oder er wisse davon? Gontran war nämlich einer der Menschen, für die jede Dame der Gesellschaft einen oder mehrere Liebhaber haben muß, einer der Menschen, für die die Familie lediglich ein Verband zu gegenseitiger Hilfeleistung, die Moral eine unentbehrliche Haltung zur Tarnung der Neigungen ist, die die Natur uns nun mal mitgegeben hat, und die gesellschaftliche Ehrpusseligkeit die Fassade, hinter der man die liebenswerten Laster verbergen muß. Wenn er, nebenbei gesagt, seine kleine Schwester dazu getrieben hatte, Andermatt zu heiraten, so ganz sicher aus dem verworrenen, wenn nicht gar klar umrissenen Gedanken heraus, dieser Jude werde von der ganzen Familie ausgebeutet werden, und vielleicht hätte er Christiane im gleichen Maß verachtet, wenn sie diesem aus Standes- und Vermögensrücksichten geheirateten Mann treu geblieben wäre, wie er sich selber verachtet hätte, nicht das Seine aus dem Geldbeutel des Schwagers herauszuholen.

Das alles überlegte Paul, und all das verstörte die Seele eines modernen Don Quijote, die er besaß, freilich eine, die zu Kapitulationen neigte. Deswegen war er diesem schwer durchschaubaren Freund gegenüber recht zurückhaltend geworden.

Als ihm Gontran gesagt hatte, welchen Gebrauch er von Madame Honorat mache, da hatte Brétigny bloß gelacht, und seit einiger Zeit hatte er sich mit zu der Dame nehmen lassen, und hatte große Freude daran, mit Charlotte zu plaudern.

Die Arztfrau schickte sich mit der größten Bereitwilligkeit der Welt in die ihr zugedachte Rolle; wie die Pariser Damen reichte sie um fünf Uhr Tee und kleine, selbstgebackene Kuchen.

217

Bei Pauls erstem Kommen in jenes Haus empfing sie ihn wie einen alten Freund, ließ ihn sich setzen, nahm ihm, obwohl er sich sträubte, seinen Hut ab, den sie auf den Kaminsims legte, neben die Stutzuhr. Dann ging sie, korpulent und mit vorgestrecktem Bauch, eilfertig vom einen zum andern und fragte: »Möchten Sie vielleicht ein Häppchen essen?«

Gontran erging sich in Drolligkeiten; er scherzte und lachte in völliger Ungezwungenheit. Für ein paar Minuten zog er unter Charlottes unruhig flackernden Blicken Louise in eine Fensternische.

Madame Honorat plauderte gerade mit Paul; sie sagte zu ihm mütterlichen Tons: »Die lieben Kinder! Sie kommen her, weil sie sich ein Weilchen unterhalten wollen. Das ist doch ganz harmlos, nicht wahr, Monsieur Brétigny?«

»Oh, vollkommen harmlos.«

Als er wiederkam, redete sie ihn vertraulich mit »Monsieur Paul« an und behandelte ihn halbwegs als Mitverschworenen.

Und fortan erzählte Gontran auf seine spöttische Weise von allen Gefälligkeiten der Dame; abends zuvor habe er sie gefragt: »Warum gehen Sie eigentlich nie mit den jungen Damen auf der Landstraße nach Sans-Souci spazieren?«

»Das können wir ja mal tun, Herr Graf, das können wir ja mal tun.«

»Morgen um drei, beispielsweise.«

»Morgen um drei, Herr Graf.«

»Sie sind die Liebenswürdigkeit in Person, Madame Honorat.«

»Ganz Ihnen zu Diensten, Herr Graf.«

Und Gontran erklärte Paul: »Dir ist wohl klar, daß ich in dem Wohnzimmer da der Älteren im Dabeisein der Jüngeren nichts einigermaßen Dringliches sagen kann. Aber im Wald gehe ich mit Louise voraus oder bleibe ein Stückchen zurück. Du kommst also mit?«

»Ja, gern.«

»Dann los.«

Sie standen auf und schlenderten gemächlich nach der Landstraße hin; als dann La Roche-Pradière hinter ihnen lag, bogen sie nach links ab und stiegen durch ein Gewirr von Buschwerk in das bewaldete Tal hinab. Nachdem sie den Bach überschritten hatten, setzten sie sich am Saum des Pfades nieder und warteten.

Bald langten die drei Frauen an, eine hinter der andern, Louise als die erste und Madame Honorat als die letzte.

Auf beiden Seiten wurde über diese Begegnung überrascht getan.

Gontran rief: »Na, das war mal eine gute Idee von Ihnen hierherzukommen!«

Die Arztfrau antwortete: »Ja, und diese Idee stammt von mir!«

Und dann wurde der Spaziergang fortgesetzt.

Louise und Gontran schritten allmählich rascher aus, übernahmen die Führung und entfernten sich, so daß die andern sie bei den Biegungen des schmalen Wegs aus den Augen verloren.

Die dicke Dame, die außer Atem geraten war, warf ihnen einen nachsichtigen Blick zu und sagte leise: »Na ja, die Jugend, die hat gesunde Beine. Da kann ich nicht folgen.«

Charlotte rief: »Warten Sie, ich rufe sie zurück.« Sie wollte davonlaufen.

Die Arztfrau hinderte sie daran: »Laß sie in Ruhe, Kindchen, wenn sie sich mal miteinander aussprechen wollen! Es wäre unnett, sie dabei zu stören; sie werden schon von selber wiederkommen.« Und sie setzte sich im Schatten einer Kiefer ins Gras und fächelte sich mit ihrem Taschentuch Kühlung zu.

Charlotte warf Paul einen verzweifelten Blick zu, einen flehenden, trostlosen Blick.

Er verstand und sagte: »Ja, dann wollen wir Madame Honorat sich verschnaufen lassen, und Sie und ich gehen Ihrer Schwester nach.«

Freudig antwortete sie: »O ja!«

Madame Honorat erhob keine Einwendungen: »Geht nur, Kinder, geht nur. Ich warte hier auf euch. Bleibt nicht gar zu lange weg.«

Und so entfernten auch sie sich. Anfangs schritten sie tüchtig aus, da sie die beiden andern nicht mehr sahen, in der Hoffnung, sie einzuholen; aber nach einigen Minuten meinten sie, Louise

219

und Gontran müßten entweder nach links oder nach rechts in den Wald abgebogen sein, und Charlotte rief mit zitternder, hallender Stimme. Niemand antwortete. Leise sagte sie: »O mein Gott, wo mögen sie nur sein?«

Paul spürte, wie ihn abermals das tiefe Mitleid überkam, die schmerzliche Rührung, die ihn bereits am Rand des Kraters von La Nugère gepackt hatte.

Er wußte nicht, was er diesem verzweifelten Kind sagen sollte. Er empfand den Drang, einen väterlichen, heftigen Drang, sie in die Arme zu schließen, sie zu küssen, sanfte, tröstliche Worte für sie zu finden. Aber welche?

Sie hielt nach allen Seiten Ausschau, durchstöberte mit verstörten Blicken das Gezweig, lauschte auf die leisesten Geräusche und stammelte: »Ich glaube, sie sind da entlanggegangen... Nein, da... Hören Sie nichts?«

»Nein, nichts. Das Beste ist, wir warten hier auf sie.«

»O mein Gott... Nein... Wir müssen nach ihnen suchen...«

Er zögerte ein paar Sekunden; dann sagte er ganz leise zu ihr: »Tut es Ihnen denn so weh?«

Sie schaute mit bestürzten Augen zu ihm auf; die Tränen fingen ihr zu kommen an; sie bedeckten ihr die Augen mit einer leichten, durchsichtigen Wasserwolke, die noch von den mit langen braunen Wimpern gesäumten Lidern zurückgehalten wurde. Sie wollte etwas sagen, konnte es aber nicht, wagte es nicht; und dabei bedurfte ihr geschwelltes, verschlossenes, von Kümmernis erfülltes Herz so sehr des Sichverströmens.

Er fuhr fort: »Also haben Sie ihn sehr lieb... Aber glauben Sie mir: Er verdient Ihre Liebe nicht.«

Sie konnte nicht länger an sich halten; sie fuhr mit den Händen an die Augen, um ihre Tränen zu verbergen: »Nein... nein... den habe ich nicht lieb... den nicht... Er hat sich zu gemein benommen... Gespielt hat er mit mir... Zu gemein ist das... zu feige... Aber trotzdem hat es mir weh getan... sehr... weil es hart ist... sehr hart... ach ja... Aber am wehesten tut mir, daß meine Schwester... meine Schwester... mich auch nicht mehr lieb hat... und daß sie noch übler gewesen ist als er... Ich fühle, daß sie mich nicht mehr lieb hat... überhaupt nicht mehr... daß

sie mich nicht mehr leiden kann ... Und dabei habe ich nur sie gehabt... Und jetzt habe ich keinen Menschen mehr... Und dabei
habe ich doch gar nichts getan...«

Er sah nur ihr Ohr und ihren Hals mit der jungen Haut, der
sich im Kragen des Kleids unter dem leichten Stoff zu rundliche-
ren Formen verlor. Und er fühlte sich aufgewühlt von Mitgefühl,
von Zärtlichkeit, erhoben von dem ungestümen Verlangen nach
Aufopferung, das sich seiner jedesmal bemächtigte, wenn eine
Frau an sein Inneres rührte. Und seine stets auf die Raketen des
Überschwangs sogleich reagierende Seele geriet außer Rand und
Band ob dieses unschuldigen, verwirrenden, naiven und auf
grausame Weise hinreißenden Schmerzes.

Mit einer unerwogenen Geste streckte er die Hand nach ihr
aus, wie man es tut, um Kinder kosend zu streicheln und zu beschwichtigen, und legte sie auf sie, von rückwärts, nahe der
Schulter. Da spürte er den hastigen Schlag ihres Herzens, wie
man das Herzchen eines Vogels fühlt, den man gefangen hat.

Und dies beständige, überhastete Klopfen stieg an seinem
Arm entlang bis in sein eigenes Herz, dessen Pochen immer
schneller wurde. Er fühlte, wie das von ihr kommende Ticken
ihm in den Körper drang, in seine Muskeln und Nerven, so daß
ihnen beiden nur ein einziges Herz wurde, das unter dem gleichen Leid litt, in den gleichen Zuckungen pochte, das gleiche Leben lebte, wie durch einen Draht ferngesteuerte Uhren Sekunde
für Sekunde den gleichen Gang gehen.

Doch jäh entblößte sie ihr gerötetes, nach wie vor hübsches Gesicht, trocknete es hastig und sagte: »Ach was, ich hätte Ihnen
das alles gar nicht sagen dürfen. Verrückt bin ich. Kommen Sie,
wir wollen schnell wieder zurück zu Madame Honorat gehen;
und vergessen Sie dies alles... Versprechen Sie mir das?«

»Gewiß.«

Sie bot ihm die Hand. »Ich habe Vertrauen zu Ihnen. Ich
glaube, *Sie* sind ein sehr anständiger Mensch!«

Sie gingen zurück. Beim Überqueren des Bachs hob er sie
hoch, wie er das Jahr zuvor Christiane hochgehoben hatte. Christiane! Wie oft war er mit ihr in den Tagen, da er sie vergöttert
hatte, diesen Weg gegangen. Er wunderte sich über seine Wan-

kelmütigkeit und dachte: Von wie kurzer Dauer jene Leidenschaft doch gewesen ist!

Charlotte legte ihm einen Finger auf den Arm und flüsterte: »Madame Honorat ist eingeschlafen; wir wollen uns ganz leise hinsetzen.«

Tatsächlich, Madame Honorat schlief, an den Kiefernstamm gelehnt, das Taschentuch übers Gesicht gebreitet und die Hände über dem Bauch verschränkt. Sie setzten sich ein paar Schritte abseits von ihr nieder und sprachen nicht, um sie nicht aufzuwecken.

Da wurde das Schweigen des Waldes so tief, daß sie es spürten wie einen Schmerz. Nichts war zu hören als das über die Steine rieselnde Wasser ein wenig tiefer und dann das kaum wahrnehmbare Rascheln winziger, vorüberlaufender Tiere, das unfaßbare Surren schwirrender Fliegen oder das Scharren dicker schwarzer Käfer, die das abgefallene Laub schwanken ließen.

Wo mochten Louise und Gontran sein? Was mochten sie treiben? Plötzlich waren sie in der Ferne zu hören; sie kamen zurück.

Madame Honorat wachte auf und war ganz erstaunt: »Nanu? Ihr seid da? Ich habe euch gar nicht kommen hören! Und die andern, habt ihr die gefunden?«

Paul antwortete: »Da sind sie schon. Sie kommen.«

Gontrans Lachen war zu vernehmen. Jenes Lachen befreite Charlotte von einer schweren Last, die ihr Inneres bedrückt hatte. Sie hätte nicht zu sagen vermocht, weswegen.

Bald waren sie zu sehen. Gontran lief beinahe; er zog das junge Mädchen, das ganz rot war, am Arm hinter sich her. Und noch ehe er angelangt war, in der Hast, seine Geschichte loszuwerden, rief er: »Ihr wißt ja gar nicht, wen wir überrascht haben! Jede Wette! Den schönen Doktor Mazelli mit der Tochter des berühmten Professors Cloche, wie Will sagen würde, der hübschen Witwe mit dem roten Haar... Ja, und stellt euch vor, wie überrascht! Abgeknutscht hat er sie, der Strolch... Und wie! Oh, und wie!«

Angesichts dieser maßlosen Heiterkeit bekam Madame Honorat eine Anwandlung von Ehrpusseligkeit: »Aber Herr Graf, bedenken Sie doch... die jungen Damen!«

Gontran verneigte sich tief. »Sie haben vollauf recht, mir die Schicklichkeit zu Gemüte zu führen. Alles, was Ihnen einfällt, ist trefflich.«

Um nicht mit ihnen gemeinsam heimzukehren, verabschiedeten sich die jungen Herren von den Damen und traten quer durch den Wald den Rückweg an.

»Na?« fragte Paul.

»Ja, ich habe ihr erklärt, ich betete sie an und wäre nur zu glücklich, sie zu heiraten.«

»Und was hat sie daraufhin gesagt?«

»Mit recht niedlicher Klugheit hat sie gesagt: ›Das geht meinen Vater an. Ihm werde ich die Antwort geben.‹«

»Und was tust du jetzt?«

»Ich beauftrage sofort meinen Botschafter Andermatt mit dem offiziellen Heiratsantrag. Und wenn der alte Fuchs von Bauer irgendwelche Einwände macht, kompromittiere ich seine Tochter durch einen Gewaltstreich.«

Und da Andermatt nach wie vor sich mit Doktor Latonne auf der Kasinoterrasse beredete, brachte Gontran die beiden dazu, sich zu verabschieden, und weihte den Schwager auf der Stelle in die Lage der Dinge ein.

Paul schritt auf der Straße nach Riom von dannen. Ihn verlangte danach, allein zu sein, so sehr fühlte er sich vom Aufruhr des Denkens und des ganzen Körpers überwältigt, dem uns jede Begegnung mit einer Frau anheimfallen läßt, in die sich zu verlieben man im Begriff steht.

Schon seit einiger Zeit war er, ohne sich darüber klar zu werden, dem eindringlichen Zauber dieses blutjungen, sitzengelassenen Mädchens unterlegen. Er spürte, wie nett sie war, wie gutherzig, schlicht, aufrichtig und naiv, daß er zunächst von Mitleid ergriffen worden war, dem zärtlichen Mitgefühl, wie es jeder Kummer der Frauen uns einflößt. Als er dann öfter mit ihr zusammen gewesen war, hatte er dies Samenkorn in seinem Herzen keimen lassen, das kleine Samenkorn der Zärtlichkeit, das die Frauen so behend in uns einsäen und das dann treibt und seinen Keim aufschießen läßt. Und jetzt, vor allem seit einer Stunde, begann er sich als besessen zu fühlen, in sich die stete Nähe der Ab-

223

wesenden zu verspüren, und das ist das erste Anzeichen der Liebe.

Er schritt auf der Landstraße einher, im Bann des Rückdenkens an ihren Blick, an den Klang ihrer Stimme, an die Faltung ihrer Lippen beim Lächeln oder beim Weinen, an die Art ihres Gehens, sogar an die Farbe, das Wogen ihres Kleides. Und er sagte sich: »Ich glaube, mich hat's gepackt. Ich kenne das. Zu dumm! Ich täte am besten, schleunigst zurück nach Paris zu fahren. Verdammt noch mal, sie ist ja doch ein unberührtes Mädchen! Ich kann sie doch nicht zu meiner Geliebten machen!«

Dann begann er, an sie zu denken, wie er im Jahr zuvor an Christiane gedacht hatte. Wie verschieden war auch sie von allen Frauen gewesen, die er gekannt hatte, Frauen, die in der Stadt geboren und aufgewachsen waren, verschieden sogar von den aufgeklärten jungen Mädchen, die von Kindheit an durch die Koketterie ihrer Mütter oder die Koketterie, die auf der Straße ihr Wesen treibt, unterwiesen worden sind. Sie besaß nichts von dem Erkünstelten der zur Verführung erzogenen Frauen, nichts Angelerntes in ihrer Ausdrucksweise, nichts Konventionelles in ihrem Gehaben, nichts Unechtes im Blick.

Sie war nicht nur ein junges, reines Menschenwesen, sondern sie entstammte überdies einer urwüchsigen Rasse; sie war noch ein echtes Kind der Erde, und nun sollte sie eine Städterin werden.

Und er begeisterte sich, er verteidigte sie gegen das unklare Widerstreben, das er noch in sich verspürte. Gestalten poetischer Romane tauchten vor seinen Augen auf, Schöpfungen Walter Scotts, Dickens' oder George Sands, und sie stachelten seine ohnehin schon stets vom Gedanken an die Frau gegeißelte Phantasie noch mehr an.

Gontran hatte ihn immer folgendermaßen beurteilt: »Paul ist ein durchgegangenes Pferd mit einer Liebschaft auf dem Rücken. Kaum hat er die eine abgeworfen, da springt schon die nächste auf.«

Doch da merkte Brétigny, daß es dämmerte. Er hatte einen langen Weg hinter sich gebracht. Er kehrte um.

Als er an der neuen Bäderanlage vorbeikam, gewahrte er Andermatt und Oriol Vater und Sohn; sie schritten die Rebberge ab und maßen sie aus; aus ihrem Gestikulieren erkannte er, daß sie aufgeregt unterhandelten.

Eine Stunde danach kam William in den Salon, wo die ganze Familie beisammensaß, und sagte zu dem Marquis: »Lieber Schwiegervater, ich möchte dir verkünden, daß dein Sohn Gontran in sechs Wochen oder zwei Monaten Mademoiselle Louise Oriol heiraten wird.«

Monsieur de Ravenel sperrte Mund und Nase auf. »Gontran? *Wie* meinst du?«

»Ich habe gesagt, er werde in sechs Wochen oder zwei Monaten mit deiner Einwilligung Mademoiselle Louise Oriol heiraten; sie wird einmal sehr reich sein.«

Da sagte der Marquis lediglich: »Mein Gott, wenn er Lust dazu hat, dann bin ich einverstanden.«

Und nun erzählte der Bankier, was er bei dem alten Bauern unternommen hatte.

Sobald er von dem Grafen gehört hatte, das junge Mädchen sei einverstanden, hatte er auf der Stelle die Zustimmung des Winzers einholen wollen, ohne diesem Zeit zu lassen, Kniffe und Pfiffe zu überlegen.

Er war also zu ihm geeilt und hatte ihn dabei betroffen, wie er unter großer Mühewaltung auf einem fettigen Papierblatt seine Buchhaltung durchführte; »Koloß« half ihm dabei; er addierte mit den Fingern.

Als Andermatt Platz genommen hatte, sagte er: »Ich tränke gern ein Glas von Ihrem guten Wein.«

Als der lange Jacques die Gläser und den randvollen Krug gebracht hatte, fragte Andermatt, ob Mademoiselle Louise schon wieder daheim sei; dann bat er, sie möge gerufen werden. Als sie vor ihn trat, stand er auf und verneigte sich tief. »Mademoiselle, würden Sie mich wohl in diesem Augenblick als einen Freund ansehen, dem man alles sagen kann? Ja, nicht wahr? Nun, ich bin mit einem sehr delikaten Auftrag betraut worden. Mein Schwager, der Graf Raoul-Olivier-Gontran de Ravenel, ist sehr von Ihnen angetan, was ihm zum Lob gereicht, und er hat mich damit beauftragt, Sie vor Ihrer Familie zu fragen, ob Sie willens seien, seine Frau zu werden.«

Die auf diese Weise Überrumpelte wandte die verwirrten Augen dem Vater zu. Und der verdatterte alte Oriol schaute den Sohn an, bei dem er sich für gewöhnlich Rat holte; »Koloß« sah Andermatt an, und dieser fuhr mit einer gewissen Zurückhaltung fort: »Es dürfte Ihnen klar sein, Mademoiselle, daß ich mich dieses Auftrags einzig mit dem Versprechen unterzogen habe, meinem Schwager unverzüglich eine Antwort zu überbringen. Er hat nur zu sehr das Gefühl, er könne Ihnen vielleicht nicht gefallen, und in diesem Fall würde er morgen diesem Ort den Rücken kehren und nie wieder hierher zurückkehren. Andrerseits weiß ich, daß Sie ihn zur Genüge kennen, um mir, der ich lediglich Mittelsperson bin, zu sagen: ›Ja, gern‹ oder aber: ›Ich will nicht.‹«

Sie senkte den Kopf und brachte errötend, aber entschlossen hervor: »Ja, gern.« Dann stürzte sie so rasch davon, daß sie beim Hindurchgehen an die Tür stieß.

Da setzte Andermatt sich wieder und goß sich, wie die Bauern es zu tun pflegen, ein Glas Wein ein. »Jetzt wollen wir das Geschäftliche besprechen«, sagte er. Und ohne auch nur die Möglichkeit eines Zögerns zuzulassen, schnitt er die Frage der Mitgift an, wobei er sich auf die Erklärungen stützte, die der Winzer ihm drei Wochen zuvor gemacht hatte. Er bewertete Gontrans gegenwärtiges Vermögen mit dreihunderttausend Francs, zu denen später das väterliche Erbteil hinzukommen würde, und ließ durchblicken, wenn ein Mann wie der Graf de Ravenel einwillige, um die Hand der Oriol-Tochter zu bitten, eines übrigens bezaubernden Mädchens, so sei es über jeden Zweifel erhaben, daß die Familie der jungen Dame sich bereit finde, diese Ehre durch ein Geldopfer anzuerkennen.

Da versuchte der Bauer, der völlig aus der Fassung gebracht, aber geschmeichelt und fast schon entwaffnet war, sein Hab und Gut zu verteidigen. Das Hinundhergerede dauerte lange.

Freilich machte etwas, das Andermatt gleich zu Beginn erklärt hatte, alles leicht: »Wir verlangen weder Bargeld noch Wertpapiere, sondern lediglich Grundstücke, und zwar die, von denen Sie mir bereits gesagt haben, sie bildeten Mademoiselle Louises

Mitgift, und dazu noch einige andere, die ich Ihnen nennen werde.«

Die Aussicht, kein Geld ausschütten zu brauchen, jenes langsam angehäufte Geld, das Franc auf Franc, Sou auf Sou ins Haus gelangt war, das gute, weiße oder gelbe, von Händen, in Portemonnaies, in Tischen, auf Cafétischen, in den tiefen Schubfächern alter Schränke abgenutzte Geld, jenes Geld, die klingende Geschichte so vieler Mühen, Sorgen, Anstrengungen, Plackereien, das für das Herz, die Augen, die Finger des Bauern etwas so Wohliges war und ihm teurer als die Kuh, als der Rebberg, das Feld und das Haus, jenes Geld, das oftmals zögernder geopfert wird als sogar das Leben – die Aussicht, es nicht zugleich mit der Tochter auf und davon gehen zu sehen, schuf sogleich im Herzen von Vater und Sohn eine große Beruhigung, ein Verlangen nach Einigung, eine geheime, verhaltene Freude.

Indessen diskutierten sie, um womöglich ein paar Fußbreit Boden mehr behalten zu können. Auf dem Tisch war ein genauer Lageplan des Oriol-Hügels ausgebreitet worden, und es wurden nacheinander alle an Louise fallenden Teile mit einem Kreuz bezeichnet. Andermatt brauchte eine geschlagene Stunde, um die beiden letzten Feldquadrate für sich buchen zu können. Damit es keine Überraschung für die eine oder andere Partei gebe, wurde unter Mitnahme des Plans an Ort und Stelle gegangen. Sorgfältig wurden die durch Kreuze gekennzeichneten Landstücke festgestellt und nochmals abgesteckt.

Aber Andermatt war auf der Hut; er hielt die beiden Oriols für durchaus imstande, bei der nächsten Zusammenkunft einen Teil der bewilligten Abtretungen abzustreiten, gewisse Rebgelände wieder an sich bringen zu wollen, Stücke, die für seine Pläne von Wichtigkeit waren, und er sann über ein praktisches, verläßliches Mittel nach, wodurch ihre Übereinkunft zu etwas Endgültigem werden könne.

Da durchschoß ihn ein Gedanke, der ihn zunächst lächeln machte, ihm dann aber als ausgezeichnet, wenngleich absonderlich erschien. »Wenn es Ihnen recht ist«, sagte er, »legen wir das alles schriftlich nieder, damit es nicht später in Vergessenheit gerät.«

Und als sie wieder ins Dorf kamen, ging er in den Tabaktrafik und kaufte zwei Bogen Stempelpapier. Er wußte, daß die auf solcherlei amtlichen Blättern aufgezeichnete Liste der Grundstücke in den Augen der Bauern etwas nahezu Unantastbares darstellte; denn jene Blätter repräsentierten das Gesetz, das stets unsichtbare und drohende, das durch Gendarmen, Bußen und Gefängnis verteidigt wird.

So schrieb er denn auf das eine Blatt und schrieb es nochmals auf das zweite: »Auf Grund des wechselseitigen Eheversprechens zwischen dem Grafen Gontran de Ravenel und Mademoiselle Louise Oriol überläßt deren Vater, Monsieur Oriol, seiner Tochter als Mitgift die unten bezeichneten Grundstücke...« Und er zählte sie peinlich genau auf, mitsamt den Katasternummern aus dem Grundbuch der Gemeinde.

Nachdem er das Ganze datiert und unterzeichnet hatte, ließ er auch den alten Oriol unterzeichnen; dieser hatte noch verlangt, daß auch das eingebrachte Vermögen des Bräutigams erwähnt werde; dann ging Andermatt mit dem Dokument in der Tasche zurück zum Hotel.

Alles lachte über seinen Bericht, und Gontran noch mehr als die übrigen.

Dann sprach der Marquis überaus würdevoll zu seinem Sohn: »Wir beide statten heute abend jener Familie einen Besuch ab, und ich selber mache den vorerst von meinem Schwiegersohn übermittelten Antrag noch einmal, damit die Sache mehr den vorgeschriebenen Regeln entspricht.«

V

Gontran war ein schlechthin vollkommener Verlobter, zugleich liebenswürdig und emsig. Er machte, aus Andermatts Tasche, allen und jedem Geschenke und suchte das junge Mädchen in einem fort auf, sei es bei ihr daheim, sei es bei Madame Honorat. Paul begleitete ihn jetzt fast ständig, um mit Charlotte zusammenzukommen, die nicht wiederzusehen er nach jedem Besuch beschloß.

Sie hatte sich tapfer mit der Heirat der Schwester abgefunden, und sie sprach sogar ungezwungen darüber, ohne den Anschein zu erwecken, es sei in ihrer Seele nur der mindeste Schmerz zurückgeblieben. Allein ihr Charakter schien sich ein wenig gewandelt zu haben; sie war gesetzter geworden und nicht mehr so offenherzig. Während Gontran Louise in einem Winkel halblaut Galanterien zuraunte, plauderte Brétigny ernsthaft mit ihr und ließ sich langsam erobern, ließ sein Herz von dieser neuen Liebe überwogen wie von einer steigenden Flut. Er wußte es und gab sich ihr hin, wobei er dachte: Pah! Im rechten Augenblick mache ich, daß ich wegkomme, und dann: erledigt. Hatte er sich von ihr verabschiedet, stieg er zu Christiane hinauf, die jetzt von früh bis spät auf einer Chaiselongue lag. Bereits an der Tür fühlte er sich nervös und gereizt, gewappnet gegen all die kleinen Streitigkeiten, die der Überdruß zuwege bringt. Alles, was sie sagte, alles, was sie dachte, ärgerte ihn schon im voraus; ihre Leidensmiene, ihre resignierte Haltung, ihre vorwurfsvollen, flehenden Blicke trieben ihm zornige Worte auf die Lippen, die er aus Wohlerzogenheit nicht aussprach; und dabei hatte er in ihrer Gegenwart beständig das in ihm verharrende Bild des jungen Mädchens vor Augen, bei dem er zuvor geweilt hatte.

Wenn ihn dann Christiane, die es quälte, daß sie ihn nur so selten sah, mit Fragen überschüttete, was er den ganzen Tag tue und treibe, so erfand er alles Mögliche, dem sie aufmerksam lauschte, wobei sie herauszuhören versuchte, ob er nicht vielleicht an eine andere Frau denke. Ihr wissendes Unvermögen, diesen Mann festzuhalten, das Unvermögen, ihm ein wenig von der Liebe einflößen zu können, von der sie gemartert wurde, das physische Unvermögen, noch sein Wohlgefallen zu finden, sich ihm zu schenken, ihn durch Liebesbezeigungen zurückzuerobern, da sie ihn durch bloße Zärtlichkeiten, durch ein bloßes Liebesgefühl nicht wiederzugewinnen vermochte, ließ sie alles befürchten, ohne daß sie gewußt hätte, wo sie mit ihren Ängsten hätte ansetzen sollen.

Unbestimmt fühlte sie eine Gefahr über sich schweben, eine große, ihr unbekannte Gefahr. Und sie war ins Leere hinein eifersüchtig, eifersüchtig auf alles, auf die Frauen, die sie vor ihrem

Fenster vorübergehen sah und die sie reizend fand, wenngleich sie nicht einmal wußte, ob Brétigny überhaupt jemals mit ihnen gesprochen habe.

Sie fragte ihn: »Ist Ihnen eine sehr hübsche Dame aufgefallen, eine brünette, ziemlich große? Ich habe sie vorhin gesehen; sie muß dieser Tage angekommen sein.«

Wenn er dann antwortete: »Nein. Die kenne ich nicht«, witterte sie sogleich eine Lüge, wurde blaß und sprach weiter: »Aber es ist doch ausgeschlossen, daß sie Ihnen nicht aufgefallen ist; sie ist mir sehr schön vorgekommen.«

Ihn wunderte ihre Beharrlichkeit. »Ich versichere Ihnen, daß ich sie nicht gesehen habe. Ich will versuchen, sie kennenzulernen.«

Sie dachte: Ganz sicher ist es die. Auch war sie an gewissen Tagen überzeugt, er habe eine heimliche Liaison im Dorf, er habe eine Geliebte herkommen lassen, vielleicht seine Schauspielerin. Und sie fragte alle und jeden aus, ihren Vater, ihren Bruder und ihren Mann; sie erkundigte sich nach sämtlichen jungen, begehrenswerten Frauen, die in Enval ortsbekannt waren.

Hätte sie wenigstens gehen, selber nachforschen, ihm folgen können, so wäre sie ein wenig beruhigter gewesen; aber die fast gänzliche Reglosigkeit, in der sie jetzt verharren mußte, schuf ihr unerträgliche Qual. Und wenn sie mit Paul sprach, so kündete allein schon der Klang ihrer Stimme von ihrem Leid und fachte sein nervöses Unbehagen über diese zu Ende gegangene Liebe an.

Nur über eins konnte er in aller Ruhe mit ihr plaudern, nämlich über Gontrans bevorstehende Eheschließung; denn das gestattete ihm, Charlottes Namen zu erwähnen und ganz laut an das junge Mädchen zu denken. Und es bereitete ihm sogar ein geheimnisvolles, verworrenes, unerklärliches Lustgefühl, Christiane jenen Namen aussprechen und die Anmut und alle guten Eigenschaften jener Kleinen rühmen, sie beklagen, bedauern zu hören, daß ihr Bruder sie geopfert habe, zu vernehmen, daß Christiane einen Mann herbeiwünsche, ein wackeres Herz, das Charlotte verstehe, sie liebe und heirate.

Er sagte: »Ach ja, da hat Gontran eine Dummheit begangen. Sie ist durch und durch reizend, die Kleine.«

Arglos wiederholte Christiane: »Durch und durch reizend. Eine Perle ist sie! Schlechthin vollkommen.« Nie wäre sie auf den Gedanken gekommen, ein Mann wie Paul könne ein solches Mädchen lieben und werde es eines Tages heiraten. Lediglich seine Geliebten fürchtete sie.

Und infolge eines absonderlichen Herzensphänomens gewann das Lob Charlottes in Christianes Mund für ihn einen ungemeinen Wert, stachelte seine Liebe an, peitschte sein Begehren auf, umhüllte das junge Mädchen mit unwiderstehlicher Anziehungskraft.

Als er eines Tages zusammen mit Gontran Madame Honorats Haus betrat, um dort mit den Oriol-Mädchen zusammen zu sein, fanden sie den Doktor Mazelli; und er saß da wie zu Hause.

Er reichte den beiden Herren beide Hände und lächelte sein italienisches Lächeln, das anmutete, als lege er sein ganzes Herz in jedes Wort und jede Geste.

Gontran und er hatten eine enge und zugleich oberflächliche Freundschaft geschlossen, die sich weit mehr aus geheimer innerer Verwandtschaft, aus verborgenen Ähnlichkeiten, einer Art Verschwörertum der Instinkte nährte als aus wahrer Zuneigung und Vertrauen.

Der Graf fragte: »Und was macht Ihre niedliche Rotblonde aus dem Sans-Souci-Wald?«

Der Italiener lächelte: »Ach, wir verstehen uns nicht besonders. Sie gehört zu den Frauen, die alles anbieten und nichts schenken.«

Und es wurde geplaudert. Der schöne Arzt setzte sich vor den Mädchen in Szene, zumal vor Charlotte. Wenn er mit Frauen redete, so legte er in seine Stimme, seine Gesten und seinen Blick eine nie ablassende Anbetung. Seine ganze Person, von oben bis unten, sagte ihnen: »Ich liebe Sie!«, und zwar mit einer Beredsamkeit der Haltung, die sie unfehlbar für ihn einnahm.

Er verfügte über die Anmut einer Schauspielerin, die leichten Pirouetten einer Tänzerin, die geschmeidigen Bewegungen eines Taschenspielers, ein ganzes Repertoire an natürlicher und angestrebter Verführungskunst, dessen er sich ohne Unterlaß bediente.

Als Paul mit Gontran auf dem Rückweg zum Hotel war, rief er in verdrossener Laune:»Was hat dieser Scharlatan in jenem Haus zu suchen gehabt?«

Der Graf antwortete gelassen:»Weiß man das je bei dergleichen Abenteurern? Solche Leute schlüpfen überall hinein. Der da könnte sein Vagabundenleben satt haben, er ist es wohl müde, den Launen seiner Spanierin zu gehorchen; schließlich ist er mehr ihr Diener als ihr Arzt, und vielleicht gar noch mehr. Er sucht. Die Tochter des Professors Cloche wäre ein guter Happen gewesen; das ist schiefgegangen, wie er gesagt hat. Die zweite Oriol-Tochter wäre für ihn nicht minder wertvoll. Er versucht es, er tastet sich vor, er wittert, er sondiert. Auf diese Weise würde er Mitbesitzer der Thermalquellen, er würde versuchen, dies Rindvieh von Latonne aus dem Feld zu schlagen, und sich auf jeden Fall hier jeden Sommer eine vortreffliche Patientenschaft für den Winter verschaffen... Herrgott noch mal, das ist sein Plan, daran ist nicht zu rütteln.«

In Pauls Herzen erwachten dumpfer Zorn und eifersüchtige Feindschaft.

Eine Stimme rief:»Heda! Heda!«

Es war Mazelli; er war ihnen nachgegangen.

Mit aggressiver Ironie sagte Brétigny zu ihm:»Wohin laufen Sie denn so schnell, Herr Doktor? Man könnte meinen, Sie seien hinter dem Glück her!«

Der Italiener lächelte, und ohne innezuhalten tänzelte er nach rückwärts, steckte mit einer anmutigen Mimengeste beide Hände in die Taschen, stülpte diese behend um und zeigte, daß sie leer seien, indem er sie mit zwei Fingern an der Saumnaht faßte und von sich weg hielt. Dann sagte er:»Ich habe es noch nicht ergattert.« Elegant schwang er auf den Zehenspitzen herum und hastete davon wie jemand, der es sehr eilig hat.

An den folgenden Tagen trafen sie ihn mehrmals im Haus des Doktors Honorat an, wo er sich durch tausend winzige, nette Gefälligkeiten als den Frauen nützlich erwies, durch die gleichen gewandten Künste, deren er sich sicherlich bei der Herzogin bedient hatte. Auf alles verstand er sich auf das vollkommenste, von den Komplimenten bis auf das Zubereiten von Makkaroni. Übri-

232

gens war er ein ausgezeichneter Koch; durch eine blaue Dienstmädchenschürze bewahrte er sich vor Flecken, setzte eine papierne Küchenchefmütze auf, sang in italienischer Sprache neapolitanische Lieder und kochte und brutzelte klug und erfahren, ohne dabei im mindesten lächerlich zu wirken; er belustigte alle und nahm sie für sich ein, sogar das blöde Dienstmädchen, das von ihm sagte: »Der ist der reinste Heiland!«

Seine Pläne wurden bald offenbar, und Paul zweifelte nicht mehr daran, daß er Charlotte in sich verliebt machen wolle.

Es schien ihm zu gelingen. Er verhielt sich so schmeichlerisch, so beflissen, so raffiniert, um Gefallen zu finden, daß das Gesicht des jungen Mädchens, wenn es ihn gewahrte, jene Befriedigung ausdrückte, die von der Lust der Seele aussagt.

Paul aber, ohne sich seiner Einstellung bewußt zu werden, verfiel in die Haltung eines Verliebten und trat als Wettbewerber auf den Plan. Sobald er den Doktor in Charlottes Nähe sah, trat er hinzu und war bestrebt, auf seine direktere Art die Zuneigung des jungen Mädchens zu gewinnen. Er bezeigte sich unumwunden zärtlich, brüderlich und zugetan; er wiederholte ihr mit kameradschaftlicher Aufrichtigkeit und in so freimütigem Ton, daß darin schwerlich ein Liebesgeständnis gewittert werden konnte: »Ich habe Sie recht gern, das können Sie glauben!«

Der ob dieser unerwarteten Rivalität überraschte Mazelli entfaltete alle seine Mittel, und wenn Brétigny, von Eifersucht gezwackt, der naiven Eifersucht, die jeden Mann angesichts einer Frau packt, auch wenn er sie noch nicht liebt, wenn sie ihm lediglich gefällt, wenn Brétigny in seinem angeborenen Ungestüm aggressiv und hochmütig wurde, antwortete der andere, der geschmeidiger und stets Herr seiner selbst war, mit Verschmitztheiten, mit Pointen, mit gewandten, spottgewürzten Komplimenten.

Es war ein täglicher Kampf, den beide verbissen führten, obwohl vielleicht keiner von beiden ein fest umrissenes Ziel verfolgte. Sie wollten eben nicht nachgeben, wie zwei Hunde, die dasselbe Beutestück gepackt haben.

Charlotte war wieder guter Laune geworden; aber in ihrem Lächeln und ihrem Blick war jetzt eine schärfer ausgeprägte Bosheit, etwas Unerklärliches, weniger Aufrichtiges. Man hätte sagen können, Gontrans Abtrünnigkeit habe ihr die Augen geöffnet, sie auf mögliche Enttäuschungen vorbereitet, sie geschmeidiger gemacht und gewappnet. Schlau und geschickt manövrierte sie zwischen ihren beiden Liebhabern, sagte zu jedem, was ihm gesagt werden mußte, ohne sie je gegeneinander auszuspielen, ohne je dem einen anzudeuten, daß sie ihn dem andern vorziehe; sie machte sich über diesen vor jenem ein wenig lustig, räumte beiden gleiche Rechte ein und tat, als nehme sie keinen von beiden ernst. Doch das alles führte sie ganz schlicht und natürlich durch, wie ein halbflügges Schulmädchen und durchaus nicht kokett, auf die schelmische Art sehr junger Mädchen, die diese bisweilen unwiderstehlich macht.

Plötzlich hatte es jedoch den Anschein, als bekomme Mazelli die Oberhand. Er schien mit ihr vertrauter geworden zu sein, als habe sich zwischen ihnen ein heimliches Einverständnis angebahnt. Wenn er mit ihr sprach, spielte er obenhin mit ihrem Sonnenschirm oder einem Band an ihrem Kleid, was Paul eine Art innerer Besitzergreifung dünkte und ihn so sehr aufbrachte, daß er dem Italiener am liebsten eine Ohrfeige versetzt hätte.

Eines Tages, als Brétigny im Haus des alten Oriol mit Louise und Gontran plauderte und dabei Mazelli nicht aus den Augen ließ, der Charlotte mit leiser Stimme Dinge erzählte, die sie lächeln machten, sah er sie jäh mit so verwirrter Miene rot werden, daß er keine Sekunde lang daran zu zweifeln vermochte, der andere habe von Liebe gesprochen. Sie hatte die Augen niedergeschlagen, lächelte nicht mehr, hörte indessen nach wie vor zu; und Paul, der fühlte, daß er nahe daran war, einen Auftritt herbeizuführen, sagte zu Gontran: »Es wäre reizend von dir, wenn du fünf Minuten mit mir hinausgingest.«

Der Graf bat seine Verlobte um Entschuldigung und folgte dem Freund.

Sowie sie auf der Straße standen, rief Paul: »Mein Lieber, es muß um jeden Preis verhindert werden, daß dieser Schuft von Italiener das Kind verführt; sie ist ihm gegenüber völlig wehrlos.«

»Ja, aber was könnte ich denn dabei tun?«

»Ihr klarmachen, daß er ein Abenteurer ist.«

»Ach, das sind Dinge, die mich nichts angehen.«

»Schließlich und endlich wird sie deine Schwägerin.«

»Ja, aber ich habe keinen bündigen Beweis dafür, daß Mazelli unsaubere Absichten hegt. Er ist zu allen Frauen auf dieselbe Weise galant, und er hat nie etwas Ungehöriges gesagt oder getan.«

»Gut, wenn du nicht eingreifen willst, bringe *ich* ihn zur Strecke, obwohl das Ganze mich ganz sicher weit weniger angeht als dich.«

»Dann bist du also in Charlotte verliebt?«

»Verliebt? Nein, aber ich durchschaue, was für ein Spiel dieser Kerl treibt.«

»Du mischst dich da in sehr heikle Dinge ... und falls du Charlotte tatsächlich nicht liebst...«

»Nein, ich liebe sie nicht, aber ich habe nun mal was gegen Hochstapler, siehst du...«

»Darf ich fragen, was du zu tun gedenkst?«

»Den Burschen ohrfeigen.«

»In Ordnung; das wäre das beste Mittel, sie in ihn verliebt zu machen. Ihr schlagt euch, und gleichgültig, ob er dich verwundet oder du ihn: Er wird in ihren Augen zum Helden.«

»Was würdest *du* also tun?«

»An deiner Stelle?«

»Ja.«

»Ich würde mit der Kleinen freundschaftlich reden. Sie setzt großes Vertrauen in dich. Ich würde ihr einfach mit ein paar Worten auseinandersetzen, was mit dergleichen Schmarotzern der Gesellschaft los ist. Solcherlei Dinge zu sagen, darauf verstehst du dich tadellos. Du bist nicht auf den Mund gefallen. Ich würde ihr also folgendes klarmachen: erstens, warum er sich an die Spanierin gehängt hat; zweitens, warum er sich an die Tochter des Professors Cloche herangemacht hat; drittens, warum er, als dieser Versuch mißglückt war, sich neuerdings bemüht, Mademoiselle Charlotte Oriol zu erobern.«

»Warum übernimmst du als ihr künftiger Schwager das nicht?«

235

»Weil... weil... Also um dessentwillen nicht, was zwischen uns vorgefallen ist, das mußt du doch einsehen... Ich kann es einfach nicht.«

»Stimmt. Dann rede *ich* also mit ihr.«

»Soll ich gleich ein Gespräch unter vier Augen in die Wege leiten?«

»Allerdings, zum Donnerwetter noch mal.«

»Gut, dann geh zehn Minuten spazieren; ich nehme mich Louises und Mazellis an, und wenn du dann wiederkommst, findest du die andre allein vor.«

Paul Brétigny schlug den Weg nach den Enval-Schluchten ein und überlegte, wie er dies schwierige Gespräch einleiten sollte. Tatsächlich traf er dann Charlotte in dem kühlen, gekalkten Wohnzimmer ihres väterlichen Hauses allein an; er setzte sich zu ihr und sagte: »Ich war es, der Gontran gebeten hat, dieses Zusammensein mit Ihnen herbeizuführen.«

»Warum denn?«

»Oh, ganz bestimmt nicht, um Ihnen mit Abgeschmacktheiten auf italienische Art aufzuwarten, sondern um mit Ihnen als Freund zu reden, als ein sehr zugetaner Freund, der Ihnen einen Ratschlag schuldig ist.«

»Sprechen Sie.«

Er machte lange Umschweife, berief sich auf seine Erfahrungen und ihre Unerfahrenheit und leitete äußerst behutsam mit diskreten, aber unmißverständlichen Wendungen auf die Abenteurer über, die überall nach Vermögen Ausschau halten und sich mit ihrer gewerbsmäßigen Geschicklichkeit an alle naiven, gutartigen Menschen, Männer oder Frauen, heranmachen, um deren Beutel und Herzen zu durchstöbern.

Sie war ein wenig blaß geworden und war mit ernster Miene ganz Ohr. Sie fragte: »Ich verstehe und verstehe zugleich nicht. Sie zielen auf einen Bestimmten ab; auf wen?«

»Ich spreche von Doktor Mazelli.«

Da schlug sie die Augen nieder und sagte eine Weile nichts; dann sagte sie mit zögernder Stimme: »Sie sprechen so offen, daß ich wie Sie tun möchte. Seit... seit der... Verlobung meiner Schwester bin ich ein bißchen... ein bißchen weniger dumm ge-

236

worden! Kurz und gut, ich hatte schon etwas von dem, was Sie mir gesagt haben, geahnt. Und es hat mir heimlich Spaß gemacht, es kommen zu sehen.«

Sie hatte den Kopf wieder gehoben, und in ihrem Lächeln, in ihrem klugen Blick, ihrer kleinen Stupsnase, im feuchten, schimmernden Glanz ihrer zwischen den Lippen sichtbaren Zähne bekundete sich so viel ungeheuchelte Anmut, fröhliche Bosheit und bezaubernde Eulenspiegelei, daß Brétigny sich durch einen der ungestümen Aufschwünge, die ihn stets kopflos zu Füßen seiner letzten Geliebten niederwarfen, zu ihr hingerissen fühlte. Und sein Herz jubelte vor Freude, weil Mazelli nicht vorgezogen worden war. Er selber hatte also triumphiert!

Er fragte: »Dann lieben Sie ihn nicht?«

»Wen? Mazelli?«

»Ja.«

Sie schaute ihn mit einem so kummerschweren Blick an, daß er ganz bestürzt wurde; flehend stammelte er: »Und... lieben Sie denn... niemanden?«

Mit gesenktem Blick antwortete sie: »Ich weiß es nicht... Ich liebe die, die *mich* lieben.«

Jäh ergriff er die beiden Hände des jungen Mädchens und küßte sie außer sich; in einer der Sekunden der Hingerissenheit, in denen das Denken sich verwirrt, in denen die den Lippen entspringenden Worte mehr dem sinnlich erregten Körper als dem verstörten Geist entstammen, stieß er hervor: »Aber ich, ich liebe Sie doch, kleine Charlotte, ich liebe Sie doch!«

Sie machte rasch eine ihrer Hände frei, legte sie ihm auf den Mund und flüsterte: »Schweigen Sie... Bitte schweigen Sie! Es würde mir zu weh tun, wenn es abermals eine Lüge wäre.«

Sie hatte sich aufgerichtet; er stand auf, nahm sie in die Arme und küßte sie ungestüm.

Ein jähes Geräusch ließ sie auseinanderfahren; der alte Oriol war hereingekommen und sah sie bestürzt an. Dann brüllte er: »O zum Henker! Du Schuft! O zum Henker! Du Wüstling!«

Charlotte hatte gemacht, daß sie wegkam; und die beiden Männer standen Auge in Auge einander gegenüber.

Nach ein paar Augenblicken der Beklommenheit setzte Paul

zu einer Erklärung an: »Mein Gott, ja, ich habe mich aufgeführt... tatsächlich... wie ein...«

Aber der Alte hörte gar nicht zu; Zorn, wütender Zorn hatte in ihm die Oberhand gewonnen; er trat mit geballten Fäusten auf Brétigny zu und sagte mehrmals: »O du Schuft von einem Wüstling...«

Als sie dann Nase an Nase standen, packte er Paul mit seinen beiden knotigen Bauernhänden beim Kragen. Aber der andre war ebenso groß und besaß die überlegene Kraft eines Sportgeübten; er befreite sich mit einem einzigen Ruck aus der Umklammerung des Auvergnaten und drängte ihn an die Wand. »Hören Sie mal zu, Vater Oriol, es kommt jetzt nicht darauf an, daß wir uns prügeln, sondern daß wir uns verständigen. Allerdings, ich habe Ihre Tochter geküßt. Ich schwöre Ihnen: Es war das erste Mal, und ich schwöre Ihnen auch, daß ich sie heiraten will.«

Der Alte, dessen Körperkraft unter dem Stoß des Gegners arge Einbuße erlitten, dessen Zorn sich indessen keineswegs gelegt hatte, blubberte: »Ach so, darauf läuft es hinaus! Man stiehlt mir die Tochter, und dabei will man mein Geld. Du Schuft von einem Gauner!«

Alles, was er auf dem Herzen hatte, entlud sich in zahllosen, verzweifelten Worten. Er konnte die der älteren Tochter versprochene Mitgift nicht verschmerzen, seine Rebberge, die nun in die Hände dieser Pariser fallen würden. Er witterte jetzt Gontrans bedrängte Geldlage und die Schlauheit Andermatts; er vergaß den unverhofften Reichtum, den der Bankier ihm eingebracht hatte; ihm floß die Galle über, und all sein geheimer Groll gegen die Missetäter, die ihn nicht länger ruhig schlafen ließen, trat zutage.

Man hätte meinen können, Andermatt, dessen Familie und Freunde kämen Nacht für Nacht und raubten ihn aus, stählen ihm etwas, seine Ländereien, seine Quellen und seine Töchter.

Und alle diese Vorwürfe schleuderte er Paul ins Gesicht und beschuldigte ihn gleichfalls, er wolle sich an sein Hab und Gut heranmachen, er sei ein Strauchdieb, er wolle Charlotte nur nehmen, um seine Äcker zu bekommen.

Dem andern ging die Geduld aus; er schrie ihn an:»Aber ich bin ja viel reicher als Sie, verflucht und zugenäht, Sie alter Esel! Ich kann Ihnen noch Geld *dazu* geben…«

Der Alte verstummte, ungläubig, aber gespitzten Ohrs, und in gemäßigterem Ton fing er von neuem mit seinen Unterstellungen an.

Jetzt blieb ihm Paul die Antwort nicht schuldig und sagte, was er zu sagen hatte; und da er sich durch diese Ertappung, an der einzig er selber die Schuld trug, gebunden fühlte, schlug er vor, er wolle heiraten, ohne die mindeste Mitgift zu verlangen.

Der alte Oriol schüttelte den Kopf, daß ihm die Ohren wackelten, ließ es sich wiederholen und war verständnislos. Für ihn war Paul nach wie vor ein gut getarnter Habenichts.

Und als Brétigny ihm außer sich ins Gesicht brüllte:»Aber ich habe mehr als hundertzwanzigtausend Francs Zinsen, Sie alter Idiot! Haben Sie verstanden? Drei Millionen besitze ich!«, da fragte der Alte übergangslos:»Würden Sie das auf ein Stück Papier schreiben?«

»Selbstverständlich!«

»Auf Notarspapier?«

»Selbstverständlich, auch auf Notarspapier!«

Da reckte Oriol sich auf, öffnete seinen Schrank, nahm zwei Blätter mit staatlichen Stempelmarken heraus, kramte die Vereinbarung hervor, die Andermatt vor ein paar Tagen von ihm verlangt hatte, und setzte ein absonderliches Eheversprechen auf, in dem die Rede von drei Millionen war, die der Bräutigam garantiere, und unter das Brétigny seinen Namenszug setzen mußte.

Als Paul wieder im Freien war, schien ihm, als drehe die Erde sich nicht mehr im gleichen Sinn. Jetzt war er also verlobt, gegen seinen und gegen ihren Willen, verlobt durch einen der Zufälle, durch eine tückische Verkettung von Umständen, die einem jeden Ausweg versperren. Er murmelte:»Welch ein Irrsinn!« Dann dachte er: Pah! Vielleicht hätte ich auf der ganzen Welt nichts Besseres gefunden. Und im Grunde seines Herzens war er nur zu froh über diese Falle des Schicksals.

VI

Der folgende Tag kündete sich für Andermatt schlecht an. Als er in die Kuranlagen kam, wurde ihm mitgeteilt, Aubry-Pasteur sei letzte Nacht im Hotel Splendid einem Schlaganfall erlegen. Jenseits der Tatsache, daß der Ingenieur durch seine Kenntnisse, seinen uneigennützigen Eifer und seine Liebe für den Kurort Mont-Oriol, den er ein wenig als sein Kind betrachtete, sich ihm als sehr nützlich erwiesen hatte, war es höchst bedauerlich, daß ein Patient, der hergekommen war, um eine Neigung zu Blutandrang zu bekämpfen, gerade auf diese Weise hatte sterben müssen, mitten in der Kur, mitten in der Saison, zu Beginn des erfolgreichen Sichdurchsetzens der werdenden Stadt.

Sehr erregt ging der Bankier im Ordinationszimmer des abwesenden Leitenden Badearztes auf und ab und suchte nach Mitteln und Wegen, wie sich dieses Unglück einer andern Ursache zuschreiben ließe; er dachte an einen Unfall, einen Sturz, eine Unvorsichtigkeit, einen Herzschlag; und er wartete ungeduldig auf das Kommen Doktor Latonnes, damit der Totenschein so geschickt ausgestellt würde, daß kein Verdacht über die eigentliche Ursache dieses Mißgeschicks wach werden könne.

Jäh trat der Leitende Badearzt ein, blassen Gesichts und verstört, und schon von der Tür her fragte er: »Wissen Sie die bedauerliche Neuigkeit schon?«

»Ja, die von Aubry-Pasteurs Tod.«

»Nein, nein, die, daß Doktor Mazelli mit Professor Cloches Tochter durchgebrannt ist.«

Andermatt spürte, wie ihm ein Schauder über die Haut rann. »Wie bitte? Was sagen Sie da?«

»Ach, lieber Herr Präsident, es ist eine gräßliche Katastrophe, ein Vernichtungsschlag...« Er setzte sich und wischte sich die Stirn ab; dann wartete er mit den Einzelheiten auf, wie er sie von Petrus Martel erfahren hatte, der sie unmittelbar vom Diener des Herrn Professors wußte.

Mazelli hatte der hübschen Rothaarigen sehr intensiv den Hof gemacht; sie war eine heißblütige Kokette, ein keckes, burschikoses Frauenzimmer, dessen erster Mann der Schwindsucht erlegen war, dem Ergebnis eines allzu zärtlichen Liebesbundes, wie es hieß. Aber Monsieur Cloche hatte die Pläne des italienischen Arztes gewittert und diesen Abenteurer nicht als zweiten Schwiegersohn haben wollen; er hatte ihn, als er ihn auf den Knien vor seiner Tochter ertappte, energisch hinausgeworfen.

Der zur Tür hinausgeflogene Mazelli war nur zu bald mittels der Strickleiter der Liebespaare zum Fenster wieder hereingekommen. Zwei Versionen waren im Umlauf. Nach der ersten hatte er die Tochter des Professors wahnsinnig vor Liebe und Eifersucht gemacht; nach der zweiten hatte er sich fortgesetzt heimlich mit ihr getroffen, unter dem Deckmantel, er sei einer andern Frau zugetan; und als er endlich durch seine Geliebte erfahren hatte, der Professor bleibe unnachgiebig, hatte er sie noch in derselben Nacht entführt, um durch diesen Skandal die Heirat zu etwas Unvermeidlichem zu machen.

Doktor Latonne stand auf und lehnte sich an den Kamin, während der zu Boden geschmetterte Andermatt noch immer auf und ab ging; Latonne rief aus: »Ein Arzt, ein Arzt, und er tut so was! Ein Doktor der Medizin! Welch eine Charakterlosigkeit!«

Der verzweifelte Andermatt erwog die Folgen; er klassifizierte sie, wie man es bei einer Rechenaufgabe tut. Es waren diese:

1. Das ärgerliche Gerücht würde sich in den benachbarten Kurorten und sogar bis Paris verbreiten. Wenn man sich indessen richtig verhielt, würde man sich dieser Entführung vielleicht als Reklame bedienen können. Fünfzehn gut redigierte Berichte in den Blättern mit großer Auflage würden das Augenmerk in starkem Maße auf Mont-Oriol lenken.

2. Die Abreise des Professors Cloche, ein unersetzlicher Verlust.

3. Die Abreise des Herzogspaars de Ramas-Aldavarra, zweiter unvermeidlicher Verlust ohne die Möglichkeit eines Ausgleichs.

Alles in allem hatte Doktor Latonne recht. Es war eine gräßliche Katastrophe.

Da wandte der Bankier sich dem Arzt zu: »Sie sollten schleunigst ins Hotel Splendid gehen und Aubry-Pasteurs Totenschein so ausstellen, daß kein Mensch darauf kommt, es habe sich um einen Schlaganfall gehandelt.«

241

Doktor Latonne nahm seinen Hut; als er gerade hinausgehen wollte, sagte er noch: »Ach so, ein weiteres Gerücht ist im Umlauf. Stimmt es, daß Ihr Freund Paul Brétigny Charlotte Oriol heiratet?«

Andermatt zuckte vor Überraschung zusammen: »Brétigny? Na, hören Sie mal... Wer hat Ihnen denn das erzählt?«

»Ebenfalls Petrus Martel; er weiß es vom alten Oriol persönlich.«

»Vom alten Oriol?«

»Ja, vom alten Oriol; er hat behauptet, sein künftiger Schwiegersohn besitze ein Vermögen von drei Millionen.«

Andermatt wußte nicht mehr, wo ihm der Kopf stand. Er murmelte: »Ja, es könnte sein, er ist in der letzten Zeit tüchtig hinter ihr her gewesen... Aber dann... dann gehört ja der ganze Hügel uns... der ganze Hügel! Darüber muß ich auf der Stelle Gewißheit haben.« Und er verließ hinter dem Doktor das Zimmer, um sich Paul noch vor dem Mittagessen zu schnappen.

Als er ins Hotel kam, wurde ihm gesagt, seine Frau habe schon mehrmals nach ihm verlangt. Er traf sie noch im Bett an; sie unterhielt sich mit ihrem Vater und ihrem Bruder; dieser durchflog raschen, zerstreuten Blicks die Zeitungen.

Sie fühlte sich schlecht, sehr schlecht, und voller Unruhe. Sie hatte Angst, ohne zu wissen, wovor. Und dann war ihr ein Gedanke gekommen und hatte seit ein paar Tagen in ihrem Hirn, dem einer Schwangeren, immer größere Gestalt angenommen. Sie wolle Doktor Black konsultieren. Da sie in ihrer Umgebung immer nur Scherzreden über Doktor Latonne hatte anhören müssen, hatte sie alles Vertrauen zu ihm eingebüßt und wünschte, eine andere Meinung zu hören, nämlich die Doktor Blacks, dessen Zulauf noch immer im Wachsen war. Befürchtungen, sämtliche Befürchtungen, sämtliche Angstgedanken, von denen die Frauen gegen Ende der Schwangerschaft heimgesucht werden, hielten sie jetzt von früh bis spät in der Zange. Auf Grund eines Traums bildete sie sich seit dem Vortag ein, das Kind liege schlecht, und zwar so, daß eine glatte Geburt unmöglich sei, daß der Kaiserschnitt angewandt werden müsse. In Gedanken wohnte sie dieser Operation bei, die an ihr vollzogen

242

wurde. Sie sah sich auf dem Rücken liegen, mit aufgeschnittenem Bauch, in einem Bett voller Blut, und es wurde etwas Rotes weggetragen, das sich nicht bewegte, das nicht schrie, das tot war. Und alle zehn Minuten schloß sie die Augen und sah dies alles nochmals vor sich, wohnte sie von neuem ihrer schauerlichen, schmerzhaften Marter bei. Da hatte sie sich denn eingebildet, Doktor Black, und einzig er, könne ihr die Wahrheit sagen, und sie verlangte, er müsse auf der Stelle kommen, sie forderte, daß er sie sofort untersuche, sofort, schleunigst!

Andermatt in seiner Betroffenheit wußte nicht mehr, was er antworten sollte: »Aber, liebes Kind, das ist recht schwierig, in Anbetracht meiner Beziehungen zu Doktor Latonne... Es ist... sogar unmöglich. Hör mal zu, ich habe eine Idee, ich will Professor Mas-Roussel hinzuziehen, der kann hundertmal mehr als Black. Er wird es mir nicht abschlagen herzukommen.«

Aber sie ließ nicht locker. Sie wollte Black, einzig und allein Black! Es verlangte sie danach, ihn bei sich zu sehen, seinen dikken Doggenkopf an ihrem Bett zu sehen. Es war die reinste Sucht, ein verrückter, abergläubischer Wunsch; sie brauchte ihn nun mal.

Da versuchte William, sie auf andere Gedanken zu bringen: »Du weißt noch gar nicht, daß Mazelli, dieser Intrigant, letzte Nacht Professor Cloches Tochter entführt hat. Sie sind über alle Berge; sie sind auf und davon gegangen, und kein Mensch ahnt, wohin! Eine tolle Geschichte!«

Sie hatte sich auf dem Kopfkissen aufgerichtet; ihre Augen wurden ganz groß vor Mitgefühl, und sie stammelte: »Oh, die arme Herzogin... die arme Frau, wie leid tut sie mir.« Längst hatte ihr Herz jenes gepeinigte, leidenschaftliche Herz verstanden! Sie selber litt an der gleichen Qual und hatte die gleichen Tränen geweint.

Aber sie sprach weiter: »Hör, Will, geh und hol mir Black. Ich fühle, daß ich sterben muß, wenn er nicht kommt.«

Andermatt nahm ihre Hand und küßte sie zärtlich: »Sei doch vernünftig, kleine Christiane... Sieh doch ein...« Er sah in ihren Augen Tränen und wandte sich an den Marquis: »Das solltest du übernehmen, lieber Schwiegervater. Ich kann es nicht. Black

kommt jeden Tag gegen eins hierher, zur Prinzessin von Maldeburg. Sprich ihn einfach an, bring ihn zu deiner Tochter. Du
kannst doch wohl eine Stunde warten, nicht wahr, Christiane?«

Sie erklärte sich bereit, eine Stunde zu warten, weigerte sich indessen, aufzustehen und mit den Herren zu Mittag zu essen; sie
gingen allein in den Speisesaal hinunter.

Paul war schon dort.

Als Andermatt ihn erblickte, rief er:»Hallo! Sagen Sie mal,
was ist mir da vorhin erzählt worden? Sie heiraten Charlotte
Oriol? Das stimmt doch nicht, oder doch?«

Halblaut erwiderte der junge Herr und warf dabei einen be-
sorgten Blick auf die geschlossene Tür:»Mein Gott, ja!«

Da noch keiner es gewußt hatte, blieben alle drei verdutzt vor
ihm stehen.

William fragte:»Was ist denn mit Ihnen los? Bei Ihrem Vermögen wollen Sie heiraten? Sich *eine* Frau auf den Hals laden,
wenn Sie sie *alle* haben können? Und überdies läßt die Familie an
Eleganz zu wünschen übrig. So was ist gut für Gontran; der besitzt keinen Sou.«

Brétigny fing an zu lachen:»Mein Vater hat sein Vermögen im
Mehlhandel gemacht, er war also Müller – en gros. Hätten Sie
ihn gekannt, so hätten Sie ebenfalls gesagt, er lasse an Eleganz zu
wünschen übrig. Was nun aber das junge Mädchen betrifft...«

Andermatt unterbrach ihn:»Oh, schlechthin vollkommen...
entzückend... schlechthin vollkommen... Und Sie wissen ja, sie
wird mal ebenso reich wie Sie, wenn nicht noch reicher... Dafür
stehe ich ein, ja, dafür stehe ich ein...«

Gontran brummelte:»Ja, die Heirat hindert einen an nichts
und deckt einem den Rückzug. Nur war es nicht recht von ihm,
daß er uns nicht ins Bild gesetzt hat. Wie, zum Teufel, hat die Sache sich denn zugetragen?«

Da erzählte Paul alles, unter leichten Beschönigungen. Er
sprach von seinen Bedenken und übertrieb sie und von seinem
plötzlichen Entschluß, als ein Wort des Mädchens ihn zu dem
Glauben ermutigt hatte, er werde geliebt. Er berichtete von dem
unerwarteten Dazwischentreten des alten Oriol, von ihrer beider
Streit, wobei er die Zweifel des Bauern über sein, Pauls, Vermö-

gen und die Sache mit dem aus dem Schrank geholten Stempelpapier breit und übersteigert ausmalte.

Andermatt lachte Tränen und hieb mit der Faust auf den
Tisch: »Ha! Da hat er also den Streich mit dem Stempelpapier
nachgeäfft! Den habe *ich* nämlich ausgeheckt!«

Doch Paul stotterte und wurde dabei ein bißchen rot: »Bitte,
sagen Sie Ihrer Frau vorerst noch nichts davon. So, wie wir zueinander stehen, ist es schicklicher, wenn ich selber ihr die Nachricht überbringe...«

Gontran sah den Freund mit einem sonderbaren, erheiterten
Lächeln an, das zu besagen schien: »Tadellos, das alles, tadellos!
Auf diese Weise muß man dergleichen zu Ende bringen, geräuschlos, ohne große Geschichten, ohne Szenen.« Er schlug vor:
»Wenn es dir recht ist, alter Junge, gehen wir nach dem Mittagessen, wenn sie aufgestanden ist, zu ihr, und dann sagst du ihr, was
du beschlossen hast.«

Ihre Blicke trafen aufeinander, fest, voll undurchschaubarer
Gedanken, und wandten sich dann wieder ab.

Und Paul antwortete obenhin: »Ja, gern, wir reden nachher
noch mal darüber.«

Ein Hotelboy kam und meldete, Doktor Black sei eben in das
Appartement der Prinzessin gegangen; und sogleich ging der
Marquis hinaus, um ihn auf dem Flur abzufangen.

Er legte dem Arzt dar, wie die Dinge standen, die Verlegenheit
seines Schwiegersohns und den Wunsch seiner Tochter, und er
brachte ihn mit, ohne daß der Arzt sich gesträubt hätte.

Sobald das Männlein mit dem dicken Kopf in Christianes
Schlafzimmer war, sagte sie: »Papa, laß uns bitte allein.«

Und der Marquis zog sich zurück.

Darauf zählte sie mit leiser, weicher Stimme ihre Besorgnisse,
ihre Ängste, ihre Alpträume auf, als lege sie eine Beichte ab. Und
der Arzt hörte sie an wie ein Priester, umhüllte sie bisweilen mit
dem Blick seiner hervorquellenden, runden Augen, bekundete
seine Aufmerksamkeit durch ein leichtes Nicken und murmelte
ein: »So, so!«, das zu besagen schien: »Ich kenne Ihren Fall ganz
genau, und ich mache Sie wieder gesund, wenn mir der Sinn danach steht.«

Als sie zu Ende gesprochen hatte, befragte er seinerseits sie peinlich genau bis in alle Einzelheiten über ihr Leben, ihre Gewohnheiten, ihre Diät und ihre Kur. Bald schien er durch eine Handbewegung zu billigen, bald durch ein »Oh!« voller Vorbehalte zu tadeln. Als sie mit ihrer großen Besorgnis herausrückte, das Kind könne schlecht liegen, stand er auf, streifte, schamhaft wie ein Geistlicher, mit den Händen über die Bettdecke und erklärte dann: »Nein, sehr gut.«

Am liebsten hätte sie ihm einen Kuß gegeben. Was für ein wakkerer Mann war doch dieser Arzt!

Er nahm ein Blatt Papier vom Tisch und schrieb das Rezept. Es fiel lang aus, sehr lang. Dann trat er wieder an das Bett heran und begann gleichgültigen Tons, wie um zu beweisen, daß er seine erhabene berufliche Aufgabe erfüllt habe, zu plaudern.

Er hatte eine tiefe, fettige Stimme, die fragende Stimme eines stämmigen Zwergs; und seine banalsten Sätze bargen Fragen. Er redete von allem. Gontrans Heirat schien ihn sehr zu interessieren. Dann bemerkte er mit seinem häßlichen Lächeln, dem eines Mißgestalteten: »Monsieur Brétignys Verlobung will ich vorerst unerwähnt lassen, obwohl sie kein Geheimnis mehr ist; der alte Oriol erzählt nämlich jedermann davon.«

Sie erlitt einen Schwächeanfall, der an den Fingerspitzen einsetzte und sich dann über ihren ganzen Körper verbreitete, über Arme, Brust, Bauch und Beine. Dabei begriff sie nicht das mindeste; allein eine schreckliche Furcht, nichts zu wissen, machte sie plötzlich vorsichtig, und sie stammelte: »Ach nein, der alte Oriol erzählt es jedermann?«

»Ja, ja. Vor noch nicht zehn Minuten hat er selber es mir gesagt. Anscheinend ist Monsieur Brétigny sehr reich und liebt die kleine Charlotte schon seit langem. Übrigens hat Madame Honorat beide Verbindungen zustande gebracht. Sie hat für die Zusammenkünfte der jungen Leute ihre Hilfe und ihr Haus zur Verfügung gestellt...«

Christiane hatte die Augen geschlossen. Sie war bewußtlos geworden.

Auf die Rufe des Doktors hin kam ein Zimmermädchen herbeigeeilt; dann erschienen der Marquis, Andermatt und Gontran, und es wurde Essig geholt, Äther, Eis, vielerlei unterschiedliche und unnütze Dinge.

Plötzlich machte die junge Frau eine Bewegung, schlug die Augen wieder auf, hob die Arme, stieß einen schrillen Schrei aus und wälzte sich im Bett. Sie versuchte zu sprechen, sie stammelte: »O diese Schmerzen... mein Gott... diese Schmerzen... im Kreuz... Es zerreißt mich... O mein Gott...« Und abermals begann sie zu schreien.

Bald waren die Symptome der bevorstehenden Entbindung zu erkennen.

Da stürzte Andermatt davon; er wollte Doktor Latonne holen und betraf ihn beim Beenden seiner Mahlzeit. »Kommen Sie rasch... Meiner Frau ist was zugestoßen... Rasch...« Dann fiel ihm eine geschickte Ausrede ein, und er erzählte, Doktor Black habe sich zufällig im Hotel befunden, als die ersten Schmerzen einsetzten.

Doktor Black bestätigte diese Lüge dem Kollegen: »Ich war gerade zur Prinzessin gegangen, als mir gesagt wurde, Madame Andermatt fühle sich schlecht. Da bin ich hingeeilt. Es war höchste Zeit!«

Aber William, der tief erschüttert war, der Herzklopfen hatte und sich völlig verstört fühlte, überkamen plötzlich Zweifel an der Befähigung der beiden Ärzte; er ging nochmals weg, ohne Hut, und hastete zu Professor Mas-Roussel, den er anflehte, er möge doch kommen. Der Professor war sogleich einverstanden, knöpfte sich mit den mechanischen Gesten eines Arztes, der seine Besuche machen will, den Gehrock zu und setzte sich mit langen, eilenden Schritten in Marsch, den langen, gravitätischen Schritten eines Prominenten, dessen Anwesenheit ein Menschenleben zu retten vermag.

Als er hereinkam, setzten die beiden andern ihn voller Ehrfurcht und beinahe kriecherisch ins Bild; sie wiederholten zusammen oder fast gleichzeitig: »Folgendes ist passiert, verehrter Meister... Glauben Sie nicht auch, verehrter Meister...? Sollte man nicht vielleicht, verehrter Meister...?«

Andermatt, den das Ächzen und Stöhnen seiner Frau völlig kopflos gemacht hatte, belästigte Monsieur Mas-Roussel mit allen möglichen Fragen und redete ihn ebenfalls mit voller Stimmkraft mit »verehrter Meister« an.

Christiane, die fast nackt vor all den Männern dalag, nahm nichts mehr wahr, wußte nichts mehr, begriff nichts mehr; sie litt so schrecklich, daß jeder Gedanke aus ihrem Kopf entflohen war. Ihr schien, als werde ihr eine lange Säge mit stumpfen Zähnen durch die Seite und den Rücken gezerrt, in der Höhe der Hüften, eine Säge, die ihr Knochen und Muskeln zerstückelte, langsam, unregelmäßig, in jähen Stößen, Pausen und immer entsetzlicherem Neubeginn.

Wenn diese Marter sich für ein paar Augenblicke minderte, wenn das Zerrissenwerden ihres Körpers sie wieder zur Vernunft kommen ließ, dann rammte sich ein Gedanke in ihre Seele, der noch grausamer, noch schriller, noch fürchterlicher war als der physische Schmerz: Er liebte eine andere Frau und wollte sie heiraten.

Und damit dieser Schmerzensbiß, der ihr das Hirn zernagte, sich von neuem linderte, bemühte sie sich, die wilde Qual ihres Körpers wieder anzufachen; heftig bewegte sie den Schoß, sie regte die Lenden; und wenn der Anfall dann wieder einsetzte, brauchte sie wenigstens nicht mehr zu denken.

Fünfzehn Stunden lang wurde sie auf diese Weise gemartert, von Schmerzen und Verzweiflung dermaßen zerrüttet, daß sie zu sterben wünschte, daß sie sich anstrengte, in den Wehen zugrunde zu gehen, die sie walkten. Aber nach einem Krampf, der noch länger andauerte und noch heftiger war als die bisherigen, war ihr, als ob ihr gesamtes Körperinnere plötzlich entweiche! Es war überstanden; ihre Schmerzen beschwichtigten sich, wie Wogen verebben; und die Erleichterung, die sie empfand, war so groß, daß sogar ihr Kummer eine Zeit lang in Betäubung verharrte. Jemand sagte etwas zu ihr, sie antwortete mit sehr müder, sehr leiser Stimme.

Da neigte sich Andermatts Gesicht über das ihrige, und er sagte: »Sie wird leben… Sie ist fast ausgetragen… Ein Mädchen…«

Christiane konnte nur flüstern: »Ach, mein Gott!« So hatte sie denn also ein Kind, ein lebendiges Kind, das heranwachsen würde... ein Kind von Paul! Am liebsten hätte sie von neuem geschrien, so zerriß ihr dieses neue Unglück das Herz. Sie hatte eine Tochter! Sie wollte aber keine! Sie wollte sie nicht sehen! Nie würde sie sie anrühren!

Sie war frisch gebettet, versorgt, geküßt worden! Von wem? Doch wohl von ihrem Vater und ihrem Mann? Sie wußte es nicht. Aber er – wo mochte er sein? Was mochte er treiben? Wie glücklich hätte sie sich in dieser Stunde gefühlt, wenn er sie geliebt hätte!

Die Zeit ging hin, die Stunden folgten einander, ohne daß sie den Tag von der Nacht hätte unterscheiden können; sie verspürte nichts als die Brandwunde des Gedankens: Er liebt eine andere Frau.

Plötzlich sagte sie sich:»Wenn es nun nicht wahr wäre? Wie sollte ich nicht früher von seiner Verlobung erfahren haben als dieser Arzt?«

Dann fiel ihr ein, es möchte ihr verheimlicht worden sein. Paul hatte Sorge getragen, daß sie es nicht erfuhr.

Sie blickte im Zimmer umher, um sich zu überzeugen, wer da sei. Neben ihr wachte eine unbekannte Frau, eine Frau aus dem Volk. Die auszufragen, wagte sie nicht. An wen konnte sie sich nur wenden?

Da wurde die Tür aufgemacht. Ihr Mann kam auf den Zehenspitzen herein. Als er sie mit offenen Augen daliegen sah, trat er herzu.»Geht es dir besser?«

»Ja, danke.«

»Du hast uns gestern große Angst eingejagt. Aber jetzt ist die Gefahr vorüber! Dabei bin ich deinetwegen in einer recht mißlichen Lage. Ich habe unserer Freundin Madame Icardon telegrafiert; sie sollte doch zu deiner Niederkunft herkommen; ich habe sie von dem Zwischenfall benachrichtigt und sie dringend um ihr Kommen gebeten. Aber sie ist bei ihrem scharlachkranken Neffen... Und du kannst doch nicht allein bleiben... ohne eine... eine leidlich standesgemäße Pflegerin... Nun hat sich eine Dame erboten, für dich zu sorgen und dir täglich Gesellschaft zu leisten, und kurz und gut, ich habe mich einverstanden erklärt. Es ist Madame Honorat.«

249

Da fielen Christiane jäh Doktor Blacks Worte ein! Ein Angstanfall durchrüttelte sie, und sie stöhnte: »Nein... nein... die nicht... die nicht...«

William verstand sie nicht und sprach weiter: »Höre, ich weiß natürlich, daß sie sehr gewöhnlich ist; aber dein Bruder schätzt sie sehr; sie hat sich ihm als nützlich erwiesen; und überdies wird behauptet, sie sei früher Hebamme gewesen, und Honorat habe sie bei einer Patientin kennengelernt. Wenn sie dir gar zu sehr mißfällt, kann ich sie ja am nächsten Tag wieder wegschicken. Wir können es ja mal versuchen. Laß sie doch einmal oder zweimal kommen.«

Sie schwieg und grübelte nach. Es überkam sie ein so heftiges Verlangen, zu wissen, alles zu erfahren, daß die Hoffnung, jene Frau zum Ausplaudern zu bringen, ihr ein Wort nach dem andern zu entreißen, alle Worte, die ihr selber das Herz zerreißen würden, sie jetzt antrieb zu antworten: »Ja, geh und hole sie auf der Stelle... gleich... Geh!«

Und diesem unwiderstehlichen Wunsch nach Gewißheit gesellte sich ein befremdliches Verlangen hinzu, noch mehr zu leiden, sich im Unglück zu wälzen wie auf Dorngezweig, ein rätselhaftes, krankhaftes, übersteigertes Verlangen gleich dem einer Märtyrerin, die den Schmerz herberuft.

So stammelte sie denn: »Ja, einverstanden, bring mir Madame Honorat.«

Sie spürte, daß sie nicht noch länger warten könne, daß sie sicher, dieses Treubruchs ganz sicher sein müsse, und so fragte sie denn William mit einer Stimme, die schwach wie ein Hauch war: »Stimmt es, daß Monsieur Brétigny sich verheiratet?«

»Ja, es stimmt. Wir hätten es dir schon eher gesagt, aber man konnte ja nicht mit dir sprechen.«

Und sie fragte: »Mit Charlotte?«

»Ja, mit Charlotte.«

Nun jedoch hatte auch William eine fixe Idee, die bereits nicht mehr von ihm wich: seine kaum erst geborene Tochter; alle paar Augenblicke schaute er sie an. Er war entrüstet, daß Christianes erstes Wort nicht dem Kind gegolten hatte, und so sagte er denn mit leisem Vorwurf: »Na, hör mal, du hast dich ja noch gar nicht nach der Kleinen erkundigt. Weißt du eigentlich, daß es ihr sehr gut geht?«

Sie zuckte zusammen, als habe er an eine offene Wunde gerührt; aber sie mußte wohl durch alle Stationen dieses Kalvarienbergs hindurch.»Bring sie mir«, sagte sie.

Er verschwand hinter dem Vorhang am Fußende des Bettes; dann kam er wieder, sein Gesicht strahlte vor Stolz und Glück, und er hielt ungeschickt ein weiß gewindeltes Bündel in den Händen. Er legte es auf das bestickte Kissen neben Christianes Kopf; sie atmete schwer vor Erschütterung, und er sagte:»Da, sieh nur, wie schön sie ist!«

Sie schaute hin.

Mit zwei Fingern hielt er die leichten Spitzenschleier auseinander, mit denen ein rotes Gesichtchen verhüllt war, ein ganz kleines, ganz rotes, mit geschlossenen Augen und sich bewegendem Mund.

Und sie neigte sich über diesen Beginn eines Daseins und dachte: Dies ist nun meine Tochter... Pauls Tochter... Dies ist das, um dessentwillen ich so habe leiden müssen... Dies... dies... dies... ist meine Tochter...

Ihr Widerwille gegen das Kind, dessen Geburt ihr armes Herz und ihren zarten Frauenkörper so schrecklich zerrissen hatte, war jäh hingeschwunden; jetzt betrachtete sie es mit eifriger, schmerzlicher Neugier, mit tiefer Verwunderung, dem Erstaunen eines Tieres, das sieht, wie sein Erstgeborenes aus ihm entweicht.

Andermatt hatte erwartet, sie werde es leidenschaftlich liebkosen. Er war noch immer überrascht und betroffen und fragte:»Bekommt sie denn keinen Kuß?«

Sie beugte sich ganz behutsam zu der kleinen roten Stirn nieder, und je mehr sie die Lippen näherte, desto mehr fühlte sie sich davon angezogen, gerufen. Und als sie sie darauf gedrückt, als sie diese Stirn berührt hatte, die ein wenig feucht, ein wenig warm war, warm von ihrem eigenen Leben, war ihr, als könne sie ihre Lippen nie wieder von dieser Kinderhaut lösen, als müsse sie sie immer und ewig dort lassen.

Etwas streifte ihre Wange; es war der Bart ihres Mannes; er

beugte sich über sie und küßte sie. Und als er sie lange mit dankbarer Zärtlichkeit an sich gedrückt hatte, wollte auch er seine Tochter küssen und gab ihr mit gespitztem Mund kleine, sanfte Tupfer auf die Nase.

Christiane, der sich ob dieser Liebesbezeigung das Herz zusammenkrampfte, musterte die beiden neben sich, ihre Tochter und ihn, ihn!

Nur zu bald wollte er das Kind wieder in die Wiege legen.

»Nein«, sagte sie, »laß es noch ein paar Minuten bei mir, damit ich es dicht an meinem Kopf fühle. Sag nichts mehr, beweg dich nicht, laß uns, warte.« Sie legte ihren einen Arm über das in den Windeln verborgene Körperchen, legte die Stirn ganz dicht neben das kleine, sich verziehende Gesicht, schloß die Augen, lag reglos und ohne zu denken da.

Doch nach einigen Minuten berührte William sie zart an der Schulter: »Komm, Liebes, du mußt vernünftig sein! Du darfst dich nicht aufregen, das weißt du doch, du darfst dich nicht aufregen!«

So trug er denn die kleine Tochter weg, und die Mutter folgte ihr mit den Blicken, bis sie hinter dem Bettvorhang verschwunden war.

Dann kam er wieder: »Also, abgemacht, morgen früh schicke ich dir Madame Honorat, damit sie dir Gesellschaft leistet.«

Mit gefestigter Stimme antwortete sie: »Ja, mein Lieber, du kannst sie mir schicken… morgen früh.« Und sie streckte sich im Bett aus, müde, zerbrochen, aber vielleicht ein bißchen weniger unglücklich.

Im Lauf des Abends kamen ihr Vater und ihr Bruder zu ihr und erzählten ihr Neuigkeiten aus dem Dorf, von der überstürzten Abreise des Professors Cloche, der sich auf die Suche nach seiner Tochter begeben hatte, von Vermutungen über die Herzogin de Ramas, die man nicht mehr zu sehen bekam und von der angenommen wurde, sie sei gleichfalls abgereist, auf der Suche nach Mazelli.

Gontran lachte über all diese Abenteuer und zog aus den Geschehnissen eine komische Moral: »Unglaublich, diese Badeorte. Sie sind die einzigen Stätten, die auf Erden überdauert haben, in denen es noch Zauberei gibt! Es passiert dort innerhalb zweier Monate mehr als während der restlichen Monate auf der ganzen übrigen Welt. Man könnte tatsächlich meinen, die Quellen seien nicht mit Mineralien durchsetzt, sondern verhext. Und es ist überall das Gleiche, in Aix, Royat, Vichy, Luchon, in den Seebädern ebenfalls, in Dieppe, Étretat, Trouville, Biarritz, Cannes und Nice. Man trifft dort Musterbeispiele aus allen Völkerschaften, allen Weltteilen an, großartige Hochstapler, ein Gemisch von Rassen und Menschen, wie es nirgendwo anders aufzufinden ist, und wunderbare Abenteurer. Die Frauen begehen dort mit erlesener Leichtigkeit und Schnelligkeit dumme Streiche. In Paris widerstreben sie, in Badeorten kommen sie zu Fall, bums! Die Männer kommen dort zu Vermögen, wie Andermatt, und andere, wie Aubry-Pasteur, kommen zu Tode; wieder andern geht es noch schlimmer, und sie heiraten, wie ich und wie Paul. Ist das alles nun blöd oder spaßig? Du wußtest doch um Pauls Verlobung, nicht wahr?«

Sie murmelte:»Ja, William hat es mir heute morgen gesagt.«

Gontran fuhr fort:»Er hat recht, vollauf recht. Sie ist ein Bauernmädchen... Nun, wenn schon, sie ist mehr wert als die Töchter von Abenteurern oder, kurz gesagt, die leichten Mädchen. Ich kenne Paul. Schließlich hätte er eine Nutte geheiratet, sofern sie ihm sechs Wochen lang widerstanden hätte. Und ihm zu widerstehen – das bringt nur eine Hure oder ein Unschuldslamm fertig. Er ist an ein Unschuldslamm geraten. Desto besser für ihn.«

Christiane hörte zu, und jedes Wort, das ihr ins Ohr scholl, drang ihr bis zum Herzen vor und schmerzte sie, schmerzte sie entsetzlich. Sie schloß die Augen und sagte:»Ich bin recht erschöpft. Ich möchte ein bißchen ruhen.«

Sie küßten sie und gingen.

Sie konnte nicht schlafen, so sehr war ihr Denken erwacht, war es in Aufruhr geraten und quälte sie. Vor allem wurde der Gedanke, er liebe sie nicht mehr, ihr so unerträglich, daß sie, hätte sie nicht jene Frau vor Augen gehabt, die in einem Lehnstuhl schlummernde Wärterin, aufgestanden wäre, das Fenster geöffnet und sich auf die Stufen der Freitreppe gestürzt hätte. Ein sehr dünner Mondstrahl drang durch einen Vorhangspalt herein und bildete auf dem Parkett einen kleinen, runden, hellen Fleck. Sie nahm ihn wahr; ihre sämtlichen Erinnerungen fielen über sie her: der See, der Wald, jenes erste »Ich liebe Sie«, das kaum vernommene, so verwirrende, und Tournoel und alle ihre Liebesbezeigungen, am Abend, auf den dunklen Wegen, und die Landstraße nach La Roche-Pradière. Plötzlich sah sie jene weiße Straße in einer Nacht voller Sterne vor sich und ihn, Paul, wie er einer Frau den Arm um die Taille geschlungen hielt und ihr bei jedem Schritt den Mund küßte. Sie erkannte sie. Es war Charlotte! Er drückte sie an sich, lächelte auf die ihm eigentümliche Weise, flüsterte ihr so liebe Worte ins Ohr, wie nur er sie zu sagen wußte, warf sich dann auf die Knie und küßte vor ihr den Erdboden, wie er ihn vor Christiane geküßt hatte! Das war für sie so hart, so hart, daß sie sich umdrehte, das Gesicht im Kopfkissen barg und zu schluchzen anfing. Was sie ausstieß, waren fast Schreie, so hämmerte die Verzweiflung auf ihre Seele ein.

Jeder Schlag des Herzens, der bis zu ihrer Kehle aufhüpfte, der ihr die Schläfen peitschte, warf ihr in endloser Wiederholung das Wort »Paul – Paul – Paul« zu. Sie verstopfte sich die Ohren mit den Händen, um es nicht mehr zu hören, sie zwängte den Kopf unter die Bettdecke; doch erdröhnte jener Name mit jedem Schlag ihres nicht zu beruhigenden Herzens in ihrer Brust.

Die aufgewachte Wärterin fragte sie: »Fühlen Sie sich kränker?«

Mit tränenüberströmtem Gesicht wandte Christiane sich ihr zu und flüsterte: »Nein, ich habe geschlafen, habe geträumt... Angst habe ich gehabt.« Dann bat sie, es möchten zwei Kerzen angesteckt werden; sie wollte den Mondstrahl nicht mehr sehen.

Doch gegen Morgen schlief sie ein.

Sie hatte ein paar Stunden in mattem Schlaf gelegen, als Andermatt kam; er brachte Madame Honorat mit.

Die dicke Dame tat sofort vertraulich, setzte sich ans Bett, nahm die Hände der Wöchnerin, fragte sie aus wie ein Arzt, und da die Antworten sie befriedigten, erklärte sie: »Na ja, na ja, es geht ja alles glatt.« Dann legte sie Hut, Handschuhe und Schal ab und sagte zu der Nachtwache: »Sie können jetzt gehen, Mädchen. Wenn nach Ihnen geschellt wird, kommen Sie wieder herein.«

Christiane, in der bereits Widerwille aufschwoll, sagte zu ihrem Mann: »Gib mir doch meine Kleine ein bißchen her.«

Wie tags zuvor brachte William das Kind, das er zärtlich küßte, und legte es aufs Kopfkissen. Und als sie, ebenfalls wie tags zuvor, an ihrer Backe durch den Stoff hindurch die Wärme dieses unbekannten, in Windeln gehüllten Körpers an ihrer Wange spürte, durchdrang sie mit einemmal wohltätige Ruhe.

Da fing die Kleine unvermittelt an zu schreien; sie weinte mit schriller, durchdringender Stimme.

»Sie will die Brust«, sagte Andermatt.

Er schellte, und die Amme erschien, eine riesige, rotbäckige Frau mit einem Mund wie ein weiblicher Oger voll breiter, schimmernder Zähne, die Christiane beinahe Angst einflößten. Und aus dem offenen Mieder zog sie eine gewichtige, weiche Brust, die schwer war von Milch wie die unter den Bäuchen der Kühe hängenden Euter. Und als Christiane ihre Tochter aus dieser fleischigen Feldflasche trinken sah, hätte sie sie am liebsten gefaßt und wieder an sich genommen, leicht eifersüchtig und angeekelt, wie sie war.

Dann gab Madame Honorat der Amme Ratschläge; diese ging hinaus und nahm das Kind mit.

Auch Andermatt ging. Die beiden Frauen blieben allein.

Christiane wußte nicht, wie sie es anfangen sollte, von dem zu sprechen, was ihr Inneres quälte; sie zitterte davor, sich allzu sehr aufzuregen, den Kopf zu verlieren, zu weinen, sich zu verraten.

Doch Madame Honorat fing von sich aus zu schwatzen an, ohne darum gebeten worden zu sein. Als sie sämtliche im Dorf umlaufenden Klatschgeschichten erzählt hatte, kam sie auf die Familie Oriol zu sprechen. »Das sind wackere Leute«, sagte sie, »recht wackere Leute. Wenn Sie die Mutter gekannt hätten! Das war eine hochanständige, tapfere Frau! Die war ihrer zehn wert. Übrigens sind die Töchter nach ihr geartet.«

Als sie dann ein anderes Thema anschnitt, fragte Christiane: »Welche von beiden ist Ihnen die liebere, Louise oder Charlotte?«

»Oh, mir ist Louise lieber, die, die Ihr Bruder hat; die ist ver-

nünftiger und solider. Die hält auf Ordnung! Aber mein Mann,
der mag die andre lieber. Die Männer, wissen Sie, die haben ihren eigenen Geschmack, und der ist nicht wie unserer.« Sie verstummte.

Christiane schwand der Mut hin; sie stammelte: »Mein Bruder
hat sich häufig bei Ihnen mit seiner Verlobten getroffen.«

»O ja, das will ich meinen, jeden Tag. Alles ist bei mir ins
rechte Gleis gekommen, reinweg alles! Ich habe sie miteinander
plaudern lassen, die Kinder, ich hatte Verständnis dafür! Aber
was mich wahrhaft gefreut hat, das war, als ich merkte, daß Monsieur Paul sich für die Jüngere erwärmte.«

Da fragte Christiane mit kaum vernehmlicher Stimme: »Hat er
sie sehr lieb?«

»Und ob er sie lieb hat! In der letzten Zeit hat er völlig den Verstand verloren. Und als dann der Italiener, der, der mit Professor
Cloches Tochter auf und davon ist, die Kleine ein bißchen um-
schwänzelt hat, bloß um mal zu sehen, um sich vorzutasten, da
habe ich gemeint, es komme zu einer Prügelei... Wenn Sie Monsieur Pauls Augen gesehen hätten! Und sie, sie hat er angeschaut
wie eine Madonna! *Zu* schön, wenn einer so liebt!«

Nun fragte Christiane sie über alles aus, was in ihrem Haus geschehen war, über alles, was sie gesagt, was sie getan hatten, über
ihre Spaziergänge im Tal von Sans-Souci, wo er zu Christiane so
oft von seiner Liebe gesprochen hatte. Sie stellte unerwartete Fragen, die die dicke Dame überraschten; sie fragte nach Dingen, an
die niemand gedacht hätte, denn sie verglich ohne Unterlaß, es
fielen ihr tausenderlei Einzelheiten vom vergangenen Jahr ein, all
die zartfühlenden Galanterien Pauls, seine Zuvorkommenheit,
seine geschickten Improvisationen ihr zu Gefallen, all der Aufwand an reizenden Aufmerksamkeiten und liebevoller Fürsorglichkeit, wie es bei einem Mann der Beweis für den gebieterischen
Wunsch ist zu verführen; sie wollte wissen, ob er das alles auch
für die andre getan, ob er die Belagerung dieser Seele mit der gleichen Glut, der gleichen Hingerissenheit, der gleichen unwiderstehlichen Leidenschaft begonnen habe. Und bei jedem Wieder-
erkennen eines kleinen Umstands, eines kleinen Zuges, einer der
köstlichen Nichtigkeiten, einer der betörenden Überraschungen,

die das Herz schneller pochen lassen und die Paul verschwenderisch austeilte, wenn er liebte, stieß die im Bett liegende Christiane ein kleines, leidschweres »Oh!« aus.

Dieser absonderliche Ausruf verwunderte Madame Honorat; sie versicherte desto nachdrücklicher: »Doch, doch. Es ist, wie ich Ihnen gesagt habe, ganz, wie ich Ihnen gesagt habe. So verliebt wie den habe ich noch keinen Mann gesehen.«

»Hat er ihr auch Gedichte vorgesagt?«

»Das kann man schon sagen, und noch dazu sehr hübsche.«

Und als sie daraufhin beide verstummten, war nichts mehr zu hören als der eintönige, weiche Singsang der Amme, die im Nebenzimmer das Kind in den Schlaf lullte.

Auf dem Flur näherten sich Schritte. Mas-Roussel und Latonne kamen zur Visite zu ihrer Patientin. Sie fanden sie aufgeregt und bei weniger gutem Befinden als am Vortag.

Als sie gegangen waren, machte Andermatt die Tür auf, kam aber nicht herein: »Doktor Black möchte nach dir sehen. Ist es dir recht?«

Sie richtete sich im Bett auf und rief: »Nein... nein... Ich will nicht... Nein!«

William trat verblüfft näher: »Aber hör doch... Du müßtest... Wir schulden ihm... Du solltest...«

Sie wirkte wie irr, so groß waren ihre Augen, so sehr zitterte ihr Mund. Mit gellender Stimme, so laut, daß sie durch alle Wände dringen mußte, schrie sie: »Nein... nein... nie wieder! Er soll nie wieder kommen, hörst du? Nie wieder!« Und nun wußte sie nicht mehr, was sie redete; sie zeigte mit ausgestrecktem Arm auf die mitten im Zimmer stehende Madame Honorat: »Die auch nicht... Wirf sie hinaus... Ich will sie nicht sehen... Wirf sie hinaus!«

Da stürzte er auf seine Frau zu, schloß sie in die Arme, küßte sie auf die Stirn: »Aber kleine Christiane, beruhige dich doch... Was hast du denn? Beruhige dich doch!«

Sie konnte nichts mehr hervorbringen. Die Tränen quollen ihr aus den Augen. »Laß sie alle weggehen«, sagte sie, »und bleib du allein bei mir.«

Bestürzt trat er hastig auf die Arztfrau zu und schob sie behutsam zur Tür: »Lassen Sie uns bitte ein paar Augenblicke allein, es kommt vom Fieber, vom Kindbettfieber. Ich will ihr gut zureden. Hernach komme ich gleich zu Ihnen.«

Als er sich wieder dem Bett zuwandte, hatte Christiane sich zurückgelegt und weinte in einem fort vor sich hin, ohne Zuckungen, völlig vernichtet.

Und zum erstenmal in seinem Leben fing auch er zu weinen an.

In der Nacht brach tatsächlich das Kindbettfieber aus, und sie begann zu phantasieren. Nach ein paar Stunden äußerster Unruhe begann sie plötzlich zu reden.

Der Marquis und Andermatt, die bei ihr hatten bleiben wollen und Karten spielten, zählten leise die Punkte; sie glaubten sich gerufen, standen auf und traten ans Bett.

Sie sah sie nicht, oder sie erkannte sie nicht. Sie lag sehr blaß auf dem weißen Kopfkissen; das blonde Haar breitete sich über die Schultern; so blickte sie mit ihren hellen blauen Augen in die unbekannte, rätselhafte, phantastische Welt, in der die Irren leben.

Ihre Hände lagen auf der Bettdecke und vollführten dann und wann heftige, sehr schnelle, ungewollte Bewegungen; sie zitterten und zuckten.

Anfangs schien sie nicht mit jemandem zu reden, sondern zu schauen und zu erzählen. Und die Dinge, die sie vorbrachte, wirkten unzusammenhängend und unverständlich. Sie halte einen Felsen für zu hoch zum Hinunterspringen. Sie habe Angst vor einer Verstauchung, und überdies kenne sie ja den Mann kaum, der ihr die Arme entgegenstreckte. Danach redete sie von Düften. Es war, als suche sie nach vergessenen Sätzen: »Gibt es etwas Lieblicheres? Es macht trunken wie Wein… Der Wein berauscht das Denken, aber der Duft berauscht den Traum… Mit dem Duft genießt man unmittelbar den Wesensgehalt, den reinen Wesensgehalt der Dinge und der Welt… Man genießt die Blumen… die Bäume… das Gras und Kraut auf den Feldern… Man nimmt sogar die Seele verlassener Behausungen wahr, die in den alten Möbeln, den alten Teppichen und alten Vorhängen schläft…«

Dann verkrampfte sich ihr Gesicht, als erleide sie eine lange Mühsal. Langsam, schwerfällig stieg sie einen Hang empor und sagte zu jemandem: »Ach, trag mich doch bitte wieder, sonst muß ich hier sterben! Ich kann nicht mehr weitergehen. Trag mich, wie du es oberhalb der Schluchten getan hast! Weißt du noch? Wie hast du mich damals geliebt!«

Dann stieß sie einen Angstschrei aus; ein Erschrecken durchglitt ihre Augen. Sie sah ein totes Tier vor sich und bat, es möge beiseite geschafft werden, ohne daß man ihm dabei weh tue.

Ganz leise sagte der Marquis zu seinem Schwiegersohn: »Sie denkt an einen Esel, auf den wir auf der Rückfahrt von La Nugère gestoßen waren.«

Jetzt redete sie auf das tote Tier ein, tröstete es, erzählte ihm, auch sie sei sehr unglücklich, weit, weit unglücklicher, denn sie sei verlassen worden.

Dann plötzlich sträubte sie sich gegen etwas, das von ihr verlangt wurde. Sie schrie: »Nein, nein, das nicht! Oh, du... du... du willst mich diesen Wagen ziehen lassen!«

Dann keuchte sie, als ziehe sie tatsächlich einen Wagen. Sie weinte, ächzte, stieß Schreie aus, und nach wie vor, länger als eine halbe Stunde, stieg sie jenen Hang hinan und schleppte unter entsetzlichen Anstrengungen wohl den Eselskarren hinter sich her.

Und irgend jemand schlug brutal auf sie ein; denn sie sagte: »Wie weh du mir tust! Schlag mich doch nicht mehr, dann gehe ich weiter... Aber schlag mich nicht mehr, ich flehe dich an... Ich tue ja alles, was du willst, aber schlag mich nicht mehr...«

Dann beschwichtigte ihre Angst sich nach und nach, und sie phantasierte nur noch leise bis zum Tagesanbruch. Dann wurde sie müde und schlief schließlich ein. Als sie gegen zwei Uhr nachmittags aufwachte, brannte sie noch im Fieber, doch ihr Bewußtsein war wiedergekehrt.

Allein bis zum andern Tag blieb ihr Denken betäubt, ein wenig richtungslos; es floh von ihr. Sie fand nicht gleich die Worte, deren sie bedurft hätte, und erschöpfte sich grausam auf der Suche danach. Aber nach einer ruhigen Nacht gelangte sie vollends wieder in den Besitz ihrer selbst.

Indessen kam sie sich verändert vor, als habe jene Krise ihre Seele verwandelt. Sie litt weniger und grübelte desto mehr. Die schrecklichen, kaum überstandenen Geschehnisse schienen ihr in eine schon weit zurückliegende Vergangenheit entrückt zu sein, und sie betrachtete sie mit einer Gedankenklarheit, von der ihr Geist nie zuvor erhellt gewesen war. Jenes Licht, das sie urplötzlich überkommen hatte und das gewisse Menschen in gewissen Stunden des Leids erleuchtet, zeigte ihr Leben, Menschen, Dinge, die ganze Erde mit allem, was sie trägt, wie sie sie nie zuvor wahrgenommen hatte.

Jetzt kam sie sich, sogar in noch höherem Maß als an dem Abend, da sie nach der Rückfahrt vom Tazenat-See in ihrem Zimmer gemeint hatte, sie sei ganz allein auf Erden, völlig einsam und verlassen im Dasein vor. Sie erkannte, daß alle Menschen nebeneinander durch das hindurchgehen, was geschieht, ohne daß jemals etwas zwei Wesen wahrhaft vereinte. Durch die Treulosigkeit dessen, in den sie rückhaltlos ihr Vertrauen gesetzt hatte, spürte sie, daß die andern, alle andern, für sie fortan nichts mehr sein würden als gleichgültige Gefährten auf dieser kurzen oder langen, traurigen oder heiteren, unenträtselbaren Reise durch die Abfolge der Tage. Sie erkannte, daß sogar in den Armen jenes Mannes, als sie sich mit ihm vermischt, in ihn eingegangen geglaubt hatte, geglaubt, ihre Körper und ihre Seelen bildeten nur noch *einen* Körper und *eine* Seele – daß sie beide einander nur ein bißchen nähergekommen waren, nur bis zum Berühren der undurchdringlichen Hüllen, in die die geheimnisvolle Natur die Menschenwesen, jedes für sich, eingeschlossen hat. Sie sah nur zu gut, daß keiner die unsichtbare Schranke, die die Menschen im Leben einander genauso fern hält, wie die Sterne am Himmel es sind, je hat oder je wird durchbrechen können.

Sie ahnte das ohnmächtige Sichbemühen, das seit dem ersten Tag der Schöpfung andauert, das unermüdliche Sichbemühen der Menschen, die Hülle zu zerreißen, in der ihre bis in alle Ewigkeit gefangene Seele kämpft und ringt, einsam bis in alle Ewigkeit, das Sichbemühen der Arme, der Lippen, der Augen, des bebenden, nackten Körpers, das Sichbemühen der Liebe, die sich in Küssen erschöpft und einzig dazu gelangt, ein anderes einsames und verlassenes Wesen ins Leben zu setzen!

Da überkam sie ein unwiderstehliches Verlangen, ihre Tochter wiederzusehen. Sie bat darum, und als sie ihr gebracht worden war, ließ sie sie ausziehen, denn bis jetzt kannte sie nur ihr Gesicht.

So wickelte also die Amme die Windeln ab und entblößte das arme Körperchen eines neugeborenen Kindes, das sich in den Bewegungen von ungefähr regte, die das Leben diesen ersten Entwürfen eines Menschengeschöpfs verleiht. Christiane berührte es mit scheuer, zitternder Hand; dann wollte sie ihm den Bauch, das Kreuz, die Beine, die Füße küssen; dann schaute sie es an und erging sich in absonderlichen Gedanken.

Zwei Menschen hatten einander kennengelernt und sich in einem köstlichen Überschwang geliebt; und aus ihrer Umarmung war dies hier geboren worden! Das waren er und sie, miteinander verschmolzen bis zum Tod dieses kleinen Kindes; das waren er und sie, die zusammen ein neues Leben lebten; das war ein wenig von ihm und ein wenig von ihr, und hinzu kam etwas Unbekanntes, das es zu etwas anderm als sie beide machte. Es würde sie beide wiedererschaffen in der Form seines Körpers und seines Geistes und seiner Seele, in seinen Zügen, seinen Gesten, seinen Augen, seinen Regungen, seinen Neigungen, seinen Leidenschaften, ja sogar im Tonfall seiner Stimme und seiner Art zu gehen; und dennoch würde es ein neues Wesen sein!

Er und sie waren jetzt getrennt, und zwar für immer! Nie wieder würden ihrer beider Blicke in einem der liebenden Aufschwünge miteinander verschmelzen, die das Menschengeschlecht zu etwas Unzerstörbarem machen.

Und sie drückte das Kind ans Herz und flüsterte: »Leb wohl, leb wohl!«

Ihm, ihm sagte sie in das Ohr der Tochter Lebewohl, den tapferen und trostlosen Abschiedsgruß einer stolzen Seele, den Abschiedsgruß einer Frau, die noch lange, vielleicht immer, leiden, aber die wenigstens imstande sein würde, ihre Tränen zu verbergen.

»Ha, ha!« rief William durch die spaltbreit offenstehende Tür.

261

»Jetzt habe ich dich ertappt! Willst du mir wohl meine Tochter wiedergeben?« Er eilte ans Bett, nahm mit Händen, die schon Übung darin besaßen, mit ihr umzugehen, die Kleine an sich, hob sie hoch über seinen Kopf empor und sagte immer wieder: »Guten Tag, Mademoiselle Andermatt... Guten Tag, Mademoiselle Andermatt...«

Christiane dachte in sich hinein: Das ist nun also mein Mann. Und sie musterte ihn mit überraschten Augen, als sehe sie ihn zum erstenmal. Das also war er, der Mann, dem das Gesetz sie vereint, dem das Gesetz sie überliefert hatte! Der Mann, der nach menschlichen, religiösen und sozialen Begriffen die Hälfte ihrer selbst sein sollte! Und mehr als das: ihr Herr und Meister, der Herr ihrer Tage und Nächte, ihres Herzens und ihres Leibes! Sie hätte am liebsten gelächelt, so seltsam kam ihr all das in dieser Stunde vor; denn zwischen ihm und ihr würde niemals eine Bindung walten, keins der Bande, die leider so schnell zerreißen und die dennoch anmuten, als seien sie ewig, unauslöschlich liebreich, fast göttlich.

Sie empfand nicht einmal den leisesten Gewissensbiß, ihn hintergangen, ihn betrogen zu haben! Das wunderte sie, und sie suchte nach dem Grund dafür. Warum wohl? Sicherlich waren sie beide zu verschieden geartet, einander zu fern, gehörten sie einander zu unähnlichen Rassen an. Er verstand nichts von ihr; sie verstand nichts von ihm. Dabei war er gütig, ergeben und von angenehmem Wesen.

Aber vielleicht vermochten einzig Menschen von gleicher Gestalt, gleicher Natur, gleichem inneren Wesensgehalt sich durch die heilige Kette freiwillig übernommener Pflicht aneinander gebunden zu fühlen.

Das Kind wurde wieder angezogen.

William hatte Platz genommen. »Hör mal, Liebes«, sagte er, »seit du mich mit Doktor Black so schön empfangen hast, wage ich nicht mehr, dir einen Besuch zu melden. Dabei handelt es sich um einen, den entgegenzunehmen du mir einen großen Gefallen tätest: um Doktor Bonnefille.«

Da lachte sie zum erstenmal ein blasses Lachen; es verblieb auf den Lippen und reichte nicht bis zur Seele hinab; und sie fragte:

»Doktor Bonnefille? Welch ein Wunder! Dann habt ihr euch also wieder vertragen?«

»Selbstverständlich. Höre, ich will dir im strengsten Vertrauen eine große Neuigkeit verkünden. Eben habe ich das alte Kurunternehmen aufgekauft. Jetzt gehört mir der ganze Ort. Das ist doch ein Triumph, wie? Der arme Doktor Bonnefille hat es natürlich vor allen andern erfahren. Da hat er es schlau angefangen: Alle Tage hat er sich nach dir erkundigt und seine Karte mit ein paar teilnehmenden Zeilen hinterlassen. Ich habe seine Annäherungsversuche durch einen Besuch beantwortet; und jetzt stehen wir auf bestem Fuß miteinander.«

»Er kann kommen, wann er will«, sagte Christiane. »Ich will ihn gern empfangen.«

»Gut. Ich danke dir. Morgen vormittag bringe ich ihn mit. Ich brauche dir wohl nicht zu sagen, daß Paul mich unaufhörlich mit tausend herzlichen Grüßen an dich beauftragt und sich eingehend nach der Kleinen erkundigt. Er möchte sie so gern mal sehen.«

Trotz ihrer Entschlüsse fühlte sie sich bedrückt. Dennoch brachte sie hervor: »Dank ihm in meinem Namen.«

Andermatt fuhr fort: »Er war sehr erpicht darauf zu erfahren, ob dir seine Verlobung mitgeteilt worden sei. Ich habe es bejaht; da hat er mich mehrmals gefragt, wie du darüber dächtest.«

Sie raffte all ihre Energie zusammen und murmelte: »Du kannst ihm sagen, ich sei völlig damit einverstanden.«

Mit grausamer Hartnäckigkeit sprach William weiter: »Er hat auch unbedingt wissen wollen, wie deine Tochter heißen soll. Ich habe ihm geantwortet, wir schwankten zwischen Marguerite und Geneviève.«

»Ich habe es mir anders überlegt«, sagte sie. »Sie soll Arlette heißen.«

Einst, in den ersten Tagen der Schwangerschaft, hatte sie mit Paul hin und her geredet, welchen Namen sie wählen sollten, sei es für einen Sohn, sei es für eine Tochter; ob Geneviève oder Marguerite für ein Mädchen – das hatte sie in der Schwebe gelassen. Jetzt mochte sie diese beiden Namen nicht mehr.

William wiederholte: »Arlette... Arlette... Das klingt sehr

nett, du hast recht. Ich selber hätte sie gern Christiane genannt, nach dir. Das ist mir der liebste Name... Christiane!«

Sie stieß einen tiefen Seufzer aus: »Ach, es verheißt zu viel Leid, wenn man den Namen des Gekreuzigten trägt.«

Er wurde rot; dieser Zusammenhang war ihm nicht in den Sinn gekommen; er stand auf: »Übrigens klingt Arlette wirklich sehr hübsch. Bis gleich, Liebes.«

Sobald er gegangen war, rief sie die Amme und ordnete an, die Wiege solle fortan stets neben ihrem Bett stehen.

Als die leichte, kahnförmige, immer schwankende Ruhestatt, die an der Stange aus gewundenem Messing die weiße Gardine wie ein Segel trug, an das große Bett herangerollt worden war, streckte Christiane die Hand nach dem schlafenden Kind hin und sagte ganz leise: »Schlaf, mein Kleines. Niemand wird dich je so lieb haben wie ich.«

Die folgenden Tage verbrachte sie in ruhiger Melancholie; sie dachte ausgiebig nach und schuf sich eine widerstandsfähige Seele, ein kraftvolles Herz, um nach einigen Wochen das Leben wieder aufnehmen zu können. Ihre Hauptbeschäftigung bestand jetzt darin, daß sie die Augen ihrer Tochter betrachtete, im Bestreben, einen ersten Blick zu erhaschen; aber sie nahm nichts wahr als zwei bläuliche Löcher, die unverwandt auf das große, helle Fenster gerichtet waren.

Und sie empfand tiefe Kümmernis bei dem Gedanken, daß diese noch schlafbefangenen Augen die Welt einmal anschauen würden, wie sie selber sie angeschaut hatte, durch die Illusion des innerlichen Traums, der die Seele junger Frauen glücklich, vertrauensvoll und frohgestimmt macht. Sie würden alles lieben, diese Augen, was auch sie geliebt hatte, die schönen, klaren Tage, die Blumen, die Wälder und leider auch die Menschen! Sicherlich würden sie auch einen Mann lieben! Einen Mann! Sie würden sein wohlbekanntes, geliebtes Bild in sich tragen, es vor sich sehen, wenn er fern war, aufleuchten, wenn sie ihn erblickten... Und dann... und dann... würden sie zu weinen lernen! Die Tränen, die schrecklichen Tränen würden über diese kleinen Wangen rinnen! Und die grimmigen Leiden verratener Liebe würden sie unkenntlich machen, bestürzt vor Angst und Verzweiflung, diese armen, blicklosen Augen, die dereinst blau sein würden.

Und sie küßte das Kleine, als sei sie närrisch geworden, und sagte zu ihm: »Hab immer nur mich lieb, Kind!«

Eines Tages endlich erklärte Professor Mas-Roussel, der jeden Vormittag nach ihr gesehen hatte: »Sie können jetzt ein bißchen aufstehen.«

Als der Arzt gegangen war, sagte Andermatt zu seiner Frau: »Schade, daß du noch nicht völlig wiederhergestellt bist; wir machen nämlich heute in der Kuranstalt ein sehr interessantes Experiment. Doktor Latonne hat mit dem alten Clovis wahre Wunder vollbracht, indem er ihn seiner automotorischen Behandlung unterzog. Stell dir vor, der alte Vagabund kann jetzt beinahe gehen wie wir alle. Überdies macht seine Heilung bei jeder Behandlung sichtliche Fortschritte.«

Um ihm etwas Freundliches zu erweisen, fragte sie: »Dann macht ihr also eine öffentliche Vorführung?«

»Ja und nein, es wird eine Vorführung vor den Ärzten und ein paar Freunden.«

»Wann denn?«

»Um drei.«

»Kommt Monsieur Brétigny auch?«

»Ja, ja, er hat versprochen, er wolle dabei sein. Der ganze Aufsichtsrat kommt. Vom medizinischen Standpunkt aus ist die Sache recht merkwürdig.«

»Na ja«, sagte sie, »da ich um die Zeit außer Bett bin, bitte doch Monsieur Brétigny, zu mir zu kommen. Er kann mir während eures Experiments Gesellschaft leisten.«

»Ja, Liebes.«

»Vergißt du es auch nicht?«

»Nein, nein, sei unbesorgt.« Und damit ging er weg, um die Zuschauer zusammenzuholen.

Nachdem er, was die erste Kur des Gelähmten betraf, hinters Licht geführt worden war, hatte er seinerseits den leichtgläubigen Kurgästen etwas aufgebunden, die so leicht zu gewinnen sind, wenn es sich um einen Heilvorgang handelt; und jetzt spielte er selbst die Komödie dieser Kur vor; er sprach so häufig

265

davon, und noch dazu mit so viel Eifer und Überzeugung, daß es ihm schwergefallen wäre, genau anzugeben, ob er daran glaube oder nicht.

Gegen drei Uhr waren alle, deren er hatte habhaft werden können, vor der Tür der Kuranstalt versammelt und warteten auf das Erscheinen des alten Clovis. Auf zwei Stöcke gestützt kam er an; noch immer schleppte er die Beine nach, und er grüßte beim Vorgehen höflich jedermann.

Ihm folgten die beiden Oriols mit den beiden jungen Mädchen. Paul und Gontran begleiteten ihre Verlobten.

In dem großen Saal, in dem die Gliederrenkungsapparate aufgestellt waren, wartete Doktor Latonne; er unterhielt sich mit Andermatt und Doktor Honorat. Beim Erblicken des alten Clovis glitt ein freudiges Lächeln über seine rasierten Lippen. »Na, wie geht's uns heute?«

»Ach, es geht, es geht!«

Petrus Martel und Saint-Landri erschienen. Sie wollten Gewißheit. Der erstere glaubte, der zweite zweifelte. Hinter ihnen sahen alle staunend Doktor Bonnefille hereinkommen; er grüßte seinen Nebenbuhler und bot Andermatt die Hand. Als letzter kam Doktor Black.

»Ja, meine Damen und Herren«, sagte Doktor Latonne mit einer Verbeugung zu Louise und Charlotte Oriol hin, »Sie werden etwas sehr Merkwürdigem beiwohnen. Stellen Sie bitte zunächst, noch vor der Vorführung, fest, daß dieser wackere Mann ein bißchen gehen kann, aber nur ein bißchen. Können Sie ohne Ihre Stöcke gehen, Vater Clovis?«

»O nein!«

»Gut, dann fangen wir an.«

Der Alte wurde auf einen Sessel gehoben, seine Beine wurden an die beweglichen Fußstützen angeschnallt, und als der Herr Leitende Badearzt kommandierte: »Los, aber langsam«, drehte der diensthabende, nacktarmige Badewärter die Kurbel.

Da konnte man sehen, wie das rechte Knie des Vagabunden sich hob, sich ausstreckte, sich bog, sich mehrmals ausstreckte; dann tat das linke Knie dasselbe, und der alte Clovis wurde von jäher Freude erfaßt, fing an zu lachen und ahmte mit dem Kopf und mit seinem langen weißen Bart alle Bewegungen nach, zu denen seine Füße gezwungen wurden.

Die vier Ärzte und Andermatt beugten sich über ihn und beobachteten ihn mit Augurenernst, während »Koloß« mit seinem Vater boshafte Blicke austauschte.

Da die Türen offengelassen worden waren, strömten unaufhörlich andere Leute herein und drängten sich, um zuzusehen, überzeugte und ängstliche Kurgäste.

»Schneller«, kommandierte Doktor Latonne.

Der sich abschuftende Kerl drehte kräftiger.

Die Beine des Alten fingen an zu laufen, und ihn selber ergriff eine unwiderstehliche Heiterkeit; wie ein Kind, das gekitzelt wird, lachte er aus vollem Hals und schwenkte wie von Sinnen den Kopf. Und mitten in seinen Lachanfällen rief er immer wieder: »Ist das mal 'ne Gaudi, ist das mal 'ne Gaudi!«, welches Wort er sicherlich aus dem Mund irgendeines Fremden aufgeschnappt hatte.

Auch »Koloß« platzte los, stampfte mit dem Fuß auf, klatschte sich mit den Händen auf die Schenkel und rief: »Ach, dieser Bursche von Clovis... dieser Bursche von Clovis...«

»Genug!« befahl der Leitende Arzt.

Der Vagabund wurde losgebunden, und die Ärzte traten zwecks Feststellung des Resultats beiseite.

Da sah man denn den alten Clovis ganz ohne Hilfe von seinem Sitz herabsteigen; und dann ging er. Freilich ging er mit kleinen Schritten, vornübergebeugt und vor Anstrengung bei jedem mühevollen Schritt Gesichter schneidend. Aber er ging!

Doktor Bonnefille erklärte als erster: »Dies ist ein vollauf bemerkenswerter Fall.«

Doktor Black überbot sogleich den Kollegen. Einzig Doktor Honorat sagte nichts.

Gontran flüsterte Paul ins Ohr: »Unbegreiflich. Sieh dir doch nur ihre Gesichter an. Sind sie drauf hereingefallen, oder machen sie stillschweigend mit?«

Doch Andermatt ergriff das Wort. Er berichtete über diese Kur von ihrem ersten Tag an, von dem Rückfall und schließlich von der Heilung, die endgültig und absolut sicher zu werden verspreche. Aufgeräumt fügte er hinzu: »Und wenn es unsern Patienten in jedem Winter abermals ein bißchen packen sollte, dann machen wir ihn eben in jedem Sommer wieder gesund.«

Dann stimmte er ein pompöses Loblied auf die Thermalquellen von Mont-Oriol an und pries deren Eigenschaften, deren sämtliche Eigenschaften. »Ich selber«, sagte er, »habe ihre Wirksamkeit an jemandem erproben können, der mir sehr teuer ist, und wenn meine Familie nicht erlischt, so verdanke ich das Mont-Oriol.«

Doch dann fiel ihm etwas ein: Er hatte seiner Frau Paul Brétignys Besuch versprochen. Er bekam heftige Gewissensbisse, denn er war ihr gegenüber sehr fürsorglich. Also hielt er Umschau, erblickte Paul und trat zu ihm: »Lieber Freund, ich habe völlig vergessen, Ihnen zu sagen, daß Christiane Sie um diese Stunde erwartet.«

Brétigny stotterte: »Mich... zu dieser Stunde?«

»Ja, sie ist heute aufgestanden und möchte vor allen andern *Sie* sehen. Laufen Sie also möglichst schnell zu ihr und bitten Sie sie für mich um Entschuldigung.«

Paul ging mit vor Erschütterung bebendem Herzen zum Hotel.

Unterwegs begegnete er dem Marquis de Ravenel, der zu ihm sagte: »Meine Tochter ist aufgestanden und wundert sich, daß Sie noch nicht zu ihr gekommen sind.«

Auf den ersten Treppenstufen blieb Paul indessen stehen und überlegte, was er ihr sagen solle. Wie würde sie ihn empfangen? Ob sie allein war? Wenn sie auf seine Verlobung zu sprechen kam – was sollte er dann antworten?

Seit er um ihre Niederkunft wußte, hatte er nicht an sie denken können, ohne vor Unruhe zu zittern; und jedesmal, wenn die Vorstellung von ihrer beider ersten Wiederbegegnung in ihm erstand, ließ sie ihn vor Bangnis jäh rot oder blaß werden. Mit tiefer Verwirrung dachte er auch an das unbekannte Kind, dessen Vater er war, und er verharrte in besorgtem Schwanken zwischen dem Verlangen und der Furcht, es zu sehen. Ihm war, als sei er in eine der moralischen Schmutzereien geraten, die das Gewissen eines Mannes bis zu seinem Tod beflecken. Vor allem aber scheute er vor dem Blick jener Frau zurück, die er so glühend und nur für so kurze Zeit geliebt hatte.

Würde sie ihm mit Vorwürfen aufwarten, mit Tränen oder mit Verachtung? Empfing sie ihn etwa nur, um ihn hinauszuwerfen? Und welche Haltung sollte er ihr gegenüber einnehmen? Eine demütige, trostlose, flehende oder kühle? Sollte er sich in Erklärungen ergehen oder ihr einfach, ohne zu antworten, zuhören? Sich setzen oder stehen bleiben?

Und wenn ihm das Kind gezeigt würde – was sollte er dann tun? Was sagen? Welche Empfindung sollte er zur Schau tragen?

Vor der Tür blieb er abermals stehen, und als er auf den Klingelknopf drücken wollte, merkte er, daß ihm die Hand zitterte.

Dennoch drückte er den Finger auf den kleinen Elfenbeinknopf und hörte im Innern des Appartements die elektrische Glocke anschlagen.

Eine Zofe öffnete und ließ ihn eintreten. Und schon von der Tür des Salons aus gewahrte er hinten in dem zweiten Zimmer Christiane; sie lag auf der Chaiselongue und blickte ihn an.

Beim Durchschreiten kamen die beiden Räume ihm endlos vor. Er fühlte, daß er unsicher ging, er hatte Angst, an Sessel zu stoßen, und wagte nicht, auf seine Füße zu schauen, weil er den Blick nicht senken mochte. Sie tat keine Geste, sie sagte kein Wort, sie wartete, bis er unmittelbar vor ihr stände. Ihre rechte Hand lag ausgestreckt auf ihrem Kleid, und die linke stützte sich auf den Rand der völlig von ihrer Gardine verhüllten Wiege.

Als er nur noch drei Schritte von ihr entfernt war, blieb er stehen; er wußte nicht, was er tun sollte. Die Zofe hatte hinter ihm die Tür wieder geschlossen. Sie waren allein.

Da wäre er am liebsten auf die Knie gefallen und hätte um Verzeihung gebeten. Doch da hob sie betont langsam die auf ihrem Kleid liegende Hand und hielt sie ihm von ungefähr entgegen. »Guten Tag«, sagte sie mit ernster Stimme.

Er wagte nicht, ihre Finger zu berühren, doch er verneigte sich und streifte sie mit den Lippen.

Sie fuhr fort: »Setzen Sie sich.«

Und er setzte sich auf einen niedrigen Stuhl, dicht vor ihren Füßen. Er fühlte, daß er sprechen müsse, allein er fand kein

Wort, keinen Gedanken; er brachte es nicht einmal über sich, sie anzuschauen. Schließlich stieß er ungelenk hervor: »Ihr Mann hatte vergessen, mir zu sagen, daß Sie mich erwarteten; sonst wäre ich schon früher gekommen.«

Sie antwortete: »Ach, das ist recht belanglos! Wenn wir einander schon wiedersehen mußten... ob nun ein bißchen früher... ein bißchen später...«

Da sie nichts weiter sagte, fragte er hastig: »Hoffentlich geht es Ihnen jetzt gut?«

»Danke. So gut, wie es einem nach dergleichen Erschütterungen gehen kann.« Sie war sehr blaß, abgezehrt, aber hübscher als vor der Niederkunft. Ihre Augen vor allem hatten eine Tiefe des Ausdrucks angenommen, die er an ihnen nicht kannte. Sie wirkten dunkler, von einem weniger lichten Blau, weniger durchsichtig, aber intensiver. Ihre Hände waren so weiß, daß man sie für die einer Toten hätte halten können.

Sie sprach weiter: »Solcherlei Stunden zu überstehen ist hart. Aber wenn man so gelitten hat, fühlt man sich stark bis ans Ende seiner Tage.«

Sehr bewegt sagte er leise: »Ja, das sind entsetzliche Heimsuchungen.«

Wie ein Echo wiederholte sie: »Entsetzliche Heimsuchungen.«

Seit ein paar Augenblicken waren in der Wiege leichte Bewegungen, die kaum wahrnehmbaren Geräusche beim Erwachen eines schlafenden Kindes vernehmlich geworden. Brétigny ließ die Wiege nicht mehr aus den Augen; er befand sich im Bann eines schmerzlichen, stetig anschwellenden Unbehagens, er wurde gemartert vom Verlangen zu sehen, was dort drinnen lebte.

Da nahm er wahr, daß die Gardinen des Bettchens von oben bis unten mit goldenen Stecknadeln geschlossen waren, wie Christiane sie sonst immer an der Bluse getragen hatte. Früher hatte er oft seinen Spaß daran gehabt, diese dünnen Nadeln mit dem Halbmondknopf herauszuziehen und sie hernach über den Schultern der Geliebten wieder hineinzustecken. Er durchschaute, was sie gewollt hatte, und es durchschoß ihn ein durchbohrendes Gefühl und krampfte ihm das Herz zusammen – diese

Schranke aus goldenen Punkten trennte ihn für immer von dem Kind.

Ein leichter Schrei, ein dünner Klageruf erscholl aus dem weißen Gefängnis. Sogleich schaukelte Christiane das Wiegenschiffchen, und mit ein wenig schroffer Stimme sagte sie: »Entschuldigen Sie bitte, daß ich Ihnen nur so wenig Zeit widmen kann; aber ich muß mich jetzt um meine kleine Tochter kümmern.«

Er stand auf, küßte abermals die Hand, die sie ihm reichte, und als er sich zum Gehen wandte, sagte sie: »Ich bete für Ihr Glück.«

Unser Herz

Roman

Französischer Titel: Notre Cœur
Erstdruck: Revue des Deux-Mondes, Mai–Juni 1890
Erste Buchausgabe: Verlag Paul Ollendorff, Paris 1890

Erster Teil

I

Eines Tages fragte der Musiker Massival, der bekannte Komponist der »Rebekka«, der schon seit fünfzehn Jahren als »der junge, berühmte Meister« bezeichnet wurde, seinen Freund André Mariolle: »Warum hast du dich eigentlich nie Madame Michèle de Burne vorstellen lassen? Ich sage dir, das ist eine der interessantesten Frauen des heutigen Paris.«

»Weil ich glaube, daß ich in ihren Kreis keinesfalls hineinpasse.«

»O mein Lieber, da irrst du. Das ist ein ganz eigenartiger Salon, sehr aufgeschlossen für alles Neue, sehr lebendig und sehr kunstsinnig. Es wird da ausgezeichnete Musik gemacht, und geplaudert wird ebenso gut wie in den angesehensten Schwatzbuden des vorigen Jahrhunderts. Du würdest dort mit offenen Armen empfangen werden, erstens weil du vorzüglich Geige spielst, dann, weil man schon viel Gutes von dir in dem Haus erzählt hat, und schließlich, weil du überhaupt im Ruf stehst, kein alltäglicher Mensch zu sein und nicht überall hinzugehen.«

Geschmeichelt, aber noch widerstrebend und überdies der Ansicht, daß an dieser dringenden Aufforderung die junge Frau selber nicht ganz unbeteiligt sei, meinte Mariolle nur: »Pah, mir liegt nichts dran.« Aber in diese gemachte Geringschätzung mischte sich bereits halb und halb Zustimmung. Massival fuhr fort:»Soll ich dich dieser Tage bei ihr einführen? Du kennst sie übrigens schon durch uns, ihre engsten Bekannten; wir sprechen ja alle oft genug von ihr. Eine sehr hübsche Frau von achtundzwanzig Jahren, sehr gescheit, die sich nicht wieder verheiraten will, denn sie ist in ihrer ersten Ehe sehr unglücklich gewesen. Sie hat ihr Haus zum Treffpunkt netter Leute gemacht. Man begegnet da nicht allzu vielen Herren aus der Gesellschaft oder den Klubs. Es sind gerade so viele dort, wie nötig ist, um Eindruck zu machen. Sie wird sich sehr freuen, wenn ich dich mitbringe.«

Schon besiegt, antwortete Mariolle:»Meinetwegen denn, in den nächsten Tagen.«

Gleich am Anfang der folgenden Woche kam der Musiker zu ihm und fragte:»Hast du morgen Zeit?«

»Gewiß...«

»Schön. Dann hole ich dich zum Essen bei Madame de Burne ab. Ich soll dich einladen. Da ist übrigens eine Zeile von ihr.«

Nachdem Mariolle anstandshalber noch einige Sekunden überlegt hatte, antwortete er:»Abgemacht!«

André Mariolle war ungefähr siebenunddreißig Jahre alt, Junggeselle, ohne Beruf, reich genug, ganz nach seinem Gefallen zu leben, zu reisen und sich sogar eine hübsche Sammlung moderner Gemälde und antiker Kleinkunstwerke zuzulegen. Er galt für einen geistreichen, etwas phantastischen, etwas scheuen, etwas launischen und etwas hochmütigen Menschen, der mehr aus Stolz als aus Schüchternheit den Einsiedler spielte. Durchaus begabt, sehr klug, aber träge, fähig, alles zu verstehen und vielleicht selber vielerlei zu unternehmen, hatte er sich damit begnügt, das Leben als Zuschauer oder vielmehr als Liebhaber zu genießen. Wäre er arm gewesen, so würde ohne Zweifel ein angesehener oder berühmter Mann aus ihm geworden sein; doch da er wohlhabend geboren war, machte er sich den steten Vorwurf, daß er nicht verstanden habe, einer zu werden. Er hatte sich allerdings – nur zu lässig – in verschiedenen Künsten versucht: einmal in der Literatur durch die Veröffentlichung ansprechender Reiseberichte voll lebendiger Schilderungen und in gepflegtem Stil, dann in der Musik durch sein Geigenspiel, worin er sich sogar bei Berufsmusikern einen geachteten Namen als Amateur erworben hatte, und endlich in der Bildhauerei, jener Kunst, in der die angeborene Geschicklichkeit und die Gabe verblüffender, kecker Gestaltung in den Augen der Laien die künstlerische Ausbildung und das Können ersetzen. Seine Terrakottastatuette »Tunesischer Masseur« hatte sogar einige Beachtung im vorjährigen Salon gefunden.

Er war ein vortrefflicher Reiter und auch, wie es hieß, ein ausgezeichneter Fechter, obwohl er sich niemals öffentlich schlug, vielleicht aus derselben Unentschlossenheit heraus, die ihn bewog, die große Welt zu meiden, wo ernstliche Rivalitäten zu fürchten waren.

Aber seine Freunde schätzten und rühmten ihn ausnahmslos, vielleicht, weil er sie so wenig in den Schatten stellte. Er galt jedenfalls für einen durchaus zuverlässigen, zuvorkommenden, umgänglichen und sehr wohl zu leidenden Menschen.

Er war von ziemlich großem Wuchs, trug seinen schwarzen Bart auf den Backen kurz und am Kinn in einer Spitze auslaufend, hatte bereits leicht ergrauendes, doch hübsch gekräuseltes Haar und blickte mit klaren, lebhaften, mißtrauischen und etwas strengen braunen Augen in die Welt.

Zu seinen engsten Freunden zählten insbesondere Künstler: der Romanschriftsteller Gaston de Lamarthe, der Musiker Massival, die Maler Jobin, Rivollet und de Maudol, die viel auf sein kritisches Vermögen, seine Freundschaft, seinen Geist und selbst auf sein Urteil zu geben schienen, obgleich sie ihn im Grunde mit jener Eitelkeit, die vom Erfolg nicht zu trennen ist, lediglich für einen sehr gescheiten und liebenswürdigen Menschen hielten, der es zu nichts gebracht hatte.

Seine hochmütige Zurückhaltung schien zu sagen: »Ich bin nichts, weil ich nichts habe werden wollen.« Er lebte demgemäß in einem engen Kreis und mied die elegante Welt und die großen, bekannten Salons, wo andere mehr als er geglänzt und ihn in das Heer der vornehmen Statisten verwiesen hätten. Er wollte nur in Häusern verkehren, wo er sicher war, daß man seine echten und verborgenen Vorzüge zu schätzen vermöge; und wenn er so schnell eingewilligt hatte, sich zu Madame Michèle de Burne mitnehmen zu lassen, so nur darum, weil seine besten Freunde, die überall seine versteckten Vorzüge herausstrichen, bei dieser jungen Dame ein und aus gingen.

Sie hatte eine hübsche Zwischenstockwohnung in der Rue du Général Foy hinter der Kirche Saint-Augustin inne. Zwei Räume lagen nach der Straße hinaus: das Speisezimmer und ein Salon, in dem sie alle Welt empfing, zwei andere nach einem schönen Garten, dessen Benutzung sich jedoch der Hauseigentümer vorbehalten hatte. Da war zunächst ein zweiter Salon, sehr groß, länger als breit, mit drei Fenstern auf die Bäume hinaus, deren Blätter die Läden streiften; er war mit ungewöhnlich seltenen und schlichten Gegenständen und Möbeln von gutem, gediegenem Geschmack und hohem Wert ausgestattet. Die Sessel, die Tische, die zierlichen Schränke oder Etageren, die Bilder, die Fächer und die Porzellanfigurinen in einer Vitrine, die Vasen, die Statuetten, die riesige Uhr in der Mitte einer Täfelung, die ganze Ausstattung dieses Gemaches der jungen Frau zog das Auge durch seine Gestalt, sein Alter oder seine Eleganz an und hielt es fest. Um sich diese Einrichtung zu schaffen, auf die sie beinahe ebenso stolz war wie auf sich selber, hatte sie die Freundschaft, die Gefälligkeit, die Kennerschaft und den Spürsinn aller Künstler, die sie kannte, in Anspruch genommen: Sie hatten für sie, die reich war und gut zahlte, lauter Dinge von jener echten Eigenart aufgetrieben, die der durchschnittliche Liebhaber nicht erkennt, und so hatte sie sich mit Hilfe ihrer Freunde ein vielgerühmtes Heim geschaffen, das sich nur schwer jemandem öffnete und wo man sich, wie sie sich einbildete, besser aufgehoben fühlte und wohin man lieber zurückkehrte als in die nichtssagenden Gemächer aller anderen Damen der großen Welt.

Eine ihrer Lieblingstheorien war es denn auch zu behaupten, daß der Farbton der Tapeten, der Stoffe, das Einladende der Sessel, die Lieblichkeit der Formen und die Anmut der Zusammenstellung den Blick ebenso anheimeln, bannen und fesseln könne wie das lieblichste Lächeln. Gefällige oder nicht gefällige, ärmliche oder reich ausgestattete Wohnräume, sagte sie, ziehen an, halten fest oder stoßen ab, ebenso wie die Wesen, die sie bewohnen. Sie lassen das Herz aufgehen oder schnüren es zusammen, erwärmen den Geist oder lassen ihn gefrieren, reizen zum Sprechen oder zum Schweigen, stimmen heiter oder traurig und flößen schließlich jedem Besucher den unbewußten Wunsch ein, dazubleiben oder fortzugehen.

Mitten in diesem ein wenig dunklen, länglichen Gemach hatte ein großer Flügel zwischen zwei Blumenständern mit Topfpflanzen einen Ehrenplatz inne und beherrschte den Raum. Etwas weiter führte eine hohe Flügeltür aus diesem Gemach in das Schlafzimmer, von dem aus man in einen Ankleideraum gelangte, der, ebenfalls sehr groß und elegant, mit persischer Leinwand ausgeschlagen war wie der Gartensaal und in dem sich Madame de Burne aufzuhalten pflegte, wenn sie allein war.

In ihrer Ehe mit einem ungehobelten Taugenichts, einem jener Haustyrannen, vor denen alles kuschen und kriechen muß, war sie anfangs sehr unglücklich gewesen. Fünf Jahre hindurch hatte sie die Zumutungen, die Roheiten, die Eifersüchteleien und selbst die Mißhandlungen dieses unerträglichen Gebieters erdulden müssen, und eingeschüchtert hatte sie sich ohne Widerspruch gefügt, bestürzt vor Überraschung über diese Offenbarungen des Ehelebens, gebrochen von dem despotischen, marternden Willen des brutalen Mannes, dessen Beute sie war.

Er starb eines Abends auf dem Heimweg an einem Blutsturz, und als sie sah, wie die Leiche ihres Gatten, eingehüllt in eine Decke, hereingebracht wurde, starrte sie ihn an, unfähig, an die Wirklichkeit dieser Befreiung zu glauben, mit einem tiefen Gefühl unterdrückter Freude und zugleich der schrecklichen Furcht, sie sich anmerken zu lassen.

Sie war eine unabhängige Natur, heiter, sogar ausgelassen, sehr schmiegsam und verführerisch, zuweilen Gewagtheiten hervorsprudelnd, wie sie, man weiß nicht, auf welche Weise, in den Köpfchen gewisser junger Pariserinnen spuken, die von Kind auf den prickelnden Hauch der Boulevards eingeatmet haben, in den sich jeden Abend durch die offenen Türen der Theater ein Strom der Luft der beklatschten oder ausgepfiffenen Stücke mischt; dennoch verharrte in ihr von ihrer fünfjährigen Sklaverei her eine seltsame Schüchternheit, die sich sonderbar mit ihrer früheren Keckheit mischte, eine große Furcht, zu viel zu sagen, zu viel zu tun, ein unbändiger Drang nach Unabhängigkeit und der feste Entschluß, ihre Freiheit niemals wieder aufs Spiel zu setzen. Ihr Gatte, ein Gesellschaftsmensch, hatte sie dazu abgerichtet, seine Gäste wie eine stumme, elegante, höfliche und geschmückte Sklavin zu empfangen. Unter den Freunden dieses Despoten befanden sich viele Künstler, denen sie mit Neugier entgegengesehen und mit Vergnügen gelauscht hatte, ohne es jedoch zu wagen, sich jemals etwas davon anmerken zu lassen, wie sehr sie sie verstand und schätzte. Nachdem das Trauerjahr vorüber war, lud sie eines Abends ihrer einige zu Tisch. Zwei sagten ab, drei nahmen an und fanden zu ihrem Erstaunen eine junge Frau mit offenem Gesicht und von reizendem Wesen, die es ihnen behaglich machte und sich liebenswürdig für das Vergnügen bedankte, das sie ihr damals durch ihr Kommen bereitet hätten.

So traf sie nach und nach unter ihren ehemaligen Bekannten, die sie übersehen oder verkannt hatten, eine Wahl nach ihrem Geschmack und empfing fortan als Witwe, als alleinstehende, unabhängige Frau, die jedoch ehrbar bleiben will, alles, was sie an begehrten Männern in Paris um sich versammeln konnte, dazu einige wenige Frauen.

Die zuerst Aufgenommenen wurden ihre engeren Freunde; sie bildeten den Kern des Kreises, zogen andere herbei und gaben dem Haus das Gepräge einer kleinen Hofhaltung, zu der jeder Zugehörige etwas beigesteuert hatte, sei es ein Talent, sei es einen Namen; denn einige Träger hoher Adelstitel mischten sich mit der bürgerlichen Intelligenz.

Ihr Vater, Monsieur de Pradon, der die Wohnung über ihr innehatte, diente als Anstandswächter und Respektsperson. Er war ein alter, sehr eleganter, geistreicher Kavalier, der, immer um sie geschäftig, sie mehr als Dame denn als Tochter behandelte, und präsidierte bei den Donnerstagsdiners, die in Paris bald viel genannt und wohlbekannt waren und zu denen man sich drängte. Die Bitten, vorgestellt und eingeladen zu werden, häuften sich, wurden von dem engeren Kreis besprochen und oft nach einer

Art Abstimmung abgelehnt. Geistreiche Worte fielen in diesem Kreis und machten dann die Runde durch die Stadt. Junge Dichter, Künstler und Schauspieler traten hier erstmals auf und erhielten so gleichsam die Feuertaufe. Langmähnige Klaviervirtuosen, die Gaston de Lamarthe einführte, lösten ungarische Geiger ab, die Massival mitbrachte; und exotische Tänzerinnen probten hier ihre kühnen Posen, ehe sie sich damit vor dem Publikum des Eden oder der Folies-Bergère sehen ließen.

Madame de Burne, die von ihren Freunden übrigens eifersüchtig bewacht wurde und sich ihres kurzen Gesellschaftslebens unter der Fuchtel ihres Mannes nur mit Widerwillen erinnerte, war klug genug, den Kreis ihrer Bekannten nicht allzu sehr zu erweitern. Befriedigt und zugleich besorgt darüber, was man von ihr denken und sagen könne, gab sie sich ihren etwas bohemehaften Neigungen nur mit größter bürgerlicher Vorsicht hin. Sie hielt auf ihren Ruf, schreckte vor gewagten Schritten zurück, blieb in ihren Einfällen untadelig, in ihren Keckheiten maßvoll und trug Sorge, daß sie keines Verhältnisses, keiner Liebelei, keiner Liebschaft verdächtigt werde.

Alle hatten versucht, sie zu verführen, aber keinem, hieß es, sei es gelungen. Sie gaben es selber zu, gestanden es einander mit Erstaunen, denn die Männer glauben keineswegs, vielleicht mit Recht, an die Tugend alleinstehender Frauen. Eine Legende ging über sie um. Es hieß, ihr Gatte habe sie am Anfang ihrer ehelichen Beziehungen mit einer so empörenden Roheit behandelt und so unerhörte Zumutungen an sie gestellt, daß sie für alle Zeit von der Liebe zu einem Mann geheilt sei. Ihre engsten Freunde sprachen oft über diesen Fall. Sie gelangten dabei unweigerlich zu dem Schluß, daß ein junges Mädchen, das in dem Traum von künftigen Zärtlichkeiten und in der Erwartung eines beunruhigenden Geheimnisses erzogen worden sei, von dem es nur ahnt, daß es einigermaßen unkeusch und unanständig, aber reizvoll ist, völlig niedergeschmettert sein müsse, wenn es über seine ehelichen Pflichten von einem Rohling aufgeklärt werde.

Der weltgewandte Philosoph Georges de Maltry lächelte sanft und fügte hinzu: »Ihre Stunde wird schon noch kommen. Sie kommt immer für solche Frauen. Je länger sie zögert, um so toller treibt sie es dann. Bei den Neigungen unserer Freundin zum Künstlerischen wird sie zu guter Letzt noch die Geliebte eines Pianisten oder eines Sängers.«

Gaston de Lamarthe war anderer Ansicht. In seiner Eigenschaft als Romanschriftsteller, Beobachter und Seelenkenner, der sich dem Studium der Gesellschaftsmenschen gewidmet hatte, von denen er übrigens sehr treffende und ironische Porträts entwarf, behauptete er, die Frauen zu kennen und sie mit einem einzigartigen, unfehlbaren Einfühlungsvermögen zergliedern zu können. Er reihte Madame de Burne unter die zeitgenössischen Verschrobenen ein, deren Typus er in seinem fesselnden Roman »Eine von ihnen« geschildert hatte. Er hatte als erster dieses neue Geschlecht von Frauen beschrieben, die ganz und gar von ihren hysterischen Nerven getrieben und von tausend einander widersprechenden Gefühlen – die nicht einmal dazu gelangen, sich als Wünsche zu äußern – bestürmt werden, Frauen, die von allem enttäuscht sind, ohne je etwas richtig genossen zu haben – durch die Schuld der Umstände, der Epoche, der gegenwärtigen Zeit, des modernen Romans –, und die ohne Begeisterung und Leidenschaft das launische Wesen verwöhnter Kinder mit der Frostigkeit alter Skeptiker verbinden. Er war wie alle anderen mit seinen Verführungsversuchen gescheitert.

Denn alle Getreuen dieser Schar hatten sich der Reihe nach in Madame de Burne verliebt und blieben ihr nach der Krise noch in unterschiedlichen Graden ergeben und zugetan. Allmählich bildeten sie eine Art kleiner Gemeinde. Sie war ihre Madonna, von der sie untereinander unaufhörlich sprachen, gebannt von ihrem Zauber sogar noch in ihrer Abwesenheit. Sie vergötterten sie, beteten sie an, kritisierten sie und setzten sie herunter, je nach dem Tag und der Laune, der Gereiztheit oder der Liebenswürdigkeit, die sie bezeigt hatte. Sie waren ständig eifersüchtig aufeinander, bespitzelten sich gegenseitig ein bißchen, scharten sich aber vor allem eng um sie, um nicht irgendeinen gefährlichen Nebenbuhler an sie heranzulassen. Es waren sieben Verehrer: Massival, Gaston de Lamarthe, der dicke Fresnel, der gefeierte junge Modephilosoph Georges de Maltry, berühmt wegen seiner Paradoxa, seiner sich stets auf dem laufenden haltenden vielfältigen, verzwickten Gelehrsamkeit und Redeweise, die sogar für seine glühendsten Verehrerinnen unverständlich blieb, und überdies noch um seiner Kleidung willen, die ebenso gesucht war wie seine Theorien. Diesen Männern ihrer Wahl hatte sie noch einige bloße Gesellschaftsmenschen, die als geistreich bekannt waren, hinzugesellt: Graf de Marantin, Baron de Gravil und zwei oder drei andere.

Die beiden Bevorzugten dieser Elitetruppe schienen Massival und Lamarthe zu sein, die offenbar die Gabe besaßen, die junge Frau jederzeit zu zerstreuen; denn beider künstlerische Ungezwungenheit, ihr frecher Witz, ihre Geschicklichkeit, sich über alle und jeden lustig zu machen – sogar ein wenig über sie selber, wenn sie es duldete –, belustigten sie. Aber die natürliche oder gewollte Scheu, keinen ihrer Verehrer längere Zeit hindurch merklich zu bevorzugen, die schalkhafte und offene Art ihrer Koketterie und das stete Gleichbleiben ihrer Gunst unterhielten zwischen ihnen eine mit Feindseligkeiten gespickte Freundschaft und eine geistige Regsamkeit, die sie unterhaltsam machte.

Gelegentlich führte einer von ihnen, um den anderen einen Streich zu spielen, einen Freund bei ihr ein. Aber da dieser Freund niemals ein sehr bedeutender oder interessanter Mensch war, zögerten die gegen ihn verbündeten andern nicht, ihn alsbald wieder auszuschließen.

Auf diese Weise brachte Massival seinen Freund André Mariolle in das Haus.

Ein Diener im Frack meldete: »Monsieur Massival! Monsieur Mariolle!«

Unter einer großen Wolke von rosa Seide, einem riesigen Lampenschirm, der das strahlende Licht einer getriebenen Stehlampe von einem hohen Ständer aus vergoldeter Bronze auf einen viereckigen Marmortisch warf, waren ein Frauenkopf und drei Männerköpfe über ein Album gebeugt, das Lamarthe mitgebracht hatte. Der Schriftsteller stand zwischen ihnen, wendete die Blätter und gab Erklärungen.

Einer der Köpfe wandte sich, und Mariolle, der näher trat, gewahrte das leicht gerötete Gesicht einer Blondine, deren kurze Härchen an den Schläfen lichterloh zu brennen schienen. Die feine, etwas aufgeworfene Nase verlieh dem Gesicht etwas Lächelndes; der Mund mit den hübsch gezeichneten Lippen, die Grübchen in den Wangen, das etwas vorspringende, gekerbte Kinn gaben ihm einen spöttischen Ausdruck, während die Augen es in seltsamem Gegensatz dazu in Schwermut hüllten. Sie waren blau, von einem verblichenen, gleichsam verwaschenen, verriebenen und verbrauchten Blau, und in der Mitte glänzten die schwarzen Pupillen, rund und groß. Dieser eigentümlich strahlende Blick schien bereits vom Rausch des Morphiums zu erzählen, vielleicht aber auch nur einfach von dem koketten Schönheitsmittel Belladonna.

Madame de Burne stand auf, reichte ihm die Hand, hieß ihn willkommen und dankte ihm für sein Erscheinen. »Ich hatte unsere Freunde seit langem gebeten, Sie mitzubringen«, sagte sie zu Mariolle, »aber ich muß dergleichen immer erst mehrmals wiederholen, damit es geschieht.«

Sie war groß, elegant, ein wenig lässig in ihren Bewegungen, mäßig dekolletiert, so daß kaum der obere Rand ihrer schönen Schultern zu sehen war, die die Hautfarbe der Rotblonden hatten und im Licht unvergleichlich leuchteten. Ihr Haar indessen war keineswegs rot, sondern von der schwer zu beschreibenden Farbe gewisser welker, vom Herbst versengter Blätter.

Dann stellte sie Monsieur Mariolle ihrem Vater vor, der ihn begrüßte und ihm die Hand reichte.

Die Herren, die in drei Gruppen beisammenstanden und ungezwungen miteinander plauderten, schienen sich wie zu Hause zu fühlen, gleichsam wie in einem gewohnten Klub, dem die Anwesenheit einer Frau einen besonderen Reiz gab.

Der dicke Fresnel unterhielt sich mit dem Grafen de Marantin. Die ständige Anwesenheit Fresnels in diesem Haus und die Vorliebe, die ihm Madame de Burne bezeigte, ärgerten und verletzten ihre Freunde oft. Noch jung, aber dick wie ein aufgepusteter Gummimann, fast ohne Bart, den Kopf von spärlichem, hellem kurzen Haar umwölkt, dabei gewöhnlich und langweilig, besaß er sicherlich für die junge Frau nur *eine* wertvolle Eigenschaft, die ihn den anderen unangenehm machte, die jedoch in ihren Augen sehr wesentlich war, die nämlich, sie blind zu lieben, mehr und besser als alle Welt. Man hatte ihn »die Robbe« getauft. Obwohl verheiratet, hatte er doch niemals davon gesprochen, auch seine Frau in das Haus einzuführen, die, wie es hieß, sehr eifersüchtig war. Lamarthe und Massival insbesondere nahmen Anstoß an der augenscheinlichen Neigung ihrer Freundin zu diesem Schnaufer, doch wenn sie sich nicht enthalten konnten, ihr diesen abscheulichen, eigensüchtigen und gewöhnlichen Geschmack vorzuwerfen, erwiderte sie ihnen nur lächelnd: »Ich habe ihn gern wie einen treuen Wauwau.«

Georges de Maltry sprach mit Gaston de Lamarthe über die jüngste, noch umstrittene Endeckung der Bakterienforscher. Monsieur de Maltry entwickelte seine Ansicht mit endlosen spitzfindigen Betrachtungen, und der Romanschriftsteller Lamarthe stimmte ihm voller Begeisterung mit jener Leichtigkeit zu, mit der Schöngeister alles ohne Prüfung hinnehmen, was ihnen als originell und neu erscheint.

Der Philosoph des Highlife, blond, flachsblond, schmächtig und hoch aufgeschossen, war in einen Frack gezwängt, der die Hüften eng umspannte. Darüber wuchs aus dem weißen Kragen sein feingeformter, blasser Kopf, dessen glattes blondes Haar wie aufgeklebt aussah.

Was nun Lamarthe betraf, Gaston de Lamarthe, dem das Wörtchen »de« einigen Adelsstolz und Hochmut eingeimpft hatte, so war er vor allem Schriftsteller, ein erbarmungsloser und furchtbarer Schriftsteller. Mit einem Sehvermögen ausgerüstet, das die Bilder, die Stellungen und Bewegungen mit der Schnelligkeit und Genauigkeit eines photographischen Apparates aufnahm, und begabt mit einem Einfühlungsvermögen, mit einem natürlichen Sinn für Romanstoffe wie mit der Witterung eines Jagdhundes, sammelte er von morgens bis abends Eindrücke für seinen Beruf. Mittels dieser beiden sehr einfachen Eigenschaften, einer scharfen Auffassung der äußeren Wirklichkeit und eines triebhaften Erfassens der Hintergründe, gab er seinen Büchern – in denen keine der üblichen Absichten psychologischer Schriftsteller zutage trat, sondern die wie der Wirklichkeit entrissene Stücke menschlichen Seins wirkten – die Farbe, den Ton, den Augenschein und die Bewegung des Lebens an sich.

Jedesmal, wenn ein Roman von ihm erschien, gab es in der Gesellschaft Aufregungen, Vermutungen, Heiterkeits- oder Zornesausbrüche; denn stets wurde vermeint, bekannte Personen darin wiederzuerkennen, die nur leicht mit einer verhüllenden Maske bedeckt waren; und wenn er durch die Salons schritt, hinterließ er ein Kielwasser von Unruhe. Er hatte übrigens einen Band Bekenntnisse veröffentlicht, worin viele Männer und Frauen seiner Bekanntschaft porträtiert waren, nicht geradezu boshaft, aber doch mit solcher Genauigkeit und Schärfe, daß sie sich gekränkt fühlten. Irgend jemand hatte ihm den Spitznamen »Hüt-dich-vor-Freunden!« angehängt.

Seiner rätselhaften Seele und seines verschlossenen Herzens wegen nahm man an, er habe einst eine Frau heftig geliebt und viel durch sie gelitten, so daß er sich nun an den anderen räche.

Massival und er verstanden sich sehr gut, obgleich der Musiker eine ganz andere Natur war, offener, mitteilsamer, vielleicht weniger zerquält, aber nach außen hin gefühlvoller erscheinend. Er hatte zwei große Erfolge gehabt: Ein Bühnenstück war in Brüssel aufgeführt und dann in Paris gespielt worden, wo es in der Opéra-Comique großen Beifall gefunden hatte; ein zweites Werk war dann ohne weiteres von der Grand-Opéra angenommen und herausgebracht worden und wurde als Ankündigung einer überragenden Begabung betrachtet. Dann war es bei ihm zu jener Art von Stillstand gekommen, der die meisten zeitgenössischen Künstler wie eine vorzeitige Lähmung befällt. Sie werden nicht wie ihre Väter in Ruhm und Erfolg alt, sondern scheinen in der Blüte ihrer Jahre von Unfruchtbarkeit bedroht. Lamarthe sagte: »Heutzutage gibt es in Frankreich nur verkümmerte große Männer.«

Massival schien im Augenblick sehr in Madame de Burne verliebt zu sein, und der Kreis hielt sich ein wenig darüber auf; deshalb wandten sich aller Augen ihm zu, als er ihr mit anbetender Miene die Hand küßte. Er fragte: »Kommen wir zu spät?«

Sie antwortete: »Nein, ich erwarte noch den Baron de Gravil und die Marquise de Bratiane.«

»Ah, welches Glück, die Marquise! Dann werden wir also heute abend musizieren?«

»Ich hoffe es.«

Die beiden Nachzügler traten ein. Die Marquise, eine infolge ihrer Fülle etwas klein wirkende, lebhafte Dame italienischer Abstammung mit schwarzen Augen, schwarzen Wimpern, schwarzen Brauen und ebenfalls schwarzem Haar, das so dicht und so wuchernd war, daß es die Stirn verdeckte und fast die Augen bedrohte, war dafür bekannt, daß sie von allen Damen der Gesellschaft die schönste Stimme habe.

Der Baron, ein Herr von gepflegtem Äußeren, mit eingefallener Brust und großem Kopf, war ohne sein Cello unvorstellbar. Als leidenschaftlicher Musikfreund verkehrte er nur in Häusern, wo der Musik Verehrung gezollt wurde.

Es wurde zu Tisch gebeten, und Madame de Burne nahm den Arm André Mariolles und ließ ihre Gäste vorangehen. Dann, als sie beide als letzte im Salon zurückgeblieben waren, warf sie ihm in dem Augenblick, da sie sich zum Gehen anschickten, einen schnellen Seitenblick aus ihren blassen Augen mit den schwarzen Pupillen zu, worin er ein nachdenkliches Forschen und eine etwas tiefere Anteilnahme zu lesen glaubte, als sonst hübsche Damen zu empfinden sich die Mühe geben, wenn sie zum erstenmal irgendeinen Herrn bei sich zum Essen empfangen.

Das Mahl verlief etwas trübselig und eintönig. Lamarthe war nervös und schien feindselig gegen jedermann zu sein, keineswegs offen feindselig, denn er hielt darauf, als gut erzogen zu gelten, bekundete jedoch jene fast unmerklich schlechte Laune, die den Fluß der Unterhaltung zu Eis erstarren läßt. Massival war verschlossen und in Gedanken vertieft, aß wenig und warf von Zeit zu Zeit einen verstohlenen Blick auf die Herrin des Hauses, die ganz woanders als in ihrer Umgebung zu weilen schien. Sie war zerstreut, lächelte, statt zu antworten, blickte dann sogleich wieder starr vor sich hin und schien an irgend etwas zu denken, das sie zwar nicht sehr beschäftigte, aber doch immerhin an diesem Abend mehr fesselte als ihre Freunde. Indessen erfüllte sie ihre Pflichten als Gastgeberin, die unumgänglichen Pflichten, besonders gegen die Marquise und Mariolle; aber sie tat es mehr aus Gewohnheit, und weil es sich so gehörte, und war mit ihren Gedanken offensichtlich anderswo als bei sich daheim. Fresnel und Monsieur de Maltry stritten über die zeitgenössische Dichtung. Fresnel hatte über Lyrik die gängigen Ansichten der Gesellschaftsmenschen, während de Maltry über die dem gewöhnlichen Sterblichen unzugänglichen Auffassungen der verstiegensten Verseschmiede verfügte.

Mehrmals noch während des Essens begegnete Mariolle dem forschenden Blick der jungen Frau; doch war dieser jetzt unbestimmter, weniger eindringlich und weniger neugierig. Einzig die Marquise de Bratiane, der Graf de Marantin und der Baron de Gravil plauderten ohne Unterlaß und erzählten einander vielerlei.

Im Lauf des Abends setzte sich Massival, der immer trübsinniger geworden war, an den Flügel und schlug ein paar Tasten an. Madame de Burne schien aufzuleben und stellte schnell aus Stücken, die sie am meisten liebte, ein kleines Konzert zusammen.

Die Marquise war bei Stimme und sang, beflügelt durch die Anwesenheit Massivals, wie eine echte Künstlerin. Der Meister begleitete sie mit der melancholischen Miene, die er stets beim Spielen aufsetzte. Sein Haar, das er lang trug, glitt über seinen Rockkragen und mischte sich mit seinem gepflegten, schimmernden und feinen Vollbart. Viele Frauen hatten ihn geliebt und stellten ihm noch immer nach, hieß es. Madame de Burne, die in der Nähe des Flügels saß und andächtig der Musik lauschte, schien ihn zugleich zu sehen und nicht zu sehen, und Mariolle wurde ein wenig eifersüchtig. Er war nicht gerade ihretwegen und seinetwegen eifersüchtig, aber angesichts dieses auf eine Berühmtheit gerichteten Frauenblicks fühlte er sich in seiner männlichen Eitelkeit durch den Gedanken gedemütigt, daß Frauen uns nach dem Ruf einschätzen, den wir uns erworben haben. Oft schon hatte er insgeheim bei dem Zusammensein mit berühmten Männern gelitten, wenn er sie bei denen traf, deren Gunst für viele die höchste Belohnung des Erfolges ist.

Gegen zehn Uhr kamen kurz hintereinander die Baronin de Frémines und zwei Jüdinnen aus der Hochfinanz. Es wurde von einer bevorstehenden Heirat und einer voraussichtlichen Scheidung geplaudert.

Mariolle betrachtete Madame de Burne; sie saß jetzt unter einer Säule, die eine riesige Stehlampe trug.

Ihre feine kleine Stupsnase, die Grübchen in den Wangen und die allerliebste kleine Kerbe, die ihr Kinn teilte, gaben ihr das schelmische Aussehen eines Kindes, obgleich sie sich den Dreißigern näherte und ihr Blick mit seinem entschwundenen Glanz das Gesicht wie mit einem beunruhigenden Geheimnis belebte. Ihre Haut nahm in der Helligkeit, die sie umflutete, Töne von blondem Samt an, während ihr Haar in falbem Schimmer leuchtete, wenn sie den Kopf bewegte.

Sie fühlte diesen Männerblick, der vom anderen Ende des Salons auf sie gerichtet war; bald darauf stand sie auf und ging auf ihn zu, lächelnd, wie man einem Ruf folgt. »Sicher langweilen Sie sich ein bißchen«, sagte sie. »Solange man in einem Haus nicht heimisch geworden ist, langweilt man sich immer.«

Er bestritt es.

Sie nahm einen Stuhl und setzte sich zu ihm.

Und sogleich kamen sie ins Plaudern. Es war bei ihr wie bei ihm ein Werk des Augenblicks, wie eine Fackel aufflammt, sobald man ein Zündholz daranhält. Es schien, als hätten sie einander schon vorher ihre Ansichten, ihre Empfindungen mitgeteilt, als hätten gleiche Veranlagung, gleiche Erziehung, die gleichen Neigungen und der gleiche Geschmack sie von vornherein befähigt, sich zu verstehen, und dazu bestimmt, einander zu begegnen.

Vielleicht war einige Geschicklichkeit auf seiten der jungen Frau dabei im Spiel; aber die Freude, die man empfindet, wenn man jemanden trifft, der einem zuhört, der einen versteht, der einem antwortet, der einem durch seine Entgegnungen Gelegenheit zu neuen Erwiderungen gibt, riß Mariolle fort. Er fühlte sich überdies geschmeichelt durch die Art und Weise, wie sie ihn aufgenommen hatte, gewonnen durch die Anmut und Zuvorkommenheit, mit der sie ihm begegnete, sowie durch den Zauber, mit dem sie die Männer zu bestricken wußte; und so bemühte er sich, ihr einen Hauch seines Geistes zu vermitteln, etwas von seinem persönlichsten und innersten, leicht verschleierten Wesen, durch das er sich, wenn man ihn näher kannte, ungewöhnlich lebhafte Teilnahme erwarb.

Plötzlich erklärte sie ihm:»Es ist wirklich sehr angenehm, mit Ihnen zu plaudern. Es ist mir übrigens schon vorher gesagt worden.«

Er fühlte, wie er rot wurde, und antwortete freimütig:»Und mir hat man gesagt, Madame, Sie seien...«

Sie unterbrach ihn:»Sagen Sie ruhig: kokett. Ich bin es allerdings mit Leuten, die mir gefallen. Alle Welt weiß es, ich verhehle mir das nicht, aber Sie werden sehen, daß meine Koketterie sehr unparteiisch ist, was mir gestattet, mir meine Freunde zu erhalten... oder wiederzugewinnen und sie alle an mich zu fesseln, ohne sie jemals zu verlieren.« Sie machte ein spitzbübisches Gesicht, das besagte:»Seien Sie nur ruhig und nicht zu eingebildet; täuschen Sie sich nicht, Sie werden vor den anderen nichts voraus haben.«

Er antwortete:»Das heißt seine Freunde vor den Gefahren warnen, die man hier läuft. Danke, Madame, diese Handlungsweise gefällt mir sehr.«

Sie hatte ihm den Weg zu einem Gespräch über sie selber aufgetan, und er machte Gebrauch davon. Zunächst sagte er ihr einige Schmeicheleien und stellte fest, daß sie das liebte; dann reizte er ihre weibliche Neugier, indem er ihr erzählte, was in den verschiedenen Kreisen, in denen er verkehrte, über sie gesprochen wurde. Sie war ein wenig beunruhigt, konnte indessen den Wunsch, es zu erfahren, nicht verbergen, obwohl sie eine große Gleichgültigkeit gegen alles, was man über ihr Leben und ihre Neigungen denken mochte, zur Schau trug.

Er entwarf das schmeichelhafte Bild einer unabhängigen, geistvollen, überlegenen und verführerischen Frau, die sich mit bedeutenden Menschen umgeben habe und dabei dennoch eine vollkommene Weltdame bleibe.

Sie verwahrte sich mit Lächeln, mit kleinen Neins befriedigten Selbstgefühls dagegen, wobei sie sich sehr über alle Einzelheiten, die er ihr mitteilte, belustigte und in scherzendem Ton unablässig nach weiteren begehrte, indem sie ihn mit sinnlichem Verlangen nach Schmeicheleien geschickt ausfragte.

Er dachte, während er sie ansah: Im Grunde ist sie nur ein Kind wie alle anderen. Und er schloß mit einer hübschen Redewendung, mit der er ihre echte Liebe zu den Künsten rühmte, die bei einer Frau so selten sei.

Hierauf verzog sie plötzlich das Gesicht mit jener gallischen Spottlust, die uns Franzosen im Blut zu liegen scheint.

Mariolle war mit seiner Lobrede zu weit gegangen.

Madame de Burne zeigte ihm, daß sie nicht dumm sei. »Mein Gott«, sagte sie, »ich muß gestehen, daß ich nicht recht weiß, ob ich die Künste oder die Künstler liebe.«

Er erwiderte: »Wie könnte man die Künstler lieben, ohne die Künste zu lieben?«

»Weil sie manchmal unterhaltender als die Gesellschaftsmenschen sind.«

»Ja, aber sie haben auch peinlichere Fehler.«

»Das stimmt.«

»Dann machen Sie sich also nichts aus Musik?«

Sie wurde plötzlich wieder ernst. »Verzeihung! Ich bete die Musik an. Ich glaube, daß ich sie über alles liebe. Massival freilich ist davon überzeugt, daß ich nichts davon verstehe.«

»Hat er Ihnen das gesagt?«

»Nein, er denkt es.«

»Woher wissen Sie das?«

»Ach, wir Frauen erraten fast alles, was wir nicht wissen.«

»Also Massival denkt, daß Sie nichts von Musik verstehen.«

»Ich bin dessen sicher. Ich sehe es schon an der Art, wie er mir etwas erklärt, wie er dies und jenes unterstreicht, wobei in seinem Gesicht deutlich zu lesen steht: Es ist ja doch alles zwecklos; ich tue es nur, weil Sie so nett sind.«

»Er hat mir aber gesagt, daß man bei Ihnen bessere Musik als in irgendeinem anderen Pariser Haus hört.«

»Ja, weil er sie macht.«

»Und die Literatur, mögen Sie die nicht?«

»Doch, sehr, und ich bilde mir sogar ein, ein recht gutes Empfinden dafür zu haben, trotz der Meinung Lamarthes.«

»Der wohl ebenfalls behauptet, daß Sie nichts davon verstehen?«

»Natürlich.«

»Es Ihnen aber auch nicht gesagt hat.«

»Verzeihung! Er hat es mir gesagt. Er behauptet, daß gewisse Frauen ein feines und richtiges Gefühl für die ausgedrückten Empfindungen, die Wahrheit der Charaktere, das Seelische im allgemeinen haben, daß sie aber völlig unfähig sind, das zu erkennen, was das Höhere in seinem Beruf ausmacht, nämlich die Kunst. Sobald er das Wort Kunst ausgesprochen hat, bleibt nichts anderes übrig, als ihm die Tür zu weisen.«

Mariolle fragte lächelnd: »Und Sie, wie denken Sie darüber, Madame?«

Sie dachte einige Augenblicke nach, dann sah sie ihm voll ins Gesicht, um festzustellen, ob er wirklich bereit sei, sie anzuhören und zu verstehen. »Ich habe meine besonderen Gedanken darüber. Ich glaube, daß durch das Gefühl – verstehen Sie mich recht, das Gefühl – alles ins Innere einer Frau Eingang finden kann; es bleibt jedoch nur selten darin haften. Verstehen Sie mich?«

»Nein, nicht ganz.«

»Ich meine, daß man, um uns im selben Grad wie euch Männer aufnahmefähig für etwas zu machen, stets unser weibliches Wesen ansprechen muß, ehe man sich an unsern Verstand wendet. Wir interessieren uns kaum für etwas, das uns nicht zuerst ein Mann schmackhaft gemacht hat, denn wir betrachten alles vom Standpunkt des Gefühls aus. Ich sage nicht ›vom Standpunkt der Liebe‹ – nein, des Gefühls, das alle möglichen Formen, Bekundungen und Schattierungen kennt. Das Gefühl ist etwas, das uns eigen ist und wovon ihr Männer nicht viel versteht; denn es verwirrt euch, während es uns erleuchtet. Ach, ich fühle, daß das für Sie nur leere Worte sind; nun, das macht nichts! Aber wenn ein Mann uns liebt und uns angenehm ist – denn es ist unerläßlich, daß wir uns geliebt fühlen, um solcher Anstrengung fähig zu sein – und wenn dieser Mann dann ein überlegener Mensch ist, so kann er uns, falls er sich bemüht, alles empfinden, alles einsehen, alles begreifen lassen, aber auch alles, und uns auf Augenblicke und Stück für Stück sein ganzes Wissen übermitteln. Oh, das verblaßt dann oft, verschwindet und erlischt; denn wir vergessen, ja, wir vergessen, wie die Luft die Worte vergißt. Wir sind empfänglich und rasch begeistert, aber veränderlich, leicht zu beeinflussen, und wir wandeln uns nach dem, was uns umgibt. Wenn Sie wüßten, wieviel Seelenzustände ich durchlebe! Sie machen aus mir ganz verschiedene Frauen, je nach der Jahreszeit, meinem Befinden, nach dem, was ich gerade gelesen, was ich gehört habe. Es gibt wahrhaftig Tage, da ich mich als eine ausgezeichnete Familienmutter ohne Kinder fühle, und andere, da ich mir beinahe wie eine Kokotte vorkomme, freilich wie eine ohne Liebhaber.«

Entzückt fragte er: »Glauben Sie, daß alle intelligenten Frauen mehr oder weniger solcher geistiger Beweglichkeit fähig sind?«

»Ja«, sagte sie. »Aber sie schlafen leicht darüber ein, und dann verläuft ihr Leben nach dieser oder jener Richtung hin in festen Bahnen.«

Er fragte: »Dann ziehen Sie also im Grunde die Musik allem anderen vor?«

»Ja. Aber was ich Ihnen eben gesagt habe, ist dennoch wahr! Sicherlich hätte ich sie niemals so geliebt, wie ich sie liebe, sie niemals so verehrt, wie ich sie verehre, ohne unsern himmlischen Massival. Alle Werke der großen Meister, so sehr ich sie schon vorher leidenschaftlich schätzte, er erst hat mir ihre innerste Seele erschlossen, indem er sie mich spielen ließ. Wie schade, daß er verheiratet ist!« Sie sagte diese letzten Worte mit scherzender Miene, aber einem so tiefen Bedauern, daß sie schwerer wogen als alles andere, als ihre Ansichten über die Frauen und ihre Begeisterung für ihre Kunst.

Massival war in der Tat verheiratet. Er war vor seinem Erfolg eine jener Künstlerehen eingegangen, die man dann durch allen Ruhm hindurch bis zum Tod mitschleppt. Übrigens sprach er niemals von seiner Frau, stellte sie nirgends in der Gesellschaft vor, in der er viel verkehrte, und obwohl er drei Kinder hatte, wußte man das kaum.

Mariolle begann zu lachen. Entschieden, sie war reizend, diese Frau, ungewöhnlich, seltsam und sehr hübsch. Ohne dessen müde zu werden, betrachtete er mit einer Beharrlichkeit, die ihr keineswegs lästig zu fallen schien, ihr ernstes und zugleich heiteres, ein wenig eigenwilliges Gesicht mit der kecken Nase; es war von einer so sinnlichen Tönung, einem so warmen und sanften

Blond, vom Hochsommer einer so echten, so zarten und so köstlichen Reife entflammt, als sei sie gerade in diesem Jahr, in diesem Monat, in dieser Minute zu ihrer vollen Entfaltung gelangt. Er fragte sich:»Färbt sie ihr Haar wohl?« Und er suchte nach jener schmalen Linie – bleicher oder dunkler – am Haaransatz, ohne sie entdecken zu können.

Schwere Schritte hinter ihm auf dem Teppich ließen ihn zusammenfahren und den Kopf wenden. Zwei Diener brachten den Teetisch. Die kleine Lampe mit dem blauen Flämmchen ließ das Wasser in einem großen, leuchtend silbernen Teekessel, der kompliziert aussah wie der Apparat eines Chemikers, leise summen. »Sie nehmen doch eine Tasse Tee?« fragte sie. Als er bejahte, stand sie auf und ging mit festem Schritt, ohne sich in den Hüften zu wiegen und gerade durch ihre steife Haltung vornehm wirkend, an den Tisch, auf dem die Teemaschine, in deren Bauch der brodelnde Dampf sang, inmitten eines Beetes von Kuchen, kleinem Gebäck, eingemachten Früchten und Zuckerwerk stand.

Nun sich ihr Profil deutlich gegen die Wandbespannung des Salons abhob, sah Mariolle, wie fein die Taille und wie schmal die Hüften unter den breiten Schultern und dem vollen Busen waren; all das hatte er schon vorher bewundert. Da das helle Kleid die Schleppe zusammengefaltet hinter sich herzog und sich auf dem Teppich zu einem endlosen Schweif zu verlängern schien, durchfuhr ihn der Gedanke: Sieh da, eine Sirene. Sie hält, was sie verspricht!

Sie ging jetzt von einem zum anderen und bot mit erlesener Anmut der Bewegungen ihre Erfrischungen an.

Mariolle folgte ihr mit den Augen, aber Lamarthe, der mit der Tasse in der Hand umherging, trat zu ihm und fragte:»Gehen wir zusammen weg?«

»Natürlich.«

»Gleich, nicht wahr? Ich bin müde.«

»Gleich. Nur zu.«

Sie gingen. Auf der Straße fragte der Schriftsteller:»Gehen Sie heim oder erst in den Klub?«

»Ich möchte noch auf eine Stunde in den Klub gehen.«

»Zu den Tambourins?«

»Ja.«

»Ich begleite Sie bis zur Tür. Mich langweilen dergleichen Örtlichkeiten. Ich gehe niemals hin. Ich bin nur Mitglied geworden, um Wagen zur Verfügung zu haben.«

Sie hakten sich unter und schlugen die Richtung nach der Kirche Saint-Augustin ein.

Nach einigen Schritten fragte Mariolle: »Welch sonderbare Frau! Was halten Sie von ihr?«

Lamarthe begann laut zu lachen. »Jetzt beginnt die Krisis«, sagte er. »Sie müssen das auch durchmachen wie wir alle; ich bin geheilt, aber ich habe auch daran gelitten. Lieber Freund, die Krisis besteht für Madame de Burnes Freunde darin, einzig von ihr zu sprechen, wenn sie beisammen sind, wenn sie sich treffen, überall, wo sie sind.«

»Jedenfalls ist es bei mir das erste Mal, und das ist natürlich, denn ich kenne sie ja kaum.«

»Schön. Sprechen wir also von ihr. Sie werden sich in sie verlieben. Dagegen hilft nichts, jeder muß es durchmachen.«

»Ist sie denn so verführerisch?«

»Ja und nein. Diejenigen, die die Frauen vergangener Tage lieben, die Frauen mit Seele, die Frauen mit Herz, die Frauen mit Gefühl, die Frauen, wie sie in alten Romanen vorkommen, können sie nicht ausstehen und verabscheuen sie derart, daß sie schließlich Niederträchtigkeiten über sie schwatzen. Wir anderen, die den Reiz des Modernen lieben, sind gezwungen zuzugeben, daß sie entzückend ist, vorausgesetzt, daß man ihr nicht verfällt. Und gerade das tun sie alle. Man stirbt übrigens nicht daran, und man leidet sogar nicht allzu sehr darunter; aber man wird wütend darüber, daß sie so ist, wie sie ist. Sie werden das auch noch durchmachen, wenn sie es will; übrigens hat sie die Angel schon nach Ihnen ausgeworfen.«

Mariolle rief aus seinem geheimsten Gedankengang heraus: »Oh, ich – ich bin für sie bloß der erste beste, und ich glaube, daß sie eher auf Berühmtheiten aus ist.«

»Ja, und wie sehr sie darauf aus ist! Aber gleichzeitig macht sie sich über sie lustig. Der berühmteste, der begehrteste und sogar der hervorragendste Mann darf keine zehnmal wiederkommen, wenn er ihr nicht gefällt; und dabei hängt sie in geradezu blöder Weise an diesem Idioten Fresnel und diesem Schmuser Maltry. Sie gibt sich unverzeihlicherweise mit Kretins ab, man weiß nicht, warum, vielleicht weil sie ihr mehr Spaß machen als wir, vielleicht weil sie im Grunde mehr lieben und weil alle Frauen dafür empfänglicher sind als für alles andere.« Und Lamarthe sprach von ihr, zergliederte sie, betrachtete sie von allen Seiten, nahm zurück, was er gesagt hatte, um das Gegenteil zu behaupten, und antwortete auf Mariolles Fragen mit echtem Eifer als ein Mann, der von seinem Gegenstand hingerissen, doch auch ein wenig durcheinandergebracht ist und den Kopf voll richtiger Beobachtungen und falscher Schlüsse hat. Er sagte: »Sie ist übrigens nicht die einzige; es sind heute schon fünfzig, wenn nicht mehr, die ihr ähneln. Sehen Sie, die kleine Frémines, die vorhin zu ihr kam, ist geradeso, nur dreister in ihrem Benehmen und zudem mit einem sonderbaren Herrn verheiratet, was ihr Haus zu einem der interessantesten Narrenheime von Paris macht. Auch ich gehe oft in diesen Ausschank.«

Sie waren, ohne es zu merken, den Boulevard Malesherbes, die Rue Royale, die Avenue des Champs-Élysées hinuntergegangen und langten gerade am Arc de Triomphe an, als Lamarthe plötzlich seine Uhr zog. »Mein Lieber«, sagte er. »Jetzt sprechen wir schon eine Stunde und zehn Minuten von ihr; das genügt für heute. Ich werde Sie ein andermal zu Ihrem Klub begleiten. Gehen Sie schlafen, ich will es ebenfalls tun.«

II

Es war ein großes, sehr helles Zimmer, dessen Decke und Wände mit wundervollen persischen Stoffen bespannt waren, die ein befreundeter Diplomat mitgebracht hatte. Der Grund war gelb, als habe man ihn in Goldschaum getaucht, und die Muster in allen Farbtönen, unter denen Persischgrün vorherrschte, stellten seltsame Gebäude mit geschwungenen Dächern dar, um die Löwen mit langen Mähnen und Antilopen mit übermäßig großen Hörnern herumliefen und Paradiesvögel flogen.

Wenig Möbel. Drei lange, mit grünen Marmorplatten bedeckte Tische trugen alles, was eine Frau zur Toilette braucht.
Auf einem, dem mittleren, standen die großen Waschbecken aus
dickem Kristallglas. Der zweite präsentierte ein Heer von Fla-
kons, Dosen und Gefäßen aller Größen, deren silberne Verzie-
rungen ein Monogramm mit einer Krone zeigten. Auf dem dritten stellten sich alle Geräte und Werkzeuge moderner Koketterie
zur Schau, unzählige, zu geheimnisvoller, verwickelter und ver-
schwiegener Verwendung. In diesem Gemach standen nur zwei
Liegesofas und etliche niedrige, weichgepolsterte Sessel, wie geschaffen zum Ausruhen der müden Glieder und des entkleideten
Körpers. Dann gab es noch einen riesigen Spiegel, der eine ganze
Wand einnahm und sich wie ein lichter Horizont auftat. Er bestand aus drei Scheiben, deren beide Seitenflügel, die sich in
Scharnieren bewegten, der jungen Frau erlaubten, sich zu gleicher Zeit von vorn, von der Seite und von hinten zu sehen und
sich ganz in ihr Bild einzuschließen. Rechts, in einer Nische, die
für gewöhnlich ein Vorhang verhüllte, befand sich die Badewanne oder vielmehr ein tiefes Becken, ebenfalls aus grünem
Marmor, zu dem man zwei Stufen hinunterstieg. Ein bronzener
Amor, ein gefälliges Bildwerk des Bildhauers Prédolé, saß auf
dem Rand und goß heißes und kaltes Wasser aus Muscheln, mit
denen er spielte. Im Hintergrund dieses Gelasses wölbte sich ein
runder venezianischer Spiegel, der aus einzelnen geneigten Flächen bestand und mit jeder seiner Scheiben das Bad und die Badende einschloß, umhegte und widerspiegelte.

Etwas weiter weg stand der Schreibtisch, ein einfaches, schönes, modernes englisches Möbelstück, mit durcheinanderliegen-
den Papieren, gefalteten Briefen und kleinen aufgerissenen Um-
schlägen bedeckt, auf denen goldene Initialen glänzten. Denn
hier schrieb sie und lebte sie, wenn sie allein war.

Auf ihrem Liegesofa, in einem Morgenrock aus chinesischer
Seide, mit nackten Armen – schönen schmiegsamen und festen
Armen –, die keck aus den großen Stoffalten hervorkamen, mit
aufgestecktem Haar, dessen blonde, geflochtene Masse auf dem
Kopf lastete, lag Madame de Burne und träumte nach dem Bad
vor sich hin.

Die Zofe klopfte, trat ein und brachte einen Brief.

Sie nahm ihn, besah die Handschrift, riß den Umschlag auf, las die ersten Zeilen und sagte dann ruhig zu ihrer Dienerin:»Ich klingele in einer Stunde nach Ihnen.« Als sie wieder allein war, lächelte sie mit sieghafter Freude. Die ersten Worte hatten genügt, um ihr zu verraten, daß dies – endlich – die Liebeserklärung Mariolles war. Er hatte länger widerstanden, als sie geglaubt hatte, denn seit drei Monaten umgarnte sie ihn mit einem großen Aufwand von Anmut, Aufmerksamkeiten und Liebenswürdigkeiten, wie sie ihn noch niemals an andere verschwendet hatte. Er schien mißtrauisch und voreingenommen und auf der Hut vor ihr und dem stets ausgeworfenen Köder ihrer unersättlichen Gefallsucht zu sein. Es hatte vieler vertraulicher Unterhaltungen bedurft, in denen sie die ganze körperliche Verführungskunst ihrer Natur aufgeboten hatte, all die fesselnde Macht ihres Geistes, und ebenso vieler Musikabende, an denen sie beide am Flügel, dessen Saiten noch bebten, vor den Notenheften, darin die Seele der Meister sang, von derselben Erregung ergriffen worden waren, ehe sie endlich in seinem Auge das Geständnis des besiegten Mannes bemerkt hatte, das flehende Betteln ohnmächtiger Liebe. Sie kannte das so gut, diese durchtriebene Frau! So oft hatte sie mit katzenartiger Geschicklichkeit und unerschöpflicher Neugier das geheime, quälende Weh in den Augen aller Männer angefacht, die sie hatte bezaubern können! Es machte ihr solchen Spaß zu fühlen, wie sie sie nach und nach einnahm, eroberte und beherrschte durch ihre unwiderstehliche weibliche Macht, wie sie für sie die Einzige, das launische und gebieterische Götzenbild wurde! Das war ganz allmählich in ihr aufgeschossen wie ein verborgener Trieb, der sich entwickelt, der Trieb, Krieg zu führen und Eroberungen zu machen. Während ihrer Ehejahre hatte vielleicht ein Verlangen nach Vergeltung in ihrem Herzen gekeimt, ein dunkles Verlangen, den Männern heimzuzahlen, was einer von ihnen ihr angetan hatte, ihrerseits die Stärkere zu sein, den Willen zu beugen, Widerstände niederzuwerfen und auch Leiden zu verursachen. Aber vor allem war sie von Natur aus kokett; und sobald sie sich unabhängig fühlte, schickte sie sich an, Liebhabern nachzustellen und sie zu zähmen, wie der Jäger dem

Wild nachstellt, nur um zu sehen, wie es zusammenbricht. Dabei war ihr Herz keineswegs auf Erregungen erpicht wie das zärtlicher und gefühlvoller Frauen; sie war weder darauf aus, die einzige Liebe eines Mannes zu sein, noch suchte sie das Glück in einer Leidenschaft. Was sie um sich her brauchte, war lediglich allgemeine Bewunderung, waren Huldigungen, Kniefälle, zärtliche Beweihräucherungen. Wer ständiger Gast in ihrem Haus wurde, mußte auch der Sklave ihrer Schönheit werden, und kein geistiges Band konnte sie für längere Zeit mit denjenigen verknüpfen, die ihren Koketterien widerstanden, sei es, daß sie gefeit gegen Liebessorgen, oder sei es, daß sie anderweitig gebunden waren. Man mußte sie lieben, um ihr Freund zu bleiben; aber dann war sie zu allen, die sie eingefangen hatte, von unglaublicher Zuvorkommenheit, erlesener Aufmerksamkeit, unendlicher Liebenswürdigkeit, um sie zu halten. Wer einmal in die Schar ihrer Verehrer eingereiht worden war, wurde von ihr, gleichsam mit dem Recht des Eroberers, als ihr Eigentum betrachtet. Mit weiser Geschicklichkeit gängelte sie jeden gemäß seinen Fehlern, seinen Vorzügen und der Art seiner Eifersucht. Die zu viel forderten, schüttelte sie ab, wenn es ihr paßte, und nahm sie hernach, wenn sie klüger geworden waren, in Gnaden wieder an, wobei sie ihnen schwere Bedingungen auferlegte; und sie belustigte sich wie ein verderbtes Gassenmädel dermaßen an diesem Spiel der Verführung, daß sie es ebenso reizend fand, die alten Herren zum Narren zu halten wie den jungen die Köpfe zu verdrehen.

Man hätte sogar sagen können, daß sie ihre Zuneigung nach dem Grad der Leidenschaft bemesse, die sie eingeflößt hatte; und der dicke Fresnel, der unnütz und schwerfällig herumstand, blieb dank der wahnsinnigen Verliebtheit, von der er, wie sie wußte und fühlte, besessen war, einer ihrer Günstlinge.

Dabei war sie keineswegs gänzlich gleichgültig gegen die Vorzüge der Männer, und es hatten sie Anfälle wirklicher Leidenschaft heimgesucht, die jedoch nur ihr bekannt waren und die in dem Augenblick unterdrückt wurden, da sie hätten gefährlich werden können.

Jeder neue Ankömmling brachte ihr den neuen Klang seines Minnesangs und das Unbekannte seines Wesens dar; zumal die

Künstler, bei denen sie schärfere und feinere Empfindungen, Regungen und Reize witterte, hatten sie mehrmals stark beunruhigt und sie abwechselnd von einer großen Liebe oder langen Liebschaften träumen lassen. Aber da sie im Bann einer unbestimmten, dunklen, quälenden Furcht stand, war sie vorsichtig und auf der Hut gewesen, bis zu dem Augenblick, da auch der letzte Verliebte aufgehört hatte, sie zu erregen. Und außerdem besaß sie die skeptischen Augen einer modernen Frau, die in wenigen Wochen die größten Männer ihres Glanzes entkleidete. Sobald sie in sie verliebt waren und in der Verwirrung ihrer Herzen ihre würdevollen Gebärden und zur Schau getragenen Gewohnheiten aufgaben, durchschaute sie, daß sie allesamt die gleichen armen Wesen waren, die sie mit ihrer verführerischen Macht beherrschte.

Kurzum, damit sich eine so vollkommene Frau wie sie an einen Mann band, hätte er schließlich unschätzbare Vorzüge besitzen müssen!

Dennoch langweilte sie sich sehr. Gesellschaften mochte sie nicht und besuchte sie nur, weil es so Sitte war, um dann an langen Abenden mit unterdrücktem Gähnen gegen den Schlaf anzukämpfen; höchstens, daß das Geschraubte der Unterhaltung sie belustigte und ihre angriffslustigen Launen weckte oder daß sie hin und wieder Neugier nach gewissen Dingen oder bestimmten Menschen verspürte, mit denen sie sich dann gerade so weit einließ, daß sie sich nicht gar zu schnell den Geschmack an etwas, das sie schätzte oder bewunderte, verderben ließ, doch nicht weit genug, um ein wirkliches Gefallen an einer Neigung oder Liebe zu finden. Angestachelt durch ihre Nerven und nicht durch ihre Wünsche, bar aller Vorliebe einfacher oder leidenschaftlicher Seelen für etwas, das sie ausfüllte, lebte sie in heiterer Langeweile dahin, ohne den Glauben der Menge an das Glück, nur noch auf der Suche nach Zerstreuungen und schon von Überdruß gequält, obgleich sie wähnte, zufrieden zu sein.

Sie wähnte, zufrieden zu sein, weil sie sich für die verführerischste und begabteste aller Frauen hielt. Sie war stolz auf ihren Zauber, dessen Macht sie oft erprobt hatte; sie war verliebt in ihre etwas unregelmäßige, seltsame und fesselnde Schönheit, war sich ihres Scharfsinns bewußt, der sie tausend Dinge erraten, ahnen und verstehen ließ, die andere nicht einmal wahrnahmen; sie war eingebildet auf ihren Geist, den so viele hervorragende Männer schätzten, und dabei in Unkenntnis der Schranken, die ihrem Verstand gezogen waren; und so glaubte sie ein einzigartiges Wesen zu sein, eine seltene, in diese mittelmäßige Welt eingeschlossene Perle, in eine Welt, die ihr ein wenig leer und eintönig erschien, weil sie sich viel zu wertvoll für sie dünkte.

Niemals hätte sie geargwöhnt, daß sie selber die unbewußte Ursache dieser ständigen Langeweile war, an der sie litt; sie beschuldigte statt dessen die anderen und machte sie für ihre Anwandlungen von Melancholie verantwortlich. Wenn sie es nicht verstanden, sie genügend zu zerstreuen, sie zu erheitern und sogar zu erregen, so lag es daran, daß es ihnen an sympathischen Eigenschaften und wirklichen Vorzügen fehlte. »Alle Menschen«, sagte sie lachend, »sind gräßlich langweilig. Erträglich sind nur noch die Leute, die mir gefallen, und bloß darum, weil sie mir gefallen.«

Und man gefiel ihr am meisten, wenn man sie unvergleichlich fand. Da sie sehr wohl wußte, daß nichts ohne Mühe erreicht zu werden vermag, verwandte sie all ihre Sorgfalt darauf zu verführen und fand nichts angenehmer, als die Huldigung eines rührenden Blickes auszukosten, der von Herzen kam, diesem ungestümen Muskel, den man mit einem Wort höher schlagen lassen kann.

Sie war höchlichst erstaunt, wieviel Mühe es sie gekostet hatte, André Mariolle zu erobern, denn sie hatte sehr wohl vom ersten Tag an gemerkt, daß sie ihm gefiel. Nach und nach hatte sie dann seine scheue, heimlich sehnsüchtige, sehr zarte und innerliche Natur erraten und hatte ihm, um seine Hemmungen zu überwinden, so viele Aufmerksamkeiten, Auszeichnungen und Anteilnahme gezollt, daß er sich schließlich ergab.

Zumal seit einem Monat fühlte sie, daß er gefangen war, daß er unruhig in ihrer Nähe wurde, schweigsam und fieberhaft erregt; aber er hielt mit dem Geständnis zurück. Ach, diese Geständnisse! Im Grunde lag ihr nicht allzu viel daran, denn wenn sie allzu unverhohlen und ungestüm ausfielen, sah sie sich gezwungen, Strenge walten zu lassen. Zweimal hatte sie sogar bereits böse werden und den Verliebten ihr Haus verbieten müssen. Am liebsten hatte sie die zarten Andeutungen, die halben Bekenntnisse, die versteckten Anspielungen, den seelischen Kniefall; und sie verwandte außerordentlich viel Takt und Geschicklichkeit darauf, ihre Verehrer zu dieser Zurückhaltung in ihren Gefühlsäußerungen zu bewegen.

Seit einem Monat wartete und lauerte sie darauf, von den Lippen Mariolles offen oder verblümt das Wort zu hören, durch das der Mann, je nach seinem Charakter, sein bedrücktes Herz erleichtert.

Er hatte nicht gesprochen, aber er hatte geschrieben. Es war ein langer Brief: vier Seiten! Sie hielt ihn in den Händen und zitterte vor Befriedigung. Sie streckte sich noch bequemer auf dem Liegesofa aus und ließ die kleinen Pantoffeln von ihren Füßen auf den Teppich gleiten; dann las sie. Sie war überrascht. Er sagte ihr in ernsten Ausdrücken, daß er nicht durch sie leiden wolle und sie schon zu gut kenne, um einzuwilligen, ihr Opfer zu werden. In sehr höflichen Wendungen voller Schmeicheleien, durch die überall verhaltene Liebe hindurchschimmerte, ließ er sie nicht im unklaren darüber, daß er ihre Art des Verhaltens gegenüber Männern durchschaue, daß auch er verliebt sei, sich aber von diesem Unterwürfigkeitsanfall befreien wolle, indem er seiner Wege gehe. Er werde ganz einfach sein altes, unstetes Leben wieder aufnehmen. Er verreise.

Es war ein beredter, entschlossener Abschied.

Freilich, sie war erstaunt, als sie das las und wieder las, immer von neuem diese vier Seiten zärtlich erregter und leidenschaftlicher Prosa in sich aufnahm. Sie erhob sich, schlüpfte wieder in ihre Pantoffeln und begann umherzugehen, die Arme von den nach hinten geworfenen Ärmeln unbedeckt, die Hände, deren eine den zerknitterten Brief hielt, halb in die kleinen Taschen ihres Morgenrocks versenkt.

In ihrer Bestürztheit über diese unerwartete Erklärung dachte sie: Er schreibt gut, dieser junge Herr; er schreibt aufrichtig, bewegt, ergreifend. Er schreibt besser als Lamarthe; es klingt nicht nach Roman.

Sie verspürte Lust zu rauchen, ging zu dem Tisch mit den Parfüms und nahm aus einer Meißner Porzellanschale eine Zigarette; dann, nachdem sie sie angezündet hatte, trat sie an den Spiegel heran, in dessen drei verschieden gestellten Flächen sie drei junge Frauen auf sich zukommen sah. Dicht davor blieb sie stehen und grüßte sich mit einem leichten Lächeln, einem kleinen, freundschaftlichen Nicken, das besagte: »Sehr hübsch, sehr hübsch.« Sie musterte ihre Augen, entblößte die Zähne, hob ihre Arme, stützte die Hände auf die Hüften und wandte sich etwas zur Seite, um sich in ganzer Gestalt besser in den drei Spiegeln zu sehen, wobei sie ein wenig den Kopf neigte.

So stand sie da, verliebt in ihr eigenes Bild, das sie in dreifacher Spiegelung umgab; sie fand sich reizend, war entzückt, sich zu sehen, ergriffen von einer selbstsüchtigen, körperlichen Freude angesichts ihrer Schönheit, und sie genoß sie befriedigt mit einer Zärtlichkeit, die fast ebenso sinnlich war wie die der Männer.

Alle Tage betrachtete sie sich so; und ihre Zofe, die sie oft dabei überrascht hatte, hatte einmal etwas boshaft gesagt: »Madame betrachten sich so oft, daß Sie schließlich noch alle Spiegel im Haus abnutzen werden.«

Aber diese Eigenliebe war das Geheimnis ihres Zaubers und ihrer Macht über die Männer. Dadurch, daß sie sich selber bewunderte und in ihr zierliches Persönchen und ihre zarten Reize verliebt war und alles suchte und herausfand, was sie noch mehr zur Geltung bringen konnte, und immer neue, unmerkliche Züge entdeckte, die ihren Liebreiz erhöhten und ihre Augen noch seltsamer machten, dadurch, daß sie alle Kunstgriffe an sich selbst erprobte, mußte sie natürlich alles entdecken, durch das sie anderen am meisten gefallen konnte.

Wäre sie schöner und gleichgültiger gegen ihre Schönheit gewesen, so hätte sie niemals die verführerische Macht besessen, die fast alle Männer zwang, sich in sie zu verlieben, wenn sie sich nicht von vornherein gegen diese Gewalt auflehnten.

Als sie ein wenig ermüdet vom Stehen war, sagte sie zu ihrem Spiegelbild, das ihr noch immer zulächelte – und ihr Spiegelbild in dem dreifachen Spiegel bewegte die Lippen und wiederholte es –: »Wir werden ja sehen, mein Herr.« Dann schritt sie quer durch das Zimmer und setzte sich an den Schreibtisch. Sie schrieb:

»Lieber Herr Mariolle!

Kommen Sie mich morgen um 4 Uhr besuchen. Ich werde allein sein, und ich hoffe, daß ich Sie über die vermeintliche Gefahr, die Sie erschreckt, beruhigen kann.

Ich nenne mich Ihre Freundin, und ich werde Ihnen beweisen, daß ich es bin.

Michèle de Burne.«

Wie einfach sie sich am nächsten Tag kleidete, um den Besuch André Mariolles zu empfangen! Ein graues Kleidchen, von einem blassen, etwas violetten Grau, ganz einfarbig und schwermütig wie die Dämmerung, mit engem Kragen, der den Hals, engen Ärmeln, die die Arme, einem engen Oberteil, das die Brust und die Taille, und einem engen Rock, der die Hüften und die Beine fest umspannte.

Als er eintrat – mit etwas ernstem Gesicht –, kam sie auf ihn zu und reichte ihm beide Hände, die er küßte; dann setzten sie sich; sie ließ das Schweigen einige Augenblicke andauern, um sich seiner Verlegenheit zu vergewissern.

Er wußte nicht, was er sagen sollte, und wartete darauf, daß sie spreche.

Endlich entschloß sie sich. »Also, wir wollen gleich zur Hauptsache kommen. Was ist eigentlich los? Wissen Sie, daß Sie mir einen sehr ungezogenen Brief geschrieben haben?«

Er antwortete: »Ich weiß es sehr wohl und bitte Sie vielmals um Verzeihung. Ich bin – und bin es von jeher gewesen – gegen jedermann von einer außerordentlichen, rücksichtslosen Offenheit. Ich hätte mich ohne die ungehörigen und verletzenden Erklärungen, die ich Ihnen geschrieben habe, aus dem Staub machen können. Aber ich hielt es für anständiger, meinem Charakter entsprechend zu handeln und dabei auf Ihren Geist zu rechnen, den ich ja kenne.«

Sie entgegnete in einem Ton selbstzufriedenen Mitleids: »Aber, aber! Was soll diese Torheit?«

Er unterbrach sie: »Ich möchte lieber nicht darüber sprechen.«

Ohne ihn weiterreden zu lassen, entgegnete sie lebhaft: »Gerade deswegen habe ich Sie ja hergebeten, damit wir darüber sprechen; und wir werden darüber sprechen, bis Sie davon überzeugt sind, daß Sie keine Gefahr laufen.« Sie schickte sich an zu lachen wie ein kleines Mädchen, und ihr Schulmädchenkleid lieh diesem Lachen etwas Kindliches.

Er stammelte: »Ich habe Ihnen die Wahrheit geschrieben, die aufrichtige Wahrheit, die furchtbare Wahrheit, vor der ich Angst habe.«

Sie wurde wieder ernst und erwiderte: »Schön, ich weiß es: Alle meine Freunde machen das durch. Sie haben mir auch geschrieben, daß ich ein schrecklich kokettes Frauenzimmer sei; ich gebe es zu, aber niemand stirbt daran; ich glaube sogar, daß niemand darunter leidet. Das ist es eben, was Lamarthe die Krisis nennt. Die machen Sie jetzt durch, aber das geht vorüber, und dann – wie soll ich es ausdrücken? –, dann kommt die chronische Liebe, die nicht mehr weh tut und deren Flamme ich ein bißchen schüre – bei allen meinen Freunden –, damit sie mir sehr ergeben, damit sie sehr anhänglich, sehr treu sind. Nun, bin nicht auch ich aufrichtig und offenherzig und unverhohlen? Haben Sie viele Frauen gekannt, die es wagen würden, einem Mann das zu sagen, was ich Ihnen eben gesagt habe?«

Sie setzte eine so schelmische und entschiedene, so treuherzige und zugleich so herausfordernde Miene auf, daß er sich nicht enthalten konnte, seinerseits zu lächeln. »Alle Ihre Freunde«, sagte er, »sind Männer, die schon oft von diesem Feuer versengt worden sind, auch schon ehe Sie das Ihrige wirken ließen. Sie sind abgebrüht und hartgesotten, und also ertragen sie die Glut leicht, mit der Sie ihnen einheizen; aber ich, Madame, habe so etwas noch nie durchgemacht. Und seit einiger Zeit fühle ich, daß es fürchterlich werden würde, wenn ich mich dieser in meinem Herzen wachsenden Leidenschaft überließe.«

Sie wurde plötzlich vertraulich und neigte sich etwas zu ihm hin, wobei sie die Hände über den Knien verschränkte: »Hören Sie mal zu, ich spreche im Ernst. Es täte mir leid, wenn ich einen Freund einer Befürchtung wegen verlieren sollte, die ich für bloße Einbildung halte. Sie werden mich lieben. Schön! Aber die Männer von heute lieben die Frauen von heute nicht mehr so, daß sie wirklich darunter leiden. Glauben Sie mir, ich kenne die einen wie die anderen.«

Sie schwieg, dann fuhr sie mit dem seltsamen Lächeln einer Frau, die eine Wahrheit sagt, indessen sie zu lügen glaubt, fort: »Lassen Sie es gut sein, ich bin keine Frau, in die man sich sterblich verliebt. Ich bin zu modern. Sehen Sie, ich könnte eine Freundin sein, eine nette Freundin, für die Sie herzliche Zuneigung empfinden, aber mehr nicht; ich würde schon aufpassen.«

In ernsterem Ton fügte sie hinzu: »Jedenfalls warne ich Sie: Ich bin außerstande, mich wirklich in irgend jemanden, gleichgültig in wen, zu verlieben, und ich werde Sie genauso behandeln wie die anderen, wie meine besten Freunde, aber niemals besser. Ich verabscheue Despoten und Eifersüchtige. Von meinem Gatten habe ich all das ertragen müssen; aber von einem Freund, einem bloßen Freund, würde ich diese Tyrannei der Liebe nicht hinnehmen; sie ist der Tod aller herzlichen Beziehungen. Sie sehen, ich bin ganz offen zu Ihnen, ich spreche mit Ihnen wie mit einem Kameraden, ich verberge Ihnen nichts. Wollen Sie nicht ehrlich versuchen, was ich Ihnen vorschlage? Wenn es nicht geht, ist es immer noch Zeit, sich davonzumachen, wie ernst auch Ihr Fall sein möge. Wer der Liebe enteilt, ist von Liebe geheilt.«

Er sah sie an, schon besiegt durch ihre Stimme, durch ihre Gebärden, durch das Berauschende ihrer Person, und murmelte, sich ergebend und bebend, da er sie so nahe fühlte: »Ich bin bereit, und wenn es mir weh tut, dann hilft es eben nichts! Sie verdienen wirklich, daß man Ihretwegen leidet.«

Sie unterbrach ihn. »Lassen Sie uns nicht mehr davon sprechen«, sagte sie, »niemals mehr davon sprechen.« Und sie lenkte die Unterhaltung auf andere Gegenstände über, die ihn nicht weiter beunruhigen konnten.

Er ging nach Verlauf einer Stunde, gepeinigt, denn er liebte sie, und froh, denn sie hatte ihn gebeten, und er hatte ihr versprochen, sie nicht mehr zu verlassen.

III

Er litt Qualen, denn er liebte sie. Anders als gewöhnliche Verliebte, denen die erwählte Herzensdame in einem Strahlenkranz von Vollkommenheit erscheint, hatte er sich an sie gebunden, obwohl er sie mit den hellsichtigen Augen eines argwöhnischen und mißtrauischen Mannes sah, der niemals gänzlich unterjocht worden war. Sein unruhiger, scharfsinniger und untätiger Geist, der sich im Leben immer in Abwehr befand, hatte ihn vor großen Leidenschaften bewahrt. Einige Liebschaften, zwei kurze Verhältnisse, die vor Langeweile erstorben waren, und Beziehungen zu käuflichen Frauen, die er aus Ekel abgebrochen hatte, bildeten die ganze Geschichte seines Herzens. Er betrachtete die Frauen als einen nützlichen Gebrauchsgegenstand für alle, die einen Hausstand und Kinder haben wollen, und als einen Gegenstand relativer Annehmlichkeit für alle anderen, die den Zeitvertreib der Liebe suchen.

Als er das Haus von Madame de Burne betrat, war er bereits durch die Geständnisse seiner Freunde vor ihr gewarnt worden. Was er von ihr wußte, machte ihn neugierig, reizte ihn, gefiel ihm und stieß ihn zugleich ein wenig ab. Grundsätzlich mochte er keine Spieler, die niemals Farbe bekennen. Nach den ersten Besuchen fand er sie recht unterhaltsam und umwittert von einem eigenartigen bannenden Zauber. Die natürliche und dennoch kunstvolle Schönheit dieser geschmeidigen, zarten blonden Frau, die gleichzeitig üppig und schmächtig zu sein schien, mit schönen Armen ausgestattet war, Armen, die dazu geschaffen waren, jemanden an sich zu ziehen, zu umstricken und zu ersticken, und mit Beinen, von denen man ahnte, daß sie lang und schmal seien, zum Fliehen geschaffen wie die der Gazellen, mit Füßen, so klein, daß sie wohl keine Spuren hinterließen – all das erschien ihm wie ein Sinnbild seiner eitlen Hoffnung. Weiterhin hatten ihm die Gespräche mit ihr ein Vergnügen bereitet, wie er es nie in einer gesellschaftlichen Unterhaltung zu finden gehofft hätte. Sie war mit einem Geist voll ungezwungenem, übermütigem und witzigem Schwung und liebevollem Spott begabt, aber sie ließ sich dennoch manchmal durch allerlei gefühlvolle, geistige oder sinnliche Eindrücke verlocken, als schlummere auf dem Grund ihrer heiteren Spottsucht noch der jahrhundertealte Schatten der romantischen Zärtlichkeit unserer Altvordern. Und gerade das machte sie entzückend.

Sie verwöhnte ihn, denn sie wünschte, ihn wie die anderen zu erobern; und er kam so oft zu ihr, wie er nur kommen konnte, angezogen durch das wachsende Bedürfnis, sie immer häufiger zu sehen. Es ging eine Gewalt von ihr aus, die ihn ergriff, eine unwiderstehliche Gewalt der Anmut, des Blicks, des Lächelns, des Wortes, obwohl er oft genug von ihr wegging und verärgert über das war, was sie getan oder gesagt hatte.

Je mehr er sich von jenem unaussprechlichen Fluidum überströmt fühlte, mit dem eine Frau uns durchdringt und unterjocht, desto mehr erriet und verstand er sie und litt er unter ihrer Natur; brennend gern hätte er sie sich anders gewünscht.

Aber gerade das, was er an ihr mißbilligte, war es wohl, was ihn wider seinen Willen, trotz seiner Vernunft, verführt und bezwungen hatte, mehr vielleicht als ihre wirklichen Vorzüge.

Ihre Koketterie, mit der sie offen spielte wie mit einem Fächer, den man vor aller Augen auf- und zuklappt, je nach der Art der Männer, die ihr gefielen und mit ihr plauderten, ihre Art, nichts ernst zu nehmen, die er in den ersten Tagen drollig und jetzt bedrohlich fand, ihre beständige Sucht nach Ablenkung, nach etwas Neuem, die sie unersättlich in ihrem stets gelangweilten Herzen trug – all das brachte ihn manchmal derart zur Verzweiflung, daß er sich, wenn er nach Hause kam, vornahm, seine Besuche einzuschränken und sie schließlich ganz einzustellen.

Aber bereits am nächsten Tag suchte er einen Vorwand, wieder zu ihr zu gehen. Was er dabei in dem Maß, wie er sich mehr und mehr verliebte, immer stärker werden fühlte, war die Aussichtslosigkeit dieser Liebe und die Gewißheit des Leidens.

Oh, er war nicht blind! Nur nach und nach gab er sich diesem Gefühl hin, wie ein Mensch aus Erschöpfung ertrinkt, weil sein Nachen gekentert und er zu weit von der Küste entfernt ist. Er kannte sie so gut, wie man sie nur kennen konnte; denn das Vorgefühl der Leidenschaft hatte seine Hellsicht geschärft, und dennoch konnte er nicht verhindern, daß er immerfort an sie dachte.

Mit unermüdlicher Ausdauer suchte er sie ständig zu zergliedern, den dunklen Grund der weiblichen Seele zu erhellen, jene unbegreifliche Mischung von heiterer Klugheit und Nüchternheit, von Verstand und Kindlichkeit, von anscheinender Herzlichkeit und Flattersinn, all die einander widersprechenden Neigungen, die sich vereinigt und zusammengefügt hatten, um ein abnormes, verführerisches und verwirrendes Wesen zu schaffen.

Aber warum wirkte sie so verführerisch auf ihn? Er fragte es sich tausendmal und immer vergeblich; denn gerade bei seiner besinnlichen, beobachtenden und stolz zurückhaltenden Natur hätte er folgerichtig in einer Frau die altmodischen, ruhigen Vorzüge zarter Reize und beständiger Anhänglichkeit suchen müssen, die das Glück eines Mannes zu verbürgen scheinen.

Statt dessen fand er in ihr etwas Unerwartetes, etwas Erstmaliges im Menschengeschlecht, etwas, das durch seine Neuheit reizte, eins der Geschöpfe, die den Anfang einer Generation bilden und dem, was man gekannt hat, nicht ähneln und sogar noch durch ihre Unvollkommenheiten die gefährliche Lockung des Ungewohnten um sich verbreiten.

Nach den leidenschaftlichen und romantischen Träumerinnen der Restaurationszeit waren die fröhlichen Frauen des Kaiserreiches gekommen, die das Leben in vollen Zügen genossen; nun aber trat das Ewigweibliche in einer neuen Verwandlung auf: als ein raffiniertes Wesen von unbestimmter Reizbarkeit, mit unruhigem, lebhaftem, unentschlossenem Gemüt, das schon alle Rauschmittel erschöpft zu haben schien, mit denen man die Nerven beruhigt oder erregt – Chloroform, das einem übel mitspielt, Äther und Morphium, die die Träume aufpeitschen, die Sinne auslöschen und die Gemütsregungen einschläfern.

Er genoß an ihr den Reiz eines künstlichen Geschöpfes, das dazu geschaffen und darin geübt war zu bezaubern. Sie war ein seltener Luxusgegenstand, anziehend, erlesen und köstlich, auf dem die Augen gern verweilten, bei dessen Anblick das Herz höher schlug und die Begierden sich regten, gerade wie man beim Anblick der hübschen Leckerbissen Appetit bekommt, von denen uns eine Schaufensterscheibe trennt und die eigens dazu hergerichtet und ausgestellt sind, unsern Hunger zu reizen.

307

Als ihm klar wurde, daß er in einen Abgrund hineinglitt, begann er mit Schrecken an das Gefährliche seiner Hingerissenheit zu denken. Was sollte aus ihm werden? Was würde sie tun? Sicherlich würde sie mit ihm ebenso verfahren, wie sie mit allen anderen verfahren war: Sie würde ihn in jenen Zustand versetzen, in dem man den Launen einer Frau wie ein Hund den Schritten seines Herrn folgt, und sie würde ihn in ihre Sammlung mehr oder weniger berühmter Günstlinge einreihen. Aber hatte sie wirklich dieses Spiel auch mit all den anderen getrieben? Gab es keinen darunter, keinen einzigen, den sie geliebt hatte, wahrhaft geliebt, einen Monat, einen Tag, eine Stunde lang, in einer jener plötzlichen, alsbald wieder unterdrückten Aufwallungen des Herzens?

Auf dem Heimweg von den Diners, bei denen ihre Nähe sie erregt hatte, sprach er ohne Unterlaß mit ihnen über sie. Er fühlte, wie sie alle noch unruhig, unzufrieden, gereizt waren – unbefriedigte Männer.

Nein, sie hatte niemals eine von diesen Zielscheiben der öffentlichen Neugier geliebt; aber er, der neben ihnen nichts war, nach dem sich keine Köpfe umwandten, der keine Augen auf sich lenkte, wenn sein Name in einer Menge oder in einem Salon fiel, was konnte er ihr dann sein? Nichts, nichts, ein Statist, ein beliebiger Herr, der für dergleichen begehrte Frauen der übliche Hausfreund war, weil er nützlich ist und außerdem reizlos wie mit Wasser vermischter Wein.

Wäre er ein berühmter Mann gewesen, so hätte er diese Rolle übernehmen können, da sie durch seine Berühmtheit weniger demütigend geworden wäre. Als Namenloser wollte er sich nicht darein schicken. Und er schrieb ihr, um sich von ihr zu verabschieden.

Als er ihre kurze Antwort erhielt, fühlte er sich davon bewegt, als sei ihm ein großes Glück widerfahren, und als er ihr hatte versprechen müssen, nicht zu verreisen, wurde er froh, als sei er von einer Last befreit.

Einige Tage verstrichen, ohne daß sich etwas zwischen ihnen begab; aber als die Abspannung vorbei war, die jeder Krisis folgt, spürte er sein Verlangen nach ihr wieder wachsen und ihn verbrennen. Er hatte beschlossen, nie wieder mit ihr darüber zu reden, aber er hatte keineswegs versprochen, ihr nicht zu schreiben; und eines Abends, als er nicht schlafen konnte, weil sie ihn in dem erregten Wachsein, in der Schlaflosigkeit der Liebe erhielt, setzte er sich, fast wider Willen, an seinen Tisch und begann das, was er empfand, auf dem weißen Papier auszudrücken. Es war kein Brief, es waren einzelne Bemerkungen, Wendungen, Gedanken, Schmerzensschauer, die sich in Worte umsetzten.

Das beruhigte ihn; es schien ihm, daß es ihn ein wenig seiner Ängste entledigte, und als er zu Bett gegangen war, konnte er endlich schlafen.

Nach dem Erwachen am nächsten Tag las er die paar Seiten noch einmal durch, fand sie sehr stürmisch, steckte sie in einen Umschlag, schrieb die Adresse, wartete bis zum Abend und ließ sie dann ziemlich spät zur Post bringen, damit sie sie beim Aufstehen empfange.

Er glaubte fest, daß sie ihm diese Blätter nicht übelnehmen werde. Sogar die züchtigsten Frauen haben mit einem Brief, der die aufrichtige Sprache der Liebe spricht, unendliche Nachsicht. Und solche Briefe haben ihrerseits, wenn sie mit zitternden Händen geschrieben sind, mit Augen, die ein einziges Antlitz mit Entzücken erfüllt, eine unwiderstehliche Gewalt über die Herzen.

Am Abend ging er zu ihr, um zu sehen, wie sie ihn aufnehmen und was sie ihm sagen würde. Er fand Monsieur de Pradon bei ihr, der Zigaretten rauchte, während er mit seiner Tochter plauderte. Er verbrachte auf diese Weise oft ganze Stunden bei ihr; er schien sie mehr wie ein Mann denn als Vater zu behandeln. Sie hatte in ihre Beziehungen und ihre Zuneigung eine Spur von Verliebtheit gebracht, wie sie sie sich selbst gegenüber empfand und wie sie sie von allen forderte.

Als sie Mariolle kommen sah, überflog ein freudiges Aufleuchten ihr Gesicht; sie schüttelte ihm lebhaft die Hand; ihr Lächeln schien zu besagen: »Sie gefallen mir sehr.«

Mariolle hoffte, daß der Vater bald gehen werde. Aber Monsieur de Pradon ging keineswegs. Obwohl er seine Tochter kannte und seit langem ohne jedes Mißtrauen gegen sie war, da er sie für eine völlig kalte Natur hielt, überwachte er sie dennoch immer mit einer neugierigen, unruhigen Aufmerksamkeit, fast wie ein Ehemann. Er wollte wissen, ob dieser neue Freund wohl Aussichten auf dauernden Erfolg habe, was er darstelle, was er ihr bedeute. War er einfach ein vorübergehender Besucher wie so viele andere, oder würde er ein Mitglied des engeren Kreises werden?

Er machte also keinerlei Anstalten zu gehen, und Mariolle erkannte sogleich, daß man ihn nicht abwimmeln konnte. Er fand sich deshalb mit seiner Anwesenheit ab und beschloß sogar, sich bei ihm in Gunst zu setzen, falls er es könne; er dachte nämlich, daß Pradons Wohlwollen oder zumindest seine Unparteilichkeit immer noch besser sei als seine Feindschaft. Darum bot er alles auf, heiter und unterhaltend zu sein, ohne den schmachtenden Liebhaber zu spielen.

Sie dachte zufrieden: Er ist nicht auf den Kopf gefallen und spielt gut Komödie. Und Monsieur de Pradon dachte: Das ist mal ein netter Mensch; dem scheint meine Tochter nicht den Kopf zu verdrehen wie all den anderen Halbidioten.

Als Mariolle den Augenblick zum Gehen gekommen glaubte, ließ er sie beide ganz bezaubert von ihm zurück.

Aber er verließ das Haus niedergeschlagen. Er brauchte nur bei dieser Frau zu sein, und schon empfand er schmerzlich die Gefangenschaft, in der sie ihn hielt; denn er wußte nur zu gut, daß er genauso vergeblich an dieses Herz klopfen werde, wie ein Eingekerkerter mit den Fäusten an eine Eisentür hämmert.

Er war von ihr besessen, so viel war sicher, und er versuchte nicht einmal mehr, sich von ihr zu befreien; da er diesem Verhängnis nicht zu entrinnen vermochte, beschloß er, schlau zu sein, geduldig, zäh und sich zu verstellen, um sie durch Geschicklichkeit zu erobern, durch Huldigungen, wonach sie so begierig war, durch Anbetung, die sie berauschte, durch freiwillige Dienstbarkeit, die er sich auferlegen ließ.

Sein Brief hatte gefallen. Also würde er auch weiterhin schreiben. Er schrieb. Beinahe jede Nacht, wenn er nach Hause gekommen war, zur Stunde, da der Geist, von den Ereignissen des Tages angeregt, in einer Art gesteigerter Hellsicht alles an sich vorüberziehen läßt, was ihn erregt oder bewegt hat, setzte er sich an seinen Tisch unter die Lampe und schwärmte in Gedanken von ihr. Der dichterische Keim, den so viele gleichmütige Männer aus Trägheit in sich absterben lassen, erstarkte durch diese Begeisterung. Dadurch, daß er über dieselben Dinge, dieselbe Sache – nämlich seine Liebe – in immer anderen, von der täglichen Erneuerung seines Verlangens geschaffenen Formen schrieb, erhitzte sich seine fiebrige Glut bei dieser literarischen Liebesmüh. Den ganzen Tag suchte und fand er für sie unwiderstehliche Ausdrücke, wie das überreizte Gemüt sie gleich Funken aus dem Gehirn sprühen läßt. Auf solcherlei Weise entfachte er das Feuer seines Herzens zu lodernden Flammen, denn die wirklich leidenschaftlichen Liebesbriefe sind oft gefährlicher für den, der sie schreibt, als für die, welche sie empfängt.

Dadurch, daß er sich in diesem Zustand der Überreizung erhielt, sein Blut mit Worten erhitzte und seine Seele mit einem einzigen Gedanken erfüllte, büßte er nach und nach den Begriff vom wahren Wesen dieser Frau ein. Er hörte auf, sie kritisch zu beurteilen, wie er es früher getan hatte; er sah sie jetzt nur noch durch den Überschwang seiner Sätze; und alles, was er ihr jede Nacht schrieb, wurde in seinem Herzen völlig zur Wirklichkeit. Diese tägliche Arbeit der Idealisierung ließ sie ihm beinahe so erscheinen, wie er sie sich erträumt hatte. Seine ehemaligen Widerstände schwanden überdies vor der unleugbaren Zuneigung hin, die Madame de Burne ihm bezeigte. Freilich, in diesem Augenblick zog sie ihn, obwohl sie einander nichts gesagt hatten, allen vor und zeigte es ihm offen. Er meinte daher in wahnwitziger Hoffnung, daß sie ihn schließlich doch noch lieben werde.

Sie gab sich in der Tat mit einer naiven und verwirrten Freude dem verführerischen Zauber seiner Briefe hin. Niemals hatte jemand ihr auf diese Art, mit solch stummer Zurückhaltung gehuldigt und sie umworben. Niemals war jemand auf den reizenden Gedanken verfallen, ihr beim Erwachen in der kleinen silbernen Schale, die ihr die Zofe darbot, einen solchen zärtlichen Morgenimbiß in einem Briefumschlag ans Bett bringen zu lassen. Und das Köstlichste daran war, daß er niemals davon sprach, daß er nichts davon zu wissen schien, daß er in ihrem Salon der kälteste ihrer Freunde blieb, daß er niemals auf die Regengüsse von Zärtlichkeit anspielte, mit denen er sie insgeheim überschüttete.

Natürlich hatte sie schon öfter Liebesbriefe bekommen, aber sie hatten anders geklungen, weniger zurückhaltend, drängender, eher Mahnungen ähnelnd. Lamarthe hatte ihr drei Monate lang, während seiner dreimonatigen Krisis, die hübschen Briefe eines sehr verliebten Romanschriftstellers zukommen lassen, der literarisch girrt. Sie hatte in ihrem Schreibtisch in einem besonderen Schubfach diese sehr feinen und sehr verführerischen Episteln aufbewahrt, in denen ein wahrhaft verliebter Schriftsteller eine Frau mit seiner Feder gestreichelt hatte – bis zu dem Tag, da er der Hoffnung auf Erfolg verlustig gegangen war.

Die Briefe von Mariolle waren ganz anders, von einer so energischen Anspannung des Verlangens, einer so echten Aufrichtigkeit des Ausdrucks, einer so völligen Unterwerfung, einer Ergebenheit, die so viel Dauer versprach, daß sie sie mit einem Vergnügen empfing, öffnete und genoß, wie es ihr noch kein anderes Schreiben hatte zuteil werden lassen.

Ihre Freundschaft für diesen Mann wuchs dadurch immer mehr, und sie lud ihn um so häufiger ein, sie zu besuchen, je länger er in ihren Beziehungen jenes absolute Stillschweigen bewahrte und, wenn er zu ihr sprach, nichts davon zu wissen schien, wie wenn er niemals ein Blatt Papier angerührt habe, um ihr seine Verehrung zu bezeigen. Sie hielt dies Verhalten übrigens für recht originell, wert, in einem Buch geschildert zu werden, und verspürte in ihrer tiefen Befriedigung, einen Menschen in ihrer Nähe zu wissen, von dem sie so sehr geliebt wurde, eine Art aktiven Ferments, das sie ihn auf eine besondere Weise beurteilen ließ.

Bislang hatte sie trotz ihrer eitlen Koketterie gewittert, wie alle Herzen, in denen sie Verwirrung angerichtet, noch mit anderen, fremden Dingen beschäftigt gewesen waren; sie hatte nie allein darin geherrscht. Sie sah und sie fand in ihnen starke Neigungen, die nichts mehr mit ihr zu tun hatten. Sie war eifersüchtig auf die Musik bei Massival, auf die Literatur bei Lamarthe, immer auf irgend etwas; sie war unzufrieden mit den halben Erfolgen, die sie errang, unfähig, alles andere aus den Seelen ehrgeiziger Männer zu verjagen, berühmter Männer, denen die Kunst eine Geliebte ist, die nichts und niemand verdrängen kann; hier jedoch war sie zum erstenmal auf einen gestoßen, dem sie alles war. Wenigstens beteuerte er es ihr. Gewiß, einzig der dicke Fresnel liebte sie ebenso. Aber das war eben der dicke Fresnel. Sie erriet, daß noch nie jemand derart von ihr erfüllt gewesen war; und ihre eigensüchtige Dankbarkeit für den jungen Herrn, der ihr diesen Triumph verschaffte, nahm zärtliche Formen an. Sie brauchte ihn jetzt, brauchte seine Gegenwart, brauchte seinen Blick, brauchte seine Dienstwilligkeit, brauchte diese Unterwürfigkeit der Liebe. Wenn er weniger als die anderen ihrer Eitelkeit schmeichelte, so schmeichelte er desto mehr den Herrschgelüsten, die Seele und Leib koketter Frauen regieren, ihrem Stolz und ihrem Drang zu unterjochen, dem grausamen Trieb eines kalten Weibwesens.

Wie ein Land, dessen man sich bemächtigt, bemächtigte sie sich nach und nach seines Lebens durch eine Reihe kleiner, täglich zahlreicher werdender Eingriffe. Sie arrangierte Feste, Theaterbesuche, Diners im Restaurant, damit er dabei sein solle; sie schleppte ihn mit der Befriedigung einer Siegerin hinter sich her; sie konnte ihn oder vielmehr die Knechtschaft, in der sie ihn erhielt, nicht mehr entbehren.

Er folgte ihr, glücklich, verwöhnt zu werden, geliebkost von ihren Augen, ihrer Stimme, all ihren Launen; und er lebte nur noch in einem einzigen Auflodern von Liebe und Verlangen, die ihn der Vernunft beraubten und brannten wie ein hitziges Fieber.

ZWEITER TEIL

I

Mariolle war gerade bei ihr angelangt. Er wartete auf sie; sie war nämlich noch nicht wieder daheim, obgleich sie ihn am Morgen durch eine Rohrpostnachricht zu sich bestellt hatte.

In diesem Salon, in dem er sich so gern aufhielt, wo ihm alles gefiel, empfand er dennoch jedesmal, wenn er sich allein darin befand, eine Art von Bedrücktheit des Herzens, Atembeklemmung und Kraftlosigkeit, was ihn hinderte, ruhig sitzen zu bleiben, solange sie nicht erschienen war. In glücklicher Erwartung ging er auf und ab, aber zugleich in der Furcht, ein unvorhergesehenes Geschehnis könne sie hindern zurückzukommen und werde das Zusammentreffen mit ihr auf den nächsten Tag verschieben.

Als er unten auf der Straße einen Wagen vor der Türe halten hörte, begann er vor Hoffnung zu zittern, und als die Wohnungsklingel ertönte, zweifelte er nicht mehr.

Sie kam herein, den Hut auf dem Kopf, was sie sonst nie tat, eilig mit zufriedener Miene. »Ich habe eine Neuigkeit für Sie«, sagte sie.

»Und welche?«

Sie fing an zu lachen, während sie ihn ansah. »Nun, ich möchte für einige Zeit aufs Land gehen.«

Kummer befiel ihn, jäh und heftig, und spiegelte sich in seiner Miene wider. »Oh! Und das sagen Sie mir mit solch einem zufriedenen Gesicht?«

»Ja. Setzen Sie sich; ich will Ihnen alles erzählen. Sie wissen oder wissen es nicht, daß Monsieur Valsaci, der Bruder meiner armen Mutter, der Chefingenieur beim Brückenbauamt, ein Anwesen in Avranches hat; dort lebt er zeitweise mit seiner Frau und seinen Kindern; er übt dort unten seinen Beruf aus. Wir besuchen ihn jeden Sommer. Dieses Jahr wollte ich nicht; aber er wurde deswegen unwillig und hat Papa eine peinliche Szene gemacht. Bei dieser Gelegenheit möchte ich Ihnen gleich gestehen, daß Papa auf Sie eifersüchtig ist und mir ebenfalls Szenen gemacht hat; er behauptet, ich vergebe mir etwas. Sie dürfen also nicht mehr so oft kommen. Aber beunruhigen Sie sich nicht, das werde ich schon wieder in Ordnung bringen. Also, Papa hat mir einen Verweis erteilt und mir das Versprechen abgenommen, zehn oder vielleicht auch zwölf Tage in Avranches zu verbringen. Wir reisen Dienstag morgen. Was sagen Sie dazu?«

»Ich sage, daß Sie mir das Herz brechen.«

»Weiter nichts?«

»Ja, aber! Ich kann Sie doch nicht daran hindern!«

»Und Sie wissen sich keinen Rat?«

»Ich – nein, ich weiß mir keinen! Und Sie?«

»Ja, ich habe einen Gedanken, hören Sie: Avranches liegt dicht beim Mont Saint-Michel. Kennen Sie den Mont Saint-Michel?«

»Nein.«

»Also, es wird Ihnen am nächsten Freitag einfallen, sich dieses Wunder mal anzusehen. Sie werden ein Hotelzimmer in Avranches nehmen, Sie werden, sagen wir, Freitag abend bei Sonnenuntergang im Stadtpark spazieren gehen, von wo aus man die Bucht überschauen kann. Wir werden uns dort ganz zufällig treffen. Papa wird zwar ein Gesicht machen, aber darüber setze ich mich hinweg. Ich werde für den nächsten Tag einen Ausflug zusammen mit unsren Verwandten nach der Abtei vorschlagen. Zeigen Sie sich davon begeistert und seien Sie reizend; darauf verstehen Sie sich, wenn Sie wollen. Erobern Sie meine Tante und laden Sie uns alle zum Abendessen in der Gaststätte ein, wo wir absteigen. Wir übernachten dort und trennen uns auf diese Weise erst am nächsten Tag. Sie werden über Saint-Malo zurückkreisen, und acht Tage später bin ich wieder in Paris. Ist das nicht hübsch ausgedacht? Bin ich nicht nett?«

Er murmelte in überströmender Dankbarkeit: »Sie sind das einzige, was ich auf der Welt liebe.«

»Pst!« machte sie.

Und ein paar Augenblicke lang sahen sie einander an. Sie lächelte und bezeigte ihm in diesem Lächeln all ihre Dankbarkeit, die Erkenntlichkeit ihres Herzens und auch ihre aufrichtige, lebhafte und zärtlich gewordene Teilnahme. Er schaute sie mit verzehrenden Blicken an. Er verspürte ein Verlangen, ihr zu Füßen zu fallen, sich vor sie hinzuwälzen, in ihr Kleid zu beißen, irgend etwas zu schreien und ihr überhaupt zu zeigen, was er nicht sagen konnte, was ihm vom Kopf bis zu den Füßen Körper und Seele erfüllte und ihn unaussprechbar quälte, weil er es ihr nicht zeigen durfte – seine Liebe, seine schreckliche, köstliche Liebe.

Aber sie verstand ihn auch ohne Worte, wie ein Schütze fühlt, daß seine Kugel gerade ins Schwarze der Scheibe getroffen hat. Es lebte in diesem Mann nichts mehr außer ihr. Er gehörte ihr mehr an als sie sich selbst. Und sie war es zufrieden, und sie fand ihn reizend. Wohlgelaunt sagte sie zu ihm: »Also abgemacht, machen wir den Ausflug!«

Er stammelte mit vor Erregung erstickter Stimme: »Aber gewiß doch, abgemacht.«

Dann, nach einer neuen Pause, fuhr sie ohne weitere Umschweife fort: »Ich kann Sie heute nicht länger hier behalten. Ich bin nur zurückgekommen, um Ihnen dies zu sagen, da ich schon übermorgen abreise! Mein ganzer Tag morgen ist besetzt, und ich habe vor dem Essen noch vier oder fünf Besorgungen zu machen.«

Er erhob sich sogleich, schmerzlich bewegt; er hatte keinen anderen Wunsch, als sie niè mehr zu verlassen; und nachdem er ihr die Hände geküßt hatte, ging er, mit etwas gequältem und dennoch hoffnungsvollem Herzen.

Vier sehr lange Tage hatte er zu durchleben. Er verbrachte sie mühselig in Paris, ohne jemanden zu besuchen, da er das Schweigen dem Sprechen und die Einsamkeit den Freunden vorzog.

Am Freitag früh nahm er den Acht-Uhr-Schnellzug. Vor fieberhafter Erwartung dieser Reise hatte er kaum geschlafen. Sein dunkles, stilles Zimmer, in das nur das Rollen verspäteter Droschken scholl und den Wunsch nach Abreise weckte, hatte ihn die ganze Nacht hindurch bedrückt wie ein Gefängnis.

Sobald ein Lichtschimmer durch den Spalt zwischen den geschlossenen Vorhängen fiel, der graue und trübe Schimmer der ersten Morgenfrühe, sprang er aus dem Bett, öffnete sein Fenster und sah nach dem Himmel. Angst vor schlechtem Wetter durchspukte ihn. Es war schön. Ein leichter Dunst lag in der Luft, ein Vorzeichen von Hitze. Rascher als nötig kleidete er sich an und war zwei Stunden zu früh fertig. Ungeduld, das Haus zu verlassen und endlich unterwegs zu sein, nagte an seinem Herzen, und kaum, daß er seine Toilette beendet hatte, ließ er seinen Diener eine Droschke holen, aus Furcht, jener könnte etwa keine finden.

Das erste Rütteln des Wagens war für ihn ein Glückserbeben; aber als er in den Bahnhof Montparnasse einfuhr, überkam ihn wieder die innere Unrast, da er sah, daß er bis zur Abfahrt des Zuges noch fünfzig Minuten warten mußte.

Er fand ein leeres Abteil und belegte es, um allein zu sein und nach seinem Belieben träumen zu können. Als er merkte, daß er fuhr und ihr entgegenglitt, davongetragen von dem sanften, ra-

316

schen Rollen des Schnellzugs, steigerte sich seine Glut, statt sich zu mildern, und er verspürte Lust, eine kindische Lust, mit beiden Händen aus aller Kraft gegen die gepolsterte Wand zu stoßen, um die Geschwindigkeit des Zuges zu beschleunigen. Lange Zeit hindurch, bis gegen Mittag, blieb er wie eingemauert in seine Erwartung und gelähmt vor Sehnsucht sitzen; hinter Argentan wurden seine Augen dann allmählich von all dem Grün der normannischen Landschaft ans Fenster gelockt.

Der Zug fuhr durch eine weite, wellige, von Tälern durchschnittene Gegend, wo die Bauernhöfe, Weiden und Wiesen, auf denen Apfelbäume wuchsen, von großen Bäumen umgeben waren, deren buschige Kronen in den Strahlen der Sonne zu leuchten schienen. Der Juli ging zu Ende; es war die kraftvolle Jahreszeit, in der die Erde, die mächtige Ernährerin, all ihren Saft und ihr Leben verströmt. In allen Einfriedungen, die durch hohe Blättermauern getrennt und verbunden waren, waren schwere, helle Ochsen zu sehen, auf den Flanken mit seltsamen, unbestimmten Zeichnungen gefleckte Kühe, rote Stiere mit breiter Stirn und Felljabots, die mit herausfordernder und stolzer Miene an den Hecken standen oder auf der Weide lagen, die ihre Bäuche aufgebläht hatte. Sie zogen in endloser Folge vorbei in dieser gesunden Gegend, deren Boden Obstwein und Fleisch auszuschwitzen schien.

Überall glitten winzige Wasserläufe am Fuß der Pappeln unter den leichten Schleiern der Weidenbäume dahin; sekundenlang blitzten im Gras Bäche auf, verschwanden, um in einiger Entfernung wieder zu erscheinen, und tränkten das ganze Land mit fruchtbarer Kühlung.

Und Mariolle ergötzte sich, etwas abgelenkt von seiner Liebe, an dem schnellen, unaufhörlichen Vorübergleiten dieser schönen, von Herden belebten Parks von Apfelbäumen.

Aber als er in Folligny umgestiegen war, ergriff ihn die Ungeduld anzukommen von neuem, und während der letzten vierzig Minuten zog er wohl zwanzigmal die Taschenuhr. Alle Augenblicke lehnte er sich aus dem Fenster und gewahrte endlich auf einem ziemlich hohen Hügel die Stadt, wo *sie* ihn erwartete. Der Zug hatte Verspätung, und nur eine Stunde trennte ihn noch von dem Augenblick, da er sie durch Zufall in den Anlagen treffen sollte.

Ein Hotelomnibus nahm ihn als einzigen Reisenden auf, und die langsam dahintrottenden Pferde mühten sich, die steile Straße nach Avranches zu erklimmen, dem seine die Anhöhe krönenden Häuser von weitem einen festungsartigen Anblick gaben. Aus der Nähe gesehen, war es eine hübsche, alte, normannische Stadt mit kleinen, regelmäßig gebauten und einander ziemlich ähnlichen Behausungen, die sich eng aneinanderlehnten und in ihrem altertümlichen Stolz und mit ihrer bescheidenen Behaglichkeit ein wenig mittelalterlich und ländlich anmuteten.

Sobald Mariolle seine Reisetasche in einem Hotelzimmer abgestellt hatte, ließ er sich die Straße zeigen, die zum Botanischen Garten führt, und eilte schnellen Schrittes dort hin, obgleich es noch viel zu früh war, allein in der Hoffnung, daß auch sie vielleicht vor der Zeit kommen werde.

Als er am Gitter anlangte, erkannte er auf den ersten Blick, daß der Park leer oder wenigstens fast leer war. Nur drei alte Männer gingen darin spazieren, einheimische Bürger, die wohl hier tagtäglich ihre letzten Erholungs- und Mußestunden verbrachten; und eine Schar englischer Kinder, Mädchen und Knaben mit dünnen Beinen, spielte rings um eine blonde Erzieherin, die abwesenden Blicks zu träumen schien.

Mariolle ging klopfenden Herzens weiter, wobei er sorgfältig die Wege ausspähte. Er erreichte eine große Ulmenallee in prangendem Grün, die den Park quer durchschnitt und sich mit dichtem Blättergewölbe mitten hindurch erstreckte; er ging sie entlang, und plötzlich, als er sich einer Terrasse näherte, von der man einen weiten Ausblick hatte, vergaß er mit einem Schlag diejenige, die ihn hierher bestellt hatte.

Zu Füßen der Böschung, an der er stand, breitete sich eine unvorstellbare Sandfläche aus, die in der Ferne in das Meer und das Firmament überging. Ein Fluß nahm seinen Lauf hindurch, und unter dem in der Sonne flammenden Blau sprenkelten Wasserlachen leuchtende Flecken in die Fläche, als seien sie Löcher, durch die man in einen anderen Himmel im Innern der Erde sehen könne.

Inmitten dieser gelben Wüste, die noch von der zurückgewichenen Flut naß war, erhob sich, zwölf oder fünfzehn Kilometer vom Strand entfernt, der Umriß eines spitzen Felsens, eine phantastische, von einer Kathedrale gekrönte Pyramide. Als Nachbarin hatte sie in diesen unendlichen Dünen nur eine nicht vom Wasser umspülte Klippe, die mit rundem Rücken auf dem schlüpfrigen Schlick hockte: Tombelaine.

In größerer Ferne zeigten sich in dem Streifen der sichtbaren bläulichen Wogen andere, vom Meer umgebene Felsklippen; und wenn das Auge weiter der Linie des Horizontes nach rechts folgte, entdeckte es seitwärts der sandigen Einsamkeit die weite, grüne Ebene des normannischen Landes, und sie war so mit Bäumen bedeckt, daß sie wie ein Wald aussah, der sich grenzenlos dehnte. Die ganze Natur bot sich auf einmal dar, an einem einzigen Ort, in all ihrer Größe, ihrer Macht, ihrer Frische und ihrer Anmut; und der Blick schweifte von der Vision eines Waldes zu dem wie eine Erscheinung anmutenden Granitberg, dem einsamen Bewohner der Sandbänke, der auf dem unermeßlichen Strand seine seltsame, mittelalterliche Gestalt aufreckte.

Das eigenartige Vergnügen, das Mariolle schon früher oftmals bei den Überraschungen empfunden hatte, die unbekannte Länder den Augen der Reisenden bieten, überkam ihn so unvermittelt, daß er mit bewegtem und gerührtem Gemüt unbeweglich verharrte und sein geknebeltes Herz vergaß. Als aber eine Turmuhr schlug, wandte er sich um, plötzlich wieder von der brennenden Erwartung gepackt, ihr zu begegnen. Der Park war noch immer fast leer. Die englischen Kinder waren verschwunden. Nur die drei Alten machten noch ihre eintönige Runde. Er begann auf und ab zu gehen wie sie.

Sie mußte nun gleich kommen, in einem Augenblick. Er würde sie am Ende eines der Wege erblicken, die zu dieser wundervollen Terrasse führten. Er würde ihre Gestalt erkennen, ihren Gang, dann ihr Gesicht und ihr Lächeln, und er würde ihre Stimme hören. Welches Glück, welches Glück! Er spürte sie schon irgendwo in der Nähe, und wenn sie auch noch nicht zu entdecken, noch nicht wahrzunehmen war, so dachte sie doch an ihn und wußte, daß sie ihn bald wiedersehen werde.

Er hätte beinahe einen leichten Schrei ausgestoßen. Ein blauer Sonnenschirm – nur die Kuppel des Schirms – glitt dort unten über ein Gebüsch hin. Das war zweifellos sie. Ein kleiner Junge tauchte auf, der einen Reifen vor sich hertrieb; dann zwei Damen – er erkannte *sie* –, dann zwei Männer: ihr Vater und ein anderer Herr. Sie war ganz in Blau, wie der Frühlingshimmel. Ach ja! Er erkannte sie, ohne noch ihre Züge unterscheiden zu können; aber er wagte nicht, ihr entgegenzugehen, weil er fühlte, daß er stottern und erröten werde, daß er unter dem argwöhnischen Blick Monsieur de Pradons diesen Zufall nicht würde erklären können.

Trotzdem ging er ihnen entgegen, sein Fernglas unablässig an den Augen, scheinbar ganz beschäftigt, die Aussicht zu betrachten.

Sie war es, die ihn anrief, ohne sich auch nur die Mühe zu machen, die Überraschte zu spielen. »Guten Tag, Monsieur Mariolle«, rief sie. »Prächtig, nicht wahr?«

Verdutzt über diesen Empfang, wußte er nicht, in welchem Ton er antworten sollte, und stammelte: »Ah, Sie, Madame, welch ein Glück, Sie hier zu treffen! Ich habe diese wundervolle Gegend kennenlernen wollen.«

Lächelnd erwiderte sie: »Und haben gerade den Augenblick gewählt, da ich hier bin. Das ist aber wirklich sehr nett von Ihnen.« Dann stellte sie vor. »Einer meiner besten Freunde, Monsieur Mariolle; meine Tante, Madame Valsaci; mein Onkel, der Brückenbauer.«

Nach den gegenseitigen Verbeugungen gaben Monsieur de Pradon und der junge Herr einander kühl die Hand, und der Spaziergang wurde fortgesetzt.

Sie ließ ihn zwischen sich und ihrer Tante gehen, nachdem sie ihm einen sehr schnellen Blick zugeworfen hatte, einen jener Blicke, die voll Hingebung zu sein scheinen. Sie begann wieder: »Wie finden Sie diese Gegend?«

»Ich glaube«, sagte er, »daß ich niemals etwas Schöneres gesehen habe.«

Hierauf sie: »Ach, wenn Sie einige Tage hier verbracht hätten, wie ich es getan habe, würden Sie fühlen, wie es Sie überwältigt. Es macht einen unbeschreiblichen Eindruck. Dies Gehen und

Kommen des Meers über die Sandflächen, die große Bewegung, die nie aufhört, die täglich zweimal alles überschwemmt, und zwar so schnell, daß ein galoppierendes Pferd nicht davor fliehen könnte, dies außerordentliche Schauspiel, das der Himmel uns kostenlos spendet, ich schwöre Ihnen, es bringt mich außer Fassung. Ich kenne mich nicht wieder. Nicht wahr, Tante?«

Madame Valsaci, eine schon bejahrte Dame mit grauem Haar, eine vornehme Provinzdame, die geachtete Gattin des Chefingenieurs, eines hochmütigen Beamten mit unheilbarem Bildungsdünkel, gab zu, daß sie ihre Nichte noch niemals in einem solchen Zustand der Begeisterung gesehen habe. Dann fügte sie nach einigem Besinnen hinzu: »Das ist übrigens nicht verwunderlich, wenn man wie sie nie etwas anderes gesehen und bewundert hat als Theaterkulissen.«

»Aber ich fahre doch fast jedes Jahr nach Dieppe und Trouville.«

Die alte Dame begann zu lachen. »Nach Dieppe und nach Trouville fährt man nur, um mit seinen Freunden zusammen zu sein. Das Meer ist dort nur dazu da, damit man sich beim Baden ein Rendezvous gibt.«

Das wurde ganz schlicht hingesprochen, vielleicht sogar ohne Bosheit.

Sie kehrten zur Terrasse zurück, die unwiderstehlich die Schritte anzog. Sie kamen ganz ohne Absicht dorthin, da von allen Ecken des Parks Wege hinführten, wie Kugeln einen Hang hinabrollen. Die sinkende Sonne schien ein durchsichtiges leichtes Tuch aus reinem Gold hinter der hohen Silhouette der Abtei auszubreiten, die sich allmählich mehr und mehr verdunkelte und einem riesigen Reliquienschrein vor einem glänzenden Vorhang glich. Aber Mariolle hatte nur noch Augen für die angebetete blonde Gestalt, die, in eine blaue Wolke gehüllt, an seiner Seite einherschritt. Niemals war sie ihm so entzückend vorgekommen. Sie schien ihm verwandelt, ohne daß er wußte, worein, von einer ungeahnten Frische, die wohl von diesem Land, diesem Himmel, diesem Licht, diesem Grün herrührte. Niemals hatte er sie so gekannt und so geliebt.

Er ging neben ihr, ohne daß er etwas zu sagen wußte, und die

Berührung ihres Kleides, das gelegentliche Streifen ihres Armes, die sprechende Begegnung ihrer Blicke löschten ihn völlig aus, als sei seine menschliche Persönlichkeit durch sie vernichtet. Er fühlte sich durch das Zusammensein mit dieser Frau plötzlich zerstört, von ihr aufgesogen, so daß nichts mehr von ihm übrigblieb, nichts als Anbetung, nichts als Begierde, nichts als Verlangen. Sie hatte sein ganzes früheres Sein vernichtet, wie man einen Brief verbrennt.

Sie merkte es nur zu gut und erkannte ihren vollen Sieg, und bebend und gerührt, dazu erregt durch die Luft des Landes und des Meeres voller Glanz und Kraft, sagte sie zu ihm, ohne ihn dabei anzusehen: »Ich bin so froh, daß Sie hier sind!« Gleich darauf fügte sie hinzu: »Wie lange bleiben Sie?«

Er antwortete: »Zwei Tage, wenn der heutige mitzählen kann.« Dann wandte er sich an die Tante: »Würden Sie, Madame Valsaci, mir die Ehre erweisen, morgen mit Ihrem Gemahl mit zum Mont Saint-Michel zu kommen?«

Madame de Burne antwortete für ihre Verwandte: »Das darf sie Ihnen nicht abschlagen, da uns der Zufall so hübsch zusammengeführt hat.«

Die Frau des Ingenieurs fügte hinzu: »Ja, ich bin gern einverstanden, unter der Bedingung, daß Sie heute bei uns zu Abend essen.«

Er verbeugte sich und nahm an.

Plötzlich überkam ihn eine berauschende Freude, eine Freude, wie man sie empfindet, wenn ein lange gehegter Wunsch in Erfüllung geht. Was hatte er erlangt? Was war Neues in sein Leben getreten? Nichts – und dennoch fühlte er sich vom Rausch eines unerklärlichen Vorgefühls ergriffen.

Sie ergingen sich noch lange auf jener Terrasse und warteten darauf, daß die Sonne unterginge, um bis zuletzt zu sehen, wie sich der schwarzgezackte Schatten des Berges gegen den feurigen Horizont abzeichnete.

Sie plauderten jetzt über harmlose Dinge, sprachen von allem Möglichen, worüber man im Dabeisein eines Fremden sprechen kann, und schauten einander von Zeit zu Zeit an.

Dann gingen sie nach dem Landhaus, das am Ausgang von

Avranches inmitten eines schönen Gartens mit Aussicht auf die Bucht erbaut war.

Mariolle verabschiedete sich beizeiten. Er wollte taktvoll sein und war übrigens auch etwas beunruhigt durch die kühle und fast feindselige Haltung Monsieur de Pradons. Als er die Finger von Madame de Burne faßte, um sie an die Lippen zu führen, sagte sie zweimal nacheinander mit seltsamer Betonung zu ihm: »Bis morgen, bis morgen.«

Sobald er gegangen war, schlugen Monsieur und Madame Valsaci, die seit langem die Gewohnheiten kleinstädtischen Lebens angenommen hatten, vor, zu Bett zu gehen.

»Geht nur«, sagte Madame de Burne. »Ich möchte noch ein bißchen in den Garten gehen.«

Ihr Vater fügte hinzu: »Und ich auch.«

Sie ging hinaus, in einen Schal gehüllt, und so wandelten sie denn Seite an Seite auf dem weißen Sand der Gartenwege einher; im Licht des Vollmonds schimmerten sie wie kleine Wasserläufe, die sich zwischen den Rasenstücken und Gebüschen hinschlängelten.

Nach einem ziemlich langen Schweigen sagte Monsieur de Pradon leise: »Mein liebes Kind, du mußt mir gerechterweise zugeben, daß ich dir niemals Ratschläge erteilt habe.«

Sie fühlte, worauf er hinauswollte, und erwiderte schlagfertig: »Verzeihung, Papa, aber zumindest *einen* hast du mir gegeben.«

»Ich?«

»Ja, ja.«

»Einen Rat hinsichtlich... deiner Lebensführung?«

»Ja, und einen sehr schlechten. Ich bin deshalb entschlossen, wenn du mir wieder welche gibst, sie nicht zu befolgen.«

»Welchen Rat habe ich dir gegeben?«

»Monsieur de Burne zu heiraten. Was beweist, daß es dir an Urteil, Voraussicht, Menschenkenntnis im allgemeinen und an Kenntnis deiner Tochter im besonderen mangelt.«

Er schwieg einige Augenblicke, ein wenig verdutzt und verlegen; dann sagte er langsam: »Ja, damals habe ich mich geirrt. Aber ich bin sicher, mich bei dem väterlichen Rat, den ich dir heute gebe, nicht zu irren.«

»Gib ihn mir immerhin. Ich nehme davon an, was ich brauchen kann.«

»Du bist im Begriff, dir etwas zu vergeben.«

Sie begann zu lachen, ein etwas zu lebhaftes Lachen, und vollendete seinen Gedankengang:»Mit Monsieur Mariolle.«

»Ja, mit Monsieur Mariolle.«

»Du vergißt«, fuhr sie fort,»daß ich mir schon mit Monsieur Georges de Maltry, mit Monsieur Massival, mit Monsieur Gaston de Lamarthe und mit noch zehn anderen etwas vergeben habe, auf die du eifersüchtig gewesen bist, denn ich kann keinen Mann nett und anhänglich finden, ohne daß meine ganze Truppe in Wut gerät, und du, den die Natur mir als Heldenvater und Regiechef gegeben hat, an erster Stelle.«

Er antwortete lebhaft:»Nein, nein, sonst hast du dir mit keinem etwas vergeben. Im Gegenteil, du bezeigst in deinem Verkehr mit deinen Freunden viel Takt.«

Sie erwiderte keck:»Mein lieber Papa, ich bin kein kleines Mädchen mehr, und ich verspreche dir, daß ich mir mit Monsieur Mariolle nicht mehr vergeben werde als mit den anderen; fürchte also nichts. Ich gestehe indessen, daß ich es gewesen bin, die ihn gebeten hat, hierher zu kommen. Ich finde ihn reizend, auch klug und weniger eigensüchtig als die früheren. Das war auch deine Ansicht – bis zu dem Tag, da du zu entdecken glaubtest, ich zöge ihn ein bißchen vor. Oh, so boshaft bist du nicht! Auch ich kenne dich leidlich, und ich könnte dir lange davon erzählen, wenn ich wollte. Also, Monsieur Mariolle gefällt mir, und ich habe mir gesagt, daß es sehr angenehm wäre, zufällig einen netten Ausflug mit ihm zu machen, und daß es töricht ist, sich all dessen zu berauben, was einem Vergnügen macht, wenn man keine Gefahr dabei läuft. Und ich laufe keine Gefahr, mir etwas zu vergeben, denn du bist ja dabei.« Sie lachte jetzt unbefangen; sie wußte nur zu gut, daß jedes ihrer Worte saß, daß sie ihn mit diesem ein wenig anrüchigen Vorwurf einer schon seit langem in ihm gewitterten Eifersucht bis ins Innerste getroffen hatte, und sie amüsierte sich über ihre Entdeckung mit einer geheimen, uneingestandenen und gewagten Koketterie.

Er schwieg, etwas peinlich berührt, mißzufrieden und verwirrt, da er fühlte, daß sie in der Tiefe seiner väterlichen Fürsorge einen geheimnisvollen Groll erriet, dessen Ursprung er vor sich selbst zu verbergen wünschte.

Sie fügte hinzu: »Sei unbesorgt. Es ist ganz natürlich, daß ich in dieser Jahreszeit einen Ausflug zum Mont Saint-Michel mit meinem Onkel, meiner Tante, dir, meinem Vater, und einem Bekannten mache. Übrigens wird niemand davon erfahren. Und wenn es dennoch herauskommt, kann niemand das geringste dabei finden. Wenn wir wieder in Paris sind, werde ich diesen Freund in die Reihe der übrigen zurückverweisen.«

»Meinetwegen«, erwiderte er, »wir wollen annehmen, ich hätte nichts gesagt.«

Sie gingen noch ein paar Schritte.

Monsieur de Pradon fragte: »Wollen wir hineingehen? Ich bin müde, ich möchte zu Bett.«

»Nein, ich möchte noch ein bißchen spazieren gehen. Die Nacht ist so schön!«

Er brummelte anzüglich: »Geh nicht zu weit. Man weiß nie, welchen Leuten man begegnet.«

»Oh, ich bleibe unter den Fenstern.«

»Dann auf Wiedersehen, liebes Kind.« Er küßte sie flüchtig auf die Stirn und kehrte ins Haus zurück.

Sie setzte sich etwas abseits auf eine kleine Gartenbank, die am Fuß einer Eiche in die Erde gerammt war. Die Nacht war warm, erfüllt vom Duft der Felder, vom Geruch des Meeres und einer dunstigen Helle, denn die Bucht hatte sich unter dem den ganzen Himmel durchflutenden Mondschein mit Nebelschleiern bedeckt.

Sie krochen wie weiße Rauchschwaden dahin und verbargen den Sand, den jetzt die steigende Flut überspülen mußte.

Michèle de Burne versuchte, die Hände über den Knien gefaltet, die Augen in die Ferne gerichtet, in ihrer Seele zu lesen – durch einen ebenso undurchdringlichen, bleichen Nebel hindurch wie den über der Sandfläche lagernden.

Wie viele Male schon hatte sie in ihrem Ankleidezimmer in Paris vor dem Spiegel gesessen und sich gefragt: »Was liebe ich? Was wünsche ich? Was hoffe ich? Was will ich? Wer bin ich?«

325

Neben dem Vergnügen, sie selber zu sein, und dem tiefen Bedürfnis zu gefallen, das sie allerdings sehr genoß, hatte sie in ihrem Herzen niemals etwas anderes als schnell erloschene Neugier gefühlt. Sie kannte sich übrigens gut genug, denn sie hatte zu sehr die Gewohnheit, ihr Gesicht und ihre ganze Person zu betrachten und zu studieren, um nicht auch ihre Seele zu beobachten. Bis jetzt hatte sie sich mit dem unbestimmten Interesse für alles begnügt, was die anderen bewegte, was aber nicht fähig war, sie leidenschaftlich zu erregen, sondern höchstens imstande, sie zu zerstreuen.

Und doch, jedesmal wenn sie in sich eine tiefe Anteilnahme an irgend jemandem hatte wachsen fühlen, jedesmal, wenn in ihren Adern ein wenig von dem Fieber der Zuneigung gebrannt hatte, weil eine Nebenbuhlerin ihr einen Mann streitig machte, auf den sie Wert legte, und ihre weiblichen Instinkte reizte, hatten ihr diese Fehlstarte der Liebe eine stärkere Erregung verschafft als das bloße Vergnügen am Erfolg. Aber das war niemals von Dauer gewesen. Warum nicht? Sie wurde müde, es ekelte sie an, sie sah vielleicht zu scharf. Alles, was ihr anfangs an einem Mann gefallen, alles, was sie angeregt, belebt, bewegt, verführt hatte, erschien ihr alsbald bekannt, verblüht, schal. Ohne die gleichen zu sein, ähnelten sie einander alle zu sehr; und keiner von ihnen war mit der Natur und den Eigenschaften begabt gewesen, deren es bedurft hätte, sie lange zu fesseln und ihr Herz in eine Liebe zu verstricken.

Warum das? Lag es an ihnen oder an ihr? Fehlte ihnen, was sie erwartete, oder fehlte ihr, was einen veranlaßt zu lieben? Liebt man, weil man einmal ein Wesen trifft, das man wahrhaft für sich geschaffen glaubt, oder liebt man etwa einfach, weil man mit der Veranlagung zur Liebe geboren ist? Es schien ihr für Augenblicke, das Herz aller anderen Menschen habe Arme wie der Körper, zärtlich ausgestreckte Arme, die an sich ziehen, umarmen und umschlingen, und gerade ihr Herz sei verkrüppelt. Es habe nur Augen, ihr Herz.

Es geschah häufig, daß sich Männer, hervorragende Männer, sterblich in Mädchen verliebten, die ihrer unwürdig, ohne Geist, ohne Wert, manchmal sogar ohne Schönheit waren. Warum?

Wie ging das zu? Was für ein Geheimnis waltete da? Jene Krisis war also nicht allein auf eine schicksalhafte Begegnung zurückzuführen, sondern auch auf eine Art Keim, den man in sich trägt und der sich plötzlich entwickelt. Sie hatte Geständnisse gehört, sie hatte Geheimnisse entdeckt, sie hatte sogar mit eigenen Augen die schnelle Verwandlung gesehen, die in einem solchen, in der Seele ausbrechenden Rausch erfolgt, und sie hatte viel darüber nachgedacht.

In der Gesellschaft, in dem laufenden Getriebe von Besuchen, Klatschereien, all den kleinen Albernheiten, mit denen man sich vergnügt, mit denen die reichen Nichtstuer die Zeit totschlagen, hatte sie zuweilen mit neidischem, eifersüchtigem und etwas ungläubigem Erstaunen Menschen – Frauen und Männer – bemerkt, in denen sich ohne Zweifel etwas Außergewöhnliches vollzogen hatte. Das zeigte sich nicht auf eine auffallende, äußerliche Art; aber mit ihrer unruhigen Witterung fühlte und erriet sie es. Auf ihrem Gesicht, in ihrem Lächeln und vor allem in ihren Augen lag irgend etwas Unaussprechliches, Entzückendes, köstlich Beglücktes, eine Seelenfreude, die sich auf den ganzen Körper erstreckte und Fleisch und Blick erleuchtete.

Ohne zu wissen, warum, grollte sie ihnen deswegen. Die Verliebten hatten sie immer geärgert, und sie hielt die dumpfe, tiefe Gereiztheit, die ihr die Menschen einflößten, deren Herz in Leidenschaft schlug, für Verachtung. Sie glaubte sie mit außerordentlicher Schnelligkeit und unfehlbarem Scharfblick zu erkennen. In der Tat hatte sie oft Liebesverhältnisse erspürt und entschleiert, ehe noch in der Gesellschaft etwas davon geahnt worden war.

Wenn sie daran dachte, an die zärtliche Torheit, in die uns das Dasein und die Nähe eines anderen Wesens, sein Anblick, seine Äußerungen, sein Denken versetzen können, das unbestimmte Etwas einer vertrauten Person, durch das unser Herz im tiefsten aufgewühlt wird, so hielt sie sich dessen für unfähig. Und dennoch, wenn sie aller Dinge überdrüssig war und von unaussprechlichen Wünschen träumte, gefoltert von dem quälenden Verlangen nach Veränderung, nach etwas Unbekanntem, das vielleicht nur der dunkle Trieb eines unendlichen Hungers nach

Liebe war, wie oft hatte sie dann mit einer aus ihrem Stolz geborenen geheimen Scham gewünscht, einem Mann zu begegnen, der sie, wenn auch nur für kurze Zeit, einige Monate lang, in jenen bezaubernden Überschwang all ihres Denkens und Fühlens versetzen würde; denn das Leben mußte in solchen Zeiten der Erregung einen seltsamen Reiz von Entzückung und Rausch besitzen.

Nicht nur, daß sie eine solche Begegnung ersehnt hätte, sie hatte auch ein wenig danach gesucht, freilich nur ein wenig, mit der Lässigkeit, die sich nie lange bei etwas aufhält.

Alle Anfänge ihrer Beziehungen zu Männern mit hervorragenden Eigenschaften, die sie einige Wochen hindurch geblendet hatten, endeten stets damit, daß das kurze Auflodern ihres Herzens in unheilbarer Enttäuschung erstarb. Sie erwartete zu viel von ihrem Wert, von ihrer Natur, von ihrem Charakter, von ihrem Zartgefühl und von ihren sonstigen Eigenschaften. Bei jedem von ihnen hatte sie schließlich feststellen müssen, daß die Fehler bedeutender Persönlichkeiten ausgeprägter sind als ihre Vorzüge, daß das Talent eine besondere Gabe ist wie ein scharfes Auge und ein guter Magen, eine Gabe fürs Arbeitszimmer, eine Gabe, die ganz für sich steht, ohne Beziehungen zu der Gesamtheit der persönlichen Anlagen, die den Umgang herzlich oder anziehend gestalten.

Aber seit sie Mariolle getroffen hatte, band sie etwas anderes an ihn. Liebte sie ihn indessen, liebte sie ihn mit wirklicher Liebe? Ohne ein angesehener, berühmter Mann zu sein, hatte er sie durch seine Neigung, durch seine Zärtlichkeit, durch seine Klugheit, durch all die echte, unkomplizierte Anziehungskraft seiner Person erobert. Er hatte sie erobert, denn sie dachte unaufhörlich an ihn; unaufhörlich sehnte sie sich nach seiner Anwesenheit; kein anderes Wesen auf der Welt war ihr angenehmer, sympathischer, unentbehrlicher. War das nun Liebe?

Sie fühlte in ihrer Seele keineswegs die Glut, von der alle Welt spricht, aber sie fühlte in sich zum erstenmal ein aufrichtiges Verlangen, diesem Mann etwas mehr zu sein als eine verführerische Freundin. Liebte sie ihn? Muß denn ein Mensch, damit man ihn liebt, mit außergewöhnlichen Anziehungskräften begabt, anders als alle anderen und erhaben über sie in jenem Strahlenkranz erscheinen, den das Herz um seine Auserwählten entzündet, oder genügt es, daß er einem sehr gefällt, daß er einem so gefällt, daß man ohne ihn fast nicht mehr existieren kann? War es so, dann liebte sie ihn oder war wenigstens nahe daran, ihn zu lieben. Nachdem sie lange mit angespannter Aufmerksamkeit darüber nachgesonnen hatte, sagte sie sich endlich: »Ja, ich liebe ihn, aber mir fehlt die Leidenschaft; das ist ein Mangel meiner Natur.«

Von Leidenschaft hatte sie trotzdem ein wenig verspürt, als sie ihn vorhin auf der Terrasse im Park von Avranches auf sich zukommen sah. Zum erstenmal hatte sie etwas von dem Unaussprechlichen gefühlt, das uns beschwingt, das uns treibt, das uns jemandem entgegenwirft; sie hatte großes Vergnügen empfunden, neben ihm zu gehen, ihn, der sich in Liebe zu ihr verzehrte, neben sich zu haben, während sie die Sonne hinter dem Schatten des Mont Saint-Michel, der einer märchenhaften Vision glich, untergehen sahen. War die Liebe an sich nicht etwas wie ein Märchen der Seelen, an das die einen aus Instinkt glauben und die anderen, wenn sie es recht bedenken, schließlich ebenfalls bisweilen glauben? Glaubte sie selber jetzt daran? Sie hatte ein sanftes, sonderbares Verlangen gespürt, ihren Kopf an die Schulter dieses Mannes zu lehnen, ihm näher zu sein, jenes »engste Beieinander« zu suchen, das man niemals findet, ihm zu schenken, was man vergebens anbietet und was man immer behält: das eigenste, innerste Wesen.

Ja, etwas von dieser Leidenschaft hatte sie verspürt und verspürte sie noch in diesem Augenblick im Grunde ihres Herzens. Sie brauchte ihr nur nachzugehen, und es würde vielleicht Liebe daraus werden. Sie widerstand zu sehr, sie klügelte zu viel, sie wehrte sich zu sehr gegen den Zauber der Menschen. Würde es nicht wonnig sein, sich an einem Abend wie diesem mit ihm an den Weidenbäumen des Flusses zu ergehen und ihm zum Lohn für all seine Liebe von Zeit zu Zeit die Lippen zu bieten?

Ein Fenster des Hauses wurde aufgemacht. Sie wandte den Kopf. Es war ihr Vater, der sie wohl suchte.

Sie rief ihm zu: »Schläfst du denn noch nicht?«

Er antwortete: »Wenn du nicht hereinkommst, erkältest du dich.«

So erhob sie sich denn und ging ins Haus. Dann, als sie in ihrem Zimmer war, zog sie noch einmal die Vorhänge hoch, um die Nebelschwaden über der Bucht zu betrachten, die im Mondlicht immer durchsichtiger wurden, und ihr schien, als lichteten sich auch die Nebel in ihrem Herzen unter einem Aufdämmern der Liebe mehr und mehr.

Sie schlief indessen gut, und die Zofe mußte sie wecken, denn man wollte früh aufbrechen, um auf dem Mont Saint-Michel zu Mittag zu essen.

Ein großer Break fuhr vor. Als sie ihn vor der Auffahrt über den Sand rollen hörte, beugte sie sich aus dem Fenster und begegnete sogleich den Augen André Mariolles, die sie suchten. Ihr Herz begann leise zu klopfen. Erstaunt und beklommen stellte sie das seltsame, neue Verhalten dieses Muskels fest, der pocht und das Blut schneller treibt, weil man jemanden erblickt. Wie am Abend vor dem Einschlafen wiederholte sie sich: »Sollte ich ihn lieben?« Als sie ihm dann gegenüberstand, fand sie ihn so bewegt, so krank vor Liebe, daß sie wirklich Lust hatte, ihm ihre Arme zu öffnen und ihren Mund darzubieten.

Sie wechselten nur einen Blick, der ihn vor Glück erbleichen ließ.

Der Wagen setzte sich in Bewegung. Es war ein klarer Sommermorgen, voll Vogelgesang und Jugendfrische. Man fuhr zur Küste hinab, über den Fluß und durch Dörfer, auf einer schmalen steinigen Straße, so daß die Reisenden auf den Bänken des Wagens durchgerüttelt wurden. Nach einem langen Schweigen begann Madame de Burne ihren Onkel mit dem Zustand des Weges zu necken; das genügte, um das Eis zu brechen, und die Heiterkeit, die über der Landschaft lag, schien auch in die Gemüter einzukehren.

Als sie aus einem Dörfchen hinausfuhren, erschien plötzlich die Bucht wieder, nicht mehr gelb wie am Abend vorher, sondern leuchtend von der klaren Flut, die alles bedeckte, den Sand, die Salzwiesen und, wie der Kutscher sagte, ein wenig weiter hinauf auch die Straße.

So wurde denn eine Stunde lang im Schritt gefahren, um dieser Überschwemmung Zeit zu lassen, wieder in die See zurückzufluten. Die Eichen- oder Ulmenumfriedungen der Gehöfte, zwischen denen man hindurchfuhr, verbargen den Augen alle Augenblicke den immer größer werdenden Umriß der Abtei, die jetzt, auf ihrem Felsen emporragend, mitten im Meer lag. Dann plötzlich zeigte sie sich wieder zwischen zwei Höfen, immer näher, immer überwältigender. Die Sonne ließ die aus Granit erbaute Kirche, die sich vielzackig auf ihrem felsigen Untergrund erhob, in rötlichen Tönen erschimmern.

Michèle de Burne und André Mariolle betrachteten sie; dann sahen sie einander an, und die zunehmend stärkere Verwirrung ihrer Herzen vermischte sich mit der Poesie dieser Erscheinung an diesem rosigen Julimorgen.

Man plauderte mit freundschaftlicher Ungezwungenheit. Madame Valsaci erzählte schaurige Geschichten, nächtliche Dramen vom Versinken im menschenverschlingenden weichen Triebsand. Monsieur Valsaci trat für den Deich ein, dessen Errichtung die Künstler widerstrebt hatten, und hob seine Vorteile im Hinblick auf einen ununterbrochenen Verkehr mit dem Mont Saint-Michel und die Gewinnung von Land hervor, das zuerst als Weide und später als Ackerboden genutzt werden könne.

Plötzlich hielt der Wagen. Das Meer überschwemmte die Straße. Es war fast nichts, nur ein flüssiger Überzug des steinernen Weges; aber es wurde befürchtet, daß hier und da tiefere Stellen sein könnten, Löcher, aus denen man nicht herauskäme.

»Oh, das Wasser geht schnell zurück!« versicherte Monsieur Valsaci und wies mit dem Finger auf den Weg, dessen dünne Wasserdecke wich; sie wurde, wie es schien, von der Erde aufgesogen oder von einer geheimnisvollen Kraft weggezogen.

Sie stiegen aus, um das seltsame, schnelle, stumme Zurückfluten des Meeres mehr aus der Nähe zu betrachten, und folgten ihm Schritt um Schritt. Schon erschienen an etwas höher gelegenen Stellen grüne Flecke in den überschwemmten Weideflächen; und jene Flecke vergrößerten sich, rundeten sich und wurden zu Inseln. Die Inseln nahmen alsbald das Aussehen von Kontinenten an, die durch winzige Ozeane getrennt sind, und dann entstand endlich in der ganzen Ausdehnung der Bucht eine wilde Flucht der in die Ferne zurückweichenden Flut. Es war, als habe man einen langen silbernen Schleier von der Erde weggezogen, einen riesigen durchlöcherten, zerfetzten Schleier voller Risse, der hinter sich große Wiesen mit kurzer Grasnarbe zurückließ, ohne jedoch auch die blonden Sandflächen schon zu enthüllen, die ihnen folgten.

Man war wieder in den Wagen gestiegen, und alle standen, um besser sehen zu können. Als kein Wasser mehr auf der Landstraße vor ihnen stand, setzten sich die Pferde wieder in Bewegung, aber immer im Schritt; doch konnte man bei den Stößen des Wagens leicht das Gleichgewicht verlieren, und so fühlte André Mariolle plötzlich, wie sich Madame de Burnes Schulter an die seine lehnte. Er glaubte zuerst, der Zufall eines Stoßes habe diese Berührung herbeigeführt; aber sie blieb dort, und bei jedem Ruck der Räder durchfuhr ihn an der Stelle, wo sie sich anlehnte, ein krampfhaftes Beben, das seinen Körper durchschauerte und sein Herz betörte. Gelähmt von dem Glück dieser unverhofften Vertraulichkeit, wagte er nicht mehr, die junge Frau anzusehen, und er dachte in einer Verwirrung der Gedanken, die einem Rausch ähnlich war: Ist es möglich? Kann es möglich sein? Verlieren wir alle beide den Kopf?

Als die Pferde wieder in Trab fielen, mußte man sich setzen. Da verspürte Mariolle plötzlich das geheimnisvolle, gebieterische Verlangen, liebenswürdig zu Monsieur de Pradon zu sein, und er widmete sich ihm mit schmeichelhaften Aufmerksamkeiten. Da der Vater Höflichkeitsbezeigungen fast ebenso zugänglich war wie seine Tochter, ließ er sich fangen und zeigte bald wieder ein lächelndes Gesicht.

Endlich war der Deich erreicht, und sie fuhren nun auf den Mont Saint-Michel zu, der sich am Ende der geraden Straße mitten auf den Sandflächen erhob. Der von Pontorson herkommende Fluß bespülte die Böschung zur Linken; zur Rechten hatten die Weideflächen, die mit kurzem, vom Kutscher als Meerfenchel bezeichnetem Grün bedeckt waren, dem noch feuchten, vom Meer durchtränkten Sand Platz gemacht.

Das gewaltige Bauwerk wuchs immer höher in den blauen Himmel, gegen den es sich jetzt deutlich mit allen seinen Einzelheiten abhob: dem Dach mit den Glockentürmen und Türmchen, dem Dach der Abtei, gespickt mit Grimassen schneidenden Wasserspeiern, einem Schopf von Ungeheuern, mit denen der furchtsame Glaube unserer Väter ihre gotischen Heiligtümer verziert hat.

Es war kurz vor ein Uhr, als sie in dem Gasthaus anlangten, wo sie das Essen bestellt hatten. Die Wirtin hatte es vorsichtshalber noch nicht fertig; es mußte noch gewartet werden. Sie setzten sich also sehr spät zu Tisch und hatten großen Hunger. Aber Champagner heiterte die Gemüter schnell auf.

Alle fühlten sich zufrieden, und zwei Herzen hielten sich fast für glücklich. Beim Nachtisch, als sich durch den anregenden Einfluß der genossenen Weine und der lustigen Unterhaltung in den Körpern jenes Gefühl erhöhter Lebensfreude regte, das uns zuweilen am Ende guter Mahlzeiten befällt und uns geneigt macht, allem beizupflichten, allem zuzustimmen, fragte Mariolle: »Wollen wir nicht bis morgen hier bleiben? Es wäre doch schön, all dies im Mondschein zu sehen, und hübsch, heute abend noch gemeinsam zu speisen!«

Madame de Burne nahm sogleich an; die beiden Herren willigten ebenfalls ein. Nur Madame Valsaci zögerte noch ihres kleinen Jungen wegen, der zu Hause geblieben war; aber ihr Gatte beruhigte sie und erinnerte sie daran, wie oft sie schon ausgeblieben sei. Er schrieb sogar noch bei Tisch eine Depesche an das Kindermädchen. Er fand André Mariolle reizend, der, um ihm zu schmeicheln, den Deichbau gebilligt und ihn der Wirkung des Mont Saint-Michel weniger abträglich gefunden hatte, als es sonst allgemein behauptet wurde.

Als sie vom Tisch aufgestanden waren, gingen sie das Bauwerk besichtigen. Sie schlugen den Weg über die Wälle ein. Die Stadt, eine Anhäufung mittelalterlicher Häuser, stufenweise eins über dem anderen auf dem riesigen Granitfelsen errichtet, der auf seinem Gipfel die Abtei trägt, ist von der Sandfläche durch eine hohe, zinnenbewehrte Mauer getrennt. Diese Mauer, die dem Umriß der alten Stadt folgt, bietet mit ihren Ausbuchtungen,

Winkeln, Plattformen und Wachttürmen ebenso viele Überraschungen für das Auge, dem sich bei jeder Wendung ein anderer Anblick auf den ungeheuren Horizont eröffnet. Alle schwiegen, ein wenig außer Atem nach dem langen Essen und immer wieder überrascht von dem Anblick dieses erstaunlichen Bauwerks. Über ihnen ragte ein wunderbares Gewirr von Turmspitzen, Granitblumen und Schwibbögen, die sich von einem Turm zum anderen spannten, in den Himmel – eine unwahrscheinliche, ungeheure und spitzenzarte Architektur, die wie eine auf dem Himmelsblau ausgeführte durchbrochene Stickerei anmutete und von der bedrohlich und phantastisch das Heer der Wasserspeier mit Tiergesichtern heraussprang oder, besser gesagt, sich herauszustürzen schien, als wolle es davonfliegen. An der Nordseite des Mont Saint-Michel erstreckte sich zwischen dem Meer und der Abtei ein schroffer, fast senkrechter Abhang; er wurde als der Wald bezeichnet, weil er mit alten Bäumen bestanden war; er begann am Ende der Häuser und breitete einen dunkelgrünen Fleck auf das grenzenlose Gelb des Sandes. Madame de Burne und André Mariolle, die vorangingen, blieben stehen, um ihn zu betrachten. Sie stützte sich auf seinen Arm, überwältigt von einem Entzücken, das sie noch nie gefühlt hatte. Leichtfüßig stieg sie hinan, bereit, immer so mit ihm zu steigen, zu diesem traumhaften Bauwerk empor oder sonst irgendwohin. Am liebsten wäre ihr gewesen, wenn dieser steile Weg niemals ein Ende genommen hätte, denn zum erstenmal in ihrem Leben fühlte sie sich fast völlig zufrieden.

Sie flüsterte: »Gott, ist das schön!«

Er antwortete und sah sie an: »Ich kann nur an Sie denken.«

Mit einem Lächeln erwiderte sie: »Ich bin sonst nicht sehr romantisch veranlagt, aber ich finde dies alles so schön, daß ich davon ganz ergriffen bin.«

Er stammelte: »Und ich – ich liebe Sie wie ein Wahnsinniger.«

Er verspürte einen leichten Druck auf seinem Arm, und sie gingen weiter.

Ein Führer erwartete sie am Eingang der Abtei, und sie stiegen die prachtvolle Treppe zwischen zwei riesigen Türmen empor, die sie in den Wachraum führte. Von dort aus gingen sie von Saal zu Saal, von Hof zu Hof, von Verlies zu Verlies, hörten, staunten, waren von allem entzückt und bewunderten alles: die etwas plumpe Schönheit der Krypta mit ihren dicken Pfeilern, die auf ihren riesigen Reihen den gesamten Chor der oberen Kirche tragen und die ganze Merveille, die gewaltige Anlage gotischer Bauten, die in drei Stockwerken übereinander errichtet sind, dieses außerordentliche Meisterwerk mönchischer und militärischer Baukunst des Mittelalters.

Dann kamen sie in das Kloster. Sie waren so überrascht, daß sie angesichts des großen viereckigen Hofes stehen blieben, den der anmutigste, beschwingteste, bezauberndste Säulengang aller Klöster der Welt umschließt. In zwei Reihen tragen die schmächtigen kleinen Säulenschäfte, die mit köstlichen Kapitellen gekrönt sind, rings um die vier Galerien eine ununterbrochene Girlande von Ornamenten und gotischen Blumen von unendlicher Mannigfaltigkeit, von immer neuer Erfindungsgabe, die von der geschmackvollen und einfachen Phantasie der naiven Meister von einst zeugt, die ihren Traum und ihr Denken mit dem Hammer in den Stein einmeißelten.

Michèle de Burne und André Mariolle gingen Arm in Arm langsamen Schrittes von Säule zu Säule, während die anderen, ein wenig ermüdet, an der Eingangspforte stehen blieben und von ferne bewunderten.

»Gott, wie wunderbar das ist!« sagte sie und blieb stehen.

Er antwortete: »Ich – ich weiß weder mehr, wo ich bin, noch ob ich lebe, noch was ich sehe. Ich fühle, daß Sie bei mir sind, und nichts sonst.«

Lächelnd blickte sie ihm in die Augen und flüsterte: »André!«
Er begriff, daß sie sich ihm ergab.

Sie sprachen nicht weiter und begannen wieder umherzugehen.

Die Besichtigung des Bauwerkes wurde fortgesetzt, aber sie achteten kaum noch darauf.

Einen Augenblick lang vermochte sie die durchbrochene Treppe zu fesseln, die sich auf einem der Schwibbögen zwischen zwei Glockentürmen durch den Himmel spannt, als solle man auf ihr zu den Wolken emporklimmen; und noch einmal überkam sie

Erstaunen, als sie am Chemin des Fous, dem Narrensteig, ankamen, einem schwindelerregenden Granitpfad, der ohne Brustwehr fast um den First des letzten Turmes herumläuft.

»Darf man ihn entlanggehen?« fragte sie.

»Es ist verboten«, antwortete der Führer.

Sie zeigte ihm ein Zwanzigfrancsstück. Der Mann zögerte. Die ganze Familie, der schon beim bloßen Anblick des Abgrunds und der ungeheuren Weite des Raums schwindlig geworden war, widersetzte sich dieser Unvernunft.

Sie fragte Mariolle:»Sie würden ihn doch gehen?«

Er begann zu lachen:»Ich bin schon schwierigere Wege gegangen.«

Und ohne sich um die anderen zu kümmern, gingen sie.

Er schritt voran auf dem schmalen Sims, dicht am Rand des Abgrunds, und sie folgte ihm, an der Mauer entlanggleitend, die Augen gesenkt, um nicht die gähnende Leere unter ihnen zu sehen, aufgeregt jetzt, fast ohnmächtig vor Angst, sich an die Hand klammernd, die er ihr entgegenstreckte; aber sie fühlte, daß er stark war, seines Kopfes und seiner Füße sicher, und keine Schwäche kannte, und sie dachte, entzückt trotz ihrer Furcht: Dies ist wirklich ein Mann. Sie waren allein in der Weite, ebenso hoch wie die Vögel des Meeres schwebten, und überschauten den gleichen Gesichtskreis, den die Tiere mit den weißen Schwingen unaufhörlich auf ihrem Flug durcheilten und dabei mit ihren kleinen gelben Augen durchforschten.

Mariolle fühlte sie zittern und fragte:»Wird Ihnen schwindlig?«

Sie antwortete leise:»Ein wenig, aber wenn Sie bei mir sind, fürchte ich nichts.«

Er näherte sich ihr sofort und umfaßte sie mit einem Arm, um sie zu stützen, und sie fühlte sich durch diesen starken Halt derart beruhigt, daß sie aufblickte, um in die Ferne zu schauen.

Er trug sie fast, und sie ließ ihn gewähren; sie genoß diesen rauhen Schutz, der sie durch den Himmel geleitete, und sie wußte ihm Dank – den romantischen Dank einer Frau – dafür, daß er diesen Möwenweg nicht durch Küsse entweihte.

Als sie die anderen, die sie, gepeinigt von Unruhe, erwarteten, wieder erreichten, sagte Monsieur de Pradon aufgebracht zu seiner Tochter:»Mein Gott, war das albern von dir!«

Sie antwortete voller Überzeugung:»Nein, es ist mir doch geglückt. Nichts ist albern, was einem glückt, Papa.«

Er zuckte die Achseln, und sie stiegen wieder hinunter. Beim Pförtner hielten sie sich noch etwas auf, um Photographien zu kaufen, und als sie in das Gasthaus zurückkamen, war es fast Zeit zum Abendessen. Die Wirtin schlug noch einen kurzen Spaziergang auf dem Sand in Richtung See vor, um den Mont Saint-Michel auch von der Meerseite her zu bewundern, von wo aus er, wie sie sagte, den prächtigsten Anblick biete.

Obgleich sehr ermüdet, brach die ganze Gesellschaft nochmals auf und ging um den Wall herum, wobei sie sich ein Stückchen auf den tückischen Triebsand hinauswagte, der so sanft und sicher aussieht, wo der Fuß indessen, der auf den schönen, sich unter ihm ausbreitenden, verläßlich anmutenden gelben Teppich tritt, plötzlich bis zur Wade in dem trügerischen goldgelben Schlamm versinkt.

Von hier aus verlor die Abtei mit eins das Aussehen einer meerentstiegenen Kathedrale, womit sie aus der Ferne das feste Land in Erstaunen setzt, und nimmt die kriegerische Miene einer dem Ozean trutzenden Ritterburg an; das beruht auf ihrer gewaltigen, von Zinnen gekrönten und von malerischen Schießscharten durchbrochenen, von riesigen Strebepfeilern gestützten Mauer, deren zyklopische Quadern mit dem Fuß des seltsamen Berges verschweißt sind. Aber Madame de Burne und André Mariolle beachteten all das kaum mehr. Sie dachten nur an sich selber, verstrickt in dem Netz, das sie einer dem anderen gestellt hatten, eingesperrt in jenes Gefängnis, in dem man nichts mehr von der ganzen übrigen Welt weiß, in dem man nur noch ein einziges Wesen gewahrt.

Als sie sich unter dem heiteren Lampenlicht vor ihren gefüllten Tellern wiederfanden, schienen sie aufzuwachen, und sie bemerkten sogar, daß sie Hunger hatten.

Es wurde lange bei Tisch sitzen geblieben, und als das Essen beendet war, geriet der Mondschein im Behagen der Unterhaltung in Vergessenheit. Keiner übrigens hatte noch Lust hinaus-

337

zugehen, und keiner sprach mehr davon. Der Vollmond mochte
mit seinem poetischen Schein das winzig kleine Anwogen der
steigenden Flut überschimmern, die schon mit ihrem plätschern-
den Geräusch über den Sand heranglitt, kaum wahrnehmbar
und doch bedrohlich; er mochte die Wälle erhellen, die sich um
den Mont Saint-Michel wanden, und in dem einzigartigen
Schmuck der weiten Bucht, die von den Schauern der auf dem
Triebsand zitternden Helligkeit leuchtete, den romantischen
Schattenriß aller Glockentürmchen der Abtei mit seinem Licht
umsäumen – man hatte kein Verlangen mehr, es zu sehen.

Es war noch nicht zehn Uhr, als Madame Valsaci, vom Schlaf
überwältigt, davon sprach, zu Bett zu gehen. Und dieser Vorschlag wurde ohne den mindesten Widerspruch angenommen.
Nachdem man sich allseits herzlich gute Nacht gesagt hatte, begab sich jeder auf sein Zimmer.

André Mariolle wußte wohl, daß er nicht schlafen werde; er
zündete die beiden Kerzen auf dem Kamin an, öffnete das Fenster und blickte in die Nacht hinaus.

Sein ganzer Körper verzehrte sich in der Pein einer unerfüllbaren Sehnsucht. Er wußte, daß sie ganz in seiner Nähe, nur durch
zwei Türen von ihm getrennt, weilte, und dennoch war es beinah
ebenso unmöglich, mit ihr zusammen zu sein, wie es unmöglich
war, der Meeresflut Einhalt zu gebieten, die das ganze Land
überschwemmte. Er verspürte in seiner Kehle einen Drang auf-
zuschluchzen und in den Nerven eine solche Qual unerfüllbaren
und vergeblichen Wartens, daß er sich fragte, was er tun solle, da
er die Einsamkeit dieses Abends voll fruchtlosen Glücks nicht
mehr länger ertragen konnte.

In dem Gasthaus und in der einzigen, gewundenen Straße des
Ortes waren nach und nach alle Geräusche erstorben. Mariolle
stand noch immer da, die Arme auf das Fensterbrett gestützt; er
wußte lediglich, daß die Zeit verstrich, blickte auf die Silberflä-
che der hohen Flut und zögerte das Schlafengehen immer wieder
hinaus, als habe er das Vorgefühl irgendeines unbekannten, ihm
vorbestimmten Glücks.

Plötzlich war ihm, als berühre eine Hand den Drücker seiner
Tür. Er wandte sich mit einem Ruck um. Die Tür tat sich lang-

sam auf. Eine Frau trat ein, einen weißen Spitzenschleier über dem Kopf und den ganzen Körper in einen jener großen Schlafmäntel gehüllt, die aus Seide, Flaumfedern und Schnee zu bestehen scheinen. Sie schloß sorgfältig die Tür hinter sich; dann ging sie, als habe sie ihn, der vor Freude wie erschlagen vor dem hellen Viereck seines Fensters stand, nicht gesehen, auf den Kamin zu und blies die beiden Kerzen aus.

II

Am anderen Morgen trafen sie einander noch einmal vor der Tür des Gasthauses, um sich voneinander zu verabschieden. André Mariolle war zuerst nach unten gegangen und wartete mit einem bohrenden Gefühl von Unruhe und Glück auf ihr Erscheinen. Was würde sie tun? Wie würde sie sich verhalten? Was sollte aus ihr und ihm werden? In welches glückliche oder schreckliche Abenteuer hatte er sich eingelassen? Sie konnte aus ihm machen, was sie wollte: einen Menschen, der gleich den Opiumrauchern Sinnestäuschungen hat, oder einen Märtyrer, ganz nach ihrem Belieben. Er ging neben den beiden Wagen auf und ab; denn hier mußten sie sich trennen, weil er seine Reise nach Saint-Malo fortsetzte, um bei seiner Lüge zu beharren, während die anderen nach Avranches zurückkehrten.

Wann würde er sie wiedersehen? Würde sie ihren Besuch bei ihren Verwandten abkürzen oder ihre Rückreise hinauszögern? Er hatte eine schreckliche Furcht vor ihrem ersten Blick und vor ihren ersten Worten, denn er hatte sie während ihrer kurzen nächtlichen Umarmung nicht gesehen, und sie hatten auch fast nichts gesprochen. Sie hatte sich entschlossen, aber mit schamhafter Zurückhaltung hingegeben, ohne lange zu zaudern und ohne sich seinen Liebesbezeigungen gänzlich zu überlassen; dann war sie mit ihrem leichten Schritt gegangen und hatte ihm zugeflüstert: »Bis morgen, mein Freund!«

In André Mariolle blieb von diesem schnellen, von diesem seltsamen Zusammensein die unmerkliche Enttäuschung des Mannes zurück, der nicht die ganze Ernte der Liebe hat einbringen können, die er reif geglaubt hatte, und zu gleicher Zeit der Rausch des Triumphes, also die sichere Hoffnung, bald auch ihre letzte Hingabe zu erlangen. Er hörte ihre Stimme und fuhr zusammen. Sie sprach laut, gereizt sicherlich durch einen Wunsch ihres Vaters, und als sie auf den letzten Treppenstufen erschien, lag um ihre Lippen die kleine, zornige Falte, die ihren Unmut verriet.

Mariolle tat zwei Schritte; sie sah ihn und begann zu lächeln. In ihre plötzlich beruhigten Augen trat ein Ausdruck von Herzlichkeit, der sich über ihr ganzes Gesicht verbreitete. Dann hielt er in ihrer schnell und zärtlich hingestreckten Hand die rückhaltlose Bestätigung, daß sie sich ihm geschenkt hatte und es nicht bereute. »Wir müssen uns also trennen?« fragte sie.

»Leider; es ist mir schmerzlicher, als ich zu zeigen wage.«

Sie flüsterte: »Es wird nicht für lange sein.« Da Monsieur de Pradon auf sie zukam, fügte sie ganz leise hinzu: »Sagen Sie, daß Sie noch eine zehntägige Reise nach der Bretagne machen, aber tun Sie es nicht.«

Madame Valsaci lief sehr erregt herbei. »Was sagt mir dein Vater da? Du willst übermorgen abreisen? Aber du mußt wenigstens bis zum nächsten Montag da bleiben.«

Madame de Burne antwortete etwas mißmutig: »Papa ist wirklich ungeschickt, daß er nicht schweigen kann. Ich bekomme vom Meer, wie jedes Jahr, sehr unangenehme Nervenschmerzen, und ich habe tatsächlich davon gesprochen abzureisen, um mich nicht einen Monat lang behandeln lassen zu müssen. Aber jetzt ist nicht der Augenblick, davon zu reden.«

Mariolles Kutscher drängte zum Einsteigen, damit er den Zug nach Pontorson nicht versäume.

Madame de Burne fragte: »Und Sie – wann sind Sie wieder in Paris?«

Er tat, als zögere er. »Ich weiß noch nicht recht; ich möchte Saint-Malo, Brest, Douarnenez, die Bucht Les Trépassés, Kap Raz, Audierne, Penmarch, Le Morbihan, kurz, jene ganze berühmte Ecke des bretonischen Landes sehen. Dazu brauche ich immerhin...« Nach einem Schweigen voll vorgetäuschter Berechnungen übertrieb er: »...fünfzehn bis zwanzig Tage.«

340

»Das ist viel«, erwiderte sie lachend. »Wenn ich noch mal solche Nervenschmerzen bekomme wie heute nacht, bleibe ich keine zwei Tage mehr hier.«

Ihm versagte der Atem vor Erregung; am liebsten hätte er laut gerufen: »Danke!« Er begnügte sich damit, ihr innig die Hand zu küssen, die sie ihm zum letztenmal reichte.

Und nachdem er tausend Artigkeiten, Danksagungen und Versicherungen gegenseitiger Gewogenheit mit Monsieur Valsaci und dem durch die Ankündigung dieser Reise etwas beruhigten Monsieur de Pradon ausgetauscht hatte, bestieg er seinen Wagen und fuhr davon, den Kopf nach ihr zurückgewandt.

Er kehrte ohne weiteren Aufenthalt nach Paris zurück und sah auf seiner Reise nichts sonst. Die ganze Nacht hindurch saß er mit halbgeschlossenen Augen, die Arme verschränkt, in Erinnerung versunken, in einer Ecke seines Abteils und hatte keinen anderen Gedanken als den an diesen erfüllten Traum. Aber kaum war er daheim angekommen, in der ersten ruhigen Minute, als ihn in der Stille seiner Bibliothek, wo er sich gewöhnlich aufhielt, wo er arbeitete, wo er schrieb, wo er sich in der freundschaftlichen Nachbarschaft seiner Bücher, seines Flügels und seiner Geige sonst so wohl fühlte, die beständige Qual der Unruhe überfiel, die wie ein Fieber die unersättlichen Herzen aufwühlt. Es wunderte ihn, daß er sich mit nichts abgeben, mit nichts beschäftigen konnte, daß er die gewohnten Zerstreuungen seines häuslichen Lebens, die Lektüre und die Musik, unzulänglich fand, nicht nur zur Ablenkung seiner Gedanken, sondern sogar zur Beruhigung seines Körpers, und er fragte sich, was er anfangen solle, um diese neue Rastlosigkeit zu beschwichtigen. Ein physisches, unerklärliches Bedürfnis, ins Freie zu gehen, umherzuwandern, sich Bewegung zu machen, schien ihn überkommen zu haben, eine krankhafte Erregung, die dem Körper vom Geist eingeimpft worden war und die lediglich ein unbewußtes, unstillbares Verlangen ist, einen bestimmten Menschen aufzusuchen und wiederzusehen.

Er zog seinen Mantel an, nahm den Hut, öffnete die Tür und überlegte erst, als er die Treppe hinabstieg: Wohin soll ich eigentlich gehen? Da kam ihm ein Gedanke, auf den er bisher noch

nicht verfallen war. Er brauchte als Versteck für ihre Zusammenkünfte eine heimliche, verschwiegene, hübsche Wohnung.

Er suchte, er lief umher, eilte von einer Straße, einer Avenue,
einem Boulevard zum anderen, befragte voller Unruhe die ver-
ständnisvoll lächelnden Conciergen, die verdächtig aussehenden
Vermieterinnen, sah sich die zweifelhaft ausgestatteten Zimmer
an – und kehrte am Abend entmutigt heim. Am nächsten Tag begab er sich gleich um neun Uhr von neuem auf die Suche und entdeckte schließlich bei einbrechender Dämmerung in einem Gäß-
chen in Auteuil inmitten eines Gartens, der drei Ausgänge hatte,
ein einsames Gartenhäuschen, das ihm ein Tapezierer aus der
Nachbarschaft innerhalb von zwei Tagen einzurichten versprach. Er suchte die Stoffe aus, wählte sehr einfache Möbel aus
lackiertem Fichtenholz und sehr dicke Teppiche. Der Garten
wurde von einem Bäcker instand gehalten, der neben einem der
Eingänge wohnte. Mit der Frau dieses Gewerbetreibenden
wurde ein Abkommen über die Pflege der Wohnung getroffen.
Ebenso übernahm es ein Gärtner des Viertels, die Beete mit Blumen zu bepflanzen. All diese Anordnungen hielten ihn bis um
acht Uhr auf, und als er, erschöpft vor Müdigkeit, nach Hause
kam, sah er mit Herzklopfen einen Rohrpostbrief auf seinem
Schreibtisch liegen. Er öffnete ihn und las:»Ich bin morgen
abend zu Hause. Sie bekommen noch Nachricht. Miche.«

Er hatte ihr noch nicht geschrieben, aus Furcht, sein Brief
könne verlorengehen, da sie ja nicht in Avranches hatte bleiben
wollen. Sobald er gegessen hatte, setzte er sich an seinen Tisch
und teilte ihr mit, was er in seiner Seele fühlte. Das dauerte lange
und war schwierig, denn alle Ausdrücke, Wendungen und sogar
die Gedanken erschienen ihm als zu matt, zu mittelmäßig, zu lächerlich, seine zarten, leidenschaftlichen Dankesgefühle in der
rechten Weise auszudrücken.

Der Brief, den er bei seinem Erwachen von ihr empfing, bestätigte, daß sie am selben Abend zurückkomme, und bat ihn, sich
vor Ablauf einiger Tage keinem Menschen zu zeigen, damit man
glaube, er sei noch verreist. Sie lud ihn aber für den nächsten Tag
auf zehn Uhr morgens zu einem Spaziergang auf der Terrasse des
Tuileriengartens oberhalb der Seine ein.

Er war eine Stunde zu früh und schlenderte in dem großen Park umher, den nur morgendliche Passanten durchquerten, verspätete Beamte, die in die Ministerien am linken Flußufer eilten, Angestellte, Beschäftigte aller Art. Es bereitete ihm ein nachdenkliches Vergnügen, all diese Leute zu betrachten, die es eilig hatten, die von der Sorge um das tägliche Brot zu stumpfsinnigen Arbeiten gezwungen wurden, und während er sich mit ihnen verglich in dieser Stunde, da er seine Geliebte erwartete, eine der Königinnen der Gesellschaft, fühlte er sich als ein derart begünstigtes und bevorzugtes, außerhalb des Daseinskampfes stehendes Wesen, daß er Lust verspürte, dem blauen Himmel dafür zu danken; denn die Vorsehung war für ihn nichts als ein Wechsel von Himmelsbläue und Regen, wie sie der Zufall verhängt, der tückische Herr und Meister der Tage und Menschen.

Einige Minuten vor zehn Uhr stieg er zur Terrasse hinauf und lugte nach ihr aus. Sicher kommt sie zu spät! dachte er. Aber kaum hatte er die zehn Schläge von der Uhr eines benachbarten Gebäudes hallen hören, als er sie ganz in der Ferne zu sehen glaubte, wie sie ebenso schnell wie eine eilige Verkäuferin, die sich in ihren Laden begibt, den Park durchquerte. Er schwankte. Ist sie das auch? Er erkannte sie am Gang, aber er wunderte sich über ihr verändertes Aussehen in dem bescheidenen dunklen Kleid. Sie kam indessen geradewegs auf die Treppe zu, die zur Terrasse hinaufführt, als sei sie das schon seit langem gewohnt.

»Ah«, sagte er sich, »sie muß diese Örtlichkeit gern haben und sich zuweilen hier ergehen.« Er sah, wie sie ihr Kleid lüpfte, um den Fuß auf die erste Steinstufe zu setzen, dann schnell die anderen erstieg, und als er lebhaft auf sie zuging, um schneller bei ihr zu sein, rief sie ihm mit einem schwachen Lächeln, in dem eine Spur von Besorgnis lag, entgegen: »Sie sind sehr unvernünftig. Sie brauchen sich nicht so zu zeigen! Fast schon von der Rue de Rivoli aus habe ich Sie gesehen. Kommen Sie, wir wollen uns da hinten auf eine Bank setzen, hinter der Orangerie. Da müssen Sie mich ein andermal erwarten.«

Er konnte sich nicht enthalten zu fragen: »Sie kommen wohl oft hierher?«

»Ja, ich bin sehr gern hier; und da ich gern Morgenspaziergänge mache, gehe ich hier auf und ab und genieße die hübsche Aussicht. Und dann trifft man hier niemals jemanden, während der Bois de Boulogne unmöglich ist. Aber verraten Sie dieses Geheimnis nicht.«

Er lachte: »Ich werde mich hüten!« Er ergriff sacht ihre Hand, eine kleine Hand, die, in den Falten ihres Kleides versteckt, herunterhing, und seufzte: »Wie ich Sie liebe! Ich bin krank vor Sehnsucht nach Ihnen. Haben Sie meinen Brief bekommen?«

»Ja, danke; er ist mir sehr nahe gegangen.«

»Und Sie sind mir deswegen nicht böse?«

»Unsinn! Warum denn? Sie sind wirklich sehr nett.«

Er suchte nach glühenden, von Dankbarkeit und Erregung durchbebten Ausdrücken. Da er keine fand und zu bewegt war, um die Freiheit in der Wahl seiner Worte zu wahren, wiederholte er mehrmals: »Wie ich Sie liebe!«

Sie sagte: »Ich habe Sie hierherbestellt, weil es hier auch Wasser und Schiffe gibt. Es ist zwar alles ganz anders als in der Normandie, aber auch nicht gerade häßlich.«

Sie hatten sich auf eine Bank gesetzt, in der Nähe der die Flußseite beherrschenden Steinbalustrade, wo sie fast allein waren und von keiner Seite aus gesehen werden konnten. Zwei Gärtner und drei Kindermädchen waren um diese Stunde die einzigen lebenden Wesen auf der langen Terrasse.

Wagen rollten über den Kai zu ihren Füßen, ohne daß sie sie sahen. Schritte erklangen auf dem Bürgersteig ganz in der Nähe und hallten von der Mauer wider, auf der die Promenade ruhte; und da sie noch nicht recht wußten, was sie einander sagen sollten, betrachteten sie zusammen die schöne Aussicht auf Paris, die sich von der Isle Saint-Louis und den Türmen von Notre-Dame bis zu den Hügeln von Meudon erstreckt.

Sie sagte wiederholt: »Es ist trotzdem sehr hübsch hier.«

Aber ihn überfiel plötzlich die aufregende Erinnerung an ihren Gang durch den Himmel hoch oben auf dem Turm der Abtei, und erfüllt von Bedauern über die entschwundene Erregung, sagte er: »Wissen Sie noch, unser Gang über den Narrensteig?«

»Ja. Aber ich habe ein wenig Angst jetzt, wenn ich bloß daran denke. Gott! Wie mir jetzt schwindlig werden würde, wenn ich ihn nochmals machen sollte! Ich war ganz berauscht durch die freie Luft, die Sonne und das Meer. Schauen Sie nur, wie prächtig auch das ist, was wir hier vor uns haben. Ich habe Paris sehr gern.«

Er war überrascht und hatte das dunkle Gefühl, daß irgend etwas, das damals aus ihr zutage getreten war, nun nicht mehr in ihr sei. Er sagte leise:»Was liegt mir am Ort, wenn ich nur bei Ihnen sein kann!«

Ohne zu antworten, drückte sie ihm die Hand.

Aber bei diesem leisen Druck durchdrang ihn ein Glücksgefühl, das vielleicht stärker als bei einem zärtlichen Wort war; er fühlte sein Herz von der Beklemmung befreit, die ihn bisher bedrückt hatte, und konnte endlich sprechen. Langsam, mit fast feierlichen Worten, sagte er zu ihr, daß er ihr sein Leben für immer anbefohlen habe und sie damit tun könne, was sie wolle.

Sie war dankbar, aber als moderne, zweifelnde Frau, die rettungslos der Sucht nach boshaften Spöttereien verfallen ist, lächelte sie und erwiderte:»Binden Sie sich ja nicht zu fest an mich!«

Er wandte sich ihr ganz zu und sah ihr tief in die Augen, mit jenem durchdringenden Blick, der einer Berührung ähnelt, und wiederholte, was er ihr eben gesagt hatte, nur noch ausführlicher, leidenschaftlicher, überschwenglicher. Alles, was er ihr in so vielen schwärmerischen Briefen geschrieben hatte, drückte er mit einer solchen Glut der Überzeugung aus, daß sie ihm zuhörte wie in einer Weihrauchwolke. Von diesem anbetenden Mund fühlte sich das Weibliche in ihr in allen Fasern geliebkost, mehr und besser als je zuvor.

Als er schwieg, antwortete sie lediglich:»Auch ich habe Sie sehr lieb!«

Sie hielten einander an der Hand wie die jungen Leute, die Seite an Seite über die Feldwege wandern, und beschauten jetzt mit verlorenen Blicken die Dampfer, die auf dem Fluß dahinglitten. Sie waren allein in Paris, in dem wirren, unermeßlichen, bald näher, bald ferner um sie brandenden Lärm, in dieser von Leben durchpulsten Weltstadt, einsamer, als sie es auf der Spitze des luftigen Turmes gewesen waren; und ein paar Augenblicke lang vergaßen sie völlig, daß es auf Erden noch etwas anderes gab als sie beide.

Sie war es, die zuerst das Gefühl für die Wirklichkeit und die vorrückende Zeit wiederfand. »Wollen wir uns morgen hier wieder treffen?« fragte sie.

Er dachte einige Sekunden nach; dann sagte er, verlegen über das, was er erbitten wollte: »Ja...ja...gewiß...Aber...können wir uns niemals woanders sehen? – Hier ist man zwar einsam... Indessen... alle Welt kann hierherkommen.«

Sie zögerte. »Das stimmt... Sie dürfen sich auch mindestens vierzehn Tage lang niemandem zeigen, damit geglaubt wird, Sie seien verreist. Es wäre sehr hübsch und sehr geheimnisvoll, wenn wir einander treffen könnten, ohne daß man wüßte, Sie seien in Paris. Aber ich kann Sie in diesem Augenblick nicht bei mir empfangen. Also... ich weiß nicht recht...«

Er fühlte, daß er rot wurde, und fuhr fort: »Auch ich kann Sie nicht bitten, zu mir zu kommen. Aber gäbe es keine andere Möglichkeit, keinen anderen Ort?«

Sie war weder überrascht noch verletzt; sie war eine Frau, die praktisch und folgerichtig dachte, ohne falsche Scham. »Gewiß«, sagte sie. »Allein daran zu denken erfordert Zeit.«

»Ich habe schon daran gedacht.«

»Schon?«

»Ja.«

»Nun?«

»Kennen Sie die Rue de Vieux-Champs in Auteuil?«

»Nein.«

»Sie mündet in die Rue Tournemine und in die Rue Jean-de-Saulge.«

»Weiter!«

»In dieser Straße oder vielmehr in dieser Gasse liegt ein Garten und in diesem Garten ein Gartenhaus mit Ausgängen auf die beiden anderen Straßen, die ich eben nannte.«

»Weiter!«

»Dieses Gartenhaus erwartet Sie.«

Sie begann nachzudenken; dann stellte sie, immer ohne Verlegenheit, einzig aus weiblicher Vorsicht, ein paar Fragen. Er gab

346

Auskünfte, die sie, wie es schien, befriedigten, denn sie flüsterte im Aufstehen:»Schön, ich komme morgen.«

»Um welche Zeit?«

»Um drei.«

»Ich erwarte Sie hinter der Tür von Nummer sieben. Vergessen Sie es nicht. Klopfen Sie nur, wenn Sie vorbeikommen.«

»Ja, auf Wiedersehen, bis morgen.«

»Bis morgen. Auf Wiedersehen. Dank. Ich bete Sie an!«

Sie waren beide aufgestanden.

»Begleiten Sie mich nicht«, sagte sie.»Bleiben Sie zehn Minuten hier und gehen Sie dann über den Kai.«

»Auf Wiedersehen.«

»Auf Wiedersehen.« Sie ging schnell davon und wirkte so unauffällig, so bescheiden, so eilig, daß sie wirklich ganz und gar einer der zierlichen, fleißigen Pariserinnen ähnelte, die morgens auf dem Weg zu ehrlicher Arbeit durch die Straßen trippeln.

Er ließ sich nach Auteuil hinausfahren, von der Furcht gepeinigt, daß die Wohnung bis zum nächsten Tag nicht fertig sein könnte. Aber er fand sie voller Arbeiter.

Die Wände waren mit Stoffen bespannt, die Teppiche lagen schon auf den Fußböden. Überall wurde gehämmert, genagelt, gescheuert. In dem ziemlich großen, schmucken Garten, dem Überbleibsel eines ehemaligen Parks mit einigen großen alten Bäumen und Büschen, die ein Wäldchen vortäuschten, zwei grünen Lauben, zwei Rasenplätzen und durch das Gebüsch führenden Wegen, hatte der Gärtner aus der Nachbarschaft schon Rosen, Nelken, Geranien, Reseda und zwanzig andere Arten von solchen Blumen angepflanzt, deren Erblühen mit aufmerksamer Sorgfalt beschleunigt oder gehemmt wird, damit man an einem einzigen Tag einen unbebauten Boden in ein Blumenmeer verwandeln kann.

Mariolle freute sich, als habe er einen neuen Sieg über sie errungen, und nachdem er sich vom Tapezierer das feste Versprechen hatte geben lassen, daß alle Möbel am Mittag des nächsten Tages an Ort und Stelle sein würden, ging er durch verschiedene Läden und kaufte einige Kleinigkeiten, um auch das Innere dieser Behausung zu schmücken. Er wählte für die Wände die wundervollen Photographien, die heutzutage von berühmten Gemälden angefertigt werden, für den Kamin und die Tische Fayencen von Deck und einige der hübschen Nichtigkeiten, mit denen Frauen immer gern tändeln.

Er gab an diesem Tag seine Einkünfte von zwei Monaten aus, aber er tat es mit tiefer Freude, weil er sich sagte, daß er seit zehn Jahren unablässig gespart habe, nicht aus Freude am Sparen, sondern aus Mangel an Bedürfnissen, was ihm jetzt erlaubte, als großer Herr aufzutreten.

Am nächsten Tag war er schon morgens im Gartenhaus, überwachte die Ankunft und das Aufstellen der Möbel, hängte eigenhändig die Bilder auf, stieg auf die Leitern, zündete Räucherwerk an und spritzte Parfüm auf die Teppiche und Stoffe. In seiner Aufregung, in dem Entzücken, das sein ganzes Wesen bewegte, war ihm, als tue er das Heiterste und Unterhaltendste von allem, was er jemals unternommen. Alle paar Minuten sah er auf die Uhr, rechnete aus, wieviel Zeit noch bis zu dem Augenblick vergehen müsse, da sie eintreten werde; und er drängte die Arbeiter und tummelte sich, um alles noch schöner zu machen und die Gegenstände bestmöglich anzuordnen und zu verteilen.

Vorsichtshalber schickte er sämtliche Arbeiter schon zwei Stunden vor der Zeit fort, und während die Uhrzeiger in langsamem Lauf die letzte Runde des Zifferblattes durchmaßen, genoß er, allein mit seinem Traum in der Stille dieses Hauses, wo er das größte Glück, das er sich ersehnt hatte, erwartete, zwischen dem Zimmer und dem Salon hin und her gehend, laut mit sich selbst sprechend und phantasierend, den größten Liebesrausch, den er jemals kosten sollte.

Dann ging er in den Garten. Die Strahlen der Sonne fielen durch die Blätter auf das Gras und beleuchteten insbesondere auf bezaubernde Weise ein Rosenbeet. Sogar der Himmel ließ sich herbei, dieses Stelldichein zu verschönen. Dann stellte er sich an der Tür auf die Lauer und öffnete sie von Zeit zu Zeit aus Furcht, Michèle könne sich irren.

Es schlug drei Uhr, und alsbald wiederholten es zehn Uhren in Klöstern oder Fabriken. Er wartete jetzt mit der Uhr in der Hand, und er zitterte vor Verwunderung, als zweimal leicht gegen das Holz geklopft wurde, an das er sein Ohr gepreßt hielt; denn er hatte kein Geräusch von Schritten in der Gasse gehört. Er öffnete: Sie war es.

Erstaunt hielt sie Umschau. Zuerst musterte sie mit schnellem, besorgtem Blick die nächsten Häuser und beruhigte sich; sicherlich kannte sie keinen der bescheidenen Bürger, die da wohnen mochten. Darauf besichtigte sie mit befriedigter Neugier den Garten. Endlich hielt sie die Rücken ihrer beiden Hände, von denen sie die Handschuhe abgestreift hatte, ihrem Geliebten an die Lippen; dann nahm sie seinen Arm.

Sie wiederholte bei jedem Schritt: »Gott, wie ist das hübsch, wie überraschend, wie verführerisch!« Als sie das Rosenbeet sah, das die Sonne durch eine Lücke im Gezweig hindurch beschien, rief sie: »Aber das ist ja wie im Märchen, lieber Freund!« Sie pflückte eine Rose, küßte sie und steckte sie sich an die Brust.

Dann gingen sie ins Gartenhaus, und sie schien so zufrieden, daß er das Verlangen verspürte, sich vor ihr auf die Knie zu werfen, obgleich er im Grunde seines Herzens fand, sie hätte sich mehr mit ihm als mit der Stätte beschäftigen können. Sie sah sich alles an, vergnügt wie ein kleines Mädchen, das ein neues Spielzeug findet und es ausprobiert; und ohne Scheu vor dem hübschen Grab ihrer weiblichen Tugend erfreute sie sich mit der Befriedigung einer Kennerin, deren Geschmack getroffen worden ist, an dessen Vornehmheit. Sie hatte beim Kommen gefürchtet, eine banale Wohnung mit verschossenen Stoffen vorzufinden, die durch andere Stelldicheins entweiht worden war. Nun jedoch war alles neu, unerwartet, schmuck, einzig für sie geschaffen, und es mußte eine Menge Geld gekostet haben. Dieser Mann war wirklich die Vollkommenheit in Person.

Sie wandte sich ihm zu und hob mit einer entzückend einladenden Gebärde beide Arme: Sie umschlangen einander mit geschlossenen Augen in einem jener Küsse, die das sonderbare Doppelgefühl des Glücks und des Nichts schenken.

Sie verbrachten in der undurchdringlichen Stille dieses Verstecks drei Stunden, Antlitz an Antlitz, Leib an Leib, Mund an Mund, bis für André Mariolle der Rausch der Sinne mit dem Rausch der Seele zusammenfloß.

Bevor sie Abschied nahmen, machten sie noch einen Gang durch den Garten und setzten sich in eine der grünen Lauben, wo sie von keiner Seite her gesehen werden konnten. André sprach voller Überschwang zu ihr wie zu einem Götterbild, das seinetwegen von einem geheiligten Piedestal herabgestiegen war, und sie lauschte ihm, erschlafft und überwältigt von einer jener Müdigkeiten, deren Langeweile er oft in ihren Augen sich hatte widerspiegeln sehen, nach allzu langen Besuchen von Leuten, deren sie überdrüssig geworden war. Sie blieb indessen liebevoll, das Gesicht erhellt von einem zärtlichen, ein wenig angespannten Lächeln, hielt seine Hand und drückte sie ständig, mehr unbewußt vielleicht als absichtlich. Sie hörte ihm wohl gar nicht zu, denn sie unterbrach ihn mitten in einem Satz und sagte: »Jetzt muß ich aber wirklich gehen. Ich soll um sechs Uhr bei der Marquise de Bratiane sein, und ich werde viel zu spät kommen.«

Er geleitete sie ganz langsam zu der Tür, die er ihr bei ihrem Kommen geöffnet hatte. Sie umarmten einander, und nach einem flüchtigen Blick auf die Straße ging sie dicht an der Mauer entlang davon.

Sobald er allein war und die plötzliche Leere fühlte, die in uns nach den Umarmungen einer Frau zurückbleibt, wenn sie fort ist, und den seltsamen kleinen Riß, der im Herzen durch die Flucht der sich entfernenden Schritte entsteht, schien es ihm, als sei er einsam und verlassen, als habe er sie überhaupt nicht besessen; er begann auf den Kieswegen auf und ab zu gehen und dachte über den ewigen Widerspruch zwischen Sehnsucht und Wirklichkeit nach.

Er blieb bis zum Anbruch der Nacht dort und wurde allmählich wieder heiterer; doch gab er sich ihr aus der Ferne noch inniger hin als sie sich ihm in seinen Armen; dann kehrte er in seine Wohnung zurück, speiste zu Abend, ohne sich bewußt zu werden, was er aß, und machte sich daran, ihr zu schreiben.

Der nächste Tag dünkte ihn lang und der Abend endlos. Er schrieb ihr nochmals. Warum hatte sie ihm nicht geantwortet, nichts ausrichten lassen? Am Morgen des zweiten Tages erhielt er einen kurzen Rohrpostbrief, der für den folgenden Tag zur gleichen Stunde ein neues Stelldichein festsetzte. Dieses kleine blaue Papierstück erlöste ihn endlich von der Qual des Wartens, unter der er zu leiden begann.

Sie kam wie das erste Mal pünktlich, liebevoll und lächelnd; und ihrer beider Zusammensein in dem kleinen Haus in Auteuil verlief genauso wie das erste. André Mariolle war zunächst überrascht und leise enttäuscht, weil er zwischen ihnen beiden nicht die hinreißende Leidenschaft aufflammen fühlte, deren Nahen er geahnt hatte; doch vergaß er in der mehr sinnlichen Hingerissenheit langsam den Gedanken an den erhofften Besitz über dem ein wenig anders gearteten Glück des ihm zuteil gewordenen Besitzes. Er klammerte sich an sie durch die Liebesbezeigung, das furchtbare Band, das stärkste von allen, das einzige, von dem man niemals frei wird, wenn es gut geknüpft ist und das Fleisch eines Mannes bis aufs Blut zusammenschnürt.

So vergingen zwanzig Tage – zauberische, unbeschwerte Tage! Ihm schien, als könne dies alles niemals enden, als dürfe er immer so verschwunden für alle Welt bleiben und nur für sie leben, und in seiner leicht entflammten, unfruchtbaren Künstlernatur, die sich immer mit Erwartungen trug, erwuchs eine unmögliche Hoffnung auf ein glückliches, stilles, verborgenes Leben.

Sie kam alle drei Tage, ohne Widerstreben, verlockt, so schien es, ebenso sehr von dem Vergnügen an diesem Stelldichein, von dem Zauber des kleinen Hauses, das zu einem Treibhaus seltener Blumen geworden war, von der Neuheit dieses Lebens in Liebe, das kaum gefährlich, da niemand das Recht hatte, ihr nachzuspüren, und dennoch voller Geheimnisse war, wie verführt durch die hingegebene und wachsende Zärtlichkeit ihres Liebhabers. Dann sagte sie eines Tages zu ihm: »Jetzt, lieber Freund, müssen Sie wieder auftauchen. Sie werden den morgigen Nachmittag bei mir verbringen. Ich habe schon angekündigt, Sie seien zurückgekommen.«

Das Herz krampfte sich ihm zusammen. »Oh, warum so schnell?« fragte er.

»Weil zufällig herauskommen könnte, daß Sie in Paris sind, und Ihr Hiersein zu unerklärlich wäre, um nicht Verdacht zu erregen.«

Er sah ein, daß sie recht hatte, und versprach, sie am nächsten Tag zu besuchen. Dann fragte er sie:»Sie haben wohl morgen Empfangstag?«

»Ja«, sagte sie.»Es gibt sogar eine kleine Feier bei mir.«
Diese Nachricht war ihm unangenehm.»Was für eine Feier?«
Sie lachte entzückt.»Ich habe Massival durch die größten Schmeicheleien dahin gebracht, daß er bei mir seine ›Dido‹ spielt, die noch keiner kennt. Das Gedicht der Liebe im klassischen Altertum. Madame de Bratiane, die sich stets als alleinige Eigentümerin von Massival betrachtet hat, ist außer sich. Sie wird übrigens auch dabei sein, weil sie singt. Bin ich nicht tüchtig?«

»Werden viele Leute kommen?«
»O nein, bloß einige aus dem engeren Kreis. Sie kennen sie fast alle.«

»Kann ich diesem Fest nicht fernbleiben? Ich bin in meiner Einsamkeit so glücklich.«

»Nein, nein. Verstehen Sie doch, daß ich vor allem auf Sie rechne.«

Das Herz klopfte ihm.»Danke«, sagte er,»ich komme.«

III

»Guten Tag.«

Mariolle merkte, daß er nicht mehr der»liebe Freund« sei wie in Auteuil, und der Händedruck war kurz, der flüchtige Gruß einer vielbeschäftigten Frau, die völlig von ihren gesellschaftlichen Pflichten in Anspruch genommen ist. Er betrat den Salon, während Madame de Burne der sehr schönen Madame Le Prieur entgegenging, der man ihres gewagten Dekolletés und ihres Anspruchs auf klassische Formen wegen etwas ironisch den Beinamen»die Göttin« gegeben hatte. Sie war die Frau eines Mitglieds des Institut de France aus der Abteilung Inschriften und schöne Wissenschaften.

»Ah, Mariolle«, rief Lamarthe.»Woher kommen Sie denn, mein Lieber? Wir dachten schon, Sie seien gestorben.«

»Ich habe eine Reise durch die Gegend von Finistère gemacht.«

Er erzählte von seinen Eindrücken, aber der Schriftsteller unterbrach ihn. »Kennen Sie die Baronin de Frémines?«

»Nein, nur vom Sehen; aber man hat mir viel von ihr erzählt. Sie soll sehr wunderlich sein.«

»Die Großfürstin der Verrückten, aber sie hat Geschmack und ist wundervoll modern. Kommen Sie, ich werde Sie vorstellen.«

Er nahm ihn beim Arm und führte ihn zu einer jungen Frau, die stets mit einer Puppe verglichen wurde, einer blassen, entzückenden, kleinen blonden Puppe, die vom Teufel selbst ausgedacht und zur Verdammnis großer bärtiger Kinder geschaffen worden war! Sie hatte lange, schmale, geschlitzte Augen, die nach den Schläfen zu etwas anstiegen wie bei Chinesen; ihr emailblauer Blick glitt zwischen Lidern hervor, die sich selten ganz öffneten, müden Lidern, wie geschaffen, unaufhörlich das Geheimnis dieses Geschöpfes zu verschleiern, zu verbergen.

Das sehr helle Haar leuchtete seidig mit einem silbrigen Schimmer, und der feine Mund mit den schmalen Lippen schien von einem Miniaturenmaler entworfen und dann von der leichten Hand eines Ziseleurs geformt worden zu sein. Die Stimme, die ihm entströmte, klang hell wie Kristall, und die unerwarteten, bissigen Einfälle von besonders boshafter, drolliger Art und zersetzendem Zauber sowie die kalte, verderbte Verführungskunst und die ruhige Beherrschtheit dieser neurotischen jungen Person entfachten in ihrer Umgebung Leidenschaften und heftige Erregungen. Sie war in ganz Paris als die überspannteste, aber auch geistreichste Dame der vornehmen Gesellschaft bekannt; niemand wußte jedoch recht, wer sie eigentlich sei, was sie denke und was sie tue. Im allgemeinen beherrschte sie die Männer mit unwiderstehlicher Macht. Ihr Gatte blieb gleicherweise ein Rätsel. Als entgegenkommender und vornehmer Mann schien er nichts zu merken. War er blind, gleichgültig oder mit allem einverstanden? Vielleicht gab es auch weiter nichts festzustellen als Überspanntheiten, die ihn ohne Zweifel selber belustigten. Übrigens waren die verschiedensten Ansichten über ihn im Schwang. Sehr böse Gerüchte wurden weitererzählt. Man ging sogar so weit, ihm zu unterstellen, er ziehe aus den geheimen Verfehlungen seiner Frau Nutzen.

Zwischen Madame de Burne und ihr gab es natürlich Annäherungen und wilde Eifersüchteleien; Zeiten inniger Freundschaft wechselten mit Anfällen wütender Feindschaft. Sie gefielen einander, fürchteten einander und suchten einander wie zwei Berufsduellanten, die sich gegenseitig schätzen und dennoch umzubringen trachten. Augenblicklich triumphierte die Baronin de Frémines. Sie hatte einen Sieg davongetragen, einen großen Sieg: Sie hatte Lamarthe erobert; sie hatte ihn ihrer Nebenbuhlerin abspenstig gemacht, ihn von ihr losgerissen, an sich gekettet und ihn öffentlich ihrem ständigen Gefolge eingereiht. Der Schriftsteller schien ganz verliebt, hingerissen, bezaubert und überwältigt von allem zu sein, was er an diesem unwahrscheinlichen Geschöpf entdeckt hatte, und er konnte sich nicht enthalten, aller Welt von ihr zu erzählen, so daß man sich schon darüber lustig machte.

In dem Augenblick, da er Mariolle vorstellte, traf ihn der Blick Madame de Burnes vom anderen Ende des Salons her, und er lächelte, während er seinem Freund ins Ohr zischelte:»Sehen Sie doch mal, die Herrin des Hauses ist unzufrieden.«

André blickte auf, aber Madame de Burne wandte sich Massival zu, der unter dem zurückgeschlagenen Türvorhang erschienen war.

Ihm folgte beinahe auf dem Fuß die Marquise, was Lamarthe zu sagen veranlaßte:»Aha, wir werden nur eine zweite Aufführung der ›Dido‹ zu hören bekommen; die Premiere dürfte im Wagen der Marquise stattgefunden haben.«

Madame de Frémines fügte hinzu:»Die Sammlung unserer Freundin de Burne verliert wirklich ihre schönsten Kleinode.«

Ein Zorn, eine Art Haß gegen diese Frau erwachte plötzlich im Herzen Mariolles und ein jäher Widerwille gegen diese ganze Welt, gegen das Leben dieser Leute, ihre Gedanken, ihren Geschmack, ihre oberflächlichen Neigungen, ihre albernen Vergnügungen. Als sich Lamarthe niedergebeugt hatte und der jungen Frau etwas zuflüsterte, benutzte Mariolle die Gelegenheit, ihnen den Rücken zu kehren und sich zu entfernen.

Die schöne Madame Le Prieur stand allein ein paar Schritte vor ihm. Er ging hin, um sie zu begrüßen. Einem Ausspruch Lamarthes zufolge vertrat sie die alte Richtung in diesem fortgeschrittenen Kreis. Sie war jung, schlank, hübsch, mit sehr regelmäßigen Zügen, kastanienbraunem Haar, das stellenweise ins Rötliche spielte, freundlich, anziehend durch ihre ruhige und liebenswürdige Anmut, durch eine stille und doch bewußte Koketterie, durch einen starken Wunsch zu gefallen, der sich nach außen hin unter einer einfachen und aufrichtigen Herzlichkeit verbarg, und um alles dessentwillen hatte sie ergebene Anhänger, die gefährlicher Nebenbuhlerschaft auszusetzen sie sich wohl hütete. Es hieß, daß in ihrem Haus nur ein enger Kreis von Freunden verkehre und daß die ständigen Besucher, nebenbei gesagt, samt und sonders, die Vorzüge ihres Gatten rühmten.

Sie und Mariolle begannen zu plaudern. Sie schätzte diesen klugen zurückhaltenden Mann sehr, von dem man wenig sprach und der vielleicht mehr wert war als alle anderen.

Die letzten Eingeladenen traten ein: ganz außer Atem der dicke Fresnel, der sich mit einem letzten Tupfen des Taschentuches seine immer feuchte und glänzende Stirn trocknete, der Modephilosoph Georges de Maltry, dann der Baron de Gravil und der Graf de Marantin gemeinsam. Monsieur de Pradon begrüßte mit seiner Tochter die Gäste. Er war sehr aufmerksam gegen Mariolle. Aber Mariolle sah mit gepreßtem Herzen Madame de Burne gehen und kommen und sich mit allen anderen mehr beschäftigen als mit ihm. Zweimal allerdings hatte sie ihm von weitem einen raschen Blick zugeworfen, der zu besagen schien: »Ich denke an Sie!«, der aber so kurz war, daß er sich vielleicht über seine Bedeutung getäuscht hatte. Und überdies konnte er nicht umhin zu bemerken, daß die aufdringliche Art und Weise, wie Lamarthe Madame de Frémines den Hof machte, Madame de Burne verstimmte. Es ist nichts als der Verdruß einer koketten Frau, dachte er, die Eifersucht einer Salondame, der man eine seltene Nippsache weggenommen hat. Aber er litt trotzdem darunter; er litt vor allem, weil er feststellen mußte, daß sie die beiden unausgesetzt verstohlen beobachtete und daß es sie gar nicht beunruhigte, ihn neben Madame Le Prieur sitzen zu sehen. Das kam daher, weil sie ihn gefesselt hielt, weil sie seiner sicher war, während der andere ihr entglitt. Aber was galt ihr jetzt schon diese Liebe, die in ihm keinen anderen Gedanken mehr zuließ?

Monsieur de Pradon bat um Ruhe, und Massival klappte gerade den Flügel auf, an den Madame de Bratiane herantrat, während sie ihre Handschuhe auszog, denn sie sollte die Klage der Dido singen, als sich die Tür noch einmal öffnete und ein junger Mann erschien, der aller Augen auf sich zog. Er war groß, schlank, hatte gekräuselte Favoris und blondes, kurzes, lockiges Haar und wirkte sehr aristokratisch. Sogar Madame Le Prieur schien bewegt zu sein.

»Wer ist das?« fragte Mariolle.

»Wie, Sie kennen ihn nicht?«

»Nein.«

»Graf Rudolf von Bernhaus.«

»Ah, der sich mit Sigismond Fabre geschlagen hat?«

»Ja.«

Die Geschichte hatte großes Aufsehen erregt. Graf Bernhaus, Attaché bei der österreichischen Botschaft, ein Diplomat mit einer sehr großen Zukunft, ein eleganter Bismarck, wie man sagte, hatte bei einem offiziellen Empfang ein absprechendes Wort über seine Herrscherin gehört, schlug sich am übernächsten Tag mit dem, der es ausgesprochen hatte, einem berühmten Fechter, und tötete ihn. Nach diesem Duell, das die öffentliche Meinung aufs äußerste erregt hatte, war Graf Bernhaus über Nacht zu einer Berühmtheit geworden wie Sarah Bernhardt, nur mit dem Unterschied, daß sein Name von einem Strahlenkranz ritterlicher Romantik umleuchtet schien. Er war außerdem ein angenehmer, höchst vornehmer Gesellschafter und bezaubernder Plauderer. Lamarthe sagte von ihm: »Er ist der Dompteur unserer schönen Bestien.«

Er setzte sich mit einer überaus höflichen Verneigung neben Madame de Burne, und Massival nahm am Flügel Platz; seine Finger spielten einige Augenblicke lang Läufe.

Fast alle Anwesenden wechselten die Sitze und rückten näher heran, um die Sängerin besser hören und zugleich besser sehen zu können. Lamarthe fand sich Schulter an Schulter neben Mariolle wieder.

Ein großes Schweigen voller Erwartung, Aufmerksamkeit und Achtung trat ein; dann begann der Musiker mit einer langsamen, sehr langsamen Folge von Tönen, die wie eine musikalische Erzählung klangen. Es gab darin Pausen, leichte Wiederholungen, Reihen kleiner Phrasen, bald getragen, bald aufgeregt, unruhig, wie es schien, aber von einer unerwarteten Eigenart. Mariolle träumte. Er sah jene Frau, die Königin von Karthago, in der Kraft ihrer reifen Jugend und voll erblühten Schönheit, wie sie gemessen an einer vom Meer bespülten Küste einherschritt. Er ahnte, daß sie litt, daß sie sich in innerster Seele sehr unglücklich fühlte, und er sah Madame de Bratiane forschend an.

Unbeweglich, bleich unter ihrem lastenden schwarzen Haar, das wie in Nacht getaucht zu sein schien, wartete die Italienerin, starr vor sich hinsehend. In ihrem energischen, ein wenig harten Gesicht, in dem sich ihre Augen und Augenbrauen wie Flecke abzeichneten, in ihrer ganzen dunklen, kräftigen und leidenschaftlichen Gestalt lag etwas Packendes, wie ein drohendes Gewitter, das man am düsteren Himmel ahnt.

Massival wiegte ein wenig den Kopf mit dem langen Haar und fuhr fort, seine ergreifende Geschichte auf den klingenden Elfenbeintasten vorzutragen.

Plötzlich überlief ein Erschauern die Sängerin; sie öffnete halb den Mund, und eine endlose, herzzerreißende, angstvolle Klage entquoll ihm. Es war keineswegs einer der tragischen Verzweiflungsschreie, den die Sänger auf der Bühne mit theatralischen Gebärden ausstoßen; es war aber auch nicht einer der schönen Seufzer getäuschter Liebe, die einen ganzen Saal in Bravorufe ausbrechen lassen, sonder ein unbeschreiblicher Schrei, der aus dem Körper und nicht aus der Seele kam und wie das Aufheulen eines zu Tode getroffenen Raubtieres klang, der Schmerzensschrei des betrogenen Tieres Weib. Dann verstummte sie, und erregt, leidenschaftlicher, inniger, begann Massival wieder die Geschichte dieser armen Königin, die der geliebte Mann verlassen hatte.

Nun erhob sich von neuem die Stimme der Frau. Sie redete jetzt, sie sprach von der unerträglichen Marter der Einsamkeit, von dem unstillbaren Durst nach den entschwundenen Liebkosungen und von der Qual zu wissen, daß er für immer gegangen sei.

Ihre heiße, bebende Stimme ließ die Herzen erzittern. Sie selber schien all das zu erleiden, was sie sagte, zu lieben oder wenigstens fähig zu sein, mit wilder Glut zu lieben, diese dunkle Italienerin mit dem nachtschwarzen Haar. Als sie schwieg, hatte sie die Augen voller Tränen, und sie trocknete sie langsam.

Lamarthe neigte sich zu Mariolle und sagte, ganz aufgewühlt von Kunstbegeisterung: »Gott, ist sie schön in diesem Augenblick, mein Lieber; das ist ein Weib, das einzige, das hier ist.« Dann fügte er nach kurzem Nachdenken hinzu: »Übrigens, wer weiß? Vielleicht liegt es nur am Zauber der Musik, denn es gibt nichts außer der Illusion! Aber welch eine Kunst ist das, daß sie uns Illusionen verschafft, und noch dazu solcherlei Illusionen!«

Dann wurde zwischen dem ersten und dem zweiten Teil der Tondichtung eine Pause eingelegt, und der Komponist und seine Interpretin empfingen herzliche Glückwünsche. Lamarthe insbesondere erging sich in glühenden Lobsprüchen, und er meinte sie aufrichtig, da er ein Mensch war, der die Gabe besaß, alles nachzuempfinden und zu verstehen, und den alle Formen als Ausdruck der Schönheit gleicherweise ansprachen. Die Art, wie er Madame de Bratiane schilderte, was er bei ihrem Gesang empfunden hatte, war so schmeichelhaft, daß sie ein wenig errötete und daß die anderen Damen, die es hörten, sich einigermaßen gekränkt fühlten. Vielleicht war er sich des Eindruckes, den er hervorgebracht hatte, wohl bewußt. Als er sich wandte, um seinen Platz wieder einzunehmen, bemerkte er den Grafen Rudolf von Bernhaus, der sich neben Madame de Frémines gesetzt hatte. Anscheinend machte sie ihm sogleich allerlei Geständnisse, und sie lachten beide, als habe diese vertrauliche Plauderei sie bezaubert und entzückt. Mariolle, der immer finsterer geworden war, stand gegen die Tür gelehnt. Der Schriftsteller gesellte sich zu ihm. Der dicke Fresnel, Georges de Maltry, der Baron de Gravil und der Graf de Marantin hatten sich um Madame de Burne geschart, die stehend den Tee anbot. Sie war von einem Ring von Anbetern umgeben.

Lamarthe machte seinen Freund ironisch darauf aufmerksam

und fügte hinzu: »Übrigens ein Ring ohne Edelstein, und ich bin sicher, daß sie alle diese Rheinkiesel für den Brillanten hingeben würde, der ihr fehlt.«

»Welchen Brillanten?« fragte Mariolle.

»Bernhaus natürlich, den schönen, den unwiderstehlichen, den unvergleichlichen Bernhaus, für den diese Feier veranstaltet wird, für den das Wunder fertiggebracht worden ist, Massival zu bewegen, hier seine Florentiner ›Dido‹ singen zu lassen.«

Obwohl André ihm nicht glaubte, fühlte er sein Herz von einem stechenden Schmerz durchbohrt. »Kennt sie ihn schon lange?« fragte er.

»O nein, höchstens zehn Tage. Aber sie hat sich während dieses kurzen Feldzugs gewaltige Mühe gegeben und ihre ganze Eroberungstaktik aufgewendet. Wenn Sie hier gewesen wären, hätten Sie was zum Lachen gehabt.«

»Ah, warum denn?«

»Sie ist ihm zum erstenmal bei Madame de Frémines begegnet. Ich habe an jenem Abend dort gegessen. Bernhaus macht eine gute Figur in jedem Haus, wie Sie sehen können; Sie brauchen ihn bloß in diesem Augenblick zu betrachten; und da, in derselben Minute, die ihrer Begrüßung folgte, eröffnete unsere schöne Freundin de Burne den Krieg zur Eroberung des einzigartigen Österreichers. Und sie hat Erfolg, sie wird Erfolg haben, obwohl ihr die kleine Frémines an Frechheit, an Kaltschnäuzigkeit und vielleicht auch an Verderbtheit überlegen ist. Aber unsere Freundin de Burne ist erfahrener in der Koketterie, ist mehr Frau, ich meine: moderne Frau, das heißt unwiderstehlich durch das Kunstvolle ihrer Verführung, was bei ihnen allen den alten natürlichen Zauber ersetzt. Und man sollte eigentlich nicht von Kunstfertigkeit sprechen, sondern von Ästhetik, vom tiefen Sinn weiblicher Ästhetik. Darin besteht ihre ganze Macht. Sie kennt sich bewundernswürdig genau, weil sie sich selbst über die Maßen gefällt, und sie täuscht sich niemals über das beste Mittel, einen Mann zu erobern, oder sich zur Geltung zu bringen, um uns zu fangen.«

Mariolle widersprach: »Ich glaube, Sie übertreiben; zu mir ist sie immer sehr schlicht und natürlich gewesen.«

359

»Weil die Einfachheit der Kunstgriff ist, der für Sie paßt. Übrigens will ich nichts Schlechtes von ihr sagen; ich finde sie fast allen ihresgleichen überlegen. Aber das sind ja auch keine Frauen.« Einige Akkorde Massivals ließen sie verstummen, und Madame de Bratiane sang den zweiten Teil der Dichtung und war darin wirklich eine wundervolle Dido von körperlicher Leidenschaft und sinnlicher Verzweiflung.

Aber Lamarthe ließ Madame de Frémines und den Grafen von Bernhaus in deren vertraulichem Beieinander nicht aus den Augen. Als der letzte Ton des Flügels vom allgemeinen Beifallssturm verschlungen war, fing er sogleich wieder an, gereizt, als habe er inzwischen ein Gespräch fortgeführt, als habe er irgendeinem Gegner geantwortet:»Nein, das sind keine Frauen. Die anständigsten unter ihnen sind unbewußt Nutten. Je besser ich sie kenne, desto weniger finde ich bei ihnen das süß berauschende Gefühl, das uns eine echte Frau schenken muß. Trunken machen sie zwar ebenfalls, aber dadurch, daß sie die Nerven aufpeitschen, denn sie sind nicht völlig naturrein. Oh, auch dergleichen Wein läßt sich trinken; aber er kommt dem echten von früher nicht gleich. Sehen Sie, mein Lieber, die Frau ist nur zweier Dinge wegen, die allein ihre echten, ihre großen, ihre ausgezeichneten Eigenschaften entfalten, geschaffen und in diese Welt gesetzt worden: um der Liebe und um der Kinder willen. Ich spreche wie Monsieur Prudhomme, wie ein Durchschnittsmensch. Aber die hier sind unfähig zur Liebe, und sie wollen keine Kinder; wenn sie aus Ungeschick welche bekommen, so ist das erst ein Unglück und dann eine Last. Wahrhaftig, sie sind Ungeheuer.«

Erstaunt über den heftigen Ton, den der Schriftsteller angeschlagen hatte, und über den Zorn, der aus seinen Augen blitzte, fragte ihn Mariolle:»Aber warum hängen Sie sich dann die Hälfte Ihres Lebens an ihre Röcke?«

Lamarthe antwortete lebhaft:»Warum? Warum? Weil es mich interessiert, natürlich! Und dann... und dann... Wollen Sie den Ärzten verbieten, in die Krankenhäuser zu gehen und sich die Kranken anzusehen? Diese Frauen sind mein Krankenhaus.«

Diese Überlegung schien ihn beruhigt zu haben. Er fügte hinzu:

»Und dann bete ich sie an, weil sie so modern sind. Im Grunde bin ich ja ebenso wenig Mann, wie sie Frauen sind. Wenn ich mein Herz schon beinahe an eine von ihnen verloren habe, unterhalte ich mich damit, und zwar mit der Neugier eines Chemikers, der Gift schluckt, um seine Wirkung zu erproben, alles herauszufinden und zu untersuchen, was mich an ihr abstößt.« Nach einer Pause setzte er hinzu: »Auf diese Weise können sie mich niemals wirklich fassen. Ich spiele ihr Spiel ebenso gut wie sie, vielleicht noch besser als sie, und das kommt meinen Büchern zugute, während das, was sie tun, ihnen gar nichts nützt. Wie dumm sie doch sind! Alles Nieten, köstliche Nieten, die schließlich, falls sie auf ihre Art Empfindungen haben, vor Kummer krepieren, wenn sie älter werden.«

Während Mariolle ihm zuhörte, fühlte er, wie sich eine Traurigkeit seiner bemächtigte, ähnlich jener dumpfen Trübseligkeit, mit der anhaltende Regenfälle die Erde verdüstern. Er wußte wohl, daß der Schriftsteller im allgemeinen nicht unrecht hatte, aber er wollte nicht zugeben, daß er ganz und gar recht habe.

Ein wenig gereizt, begann er zu widersprechen, nicht so sehr um die Frauen zu verteidigen, als um die Gründe für ihre Entzauberung in der zeitgenössischen Literatur aufzudecken. »In der Zeit, als die Dichter und Schriftsteller sie in den Himmel hoben und in Träume wiegten«, sagte er, »suchten und glaubten sie im Leben die Erfüllung dessen zu finden, was sie im Herzen beim Lesen vorausempfunden hatten. Heute versteifen sie sich darauf, allen poetischen und verführerischen Schein zu unterdrücken, um nur die enttäuschende Wirklichkeit zu zeigen. Nun, mein Lieber, wenn sich keine Liebe in den Büchern mehr findet, findet sich auch keine Liebe im Leben mehr. Ihr seid die Erfinder des Ideals, euren Erfindungen glauben sie. Jetzt seid ihr nur noch die Schilderer der platten Wirklichkeit, und wie ihr beginnen nun auch die Frauen, nur noch an die Gewöhnlichkeit aller Dinge zu glauben.«

Lamarthe, dem literarische Diskussionen immer Spaß machten, setzte gerade zu einer Vorlesung an, als Madame de Burne zu ihnen trat.

Sie hatte einen ihrer besten Tage. Da sie zum Entzücken gekleidet war, hatte sie etwas Aufreizendes und Keckes in ihrem Benehmen; sie war in der rechten Kampfstimmung. Sie setzte sich. »Das gefällt mir«, sagte sie, »wenn ich zwei Männer dabei überrasche, wie sie zusammen plaudern, ohne daß sie zu *mir* sprechen. Sie beide sind übrigens die einzigen hier, denen zuzuhören sich verlohnt. Wovon sprechen Sie?«

Lamarthe erklärte ihr ohne Verlegenheit und in einem Ton liebenswürdigen Spottes die strittige Frage. Dann fuhr er in seiner Beweisführung mit einem Feuer fort, das von dem Wunsch angefacht wurde, Eindruck zu machen, wozu alle ruhmbegierigen Männer durch die Anwesenheit von Frauen angereizt werden.

Der Gegenstand dieses Streites machte ihr sogleich Spaß, und da auch sie dadurch angeregt wurde, beteiligte sie sich daran, indem sie die modernen Frauen mit viel Geist, Witz und Schlagfertigkeit verteidigte. Einige für den Schriftsteller unverständliche Worte über die Treue und Anhänglichkeit, deren sogar die am meisten verleumdeten Frauen fähig sein könnten, ließen das Herz Mariolles höher schlagen, und als sie gegangen war und sich zu Madame de Frémines gesetzt, die hartnäckig den Grafen Bernhaus an ihrer Seite festgehalten hatte, gestanden Lamarthe und Mariolle, verführt durch alles, was ihnen durch sie an weiblichem Scharfsinn und Anmut gezeigt worden war, einander, daß sie unstreitig entzückend sei.

»Und jetzt sehen Sie sich einmal das da an!« sagte der Schriftsteller.

Der große Zweikampf war im Gang. Wovon mochten sie jetzt sprechen, der Österreicher und die beiden Frauen? Madame de Burne war gerade in dem Augenblick gekommen, da das zu lange Beieinander zweier Personen, auch wenn sie sich gefallen, eintönig zu werden droht; sie unterbrach es, indem sie mit empörter Miene alles wiedererzählte, was sie soeben aus dem Mund Lamarthes gehört hatte. All das konnte sich natürlich auf Madame de Frémines beziehen; all das hatte der gesagt, den sie erst kürzlich erobert hatte; all das war vor einem sehr klugen Mann geäußert worden, der jedes Wort zu würdigen wußte. Das Gespräch entzündete sich von neuem an der ewigen Frage der Liebe, und die Herrin des Hauses winkte Lamarthe und Mariolle herzukommen. Dann jedoch, als sich die Stimmen mehr und mehr erregten, rief sie alle herbei.

Eine allgemeine, heitere und leidenschaftliche Diskussion folgte, in der jeder sein Wort sagte und Madame de Burne es fertigbrachte, sich als die klügste und unterhaltendste zu zeigen, indem sie sich von einem vielleicht geheuchelten Gefühl zu drolligen Behauptungen verleiten ließ; sie hatte nämlich einen wirklich guten Tag und war angeregter, witziger und hübscher denn je.

IV

Als André Mariolle sich von Madame de Burne verabschiedet und der bestrickende Reiz ihrer Gegenwart sich verflüchtigt hatte, spürte er in sich und um sich, in seinem Leib, in seiner Seele, in der Luft, in der ganzen Welt, wie jenes Hochgefühl, das ihn seit einiger Zeit aufrechterhalten und belebt hatte, langsam nachließ.

Was war geschehen? Nichts, fast nichts. Sie war am Ende jenes Musikabends reizend zu ihm gewesen und hatte ihm durch Blicke gesagt:»Für mich gibt es nur Sie hier.« Und dennoch hatte er gefühlt, daß sie ihm zuvor Dinge enthüllt habe, die er am liebsten für immer übersehen hätte. Auch das war nichts, fast nichts; und dennoch war er bestürzt gewesen wie jemand, der entdeckt, daß seine Mutter oder sein Vater eine anrüchige Handlung begangen hat, als er erfuhr, daß sie während jener zwanzig Tage, während der zwanzig Tage, von denen er geglaubt hatte, sie seien von ihr wie von ihm ganz und gar und Minute um Minute dem neuen, lebendigen Gefühl ihrer aufgeblühten Liebe gewidmet gewesen, bereits ihr altes Leben wieder aufgenommen, viele Besuche gemacht, Schritte getan und Pläne geschmiedet, daß sie sogleich wieder die widerlichen Liebespläkeleien begonnen, ihre Nebenbuhlerinnen bekämpft, Männern nachgejagt, mit Vergnügen Schmeicheleien empfangen und all ihre Liebenswürdigkeiten für andere statt für ihn aufgeboten hatte.

Schon jetzt! Schon jetzt hatte sie das alles getan! Oh, später hätte es ihn nicht mehr überrascht. Er kannte die Welt, die

Frauen, die Gefühle; da er klug genug war, alles zu verstehen, hätte er niemals übertriebene Anforderungen an sie gestellt und ihr stürmische Auftritte gemacht. Sie war schön, dazu geboren und geschaffen, zu gefallen, Huldigungen zu empfangen und Schmeicheleien zu hören. Unter allen hatte sie ihn auserwählt, hatte sich ihm kühn und königlich hingegeben. Er würde ausharren, er würde trotzdem als dankbarer Diener ihrer Launen und sich bescheidender Zuschauer ihres Lebens als einer hübschen Frau bei ihr ausharren. Aber etwas schmerzte ihn im innersten, tiefsten Grund seiner Seele, in jener dunklen Höhle, wo sich die zartesten Gefühle verbergen.

Sicherlich hatte er unrecht, und er hatte immer unrecht gehabt, solange er sich kannte. Er ging mit zu viel empfindsamer Scheu durchs Leben. Die Haut seiner Seele war zu zart. Darum die Vereinsamung, in der er aus Furcht vor Berührung und Reibungen gelebt hatte. Er hatte unrecht, denn solcherlei Reibungen rühren fast immer daher, daß man bei den anderen keinen Charakter anerkennt und duldet, der von dem unseren allzu verschieden ist. Er wußte es, denn er hatte es oft beobachtet; aber er konnte die besondere Empfindsamkeit seines Wesens nicht mehr ändern.

Eigentlich hatte er Madame de Burne nichts vorzuwerfen; denn wenn sie ihn während der Glückstage, die sie ihm geschenkt, ihrem Salon fern und verborgen gehalten hatte, so war das geschehen, um die Aufmerksamkeit abzulenken, Aufpasser zu täuschen und ihm dann um so sicherer zu gehören. Warum also dieser plötzliche Schmerz in seinem Herzen? Ja, warum? Weil er geglaubt hatte, daß sie gänzlich ihm gehöre, und er nun erkennen und fühlen mußte, daß er niemals den zu großen Lebenskreis dieser Frau, die aller Welt gehörte, würde ausfüllen und beherrschen können.

Er wußte übrigens sehr wohl, daß das ganze Leben nur aus einem »Beinahe« besteht, und er hatte sich bis jetzt damit abgefunden, indem er seinen Mißmut über unzulängliche Befriedigungen unter einer freiwilligen Ungeselligkeit verbarg. Aber diesmal hatte er gedacht, endlich werde ihm das unablässig erhoffte »Ganz und gar« zuteil werden. Ach, das »Ganz und gar« ist nicht von dieser Welt!

Er verbrachte einen traurigen Abend und tröstete sich mit Vernunftgründen über den schmerzlichen Eindruck hinweg, den er erhalten hatte.

Als er im Bett lag, wurde jener Eindruck stärker statt schwächer, und da er in sich nichts Unklares duldete, suchte er auch die kleinsten Ursachen der neuen Verstimmung seines Herzens zu ergründen. Sie kamen, gingen und kehrten wieder wie kleine eisige Windstöße, in seiner Liebe ein noch schwaches, entferntes Leid, das aber zu Sorge Anlaß gab, wie jene unbestimmten Nervenschmerzen, die der Zugwind entstehen läßt und die oft drohende Anzeichen verheerender Krankheiten sind.

Als erstes wurde ihm klar, daß er eifersüchtig sei, nicht mehr bloß wie ein schwärmerischer Verliebter, sondern wie ein Mann mit Besitzrechten. Solange er sie noch nicht inmitten von Männern wiedergesehen hatte, war ihm dieses Gefühl fremd geblieben, das er zwar ein wenig vorausgeahnt, sich aber ganz anders vorgestellt hatte als so, wie es nunmehr geworden war. Er hatte geglaubt, seine Geliebte sei während dieser Tage der häufigen, geheimen Zusammenkünfte, während der Zeit der ersten Umarmungen, die sich ganz in Abgeschlossenheit und brennender Erregung hätten vollziehen müssen, nur mit ihm beschäftigt gewesen; als er sie nun wiederfand, wie sie sich ebenso und noch mehr als zu der Zeit, bevor sie sich ihm geschenkt hatte, an ihren früheren leichtfertigen Koketterien ergötzte und erregte, wie sie ihre Person an jeden Beliebigen vergeudete, so daß dem Bevorzugten nicht mehr viel von ihr übrigblieb, da empfand er Eifersucht – mehr körperliche als seelische –, keine unbestimmte wie etwa ein schleichendes Fieber, sondern eine sehr bestimmte, denn er zweifelte an ihr.

Zunächst zweifelte er an ihr aus Instinkt, aus einem Gefühl des Mißtrauens heraus, das sich mehr in seine Adern als in sein Denken eingeschlichen hatte, aus dem fast körperlichen Mißmut des Mannes, der seiner Gefährtin nicht sicher ist. Diesem Mißtrauen folgte der Verdacht.

Was war er ihr denn letztlich? Der erste Liebhaber oder der zehnte? Der unmittelbare Nachfolger ihres Gatten, des Monsieur de Burne, oder der Nachfolger Lamarthes, Massivals, Georges de

Maltrys und der Vorgänger vielleicht des Grafen Bernhaus? Was wußte er von ihr? Daß sie zum Entzücken hübsch war, elegant wie keine zweite, gescheit, klug, witzig, aber unbeständig, schnell gelangweilt, ermüdet, enttäuscht, vor allem von sich selbst eingenommen und unersättlich gefallsüchtig. Hatte sie einen Geliebten – oder mehrere Geliebte – vor ihm gehabt? Wenn sie keine gehabt hätte, würde sie sich dann mit solcher Verwegenheit hingegeben haben? Wie hätte sie die Kühnheit aufgebracht, in einem Gasthaus nachts die Tür seines Zimmers zu öffnen? Wie wäre sie mit solcher Selbstverständlichkeit in das Haus in Auteuil gekommen? Ehe sie sich dahin begab, hatte sie nur ein paar Fragen gestellt wie eine erfahrene, vorsichtige Frau. Er hatte wie ein umsichtiger Mann geantwortet, der an dergleichen Zusammenkünfte gewöhnt ist; und alsbald hatte sie vertrauensvoll und ganz beruhigt ja gesagt, wahrscheinlich durch frühere Abenteuer geschult.

Mit welch heimlicher Sicherheit hatte sie an die kleine Tür geklopft, hinter der er halb ohnmächtig mit pochendem Herzen wartete! Wie war sie ohne sichtbare Erregung eingetreten, einzig darauf bedacht festzustellen, ob sie auch nicht von den benachbarten Häusern aus erkannt werden könne! Wie hatte sie sich auf der Stelle daheim gefühlt in dieser verdächtigen Wohnung, die für ihr Abenteuer gemietet und eingerichtet worden war! Würde eine noch so kühne, über Moralbegriffe erhabene, Vorurteile verachtende Frau diese Ruhe bewahrt haben, wenn sie sich als Neuling in das völlig Unbekannte des ersten Stelldicheins begeben hätte?

Seelische Verwirrung, körperliches Zögern, unbewußte Angst der Füße, die nicht wissen, wohin sie gehen – hätte sie nicht all das empfinden müssen, wenn sie nicht schon ein wenig Erfahrung in solcherlei Liebesausflügen besessen und wenn nicht die Geschicklichkeit in diesen Dingen schon ihr Schamgefühl erstickt hätte?

Erhitzt von dem aufreizenden, unerträglichen Fieber, das seelische Schmerzen in der Wärme des Bettes wachrufen, plagte sich Mariolle wie ein Mensch, der von der Verkettung seiner Vermutungen einen Abhang hinuntergerissen wird. Zuweilen versuchte

er, das Gleiten aufzuhalten und das Ineinandergreifen zu unter-
brechen; er suchte, er fand, er kam auf richtige und beruhigende
Gedanken; aber ein Keim von Angst verblieb in ihm, dessen
Wachsen er nicht hindern konnte.

Indessen, was hatte er ihr vorzuwerfen? Nichts, als daß sie
nicht ganz ihm gleich war, daß sie das Leben nicht so wie er auf-
faßte und daß ihr Herz kein so empfindliches Instrument war,
um im Einklang mit dem seinigen zu schwingen.

Gleich beim Erwachen am nächsten Tag wuchs wie Hunger in
ihm der Wunsch, sie wiederzusehen, bei ihr sein Vertrauen in sie
zu festigen, und er erwartete den schicklichen Augenblick, ihr seinen ersten offiziellen Besuch zu machen.

Als sie ihn in den Salon für die engeren Bekannten eintreten
sah, wo sie allein war und Briefe schrieb, kam sie, beide Hände
ausgestreckt, auf ihn zu. »Ah, guten Tag, lieber Freund«, sagte
sie, mit einer augenscheinlich so lebhaften und aufrichtigen
Freude, daß alles, was er Schmähliches über sie gedacht hatte
und wovon noch ein Schatten sein Inneres durchgeisterte, sich
bei diesem Empfang verflüchtigte.

Er setzte sich neben sie und sprach sogleich zu ihr über die Art,
wie er sie jetzt liebe, denn es sei nicht mehr dieselbe wie früher. Er
gab ihr zärtlich zu verstehen, daß es auf Erden zwei Arten von
Liebenden gebe: solche, die sich wie Wahnsinnige gebärden,
wenn sie verliebt sind, und deren Glut sich am Tag nach dem Triumph abkühlt, und solche, die der Besitz erst recht unterjocht
und fesselt, bei denen die sinnliche Liebe, indem sie sich mit den
geistigen, unaussprechlichen Empfindungen mischt, wie ein
Mann sie im Herzen mitunter für eine Frau hegt, die große
Knechtschaft der vollkommenen, der quälenden Liebe entstehen
läßt.

Quälend freilich, und zwar stets quälend, so glücklich sie auch
sein möge, denn nichts, nicht einmal in den Stunden der größten
Vertraulichkeit, könne die Sehnsucht nach der Frau, die wir im
Herzen trügen, befriedigen.

Madame de Burne hörte ihm entzückt und dankbar zu; sie begeisterte sich sogar beim Zuhören, begeisterte sich wie im Theater, wenn ein Schauspieler schwungvoll seine Rolle spielt und

wenn diese Rolle uns bewegt, weil sie ein Echo in unserm eigenen Leben erweckt. Es war wohl ein Echo, das verwirrende Echo einer echten Leidenschaft; aber in ihr selbst war nichts, was diese Leidenschaft erwiderte. Trotzdem fühlte sie sich so befriedigt, jenes Gefühl hervorgerufen zu haben, und noch dazu in einem Mann, der fähig war, sich so auszudrücken, in einem Mann, der ihr ganz entschieden sehr gefiel, mit dem sie sich wirklich verbunden fühlte, dessen sie mehr und mehr bedurfte, nicht um ihres Leibes, um ihres Fleisches willen, sondern auf Grund ihres rätselhaften weiblichen Wesens, das so begierig nach Zärtlichkeit, nach Huldigung, nach Unterjochung war – sie war so befriedigt, daß sie sich gedrängt fühlte, ihn zu umarmen, ihm ihren Mund zu bieten, sich ihm ganz zu schenken, damit er ja fortfahre, sie auf diese Weise anzubeten.

Sie antwortete ihm ohne Heuchelei und ohne Ziererei mit der tiefen Anpassungsfähigkeit, mit der gewisse Frauen begabt sind, indem sie ihm darlegte, daß auch sie in ihrem Herzen große Fortschritte gemacht habe. Und da an diesem Tag bis zur Dämmerung zufällig niemand in den Salon kam, blieben sie im traulichen Beisammensein sitzen und sprachen immer wieder von demselben Thema, indem sie sich mit Worten liebkosten, die jedoch für ihre Seelen nicht den gleichen Sinn hatten.

Die Lampen waren gerade hereingebracht worden, als Madame de Bratiane erschien.

Mariolle zog sich zurück, und während ihn Madame de Burne in den ersten Salon begleitete, fragte er sie: »Wann sehe ich Sie ›dort‹ wieder?«

»Paßt es Ihnen am Freitag?«

»Gewiß. Um welche Zeit?«

»Um dieselbe Zeit. Drei Uhr.«

»Bis Freitag. Auf Wiedersehen. Ich bete Sie an!«

Während der beiden Tage der Erwartung, die ihn von jenem Stelldichein trennten, verspürte er in sich ein Gefühl der Leere, wie er es nie zuvor im gleichen Maße empfunden hatte. Eine Frau fehlte ihm, und außer ihr existierte für ihn keine andre mehr. Und da diese Frau nicht fern, da sie auffindbar war, da bloßes gesellschaftliches Herkommen ihn hinderte, sie sogleich aufzusuchen und sogar in ihrer Nähe zu leben, ereiferte er sich in seiner Einsamkeit, darin Augenblick um Augenblick langsam – bisweilen unendlich langsam — verstrich, über die vollkommene Unmöglichkeit von etwas, das so leicht hätte sein können.

Am Freitag kam er drei Stunden zu früh zu der Verabredung; aber dort zu warten, wohin sie kommen würde, gefiel ihm: Es beschwichtigte seine Aufregung, nachdem er schon so viel gelitten hatte, indem er sie im Geist an Orten erwartete, wohin sie niemals kommen würde.

Er stand hinter der Tür, lange, ehe die drei so ersehnten Glockenschläge ertönten, und als er sie vernommen hatte, begann er vor Ungeduld zu beben. Es schlug Viertel. Er blickte vorsichtig in die Gasse hinaus, wobei er den Kopf zwischen Türflügel und Türpfosten vorstreckte. Sie war leer von einem Ende bis zum andern. Die Minuten dehnten sich für ihn zu einer marternden Länge. Er zog alle Augenblicke die Taschenuhr, und als der Zeiger auf halb gerückt war, hatte er das Gefühl, schon seit undenklicher Zeit an dieser Stelle zu stehen. Plötzlich vernahm er ein leichtes Geräusch auf dem Pflaster und die kleinen Schläge mit dem behandschuhten Finger gegen das Holz, die ihn seine Angst vergessen ließen und ihn zur Dankbarkeit gegen sie bewegten.

Ein wenig außer Atem fragte sie: »Ich habe mich wohl verspätet?«

»Nein, nicht viel.«

»Stellen Sie sich vor, beinahe hätte ich nicht kommen können. Mein Haus war voller Menschen, und ich wußte nicht, wie ich es anstellen sollte, sie alle loszuwerden. Sagen Sie, wohnen Sie unter Ihrem Namen hier?«

»Nein. Warum fragen Sie?«

»Damit ich Ihnen eine Rohrpostnachricht schicken kann, wenn ich eine dringende Abhaltung habe.«

»Ich nenne mich Monsieur Nicolle.«

»Gut. Ich vergesse es nicht. Gott, ist es in diesem Garten hübsch!«

Der Gärtner, der sah, daß sein Kunde, ohne Einwendungen zu machen, sehr gut bezahlte, hatte die Blumen sorgfältig gepflegt, erneuert und vermehrt, so daß sie fünf große duftende Flecken auf dem Rasen bildeten.

Sie blieb vor einer Bank bei einem Heliotrop-Beet stehen. »Hier wollen wir uns ein wenig setzen«, sagte sie, »ich muß Ihnen eine sehr drollige Geschichte erzählen.« Und sie erzählte ihm brühwarm den neuesten Klatsch, von dem sie noch ganz erregt war.

Es hieß, Madame Massival, die frühere Geliebte des Künstlers, die er geheiratet hatte, sei, außer sich vor Eifersucht, mitten während einer Abendgesellschaft bei Madame de Bratiane eingedrungen, gerade als die Marchesa, begleitet vom Komponisten, gesungen habe, und habe eine furchtbare Szene gemacht – zur Wut der Italienerin und zur Überraschung und Freude der Gäste.

Massival, außer sich, habe versucht, seine Frau hinauszuführen, wegzuzerren, aber sie habe ihm ins Gesicht geschlagen, den Bart und die Haare zerrauft, ihn gebissen und seine Kleider zerrissen. Sie habe sich an ihn angeklammert, so daß er sich nicht rühren konnte, während sich Lamarthe und zwei Diener, die auf den Lärm hinzugeeilt waren, bemüht hätten, ihn den Griffen und den Zähnen dieser Furie zu entreißen.

Die Ruhe sei erst nach dem Weggang des Ehepaares wiederhergestellt worden. Seit jenem Augenblick habe der Musiker sich nicht mehr gezeigt, während der Schriftsteller, der Zeuge dieses Auftritts, überall mit sehr geistreicher und belustigender Ausschmückung davon erzähle.

Madame de Burne war ganz aufgeregt darüber und so damit beschäftigt, daß nichts sie davon abbringen konnte. Die Namen Massivals und Lamarthes kamen unaufhörlich über ihre Lippen, bis Mariolle sich darüber ärgerte. »Haben Sie das eben erst erfahren?« fragte er.

»Gewiß, vor kaum einer Stunde.«

Er dachte mit Bitterkeit: Also darum hat sie sich verspätet. Dann fragte er: »Wollen wir hineingehen?«

Fügsam und zerstreut flüsterte sie: »Ach ja.«

Als sie ihn eine Stunde später verlassen hatte, denn sie hatte es sehr eilig, kehrte er allein in das einsame Haus zurück und setzte sich auf einen niedrigen Stuhl in ihrer beider Zimmer. Das Gefühl, daß er sie so kurz besessen hatte, als sei sie gar nicht gekommen, ließ in seinem ganzen Wesen, in seiner ganzen Seele etwas wie ein schwarzes Loch zurück, in dessen Tiefe er hinunterblickte. Er sah nichts, er begriff nichts, er begriff nichts mehr. Zwar hatte sie sich nicht seinen Küssen, wohl aber doch zumindest der leidenschaftlichen Umarmung durch eine rätselhafte Abwesenheit ihres Hingabewillens entzogen. Sie hatte sich ihm nicht verweigert, sie hatte ihm nichts versagt. Aber es hatte geschienen, als sei ihr Herz nicht dabei gewesen. Es hatte irgendwoanders geweilt, sehr weit weg; es war umhergeschweift, abgelenkt durch Nichtigkeiten.

Er war sich jetzt bewußt, daß er sie mit den Sinnen ebenso sehr wie mit der Seele liebte, und sogar mehr noch vielleicht. Die Enttäuschung über seine vergeblichen Liebkosungen erregte in ihm ein wütendes Verlangen, ihr nachzulaufen, sie zurückzuholen, sie nochmals zu besitzen. Aber warum? Wozu? Ihr beweglicher Geist hatte an diesem Tag andere Sorgen! Also mußte er die Tage und die Stunden abwarten, da dieser flatterhaften Geliebten unter anderen Launen auch einmal die Laune kam, verliebt zu sein.

Langsam, sehr matt, mit schleppenden Schritten, ging er heim, die Augen auf den Gehsteig geheftet, des Lebens müde. Und er dachte daran, daß sie kein anderes, nächstes Beisammensein verabredet hatten, weder bei ihr noch anderswo.

V

Bis zum Beginn des Winters hielt sie die Verabredungen ziemlich getreulich ein. Getreulich, aber nicht pünktlich.

Während der drei ersten Monate kam sie mit Verspätungen, die zwischen drei viertel und zwei Stunden schwankten. Als die Regengüsse des Herbstes Mariolle zwangen, hinter der Gartentür unter einem Schirm zu warten, die Füße im Schlamm, vor Kälte zitternd, ließ er ein Holzhäuschen hinter jener Tür errichten, einen geschlossenen, bedeckten Warteraum, damit er sich nicht bei jeder ihrer Zusammenkünfte erkältete. Die Bäume trugen kein Laub mehr. Anstelle der Rosen und aller anderen Pflanzen breiteten sich jetzt hohe, breite Beete von weißen, rosafarbenen, violetten, purpurnen und gelben Chrysanthemen aus, großen, edlen Blumen der späten Jahreszeit, die ihren herben, balsamischen, aber auch etwas melancholischen Duft in der feuchten, mit dem traurigen Geruch der regennassen, welken Blätter erfüllten Luft verströmten. Vor der Tür des kleinen Hauses bildeten seltene, mehrfarbige, überzüchtete Arten in zarten und wechselnden Farbtönen ein großes Malteserkreuz – ein Einfall des Gärtners –, und Mariolle konnte nicht mehr an diesem Beet vorbeigehen, auf dem immer neue und überraschende Spielarten erblühten, ohne daß sich ihm das Herz zusammenkrampfte bei dem Gedanken, daß dieses blühende Kreuz auf ein Grab hinzudeuten schien. Er kannte sie jetzt, die langen Aufenthalte in dem Bretterhäuschen hinter der Tür. Der Regen fiel auf das Stroh, mit dem er es hatte decken lassen, und rieselte dann an den Bretterwänden entlang; und bei jedem Aufenthalt in dieser Kapelle der Sehnsucht erging er sich in den gleichen Betrachtungen, begann er die gleichen Erwägungen, durchlebte er die gleichen Hoffnungen, die gleichen Besorgnisse und die gleichen Enttäuschungen.

Es war für ihn ein aussichtsloser, unaufhörlicher Kampf, ein aufreibender, erbitterter, seelischer Kampf um etwas Ungreifbares, um etwas, das es vielleicht gar nicht gab: um die seelische Hingabe dieser Frau. Wie seltsam ihrer beider Zusammenkünfte doch waren!

Manchmal kam sie lachend, angeregt von Verlangen, mit ihm zu plaudern, und setzte sich, ohne den Hut abzulegen, ohne die Handschuhe auszuziehen, ohne den Schleier zurückzuschlagen, sogar ohne ihn zu küssen. An solchen Tagen dachte sie oft gar nicht daran, ihn zu umarmen. Sie hatte in ihrem Kopf einen Haufen anderer Gedanken, die sie beschäftigten, mehr beschäftigten als der Wunsch, ihre Lippen einem Geliebten, der sich in hoffnungsloser Glut verzehrte, zum Kuß darzubieten. Er setzte sich neben sie, das Herz und den Mund voll glühender Worte, die nicht über seine Lippen kamen; er hörte ihr zu, er antwortete, und manchmal, während er sich den Anschein gab, sich sehr für das zu interessieren, was sie ihm erzählte, suchte er ihre Hand zu nehmen, die sie ihm gedankenlos, freundschaftlich und voller Gleichmut überließ.

Manchmal schien sie zärtlicher, mehr für ihn da zu sein; aber er, der sie mit wachen Augen, mit scharfblickenden Augen, mit den Augen eines Verliebten ansah, eines Liebenden, der unver- mögend ist, sie ganz zu erobern, er erriet, er durchschaute, daß diese relative Herzlichkeit nur daher rührte, daß ihre Gedanken an diesen Tagen durch nichts und niemand erregt und abgelenkt worden waren.

Ihre ständigen Verspätungen bewiesen Mariolle übrigens, wie wenig es sie zu diesen Zusammenkünften trieb. Man beeilt sich, zu dem zu kommen, den man liebt, der einem gefällt, der einen anzieht; aber man kommt immer zu spät zu dem, der einen nicht reizt, und dann dient alles zum Vorwand, den Gang zu verzögern und zu unterbrechen, die Stunde des lästigen Zusammenseins möglichst lange hinauszuschieben. Ein seltsamer Vergleich mit sich selbst kam ihm dabei immer wieder. Den Sommer über ließ ihn der Wunsch nach kaltem Wasser seine tägliche Toilette und seinen morgendlichen Besuch des Bades beschleunigen, während er bei großen Frösten so viele kleine Dinge daheim zu erledigen fand, ehe er ging, daß er eine Stunde später als gewöhnlich in der Anstalt ankam. Die Zusammenkünfte in Auteuil schienen den Duschen im Winter zu ähneln.

Seit einiger Zeit verschob sie übrigens jene Zusammenkünfte oftmals, verlegte sie auf den folgenden Tag, schickte ihm im letz- ten Augenblick Rohrpostbriefe, schien auf der Suche nach Hin- derungsgründen, die sie immer glaubwürdig zu machen wußte, die ihn aber in seelische Aufregungen und unerträgliche körperli- che Erschöpfungen stürzten.

Hätte sie einfach durchblicken lassen, daß ihre Zuneigung ab- gekühlt sei, daß diese Leidenschaft sie langweile, die sie immer mehr wachsen sah und fühlte, so wäre er vielleicht darüber zu- nächst zornig, dann gekränkt, dann entmutigt und schließlich ru- hig geworden. Aber sie zeigte sich im Gegenteil ihm mehr geneigt denn je, mehr von seiner Liebe geschmeichelt, mehr bestrebt, sie sich zu erhalten, ohne sie indessen auf andere Weise zu beantwor- ten als durch eine freundschaftliche Bevorzugung, die bereits alle ihre anderen Verehrer eifersüchtig zu machen begann.

In ihrem Haus konnte sie ihn nie häufig genug sehen, und in

373

demselben Rohrpostbrief, in dem sie André eine Abhaltung, nach Auteuil zu kommen, mitteilte, bat sie ihn stets dringend, doch zum Abendessen zu kommen oder eine Abendstunde bei ihr zu verbringen. Anfangs hatte er dergleichen Einladungen für Entschädigungen gehalten, dann hatte er begreifen müssen, daß sie ihn sehr gern bei sich sah, lieber als alle anderen, daß sie ihn brauchte, seine anbetenden Worte, seinen verliebten Blick, seine sie umhegende innige Zuneigung und die verhaltene Liebkosung seines Naheseins. Sie bedurfte alles dessen, wie ein Götterbild, um wahrhaft ein Gott zu werden, Gebete und Glauben braucht. Ist die Kapelle leer, so ist es nur ein geschnitztes Stück Holz. Aber wenn auch nur ein einziger Glaubenserfüllter das Heiligtum betritt, betet, fleht, niederkniet und vor Inbrunst seufzt, von seinem Glauben berauscht, wird es Brahma, Allah oder Jesus gleich, denn jedes geliebte Wesen ist eine Art Gottheit.

Mehr als jede andere Frau fühlte sich Madame de Burne für die Rolle eines Fetischs geboren, für die natürliche Sendung der Frauen, angebetet und umworben zu werden, durch Schönheit, Anmut, Zauber und Verführungskunst über die Männer zu triumphieren.

Sie war im Grunde eine menschliche Göttin, erlesen, herablassend, anspruchsvoll und hochmütig, die der verliebte Kult der Männer stolz machte und mit seinem Weihrauch vergöttlichte.

Indessen bezeigte sie Mariolle ihre Zuneigung und ihre lebhafte Vorliebe fast offen, unbekümmert darum, was dazu gesagt werden würde, und vielleicht mit dem geheimen Wunsch, dadurch die anderen aufzubringen und zu entflammen. Man konnte nicht mehr zu ihr kommen, ohne ihn dort zu finden, fast immer in einem großen Sessel, den Lamarthe »den Betstuhl des Mesners« nannte, und es bereitete ihr aufrichtiges Vergnügen, ganze Abende allein bei ihm zu sitzen, mit ihm zu plaudern und ihn sprechen zu hören.

Sie gewann Geschmack an dem vertraulichen Leben, das er ihr erschloß, an der unaufhörlichen Kontaktnahme mit einem angenehmen, aufgeweckten, gebildeten Mann, der ihr gehörte, über den sie verfügen konnte wie über die kleinen Dinge, die auf dem Tisch herumstanden. Sie gab ihm gleicherweise nach und nach

374

viel von sich selbst preis, von ihrem Denken, von ihrem verborgenen Wesen, in diesen zärtlichen Geständnissen, die zu machen ebenso köstlich ist wie sie zu empfangen. Sie fühlte, daß sie sich vor ihm freier, aufrichtiger, offener, vertraulicher geben konnte als vor den anderen, und er war ihr deswegen lieber. Sie empfand dabei zugleich etwas, das Frauen gern haben, nämlich, daß sie wirklich etwas gab, daß sie alles, was sie besaß, jemandem anvertrauen konnte, und das hatte sie noch niemals getan. Für sie war das viel, aber für ihn war es wenig. Er wartete, er hoffte immer auf die große, endgültige Hingabe des Wesens, das seine Seele in seinen Liebesbezeigungen preisgibt.

Liebesbezeigungen – sie schien sie eher als unnütz, lästig, ja sogar als peinlich zu betrachten. Sie überließ sich ihnen, nicht unempfindlich dagegen, aber schnell ermüdet davon, und jene Ermüdung verursachte ihr ohne Zweifel Langeweile.

Selbst die leichtesten, unbedeutendsten schienen sie zu ermüden und nervös zu machen. Wenn er sich mitten im Geplauder einer ihrer Hände bemächtigte, um ihre Finger zu küssen, die er dann einen nach dem anderen ein wenig zwischen seinen Lippen behielt und gleichsam wie Süßigkeiten lutschte, schien sie immer bestrebt zu sein, sie ihm zu entziehen, und in ihrem ganzen Arm fühlte er ein geheimes Widerstreben.

Wenn er am Ende seiner Besuche auf ihren Hals zwischen dem Kragen des Kleides und den goldenen Nackenhärchen einen langen Kuß drückte, der den Duft ihres Körpers unter den Falten der dicht auf ihrer Haut liegenden Stoffe suchte, zuckte sie leise zurück, und unmerklich floh ihre Haut unter diesem fremden Mund.

Er empfand das wie Messerstiche und ging fort mit Wunden, die in der Einsamkeit seiner Liebe unaufhörlich bluteten. Warum hatte sie nicht wenigstens die Periode des Hingerissenseins durchlebt, die bei fast allen Frauen der freiwilligen, uneigennützigen Hingabe des Körpers folgt? Sie ist oft kurz und wird von Müdigkeit und schließlich Widerwillen abgelöst. Aber es geschieht so selten, daß sie überhaupt nicht einsetzt, nicht eine Stunde, nicht einen Tag lang! Diese Geliebte hatte aus ihm keinen Geliebten gemacht, sondern so etwas wie einen klugen Teilhaber ihres Lebens.

Worüber beklagte er sich? Vielleicht geben die anderen, die sich ganz schenken, nicht einmal so viel? Er beklagte sich nicht: Er hatte Furcht. Er hatte Furcht vor dem andern, vor dem, der plötzlich kommen könnte, den sie morgen oder übermorgen treffen würde, irgendeinen, einen Künstler, einen Weltmann, einen Offizier, einen Komödianten, einerlei wen, jemanden, der geboren war, ihren Frauenaugen zu gefallen, und der ihr aus keinem anderen Grund gefallen würde, als weil er *derjenige* war, der ihr das gebieterische Verlangen einflößte, ihm die Arme zu öffnen.

Er war schon auf die Zukunft eifersüchtig, wie er für Augenblicke auf ihre unbekannte Vergangenheit eifersüchtig gewesen war; alle engeren Freunde der jungen Frau begannen, auf ihn eifersüchtig zu werden. Sie schwatzten untereinander davon und machten sogar in ihrer Gegenwart heimliche, dunkle Anspielungen. Für die einen war er ihr Geliebter. Die anderen, die der Ansicht Lamarthes folgten, behaupteten, sie spiele mit ihm wie stets, um ihn liebestoll zu machen und sie, die anderen, anzustacheln und zu erbittern, und nichts sonst. Ihr Vater regte sich auf und machte ihr Vorhaltungen, die sie hochfahrend entgegennahm; und je mehr sie das Gerede um sich herum zunehmen fühlte, desto mehr versteifte sie sich in einem seltsamen Widerspruch zu ihrer sonstigen Lebensklugheit darauf, Mariolle offen ihre Vorliebe zu bekunden. Aber er beunruhigte sich ein wenig über dieses Geraune des Verdachts. Er sprach mit ihr darüber.

»Was macht mir das schon aus!« sagte sie.

»Wenn Sie mich wenigstens liebten!«

»Liebe ich Sie denn nicht, mein Freund?«

»Ja und nein. Sie lieben mich sehr, wenn ich zu Ihnen komme, aber an anderer Stätte nur lau. Ich würde das Gegenteil vorziehen – auch um Ihretwillen.«

Sie begann zu lachen und flüsterte: »Man tut, was man kann.«

Er erwiderte: »Wenn Sie wüßten, wie mich die Anstrengungen aufregen, die ich unternehme, um Sie mitzureißen. Bald kommt es mir vor, als wolle ich etwas Ungreifbares umschlingen, bald, als wolle ich Eis umarmen, das mich gefrieren läßt, während es in meinen Armen schmilzt.«

Sie gab keine Antwort, sie schätzte dieses Thema nicht und setzte ihre zerstreute Miene auf, wie oftmals in Auteuil. Er wagte nicht weiterzureden. Er betrachtete sie, wie man kostbare Gegenstände in den Museen betrachtet, solche, die Liebhaber verlocken und die man nicht mit nach Hause nehmen kann. Seine Tage, seine Nächte bestanden für ihn nur noch aus Stunden des Leidens; er lebte in der fixen Idee – eher einem Gefühl als einem Gedanken –, daß sie sein sei, ohne die Seine zu sein, bezwungen und dennoch frei, genommen und uneinnehmbar. Er lebte in ihrer Umgebung, ihr ganz nahe, ohne jemals unmittelbar an sie heranzukommen, und er liebte sie mit der unbefriedigten Begehrlichkeit seiner Seele und seines Körpers. Wie am Anfang ihrer Bekanntschaft begann er ihr wieder zu schreiben. Schon einmal hatte er mit der Feder das erste Widerstreben ihrer Tugend besiegt; mit der Feder konnte er vielleicht auch diesen letzten geheimen inneren Widerstand niederringen. Er machte ihr etwas seltener Besuche und schrieb ihr dafür in beinahe täglichen Briefen von der Vergeblichkeit seiner Liebesbemühungen. Dann und wann, wenn er sehr beredt, leidenschaftlich und schmerzvoll geschrieben hatte, antwortete sie ihm. Ihre Briefe, die sie launig »mitternachts«, »ein Uhr«, »zwei Uhr« oder »drei Uhr morgens« datierte, waren klar, deutlich, wohldurchdacht, ergeben, ermutigend und trostlos. Sie waren sehr gut und verständig geschrieben, mit Geist, sogar mit Phantasie. Aber er mochte sie noch so oft lesen, er mochte sie noch so richtig, geistvoll, wohlgesetzt, anmutig und schmeichelhaft für seine männliche Eitelkeit finden, sie befriedigten sein Herz nicht. Sie befriedigten es nicht mehr als die Küsse, die er in dem Haus in Auteuil empfangen hatte. Er suchte nach dem Grund. Und da er sie schließlich durch vieles Lesen fast auswendig kannte, fand er diesen Grund heraus, denn man lernt die Leute am besten durch ihre Briefe kennen. Das gesprochene Wort blendet und täuscht, weil der Gesichtsausdruck mitspielt, weil man es über die Lippen kommen sieht und weil die Lippen gefallen und die Augen verführen. Aber die schwarzen Worte auf dem weißen Papier sind die nackte Seele. Der Mann gelangt oft durch rhetorische Kniffe, durch berufliche Gewandtheit, durch die Gewohnheit, sich der Feder zu bedienen, um alle Angelegenheiten des Lebens schriftlich zu behandeln, dazu, seine eigene Natur unter seiner unpersönlichen geschäftsmäßigen oder literarischen Schreibweise zu verbergen. Aber die Frau schreibt nur, um von sich selbst zu sprechen, und legt in jedes Wort etwas von ihrem Wesen. Sie kennt keine Stilkünste und zeigt sich in der Unschuld der Ausdrücke völlig, wie sie ist. Er erinnerte sich der Briefe und Memoiren berühmter Frauen, die er gelesen hatte. Wie deutlich sie sich alle darin darstellten, die Gekünstelten, die Geistreichen und die Empfindsamen! Was ihm am meisten in Madame de Burnes Briefen auffiel, war, daß sich darin niemals etwas Gefühlsmäßiges bekundete. Diese Frau dachte, aber sie fühlte nicht. Er erinnerte sich anderer Briefe. Er hatte deren viele empfangen. Eine kleine Bürgersfrau, die er auf einer Reise kennengelernt und die er drei Monate lang geliebt, hatte ihm köstliche, lebendige Briefchen geschrieben, voll ungeahnter Einfälle und herrlicher Zufälligkeiten. Er war sogar erstaunt gewesen über die Geschmeidigkeit, die farbige Anmut und den Reichtum ihrer Wendungen. Woher hatte sie diese Gabe? Daher, daß sie sehr gefühlvoll war; von nichts anderem. Eine Frau feilt nicht an ihren Ausdrücken; die unmittelbare Gemütsbewegung gibt sie ihr ein; sie blättert nicht in Wörterbüchern. Wenn sie sehr stark empfindet, drückt sie sich in der Aufrichtigkeit und Beweglichkeit ihrer Natur ohne Mühe und ohne Suchen sehr richtig aus.

Er suchte die Aufrichtigkeit seiner Geliebten in den Zeilen zu entdecken, die sie ihm schrieb. Sie waren gewiß liebenswürdig und kultiviert. Aber warum fand sie keine anderen Worte für ihn? Ach, er selber hatte welche für sie gefunden, wahre und glühende Worte, glühend wie Kohlen!

Wenn ihm sein Diener die Post brachte, suchte er mit schnellem Blick nach der ersehnten Handschrift auf einem Briefumschlag, und wenn er sie erkannt hatte, ergriff ihn eine unwillkürliche Erregung, und er bekam Herzklopfen. Er streckte die Hand aus und nahm den Brief. Abermals betrachtete er die Aufschrift, dann riß er den Umschlag auf. Was würde sie ihm sagen? Würde es das Wort »lieben« sein? Nie hatte sie es geschrieben, nie hatte sie es ausgesprochen, ohne das Wort »sehr« hinzuzusetzen. – »Ich liebe Sie sehr.« – »Ich habe Sie sehr gern.« – »Liebe ich Sie etwa nicht?« – Er kannte diese Formeln, die nichts besagen, weil noch etwas hinzugefügt ist. Gibt es denn Maßstäbe, mit denen man die Liebe mißt? Kann man abwägen, ob man mehr oder weniger liebt? Sehr lieben, wie wenig lieben das bedeutet! Man liebt, nichts mehr und nichts weniger. So etwas läßt sich nicht vollkommener machen. Man kann sich nichts vorstellen, man kann nichts sagen, was über dieses Wort hinausgeht. Es ist kurz, es ist alles. Es wird Leib, Seele, Leben, das ganze Sein. Man fühlt es wie die Wärme des Bluts, man atmet es wie die Luft, man trägt es in sich wie den Gedanken, denn es wird zum einzigen Gedanken. Außer ihm gibt es nichts mehr. Es ist kein Wort, es ist ein unaussprechlicher Zustand, den ein paar Buchstaben bezeichnen. Was man auch tun möge, man tut nichts, man sieht nichts, man fühlt nichts, man schmeckt nichts, man erleidet nichts so wie zuvor.

Mariolle war die Beute jenes kleinen Wortes geworden; und sein Auge durchflog die Zeilen und suchte darin nach dem Bekenntnis einer Liebe, die der seinen ähnlich war. Er fand in der Tat manches, wovon er hätte sagen können: »Sie liebt mich sehr«, aber niemals etwas, das ihn hätte ausrufen lassen: »Sie liebt mich!« Sie setzte in ihrem Briefwechsel den hübschen, poetischen Roman fort, der auf dem Mont Saint-Michel begonnen hatte. Es war Liebesliteratur, aber keine Liebe.

Wenn er diese trostlosen Briefe gelesen und abermals gelesen hatte, verschloß er sie in eine Schublade und setzte sich in seinen Sessel. Darin hatte er schon schlimme Stunden verbracht.

Nach einiger Zeit antwortete sie seltener; ohne Zweifel war sie es müde, Redensarten zu machen und immer wieder dieselben Dinge zu sagen. Sie durchlebte jetzt übrigens eine Spanne gesellschaftlicher Aufregung, die André mit jenem Zuwachs an Leid, den die kleinsten unangenehmen Zwischenfälle bekümmerten Herzen bringen, hatte kommen sehen.

Es war ein Winter voller Feste. Ein Vergnügungsrausch hatte Paris ergriffen und durchrüttelte die Stadt; ganze Nächte hindurch rollten die Droschken und Kutschen durch die Straßen, und hinter den aufgezogenen Scheiben gewahrte man Damen in weißen Balltoiletten. Man amüsierte sich; man sprach nur noch von Theatervorstellungen und Bällen, von Matineen und Soireen. Alle Schichten der Bevölkerung waren plötzlich von einer Art Vergnügungsseuche befallen worden, und auch Madame de Burne wurde davon angesteckt.

Es begann mit einem Erfolg, den ihre Schönheit bei einem in der österreichischen Botschaft getanzten Ballett errang. Graf Bernhaus hatte sie mit der Botschafterin, der Fürstin Malten, bekannt gemacht, die Madame de Burne sogleich völlig für sich einnahm. Innerhalb kurzer Zeit wurde sie eine vertraute Freundin der Fürstin, und durch sie bekam sie sehr rasch Verbindungen zur diplomatischen Welt und der vornehmsten Aristokratie. Ihre Anmut und Liebenswürdigkeit, ihr verführerisches Wesen, ihre Eleganz, ihre Klugheit, ihr seltener, witziger Geist verschafften ihr einen schnellen Triumph, brachten sie in Mode, in die vorderste Reihe, und Frauen mit den edelsten Namen Frankreichs ließen sich bei ihr einführen.

Alle Montage hielt eine Reihe wappengeschmückter Wagen längs der Bürgersteige in der Rue du Général Foy, und die Diener verloren den Kopf, verwechselten die Herzoginnen mit den Marquisen, die Gräfinnen mit den Baroninnen, wenn sie an der Tür der Salons die großen, klingenden Namen ausriefen.

Sie war davon berauscht. Die Artigkeiten, die Einladungen, die Huldigungen, das Gefühl, eine der Bevorzugten, eine der Auserwählten zu sein, denen Paris zujubelt, denen es schmeichelt, die es anbetet, solange die Begeisterung währt, die Freude, überall gehätschelt, bewundert, genannt und umworben zu werden, stiegen ihr jäh zu Kopf.

Ihr Künstlerkreis versuchte, dagegen anzukämpfen; und diese Umwälzung führte zu einem engen Bündnis zwischen ihren alten Freunden. Sogar Fresnel wurde darin aufgenommen und ihm eingereiht, wurde eine Macht in diesem Bund, und Mariolle stand an der Spitze, denn alle wußten nur zu gut um seinen Einfluß auf sie und die Freundschaft, die sie für ihn hegte.

Aber er sah sie in die schmeichelhafte gesellschaftliche Beliebtheit entflattern, wie ein Kind seinen roten Luftballon entschwinden sieht, wenn es den Faden losgelassen hat.

Ihm schien, als fliehe sie inmitten einer eleganten, bunten, tanzenden Menge weit, sehr weit hinweg von dem starken, heimlichen Glück, das er so sehr ersehnt hatte, und er wurde auf alle und alles eifersüchtig, auf Männer, Frauen und Dinge. Er verabscheute das Leben, das sie führte, alle Leute, die sie sah, alle Feste, zu denen sie ging, die Bälle, die Konzerte, die Theater, denn all das belegte sie stückweise mit Beschlag, verschlang ihre Tage und ihre Abende, und für ihrer beider vertrauliches Beisammensein fanden sich nur selten freie Stunden. Sein Groll nahm ihn so stark mit, daß er davon beinahe krank wurde, und wenn er zu ihr kam, sah sein Gesicht so eingefallen aus, daß sie ihn fragte:»Was haben Sie denn? Sie sehen neuerdings ganz verändert und abgemagert aus.«

»Was ich habe? Ich liebe Sie zu sehr«, sagte er.

Sie warf ihm einen dankbaren Blick zu:»Man liebt niemals zu sehr, mein Freund.«

»Ausgerechnet Sie sagen das?«

»Gewiß.«

»Und Sie begreifen nicht, daß ich daran sterbe, Sie vergeblich zu lieben?«

»Erstens lieben Sie mich nicht vergeblich. Und dann stirbt man nicht daran. Schließlich sind all unsere Freunde eifersüchtig auf Sie, was beweist, daß ich Sie im ganzen nicht eben schlecht behandle.«

Er nahm ihre Hand:»Sie verstehen mich nicht!«

»Doch, ich verstehe Sie sehr gut.«

»Sie verstehen das verzweifelte Flehen, mit dem ich Ihr Herz unaufhörlich bestürme?«

»Ja, ich verstehe es.«

»Und?«

»Und... es macht mir viel Kummer, weil ich Sie wirklich sehr liebe.«

»Aber dann?«

»Aber dann rufen Sie mir zu: ›Seien Sie wie ich; denken, fühlen und drücken Sie sich aus wie ich.‹ Und das kann ich nicht. Ich bin, wie ich bin. Man muß mich nehmen, wie Gott mich geschaffen hat; so habe ich mich Ihnen auch gegeben; ich bedaure es

nicht, und mich verlangt nicht danach, mich von Ihnen zurückzuziehen, weil Sie mir teurer sind als alle, die ich kenne.«

»Sie lieben mich nicht.«

»Ich liebe Sie mit aller Liebeskraft, die in mir ist. Wenn sie
nicht anders oder nicht größer ist, ist das meine Schuld?«

»Wenn ich dessen sicher wäre, würde ich mich vielleicht damit
begnügen.«

»Was wollen Sie damit sagen?«

»Ich meine, daß ich Sie für fähig halte, anders zu lieben, aber
daß ich mich – mich – nicht für fähig halte, Ihnen eine echte
Liebe einzuflößen.«

»Nein, da täuschen Sie sich. Sie sind mir mehr, als mir irgend
jemand je gewesen ist, und mehr, als mir jemals irgend jemand
sein wird, wenigstens glaube ich das fest. Ich habe Ihnen gegenüber die eine Tugend, nicht zu lügen, nicht das zu erheucheln,
was Sie wünschen, obwohl viele Frauen anders handeln würden.
Seien Sie mir deswegen dankbar, regen Sie sich nicht auf, beunruhigen Sie sich nicht länger, haben Sie Vertrauen zu meiner
Liebe; sie ist ehrlich und gehört völlig Ihnen.«

Er erkannte, wie weit sie voneinander entfernt waren, und
sagte leise: »Wie sonderbar Sie die Liebe auffassen und davon
sprechen! Ich bin für Sie lediglich jemand, den Sie gern öfters auf
einem Stuhl an Ihrer Seite zu sehen wünschen. Aber für mich bedeuten Sie die ganze Welt; ich kenne nichts mehr außer Ihnen,
ich fühle nichts mehr als Sie, ich brauche nichts als Sie.«

Sie lächelte wohlwollend und antwortete: »Ich weiß, ich fühle
es, ich verstehe es. Ich bin darüber entzückt und sage Ihnen: Lieben Sie mich immer so, wenn es möglich ist, denn das bedeutet
für mich ein wirkliches Glück; aber zwingen Sie mich nicht, Ihnen eine Komödie vorzuspielen, die mir Kummer machen würde
und die unser nicht würdig wäre. Schon seit einiger Zeit habe ich
diese Krise kommen spüren; sie ist für mich sehr schmerzlich,
weil ich sehr an Ihnen hänge, aber ich kann meine Wesensart
nicht so weit ändern, daß sie der Ihren gleicht. Nehmen Sie mich,
wie ich bin.«

Er fragte plötzlich: »Haben Sie schon einmal daran gedacht,
haben Sie schon einmal geglaubt – wenn auch nur einen Tag, nur

eine Stunde lang, sei es vorher, sei es nachher –, daß Sie mich anders lieben könnten?«

Sie war um eine Antwort verlegen und sann ein paar Augenblicke nach.

Er wartete angstvoll und fuhr dann fort:»Sehen Sie, sehen Sie wohl, auch Sie haben einmal von etwas anderem geträumt.«

Sie flüsterte langsam:»Ich habe mich wohl einen Augenblick über mich selber getäuscht.«

Er rief:»O diese Klugheit und Seelenkenntnis! Man klügelt nicht so über die Regungen des Herzens.«

Sie überlegte noch immer, gefesselt von ihrem eigenen Nachdenken, von dieser Suche, dieser Selbstbesinnung, und sie fügte hinzu:»Ehe ich Sie liebte, wie ich Sie jetzt liebe, habe ich allerdings einen Augenblick geglaubt, daß ich für Sie mehr... mehr... Leidenschaft empfinden würde... Aber dann wäre ich sicherlich weniger einfach, weniger freimütig... vielleicht auch später weniger aufrichtig gewesen.«

»Warum später weniger aufrichtig?«

»Weil Sie die Liebe in die Formel ›alles oder nichts‹ zwängen, und dies ›alles oder nichts‹ bedeutet nach meiner Auffassung: ›Zuerst alles und dann nichts mehr.‹ Wenn das ›nichts‹ beginnt, fängt die Frau an zu lügen.«

Er erwiderte sehr erregt:»Aber begreifen Sie denn nicht mein Elend und die Qual zu denken, daß Sie mich anders hätten lieben können? Sie haben es gefühlt, und also werden Sie einen anderen so lieben.«

Sie erwiderte ohne Zögern:»Ich glaube nicht.«

»Und warum? Ja, warum? Von dem Augenblick an, da Sie eine Vorahnung von der Liebe gehabt, da Sie etwas von der unerfüllbaren, marternden Sehnsucht gespürt haben, Leben, Seele und Leib mit denen eines anderen Menschen zu verschmelzen, in ihm aufzugehen und ihn in sich aufzunehmen, da Sie die Möglichkeit dieses unbeschreiblichen Gefühls empfunden haben, werden Sie ihm eines Tages erliegen.«

»Nein. Meine Einbildung hat mich getäuscht – und hat sich über mich getäuscht. Ich gebe Ihnen alles, was ich geben kann. Ich habe viel darüber nachgedacht, seit ich Ihre Geliebte bin. Beachten Sie, daß ich mich vor nichts fürchte, nicht einmal vor Worten. Ich bin wirklich durch und durch überzeugt, daß ich nicht mehr und nicht besser lieben kann, als ich es in diesem Augenblick tue. Sie sehen, daß ich mit Ihnen spreche, als spräche ich mit mir selbst. Das tue ich, weil Sie sehr klug sind, weil Sie alles verstehen, weil Sie alles durchschauen und weil Ihnen nichts zu verbergen das beste, das einzige Mittel ist, uns eng aneinander zu binden, und für lange Zeit. Und das hoffe ich, mein Freund.«

Er hörte ihr zu und trank ihre Worte in sich wie ein Verdurstender; er fiel auf die Knie und barg das Gesicht in ihrem Schoß. Er preßte seinen Mund auf die kleinen Hände und wiederholte mehrmals:»Dank! Dank!«

Als er den Kopf hob, um sie anzuschauen, hatte sie zwei Tränen in den Augen; dann legte sie ihrerseits die Arme um Andrés Hals, zog ihn sanft an sich, beugte sich nieder und küßte ihn auf die Augenlider.»Setzen Sie sich wieder«, sagte sie,»es ist sehr unvorsichtig von Ihnen, hier vor mir zu knien.«

Er setzte sich, und nach einigen Augenblicken des Schweigens, während sie einander ansahen, fragte sie ihn, ob er sie an einem der nächsten Tage in die Ausstellung des Bildhauers Prédolé begleiten wolle, von dem begeistert gesprochen wurde. Sie hatte von ihm in ihrem Ankleideraum ein hübsches Bildwerk, einen bronzenen Amor stehen, der Wasser in das Becken goß, und sie wünschte das in der Galerie Varin ausgestellte Gesamtwerk dieses herrlichen Künstlers zu sehen, der seit acht Tagen Paris begeisterte.

Sie verabredeten einen Tag; dann stand Mariolle auf, um sich zu verabschieden.»Wollen Sie nicht morgen nach Auteuil kommen?« fragte er ganz leise.

»O ja, gern!«

Und er ging, benommen vor Freude, berauscht von dem Vielleicht, das in liebenden Herzen niemals stirbt.

VI

Madame de Burnes Kutsche rollte im schlanken Trab der beiden
Pferde über das Pflaster der Rue de Grenelle. Der Hagel eines
letzten Frühlingsschauers – es war in den ersten Apriltagen –
schlug geräuschvoll gegen die Fensterscheibe des Wagens und
prallte von dort auf den Fahrdamm, der schon mit weißen Kör-
nern besät war. Die Fußgänger hasteten unter ihren Regenschir-
men dahin, den Nacken in dem hochgeschlagenen Kragen der
Mäntel verborgen. Nach zwei Wochen schönen Wetters hatte der
endende Winter erneut eine abscheuliche Kälte gebracht, die die
Haut rissig werden ließ.

Die Füße auf einer heißen Wärmflasche, den Körper in einen
Pelz gehüllt, dessen samtene, zarte, reglose, sanfte Liebkosung
sie durch ihr Kleid hindurch erwärmte und ihrer gegen Berüh-
rungen empfindlichen Haut ein wohliges Behagen schuf, dachte
die junge Frau mißmutig daran, daß sie in spätestens einer
Stunde eine Droschke nehmen müsse, um Mariolle in Auteuil
aufzusuchen.

Der lebhafte Wunsch, eine Rohrpostnachricht zu schicken,
zwackte sie, aber sie hatte sich schon seit mehr als zwei Monaten
vorgenommen, das so selten wie möglich zu tun, denn sie hatte
sich große Mühe gegeben, ihn ebenso zu lieben, wie er sie liebte.

Als sie sah, wie er litt, hatte sie Mitleid überkommen, und nach
der Unterredung, in der sie ihn in einer Aufwallung echter Zärtlichkeit auf die Augen geküßt hatte, war ihre aufrichtige Neigung
für ihn für eine Weile tatsächlich wärmer und weniger zurückhaltend geworden.

Betroffen über ihre unfreiwillige Kälte, hatte sie sich gefragt,
warum sie ihn schließlich nicht so lieben sollte, wie so viele
Frauen ihre Geliebten lieben, da sie ihn doch wirklich sehr gern
hatte und er ihr mehr gefiel als alle übrigen Männer.

Diese Gleichgültigkeit ihrer Liebe konnte nur von einer Trägheit des Herzens herrühren, die man vielleicht zu überwinden
vermochte wie jede Trägheit.

Sie versuchte es. Sie versuchte, schwärmerischer an ihn zu
denken und sich an den Tagen der Zusammenkünfte zu erregen.

Sie brachte es wirklich einigemal zuwege, wie man sich nachts in Furcht versetzen kann, wenn man an Einbrecher und an Gespenster denkt. Sie bemühte sich sogar, etwas leidenschaftlicher zu sein, zärtlicher in ihren Umarmungen. Es gelang ihr anfangs leidlich gut und versetzte ihn in einen Glücksrausch.

Sie glaubte nun, auch in ihr könne eine Glut erwachen, die einigermaßen der ähnlich sei, die sie in ihm lodern fühlte. Ihre alte, zeitweilige Sehnsucht nach Liebe, die sie an jenem Abend, da sie sich entschloß, sich ihm hinzugeben, da sie träumerisch die milchweißen Nebel über der Bucht von Mont Saint-Michel betrachtete, für erfüllbar gehalten hatte, erwachte wieder, weniger verführerisch, weniger in romantische und idealisierende Wolken gehüllt, jedoch bestimmter, menschlicher, freier von Täuschungen nach der Erprobung des Liebesverhältnisses.

Aber vergebens hatte sie nach jenem Gefühlsüberschwang gerufen und gespäht, der ein Wesen ganz und gar einem andern zu eigen macht und der, wie man sagt, entsteht, wenn sich die von der Erregung der Seelen hingerissenen Leiber vereinigen. Jener Überschwang war ausgeblieben.

Dennoch versteifte sie sich darauf, Hingerissenheit zu heucheln, häufiger Zusammenkünfte zu verabreden, ihm zu sagen: »Ich fühle, daß ich Sie mehr und mehr liebe.« Aber es überkam sie Müdigkeit und ein Unvermögen, sich und ihn länger zu täuschen. Sie stellte mit Erstaunen fest, daß die Küsse, die er ihr gab, ihr auf die Dauer lästig wurden, obwohl sie keineswegs völlig unempfindlich dagegen war. Sie stellte es an dem unbestimmten Unbehagen fest, das sie schon am Morgen der Tage in sich verspürte, an denen sie sich mit ihm treffen sollte. Warum nur fühlte sie sich an solchen Morgen nicht im Gegenteil wie so viele andere Frauen von verwirrender Erwartung und Begierde nach den Umarmungen durchwogt? Sie ließ sie über sich ergehen, nahm sie zärtlich ergeben hin, war dann besiegt, brutal unterworfen und erschauerte widerwillig, aber niemals hingerissen. Barg vielleicht ihr zarter und zierlicher, außergewöhnlich vornehmer und verfeinerter Körper eine unbewußte Schamhaftigkeit, die Schamhaftigkeit eines geweihten, höheren Wesens, von der ihre moderne Seele noch nichts wußte?

Mariolle begriff allmählich. Er sah die künstliche Glut abneh-
men. Er ahnte den Versuch, sich aufzuopfern, und ein tödlicher,
ein untröstlicher Kummer beschlich seine Seele.

Sie wußte jetzt gleich ihm, daß die Probe gemacht worden und
jede Hoffnung entschwunden war. Auch heute, nun sie, warm im
Pelz, die Füße auf der Wärmflasche, den Hagel gegen die Schei-
ben des Wagens peitschen sah, fand sie in sich nicht mehr den
Mut, diese Behaglichkeit hinter sich zu lassen und in eine eiskalte
Droschke zu steigen, um zu dem armen Kerl zu fahren.

Freilich, der Gedanke, sich zurückzuziehen, mit ihm zu brechen, sich den körperlichen Liebesbezeigungen zu versagen, kam
ihr keinen Augenblick. Sie wußte sehr wohl, daß man sich einem
liebenden Mann hingeben muß, wenn man ihn ganz für sich behalten und vor Nebenbuhlerinnen bewahren will, daß man ihn
an dieser Kette halten muß, die Leib an Leib fesselt. Sie wußte es,
denn so ist es vom Schicksal verhängt, folgerichtig und unbe-
streitbar. Es ist sogar loyal, so zu handeln, und sie wollte sich ihm
gegenüber loyal verhalten, ganz wie eine rechtschaffene Geliebte.
Deshalb würde sie sich ihm auch weiterhin schenken, sie würde
sich ihm immer wieder hingeben – aber warum so oft? Würden
ihrer beider Zusammenkünfte nicht auch für ihn einen größeren
Reiz und neue Anziehungskraft gewinnen, wenn sie in größeren
Abständen erfolgten und wie unschätzbare, seltene Geschenke
dargeboten würden, mit denen man nicht verschwenderisch um-
gehen durfte?

Bei jeder ihrer Fahrten nach Auteuil hatte sie das Gefühl, daß
sie ihm die kostbarste aller Gaben brächte, ein kostbares Ge-
schenk. Wenn man so schenkt, ist die Freude des Gebens nicht
von einem gewissen Gefühl der Aufopferung zu trennen; es ist
nicht der Rausch, genommen zu werden, sondern der Stolz, groß-
mütig zu sein, und die Befriedigung, glücklich zu machen.

Sie überlegte sogar, daß Andrés Liebe mehr Aussicht habe,
von Dauer zu sein, wenn sie sich ihm häufiger versage, denn jeder
Hunger wird größer durch Fasten, und das sinnliche Begehren ist
nichts als Hunger. Als sie zu diesem Ergebnis gekommen war,
entschloß sie sich, an diesem Tag doch noch nach Auteuil zu fahren, aber so zu tun, als sei ihr nicht wohl. Die Fahrt, die ihr eine

Minute früher des Hagelwetters wegen als so lästig erschienen war, kam ihr mit einem Schlag angenehm vor, und sie begriff, lächelnd über sich selbst und diese plötzliche Sinnesänderung, warum es ihr so schwer fiel, eine doch so natürliche Sache zu ertragen. Vorhin hatte sie durchaus nicht gewollt, jetzt wollte sie. Sie hatte vorhin nicht gewollt, weil sie im voraus die tausend kleinen, lästigen Einzelheiten des Zusammenseins durchlebt hatte. Sie stach sich dann immer mit den Stecknadeln, mit denen sie ungeschickt umging, in die Finger; sie fand ihre Sachen nicht wieder, die sie beim hastigen Entkleiden im Zimmer verstreut hatte, weil sie sich schon im voraus vor der gräßlichen Mühsal fürchtete, sich ganz allein wieder anziehen zu müssen.

Sie verweilte bei dieser Überlegung; zum erstenmal durchdachte sie sie nach allen Seiten hin. War sie nicht sogar ein wenig vulgär, ein wenig abstoßend, diese Liebe zu festgesetzter Stunde, die ein oder zwei Tage vorher verabredet wurde wie eine geschäftliche Konferenz oder ein Besuch beim Arzt? Nach einem langen, unerwarteten, freien, berauschenden Zusammensein ist nichts natürlicher, als daß der Kuß den Lippen entspringt, Mund und Mund sich vereinigen, nachdem sie einander mit zärtlichen, glühenden Worten gerufen, entzückt und verlockt haben. Aber wie verschieden war ein solcher Kuß von dem, der ohne Überraschung im voraus angekündigt war und den man sich einmal wöchentlich holen ging, die Uhr in der Hand. Das stimmte um so mehr, als sie mitunter an Tagen, da sie André nicht sehen durfte, ein unbestimmtes Verlangen in sich gefühlt hatte, ihn aufzusuchen, wogegen dieser Wunsch kaum jemals auftauchte, wenn sie voller List wie ein gehetzter Dieb auf verdächtigen Schleichwegen in schmutziger Droschke zu ihm fuhr, während ihr Herz durch diese Dinge von ihm abgelenkt wurde.

Ach, die Stunde in Auteuil! Sie hatte sie auf allen Uhren all ihrer Freundinnen abgezählt; sie hatte sie Minute um Minute bei Madame de Frémines, bei der Marquise de Bratiane, bei der schönen Madame Le Prieur herannahen sehen, wenn sie an den Nachmittagen des Wartens in Paris umhergefahren war, weil sie nicht zu Hause bleiben wollte, wo ein unvorhergesehener Besuch, ein unerwartetes Hindernis sie hätte festhalten können.

Plötzlich sagte sie sich:»Heute wird gestreikt; ich fahre sehr spät hin, um ihn nicht zu arg aufzuregen.« Dann öffnete sie an der Vorderwand des Wagens eine Art von unsichtbarem Wandschränkchen, das sich unter der schwarzen Seide verbarg, mit der der Wagen ausgeschlagen war wie das Boudoir einer jungen Frau. Wenn die beiden zierlichen Türen dieses Verstecks nach den Seiten aufgeklappt waren, erschien ein in Gelenken drehbarer Spiegel, den sie bis zur Höhe ihres Gesichts emporschob. Hinter diesem Spiegel steckten in Satinfächern eine Reihe kleiner silberner Gegenstände: eine Puderdose, ein Lippenstift, zwei Fläschchen Parfüm, ein Tintenfaß mit Federhalter, eine Schere und ein zierliches Papiermesser, um das Buch aufzuschneiden, den neuesten Roman, der unterwegs gelesen wurde. Eine kostbare Uhr, rund und von der Größe einer goldenen Nuß, war an dem Stoff befestigt; sie zeigte auf vier.

Madame de Burne dachte: Noch mindestens eine Stunde habe ich Zeit, und sie drückte auf eine Feder, worauf der Diener, der neben dem Kutscher saß, das Hörrohr hob, um ihren Befehl entgegenzunehmen. Sie ergriff das andere Ende, das in der Bespannung verborgen war, näherte ihre Lippen dem kleinen Sprachrohr aus Bergkristall und sagte:»Zur österreichischen Botschaft.«

Dann betrachtete sie sich im Spiegel. Sie betrachtete sich, wie sie sich immer betrachtete, mit der Befriedigung, die man empfindet, wenn man dem am meisten geliebten Menschen begegnet; dann schlug sie den Pelz zurück, um noch einmal den Sitz ihres Kleides zu prüfen. Es war ein leichtes Übergangskleid. Der Kragen war mit sehr feinen, weißen Federn eingefaßt, die so hell waren, daß sie schimmerten. Sie breiteten sich noch ein wenig über die Schultern aus und strichen über das helle Grau wie ein Vogelfittich. Die ganze Taille war ebenfalls mit Daunenflaum besetzt und verlieh der jungen Frau das seltsame Aussehen eines Wildvogels. Auf ihrem Hut, einer Art Kappe, steckten weitere Federn, ein kühner Busch in lebhafteren Farben, und ihre hübsche blonde Gestalt schien vollauf bereit zu sein, mit den Wildenten durch den Hagel unter dem grauen Himmel davonzufliegen.

Sie war noch in ihren Anblick versunken, als der Wagen unvermittelt in die große Einfahrt der Botschaft einbog. Schnell schlug sie ihren Pelz übereinander, schob den Spiegel herab, schloß die kleinen Türen des Fachs und sagte, als der Wagen hielt, zu ihrem Kutscher:»Fahren Sie nach Hause, ich brauche Sie nicht mehr.« Dann fragte sie den Lakaien, der ihr auf der Freitreppe entgegenkam:»Ist die Fürstin daheim?«

»Ja, Madame.«

Sie ging hinein, stieg die Treppe hinauf und betrat einen ganz kleinen Salon, in dem die Fürstin von Malten Briefe schrieb.

Als die Botschafterin ihre Freundin erblickte, stand sie mit dem Ausdruck lebhafter Freude und strahlenden Augen auf; und die beiden küßten einander zweimal mit den Mundwinkeln auf die Wangen.

Dann setzten sie sich nebeneinander auf zwei niedrige Sessel vor dem Kamin. Sie hatten sich sehr gern, sie gefielen einander unendlich und verstanden sich in allen Punkten, denn sie waren sich fast gleich, von derselben weiblichen Rasse, in derselben Atmosphäre aufgewachsen, und sie hegten die gleichen Gefühle, obwohl die Fürstin von Malten eine Schwedin war, die einen Österreicher geheiratet hatte. Sie übten eine geheimnisvolle, seltsame Anziehungskraft aufeinander aus, aus der ein echtes Gefühl des Wohlwollens und tiefer Zufriedenheit entstand, wenn sie beisammen waren. Sie konnten den geschlagenen halben Tag ohne Unterlaß miteinander das nichtigste Zeug schwatzen; es war für beide höchst interessant, weil sie in allem den gleichen Geschmack besaßen.

»Sie sehen, wie gern ich Sie habe!« sagte Madame de Burne. »Sie sind heute abend zum Essen bei mir, und dennoch konnte ich mich nicht enthalten, Sie zu besuchen. Es ist die reinste Leidenschaft, meine Liebe.«

»Ich teile sie«, antwortete die Schwedin lächelnd.

Und aus ständig geübter Gewohnheit sagten sie einander allerlei Artigkeiten, kokett wie in Gegenwart eines Mannes, aber auf andere Weise kokett, einem anderen Kampf hingegeben, da sie nicht den Gegner, sondern die Nebenbuhlerin vor sich hatten.

Madame de Burne warf beim Plaudern zuweilen einen Blick auf die Uhr. Es schlug fünf. Seit einer Stunde war er jetzt in Auteuil. Das genügt, dachte sie und erhob sich.

»Schon?« fragte die Fürstin.

Die andere antwortete keck: »Ja, ich habe es eilig, ich werde erwartet. Ich wäre weit lieber bei Ihnen geblieben.«

Sie küßten einander von neuem, und nachdem Madame de Burne gebeten hatte, ihr eine Droschke holen zu lassen, ging sie.

Das Pferd hinkte und zog mit unendlicher Mühe den alten Wagen; und diese Hinkerei, diese Müdigkeit des Tieres verspürte die junge Frau auch in sich. Wie das keuchende Tier empfand auch sie die Fahrt als lang und schwer. Bald war ihr die Freude, André zu sehen, tröstlich, dann wieder bedrückte sie das, was zu tun sie im Begriff stand.

Sie fand ihn halb erfroren hinter der Tür. Starke Schauer wirbelten durch die Bäume. Der Hagel trommelte auf ihren Schirm, als sie nach dem Häuschen gingen. Ihre Füße versanken im Schmutz.

Der Garten wirkte öde, kläglich, erstorben, schlammig. Und André war bleich. Er litt sehr.

Als sie eingetreten waren, meinte sie: »Gott, ist das kalt hier!«

Zwar flammte ein großes Feuer in beiden Räumen. Aber da es erst mittags angezündet worden war, hatte es die mit Feuchtigkeit durchtränkten Mauern noch nicht trocknen können, und ihr glitt ein Frösteln über die Haut.

Sie fügte hinzu: »Ich möchte meinen Pelz erst später ablegen.«

Sie knöpfte ihn nur ein wenig auf und glich nun in ihrem leichten, federbesetzten Kleid, das darunter zum Vorschein kam, einem der Zugvögel, die niemals an demselben Ort verweilen.

Er setzte sich neben sie.

Sie fuhr fort: »Heute abend ist bei mir ein reizendes Essen, auf das ich mich schon im voraus freue.«

»Wer kommt denn?«

»Nun... zuerst Sie, dann Prédolé, den kennenzulernen ich sehr begierig bin.«

»Ah, Prédolé kommt?«

»Ja, Lamarthe bringt ihn mit.«

»Aber das ist ganz und gar kein Mensch für Sie, dieser Prédolé! Bildhauer sind schon im allgemeinen nicht dazu angetan, hübschen Frauen zu gefallen, dieser nun aber noch weniger als jeder andere.«

»O mein Lieber, ausgeschlossen! Ich bewundere ihn sehr!« Innerhalb von zwei Monaten, nach seiner Ausstellung in der Galerie Varin, hatte der Bildhauer Prédolé Paris erobert und gezähmt. Geachtet und geschätzt worden war er schon immer; es hieß von ihm: »Er macht entzückende Figürchen.« Aber als das kunsterfahrene, kennerische Publikum aufgerufen wurde, ein Urteil über sein Gesamtwerk abzugeben, das in den Sälen der Rue Varin vereinigt war, gab es einen Ausbruch der Begeisterung.

Es lag in seinen Werken, so schien es, die Offenbarung eines ungeahnten Zaubers, einer so besonderen Begabung dafür, das Anmutige und Liebliche wiederzugeben, daß man glaubte, der Geburt eines neuen Wunders der Form beizuwohnen.

Seine besondere Stärke waren wenig, sehr wenig bekleidete Statuetten, deren zart verschleierte Formen er mit einer unvorstellbaren Vollkommenheit zum Ausdruck brachte. Insbesondere seine Tänzerinnen, von denen er zahlreiche Studien gemacht hatte, zeigten in ihren Gebärden, in ihren Stellungen durch die Harmonie der Haltung und Bewegung alles, was der weibliche Körper an geschmeidiger, seltener Schönheit in sich birgt.

Seit einem Monat hatte Madame de Burne unaufhörliche Anstrengungen unternommen, ihn zu sich zu locken. Aber der Künstler war menschenscheu, sogar ein wenig ungehobelt, wie es hieß. Endlich gelang es ihr durch die Vermittlung Lamarthes, dem sich der Bildhauer für eine aufrichtige, begeisterte Besprechung dankbar erweisen wollte.

Mariolle fragte: »Wer kommt denn sonst noch?«

»Die Fürstin von Malten.«

Er war verdrießlich. Diese Frau mißfiel ihm. »Und weiter?«

»Massival, Bernhaus und Georges de Maltry. Weiter niemand, nur meine Elite. Sie kennen doch Prédolé?«

»Ja, flüchtig.«

»Wie finden Sie ihn?«

»Wundervoll. Noch nie habe ich einen Menschen getroffen, der so in seine Kunst verliebt ist und der so anziehend darüber zu sprechen weiß.«

Sie war entzückt und wiederholte mehrmals:»Es wird ganz reizend.«

Er hatte unter dem Pelz ihre Hand ergriffen. Er drückte sie ein wenig, dann küßte er sie.

Da fiel ihr plötzlich ein, daß sie ja vergessen habe, sich leidend zu stellen; schnell suchte sie nach einem anderen Grund und murmelte:»Gott, wie kalt es ist!«

»Finden Sie?«

»Ich bin bis auf die Knochen durchfroren.«

Er erhob sich, um nach dem Thermometer zu sehen, das tatsächlich ziemlich niedrig stand. Dann setzte er sich wieder zu ihr.

Sie hatte gesagt:»Gott, wie kalt es ist!«, und er glaubte sie zu verstehen. Seit drei Wochen verspürte er bei jeder ihrer Zusammenkünfte das unüberwindliche Nachlassen ihres Versuchs, zärtlich zu sein. Er ahnte, daß sie es müde war, sich zu verstellen, und es nicht länger vermochte, und er selber war dermaßen gepeinigt vom vergeblichen und wütenden Verlangen nach dieser Frau, daß er sich in seinen Stunden verzweifelter Einsamkeit sagte:»Ich will lieber mit ihr brechen als so weiterleben.« Um herauszubekommen, was sie im Sinn hatte, fragte er sie:»Wollen Sie denn heute nicht einmal Ihren Pelz ablegen?«

»O nein«, sagte sie,»ich huste seit heute morgen etwas. Dieses abscheuliche Wetter hat meinen Hals angegriffen. Ich habe Angst, krank zu werden.« Nach einer Pause fügte sie hinzu: »Wenn ich Sie nicht durchaus hätte sehen wollen, wäre ich überhaupt nicht gekommen.«

Da er, zerrissen von Kummer und zitternd vor Zorn, nicht antwortete, fuhr sie fort:»Nach den schönen Tagen der beiden letzten Wochen ist dieser Kälterückfall sehr gefährlich.« Sie schaute in den Garten hinaus, in dem die Bäume unter dem schaumigen Schlackenschnee, der durch die Zweige wirbelte, schon fast grün waren.

Er seinerseits schaute sie an, und er dachte: Das also ist die Liebe, die sie für mich hegt! Zum erstenmal erwachte in ihm eine Art Haß gegen sie, der Haß des betrogenen Mannes, gegen dies Gesicht, gegen diese ungreifbare Seele, gegen diesen Frauenleib, dem er so begierig nachstellte und der sich ihm stets entzog.

»Sie tut, als sei ihr kalt«, sagte er sich. »Es friert sie nur, weil ich da bin. Wenn es sich um einen Vergnügungsausflug handelte, eine der läppischen Launen, die für das unnütze Dasein dieser oberflächlichen Geschöpfe etwas Aufregendes sind, würde sie allem trotzen und ihr Leben aufs Spiel setzen. Fährt sie nicht, bloß um ihre Toiletten zu zeigen, bei stärkstem Frost im offenen Wagen? Ach, so sind sie jetzt alle.«

Er schaute sie an, die so ruhig ihm gegenübersaß. Und er wußte, daß hinter dieser Stirn, hinter dieser angebeteten kleinen Stirn, nur ein einziger Wunsch lebte, der Wunsch, dieses Zusammensein, das zu peinlich wurde, nicht länger auszudehnen.

Hatte es denn tatsächlich je leidenschaftliche Frauen gegeben, gab es sie wohl gar noch, Frauen, die vor Erregung zittern, die leiden, weinen, sich im Sturm hingeben, umarmen, umschlingen und aufstöhnen, die mit dem Leib wie mit der Seele lieben, mit dem sprechenden Mund und den schauenden Augen, mit dem pochenden Herzen und der streichelnden Hand, Frauen, die allem trotzen, weil sie lieben, und bei Tag oder Nacht, überwacht und bedroht, unerschrocken und bebend zu dem eilen, der sie in seine Arme nimmt, und die dann außer sich vor Glück vergehen?

Oh, wie schrecklich war die Liebe, die ihn jetzt in Fesseln geschlagen hatte, eine Liebe ohne Aussicht, ohne Ziel, ohne Freude und Triumph, eine Liebe, die einen entnervt, einen zur Verzweiflung treibt und einem vor Gram das Innere zernagt, eine Liebe ohne Würze und ohne Rausch, die nur Angst und Reue, Leiden und Tränen mit sich brachte und die auch in die Ekstase der wechselseitigen Liebesbezeigungen den unerträglichen Kummer mischte, daß keine Küsse diese kalten Lippen zu erwärmen vermochten, die trocken und verdorrt waren wie abgestorbene Bäume.

Er schaute sie an, die in ihrem enganliegenden, gefiederten Gewand so bezaubernd aussah. Waren die großen Feindinnen, die man besiegen mußte, mehr noch als diese Frau, nicht ihre Kleider, die eifersüchtigen Hüter, die schmucken und kostbaren Schranken, die seine Geliebte einschlossen und sie gegen ihn verteidigten? »Ihr Kleid ist entzückend«, sagte er; er wollte nicht von dem sprechen, was ihn quälte.

Sie antwortete lächelnd:»Sie sollten erst das sehen, das ich heute abend trage.« Dann hustete sie mehrmals hintereinander und fuhr fort:»Ich erkälte mich noch vollends. Lassen Sie mich gehen, lieber Freund. Die Sonne wird ja bald wiederkommen und ich mit ihr.«

Er hielt sie nicht. Entmutigt wurde er sich bewußt, daß gegenwärtig keine Bemühung den stummen Widerstand dieses schwunglosen Wesens besiegen könne, daß es zu Ende sei, für immer zu Ende mit der Hoffnung, der Erwartung, daß dieser ruhige Mund Worte stammeln, diese kühlen Augen aufleuchten würden. Und plötzlich fühlte er in sich den unbeugsamen Entschluß aufsteigen, dieser marternden Herrschaft zu entrinnen. Sie hatte ihn an ein Kreuz geschlagen, er verblutete daran aus allen seinen Gliedern, und sie sah ihn verröcheln, ohne sein Leiden zu begreifen, zufrieden sogar mit dem, was sie getan hatte. Aber er würde sich von diesem Marterholz losreißen, auch wenn er Stücke seines Leibes daran zurücklassen mußte, Fetzen seines Fleischs und sein ganzes zerstückeltes Herz. Er würde sich retten wie ein Tier, das die Jäger fast getötet haben, er würde sich in die Einsamkeit verkriechen, wo er schließlich vielleicht seine Wunden vernarben lassen konnte und nur noch die dumpfen Schmerzen fühlen würde, die den Verstümmelten bis zu ihrem Tod zu schaffen machen.»Also leben Sie wohl«, sagte er.

Sie war ergriffen von der Traurigkeit seiner Stimme und erwiderte:»Bis heute abend.«

Er wiederholte:»Bis heute abend... Adieu.« Dann begleitete er sie bis zur Gartentür, kam zurück und setzte sich ganz allein vor den Kamin. Allein! Tatsächlich, es war sehr kalt! Und wie traurig! Es war aus und vorbei! Ach, welch grausiger Gedanke! Vorbei die Hoffnungen, das Warten, das Träumen von ihr mit dem Brennen im Herzen, das uns für Augenblicke auf dieser dunklen Erde auflodern läßt wie Freudenfeuer, die an den dunklen Abenden angezündet werden. Fahrt wohl, ihr Nächte einsamer Erregung, in denen er fast bis zum Tagesanbruch in seinem Zimmer auf und ab gegangen war und an sie gedacht, und ihr, Morgenstunden, in denen er sich, wenn er die Augen aufschlug, gesagt hatte:»Ich sehe sie ja bald in unserem Häuschen.«

Wie er sie liebte! Wie er sie liebte! Wie lange es dauern und wie schwer es halten würde, sich von ihr zu heilen! Sie war gegangen, weil es sie fror! Er sah sie vor sich, wie sie ihn eben noch angesehen und behext hatte, behext, um sein Herz besser durchbohren zu können. Ach, wie gut sie es durchbohrt hatte, durch und durch, mit einem einzigen, letzten Stoß! Er spürte das Loch: eine schon alte Wunde, die sie ihm zugefügt und dann verbunden und die sie jetzt unheilbar gemacht, indem sie ihre tödliche Gleichgültigkeit wie ein Messer hineingebohrt hatte. Er spürte sogar, wie aus diesem durchbohrten Herzen etwas rann, das seinen Körper erfüllte, ihm in die Kehle stieg und ihn erstickte. Da schlug er beide Hände vor die Augen, als wolle er diese Schwäche vor sich verbergen, und begann zu weinen. Sie war gegangen, weil es sie fror! Er wäre nackt durch den Schnee gewandert, um zu ihr zu gelangen, gleichgültig, wo. Er hätte sich von einem Dach herabgestürzt, nur um ihr zu Füßen zu fallen. Er erinnerte sich einer alten Geschichte, die zur Sage geworden ist: die vom Berg der beiden Liebenden, den man auf der Fahrt nach Rouen gewahrt. Ein junges Mädchen hatte, gehorsam der grausamen Laune ihres Vaters, der ihr verbot, ihren Geliebten zu heiraten, wenn sie ihn nicht selber auf den Gipfel des steilen Berges trage, ihn hinaufgeschleppt, auf Händen und Knien kriechend, und war, als sie oben anlangte, tot umgefallen. Die Liebe ist also nur eine Sage, erfunden, um in Versen besungen oder in verlogenen Romanen erzählt zu werden.

Hatte nicht auch seine Geliebte ihm bei einer ihrer ersten Unterredungen einen Satz gesagt, den er niemals vergessen hatte? »Die Männer von heute lieben die Frauen von heute nicht so, daß sie dadurch wirklich leiden. Glauben Sie mir, ich kenne die einen wie die anderen.« Sie hatte sich geirrt, was ihn, aber nicht, was sie selber betraf, denn sie hatte noch gesagt: »Jedenfalls warne ich Sie im voraus: Ich bin außerstande, mich wirklich in irgend jemanden, gleichgültig in wen, zu verlieben...«

Gleichgültig in wen? War das sicher? In ihn, nein. Diese Gewißheit hatte er jetzt; aber auch in keinen anderen?

In ihn? Sie konnte ihn nicht lieben! Warum nicht?

Da überkam ihn das Gefühl, daß er alles im Leben verfehlt

habe, ein Gefühl, von dem er schon seit langem besessen war und
das ihn vernichtete. Er hatte nichts geleistet, nichts erreicht,
nichts errungen, nichts bezwungen. Die Künste hatten ihn angezogen, aber er hatte weder in sich den nötigen Mut gefunden, sich
einer davon ganz zu widmen, noch über die hartnäckige Ausdauer verfügt, die man braucht, um sich darin durchzusetzen.
Kein Erfolg hatte ihn erfreut, keine Begeisterung für etwas Schönes hatte ihn geadelt und erhöht. Sein einziger entschlossener
Versuch, das Herz einer Frau zu erobern, war fehlgeschlagen wie
alles übrige. Er war im Grund ein Gescheiterter.
Er weinte noch immer hinter seinen vor die Augen gepreßten
Händen. Die über die Haut rinnenden Tränen netzten seinen
Schnurrbart und machten seine Lippen salzig.
Daß er ihre Bitterkeit schmeckte, verstärkte noch sein Elend
und seine Verzweiflung.
Als er den Kopf hob, merkte er, daß es dunkel geworden war.
Er hatte gerade noch Zeit, nach Hause zu fahren und sich für das
Abendessen bei ihr umzukleiden.

VII

André Mariolle langte als erster bei Madame Michèle de Burne
an. Er setzte sich und betrachtete diese Wände ringsum, die Gegenstände, die Tapeten, die Nippsachen, die Möbel, die er um ihretwillen liebte, das ganze vertraute Gemach, wo er sie kennengelernt, wo er die Leidenschaft in sich entdeckt und sie von Tag zu
Tag hatte wachsen fühlen bis zur Stunde seines nutzlosen Sieges.
Mit welcher Glut hatte er manchmal an dieser hübschen Stätte
auf sie gewartet, die für sie geschaffen war, diesem kostbaren
Rahmen um dieses auserlesene Geschöpf! Und wie gut er den
Duft dieses Salons, dieser Stoffe kannte, einen sanften Irisgeruch,
aristokratisch und schlicht! Hier hatte er immer und immer wieder vor Erwartung gebebt, in Hoffnung gezittert, alle Erregungen
ausgekostet und schließlich alle Leiden durchgemacht. Wie die
Hände eines Freundes, von dem man Abschied nimmt, drückte
er die Lehne des großen Sessels, in dem er so oft gesessen, wenn er

mit ihr geplaudert und sie betrachtet hatte, wie sie lächelte und sprach. Am liebsten wäre es ihm gewesen, wenn sie gar nicht käme, wenn niemand käme und er allein da bleiben könnte, die ganze Nacht hindurch, um von seiner Liebe zu träumen, wie man bei einer Toten wacht. Dann würde er in der Morgendämmerung fortgehen, für lange Zeit, vielleicht für immer.

Die Tür des Zimmers öffnete sich. Sie erschien, sie streckte ihm die Hand hin und kam auf ihn zu. Er beherrschte sich und ließ sich nichts anmerken. Sie war keine Frau, sondern ein lebender Blumenstrauß, ein unvorstellbarer Strauß.

Ein Gürtel von Nelken umschloß die Taille und wand sich in Kaskaden um sie herum bis zu ihren Füßen. Um die nackten Arme und Schultern lief eine Girlande aus Vergißmeinnicht und Maiglöckchen, während drei märchenhafte Orchideen ihrem Busen zu entsteigen schienen und die blasse Haut ihrer Brüste mit der rosig-roten Haut ihrer übernatürlichen Blüten streichelten. Ihr blondes Haar war mit Emailveilchen übersät, in denen winzige Diamanten funkelten. Andere Brillanten, die auf Goldnadeln zitterten, schimmerten wasserhell in dem duftenden Besatz des Mieders.

»Sicher bekomme ich Kopfschmerzen«, sagte sie, »aber das schadet nichts; es steht mir gut!«

Sie duftete wie der Frühling in den Gärten; sie war frischer als ihr Blumenschmuck. André betrachtete sie geblendet und dachte, daß es ebenso roh und barbarisch sein würde, sie in diesem Augenblick in die Arme zu schließen, wie auf einem blühenden Beet herumzutrampeln. Der Körper der Frauen war ja lediglich ein Vorwand für Putz, ein Gegenstand zum Schmücken, nicht ein Gegenstand zum Lieben. Sie ähnelten Blumen, sie ähnelten Vögeln, sie ähnelten tausend anderen Dingen ebenso sehr wie weiblichen Wesen. Ihre Mütter, die der vergangenen Geschlechter, hatten ebenfalls samt und sonders die Kunst der Koketterie gebraucht, um ihre Schönheit zu heben, aber sie hatten zunächst durch das unmittelbare Verführerische ihrer Körper zu gefallen getrachtet, durch die natürliche Macht ihres Liebreizes, durch die unwiderstehliche Anziehungskraft, die die weibliche Gestalt auf das Herz der Männer ausübt. Heute war die Koketterie alles, die Kunstfertigkeit war das große Mittel und auch der Zweck geworden, denn die heutigen Frauen bedienten sich ihrer weit mehr, um die Augen der Nebenbuhlerinnen zu ärgern und sinnlos ihre Eifersucht anzustacheln, als zur Eroberung der Männer.

Auf wen war diese Toilette wohl berechnet, auf den Geliebten oder darauf, die Fürstin von Malten zu demütigen?

Die Tür tat sich auf; sie wurde gemeldet.

Madame de Burne eilte auf sie zu und küßte sie, wobei sie sorgfältig auf ihre Orchideen achtgab, zärtlich mit halbgeöffneten Lippen. Es war ein hübscher, begehrenswerter Kuß, der aus vollem Herzen von den beiden Mündern gegeben und empfangen wurde.

Mariolle zitterte vor Qual. Kein einziges Mal war sie mit einem solchen Ausbruch der Freude auf ihn zugelaufen, nie hatte sie ihn so geküßt; und in einem plötzlichen Umschwung seiner Stimmung sagte er sich voller Wut: »Dergleichen Frauen sind nichts mehr für uns.«

Massival erschien, dann nach ihm Monsieur de Pradon, Graf Bernhaus, dann George de Maltry in einem englischen Frack von blendender Eleganz.

Jetzt standen nur noch Lamarthe und Prédolé aus. Man sprach von dem Bildhauer, und alle Stimmen ergingen sich in Lobeserhebungen.

Er habe die Anmut wiedererweckt, die Überlieferung der Renaissance wiedergefunden und noch etwas hinzugefügt: die moderne Wirklichkeitstreue; er sei nach Georges de Maltry der auserwählte Entdecker der menschlichen Geschmeidigkeit. Diese Redensarten liefen seit zwei Monaten durch alle Salons, gingen von Mund zu Mund und von Ohr zu Ohr.

Endlich erschien er. Man war überrascht. Er war ein dicker Mann von unbestimmbarem Alter mit den Schultern eines Bauern, einem starken Kopf mit ausgeprägten Gesichtszügen, ergrauendem Haar und Bart, einer mächtigen Nase, fleischigen Lippen und schüchterner, verlegener Miene. Er hielt die Arme etwas linkisch vom Körper ab, wozu ohne Zweifel seine riesigen Hände beitrugen, die aus den Ärmeln hervorragten. Sie waren

groß und dick, mit behaarten, muskulösen Fingern, Hände eines
Herkules oder eines Schlachters; und sie wirkten ungeschickt und
schwerfällig, als schämten sie sich, da zu sein und sich nicht verstecken zu können.

Aber das Gesicht wurde von zwei klaren, grauen, durchdringenden, außerordentlich lebhaften Augen erhellt. Einzig sie
schienen in diesem klotzigen Mann etwas Lebendiges zu sein. Sie
beobachteten, forschten, suchten, warfen ihren scharfen, schnellen, beweglichen Blitz überallhin, und man spürte, daß eine
große, rasche Auffassungsgabe diesen neugierigen Blick belebte.

Madame de Burne war ein wenig enttäuscht und bot dem
Künstler höflich einen Sessel an, in den er sich niederließ. Dort
blieb er sitzen, offenbar etwas verwirrt darüber, daß er in dieses
Haus geraten sei.

Lamarthe wollte als gewandter Mittler das Eis brechen und
trat zu dem Freund.»Mein Lieber«, sagte er,»ich möchte Ihnen
zeigen, wo Sie sich befinden. Sie haben vorerst nur unsere göttliche Gastgeberin gesehen; betrachten Sie jetzt, was sie umgibt.«

Er wies auf eine auf dem Kamin stehende echte Büste von Houdon, dann auf einen Sekretär von Boule, auf zwei Frauen, die einander umschlungen hielten und tanzten, von Clodion und
schließlich auf vier der erlesensten Tanagrafigürchen, die auf einem Wandbrett standen.

Da belebte sich das Gesicht Prédolés plötzlich, als habe er in einer Wüste seine Kinder wiedergefunden. Er stand auf, ging auf
die vier kleinen antiken Tonfiguren zu und ergriff mit seinen un-
geschlachten Händen, die dazu geschaffen schienen, Ochsen totzuschlagen, zwei zu gleicher Zeit, so daß Madame de Burne
Angst um sie bekam. Aber als er sie berührte, war es, als streichelte er sie, denn er betastete sie mit einer überraschenden Geschicklichkeit und Behutsamkeit mit seinen dicken Fingern, die
gelenkig geworden waren wie die eines Jongleurs. Wenn man ihn
so sah, wie er sie betrachtete und befühlte, spürte man, daß in der
Seele und in den Händen dieses dicken Mannes eine einzigartige,
wundersame, zärtliche Liebe zu allen kleinen, zierlichen Dingen
lebte.

»Sind sie hübsch?« fragte Lamarthe.

Da rühmte der Bildhauer sie, als habe man sie ihm zum Geburtstag verehrt, und sprach einige Worte über die bemerkenswertesten, die er kannte, mit einer ein wenig verschleierten, aber sicheren, ruhigen Stimme; sie stand im Dienst eines klaren Denkvermögens, das den Wert der Worte sehr wohl kannte. Dann besichtigte er, geführt von dem Schriftsteller, die anderen seltenen Kunstgegenstände, die Madame de Burne dank der Ratschläge ihrer Freunde zusammengetragen hatte. Erstaunt und erfreut, sie hier zu finden, pries er sie, nahm sie immer wieder in die Hände und wendete sie leicht nach allen Seiten, als wolle er einen zärtlichen Kontakt mit ihnen aufnehmen. Eine Bronzestatuette, schwer wie eine Kanonenkugel, stand in einer dunklen Ecke verborgen; er hob sie mit einer Hand hoch, trug sie in die Nähe einer Lampe, bewunderte sie lange und stellte sie dann mühelos auf ihren Platz zurück.

Lamarthe meinte:»Ist das nicht ein Mordskerl, vollauf dazu geschaffen, sich mit Marmor und Stein herumzuschlagen?«

Er wurde mit wohlwollenden Blicken bedacht.

Ein Diener meldete:»Es ist angerichtet, Madame.«

Die Dame des Hauses nahm den Arm des Bildhauers, um in das Speisezimmer hinüberzugehen, und als sie ihn zu ihrer Rechten hatte Platz nehmen lassen, fragte sie ihn höflich, wie sie den Abkömmling einer vornehmen Familie nach dem genauen Ursprung seines Namens gefragt haben würde:»Ihre Kunst hat auch das Verdienst, die älteste von allen zu sein, nicht wahr?«

Er antwortete mit seiner ruhigen Stimme:»Mein Gott, die biblischen Hirten spielten Flöte; die Musik scheint demnach älter zu sein, obgleich für unsere Begriffe die wirkliche Musik noch nicht sehr alt ist. Aber die echte Bildhauerei ist sehr alt.«

Sie entgegnete:»Sie schätzen auch die Musik?«

Er antwortete mit ernster Überzeugung:»Ich habe für alle Künste was übrig.«

»Weiß man, wer der Erfinder der Ihrigen war?«

Er dachte nach und sagte in sanftem Ton, als erzähle er eine rührende Geschichte:»Nach der griechischen Überlieferung war es der Athener Daidalos. Aber die hübscheste Sage schreibt diese Erfindung einem Töpfer namens Dibutades aus Sikyon zu. Seine

Tochter Kora hatte mit einem Pfeil den Schattenriß ihres Bräutigams gezeichnet, ihr Vater füllte diesen Umriß mit Tonerde aus und modellierte ihn. Meine Kunst war geboren.« Lamarthe murmelte:»Entzückend.« Dann, nach einer Pause, fuhr er fort:»Ach, wenn Sie nur wollten, Prédolé!« Er wandte sich plötzlich an Madame de Burne:»Sie können sich nicht vorstellen, wie dieser Mensch unterhaltend ist, wenn er von dem spricht, was er liebt, wie er sich auszudrücken und es so lange darzulegen versteht, bis man es anbetet.«

Aber der Bildhauer schien weder geneigt, etwas von sich herzumachen noch große Reden zu halten. Er hatte einen Zipfel der Serviette zwischen Hemdkragen und Hals gesteckt, um seine Weste nicht zu beflecken, und aß seine Suppe mit Andacht, mit jener Hochachtung, die die Bauern für die Suppe hegen. Dann trank er ein Glas Wein und lehnte sich zurück; er schien sich behaglicher zu fühlen und sich einzugewöhnen. Von Zeit zu Zeit versuchte er sich umzudrehen; er hatte nämlich in einem Spiegel eine ganz moderne Gruppe bemerkt, die hinter ihm auf dem Kamin stand. Er kannte sie nicht und suchte den Meister zu erraten. Endlich konnte er nicht mehr an sich halten; er fragte:»Das ist von Falguières, nicht wahr?«

Madame de Burne begann zu lachen.»Ja, von Falguières. Wie haben Sie das im Spiegel erkennen können?«

Er lächelte seinerseits.»Ach, ich erkenne – ich weiß nicht, wie – auf den ersten Blick die Plastiken von Leuten, die auch Bilder malen, und die Malerei von Leuten, die auch Plastiken machen. So was ähnelt ganz und gar nicht dem Werk eines Menschen, der ausschließlich eine einzige Kunst ausübt.«

Lamarthe, der seinen Freund gern in allem Glanz vorgeführt hätte, bat um Erklärungen, und Prédolé ließ sich dazu herbei. Er erläuterte, schilderte und beschrieb die Malerei der Bildhauer und die Bildhauerei der Maler in seiner langsamen, deutlichen Ausdrucksweise so klar, eigentümlich und neuartig, daß man ihm mit den Augen ebenso lauschte wie mit den Ohren. Er zog die ganze Kunstgeschichte zu seinen Darlegungen heran und zitierte Beispiele aus jeder Epoche; er griff bis auf die frühen italienischen Meister zurück, die Maler und Bildhauer zu gleicher Zeit gewesen waren: Niccolò und Giovanni Pisano, Donatello, Lorenzo Ghiberti. Er erwähnte merkwürdige Ansichten Diderots über jenen Gegenstand und nannte zum Schluß die Türen des Baptisteriums von San Giovanni in Florenz, Basreliefs von Ghiberti, die so lebendig und dramatisch seien, daß sie eher wie Gemälde anmuteten.

Mit seinen schweren Händen, mit denen er vor sich hin arbeitete, als seien sie voll von Modelliermasse, und die nun mit ihren geschmeidigen und lockeren Bewegungen die Augen entzückten, bildete er das beschriebene Werk mit solcher Deutlichkeit nach, daß man neugierig seinen Fingern folgte, die über den Gläsern und Tellern all die Bildwerke entstehen ließen, von denen sein Mund sprach. Als ihm dann Gerichte vorgesetzt wurden, die er mochte, schwieg er und begann zu essen.

Bis zum Ende des Diners sprach er nicht mehr viel und beteiligte sich kaum an der Unterhaltung, die von einem Theatergeschwätz zu einem politischen Gerücht, von einem Ball zu einer Hochzeit, von einem Aufsatz in der »Revue des Deux-Mondes« zu dem kürzlich stattgehabten Pferderennen übersprang. Er aß viel und trank tüchtig, ohne daß ihm das etwas auszumachen schien, da seinem klaren, gesunden, schwer zu verwirrenden Verstand der gute Wein kaum etwas anzuhaben vermochte.

Als man in den Salon zurückgekehrt war, zog Lamarthe, der aus dem Bildhauer nicht alles herausgeholt hatte, was er von ihm erwartete, ihn vor eine Vitrine, um ihm einen unschätzbaren Gegenstand zu zeigen, ein getriebenes silbernes Tintenfaß, ein kunstgeschichtlich berühmtes Stück von Benvenuto Cellini.

Nun bemächtigte sich des Bildhauers eine Art Trunkenheit. Er besah es, wie man das Gesicht einer Geliebten betrachtet, und von Rührung ergriffen, sprach er über das Werk Cellinis Gedanken aus, die ebenso anmutig und fein waren wie das Werk des göttlichen Goldschmiedes; dann, als er merkte, daß ihm gelauscht wurde, ging er aus sich heraus. In einem großen Lehnsessel sitzend und das Kleinod, das ihm gereicht worden war, in der Hand haltend und es unaufhörlich betrachtend, schilderte er die Eindrücke, die alle ihm bekannten Wunderwerke der Kunst auf ihn gemacht hatten; er gab sein ganzes Inneres preis und machte den seltsamen Rausch begreiflich, den die Anmut der Formen durch die Augen in die Seele dringen läßt. Zehn Jahre lang hatte er die Welt durchstreift und nichts als Marmor, Stein, Bronze und Holz gesehen, gestaltet von genialen Händen, oder auch Gold, Silber, Elfenbein und Kupfer, beliebiges Material, das sich unter den Zauberfingern der Ziseleure in Meisterwerke verwandelt hatte.

Und er selber war beim Reden ganz Bildhauer und ließ mittels der Eindringlichkeit seiner Wort überraschende und wundervoll modellierte Reliefs entstehen.

Die Herren standen um ihn herum und hörten ihm mit äußerster Spannung zu, während sich die Damen, die in der Nähe des Kamins saßen, zu langweilen schienen und dann und wann leise miteinander plauderten, fassungslos, daß man den einfachen Umrissen von Gegenständen so viel Geschmack abgewinnen konnte.

Als Prédolé verstummte, drückte ihm Lamarthe entzückt und hingerissen die Hand und sagte mit herzlicher, vor Bewegung über eine gemeinsame Liebe gerührter Stimme:»Wahrhaftig, ich hätte Lust, Sie zu umarmen. Sie sind der einzige echte Künstler, der einzige wirklich leidenschaftliche und der einzige große Mann unserer Zeit, der einzige, der wahrhaft das liebt, was er schafft, der darin sein Glück findet und dessen niemals müde noch überdrüssig wird. Sie üben die ewige Kunst in ihrer einfachsten, reinsten, höchsten und unerreichbaren Form aus. Sie bringen das Schöne durch den Schwung einer Linie hervor und kümmern sich um nichts anderes. Ich leere ein Glas Cognac auf Ihr Wohl.«

Dann wurde die Unterhaltung wieder allgemein, aber schleppend, entrückt von den Gedanken, die die Luft dieses mit kostbaren Gegenständen ausgestatteten Salons durchzogen hatten.

Prédolé brach zeitig auf und gab als Grund dafür an, daß er jeden Morgen bei Tagesanbruch an der Arbeit sei.

Als er gegangen war, fragte Lamarthe begeistert Madame de Burne:»Nun, wie finden Sie ihn?«

Sie antwortete zögernd, mit einer unzufriedenen und wenig erbauten Miene:»Ganz interessant, aber geschwätzig.«

Der Schriftsteller lächelte und dachte: Natürlich, er hat Ihre Toilette nicht bewundert, und Sie sind die einzige Ihrer Kostbarkeiten, die er kaum angesehen hat. Nach einigen liebenswürdigen Redensarten setzte er sich neben die Fürstin von Malten, um ihr den Hof zu machen.

Graf Bernhaus näherte sich der Herrin des Hauses, nahm einen niedrigen Schemel und schien zu ihren Füßen niederzusinken. Mariolle, Massival, Maltry und Monsieur de Pradon fuhren fort, über den Bildhauer zu sprechen, der einen starken Eindruck auf sie gemacht hatte. Monseur de Maltry verglich ihn mit den alten Meistern, deren ganzes Leben von der ausschließlichen, verzehrenden Liebe zur Darstellung der Schönheit ausgefüllt und erleuchtet gewesen war, und er philosophierte darüber mit scharfsinnigen, treffenden und ermüdenden Worten.

Massival, der es satt hatte, von einer Kunst sprechen zu hören, die nicht die seine war, näherte sich der Fürstin und setzte sich neben Lamarthe, der ihm alsbald seinen Platz abtrat, um sich wieder zu den Männern zu gesellen. »Gehen wir?« fragte er Mariolle.

»Ja, sehr gern.«

Der Schriftsteller hatte eine Schwäche für Nachtgespräche auf der Straße, wenn er jemanden heimbegleitete. Seine abgehackte, schrille, beißende Stimme schien an den Wänden der Häuser hängen zu bleiben und hinaufzuklettern. Er fühlte sich beredt, scharfsinnig, geistreich und witzig auf diesen nächtlichen Gängen, auf denen er mehr mit sich selbst sprach als sich mit seinem Partner unterhielt. Er erzielte Achtungserfolge bei sich selbst, die ihm genügten, und verschaffte sich durch diese leichte Ermüdung von Lungen und Beinen einen guten Schlaf.

Mariolle war am Ende seiner Kräfte. Sein ganzes Elend, sein ganzes Unglück, sein ganzer Kummer, seine ganze unheilbare Enttäuschung kochten in seinem Herzen, seit er diese Schwelle überschritten hatte. Er konnte nicht mehr, er wollte nicht mehr. Er mußte gehen, um nie wiederzukehren.

Als er sich von Madame de Burne verabschiedete, sagte sie ihm mit geistesabwesender Miene Lebewohl.

Die beiden Männer waren allein auf der Straße. Der Wind war

umgeschlagen, die Kälte des Tages hatte nachgelassen. Es war warm und mild wie zwei Stunden nach einem Frühlingsschauer. Der bestirnte Himmel flimmerte, als habe in dem unendlichen Raum ein Sommerhauch das Funkeln der Sterne entfacht. Die Gehsteige waren wieder grau und trocken geworden, während auf den Fahrbahnen unter dem Gaslicht noch Wasserlachen leuchteten.

Lamarthe sagte:»Was für ein glücklicher Mensch, dieser Prédolé! Er liebt nur eins, seine Kunst, er denkt nur an sie, lebt nur für sie, und das füllt ihn aus, tröstet ihn, erfreut ihn, macht sein Dasein glücklich und reich. Er ist wirklich ein großer Künstler vom alten Schlag. Ach, der kümmert sich kein bißchen um Frauen, um unsere Frauen mit ihrem Flitterkram, ihren Spitzen und ihren Verstellungskünsten. Haben Sie gesehen, wie wenig Beachtung er unseren beiden schönen Damen geschenkt hat, obwohl sie doch verführerisch waren? Aber er braucht nun mal die reine Plastik und nicht die verkünstelte. Natürlich hat ihn unsere göttliche Wirtin unerträglich und dumm gefunden. Für sie sind eine Büste von Houdon, Tanagrafigürchen oder ein Tintenfaß von Benvenuto Cellini nur ein bißchen notwendiger Zierat an der natürlichen, reichen Umrahmung eines solchen Meisterwerkes, wie sie selber es ist – sie und ihr Kleid, denn ihr Kleid ist ein Teil von ihr, ist die neue Abwandlung, die sie jeden Tag ihrer Schönheit gibt. Wie oberflächlich und selbstgefällig solch eine Frau ist!«

Er hielt inne und stieß mit dem Stock so hart auf den Gehsteig, daß das Geräusch eine Zeitlang in der Straße widerhallte. Dann fuhr er fort:»Sie kennen, verstehen und schätzen alles, was ihren Wert erhöht: die Kleidung und den Schmuck, deren Mode alle zehn Jahre wechselt, aber sie wissen nichts von dem, was von einer seltenen, bleibenden Erlesenheit ist, was eine große, innige künstlerische Hingabe und eine selbstlose, rein ästhetische Übung ihrer Sinne erfordert. Sie haben übrigens sehr wenig entwickelte Sinne, die allem unzugänglich sind, was nicht unmittelbar den weiblichen Egoismus berührt; denn der zehrt alles in ihnen auf. In ihrer Abgefeimtheit liegt etwas Wildes, Indianerhaftes, Kriegerisches, Hinterlistiges. Sie sind sogar nahezu unfähig, die materiellen Genüsse niederer Art zu würdigen, die physische Ausbildung und sorgfältige Pflege eines Organs erfordern, wie die Feinschmeckerei. Wenn sie ausnahmsweise dahin gelangen, eine gute Küche zu schätzen, so bleiben sie doch immer unfähig, edle Weine zu würdigen, die lediglich den Gaumen der Männer ansprechen, denn der Wein spricht.« Er stieß von neuem mit dem Stock auf das Pflaster und unterstrich so das letzte Wort und setzte einen Punkt hinter seinen Satz. Dann begann er von neuem:»Man darf übrigens nicht zu viel von ihnen verlangen. Aber der Mangel an Geschmack und Verständnis, der ihren geistigen Blick trübt, wenn es um höhere Dinge geht, macht sie auch sehr häufig blind, wenn es sich um uns handelt. Um sie zu verführen, braucht man weder Seele, Herz oder Geist noch ungewöhnliche Eigenschaften und Vorzüge zu haben, wie früher, als sie sich in einen Mann seines Wertes und seines Mutes wegen verliebten. Die Frauen von heute sind Komödiantinnen, Komödiantinnen der Liebe, die geschickt ein Stück einüben, das sie aus Herkommen spielen und an das sie nicht mehr glauben. Sie brauchen Komödianten, die ihnen das Stichwort geben und ihre Rolle herunterlügen gleich ihnen. Ich verstehe unter Komödianten die Hanswürste der großen Welt oder anderer Bereiche.«

Eine Zeitlang gingen sie schweigend nebeneinander her. Mariolle hatte ihm aufmerksam zugehört; er wiederholte sich stumm Lamarthes Sätze und stimmte ihnen aus seinem ganzen Schmerz heraus zu. Er wußte übrigens, daß eine Art italienischer Abenteurer angekommen war, um Paris für sich zu gewinnen, der Fürst Epilati, ein Fechtbodenkavalier, von dem überall gesprochen und dessen Eleganz und geschmeidige Kraft, die er dem Highlife und den großen Kokotten in enganliegenden Trikots aus schwarzer Seide vorführte, sehr gerühmt wurden und der in diesem Augenblick die Aufmerksamkeit und die Koketterie der kleinen Baronin de Frémines für sich mit Beschlag belegte.

Da Lamarthe fortfuhr zu schweigen, sagte Mariolle zu ihm: »Es ist unsere Schuld; wir wählen falsch; es gibt auch noch andere Frauen!«

Der Schriftsteller erwiderte:»Die einzigen, die noch der Liebe fähig sind, sind die Ladenmädchen oder die kleinen sentimentalen Bürgersfrauen, die arm und unglücklich verheiratet sind. Ich habe bisweilen solch eine betrübte Seele aufgerichtet. Sie fließen von Gefühl über, aber von einem so vulgären Gefühl, daß sein Eintausch gegen das unsere wie ein Almosen wirkt. Nun, ich sage, daß in unserer jungen, reichen Gesellschaft, wo die Frauen nichts ersehnen und nichts entbehren und keinen anderen Wunsch haben, als ein wenig abgelenkt zu werden, ohne Gefahr dabei zu laufen, wo die Männer das Vergnügen wie die Arbeit geregelt haben – ich sage, daß die alte, bezaubernde, mächtige Anziehungskraft der Natur, die die Geschlechter einst zueinander trieb, verschwunden ist.«

Mariolle murmelte: »Stimmt.« Seine Sehnsucht zu fliehen wuchs, weit fort zu fliehen von diesen Leuten, diesen Marionetten, die aus Müßiggang das einst so schöne, zärtliche, leidenschaftliche Leben nachäfften und nichts mehr von einer verlorenen Köstlichkeit verspürten. »Gute Nacht!« sagte er. »Ich gehe schlafen.«

Er kam nach Hause, setzte sich an seinen Tisch und schrieb: »Adieu, Madame. Erinnern Sie sich noch meines ersten Briefes? Auch damals sagte ich Ihnen Lebewohl, aber ich ging nicht fort. Wie sehr ich doch unrecht hatte! Wenn Sie diese Zeilen erhalten, bin ich nicht mehr in Paris. Muß ich Ihnen erklären, warum? Männer wie ich sollten niemals Frauen wie Ihnen begegnen. Wenn ich ein Künstler wäre und meine Gemütsbewegungen so ausdrücken könnte, daß ich mich davon befreite, hätten Sie mir vielleicht Talent beschert; aber ich bin nichts als ein armer Kerl, dem seine Liebe zu Ihnen schreckliches, unerträgliches Leid eingetragen hat. Als ich Ihnen begegnete, hätte ich mich nicht für fähig gehalten, derart zu empfinden und zu leiden. Eine andere an Ihrer Stelle hätte eine göttliche Beschwingtheit in mein Herz gesenkt, sie hätte es aufleben lassen. Aber Sie haben es nur zu quälen verstanden. Wider Ihren Willen, ich weiß es, und ich werfe Ihnen nichts vor und grolle Ihnen deswegen nicht. Ich habe nicht einmal das Recht, Ihnen diese Zeilen zu schreiben. Verzeihen Sie mir. Sie sind so beschaffen, daß Sie nicht fühlen können, wie ich fühle, daß Sie nicht einmal ahnen können, was in mir vorgeht, wenn ich zu ihnen komme, wenn Sie mit mir sprechen und wenn ich Sie ansehe. Ja, Sie dulden mich, ertragen mich und bieten mir sogar ein friedliches, vernünftiges Glück, für das ich Ihnen mein ganzes Leben lang auf den Knien danken müßte. Aber ich will es nicht. Ach, welch schreckliche, marternde Liebe, die unaufhörlich nach dem Almosen eines warmen Wortes oder einer zärtlichen Liebkosung verlangt und beides niemals erhält! Mein Herz ist leer wie der Magen eines Bettlers, der lange mit ausgestreckter Hand hinter Ihnen hergelaufen ist. Sie haben ihm schöne Dinge zugeworfen, aber kein Brot. Ich brauche Brot, ich brauche Liebe. Ich gehe davon, elend und arm, bar Ihrer Liebe, von der die einige Brosamen mich gerettet hätten. Ich habe nichts mehr auf der Welt als ein schmerzliches Gedenken, das in mir lebt und das ich töten muß. Das versuche ich jetzt zu tun.

Leben Sie wohl, Madame. Verzeihen Sie, ich danke Ihnen, verzeihen Sie. Heute abend liebe ich Sie noch aus tiefster Seele. Leben Sie wohl, Madame.

André Mariolle.«

DRITTER TEIL

I

Ein strahlender Morgen verklärte die Stadt. Mariolle bestieg den Wagen, der vor der Tür wartete, mit einer Reisetasche und zwei Koffern auf dem Verdeck. Er hatte noch in der Nacht durch seinen Diener die Wäsche und die für eine lange Abwesenheit notwendigen Gegenstände einpacken lassen und beim Fortgehen als vorläufige Adresse angegeben: »Fontainebleau, postlagernd.« Er nahm niemanden mit; er wollte kein Gesicht sehen, das ihn an Paris erinnerte, wollte keine Stimmen hören, die er schon gehört hatte, als er noch an gewisse Dinge dachte.

Er rief dem Kutscher zu: »Gare de Lyon!« Die Droschke setzte sich in Bewegung. Da mußte er an jene andere Abfahrt nach dem

Mont Saint-Michel im vergangenen Sommer denken. In drei Monaten würde es ein Jahr her sein. Um das alles zu vergessen, betrachtete er die Straße.

Der Wagen bog in die Avenue des Champs-Élysées ein, die eine Woge von Frühlingssonne überschwemmte. Die jungen Blätter, die schon durch die erste Wärme der vergangenen Wochen hervorgekommen und durch den Hagel und die Kälte der beiden letzten Tage kaum gehemmt worden waren, schienen, als sie sich an diesem leuchtenden Morgen schnell entfalteten, einen Duft von frischem Grün und verdunstendem Saft sprossender künftiger Zweige zu verbreiten.

Es war einer jener Lenzmorgen, da man fühlt, daß in den Anlagen und längs der Avenuen die runden Kastanienbäume in ganz Paris an einem einzigen Tag ihre Blüten entfalten wollen, wie Kronleuchter, die angezündet werden. Das Leben der Erde keimte dem Sommer entgegen, und sogar die Straße mit ihren Asphaltgehsteigen bebte dumpf, von den Wurzeln angenagt.

Während ihn die Stöße der Droschke durchrüttelten, dachte er: Endlich kann ich etwas Ruhe genießen. Ich will den Frühling in dem noch öden Wald erwachen sehen.

Die Eisenbahnfahrt kam ihm sehr lang vor. Er war noch wie zerschlagen von den paar Stunden der Schlaflosigkeit, in denen er über sich geweint hatte, als habe er zehn Nächte bei einem Sterbenden verbracht. Nach der Ankunft in der Stadt Fontainebleau ging er zu einem Notar, um sich zu erkundigen, ob es nicht irgendein Häuschen am Rand des Waldes zu mieten gebe. Es wurden ihm mehrere genannt. Eins davon, das ihm nach der Photographie am meisten zusagte, war kurz zuvor von zwei jungen Leuten verlassen worden, einem Mann und einer Frau, die fast den ganzen Winter in dem Dorf Montigny-sur-Loing verbracht hatten. Der Notar, ein sonst ernster Mann, lächelte. Er witterte wohl eine Liebesgeschichte und fragte: »Sie sind allein?«

»Ganz allein.«

»Auch ohne Dienerschaft?«

»Auch ohne Dienerschaft. Die meine habe ich in Paris gelassen. Ich möchte mir Leute von hier nehmen. Ich komme hierher, um in völliger Abgeschiedenheit zu arbeiten.«

»Oh, das können Sie zu dieser Jahreszeit haben.«

Einige Minuten später brachte ein offener Landauer Mariolle und seine Koffer nach Montigny.

Der Wald erwachte. Am Fuß der großen Bäume, deren Kronen sich mit einem leichten Anflug von Laub bedeckten, waren die Büsche schon dichter belaubt. Die voreiligen Birken allein mit ihren silbernen Stämmen schienen sich bereits für den Sommer gekleidet zu haben, während die riesigen Eichen nur erst an der Spitze ihrer Zweige leichte, zitternde grüne Flecke zeigten. Die Buchen, die ihre spitzen Knospen schneller öffnen, warfen ihr letztes welkes, vorjähriges Laub ab.

Längs der Landstraße war das Gras, das noch nicht vom undurchdringlichen Schatten der Wipfel überdeckt war, dicht, leuchtend, glänzend von neuem Saft, und jener Duft nach sprossenden Trieben, den Mariolle schon in der Avenue des Champs-Élysées verspürt hatte, umhüllte ihn jetzt gänzlich und tauchte ihn in ein ungeheures Bad von pflanzlichem, unter der ersten Sonne keimendem Leben ein. Er atmete in vollen Zügen wie ein aus dem Gefängnis Entlassener, und mit der Empfindung eines Mannes, dessen Bande kurz zuvor zerbrochen worden sind, legte er gemächlich beide Arme auf die beiden Seitenlehnen des Landauers und ließ seine Hände über den beiden Rädern hinabhängen.

Es tat gut, die weite, freie, reine Luft zu atmen; aber wie lange, wie lange würde er sie noch in sich trinken und immer wieder in sich trinken müssen, diese Luft, um von ihr so durchdrungen zu sein, daß er etwas weniger litt, bis endlich dieser frische Hauch durch seine Lungen über die brennende Wunde seines Herzens hinglitt und sie heilte!

Er kam durch Marlotte, wo ihn der Kutscher auf das Hotel Corot hinwies, das erst kürzlich eröffnet worden war und dessen Eigenart gerühmt wurde. Dann ging es auf einer Landstraße weiter, zwischen dem Wald links und einer großen Ebene rechts, mit vereinzelten Bäumen und Hügeln am Horizont. Darauf wurde in eine lange, weiße, blendende Dorfstraße zwischen zwei endlosen Reihen kleiner ziegelgedeckter Häuser eingebogen. Hier und dort ragte ein riesiger blühender Fliederbusch über eine Mauer.

411

Diese Straße zog sich durch ein enges Tal, das zu einem kleinen Wasserlauf hinabführte. Als Mariolle ihn gewahrte, geriet er in Entzücken. Es war ein winziger Fluß, der schnell, reißend und wirbelnd dahinschoß und an einem seiner Ufer den Fuß der Häuser und die Mauern der Gärten bespülte, während er auf dem anderen Wiesen tränkte, wo schlanke Bäumchen ihre zarten, gerade erst hervorgeschlüpften Blätter entfalteten.

Mariolle fand sogleich die bezeichnete Behausung und war davon sehr angetan. Es war ein altes Haus, das ein Maler neu hatte herrichten lassen; fünf Jahre lang hatte er es bewohnt, es dann aufgegeben und vermietet. Es stand ganz dicht am Wasser, vom Fluß nur durch einen hübschen Garten getrennt, den eine mit Linden bestandene Terrasse abschloß. Der Loing, der ein paar Fuß hoch über ein Wehr herabstürzte, lief in starken Wirbeln an der Terrasse entlang. Durch die Fenster der Vorderseite waren auf der anderen Seite die Wiesen zu erblicken.

Hier werde ich genesen, dachte Mariolle.

Alles war schon mit dem Notar vereinbart für den Fall, daß ihm dieses Haus gefalle. Der Kutscher brachte den Bescheid zurück. Es galt nun, sich einzurichten, was schnell getan war, da ihm der Schreiber des Bürgermeisteramtes zwei Frauen besorgt hatte, von denen eine sich der Küche, die andere sich der Zimmer und der Wäsche annehmen sollte.

Im Erdgeschoß befanden sich ein Wohnzimmer, ein Eßzimmer, die Küche und zwei kleine Räume, im ersten Stock ein schönes Schlafzimmer und eine Art großer Arbeitsraum, den der Eigentümer, der Künstler, als Atelier benutzt hatte. Alles war mit Liebe eingerichtet, so wie man sich einrichtet, wenn man eine Gegend und eine Wohnung gern hat. Es wirkte jetzt ein wenig verstaubt, ein wenig unordentlich, gleichsam verwaist und verlassen, wie eben Behausungen aussehen, deren Bewohner fortgezogen ist.

Man merkte indessen, daß das Häuschen noch unlängst bewohnt gewesen war. Ein sanfter Duft von Verbenen schwebte in der Luft. Mariolle dachte: Sieh da, Verbenen, ein einfaches Parfüm. Die Frau, die vor mir hier gewohnt hat, kann nicht sehr kompliziert gewesen sein... Glücklicher Mann!

Der Abend kam, nachdem der Tag über all diesen Verrichtungen hingegangen war. Mariolle setzte sich an ein offenes Fenster, sog die milde, feuchte Frische der nassen Blätter ein und schaute zur untergehenden Sonne hin, die große Schatten auf die Wiesen warf.

Die beiden Frauen sprachen miteinander, während sie das Essen zubereiteten, und ihre bäuerlichen Stimmen klangen gedämpft die Treppe herauf, während durch das Fenster das Brüllen von Kühen, das Bellen von Hunden und Männerrufe hereindrangen, die das Vieh zusammentrieben oder sich mit einem Kameraden jenseits des Flusses unterhielten. Das alles war sehr friedlich und erholsam.

Mariolle fragte sich zum tausendstenmal seit dem Morgen: »Was mag sie wohl gedacht haben, als sie meinen Brief erhielt? Was wird sie tun?« Dann überlegte er: Was tut sie in diesem Augenblick? Er schaute auf die Uhr: halb sieben. Sie ist nach Hause gekommen, sie hat Gäste.

Er sah im Geist den Salon und die junge Frau vor sich, die mit der Fürstin von Malten, Madame de Frémines, Massival und dem Grafen Bernhaus plauderte.

Sein Inneres wurde plötzlich von Zorn durchzuckt. Er hätte dabei sein mögen. Es war die Stunde, um die er fast jeden Tag zu ihr gegangen war. Und er fühlte in sich ein Unbehagen, keine Reue, denn sein Wille war fest, wohl aber eine Art von körperlichem Schmerz gleich dem eines Kranken, dem man zur gewohnten Zeit die Morphiumspritze verweigert.

Er sah die Wiesen nicht mehr, nicht die Sonne, die hinter den Hügeln des Horizonts verschwand. Er sah nur sie inmitten der Freunde, eine Beute der gesellschaftlichen Pflichten, die sie ihm geraubt hatten. »Ich will nicht mehr daran denken!« sagte er sich.

Er stand auf, ging in den Garten hinunter und bis zur Terrasse. Die Kühle des durch das Wehr aufgewirbelten Wassers stieg in Schwaden vom Fluß empor, und dieser kalte Hauch, der sein ohnehin schon so trauriges Herz noch mehr erstarren ließ, bewog ihn, wieder ins Haus zu gehen. Im Eßzimmer war für ihn gedeckt. Es aß schnell, und da er dann nichts mehr zu tun hatte und in seinem Körper und in seiner Seele jenes Unbehagen wachsen und wachsen fühlte, von dem er kurz vorher heimgesucht worden war, ging er zu Bett und schloß die Augen, um zu schlafen; es war vergeblich. In Gedanken sah er sie, in Gedanken litt er um sie, in Gedanken kam er nicht los von dieser Frau.

Wem würde sie jetzt gehören? Sicherlich dem Grafen Bernhaus! Das war ganz der Mann, den dieses Prunkgeschöpf brauchte, der elegante, begehrte, gefeierte Mann. Er gefiel ihr, denn um ihn zu erobern, hatte sie all ihre Waffen gebraucht, obgleich sie die Geliebte eines anderen gewesen war.

Von solcherlei Zwangsvorstellungen geplagt, dämmerte er dennoch endlich ein und erging sich in wirren Träumen, in denen unaufhörlich jener Mann und sie auftauchten. Aber der wirkliche Schlaf stellte sich nicht ein, und die ganze Nacht sah er sie um sich herumschweifen, ihn höhnen und necken, verschwinden, wie um ihm zu gestatten, endlich einzuschlafen, und, sobald ihn Vergessen eingehüllt hatte, wieder auftauchen und ihn durch einen schrillen Eifersuchtskrampf im Herzen aufwecken.

In der ersten Morgendämmerung stand er auf und ging in den Wald, einen Stock in der Hand, einen starken Spazierstock, der in seinem neuen Haus vom letzten Bewohner vergessen worden war.

Die eben aufgegangene Sonne schien durch die fast noch kahlen Wipfel der Eichen auf den Boden, der stellenweise mit grünendem Gras, weiter weg mit einem Teppich aus welken Blättern und noch weiter weg mit Heidekraut bedeckt war, das der Winter rostrot gefärbt hatte; und gelbe Schmetterlinge flatterten wie kleine tanzende Flammen längs der Landstraße.

Ein Hügel, beinahe ein Berg, der mit Kiefern und bläulichen Felsblöcken bedeckt war, erschien zur Rechten des Weges. Mariolle stieg ihn langsam hinauf und setzte sich, als er auf dem Gipfel angelangt war, auf einen dicken Stein; er war nämlich bereits außer Atem. Seine Beine trugen ihn nicht mehr; sie versagten vor Schwäche. Sein Herz klopfte. Im ganzen Körper verspürte er eine unbeschreibliche Mattigkeit.

Jene Mattigkeit, das wußte er, rührte nicht von Anstrengung her, sondern von *ihr*, von der Liebe, die ihn wie eine unerträgliche

Last niederdrückte; und er murmelte:»Welch ein Elend! Warum hält sie gerade mich so fest, der ich im Leben nichts gewollt habe, als eben das Leben auszukosten, ohne deswegen zu leiden?«

Seine Aufmerksamkeit, überreizt und noch verschärft durch die Furcht vor diesem Übel, das vielleicht sehr schwer zu überwinden sein würde, richtete sich auf ihn selber; er durchforschte seine Seele, stieg in sein Inneres hinab, suchte es besser zu erkennen, es besser zu verstehen und seinen Augen die Ursache dieser unerklärlichen Krankheit zu entschleiern.

Er sagte sich:

»Nie bin ich ernstlich verliebt gewesen. Ich bin nicht überspannt, ich bin nicht leidenschaftlich; ich bin eher vernünftig als triebhaft, eher neugierig als begehrlich, eher phantasievoll als ausdauernd. Ich bin im Grunde nichts als ein vorsichtiger, kluger, wählerischer Genießer. Ich habe die Dinge des Lebens geliebt, ohne mich jemals allzu tief mit ihnen einzulassen, ich habe sie geliebt mit dem Geschmack eines Kenners, der daran nippt und sich nicht berauscht, der zu viel kennt, als daß er den Kopf verlieren könnte. Ich grüble über alles nach und zergliedere gewöhnlich meine Neigungen viel zu sehr, als daß ich ihnen blindlings erläge. Das ist sogar mein Hauptfehler, die einzige Ursache meiner Schwäche. Und nun hat sich diese Frau dennoch meiner bemächtigt, wider meinen Willen, trotz meiner Furcht vor ihr und obwohl ich sie kannte, und sie besitzt mich, als habe sie nacheinander all die verschiedenen Sehnsüchte, die in mir waren, an sich gerafft. Vielleicht ist es deswegen so. Ich habe sie an unbeseelte Dinge verzettelt, an die Natur, die mich lockt und rührt, an die Musik, die eine Art idealer Liebesbezeigung ist, an das Denken, das die Feinschmeckerei des Geistes ist, und an alles, was angenehm und schön ist auf Erden.

Dann bin ich einem Geschöpf begegnet, das alle meine ein wenig schwankenden und wechselnden Wünsche zusammenraffte, sie auf sich richtete und in Liebe verwandelte. Sie gefiel meinen Augen, weil sie elegant und hübsch war; sie gefiel meiner Seele, weil sie fein, klug und witzig war; sie gefiel meinem Herzen um eines geheimnisvollen Behagens an ihrer Berührung und ihrer Nähe, um einer heimlichen, unwiderstehlichen Ausstrahlung ihres Wesens willen, die mich benommen gemacht und betäubt hat wie der Duft gewisser Blumen.

Sie hat mir alles ersetzt, denn ich verlange nach nichts weiter, ich brauche nichts weiter und begehre und kümmere mich um nichts weiter.

Früher – wie würde ich da in diesem erwachenden Wald hier gezittert und gebebt haben! Heute sehe ich ihn nicht, fühle ich ihn nicht, bin ich gar nicht darin; ich bin noch immer bei jener Frau, die ich nicht mehr lieben will. Weiter! Ich muß meine Gedanken durch Müdigkeit ertöten; sonst werde ich nie geheilt.«

Er stand auf, stieg den felsigen Abhang hinab und wanderte mit großen Schritten weiter. Aber die Gedankenlast bedrückte ihn, als trage er sie auf dem Rücken.

Er ging immer schneller, und manchmal, wenn er die Sonne durch die Zweige tauchen sah oder ihn im Vorübergehen der harzige Hauch einer Tannengruppe streifte, empfand er ein kurzes Gefühl der Erleichterung, gleichsam eine Vorahnung des noch fernen Trostes.

Plötzlich blieb er stehen.»Ich gehe ja gar nicht mehr spazieren«, sagte er sich.»Ich fliehe ja.« Er floh tatsächlich vor ihr, einerlei wohin; er floh, verfolgt vom Gram über diese zerbrochene Liebe.

Dann ging er mit ruhigeren Schritten weiter. Der Wald nahm ein anderes Aussehen an, wurde belaubter und schattiger; Mariolle kam jetzt in den wärmer gelegenen Teil, in den prachtvollen Buchenbestand. Hier verspürte man nichts mehr vom Winter. Es war wunderbarer Frühling, der gerade erst in dieser Nacht geboren zu sein schien, so frisch und jung war er.

Mariolle drang in das Dickicht unter den riesigen Bäumen ein, die sich höher und höher emporreckten, und er ging lange Zeit vor sich hin, eine Stunde, zwei Stunden, zwischen den Zweigen, zwischen der unzählbaren Menge kleiner, schimmernder Blätter, die glänzend und klebrig von Saft waren. Das ungeheure Gewölbe der Wipfel verdeckte den ganzen Himmel; es wurde getragen von langen Säulenreihen, geraden oder gebeugten, die mitunter weißlich, mitunter dunkel waren unter dem schwarzen

Moos, das an der Rinde haftete. Sie stiegen unendlich hoch, einer hinter dem anderen, überragten die jungen Büsche, die sich zu ihren Füßen drängten und einander beengten, und bedeckten sie mit dichtem Schatten, durch den indessen Katarakte von Sonnenstrahlen brachen. Der Feuerregen glitt und rieselte durch das ganze ausgebreitete Blätterdach, das nicht mehr wie ein Wald aussah, sondern wie ein glänzender Dampf von Grün, der von gelben Strahlen erleuchtet wurde.

Mariolle blieb stehen, durchwogt von einer unaussprechlichen Überraschung. Wo war er? In einem Wald oder auf dem Grund eines Meeres, eines Meeres aus lauter Blättern und lauter Licht, eines Ozeans, der von grüner Helle vergoldet wurde?

Er fühlte sich wohler, seinem Elend ferner, geborgener, ruhiger, und er streckte sich auf dem Erdboden aus, auf dem roten Teppich aus totem Laub, das jene Bäume erst dann abwerfen, wenn sie sich mit neuem Grün bedecken.

Er genoß die kühle Berührung der Erde und die milde Reinheit der Luft, doch wurde er bald von einem zuerst unbestimmten, dann bestimmten Verlangen erfaßt, an diesem bezaubernden Ort nicht allein zu sein, und er sagte sich:»Ach, wenn ich sie hier bei mir hätte!«

Plötzlich sah er wieder den Mont Saint-Michel vor sich und mußte daran denken, wie ganz anders sie dort gewesen war als in Paris, bei jenem Erwachen der Liebe, die im Seewind angesichts des blonden Sandes erblüht war, und er dachte auch, daß sie ihn nur an diesem Tag ein wenig geliebt habe, nur ein paar Stunden lang. Gewiß, auf der Straße, wo die Flut entwich, in dem Kreuzgang, wo sie nur seinen Vornamen»André« geflüstert hatte, schien sie gesagt zu haben:»Ich bin ganz dein«, und auf dem Narrensteig, wo er sie fast durch die leere Raumesweite getragen, hatte sie ihm eine Leidenschaft entgegengebracht, die niemals wiedergekehrt war, seit ihr leichtfertiger Fuß das Pariser Pflaster von neuem betreten hatte.

Aber wäre hier, mit ihm zusammen in diesem grünenden Bad, in dieser anderen hohen Flut neuen Saftes, nicht die flüchtige, wonnige Erregung, die sie an der normannischen Küste befallen hatte, in ihr Herz zurückgekehrt?

Er blieb auf dem Rücken liegen, noch immer gemartert von seinen Grübeleien, den Blick verloren in dem durchsonnten Gewoge der Wipfel; und allmählich schloß er die Augen, eingeschläfert von der großen Ruhe der Bäume. Endlich schlief er tatsächlich ein, und als er erwachte, merkte er, daß es schon nach zwei Uhr nachmittags war.

Als er aufgestanden war, fühlte er sich etwas weniger traurig, etwas weniger krank, und er machte sich wieder auf den Weg. Endlich gelangte er aus der Waldesdichte heraus und kam an eine breite Kreuzung, von der wie die Bügel einer Krone sechs unglaublich hohe Baumgänge ausgingen und sich in belaubte, lichte Fernen verloren, in eine smaragdene Luft. Ein Wegweiser verkündete den Namen dieser Stelle: »Le Bouquet du Roi.« Es war wahrlich die Hauptstadt des königlichen Reichs der Buchen.

Ein Wagen kam vorbei. Er war leer und frei. Mariolle nahm ihn und ließ sich nach Marlotte fahren, von wo er zu Fuß nach Montigny zurückkehren wollte, nachdem er im Gasthaus gegessen hatte; er war nämlich hungrig.

Er erinnerte sich, am Tag vorher dieses Gasthaus gesehen zu haben, das erst unlängst eröffnet worden war: das Hotel Corot, eine Künstlerschenke in mittelalterlichem Stil nach dem Vorbild des »Chat noir« in Paris. Dort stieg er aus und gelangte durch eine offene Tür in einen großen Raum, wo altertümliche Tische und unbequeme Schemel auf Zecher eines anderen Jahrhunderts zu warten schienen. Im Hintergrund des Raumes stand auf der obersten Stufe einer kleinen Stehleiter eine Frau, eine junge Kellnerin ohne Zweifel, und hängte alte Teller an Nägeln auf, die für sie zu hoch waren. Bald auf beiden Fußspitzen, bald nur auf einer stehend, reckte sie sich empor, sich mit der einen Hand an der Wand festhaltend, in der anderen den Teller, mit gewandten, hübschen Bewegungen, weil sie zierlich von Wuchs war, und der Linienfluß vom Handgelenk bis zum Fußknöchel bot bei jeder ihrer Bemühungen einen wechselnden anmutigen Anblick. Da sie ihm den Rücken zudrehte, hatte sie Mariolle nicht eintreten hören; er blieb stehen, um sie zu betrachten. Unvermittelt fiel Prédolé ihm ein. »Sieh mal an, das ist nett!« sagte er sich. »Sie ist sehr gelenkig, die Kleine.« Er hustete.

Sie wäre fast gefallen vor Schreck, aber als sie ihr Gleichgewicht wiedererlangt hatte, sprang sie von der hohen Leiter mit der Leichtigkeit einer Seiltänzerin auf den Boden und kam dann lächelnd auf den Gast zu. Sie fragte:»Der Herr wünschen?«

»Mittagessen.«

Sie wagte einzuwenden:»Wohl eher Abendessen; es ist ja schon halb vier.«

Er erwiderte:»Also Abendessen, wenn Sie so wollen. Ich habe mich im Wald verirrt.«

Darauf nannte sie ihm die Gerichte, die es gab. Er traf seine Wahl und setzte sich.

Sie ging, um die Bestellung auszurichten; dann kam sie zurück und deckte den Tisch.

Er folgte ihr mit den Blicken und fand sie nett, flink und sauber. Ihr Arbeitskleid mit dem aufgeschürzten Rock, den aufgekrempelten Ärmeln und dem bloßen Hals gab ihr ein gefälliges, ein wenig keckes Aussehen, und ihr Mieder schmiegte sich ihren Brüsten an, auf die sie stolz sein konnte.

Das etwas gerötete, von der freien Luft gleichsam geschminkte Gesicht wirkte zu voll, geradezu pausbäckig, war aber von der Frische einer sich gerade öffnenden Blüte und hatte schöne, braune, glänzende Augen, in denen alles zu strahlen schien, einen lachenden Mund voll schöner Zähne und kastanienbraunes Haar, dessen Fülle die Lebenskraft dieses jungen, kräftigen Körpers verriet.

Sie brachte Radieschen und Butter, und er begann zu essen, ohne sie noch länger anzusehen. Da er sich betäuben wollte, bestellte er eine Flasche Champagner und trank sie ganz aus, dann nach dem Kaffee zwei Gläser Kümmel; und da er noch fast nüchtern war und seit seinem Weggehen nichts gegessen hatte als etwas kaltes Fleisch und Brot, fühlte er sich alsbald etwas benommen und betaumelt und in einen gehörigen Rausch versetzt, den er für Vergessen hielt. Seine Gedanken, sein Kummer, seine Beklemmungen schienen weggeschwemmt zu sein, ertränkt in dem klaren Wein, der innerhalb so kurzer Zeit sein gemartertes Herz nahezu unempfindlich gemacht hatte.

Langsamen Schrittes kehrte er nach Montigny zurück, und da

er sehr müde, sehr schläfrig war, ging er, sobald es dunkel war, zu Bett und schlief sofort ein.

Aber mitten in der Nacht wachte er auf, gequält von einem Unbehagen, als sei ein Nachtgespenst, das für einige Stunden verscheucht gewesen war, heimlich zurückgekehrt, um seinen Schlaf zu stören. Sie war wieder da, sie, Madame de Burne; sie war zurückgekommen, schlich wieder um ihn herum, immer begleitet von Graf Bernhaus. »Sieh da«, sagte er sich. »Jetzt bin ich eifersüchtig. Warum nur?«

Warum war er eifersüchtig? Er durchschaute es ziemlich schnell. Trotz seiner Befürchtungen und Beklommenheiten hatte er, solange sie seine Geliebte war, gefühlt, daß sie treu sei, treu ohne Leidenschaft, ohne Liebe, aber aus ehrlichem Entschluß. Nun hatte er alles abgebrochen, hatte ihr die Freiheit geschenkt: Es war aus und vorbei. Würde sie jetzt ohne eine Liebschaft bleiben? Ja, eine Zeitlang zweifellos... Und dann? Kam nicht sogar diese Treue, die sie ihm bisher bewahrt hatte, ohne daß er daran hätte zweifeln können, aus der unbestimmten Vorahnung, daß sie, wenn sie ihn, Mariolle, aus Überdruß verlasse, ihn doch an diesem oder jenem Tag nach einer mehr oder weniger langen Ruhepause durch einen anderen ersetzen müsse, nicht aus Liebe, sondern aus Überdruß an der Einsamkeit, wie sie ihn aus Überdruß an seiner Liebe verworfen hatte? Gibt es nicht Liebhaber, die man immer behält und mit denen man sich einzig aus Furcht vor dem Nachfolger abfindet? Und zudem würde es eine Frau wie sie nicht für anständig gehalten haben, sich einem anderen in die Arme zu werfen, weil sie zwar zu klug war, dem Vorurteil eines Fehltritts und der Schande zu unterliegen, aber mit einer zarten seelischen Scham ausgestattet, die sie vor wahrhaft schmutzigen Handlungen bewahrte. Sie war eine freidenkende Weltdame und keine engherzige Kleinbürgerin, und so schreckte sie nicht vor einem geheimen Verhältnis zurück, während ihre kühle Natur bei dem Gedanken an eine Reihe von Liebhabern vor Abscheu gezittert haben würde.

Er hatte ihr die Freiheit wiedergegeben. Und jetzt? Jetzt würde sie sich bestimmt einen anderen nehmen! Und das würde Graf Bernhaus sein. Er war dessen sicher, und nun litt er darunter auf unvorstellbare Weise.

Warum hatte er mit ihr gebrochen? Sie war treu, freundschaftlich und liebenswürdig gewesen, und dennoch hatte er sie verlassen! Warum? Weil er ein sinnliches Tier war, das die Liebe ohne körperliche Beziehungen nicht begriff? War es das? Ja... Aber da war auch noch etwas anderes! Da war vor allem die Furcht zu leiden. Er war vor dem Schmerz geflohen, nicht so geliebt zu werden, wie er sie liebte, vor dem grausamen Auseinanderklaffen der Empfindungen und Auffassungen, das zwischen ihnen entstanden war, vor ihren ungleich zärtlichen Küssen, vor dem unheilbaren Weh, von dem sein hart getroffenes Herz vielleicht nie wieder gesunden würde. Er hatte Furcht gehabt, zu viel zu leiden, Jahre hindurch die Qual zu ertragen, die er einige Monate lang vorausgesehen und nur einige Wochen lang wirklich erlitten hatte. Schwach wie immer, war er vor diesem Schmerz zurückgeschreckt, wie er während seines ganzen Lebens vor allen großen Anstrengungen zurückgescheut war.

Somit war er außerstande, eine Sache zu Ende zu führen, sich der Liebe hinzugeben, wie er sich einer Wissenschaft oder einer Kunst hätte hingeben müssen, denn vielleicht ist es unmöglich, viel geliebt, ohne viel gelitten zu haben.

Bis zum Frührot plagte er sich mit diesen Gedanken herum, die ihn wie Hunde bissen, dann stand er auf und ging zum Flußufer hinunter.

Ein Fischer warf bei dem kleinen Wehr sein Netz aus. Das Wasser wirbelte im Licht, und als der Mann sein großes, rundes Netz wieder daraus hervorzog, um es auf dem überdeckten Ende des Bootes auszubreiten, zappelten die winzigen Fische unter den Maschen wie Quecksilber.

Mariolle beruhigte sich in der lauen Morgenluft, in dem Sprühdunst des niederrauschenden Wassers, in dem kleine Regenbogen tanzten, und der Fluß, der zu seinen Füßen vorbeiströmte, schien ihm in seiner unaufhörlichen, raschen Flucht ein wenig von seinem Kummer davonzutragen.

Er sagte sich:»Ich habe doch recht getan; ich wäre zu unglücklich geworden.«

Dann kehrte er ins Haus zurück, um eine Hängematte zu holen, die er im Flur gesehen hatte; er befestigte sie zwischen zwei Linden, und als er sich darin ausgestreckt hatte, versuchte er, an nichts zu denken, während er die Wellen vorbeigleiten sah.

Er verharrte bis zum Mittagessen in einem sanften Hindämmern, einem körperlichen Wohlgefühl, das sich bis in die Seele verbreitete, und er dehnte die Mahlzeit so lange wie möglich aus, um die Zeit hinzubringen. Aber etwas erregte ihn: Er wartete auf die Post. Er hatte nach Paris telegraphiert und nach Fontainebleau geschrieben, man möge ihm seine Briefe nachschicken. Er erhielt nichts, und das Gefühl einer großen Verlassenheit begann ihn zu bedrücken. Warum? Er konnte nichts Angenehmes, Tröstendes, Aufheiterndes aus der kleinen, schwarzen, an der Hüfte des Briefträgers hängenden Tasche erhoffen, nichts als unnütze Einladungen und alltägliche Mitteilungen. Warum also sich nach diesen unbekannten Sendungen sehnen, als hänge das Heil seiner Seele davon ab?

Hegte er nicht im Grunde seines Herzens die eitle Hoffnung, sie werde ihm schreiben?

Er fragte eine seiner alten Frauen: »Wann kommt eigentlich hier die Post?«

»Um zwölf.«

So spät war es gerade. Er begann mit wachsender Unruhe auf die Geräusche von draußen zu lauschen. Ein Klopfen an der Außentür ließ ihn auffahren. Der Postbote brachte tatsächlich nur Zeitungen und drei belanglose Briefe. Mariolle las die bedruckten Blätter, las sie nochmals, langweilte sich und ging ins Freie.

Was sollte er anfangen? Er ging wieder zur Hängematte und legte sich von neuem hinein, aber nach Verlauf einer halben Stunde ergriff ihn ein gebieterisches Verlangen nach Ortsveränderung. Der Wald? Ja, der Wald war herrlich, aber die Einsamkeit dort schien ihm noch tiefer zu sein als in seinem Haus, als im Dorf, aus dem zuweilen irgendwelche Geräusche des Lebens herüberschollen. Und die schweigende Einsamkeit der Bäume und Blätter hatte ihn mit Schwermut und Kummer erfüllt, hatte ihn in sein Elend versinken lassen. Er machte im Geist nochmals seinen langen Spaziergang vom Vortag, und als er sich der kleinen, flinken Kellnerin im Hotel Corot erinnerte, sagte er zu sich:

»Halt, ich gehe einfach hin und esse dort zu Abend.« Dieser Einfall stimmte ihn fröhlicher; das war ein Zeitvertreib, ein Mittel, einige Stunden hinzubringen; und er machte sich sogleich auf den Weg.

Die lange Dorfstraße zog sich schnurgerade durch das Tal hin, zwischen zwei Reihen weißer, niedriger, ziegelgedeckter Häuser, von denen die einen an der Straße, die andern im Hintergrund eines kleinen Hofes standen, wo ein Fliederstrauch blühte, wo Hühner im dampfenden Misthaufen scharrten, wo Treppen mit hözernem Geländer im Freien zu den Türen in der Mauerwand hinaufführten. Vor ihren Behausungen arbeiteten Bauern bedächtig an häuslichen Verrichtungen. Eine alte, gebückte Frau, die trotz ihres Alters graugelbes Haar hatte – denn die Landleute haben fast nie ganz weißes Haar –, ging an ihm vorüber; sie trug eine zerrissene Bluse; die mageren, gichtknotigen Beine zeichneten sich unter einem wollenen Rock ab, der die Hüftknochen hervortreten ließ. Sie sah mit ausdruckslosen Augen vor sich hin, mit Augen, die niemals etwas anderes als die einfachen Gegenstände gesehen hatten, die sie für ihr ärmliches Leben brauchte.

Eine andere, jüngere Frau hängte vor ihrer Tür Wäsche auf. Bei der Bewegung der Arme schob sich der Rock hoch, und in blauen Strümpfen waren dicke plumpe Knöchel und darüber knochige Beine zu sehen, Beine ohne Fleisch, während die Brust, flach und breit wie die eines Mannes, auf einen formlosen Körper schließen ließ, dessen Anblick abscheulich sein mußte.

Mariolle dachte: Frauen! Auch das sind Frauen! Solche Frauen gibt es! Die Gestalt von Madame de Burne tauchte vor seinen Augen auf. Er sah sie in erlesener Eleganz und Schönheit, ein Kleinod in Menschengestalt, geputzt und geschmückt für die Blicke der Männer, und es durchschauerte ihn vor Gram über einen unersetzlichen Verlust. Dann ging er schneller weiter, um sein Herz und sein Hirn aufzurütteln.

Als er das Hotel in Marlotte betrat, erkannte ihn die kleine Kellnerin sofort wieder und sagte in fast vertraulichem Ton:
»Guten Tag.«
»Guten Tag.«
»Möchten Sie was trinken?«

»Ja, zunächst; nachher möchte ich hier zu Abend essen.«
Sie beratschlagten, was er trinken und was er dann essen solle.

Er fragte sie nach diesem und jenem, um sie zum Sprechen zu bringen, denn sie drückte sich gut aus, in dem kurzen Pariser Tonfall und mit einer Leichtigkeit, die ebenso ungezwungen war wie ihre Art, sich zu bewegen.

Während er ihr zuhörte, dachte er: Recht nett ist sie, die Kleine; sie scheint mir das Zeug zu einer Kokotte zu haben. Er fragte sie:»Sie sind Pariserin?«

»Ja.«

»Sind Sie schon lange hier?«

»Bis jetzt noch nicht, aber es ist noch zu früh, um es zu wissen, und dann bekam mir die Pariser Luft nicht, und auf dem Land bin ich wieder gesund geworden. Vor allem deswegen bin ich hergekommen. Dann soll ich Ihnen also einen Wermut bringen?«

»Ja, tun Sie das und sagen Sie bitte dem Wirt oder der Köchin, sie möchten sich Mühe mit meinem Essen geben.«

»Da können Sie unbesorgt sein.« Sie eilte hinaus und ließ ihn allein.

Er ging in den Garten und setzte sich in eine Laube, wohin ihm sein Wermut gebracht wurde. Bis zum Ende des Tages blieb er dort sitzen, hörte in einem Käfig eine Amsel flöten und sah bisweilen die kleine Kellnerin vorübergehen, die kokettierte und sehr liebenswürdig zu dem Herrn war; sie hatte gemerkt, daß sie ihm gefiel.

Er ging fort, nachdem er sich wie am Vortag an einer Flasche Champagner gütlich getan hatte; aber das Dunkel der Landstraße und die Kühle der Nacht verflüchtigten schnell seine leichte Betäubung, und eine unbezwingliche Traurigkeit befiel abermals seine Seele. Er dachte: Was soll ich tun? Soll ich hier bleiben? Ob ich lange dazu verdammt bin, dies trostlose Leben zu führen? Und er schlief sehr spät ein.

Am nächsten Tag wiegte er sich von neuem in der Hängematte; und die ständige Anwesenheit des Mannes, der sein Netz auswarf, brachte ihn auf den Gedanken, sich aufs Fischen zu verlegen. Ein Krämer, der Angelschnüre verkaufte, belehrte ihn über diesen geruhsamen Sport und erbot sich sogar, ihm bei seinen ersten Versuchen zu helfen. Der Vorschlag wurde angenommen, und von neun bis zwölf Uhr gelang es Mariolle mit großer Mühe und stets angespannter Aufmerksamkeit, drei kleine Fische zu fangen.

Nach der Mahlzeit ging er wieder nach Marlotte. Warum? Um die Zeit totzuschlagen.

Die kleine Kellnerin fing an zu lachen, als sie ihn erblickte. Er lachte ebenfalls, belustigt über dieses Wiedersehen, und versuchte, sie zum Plaudern zu bringen.

Sie war zutraulicher als am Tag zuvor und unterhielt sich mit ihm. Sie heiße Élisabeth Ledru.

Ihre Mutter, eine Heimnäherin, sei im vorigen Jahr gestorben, darauf sei der Vater, ein stets betrunkener und stellenloser Buchhalter, der von der Arbeit seiner Frau und seiner Tochter gelebt habe, verschwunden, denn sie, die den ganzen Tag allein in ihrer Mansarde habe sitzen und nähen müssen, habe den Lebensunterhalt für zwei Personen nicht allein bestreiten können. Auch sei sie der einsamen Arbeit überdrüssig gewesen, und da habe sie eine Stelle als Kellnerin in einem Speisehaus angenommen und sei dort ein Jahr lang geblieben, und da sie sich überanstrengt gefühlt, habe sie sich von dem Gründer des Hotels Corot in Marlotte, den sie in Paris bediente, zusammen mit zwei andern jungen Mädchen, die etwas später kommen sollten, für den Sommer engagieren lassen. Der Wirt verstehe es augenscheinlich, Kundschaft herbeizulocken.

Diese Geschichte gefiel Mariolle; indem er sie geschickt ausfragte und sie wie eine Dame behandelte, brachte er das Mädchen dazu, ihm viele merkwürdige Einzelheiten aus der düsteren und ärmlichen Häuslichkeit zu erzählen, die durch einen Trunkenbold zugrunde gerichtet worden war. Und sie, das verlorene, umherirrende, verwaiste Wesen, das dennoch heiter, weil jung war, fühlte das echte Interesse dieses Unbekannten und seine rege Anteilnahme und schüttete ihm ihr Herz aus, mit einer Offenheit und Zutraulichkeit, die sie ebenso wenig zurückhalten konnte wie die Behendigkeit ihrer Glieder.

Als sie geendet hatte, fragte er sie: »Und... wollen Sie Ihr ganzes Leben lang Kellnerin bleiben?«

»Das weiß ich noch nicht. Kann ich im voraus wissen, was mir morgen geschieht?«

»Man muß aber doch an die Zukunft denken.«

Sie machte eine nachdenkliche Miene, die jedoch schnell wieder verschwand, dann antwortete sie:»Ach was, ich nehme es, wie es kommt!«

Sie schieden als gute Freunde.

Er kam einige Tage danach wieder, dann noch einmal, dann öfter, unbestimmt angelockt von der unbefangenen Plauderei des verlassenen Mädchens, dessen harmloses Geschwätz ihn ein wenig von seinem Kummer ablenkte.

Aber wenn er abends zu Fuß nach Montigny heimkehrte, bekam er, sobald er an Madame de Burne dachte, furchtbare Anfälle von Verzweiflung. Gegen Morgen wurde sein Herz etwas fröhlicher gestimmt. Aber nachts befielen ihn dann abermals der nagende Kummer und die wilde Eifersucht. Er hatte keine Nachricht bekommen. Er hatte an niemanden geschrieben, und niemand hatte ihm geschrieben. Er wußte nichts. Dann malte er sich auf dem dunklen Heimweg aus, wie das sich anbahnende Verhältnis, das er zwischen seiner ehemaligen Geliebten und dem Grafen Bernhaus vermutete, immer inniger wurde. Diese fixe Idee setzte sich jeden Tag tiefer in ihm fest. Der, dachte er, wird für sie das sein, was sie verlangt: ein vornehmer, beflissener Liebhaber, der keine großen Forderungen stellt und zufrieden und geschmeichelt ist, der Günstling dieser köstlichen, klugen, koketten Frau zu sein.

Er verglich ihn mit sich. Der andere würde sicherlich nicht solche Anfälle von Niedergeschlagenheit, von ermüdender Ungeduld haben, das erbitterte Verlangen nach Erwiderung seiner Zärtlichkeit, nichts von allem, was ihr Verhältnis zerstört hatte. Er würde sich als sehr geschmeidiger, gewitzter und zurückhaltender Gesellschaftsmensch mit wenigem begnügen; er schien nämlich ebenfalls nicht gerade zur Rasse der Leidenschaftlichen zu gehören.

Eines Tages gewahrte Mariolle, als er in Marlotte ankam, in der anderen Laube des Hotels Corot zwei junge, bärtige Leute, die Baskenmützen trugen und Pfeife rauchten.

Der Wirt, ein dicker Mann mit heiterem Gesicht, kam alsbald herbei, um ihn zu begrüßen, denn er empfand für diesen treuen Gast ein nicht ganz uneigennütziges Wohlwollen. Dann sagte er: »Ich habe seit gestern zwei neue Gäste, zwei Maler.«

»Die Herren dort?«

»Ja, sie sind schon berühmt. Der kleinere hat im vorigen Jahr eine silberne Medaille bekommen.« Und nachdem er alles erzählt hatte, was er von diesen hoffnungsvollen Künstlern wußte, fragte er: »Was nehmen Sie heute, Monsieur Mariolle?«

»Lassen Sie mir einen Wermut bringen, wie immer.«

Der Wirt schob ab.

Élisabeth erschien mit einem Tablett, dem Glas, der Wasserkaraffe und der Wermutflasche.

Und sogleich rief einer der Maler: »Na, Kleines, noch immer eingeschnappt?«

Sie antwortete nicht, und als sie zu Mariolle trat, sah er, daß sie rote Augen hatte.

»Haben Sie geweint?« fragte er.

Sie antwortete einfach: »Ja, ein bißchen.«

»Was ist denn passiert?«

»Die beiden Herren da haben sich schlecht gegen mich benommen.«

»Was haben sie denn getan?«

»Sie haben mich für so eine gehalten.«

»Haben Sie sich beim Wirt beschwert?«

Sie zuckte trostlos die Schultern: »Ach... der Wirt... der Wirt... Den kenne ich... jetzt, den Wirt!«

Mariolle war bewegt und ein wenig beunruhigt; er fragte: »Wollen Sie mir alles erzählen?«

Sie erzählte, wie die beiden am Vortag eingetroffenen Farbenkleckser sie ohne weiteres mit handgreiflichen Zudringlichkeiten belästigt hätten. Darauf begann sie von neuem zu weinen und fragte sich, was sie in dieser fremden Gegend ohne Schutz, ohne Halt, ohne Geld, ohne Hilfsmittel tun solle.

Mariolle schlug ihr plötzlich vor: »Wollen Sie bei mir in Dienst treten? Sie werden bei mir gut behandelt, und wenn ich später nach Paris zurückkehre, können Sie immer noch tun und lassen, was Sie wollen.«

427

Sie sah ihn mit forschenden Augen an. Dann plötzlich:»Sehr gern.«

»Wieviel verdienen Sie hier?«

»Sechzig Francs monatlich.« Etwas ängstlich fügte sie hinzu:»Und dann habe ich noch ein bißchen was an Trinkgeldern. Es macht zusammen ungefähr siebzig.«

»Ich zahle Ihnen hundert.«

Überrascht wiederholte sie:»Hundert Francs monatlich?«

»Ja. Ist Ihnen das recht?«

»Freilich ist mir das recht.«

»Sie haben lediglich meinen Haushalt zu führen, meine Sachen, Wäsche und Kleider in Ordnung zu halten und das Zimmer aufzuräumen.«

»Einverstanden.«

»Wann kommen Sie?«

»Morgen, wenn es Ihnen recht ist. Nach dem, was hier geschehen ist, gehe ich zum Bürgermeister und setze meine sofortige Entlassung durch.«

Mariolle zog zwei Zwanzigfrancsstücke aus der Tasche und gab sie ihr:»Da, als Angeld.«

Ein Freudenschimmer verklärte ihr Gesicht, und sie sagte entschlossen:»Morgen vormittag bin ich bei Ihnen.«

·

II

Am nächsten Tag langte Élisabeth in Montigny an, gefolgt von einem Bauern, der auf einem Schubkarren ihren Koffer fuhr. Mariolle hatte eine der beiden alten Frauen mit einer reichlichen Entschädigung entlassen, und die Neuangekommene nahm Besitz von einer kleinen Kammer neben der der Köchin.

Als sie sich ihrem Herrn vorstellte, kam sie ihm etwas anders vor, als sie in Marlotte gewesen war, zurückhaltender und schüchterner, da sie ja nun das Dienstmädchen des Herrn geworden war, als dessen bescheidene Freundin sie in der Laube ihres Wirtshauses beinahe hätte gelten können,

Er erklärte ihr mit wenigen Worten, was sie zu tun habe. Sie

428

hörte ihm sehr aufmerksam zu, richtete sich ein und trat ihren Dienst an.

Eine Woche verstrich, ohne in Mariolles Seele einen merklichen Wechsel zu bewirken. Es fiel ihm nur auf, daß er sein Haus seltener verließ – er hatte ja jetzt keinen Vorwand zu Spaziergängen nach Marlotte mehr – und daß ihm die Wohnung weniger unheimlich vorkam als in den ersten Tagen. Der ätzende Schmerz seines Kummers ließ etwas nach, wie alles nachläßt, aber anstelle dieses Brennens entstand in ihm eine unüberwindliche Traurigkeit, eine tiefe Schwermut, die langwierigen, schleichenden, manchmal mit dem Tod endenden Krankheiten ähnelt. Seine ganze frühere Regsamkeit, seine Wißbegier, all seine Anteilnahme an den Dingen, die ihn bisher beschäftigt und vergnügt hatten, waren erstorben, ersetzt durch einen Ekel an allem und eine unüberwindliche Gleichgültigkeit, die ihm nicht einmal mehr Kraft ließ, sich zu einem Spaziergang aufzuraffen. Er verließ sein Haus kaum noch, ging vom Wohnzimmer zur Hängematte, von der Hängematte zum Wohnzimmer. Seine größten Zerstreuungen bestanden darin, den Loing vorbeifließen und den Fischer sein Netz auswerfen zu sehen.

Nach den ersten Tagen der Befangenheit und Zurückhaltung wurde Élisabeth etwas kecker, und als sie mit ihrem weiblichen Ahnungsvermögen die ständige Niedergeschlagenheit ihres Herrn wahrnahm, fragte sie ihn bisweilen, wenn die andere Dienerin nicht da war: »Sie langweilen sich wohl sehr?«

Er antwortete gelassen: »Ja, und wie!«

»Sie sollten spazierengehen.«

»Auch das macht mir keinen Spaß mehr.«

Sie erwies ihm allerlei stille, zarte Aufmerksamkeiten. Jeden Morgen, wenn er in sein Wohnzimmer kam, fand er es voller Blumen und duftend wie ein Treibhaus. Sicherlich hatte Elisabeth die umherstreunenden Jungen losgeschickt, ihr aus dem Wald oder aus den kleinen Gärten im Dorf, wo die Bäuerinnen abends einige Blumen begossen, Primeln, Veilchen und Goldginster zu bringen. Er in seiner Verlassenheit, in seiner Traurigkeit wußte ihr Dank, herzlichen Dank für diese erfinderische Fürsorge und ihr unablässiges Bestreben, ihm in den kleinsten Dingen Freude zu bereiten.

429

Es schien ihm auch, als werde sie hübscher und gepflegter, als sei ihr Gesicht etwas besser und sozusagen verfeinerter geworden. Eines Tages, als sie ihm den Tee auftrug, fiel ihm sogar auf, daß sie nicht mehr Dienstmädchenhände, sondern die Hände einer Dame mit gutgeschnittenen und makellos sauberen Nägeln hatte. Ein andermal merkte er, daß sie fast elegante Schuhe trug. Dann, eines Nachmittags, als sie in ihre Kammer hinaufgegangen war, kam sie in einem entzückenden grauen Kleidchen, einfach und von vollendetem Geschmack, wieder herunter. Er rief, als er sie auftauchen sah:»Sieh einer an, Sie werden ja kokett, Élisabeth!«

Sie errötete bis zu den Augen und stammelte:»Ich? Ach was. Ich ziehe mich bloß ein bißchen besser an, weil ich etwas Geld habe.«

»Wo haben Sie dies Kleid gekauft?«

»Ich habe es selbst gemacht.«

»Sie haben es selbst gemacht? Wann denn? Ich sehe Sie ja den ganzen Tag im Haus arbeiten.«

»Abends.«

»Und den Stoff – woher haben Sie den? Und dann – wer hat es Ihnen zugeschnitten?«

Sie erzählte, daß ihr der Krämer in Montigny Stoffproben aus Fontainebleau mitgebracht habe. Sie habe sich etwas ausgesucht und dann die Ware mit den beiden Zwanzigfrancsstücken bezahlt, die ihr Mariolle als Angeld gegeben hatte. Was das Zuschneiden und das Anprobieren angehe, so mache ihr das keine Schwierigkeiten, da sie mit ihrer Mutter vier Jahre lang für ein Konfektionshaus gearbeitet habe.

Er konnte sich nicht enthalten, ihr zu sagen:»Es steht Ihnen sehr gut. Sie sehen ganz reizend aus.«

Und sie errötete von neuem bis an die Haarwurzeln.

Als sie gegangen war, fragte er sich:»Sollte sie sich etwa in mich verliebt haben?«Er dachte darüber nach, schwankte, zweifelte und kam schließlich zur Überzeugung, daß es immerhin möglich sei. Er war gut zu ihr, mitfühlend, hilfsbereit, fast freundschaftlich. War es da so erstaunlich, daß sich dieses Mädchen in ihren Herrn verliebte nach allem, was er für sie getan hatte? Der Gedanke war ihm übrigens nicht unangenehm; die Kleine war wirklich nett und hatte gar nichts von einem Dienstmädchen mehr an sich. Seine männliche Eitelkeit, die durch eine andere Frau so gekränkt, so verwundet, so tödlich verletzt und so zugrunde gerichtet worden war, fühlte sich geschmeichelt, aufgerichtet und beinahe wiederhergestellt. Dies war für ihn ein Ausgleich, ein sehr leichter, unvollkommener zwar, aber immerhin ein Ausgleich; denn wenn einem Menschen Liebe entgegengebracht wird, von wem auch immer, so beweist das, daß er welche zu erregen vermag. Auch wurde dadurch sein unbewußter Egoismus befriedigt. Es würde ihn beschäftigen und ihm vielleicht ein wenig wohltun zu beobachten, wie dieses kleine Herz für ihn schwärmte und schlug. Der Gedanke kam ihm gar nicht, die Kleine von sich fernzuhalten, sie vor einer Gefahr zu bewahren, unter der er selber so grausam gelitten, mehr Mitleid mit ihr zu haben, als man Mitleid mit ihm gehabt hatte, denn in das Gefühl siegreicher Liebe mischt sich niemals Mitleid.

Er beobachtete sie fortan und erkannte bald, daß er sich keineswegs getäuscht habe. Jeden Tag enthüllten kleine Einzelheiten es ihm deutlicher. Als sie ihn eines Morgens streifte, während sie ihn bei Tisch bediente, verspürte er in ihrer Kleidung einen leichten Duft von Parfüm, billigem Parfüm, das ohne Zweifel auch der Krämer oder der Apotheker geliefert hatten. Da schenkte er ihr eine Flasche Chyprewasser, das er seit langem bei seiner Toilette gebrauchte und von dem er immer einen Vorrat mit sich führte. Er bot ihr auch feine Seife, Zahnwasser und Puder an. Er half ihr unmerklich bei der täglich mehr hervortretenden, täglich sich vervollständigenden Verwandlung und verfolgte sie mit neugierigen, geschmeichelten Augen.

Während sie für ihn die treue, bescheidene Dienerin blieb, wurde sie zugleich eine heißblütige, verliebte Frau, bei der sich alle koketten Instinkte unbefangen entwickelten.

Er aber fühlte sich allmählich ebenfalls zu ihr hingezogen. Er war belustigt, gerührt und dankbar. Er spielte mit dieser entstehenden Neigung, wie man in traurigen Stunden mit allem spielt, was einen zerstreuen kann. Er empfand für sie kein anderes Gefühl der Zuneigung als das unbestimmte Begehren, das jeden

Mann zu jeder einnehmenden Frau hinzieht, sei es ein hübsches Dienstmädchen oder eine Bauernmagd, die er dann zur Göttin erhebt, zu einer Art ländlicher Venus. Er wurde vor allem dadurch zu ihr hingezogen, daß er jetzt in ihr das Weibliche entdeckte. Er hatte ein Verlangen danach, ein dunkles, unwiderstehliches Verlangen, das von jener anderen, von ihr, die er geliebt, herrührte, von ihr, die in ihm den unbesiegbaren und geheimnisvollen Drang nach dem Wesen, der Nähe, der Berührung von Frauen erweckt hatte, nach dem feinen geistigen oder sinnlichen Arom, das jedes verführerische Geschöpf aus dem Volk oder der vornehmen Gesellschaft, eine wilde Orientalin mit großen, schwarzen Augen oder ein Mädchen aus dem Norden mit blauen Augen und listiger Seele, auf die Männer ausstrahlt, die noch für die unsterbliche Anziehungskraft des Ewigweiblichen empfänglich sind.

Jene zarte, unaufhörliche, liebevolle, heimliche Fürsorge, die mehr fühlbar als sichtbar war, umhüllte seine Wunde mit einer Art schützender Watte, die ihn etwas weniger empfindlich gegen seine wiederkehrenden Schmerzen machte. Sie bestanden indessen fort, krochen und schwirrten um ihn herum wie Fliegen um eine Verletzung. Es brauchte sich nur eine darauf niederzulassen, und er begann von neuem zu leiden. Da er verboten hatte, seine Anschrift jemandem mitzuteilen, nahmen die Freunde auf seine Flucht Rücksicht, und so quälte ihn insbesondere das Ausbleiben von Neuigkeiten und Nachrichten. Von Zeit zu Zeit las er in einer Zeitung den Namen Lamarthes oder den Massivals in der Liste der Leute, die an einem großen Essen teilgenommen hatten oder bei einem großen Fest zugegen gewesen waren. Eines Tages fand er den von Madame de Burne als einer der elegantesten, hübschesten und bestgekleideten Damen auf dem Ball der österreichischen Botschaft. Ein Schauer durchrann ihn von Kopf bis Fuß. Der Name des Grafen Bernhaus stand einige Zeilen tiefer. Und bis zum Abend zerriß die wiedererwachte Eifersucht Mariolles Herz. Jenes geargwöhnte Liebesverhältnis stand jetzt für ihn fast außer Zweifel! Es war eine der eingebildeten Überzeugungen, die einen mehr quälen als die Tatsache, denn man vermag sich von ihnen niemals freizumachen und sich niemals davon zu heilen.

Da er übrigens die Unkenntnis von allem und die Ungewißheit seiner Vermutungen nicht länger ertragen konnte, entschloß er sich, an Lamarthe zu schreiben, der ihn genugsam kannte, um das Elend seiner Seele erraten zu können, und der vielleicht auf seine Vermutungen antworten würde, auch ohne danach gefragt worden zu sein.

Also schrieb er eines Abends unter der Lampe jenen Brief, einen langen, geschickten, unbestimmt traurigen Brief voll verhüllter Fragen und Loblieder auf die Schönheit des Frühlings auf dem Land.

Als er vier Tage danach seine Post erhielt, erkannte er auf den ersten Blick die steile, feste Handschrift des Schriftstellers.

Lamarthe schrieb ihm tausend trostlose Nachrichten, die von großer Bedeutung für seinen Schmerz waren. Er sprach im gleichen Ton von einer Menge Menschen; aber ohne über Madame de Burne und Bernhaus mehr Einzelheiten mitzuteilen als über jeden Beliebigen, schien er sie dennoch durch eine jener Stilkünste in den Vordergrund zu schieben, die ihm eigentümlich waren und welche die Aufmerksamkeit gerade auf den Punkt lenkten, auf den er sie lenken wollte, ohne daß etwas seine Absicht verriet.

Im ganzen ergab sich aus diesem Brief, daß alle Vermutungen Mariolles zumindest begründet waren. Seine Befürchtungen würden morgen Wirklichkeit werden, wenn sie es nicht schon gestern geworden waren.

Seine frühere Geliebte lebte noch dasselbe glänzende, bewegte gesellschaftliche Leben. Man hatte ein wenig von ihm nach seinem Verschwinden gesprochen, wie man eben von Verschwundenen spricht, mit einer gleichgültigen Neugier. Man glaubte, er sei weit weg und abgereist, weil er Paris satt habe.

Nach dem Empfang dieses Briefes blieb er bis zum Abend in seiner Hängematte liegen. Dann konnte er nicht essen; dann konnte er nicht schlafen; und während der Nacht hatte er Fieber. Am folgenden Tag fühlte er sich so erschöpft, so entmutigt, so angeekelt von den eintönigen Tagen in dem tiefen, schweigsamen Wald, der jetzt dunkel von Grün war, und von dem geschwätzigen kleinen Fluß, der unter den Fenstern vorbeirauschte, daß er nicht aufstand.

Als Élisabeth auf das erste Klingelzeichen hin hereinkam und ihn noch im Bett fand, blieb sie überrascht in der offenen Tür stehen, wurde plötzlich blaß und fragte:»Sind Sie krank?«

»Ja, ein bißchen.«

»Soll der Arzt geholt werden?«

»Nein. Ich habe öfter solche Anfälle.«

»Kann ich etwas für Sie tun?«

Er bestellte sein tägliches Bad, zum Frühstück nur Eier und den ganzen Tag über Tee. Aber gegen ein Uhr mittags überkam ihn eine so heftige Langeweile, daß er am liebsten aufgestanden wäre. Élisabeth, die er nach der Art eines eingebildeten Kranken fortwährend rief und die unruhig und betrübt herbeikam im Verlangen, ihm nützlich und hilfreich zu sein, ihn zu pflegen und zu heilen, und nun sah, wie aufgeregt und nervös er war, schlug vor, ganz rot über ihre Kühnheit, ihm etwas vorzulesen.

Er fragte:»Lesen Sie gut?«

»Ja, ich glaube; in der Schule habe ich im Lesen immer die besten Noten bekommen, und ich habe Mama so viele Romane vorgelesen, daß ich nicht mal mehr die Titel weiß.«

Er wurde neugierig und schickte sie ins Arbeitszimmer, damit sie von den Büchern, die er hatte kommen lassen, das hole, das ihm das liebste war:»Manon Lescaut.«

Dann half sie ihm, sich im Bett aufzurichten, stopfte ihm zwei Kissen in den Rücken, nahm einen Stuhl und begann. Sie las in der Tat gut, sehr gut sogar; sie hatte die besondere Gabe guter Aussprache und richtiger Betonung. Sie zeigte von Anfang an Anteilnahme an dieser Erzählung und war beim Weiterlesen so davon gepackt, daß er sie bisweilen unterbrach, um mit ihr ein wenig darüber zu plaudern.

Durch das offene Fenster drangen mit der lauen Luft, die erfüllt war vom Blätterduft, der Gesang, die Triller, die Läufe der Nachtigallen herein, die in allen Bäumen der Umgegend in dieser Jahreszeit der wiedererwachenden Liebe ihren Weibchen etwas vorsangen.

André betrachtete dieses junge Mädchen, das ebenfalls verwirrt war und mit glänzenden Augen der Geschichte folgte, die Seite um Seite abrollte.

Auf seine Frage antwortete sie mit angeborenem Gefühl für Dinge der Liebe und Leidenschaft, einem gesunden Gefühl, das aber noch ein wenig in ihrer Unwissenheit befangen war. Und er dachte: Sie würde klug und fein werden, wenn sie einigen Unterricht erhielte. Der weibliche Reiz, den er in ihr verspürt hatte, tat ihm an diesem warmen, ruhigen Nachmittag wirklich wohl und vermischte sich in seinem Innern seltsam mit dem geheimnisvollen, mächtigen Reiz jener Manon, die den ungewöhnlichsten Hauch des Weiblichen in unser Herz senkt, den menschliche Kunst geschaffen hat.

Er wurde gewiegt von Élisabeths Stimme, verführt von der vertrauten und immer neuen Fabel, und er träumte von einer Geliebten, wie die Des Grieux' es gewesen war, flatterhaft und verführerisch, untreu und unbeständig, gutherzig und verlockend bis in ihre schlimmsten Fehler hinein, geschaffen, aus dem Mann alles herauszuholen, was an Zärtlichkeit und Zorn, an Anhänglichkeit und leidenschaftlichem Haß, an Eifersucht und Begierde in ihm ist.

Ach, wenn diejenige, die er verlassen hatte, in ihren Adern nur die verliebte, sinnliche Treulosigkeit dieser erregenden Kurtisane gehabt hätte, vielleicht wäre er niemals von ihr gegangen! Manon betrog, aber sie liebte; sie log, aber sie gab sich hin!

Nach diesem Tag des Faulenzens verfiel Mariolle, als der Abend kam, in eine Art Träumerei, in der alle Frauen eins wurden.

Da er sich seit dem Vortrag kein bißchen angestrengt und keine Bewegung gemacht hatte, schlief er leicht; durch ein ungewohntes Geräusch wurde er aufgeweckt, das er im Haus gehört hatte.

Schon früher hatte er ein- oder zweimal nachts Schritte und unmerkliche Bewegungen im Erdgeschoß zu hören geglaubt, nicht gerade unter ihm, sondern in den kleinen Gelassen neben der Küche: in der Wäschekammer und im Badezimmer. Er hatte nicht darauf geachtet.

Doch an diesem Abend, da er das Liegen satt hatte und für längere Zeit außerstande war, wieder einzuschlafen, lauschte er und unterschied unerklärliches Rauschen und eine Art Plätschern. Er beschloß also nachzusehen, steckte seine Kerze an und sah auf die Uhr; es war kaum zehn. Er zog sich an, steckte einen Revolver in die Tasche und schlich wie ein Fuchs mit unendlicher Vorsicht hinab. Als er in die Küche trat, sah er mit Verwundern, daß im Herd Feuer brannte. Nichts war mehr zu hören; dann glaubte er ein Geräusch im Badezimmer zu vernehmen, einem ganz kleinen, mit Kalk getünchten Gemach, in dem nur die Badewanne stand. Er trat herzu, drehte geräuschlos den Schlüssel, stieß unvermittelt die Tür auf und sah im Wasser ausgestreckt, mit schwimmenden Armen und mit den Knospen der Brüste die Oberfläche berührend, den hübschesten Frauenleib, den er je im Leben gesehen hatte.

Élisabeth stieß einen kopflosen Schrei aus, da sie nicht fliehen konnte. Er kniete bereits neben der Wanne, verschlang die Badende mit glühenden Augen und reckte ihr den Mund entgegen.

Sie begriff und hob plötzlich ihre beiden wassertriefenden Arme, und dann schlang sie sie um den Hals ihres Herrn.

III

Als sie am nächsten Morgen mit dem Tee vor ihn trat, als ihre Augen einander trafen, begann sie so stark zu zittern, daß die Tasse und die Zuckerdose mehrmals aneinanderklirrten.

Mariolle ging auf sie zu, nahm ihr das Tablett aus den Händen, stellte es auf den Tisch und sagte zu ihr, da sie die Augen niederschlug: »Sieh mich an, Kleines.«

Sie sah ihn an, die Wimpern voll Tränen.

Er fuhr fort: »Ich will nicht, daß du weinst.« Als er sie an sich drückte, fühlte er sie vom Kopf bis zu den Füßen beben, und sie flüsterte: »O mein Gott!« Er war sich darüber klar, daß es kein Schmerz, kein Bedauern, keine Reue war, was sie diese drei Worte stammeln ließ, sondern Glück, reines Glück. Es gab ihm eine seltsame, selbstsüchtige, mehr körperliche denn innerliche Befriedigung, als er fühlte, wie sich dieses kleine Geschöpf, das ihn nun liebte, an seine Brust schmiegte. Er war ihr dafür dankbar, wie ein Verwundeter am Wegrand einer vorbeikommenden Frau, die ihm Hilfe bringt, dankbar gewesen wäre; er war ihr dankbar aus seinem ganzen gemarterten Herzen heraus, das durch die Gleichgültigkeit einer anderen, die es nach Liebe hatte hungern lassen, in seinen vergeblichen Aufwallungen betrogen worden war, und er bedauerte sie im Grund seines Herzens ein wenig. Als er sie so bleich und bitterlich weinend vor sich sah mit ihren vor Liebe flammenden Augen, sagte er sich unvermittelt: »Aber sie ist ja schön! Wie rasch sich doch eine Frau verwandelt und zu dem wird, was sie sein soll, wenn sie den Wünschen ihrer Seele oder dem Verlangen ihres Lebens nachgibt. – Setz dich«, sagte er zu ihr.

Sie setzte sich. Er nahm ihre Hände, ihre armen Arbeitshände, die um seinetwillen weiß und fein geworden waren, und ganz behutsam sprach er zu ihr in passenden Worten davon, wie sie sich jetzt zueinander verhalten würden. Sie solle nicht mehr sein Dienstmädchen sein, aber noch ein wenig den Anschein eines solchen wahren, damit es im Dorf kein Gerede gebe. Sie solle wie eine Gesellschafterin bei ihm leben und ihm oft vorlesen, was dieser neuen Stellung als Vorwand dienen könne. In einiger Zeit dann, wenn sich ihre Tätigkeit als Vorleserin ganz durchgesetzt habe, solle sie mit ihm am Tisch essen.

Als er zu Ende gesprochen hatte, antwortete sie schlicht: »Nein, ich bin und bleibe Ihr Dienstmädchen. Ich will nicht, daß es Gerede gibt und alle erfahren, was geschehen ist.«

Sie beharrte dabei, obwohl er ihr lange zuredete, und als er seinen Tee getrunken hatte, trug sie das Tablett fort, und er sah ihr mit gerührtem Blick nach.

Als sie gegangen war, dachte er: Das ist eine Frau. Alle Frauen sind gleich, wenn sie uns gefallen. Ich habe mein Dienstmädchen zu meiner Geliebten gemacht. Sie ist hübsch und wird vielleicht entzückend werden! Auf alle Fälle ist sie jünger und unverbrauchter als die Damen der Gesellschaft und die Kokotten. Was liegt schließlich daran! Sind nicht viele berühmte Schauspielerinnen Töchter von Conciergen? Dabei werden sie empfangen wie Damen, angebetet wie Romanheldinnen, und Fürsten behandeln sie wie Herrscherinnen. Etwa ihres oft zweifelhaften Talentes oder ihrer oft fragwürdigen Schönheit wegen? Nein. Sondern weil eine Frau in Wahrheit immer die Stellung einnimmt, die sie sich durch den Eindruck, den sie hervorruft, zu verschaffen weiß.

Er unternahm an diesem Tag einen langen Spaziergang, und obgleich er im Grund seines Herzens nach wie vor dasselbe Weh fühlte und seine Beine schwer waren, als habe der Kummer alle Triebfedern seiner Spannkraft erschlafft, jubilierte etwas in ihm wie ein kleines Vogellied. Er kam sich nicht mehr so allein, so verlassen vor. Der Wald erschien ihm weniger einsam, weniger schweigend und weniger öde. Und er kehrte heim mit dem Wunsch, Élisabeth eile ihm bei seinem Kommen lächelnd und den Blick voller Zärtlichkeit entgegen.

Fast einen Monat lang währte dieses unverfälschte Idyll am Ufer des Flüßchens. Mariolle wurde geliebt, wie vielleicht wenige Männer geliebt worden sind, triebhaft und voll, wie ein Kind von der Mutter, wie ein Jäger von seinem Hund.

Er war für sie alles, Erde und Himmel, Glück und Lust. Er entsprach all ihren glühenden, naiven weiblichen Erwartungen und gab ihr mit einem Kuß alles, was sie an Hingerissenheit zu empfinden vermochte. Sie hatte nur noch ihn im Blick, in der Seele, im Herzen und im Körper und war berauscht wie ein Jüngling, der zum erstenmal Wein trinkt. In ihren Armen schlief er ein, von Küssen wurde er geweckt, und sie umschlang ihn mit unvorstellbarer Hingabe. Überrascht und verführt, genoß er dieses völlige Sichdarbieten, und es schien ihm, als trinke er diese Liebe an der Quelle, von den Lippen der Natur.

Trotzdem war er noch immer traurig, ständig traurig und zutiefst enttäuscht. Seine kleine Geliebte gefiel ihm, aber eine andere fehlte ihm. Und wenn er an den Ufern des Loing in den Wiesen umherschlenderte und sich fragte: »Warum dieser Gram, der nicht weicht?«, so fühlte er beim Zurückdenken an Paris in sich eine so unerträgliche Niedergeschlagenheit, daß er nach Hause zurückkehrte, um nicht mehr allein zu sein.

Dann wiegte er sich in der Hängematte, und Élisabeth, die auf einem Klappstuhl saß, las ihm vor. Indem er ihr zuhörte und sie anschaute, gedachte er der Plaudereien im Salon seiner Freundin, wenn er allein die Abende bei ihr verbracht hatte. Dann feuchtete ihm abscheuliches Verlangen zu weinen die Augenlider, und ein so schrecklicher Kummer krampfte sein Herz zusammen, daß er unaufhörlich die unerträglichsten Anwandlungen verspürte, sofort abzureisen, nach Paris zurückzukehren oder für immer auf und davon zu gehen. Élisabeth sah, daß er düster und schwermütig war, und fragte ihn:»Leiden Sie? Mir ist, als hätten Sie Tränen in den Augen.« Er antwortete:»Küß mich, Kleines; du würdest es doch nicht verstehen.« Sie küßte ihn voller Unruhe, irgendein Drama ahnend, von dem sie nichts wußte.

Aber er vergaß es unter ihren Liebkosungen ein wenig und dachte: Ach, wenn man doch aus diesen beiden Frauen eine einzige machen könnte, die die Liebe der einen und den Zauber der anderen in sich vereinte! Warum findet man niemals das, was man sich erträumt, und stößt immer nur auf ein Beinahe?

Eingelullt von dem gleichmäßigen Tonfall der Stimme, der er nicht zuhörte, dachte er undeutlich an alles, was ihn an der verlassenen Geliebten verführt, bezwungen, besiegt hatte. Von seiner Erinnerung, von ihrer geträumten Gegenwart geplagt wie ein Geisterseher von seinem Spukbild, fragte er sich:»Bin ich denn dazu verdammt, nie von ihr loszukommen?«

Wiederum begann er, lange Spaziergänge zu machen und das Dickicht zu durchstreifen, in der dunklen Hoffnung, sie irgendwo zu verlieren, auf dem Grund einer Schlucht, hinter einem Felsen, in irgendeinem Gebüsch, so wie jemand, der sich eines treuen Tieres entledigen will, das er nicht töten möchte, versucht, es auf einem weiten Ausflug loszuwerden.

Eines Tages gelangte er gegen Ende eines dieser Spaziergänge wieder in das Reich der Buchen. Jetzt war es mit seinem undurchdringlichen Blättermeer ein dunkler, fast schwarzer Wald. Er ging unter dem riesigen, feuchten, hohen Gewölbe einher und sehnte sich nach dem grünen, durchsonnten, leichten Nebel der kleinen, kaum entfalteten Blätter; und als er einem schmalen Pfad folgte, blieb er, von Staunen ergriffen, vor zwei miteinander verwachsenen Bäumen stehen.

Kein stärkeres und erschütternderes Bild seiner Liebe konnte sich seinen Augen und seiner Seele bieten: eine kräftige Buche umschlang eine hoch aufgeschossene Eiche. Wie ein verzweifelter Liebender mit starkem, gequältem Körper schlang die Eiche ihre Zweige, zwei mächtige Arme, um den Stamm der Buche und klammerte sich an sie. Die Buche, gefangen in dieser Umarmung, reckte sich in den Himmel und überragte mit ihrem geraden, glatten, schmalen Leib ihren Angreifer, auf den sie verächtlich herabzuschauen schien. Aber trotz dieser Flucht in die Lüfte, dieser hochmütigen Flucht eines beleidigten Wesens, trug sie in der Flanke die beiden tiefen, seit langem vernarbten Einkerbungen, die die unwiderstehlichen Zweige der Eiche in ihre Rinde gegraben hatten. Auf immer zusammengeschweißt durch diese verharschten Wunden, wuchsen sie zusammen und vermischten ihre Säfte, und in den Adern des vergewaltigten Baumes rann und stieg bis in seinen Wipfel das Blut des siegreichen Baumes.

Mariolle setzte sich, um sie länger anzuschauen. Sie wurden in seiner kranken Seele zu schrecklichen, erhabenen Sinnbildern, diese beiden unbeweglichen Kämpfer, die den Vorübergehenden die ewige Geschichte seiner Liebe erzählten.

Dann machte er sich wieder auf den Weg, noch trauriger als zuvor, und als er, die Augen an den Boden geheftet, langsam dahinging, bemerkte er plötzlich, unter dem Gras verborgen, schmutzig vom Schlamm und den früheren Regenfällen, einen alten Rohrpostbrief, den wohl ein Spaziergänger weggeworfen oder verloren hatte. Er blieb stehen. Was für eine holde oder traurige Nachricht hatte dieses blaue Papier, das da zu seinen Füßen lag, irgendeinem Herzen gebracht?

Er konnte sich nicht enthalten, es aufzuheben und mit neugierigen und angeekelten Fingern zu entfalten. Man konnte noch folgendes entziffern:»Kommen Sie... mir... vier Uhr.« Die Namen hatte die Feuchtigkeit des Weges verwischt.

Grausame und köstliche Erinnerungen befielen ihn an alle Rohrpostbriefe, die er von ihr erhalten hatte, bald, um die Stunde eines Stelldicheins zu vermelden, bald, um ihm zu sagen, daß sie nicht kommen könne. Nichts hatte ihn jemals so erregt, hatte ihn

440

heftiger zittern, sein armes Herz stocken oder höher schlagen lassen als der Anblick dieser aufregenden oder enttäuschenden Botschaften, die sie ihm sandte.

Er war fast gelähmt vor Verzweiflung bei dem Gedanken, daß er niemals wieder einen solchen Brief öffnen sollte. Von neuem fragte er sich, was in ihr vorgegangen sein möge, seit er sie verlassen hatte. Hatte sie gelitten, den Freund bedauert, den sie durch ihre Gleichgültigkeit vertrieben, oder hatte sie sich mit dem Bruch abgefunden und war nur in ihrer Eitelkeit verletzt?

Und sein Wunsch, es zu erfahren, wurde so heftig, so peinigend, daß ein gewagter, absonderlicher Gedanke, noch zaudernd, in ihm aufflackerte. Er schlug den Weg nach Fontainebleau ein. Als er die Stadt erreicht hatte, ging er zum Telegraphenamt, aufgeregt vor Unschlüssigkeit und bebend vor Unruhe. Aber eine Gewalt schien ihn vorwärts zu treiben, eine unwiderstehliche Gewalt, die von seinem Herzen ausging.

Er nahm mit zitternder Hand einen Vordruck vom Tisch und schrieb dann hinter den Namen und die Anschrift Madame de Burnes:»Ich wüßte so gern, was Sie über mich denken! Ich selbst kann nichts vergessen. André Mariolle, Montigny.«Danach ging er hinaus, nahm einen Wagen und fuhr nach Montigny zurück, verwirrt und gequält über das, was er getan hatte, und es schon bereuend.

Er hatte ausgerechnet, daß, wenn sie geruhte, ihm zu antworten, er ihren Brief zwei Tage später erhalten werde; aber er verließ sein Häuschen den nächsten Tag nicht, aus Furcht und Hoffnung, ein Telegramm von ihr zu bekommen.

Er wiegte sich unter den Linden der Terrasse, als Élisabeth um drei Uhr nachmittags kam, um ihm zu melden, daß ihn eine Dame zu sprechen wünsche.

Seine Bestürzung war so groß, daß ihm vorübergehend der Atem stockte, und er ging mit versagenden Beinen und klopfendem Herzen auf das Haus zu. Er wagte nicht zu hoffen, daß sie es sei.

Als er die Tür des Wohnzimmers geöffnet hatte, erhob sich Madame de Burne, die auf dem Sofa saß, und reichte ihm mit einem etwas zurückhaltenden Lächeln, mit einer leichten Befangenheit in Gesicht und Haltung die Hand und sagte:»Ich komme, mir Nachricht von Ihnen zu holen; dem Telegramm konnte ich zu wenig entnehmen.«

Er war bei ihrem Anblick so bleich geworden, daß ihre Augen freudig aufleuchteten; und er war so erschüttert, daß er vor innerer Erregung kein Wort sprechen konnte und nur seine Lippen auf die Hand drückte, die sie ihm gereicht hatte.»Mein Gott, wie gut Sie sind!« sagte er endlich.

»Nein, aber ich vergesse meine Freunde nicht, und ich sorge mich um sie.« Sie sah ihm tief in die Augen, mit jenem schnellen Blick, mit dem eine Frau alles durchschaut, die Gedanken bis auf die Wurzeln bloßlegt und alle Schliche aufdeckt. Sie war sicherlich befriedigt, denn ihr Gesicht verklärte sich zu einem Lächeln. Sie fuhr fort:»Ihre Einsiedelei ist nett. Sie sind glücklich hier?«

»Nein.«

»Nanu? In dieser hübschen Gegend, in diesem schönen Wald, an diesem entzückenden Flüßchen? Aber Sie müssen hier doch ruhig und vollauf zufrieden sein?«

»Nein.«

»Warum denn nicht?«

»Weil man hier nicht vergessen kann.«

»Und Sie halten es für unerläßlich, etwas zu vergessen, um glücklich zu sein?«

»Ja.«

»Darf man wissen, was?«

»Sie wissen es.«

»Und nun?«

»Nun bin ich sehr elend.«

Sie sagte mit mitleidigem Lächeln:»Ich habe es erraten, als ich Ihr Telegramm erhielt, und darauf bin ich hergekommen, mit dem Entschluß, gleich wieder zu gehen, wenn ich mich getäuscht hätte.« Nach einer kleinen Pause fügte sie hinzu:»Da ich nicht gleich wieder zurückkehre, ist es doch erlaubt, Ihr Besitztum zu besichtigen. Da hinten ist eine kleine Lindenallee, die mir entzückend zu sein scheint. Es wird dort auch kühler sein als hier im Zimmer.«

Sie gingen hinaus. Sie trug ein malvenfarbenes Kleid, das plötzlich so vollkommen mit dem Grün der Bäume und dem blauen Himmel zusammenstimmte, daß er verblüfft ihre Erscheinung anstarrte; sie kam ihm auf eine unerwartete, neue Art hübsch und verführerisch vor. Ihre schlanke, geschmeidige Gestalt, ihr feines, frisches Gesicht, die kleine blonde Locke des Haars unter einem ebenfalls malvenfarbenen Hut, den eine große, oben gekräuselte Straußenfeder wie ein Strahlenschein umgab, ihre zierlichen Arme, deren beide Hände quer vor ihr einen geschlossenen Sonnenschirm hielten, und ihr ein wenig steifer, hochmütiger, stolzer Gang brachten in diesen kleinen, ländlichen Garten etwas Unnatürliches, Unvorhergesehenes, Exotisches, die seltsame, köstliche Vorstellung einer Gestalt aus einem Märchen, einem Traum, einem Kupferstich, einem Gemälde in der Art Watteaus, die aus der Phantasie eines Dichters oder Malers entsprungen war und sich aus einer Laune heraus aufs Land begeben hatte, um zu zeigen, wie schön sie sei.

Mariolle, der sie aus dem Aufgewühltsein durch seine ganze, wiedererwachte Leidenschaft heraus betrachtete, mußte an die beiden Frauen denken, die er auf dem Weg nach Montigny gesehen hatte.

Sie fragte ihn: »Wer ist die kleine Person, die mir die Tür geöffnet hat?«

»Mein Dienstmädchen.«

»Sie sieht nicht aus wie... eine Hausangestellte.«

»Nein. Sie ist wirklich sehr nett.«

»Wo haben Sie sie aufgetrieben?«

»Ganz in der Nähe, in einer Malerkneipe, wo die Gäste ihre Tugend bedrohten.«

»Die Sie gerettet haben?«

Er errötete und antwortete: »Die ich gerettet habe.«

»Aus Eigennutz vielleicht?«

»Sicherlich aus Eigennutz; ich sehe lieber ein hübsches Gesicht um mich als ein häßliches.«

»Weiter flößt sie Ihnen nichts ein?«

»Sie hat mir vielleicht noch den unwiderstehlichen Wunsch eingeflößt, Sie wiederzusehen, denn jede Frau, wenn sie meine

Augen auch nur eine Sekunde lang anzieht, lenkt meine Gedanken auf Sie.«

»Sehr geschickt, was Sie da sagen! Liebt sie ihren Retter?«

Er errötete stärker. Blitzschnell kam ihm die Erleuchtung, daß jede Eifersucht dazu dienen kann, das Herz der Frauen anzustacheln; so beschloß er, nur zur Hälfte zu lügen. Er erwiderte also zögernd:»Ich weiß es nicht. Mag sein. Sie umhegt und pflegt mich sehr.«

Aus unmerklichem Verdruß heraus sagte Madame de Burne leise:»Und Sie?«

Er heftete seine liebeglühenden Augen auf sie und sagte: »Nichts kann mich von Ihnen ablenken.«

Das war wiederum sehr geschickt gesagt, aber sie merkte es nicht mehr, so sehr schienen ihr diese Worte der Ausdruck einer unbestreitbaren Wahrheit zu sein. Konnte eine Frau wie sie daran zweifeln? Sie zweifelte in der Tat keineswegs daran, war zufriedengestellt und dachte nicht mehr an Élisabeth.

Sie setzten sich auf zwei Gartenstühle im Schatten der Linden, oberhalb des fließenden Wassers.

Dann fragte er:»Was haben Sie wohl von mir gedacht?«

»Daß Sie sehr unglücklich seien.«

»Durch meine Schuld oder durch Ihre?«

»Durch unsere Schuld.«

»Und dann?«

»Und dann, dann meinte ich, da ich fühlte, daß Sie sehr gereizt, sehr erregt waren, es sei das Klügste, Sie zunächst ruhiger werden zu lassen. Und also habe ich gewartet.«

»Worauf haben Sie gewartet?«

»Auf ein Wort von Ihnen. Ich habe es erhalten, und nun bin ich hier. Wir werden jetzt wie vernünftige Leute miteinander reden. Sie lieben mich also noch immer? – Ich frage Sie das nicht aus Koketterie... Ich frage aus Freundschaft.«

»Ich liebe Sie noch immer.«

»Und was gedenken Sie jetzt zu tun?«

»Weiß ich es denn? Es liegt in Ihren Händen.«

»Oh, ich habe ganz bestimmte Ansichten, aber ich möchte sie Ihnen nicht sagen, ehe ich nicht die Ihren kenne. Erzählen Sie mir, was in Ihrem Herzen und Ihrem Kopf vorgegangen ist, seit Sie sich auf und davon gemacht haben.«

»Ich habe an Sie gedacht, ich habe kaum etwas anderes getan.«

»Ja, aber wie, in welchem Sinn, mit welchen Ergebnissen?«

Er berichtete von seinem Entschluß, sich von ihr zu heilen, erzählte von seiner Flucht, seiner Ankunft in diesem großen Wald, wo er einzig sie wiedergefunden hatte, wie die Erinnerung ihn bei Tag verfolgt hatte, wie seine Nächte von Eifersucht vergiftet worden waren; er berichtete alles mit völliger Aufrichtigkeit, ausgenommen seine Liebe zu Élisabeth, deren Namen er nicht mehr erwähnte.

Sie hörte zu, sicher, daß er nicht log, im voraus überzeugt mehr noch von ihrer Macht über ihn als durch die Aufrichtigkeit seiner Stimme und entzückt über den Triumph, ihn wiederzugewinnen, denn trotz allem hatte sie ihn sehr gern.

Dann verbreitete er sich über die Hoffnungslosigkeit seiner Lage und sprach erregt von dem, woran er so viel gelitten, nachdem er so viel darüber nachgedacht hatte; er warf ihr von neuem, mit leidenschaftlichem Überschwang, aber ohne Zorn, ohne Bitterkeit, besiegt vom Schicksal, die Unfähigkeit zu lieben vor, mit der sie geschlagen sei. Er wiederholte: »Andere haben nicht die Gabe zu gefallen, Sie – Sie haben nicht die Gabe zu lieben.«

Sie unterbrach ihn erregt, erfüllt von Gründen und Erklärungen: »Ich habe wenigstens die Gabe, beständig zu sein. Würden Sie weniger unglücklich sein, wenn ich, nachdem ich Sie sechs Monate hindurch angebetet habe, mich heute in einen anderen verliebte?«

Er rief: »Ist es denn einer Frau unmöglich, nur einen Mann zu lieben?«

Aber sie erwiderte lebhaft: »Man kann nicht immer lieben; man kann nur treu sein. Glauben Sie selber denn, daß der Sinnenrausch mehrere Jahre andauern kann? Nein, nein. Die Mehrzahl der leidenschaftlichen Frauen, die längere oder kürzere stürmische Liebschaften haben, macht aus dem eigenen Leben ganz einfach einen Roman. Die Helden sind immer andere, die Umstände und Umschwünge unvorhergesehen und wechselnd, die

Lösungen verschieden. Das ist unterhaltsam und zerstreuend für sie; ich gebe es zu, denn die Aufregungen am Anfang, in der Mitte und am Ende sind jedesmal neu. Aber wenn Schluß ist, dann ist Schluß, für den jeweiligen Mann... Verstehen Sie?«

»Ja, daran ist etwas Wahres. Aber ich sehe nicht, worauf Sie damit hinauswollen.«

»Auf dieses: Es gibt keine Leidenschaft, die sehr lange anhält, ich meine keine lodernde, marternde Leidenschaft wie die, an der Sie noch immer leiden. Ich habe Sie in eine schwere, eine sehr schwere Krise gestürzt – ich weiß es, und ich fühle es – durch... das Frostige meiner Liebe und durch meine Unfähigkeit, aus mir herauszugehen. Aber diese Krise wird vorübergehen; sie kann nicht ewig dauern.« Sie schwieg.

Ängstlich fragte er:»Und dann?«

»Dann glaube ich, daß Sie für eine ruhige, besonnene Frau wie mich ein überaus angenehmer Liebhaber werden könnten, weil Sie viel Takt haben. Sie würden hingegen ein schauderhafter Ehemann sein. Aber es gibt nun mal keine guten Ehemänner, es kann keine geben.«

Erstaunt und ein wenig gekränkt fragte er:»Warum einen Liebhaber behalten, den man nicht liebt oder den man nicht mehr liebt?«

Sie erwiderte lebhaft:»Ich liebe auf meine Art, mein Freund. Ich liebe kühl, aber ich liebe.«

Mutlos entgegnete er:»Sie verlangt es vor allem danach, daß man Sie liebt und daß man es Ihnen zeigt.«

Sie erwiderte:»Richtig. Ich mag das gar zu gern. Aber mein Herz hat auch Verlangen nach einem heimlichen Gefährten. Der eitle Geschmack an öffentlichen Huldigungen hindert mich nicht daran, ergeben und treu zu sein und zu glauben, daß ich einem Mann etwas Inniges geben kann, etwas, das ich keinem anderen geben würde: meine ehrliche Zuneigung, die aufrichtige Anhänglichkeit meines Herzens, das vollkommene, heimliche Vertrauen meiner Seele, und im Austausch dafür von ihm mit der ganzen Zärtlichkeit des Liebhabers das seltene, köstliche Gefühl vermittelt zu erhalten, nicht gänzlich allein zu sein. Das ist zwar nicht die Liebe, wie Sie sie verstehen, aber es ist auch etwas wert!«

Er neigte sich zu ihr und stammelte, bebend vor Erregung:
»Wollen Sie, daß ich dieser Mann sei?«

»Ja, ein wenig später, wenn es Ihnen besser geht. Inzwischen finden Sie sich damit ab, von Zeit zu Zeit ein bißchen durch mich zu leiden. Das dürfte vorübergehen. Da Sie auf jeden Fall leiden werden, ist es besser, Sie tun es in meiner Nähe als fern von mir, nicht wahr?« Mit ihrem Lächeln schien sie ihm zu sagen: »Haben Sie doch ein wenig Vertrauen!« Und als sie ihn vor Leidenschaft zittern sah, fühlte sie in ihrem ganzen Körper eine Art von Wohlbehagen und Befriedigung, die sie auf ihre Weise glücklich machte, so wie ein Sperber glücklich ist, wenn er auf eine Beute niederstößt, die sich wie gebannt nicht von der Stelle rühren kann. »Wann kommen Sie zurück?« fragte sie.

Er antwortete: »Ja... morgen.«

»Morgen, schön. Essen Sie bei mir zu Abend?«

»Ja.«

»Und nun muß ich bald aufbrechen«, fuhr sie fort und blickte auf die im Knauf ihres Sonnenschirms verborgene Uhr.

»Oh, warum so schnell?«

»Weil ich mit dem Fünf-Uhr-Zug fahre. Ich habe mehrere Gäste zu Tisch: die Fürstin von Malten, Bernhaus, Lamarthe, Massival, Maltry und einen neuen, Monsieur de Charlaine, den Forscher, der von einer wunderbaren Reise ins Hochland von Kambodscha zurückgekommen ist. Man spricht nur noch von ihm.«

Mariolle krampfte es das Herz zusammen. Alle diese Namen, einer nach dem andern, taten ihm weh wie Wespenstiche. Sie enthielten Gift. »Dann wollen Sie wohl gleich aufbrechen?« fragte er.

»Ich begleite Sie ein Stückchen durch den Wald.«

»Sehr gern. Lassen Sie mir nur zuvor eine Tasse Tee bringen und etwas Toast.«

Als der Tee gebracht werden sollte, war Élisabeth nicht aufzufinden.

»Sie ist ausgegangen«, sagte die Köchin.

Madame de Burne wunderte sich darüber nicht. Welche Furcht hätte ihr auch jetzt noch dieses Dienstmädchen einflößen können?

Dann bestiegen sie den Landauer, der vor der Tür hielt, und

Mariolle ließ den Kutscher einen kleinen Umweg machen, der nahe an der Wolfsschlucht vorbeiführte.

Als sie unter dem hohen Blätterdach einherfuhren, das seinen ruhigen Schatten über sie breitete, wo Kühle sie umfing und die Nachtigallen schlugen, sagte sie, ergriffen von der unaussprechbaren Empfindung, mit der die allmächtige, rätselvolle Schönheit der Welt durch die Augen die Sinne zu erregen weiß: »Gott, wie wohl das tut! Wie schön das ist, wie gut und beruhigend!« Sie atmete mit dem Glück und der Rührung eines Sünders, der zur Kommunion geht, durchdrungen von Erschlaffung und einer zärtlichen Anwandlung. Und sie legte ihre Hand auf die Andrés.

Er jedoch dachte: Ach ja, die Natur, das ist wieder wie auf dem Mont Saint-Michel! Denn vor seinen Augen sah er wie eine Vision einen fahrenden Zug nach Paris. Er brachte sie bis zum Bahnhof.

Als sie abfuhr, sagte sie zu ihm: »Also morgen um acht.«

»Morgen um acht.«

Sie fuhr strahlend ab, und er kehrte im Landauer heim, zufrieden, sehr glücklich, aber noch immer gequält, denn es war nicht zu Ende.

Aber warum kämpfen? Er konnte es nicht mehr. Sie fesselte ihn durch einen Zauber, den er nicht begriff, der stärker als alles war. Wenn er vor ihr floh, so befreite ihn das nicht, so schied ihn das nicht von ihr, sondern raubte sie ihm in unerträglicher Weise, während er, falls er es fertigbrachte, sich ein wenig zu bescheiden, von ihr wenigstens all das bekommen würde, was sie ihm versprochen hatte, denn sie log nicht.

Die Pferde trabten unter den Bäumen dahin, und er dachte daran, daß sie während dieses ganzen Zusammenseins nicht auf den Gedanken verfallen war, nicht das Verlangen verspürt hatte, ihm einmal ihre Lippen zu bieten. Sie war immer dieselbe. In nichts würde sie sich jemals ändern, und immer vielleicht würde er durch sie auf die gleiche Weise leiden. Die Erinnerung an die schweren Stunden, die er bereits durchgemacht hatte, an seine Erwartungen, die unerträgliche Gewißheit, daß er sie niemals würde aufrütteln können, preßte ihm von neuem das Herz zusammen und ließ ihn die kommenden Kämpfe und genau dieselben Verzweiflungen für morgen voraussehen und fürchten. Er schickte sich jedoch darein, lieber alles zu leiden, als sie noch einmal zu verlieren, lieber das ewige Verlangen zu spüren, das in seinen Adern zu einer Art wilden, niemals gestillten Hungers geworden war und das sein Fleisch versengte.

Diese Qualen, die er so oft durchlitten hatte, wenn er ganz allein von Auteuil zurückgekommen war, begannen schon wieder und ließen seinen Körper erzittern, während der Wagen in der kühlen Luft unter den großen Bäumen dahinfuhr, als ihm plötzlich der Gedanke, daß ihn Élisabeth erwarte, ebenso frisch und jung und hübsch, mit einem Herzen voll Liebe und einem Mund voller Küsse, einigen Trost brachte. Gleich würde er sie in den Armen halten und mit geschlossenen Augen sich selber betrügen, wie man sonst andere betrügt; im Rausch der Umarmung würde er diejenige, die er liebte, mit derjenigen, von der er geliebt wurde, vermischen und so sie alle beide besitzen. Gewiß, sogar in diesem Augenblick hatte er Sehnsucht nach ihr, mit der dankbaren Anhänglichkeit des Leibes und der Seele, mit der das Gefühl erwachter Liebe und gemeinsamen Genusses immer das Menschentier durchdringt. Würde dies verführte Kind nicht für seine dürre, verdurstende Liebe die kleine Quelle sein, die man zur Abendrast findet, die Hoffnung auf frisches Wasser, die einem bei der Wanderung durch die Wüste Kraft verleiht?

Aber als er zu Hause ankam und das junge Mädchen noch nicht wieder zurückgekehrt war, bekam er Angst, wurde unruhig und sagte zu der anderen Hausangestellten:»Sind Sie sicher, daß sie fortgegangen ist?«

»Ja.«

Da ging auch er fort in der Hoffnung, ihr zu begegnen.

Als er nach einigen Schritten in die Straße einbiegen wollte, die sich das Tal entlang hinzieht, sah er vor sich die alte, breite, niedrige Kirche mit dem kurzen Glockenturm, die auf einem kleinen Hügel hockte und, wie eine Henne ihre Küchlein, die Häuser ihres kleinen Dorfes beschirmte.

Eine Vermutung, ein Verdacht trieben ihn vorwärts. Kennt man das seltsame Ahnungsvermögen, das sich im Herzen einer Frau regt? Was hatte sie gedacht, was hatte sie durchschaut? Wo hatte sie Zuflucht gesucht, wenn nicht dort, als der Schatten der Wahrheit vor ihren Augen vorüberglitt? Im Gotteshaus war es sehr dunkel, denn der Abend sank herab. Einzig die an einem Kettchen hängende Ewige Lampe kündete von der geistigen Gegenwart des göttlichen Trösters im Tabernakel. Mariolle ging mit leisen Schritten durch die Bankreihen. Als er in die Nähe der Chors kam, erblickte er eine kniende Frau, die das Gesicht in den Händen verbarg. Er trat heran, erkannte sie und berührte ihre Schulter. Sie waren allein. Sie zuckte zusammen, als sie den Kopf wandte. Sie weinte. Er fragte:»Was ist Ihnen?«

Sie schluchzte:»Ich habe nur zu gut verstanden. Sie sind hier, weil sie Ihnen Kummer gemacht hat. Sie ist gekommen, um Sie zurückzuholen.«

Gerührt von dem Leid, das er verursacht hatte, stammelte er:»Du irrst dich, Kleines. Ich fahre zwar tatsächlich nach Paris zurück, aber ich nehme dich mit.«

Ungläubig sagte sie mehrmals:»Das ist nicht wahr, das ist nicht wahr!«

»Ich schwöre es dir.«

»Wann denn?«

»Morgen.«

Sie begann von neuem zu schluchzen und seufzte:»Mein Gott, mein Gott!«

Da faßte er sie um die Hüfte, hob sie auf, zog sie hinaus und stieg mit ihr in der zunehmenden dichten Dunkelheit der Nacht den Hügel hinab, und als sie am Ufer des Flusses waren, setzte er sie ins Gras und setzte sich neben sie. Er hörte ihr Herz pochen und ihren Atem gehen, und geplagt von Gewissensbissen, zog er sie an sich und flüsterte ihr liebe Worte ins Ohr, wie er sie ihr noch niemals gesagt hatte. Überwältigt von Mitleid und brennend vor Verlangen, log er kaum und betrog sie nicht, und er fragte sich, heimlich erstaunt über das, was er sagte, und das, was er empfand, wie er, noch ganz durchdrungen von der Nähe der anderen, deren Sklave er immer sein würde, so vor Begierde und Sehnsucht zittern könne, während er die Kleine in ihrem Liebeskummer tröstete.

Er versprach ihr, sie sehr liebzuhaben – er sagte nicht einfach nur »lieben«–, ihr eine hübsche Wohnung ganz in seiner Nähe zu mieten, mit sehr netten Möbeln und einem Mädchen zu ihrer Bedienung.

Sie hörte auf zu weinen, während sie ihm lauschte, und beruhigte sich allmählich; sie konnte nicht glauben, daß er sie hintergehe, und überdies merkte sie am Klang seiner Stimme, daß er es ehrlich meine. Überzeugt endlich und geblendet von der Vorstellung, eine Dame zu werden, diesem Traum jedes arm geborenen Mädchens, das von einer Kellnerin plötzlich zur Geliebten eines reichen und gütigen Mannes wird, wurde sie berauscht von Begehrlichkeit, von Dankbarkeit und Stolz, die sich in ihre Liebe zu André mischten. Sie schlang die Arme um seinen Hals und stammelte, während sie sein Gesicht mit Küssen bedeckte: »Ich habe Sie so lieb! Ich denke nur noch an Sie.«

Ganz gerührt und ihre Liebkosungen erwidernd, flüsterte er: »Liebes, liebes Kleines!«

Sie hatte das Auftauchen der Fremden, das ihr kurz zuvor noch solchen Kummer bereitet hatte, schon nahezu vergessen. Indessen regte sich in ihr noch ein unbewußter Zweifel, und sie fragte mit ihrer einschmeichelnden Stimme: »Haben Sie mich dort wirklich auch immer genauso lieb wie hier?«

Er erwiderte fest: »Ich habe dich dort genauso lieb wie hier.«

Anhang

Alphabetisches Verzeichnis
der in der vorliegenden Gesamtausgabe
enthaltenen Novellen und Romane Maupassants

I

Deutsch–französisch

II

Französisch–deutsch

464